真鍋昌弘 著

中世歌謡評釈

閑吟集開花

和泉書院

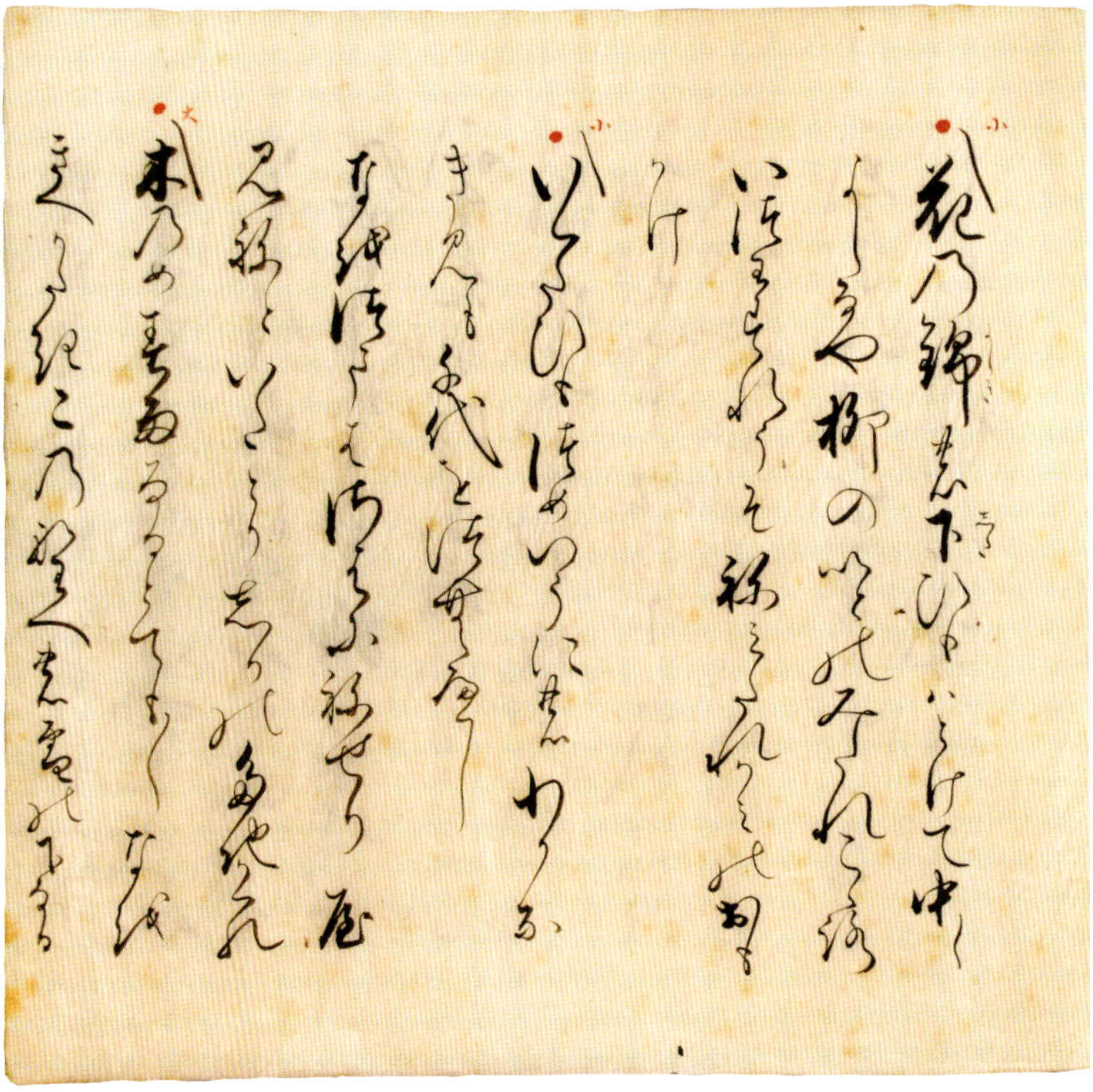

『閑吟集』

志田延義栂の木資料館本（阿波国文庫旧蔵本）

『閑吟集』評釈の方向

『閑吟集』は、室町時代、永正十五年（一五一八）八月の序文をもつ中世小歌選集である。そこには、時代を生きたさまざまな人間の情感が、切り詰められた短詩型の小歌の中に、一途な思いとして表現されている。その数、三百十一首。繊細かつ豊かな文芸的センスと手法によってそれらが編集されていて、『閑吟集』という「集」が成立している。ゆえに、古典歌謡として、個々の歌謡の評釈が第一番に必要であるとともに、「集」として定着した段階での文芸としての特質や文化史的背景にも、十分ふれておくべきであると思われる。

『閑吟集』は当時の小歌を網羅して残そうとした集成ではなく、中国『詩経』の数に倣って、編者の、歌謡というものの実体をよく心得た教養・生き方から、まとめられた選集であるとしておくのがよいと思われる。奥書によると、原本は大永八年四月（成立から十年後）、身分の高い誰かに請われて献上するために浄書し終えたものであることがわかる。現在、認めることができる三種の伝本（本文26頁参照）は、これを祖本とする同一系統の写本である。

『閑吟集』の小歌には、それぞれ伝来をあらわす肩書が付いている。

小（狭義の小歌）、231首。大（大和節。謡曲）、48首。近（近江猿楽の謡曲）、2首。田（田楽の歌謡）、10首。

狂（狂言歌謡）、2首。放（放下の謡物）、3首。早（早歌）、8首。吟（吟詩句）、7首。

肩書「小」の歌謡が、あえて言うなら、狭義の「小歌」ということになるが、これらの歌謡は宴・酒盛をはじめとして、日常生活の多様な場・機会・環境・風景の中でうたわれてきたのであって、『閑吟集』に所収されたこれらすべての歌謡を掬いあげて、その時代の小歌としてまとめて、摑んでおいてよかろう。広義の小歌である。

◇

『閑吟集』については、これまで、私はその折々に考察を行ってきたが、この評釈の出版の時点で、今後における課題も含めて、『閑吟集』からなにを読み取ったか、今後読み取るべきか、あるいは『閑吟集』へ、どのような視線をもって臨んだか、今後臨むべきかを、次に簡潔に述べておきたい。

【1】群として把握する。連鎖のおもしろさを辿りながら、そこに多様な群を読みとることが必要である。連鎖ということも含めて、『閑吟集』において、大・小、長・短、重・軽さまざまな「群」が、それぞれの文芸性や文化の奥行きをもって編集されていることを読む。それによって、よりはっきりした『閑吟集』の構成、文芸としての実体も見えてくると思われるとともに、展開して、文化史や歴史・民俗等の課題も生まれてくる。どこまでが「群」か、ということは難しい場合もあるが、まず基本的・初歩的には、共通語句でもってその範囲とすべきであろう。また物語性や風景の流れをもって、その群を取り出して、中世文化として発展的に考察することも可能である。

例〈120番～138番。海辺の風景を辿る。やるせない情感が見事に流れる。『閑吟集』に見える、もっとも注目すべき群。〉

〈79番～88番。「思ふ」という恋の感情表現でまとまっている。同系列では「情《なさけ》」「ねたし」などの群。〉

【2】中世の呪的心性を知る。小歌そのものが呪的な力を秘めている場合。背景環境に呪的なものが見えてくる場合。呪術的世界は、中世小歌の文芸性に大きく関わるのである。

例〈272番～274番。髪にからまる妖艶な恋の呪術。〉

〈171番～184番。枕の小歌群。『閑吟集』のみに見える、日本歌謡史において特筆すべき、長大な枕小歌の群。これが『閑吟集』を象徴する一つの世界。呪的心性が波打っている。〉

【3】「老人のうた」を読み取る。老いの波を受ける人々が、ふと呟く、「あら昔恋しや」の世界。『閑吟集』はこうした文化も伝えた。戻ってこない人生への愛惜。肩書「大」の小歌の心情を読む。

例〈220番〜221番。あら昔恋しや。うらさびしや。はかなく、無常感と融合する。〉

【4】海辺・海洋文化の中で、『閑吟集』を見つめる。瀬戸内海や東シナ海の波。海を行き、港町を繋ぐ、海商・水軍・倭寇・文人・僧・船乗り・遊女の文化。『日本風土記』・「山歌」の伝承も意識する必要がある。

例〈【1】にも引用の120番〜138番。潮汲む。近江船・人買船・鳴門船・唐土船。〉

【5】吟詩句の原風景。〝五山詩文から『閑吟集』の吟詩句小歌へ〟が考察されてきたが、さらには、中国・明代の文化、あるいはその前後、宋から清への中国文化および中国老風景・風物へと、関心を広げる必要がある。東シナ海を渡った人々。【4】と関わる。

例〈173番・174番。209番などのおもしろさ。〉

【6】『閑吟集』と、他の中世近世歌謡集との対照。

例〈『閑吟集』と『田植草紙』が中世歌謡対照研究としてもっとも魅力ある課題であろう。〝都市・港町・海辺〟と〝農村・田植〟。風流踊歌群も視野に入れる。〉

◇

『閑吟集』には、真名序と仮名序がある。口語訳に示したように、真名序の内容のキーワードは、「歌謡は徳政の根本」「歌謡によって世相を知る」「中国の詩論」「日本歌謡の展開」「広い意味の小歌」「小歌がうたわれる機会」「閑吟集編集」である。仮名序では、歌謡の伴奏楽器やうたわれた機会・場、肩書の種類という順で述べられている。注目されるのは、「……を、忘れがたみにもと、思ひ出《いづ》るにしたがひて、閑居《かんきよ》の座右《ざみぎ》に記《しる》し置《を》く」と、高い教養人としての風流なこの筆者が、老齢の域に入っていることをほのめかし、「命《いのち》にまかせ、時しも秋の蛍《ほたる》に語《かた》らひて」と、余命長くはないことを意識しながら、また、はかない「秋の蛍」を風景の中に取り入れて、命あるかぎりは努力して、この『閑吟集』の書写に努めてきたのだと、かなりの決意をもって書いていることにも注目される。老いの悲しさをうたう歌の採用ともかかわる。

新大系の脚注は、字数制限の中で書いたので、補うべき端々は多いのであり、文芸的、思想的背景の考証も続けなければならない。ともかくこの二様の序文は、整然として要点を述べている。おそらく、長い日本の歌謡集序文史の上からも、わかりやすく、そして緊張感を漂わせた美しい特筆すべき文章であろうと思われる。

『中世歌謡評釈　閑吟集開花』においては、まずなによりも右の【1】～【6】を考え、常にこころがけてきた、その発想・表現の類型性・独自性、機能・場、日本歌謡史上の位置、群の主題構造・様態・連鎖の妙、風景、おもしろさ・よさなどについて書いた。日本歌謡（史）学が問題にすべき中枢がそのあたりにあると思われる。

◇

この『中世歌謡評釈　閑吟集開花』には、全三百十一首中、二百四十九首ほどの、『閑吟集』を理解するうえで、考説・鑑賞を必要とすると思われる歌謡を取り上げて、それを百章に区切り、全体としての体裁を整えた。本書に採用できなかった歌謡についても、見落してはならないものが、いくつかまだ残っているので、さらに努力して、その課題、問題点を見付けてゆきたいと思っている。

目次

中世歌謡評釈

閑吟集開花

凡例　本書は『閑吟集』歌謡の選釈で、百章から成る。テキストは、新日本古典文学大系・56『梁塵秘抄 閑吟集 狂言歌謡』所収『閑吟集』（底本、志田延義梅の木資料館本（阿波国文庫旧蔵本）。校注、土井洋一・真鍋昌弘）を用いた。全体を百章とし、一章ごとに一首あるいは数首を取り上げて、私の歌謡史や歌謡実体に関する研究の成果に立って述べている。簡潔を旨としたので、語句の注釈なども、必要最小限にとどめ、歌謡史上の位置、発想表現、歌謡としてもっている文化史上の意義や課題などには、これまでの私の研究を踏まえて、広くふれるようにした。日本古典歌謡や、さらには東アジアにおける比較文化に興味関心のある方々にも、この流行歌謡のおもしろさにふれていただけたら幸である。なお『閑吟集』の基盤的な書誌・歌謡史上の位置については、右掲、新日本古典文学大系の解説を参照していただきたい。

○本文中の行間＊印は巻末に掲げた「（参照）著者研究書・研究論文一覧」を示す。

○人名はすべて敬称を省略した。ご容赦いただきたい。

◆『閑吟集』本文について

一　底本には、志田延義梅の木資料館本（阿波国文庫旧蔵本）を用いた。底本の全影印は、中哲裕『閑吟集定本の基礎的研究』（平成九年十月刊。新典社）に所収されている。本文をアンチック体で示した。

二　歌謡には通し番号を付した。翻刻に際しては、原則として、仮名・漢字ともに現在通行の字体に拠った。

三　通読の便を考慮して、底本の仮名に適宜漢字を宛て、また難読の漢字には読み仮名を施した。

1　仮名に漢字を宛てる場合には、もとの仮名を読み仮名（振り仮名）にして残した。

2　底本にある振り仮名には〈　〉を施した。

3　校注者の付した読み仮名には（　）を施した。

4　仮名遣いは底本通りとするが、歴史的仮名遣いと異なる場合は（　）でそれを傍記した。

5　反復記号は底本のままとし、反復箇所のまぎらわしい場合には、（　）で傍記した。

6　清濁は、校注者の見解による。

四　真名序は、段落ごとに、訓み下し文をまず掲げ、次に原漢文を掲げた。

五　歌謡の頭に加えられた朱の圏点は・。で示した。肩部にある乀印は省略した。また、種類・伝来を意味する朱の肩書は底本にあるままとし、肩書欠落の歌については、その旨〔考説〕で説明した。

◆『閑吟集』略称一覧

＊新大系→新日本古典文学大系『梁塵秘抄 閑吟集 狂言歌謡』所収『閑吟集』土井洋一・真鍋昌弘校注　一九九三　岩波書店　＊大系→日本古典文学大系『中世近世歌謡集』所収『閑吟集』志田延義校注　一九五九　岩波書店　＊全集→日本古典文学全集『神楽歌 催馬楽 梁塵秘抄 閑吟集』所収『閑吟集』徳江元正校注　二〇〇〇　小学館　＊集成→日本古典集成『閑吟集 宗安小歌集』所収『閑吟集』北川忠彦校注　一九八二　新潮社　＊研究大成→『閑吟集研究大成』浅野建二　一九六八　明治書院　＊文庫本→岩波文庫『新訂閑吟集』浅野建二　一九九一　岩波書店

〔一〕 開巻の挨拶

1・小 花の錦《にしき》の下《した》紐《ひも》は　解《と》けて中〳〵《なかなか》よしなや　柳の糸《いと》の乱《みだ》れ心《ごゝろ》　いつ忘《わす》れうぞ　寝《ね》乱《みだ》れ髪《がみ》の
面影《おもかげ》

【口語訳】
美しい下紐は、ひとりでにはらりと解けて、今になっては、かえってどうにもしようのない思いに責めたてられるばかり。春風の中の柳の糸のように、わたしの心は乱れて、どうして忘れることなどできましょうか、寝乱れ髪のあの面影を。

【考説】 室町時代の代表的流行歌謡。日本歌謡史における諸々の課題を内蔵している小歌。近世近代流行抒情歌謡の淵源の一つ。

《花の錦の下紐は》 花のように美しい錦地の下紐。下紐は外から見えない、人目に付かない裏紐。

①なさけもことに深草の　花の下紐打ちとけて　酒宴中ばの春の興　ヱイ　くもらぬ御世は久方の　やらん〳〵
（御船歌・尾張船歌・はつ春）

②ささらがた　錦の紐を解《と》き放《さ》けて　数多《あまた》は寝ずに　ただ一夜《ひとよ》のみ
（日本書紀歌謡〈允恭天皇〉・歌謡番号六六）

《解けて》 自然にはらりと解けて。自動詞。紐・帯・髪の結び目が、解こうともしないのに自然に解けるのは、相手のこころ・情念が通じたのであると理解した。この巻頭歌を把握する上でのキーワードである。見えない呪力で紐を解かせた相手が誰であるかは、この歌い手にはわかっている。当時も呪的心性を引き摺っている動詞。相手の深い思いによって、結び目が自然に解けるという民俗呪術観念が中核にある。同系の小歌として、

③小・今《いま》結《ゆ》た髪《かみ》が　はらりと解《と》けた　いか様《さま》心も　誰《た》そに解《と》けた（274）

が認められる。この恋歌には、そうした中世の呪術的心性が深く関わっていて、中世小歌における一つの、かなり意識しておくべき性格が見えているとしてよい（九十三）髪の神秘、参照）。

④吾妹子し吾を偲ふらし草枕　旅の丸寝に下紐解けぬ
（万葉集・巻十二・三一四五・詞書「羇旅に思を発す」）

⑤人知れず思ふ心の著ければ　結ふとも解けよ君が下紐
（馬内侍集《うまのないしじゅう》・詞書「したのはかまのこしに結ひて、謙徳公のもとにつかはしける」）

⑥下紐のいかに恨みを結ぶらん　解けしも君が心ならずや
（信生法師日記・歌集部・詞書「遇不遇恋」）

⑦思ひ出でぬ時はなけれど下紐の　など解けずのみ結ぼほるらん
（玉葉和歌集・巻九・恋一・更衣源周子）

下紐は人に見られない裏紐であるからこそ、こうした呪的心性に特にかかわりやすく、また恋の呪物として取り扱われやすい。

天文二十三年書写・室町時代物語『日光山宇都宮因位《にっこうざんうつのみやいんい》御《ご》縁起《えんぎ》』（大成・補遺二）には、主人公中将の身が危うくなった時、相手の旭の君の、縹帯《はなだおび》の結び目が解ける場面がある。「われも人も身にしるべあらむとき、此帯の結び目解けむ」と契り、二人は縹帯の端を結んでお互いに交換していたのであった。

⑧人に見ゆる表《うへ》は結びて人の見ぬ　裏紐《したひも》あけて恋ふる日そ多き
（万葉集・巻十二・二八五一）

これは表紐と裏紐（下紐）を対照させていて、当然恋の情熱は裏紐によって象徴されることがよくわかる。（なお、『万葉集』ではこれに続いて「人言《ひとごと》の繁かる時は吾妹子《わぎもこ》し　衣《きぬ》にありせば下に着ましを」（同・二八五二）を置く。これも当時の人々の恋の呪術を背景としているのであろう。）

⑨おもふとも恋ふとも逢はむ物なれや　結《ゆ》ふ手もたゆく解くる下紐　（古今和歌集・巻十一・恋一・読人しらず）

『顕注密勘抄』（承久三年。顕昭の『古今秘註抄』に定家が注を加えた）には、『古今和歌集』恋一に見えるこの歌について次のように言う。「人に恋ひらるゝ人、したひもとくといふ事あり。古歌云、恋しとはさらにもいはじしたひものとくるを人はそれとしらなむ、とよめり。さればこの歌の心は、思ふともこふともあふまじきに、ゆふてもたゆくとくるしたひも、よしなし、とよめるなるべし」。いくら結んでも解けるのである。相手の、こちらを思う情念が強い。早歌・秋興には、

⑩いろいろに見ゆる　百種千種の花の下紐　はやとけそむるいと萩に　乱れて結ぶ白露　（宴曲集・巻一・秋興）

とある。この小歌の伝承とも関わりがあろう。『連珠合璧集』では「逢心ナラバ」として、「新枕、下紐とくる、むつ事、別を惜しむ、ふたり、夢、程なく明る、夜」とある。

この冒頭歌謡では、寝乱れ髪の人物の恋情が、下紐を解かせたことになるのであるが、まさにこうした恋の呪術・俗信、あるいは恋の卜占のしがらみから自由ではなかったのである。そこのところに、俗信を引きずった中世のあるいはそれ以前の人々の、恋の呪的心性が見えてくる。

《よしなや》『閑吟集』におけるキーワードの一つ。いたしかたないねえ。恋の余情の嘆息。「よしなの問はず語りや」(12)、「あらよしなの涙やなう」(58)、「よしなき恋を菅筵」(70)、「よしなの人の心や」(92)、「木隠れてよしなや」(109)、「よしなき人に馴れそめて」(118)、「なきも慕ふもよしなやな」(234)。もちろんそれぞれの場面、含蓄をもって使用されている。

「よしなや」を印象的にうたう踊歌の一つに、薩摩・加世田　士《さむらい》踊歌がある。士踊歌は中世小歌圏に入れてよい。

⑪君は肩きぬ袖なき君に　あふてよしなや　あふよしないよの　君さまの身は真菰草　よしなき君にあふてよしなや　あふよしないよ　君さま　（三国名勝図会・巻二十七）

他に次のように見える。

⑫亡き世になすもよしなやな　げには命ぞただ頼め　（謡曲・恋重荷）

⑬松風も時雨も　袖のみ濡れてよしなや　身にも及ばぬ恋をさへ　（謡曲・松風）

⑭花よ紅葉よ月雪のふることも　あらよしなや　思へば仮の宿の　（謡曲・江口）

⑮情は人のためならず　よしなき人になれそめて　いでし都もしのばれぬ……　（謡曲・粉河寺）

中世小歌の世界では、次のように見える。

⑯霜月しわすは白雪よ　よしなやのふ　綾織《（おろ）》のふ

（風流踊歌・三重県飯南郡〈現・松阪市〉松尾・西野の鼓踊・本田安次・『語り物・風流二』）

⑰あるは嫌《いや》なり　なるもまた嫌《いや》　思ふはならず　さてもよしなや　（宗安小歌集・一六一）

⑱あるは嫌《いや》なりなるも嫌《いや》なり　思ふはならず　さてもよしなやな　何とせうぞの　（隆達節）

ただし、『宗安小歌集』、隆達節の「よしなし」は、それぞれ右の一例のみ。『閑吟集』とこの両歌謡集の間隔は、このことばの使用の面からも認められる。

近代においては、主として北原白秋の抒情の世界に受け継がれていく。たとえば次例。近代詩歌との関係における課題がこのあたりにも見える。

⑲しづかに泣けばよしなや　酒にも黴《かび》のにほひぬ　（『思ひ出』・酒の黴）

⑳いづこにかいづこにか　揺曳《ゆらび》ける絃《いと》の苦悩《なやみ》の……『ああはれ　よしなや　われらがゆめぢ　かなしきその日の接《くち》吻《づけ》にも……』　（邪宗門拾遺・大曲『悶絶』）

《柳の糸の乱れ心》　柳の糸は、春。春風に乱れる若柳の枝。こまやかな情感を、動きと色で視覚的に込める。

㉑水茎のをかし近江の海につれて　柳のいとの乱れこゝろ根　（寛文三年・俳諧時勢粧《いまようすがた》・巻四）

『万葉集』には、若布の立ち乱れ、から乱れ心を出す手法もあり。

㉒比多潟《ひたがた》の磯の若布《わかめ》の立《た》ち乱《みだ》え　吾《わ》をか待つなも昨夜《きそ》も今夜《こよい》も　（万葉集・巻十四・三五六三）

《寝乱れ髪》　寝くたれ髪とも。女性の場合が多いが男性の場合も言う。「ねみだれがみ。寝た後の解けて乱れた髪」（日葡辞書）。

㉓わぎもこがねくたれ髪を猿沢の　池の玉藻と見るぞ悲しき　（拾遺和歌集・巻二十・哀傷・人麿・詞書「猿沢の池に采女の身投げたるを見て」）

㉔ねみだれがみのひまよりも、はなやかなるかほばせ、みどりのまゆずみたんくわのくちびる、まことに睦まじき御姿にて　（室町時代物語・三人法師・大成第六）

㉕皆石（十八なる稚児）は唯今起きたる体にて、寝乱れ髪なゆり懸けて、琴を調べて居たり　（源平盛衰記・巻十一）

㉖寝乱れ髪を押し撫でて　今帰り候の　かまいて心変るな　（和泉流天理本狂言抜書・花子）

《面影》　まず、「面影」が印象的な小歌である。日本歌謡史における「面影小歌」は、『閑吟集』から流れ出すと言ってもよいが、なかでもその代表として、同時代および後世に継承され、大きな影響を及ぼしているのが、この巻頭歌謡。『閑吟集』歌謡の抒情を醸し出している語句の一つ。34番～37番が面影小歌連鎖をなしていて、それらのグループの中に入れてよい小歌である、と見ることもできる（十七）面影小歌、参照）。日本歌謡史上、キーワードとなる「面影」は、『閑吟集』を抜きに、その流れと意義を把握することはできない。恋人の幻影を言っている。「忘る」「忘れぬ」とともに用いられることも多い。

㉗心をいづちと、ねてもさめても、忘れぬ面影の恋しさは、身をせむる心ちのみし給ひつゝ　（擬古物語・いはでしのぶ・巻一）

㉘ゆめにそひうつゝにみゆるおもかげの、せめてわするゝときのまもなし　（室町時代物語・稚児今参り・大成第九）

㉙いにしへの見しおもかけのわすられて《ママ》　おそれ申そねこの御ばう
（天理本絵巻・鼠の草子。小異で東博本にも。大成第十）
㉚飽かで離れし面影を、いつの世にかは忘るべき
（義経記・巻五・静吉野山に捨てらるる事・大系）
㉛沖に釣する漁火か　その面影を見しよりも　心は消え消え　消え入るを　その身はさて何となるかな
（鹿児島県日置郡〈現・いちき串木野市〉市来町・七夕踊歌・小野重朗・『南日本の民俗芸能Ⅳ　祭りと芸能』）
㉜粉河の寺の鐘の声　鳥の音あら忘れがたのおもかげや　忘れがたのおもかげや
（謡曲・粉川寺・謡曲叢書）
室町時代物語『鳥部山物語』（大成第十）は、世に聞こえた某和尚の弟子―民部卿と、美童―藤の弁との恋物語であるが、この物語の和歌の贈答で、「面影」が特に意識的に印象的に用いられている。次に和歌のみを引く。
すぎがてによその梢を見てしより　わすれもやらぬ花のおもかげ
見えしよりわすれもやらぬおもかけは　よその梢の花にやあるらむ
ちりもそめず咲ものこらぬおもかけを　いかてかよその花にまかへん
おもかけよいつわすられむ有明の　月をかたみのけさのわかれに
なお、地の文でも「民、ほのかに見てしより、（中略）心にこめてたち帰りしより、おもかげにのみおぼえて、ひるはひめもす夜《ママ》るはすがらになげきあかし……」など。
民謡では、次のようにうたう。
㉝お前さんのことが思はれて　寝ては夢　起きては現《うつつ》面影
（東京都奥多摩地方・麦打歌・原田重久・『多摩ふるさとの唄』）
㉞来るよで来んよで面影立つよで　出てみりゃ風だよ……
（民謡・富山県・越中おわら節）

◇巻頭歌謡を継承する

さて本歌の継承歌謡あるいは関係を認めてもよかろうと思われる歌謡を次に掲げる。中世には当然、近世期を通じてもかなり認められる。比較的はっきりしている十八例㉟〜(52)を掲出する。

㉟柳の糸の乱れ心いつ　いつ忘れうそ寝乱れ髪の面影　（大蔵流虎明本狂言・花子）

㊱寝乱れ髪を揺り下げてぼじや〳〵と　いつに忘れうぞ面影　（同）

㊲柳の糸の乱れ心いついついつ忘りよぞ　寝乱れ髪の面影　面影ゆへにこそ身はほるれ　（和泉流天理本狂言抜書・花子）

㊳綾の錦の下紐は、解けてなか〳〵よしな、柳の糸の乱れ心いつ、何忘れうぞ、寝乱れ髪の面影　（鷺賢通本狂言・座禅）

㊴綾の錦の下紐は　解けて中〳〵よしなや　柳の糸の乱れ心　いつ忘られぬ　（狂言記・花子・新大系）

㊵花の錦の下紐はとけて中々由なや　柳の糸のみたれこゝろ　いつわすりよぞ　ねみたれ髪のおもかげ　（古謡〈曲舞集〉・水汲地主共・歌謡集・中）

㊶一夜のちぎり夢うつゝ　粉河寺の鐘の声　鳥の音あら忘れがたのおもかげや　忘れがたの面影や　（謡曲・粉河寺）

㊷いつまでも忘れやらぬ　寝乱れ髪の姿は　（田植草紙・晩歌四番・一二〇）

㊸顔にかゝるて乱れ髪をゆはいで　いつに忘れた乱れ髪おもかげ
（広島県山県郡千代田町〈現・北広島町〉・柿原某氏本田植唄集・卯の上刻・新藤久人・『田植とその民俗行事』）

㊹馴れしその夜は初秋の　その面影いつに忘れうぞ　あ来世まで　（隆達節）

㊺顔にかゝりし乱れ髪　いつに忘りよに面影　（御船歌・尾張船歌）

㊻深雪山帰るさ惜しき今日の雪　花のおもかげいつか忘れん

（醍醐の花見で詠まれたという伝豊臣秀吉の和歌。醍醐寺三宝院蔵。読売新聞・昭和六十三年四月七日付報道）

㊼いつに忘りよぞ寝乱れ髪の　顔にかゝりしおもかげを　（当世投節）

㊽心ひかれてえはなれぬものは　春はさかりの花のもと　秋はくまなき月のまへ　も一つござるよ　たまくらにかゝる　みだれがみの面影よ　と

（下館日記・正保元年七月二十六日・盆踊歌。『文林』・9号〈松蔭女子学院大学研究室編〉金井寅之助翻刻による）

㊾顔にかゝりし寝乱髪を　いつに忘りよや　其面影を　（小歌吾聞久為志・四季）

㊿あらりほらりと寝たる夜に　君の面影いつ忘れよう　十七八がふたたびあれば　お花のさかりをうちくらす

（奈良県・十津川盆踊歌・十三四五・本田安次・『語り物・風流二』）

51文もやりたしびんぎもしたや　面影に立つそのおもかげを　忘られもせで身に添ひ　（松の葉・巻一・裏組・青柳）

52君の御縁にちよつと歯をそめて　いつに忘るが面影を　ソンガオー　（民謡・鹿児島県指宿市開聞・そんが節）

『閑吟集』をはじめとする中世小歌の世界には、かなりあるこれらの面影小歌群と深く関わるグループとして、『閑吟集』において蒐集されている「枕の小歌」群（171番〜183番。本書〔六十〕〜〔六十四〕）があったと見てよい。「面影」と「枕」は、中世小歌の抒情の特質を見る上で、欠かすことができないのである（『田植草紙歌謡全考注』*）。

近代になってもこの小歌の利用は衰えない。

53花の錦の下紐は　とけてなか〳〵よしなや　柳の糸の乱れごころ　いつ忘りよぞ　寝乱れ髪の面影

（谷崎潤一郎・武州公秘話・巻之三。天文二十四年〈一五五五〉の設定。筑摩則重が居城牡鹿山の奥御殿の庭で、花見の宴を催す場面。曲舞を舞ったとして引用。前掲㊵「古謡」を参考としたのであろうか）

54とけてなよ〳〵したひもの　柳《やなぎ》の糸《いと》の乱れ心《ごゝろ》　いつわすれうぞ　寝乱髪の　おもかげの

（竹久夢二・『絵入小唄集 三味線草』・大正四年）

右例㉟～(52)の十八種の中では、特に、㊻秀吉の醍醐三宝院での和歌、㊽常州下館での正保年間盆踊歌に注目しておいてよいが、古浄瑠璃『熊野権現開帳』（刊年不明。加賀掾本）には、次のように取り入れられている。

おやこはつなにすがり付　ひけや〳〵つなこ共　ひくやほとけのみてのいと　たへなるのりにおゝやるぞ　ゐい
さら〳〵　さら〳〵　さつとふりくるむらさめに　花のにしきの下ひもは　とけてなか〳〵よしなや　柳の糸の
みだれごゝろ　いつわすりよ　ねみだれがみのおもかげ　おもひ切目のはまちどり　もろこゑかけてはやさぬか

近世初期において、本歌がほぼ完全に、木遣り音頭の中に用いられている例で、「柳の糸の乱れ心」が、物語の主人公「お柳」とかかわる。本歌の長く広い流行を語っている一例である（真鍋「浄瑠璃『祇園女御九重錦』に見える歌謡*」）。

◇閑吟集の世界へ、扉が開く

一応口語訳を掲出したが、歌意を把握するには難しい歌である。三通り考えられる。①女が歌った歌とすれば、「寝乱れ髪の面影」は男のそれを指す。②男が歌った歌とすれば、「花の錦の下紐」は、恋しい女から送られたものと見ておけばよい。男はその下紐を、相手の情念が込められているものとして身につけているのである。③前半を女、後半「柳の糸」から男が歌っている歌詞と見ることもできる。掛け合いである。本書では一応、掛け合いと見ておく。

この巻頭小歌から、『閑吟集』小歌群が読者の眼前に波打って流れ出す。流行歌謡名作集としての花やいだ祝言や恋の印象をまず読者にあたえた。

志田延義がすでに指摘しているように（「小歌集と小歌時代の研究」『志田延義著作集　歌謡圏史Ⅱ』*昭和五十七年・至文堂）、巻頭歌謡としてこの小歌を据えた趣向は、勅撰和歌集の部立に学び、まず春の歌をもってきたのであり、連歌の発句の趣をも伝えると言えよう。ともかく「花の錦」「柳の糸」で、やわらかな春の風景としての豊かさがこの小歌に満ちているのである。春の祝言小歌である。そしてこの春の小歌は、最終歌謡の、

55・小　花籠《かご》に月を入《（いれ）》て　漏《も》らさじこれを　曇《くも》らさじと　持《も》つが大事な（310）

56・小　籠《かご》がな〱　浮名《うき》漏《も》らさぬ　籠《かご》がななふ《（う）》（311）

と対照的に置かれている、としてよい。内容的に見て、あるいは連鎖・構成から見て、花籠とともに現われた311番の「浮名」は、「寝乱れ髪の面影」の、その人物との浮名ということになる。集に位置を得た段階で、対照が暗に意識されているとすることができる。

「花の錦の下紐は解けて中〱よしなや」には、集の巻頭歌としての意味合いが込められている。つまり『閑吟集』を結んでいた紐がひとりでに解けて、いよいよ開花・開巻の時が来たということである。読者に対して「ようこそ閑吟集の世界にお越しくださいました」という開巻の挨拶の心意が見えているのである。この恋歌が巻頭に置かれた最大の理由は、そこにあるとしてよい。流行歌謡集の巻頭歌謡として、新しさ・奇抜さも加えて、最適の小歌だと編者は判断したのである。紐の結び目が自然に解けて風流な読者を招き入れる準備は整った。妖艶な恋歌を冒頭において読者を驚かせた上に、「下紐解けて」とおいて、暗に開巻の意を込めた意外性を認めることができるのである。歌集を編む既成概念からして、「柳の糸」「花の錦」の春の季語をうたうとはいえ、こうした恋歌が最初を飾ることは、普通ではなかったのである。

かくして、この冒頭歌謡から、『閑吟集』の歌謡集としての独自な文芸が、やがて、室町時代の、都ぶりや港町や潮焼く海辺の風景を取り入れながら展開してゆく。『閑吟集』開巻、まさしくそれは豊かな文芸としての『閑吟集』

開花であった。

この巻頭歌は、『閑吟集』成立、つまりその編集配列がこの形に定着する以前は、おそらく編集者の手元において、「髪の恋歌グループ」の中の一つとして存在したのであろうと思われる（（九十三）髪の神秘、参照）。編者の座右には、もとは、2番の祝言歌謡「千代を積む」の小歌が、最初に据えられるべき小歌として置いてあったと見ることができる。おそらくは、最終段階において髪を中心とする272番〜274番のグループの中からこの小歌が抜き出されて、巻頭のここに据えられ、開巻の挨拶歌謡としての機能をもつようになったのであろう。このことは、（『日本歌謡の研究―『閑吟集』以後―』*）に詳述した。

なお、「下紐」「解けて」と間接的に関連する習俗として、次の事例に及んでおきたい。これは、帯と帯を腰紐（下紐）で結ぶ漁村の踊りの習俗である。結ぶ恋情が、強ければ強いほど、はらりと自然に解けた結び目は、強く呪的心性を揺るがせるのである。紐を結ぶ呪的心性と深くかかわる。

瀬戸内海の港町・岡山県日生《ひなせ》には「もやい踊」があった。八月十三日から十八日の間に行われていた盆の踊りでもある。岡山県『日生諸島の民俗』（昭和四十九年・岡山県文化財保護協会）を参考にすると次のようにある。この踊りでは、男女が腰紐でお互いの帯と帯を結びつけて離れぬようにして踊る。もやいは、船と船とを繋ぎ止めるもやい綱からきている（モヤイは船と船と相互の間に綱をかけ渡して、ある船から他の船に連絡し、行き来できるようにする綱。『日葡辞書』によると、船の着岸の際に投げたり、曳き船に用いたりする舷側の綱）。この踊りの風俗は前述の下紐の意味に関わってくるとしてよい。昭和二十八年、郷土史家の調査では、踊りに参加した五百名くらいの中で約三十組が腰紐つまりもやい紐で帯と帯を結び合っていたと報告されている。歌謡には、「思い出してはハーヨイヨイトほろりと涙　ソーコセーソーコセー　思い出すまいこぼすまいソーリヤーヤツコラセーヨーイヤナ……」などと歌った。腰紐が男女の恋情を繋ぎとめている。つまり下紐が男女をしっかりと結んでいる習俗と見てよいのであり、この踊りの行事そのものも古い民俗意識を伝えている。もちろん、そこでうたわれている歌謡の多くが、こうした男女の仲の情歌であったことは当然である。

この腰紐についてさらに一つ加えるならば、同じく瀬戸内海塩飽《しわく》諸島の一つ、佐柳島《さなぎじま》における習俗である。この島の本浦・古八幡・合田・野都合《のつご》・長崎の五部落では、古くから結婚の段取りが決まると、女性の方から聟の方へ、自分の腰紐を贈る習わしがあった（草薙金四郎『讃岐風土記』昭和三十七年）。「もやい踊」の腰紐とともに、紐によせる恋情の意識の上で参考としてよい。

紐を結ぶということと紐がひとりでに解けるということは、人々の呪的心性の上では表裏一体なのであり、一つの流れの中の、面影が迫り来る現象であり行為であった。愛情を込めてしっかり結べば結ぶほど、自然に解けていることは、不可思議であり神秘であった。まさに中世の恋歌である。

〔二〕　中世の祝言歌謡

2・小　いくたびも摘《つ》め　生田《いくた》の若菜《わかな》　君《きみ》も千代を積《つ》むべし

【口語訳】
いくたびも摘みなさい、生田の若菜を。そうすればあなたもきっと、千代の齢を積み重ねることになるでしょう。

【考説】　千代の小歌で、この世とこの歌謡集を祝う。

《生田》　今の神戸市三宮生田神社のあたり。若菜摘みの名所。「若菜トアラバ、摘、君がため、（中略）いく田の小野、此外名所数しらず」（連珠合璧集）。「旅人の道さまたげにつむ物を　いくたの小野のわかななり」（天正本狂言・わかな）。

《千代をつむべし》「つむ」は、「摘む」と「積む」をかける。

《君》あなた。歌謡としてはその場にいる相手（あなた）を指す。明確に決めることができない場合も多い。もちろん当時の天皇を指していると見てもよい。領主・家長でもよい。この小歌が『閑吟集』に編み込まれた段階では、編者は、跋文に見える「その斟酌多く候ふと雖も、去り難く仰せられ候ふ間」の、仰せられたその人物を意識したかもしれない。

◇若菜を摘む祝い歌

歌謡史上、千代を歌う祝歌はかなりある。

①いや山の神のおまへには、いやなにかはせんさい玉つはき　いやそれにはふたるとひかつら　いやちとせ千代とそさかへたり
（伊勢神楽歌・山の神の歌・『続日本歌謡集成　中古編』）

②いや此御前にまいりすゝまんかげもよし　いやいのりもかなふ千代もへぬべし
（同・天皇の歌）

③そよ君が代は千世に一度《ひとたび》ゐる塵の　白雲かゝる山となるまで
（梁塵秘抄・巻第一・巻頭歌謡）

④神ぞ知るらん我が仲は　千代《ちよ》万代《よろづよ》と契り候
（宗安小歌集・巻頭歌謡）

⑤君か代は千代にやちよにさゝれ石の　岩ほと成て苔のむすまて
（隆達節・文禄二年八月・宗丸老宛百五十首本・巻頭歌謡）

特に③④⑤は中世の歌謡集巻頭歌としての小歌である。上覧踊歌『寛永十二年跳記』（『日本歌謡集成』巻六）でも最初に「あづま跳の唄」が来て、「……やう千代〳〵、幾千代までも限らじや」の句が繰り返される。こうした

千代を歌う祝言歌謡をまず巻頭に据えるのが中世歌謡集における配列の基準と見ておいてよい。千代のめでたさを歌って祝言としておくのであり、その歌謡集を寿いでいるのである。すると先に述べた如く、『閑吟集』巻頭歌謡の呪祝の意図と手法が、この2番との関係において、まずはっきりする。狂言『若菜』にも、

⑥幾たびも摘め生田の若菜　君も千代をつむべし（和泉流天理本狂言抜書）

と歌っている。

『閑吟集』序文にある「中殿嘉会、……大樹遊宴」などでも、めでた歌として、これらの祝言歌謡（3番と一対にして、さらに中世祝歌の世界を見ておいてよい7番あたりまで）のいくつかが、まずうたわれたのであろう。祝宴の儀礼的挨拶歌謡。さらりとした小歌ぶり。本来はこの2番が巻頭歌謡となるべきであったが、結果的に「花の錦」の小歌が取り上げられた。そこに閑吟集のユニークなおもしろさ、特別な技巧があったのである。

⑦野辺ごとの若菜もなべて我が君の　春のめぐみを千世に摘まなむ（天正二年正月十九日・公宴懐紙・初春祝勅題）

⑧春日野に若菜摘みつゝ万代を　祝ふなる心ぞしるきくもりなき（謡曲・難波）

⑨若菜摘むけふしも引て姫子松　ことをあまたの野べの春かな（肖柏・春夢草・七日子日なりしに）

⑩七種菜　薺《ナツナ》、蘩《ハコヘ》、芹《セリ》、菁《アオナ》、御形《コキヤウ》、須須之呂《スヽシロ》、仏座《ホトケノサ》（拾芥抄・下・飲食部・第二十八）

⑪けふよりは君が千歳の初若菜　くる春ごとにいく世つままし（宝永七年・新明題和歌集・第一・春・多春採若菜）

室町時代物語『七くさ草子』（大成第十）によると「正月六日のとりの時よりはじめて、この七色の草をたゝくへし」として、「とりの時、せり。いぬの時、なつな。ゐの時、こけう。子の時、たひらこ。牛の時、ほとけのさ。とらの時、すゝな。うのとき、すゝしろ」をそれぞれ叩き、「たつの時、七いろの草をみな一つに合せて」若水を汲むという。また天正十七年（一五八九）本『運歩色葉集』（京都大学国語国文学研究室蔵）では、「七草。芹薺《セリナツナ》五行《コキヤウ》田平子《タヒラコ》仏座《ホトケノサ》須々子《スヽナ》蕙《スヽシロ》」。「わかなつむ。なべては野につむ。またかきねなどにてもつむ。春子の日、又正月七日の

物也。十二種には松あり。七種はみな若なばかりなり」（藻塩草・若菜）、３番に引用の「多武峰延年連事」、『根芹』（謡曲叢書）など参照。

風流踊歌圏内では次のような「若菜踊」の歌がある。

⑫一これのうらはすいたうら〳〵　すいたうらへこぎよふせ　ふてふふねにこふなをもろよ　いやいくせ《(たカ)》のわかないもろよ　若な踊をおどりとおどろよ〳〵。

一おれのうらは大坂うら〳〵　大坂うらへこぎまぜて（下略）　（大阪府岸和田市・明治二年書写・踊おんど本・『和泉史料叢書　雨乞編』。「すいた」は現在の大阪府吹田市あたりか。明治十八年本も近似。『日本歌謡研究』５号）

⑬爰《ここ》はどこ。音《おと》に聞《きこ》へし伏見《ふしみ》の浦《うら》よ　押《おし》よせて　おふ菜も摘もよ。いくさ《(ママ)》の若菜をつもふよ。若菜踊を。ひとおとり〳〵

爰《ここ》はどこ。音《おと》に聞《きこ》へし淀鳥羽《よどとば》うらよ　おし寄《よ》せて（是よりの文句、前に同じ）

爰《ここ》はどこ。音《おと》に聞《きこ》へし橋本浦（同）

ここはどこ。音にきこえし大坂のうら　押寄《おしよせ》て　おふ菜をもこふなも摘《つも(ママ)》もよ　いくさ《(た)》の若菜をつもふよ　若菜《わかな》踊《おどり》をひと踊《おどり》　わかな踊《おどり》は　是迄《これまで》候　いつまで　踊《おどり(ママ)》そ　いざ休《やすまふ》

（雨乞風流踊歌本「河内・拍子踊音哥」・若菜踊・『伝承文学研究』25号）

このように海辺・河辺での若菜摘みをうたうものが多い。この２番は「生田」の「若菜」とあるので、海のモズクなどの、若菜としての海草をも摘んだ（拾った）と考えられる。「若菜を十二種供する事あり。其くさ〳〵は、若な、はこへら、芑、せり、蕨、なつな、あふひ、芝、蓬、水蓼《タデ》、水雲《モツク》、松とみえたり……」（速水房常・公事根源愚考・第二・正月）。「「十二種若菜」に水雲《もずく》があり、アラメ・ヒジキなども食した」（新大系『閑吟集』・土井洋一・地名・固有名詞一覧参照）。

『御ゆとのゝ上の日記』（続群書類従）では、たとえば、享禄四年（一五三一）正月六日「御としこしの御さか月まいる、松のおよりわかなまいる」。天文十二年（一五四三）正月六日「松のおより御かゆまいる　みなせよりわかなまゐる」などとある。このように、新年の祝儀の品物として、若菜がとどけられた。

3　菜《な》を摘《つ》まば　沢《さは》に根芹《ねぜり》や　峰《みね》に虎杖《いたどり》　鹿《しか》の立《た》ち隠《かく》れ

【口語訳】

若菜を摘むのなら、沢に降りて根芹を、峰に登って虎杖、独活を。


【考説】　肩書　なし。図書寮本、彰考館本ともに圏点・肩書なし。彰考館本の頭書「ねぜり　いたどり」。

　早春の若菜を寄せた。2番は「千代」を摘んだが、この3番は生活の中のより具体的な野菜を摘む。2番と3番の寄せによって、『閑吟集』の祝言が出来上がった。

《根芹》「Nejeri　ネゼリ。長い根のある芹」（日葡辞書）。芹は春の七草の一種。根の美味な芹。「や」は詠嘆の助詞。

沢で取れる早春の野菜として、根芹はもっとも珍重された。
⑭沢の芹野辺のなづなに摘みそへて　袖にぞさむき雪も氷も
（文明年間・卑懐集・春。独吟百首・若菜）

《虎杖》　タデ科の植物で、若茎を食用にする。「虎杖《イタドリ》　蒢《イタトリ》」（温故知新書）。「虎杖生田野、三月生苗茎如竹笋状、……小児折其茎剝去皮噉之。味酸、故名酸杖」（和漢三才図会）。

《鹿の立ち隠れ》　独活。「Xica　しか。食用になる草で、別名ウド（Vdo）またはドゼン（dojen）と呼ばれるもの。鹿がこの草を食べると、その角が落ちると言う」「ウド……地中にある間はウド。それが幾分か土の中から出て以後はドゼン。……さらに大きく伸びてからはシカと呼ばれる」（日葡辞書）。「うど　独活。西国にてしかといふ。

西国にては土中に有（る）を独活といひ、二三寸地上に生じたる物をしかと呼（ぶ）」（物類称呼）。「立ち隠れ」は、あちこちに、背丈の不揃いの状態で生えているさまを言う。東条操編『全国方言辞典』では、成長したウドを「シカガクレ」とも言う、とある。『日本方言大辞典』（小学館）には「しか、少し成長した独活（うど）、筑紫・宮崎。一尺以上伸びた独活―しかがくれ。熊本県下益城郡」。ちょうど鹿の角のようになり、鹿が草むらに隠れていたり、峰を行く様子に、見立てたところからであろうか。

◇早春の若菜

3番として独立した一首に見えるが、肩書・圏点がほどこされていないところを見ると、常に前歌（2番）とセットとして、続きのような意識で歌われていたのであろう。狂言「若菜」では、次に掲げるように歌われるが、それぞれ2番とともにうたわれている。

⑮なをつまは　沢のねぜりや　みねのいたどり　鹿の立かくれ　（天正本狂言・わかな）

⑯菜を摘まば　沢に根芹や　峰に虎杖　鹿の立ち隠し　（和泉流天理本狂言抜書・若菜）

⑰なをつまは〱沢にねせりや　みねにいたどり　しかのたちかくし　（大蔵流虎明本狂言・わかな）

根芹、虎杖、独活と、早春の若菜尽し。「しか」つまり背丈の伸びたウドが草木の間にあちこち首を出した様子は、右にも述べたように春鹿の角として見立てたと見ることができる。最後の「鹿の立ち隠れ」の句が、この小歌を平凡な若菜尽しから救っている。

⑱峰に起き伏す鹿だにも　仏に成ることいとやすし　己《おの》れが上毛《うはげ》を整へ筆に結《ゆ》ひ　一乗妙法《いちじょうめうほふ》書いたんなる功徳《くどく》に　（梁塵秘抄・巻第二・二三九）

⑲面白の藤白峠が　峰見れば　鹿はしる　上り下りの舟のよび声　（巷謡編・土佐郡じよや）

右にもあるように「峰に起き伏す鹿」が、また峰を走る鹿が人々の生活の風景として印象的であったのである。たとえば農耕の場から見上げれば、峰を行く鹿の群がかすかに見えたり、その気配が感ぜられるのである。それは狩猟民俗意識と農耕民俗意識の、両面が融合しながら展開する文化史を象徴する、めでたく力強い風景なのである。この歌は若菜尽しではあるが、峰を走る鹿の印象も加えて、うたわれていると見てよかろう。田植草紙系歌謡では朝歌で、必ず田植の場から見える鹿の風景を歌うことになっている。大切だからである。鹿は稲作民俗儀礼と深くかかわる山野の呪的な獣の代表である（『田植草紙歌謡全考注』*）。

◇小歌と今様

謡曲『根芹』（校註謡曲叢書・巻二）は、薬草としての由来を語る。

⑳シテ此御薬と申すは、地須弥の南に羽を休む、伯迦鳥といふ鳥あり。長命なる事一千歳。此鳥春の始めに、七種の草を服せり。其草の品々は、先づ一番に根芹なり。二番には薺草、五行、多辺良子、仏の座、篠菜、須々志呂摘集め、睦月七日の曙に、喰初むる物ならば、若やかになるべしと、教への儘になす業の、忽ち若やぎ寿命百年保てり。

『梁塵秘抄』には、

㉑凄《すご》き山伏の好むものは　味気《あぢき》な凍《い》てたる山の芋　山葵《わさび》粿米《かしよね》水雫《みづしづく》　沢には根芹《ねぜり》とか　（梁塵秘抄・巻第二・四二七）

㉒聖《ひじり》の好むもの　比良の山をこそ尋《たづ》ぬなれ　弟子やりて　松茸平茸滑薄《なめすゝき》　さては　池に宿る蓮《はす》の蕊《はい》　根芹《ねぜり》根蓴菜《ねぬなは》牛《ごん》蒡《ばう》河骨《かはほね》　独活《うど》蕨《わらび》　土筆《つくづくし》　（梁塵秘抄・巻第二・四二五）

など、山野で摘む食菜を数える系統があって、この3番とひじょうに近い発想だと言える。

また「沢」と「峰」を対にする型では、

㉓節《ふし》の様がるは……峰には山伏　谷には鹿子《かのこ》臥《ふし》……

（梁塵秘抄・巻第二・三八二）

㉔かみ峰に立る松　さわにつるかめ　やれことうとう

（郢曲《えいきよく》・京都大学附属図書館菊亭文庫蔵）

「多武峰延年連事」や、後者の田楽系その他では、次のようにうたう。

㉕今朝ハタナヒク薄霞　カヽル野面ヲ見渡せハ　沢辺ノ水ノアサ緑リ《（ママ）》　求メ来ル《ト》　ネセリ摘ミ持テ　宿リニイサヤ帰リナン　行テミヌ〳〵　人モシノヘト春野ニ　袖打ハヘテ　アカナクモ　カタミニ摘ル若菜カナ　コキヤウスヽシロ　仏ノ座　コナキ（ツ）ム野ノスミレクサ　野懐シミネシ人ハ　老セヌ例シナルヘシ　ケニサリ〳〵

（若菜之事・『続日本歌謡集成　中世編』）

㉖ひさしきは　峰にては松　沢に鶴　海住み候ひし亀の御祝

（古戸田楽・翁・同）

㉗田の神ノセウジノ肴ハ沢ニアリ　サウヨノ　沢ニアリ　沢ニハ根芹《ねぜり》　田にはタヽラヒ……

（飛驒国益田郡・森八幡宮・田神祭踊歌・『続日本歌謡集成　中世編』）

2番と3番をあえて比較すれば、2番［儀礼的・形式的］、3番［生活的・具体的］ということになろう。この3番は、春の若菜摘みにあたり一般に知られていた決まり文句「沢には根芹、峰には虎杖や独活」を小歌にした。3番は、修験の世界を受けて庶民の生活の中へ降りてきているとも見えるのであるが、右にも用例を置いたように、今様歌謡群から中世小歌群への、具体的な発想表現の一つの流れを、このあたりに見ておいてよかろう。中間に、例えば延年の「多武峰延年詞章・若菜之事」に見える、近似したすがすがしい文句を一つ置いてその流れを把握してよいかもしれない。今様から小歌への流れの中にあって、延年の庭の歌謡としてもそのあたりの風景はうたわれていたのである。

生活習俗としての、たのしい早春の野遊びの気分と、峰や沢に早春の若菜を摘む風景が展開する。早春の野遊びの中から生まれた小歌群であり、その野遊びを期待させ、気分を昂揚させる小歌でもある。若菜を具体的に数えてゆく今様とのかかわりも、意識する必要があるとともに、その色合いや新鮮な味覚、匂いまでがただよう歌謡。

山伏は村人の生活のおりおりに関わりをもっていた。『梁塵秘抄』巻第二・四二五・四二七番の今様は、畏敬の念とともに親しみがあって、おそらく村や町の人々が山伏の好むものを簡潔に活写しているのである。山に分け入り、山伏の修行の道を辿る村人もあったであろうと思われる。峰に沢に若菜摘みの道は続いていた。中世歌謡の発想表現が、この「道」とも関わっている。次の『梁塵秘抄』巻第二・三〇二番の風景と重ねてみることも無理ではない。

㉘春の焼野に菜を摘めば　岩屋に聖こそ坐《おは》すなれ　唯一人　野辺にて度〱逢ふよりは　な　去来《いざ》給へ聖こそ　賤《あや》しの様なりとも　妾《わらは》らが　柴の庵へ

「野辺にてたびたび逢ふ」その「お聖」も、根芹や独活を好んで摘み取ったであろう。3番は、今様から小歌への一つの具体的な発想の流れを暗示しているという面でもおもしろい。また中世小歌としての予祝性・実用性があって、背後には修験の世界があり、山伏と村人のごく日常的なかかわりの風景がしのばれる。

〔三〕　早春の吉野

4・大 木《(こ)》の芽《め》春雨降《ふ》るとても　〱《(木の芽…)》　なを《(ほ)》消《き》へ《(え)》がたきこの野辺《べ》の　雪の下なる若菜《わかな》をば　いま幾《いく》日《か》ありて摘《つ》ままし　春立《はるた》つと言《い》ふばかりにや　御《(み)》吉《よし》野《の》の《ゝ》　山も霞《かす》みて白《しら》雪の　消《き》えし跡《あと》こそ路《(みち)》となれ　〱《(消えし…)》

【口語訳】
木の芽も張るという春雨が降っても、木の芽も張るという春雨が降っても、この野辺の雪はまだ消えない。その雪の下に埋もれている若菜を、あと幾日すれば摘むことができるのでしょう。しかしさすがに立春になったので、それだけで吉野の山もなんとなくかすんで見え、白雪の消えてきたところが路となっていることです。

【考説】　春への道が現れる。編集の妙案を知る。

《木の芽春雨降るとても》「春雨」の「はる」に「張る」をかける。次のような和歌の類型表現を受ける。

①霞立ち木の芽春雨降る里の　吉野の花も今や咲くらん　（続後撰和歌集・巻二・春歌中・後鳥羽院）

②霞立ち木の芽春雨昨日まで　ふる野の若菜今朝は摘みてむ　（新後撰和歌集・巻一・春上・定家）

《いま幾日ありて》

③春日野の飛火《とぶひ》の野守《のもり》出でて見よ　いま幾日《いくか》ありて若菜摘みてむ　（古今和歌集・巻一・春上・よみ人知らず）

《春立つと……》「山も霞みて」まで、次の和歌をとる。

④春立つと言ふばかりにやみ吉野の　山も霞て今朝は見ゆらむ　（拾遺和歌集・巻一・春・壬生忠岑）

この大和節は、謡曲『二人静』の一節。吉野勝手明神に仕える女達が、正月七日、菜摘川で神供の菜を摘む場面。早春若菜摘みの場面が独立して小歌化したもの。

⑤木の芽春雨降るとても　木の芽春雨降るとても　なほ消えかたきこの野辺の　雪の下なる若菜をば　今いくかありて摘ままし　春立つといふばかりにやみ吉野の　山も霞みて白雪の　消えし跡こそ道となれ　消えし跡こそ道となれ　（謡曲集下・大系）

2番・3番・4番と「若菜摘み」をうたう一つのセットとして組まれてある。連鎖としては、2番・3番の若菜を摘む風景の延長に、この4番に進んで、雪解けの道が見えてきた、という設定がある。早春の吉野山を背景にその道を辿ると、やがて小松引きの野辺に出て、鶯が鳴く次の5番歌の風景が開けてくるのである。連続してその流れの中で段々と広がる風景。雪のむら消えの中の「道」である。まことの春をたずねる道である。『閑吟集』文芸の配列のおもしろさ。集の中の4番の理解は、この印象が心の視界に焼き付けられておればそれでよく、早春の道を通して、閑吟集連鎖の道も開ける。

肩書の「大」は「大和節《やまとぶし》」の一節が小歌化したものであることを示す。謡曲の一節が切り取られ小歌になった。「大」は大和節の「大」。ただし肩書の「大」は小歌に対する「大歌」の略号としての「大」でもあって、オオウタと呼ぶべきか。北川忠彦は集成（『閑吟集 宗安小歌集』）解説において、『閑吟集』の時代、「小」すなわち小歌と、「大」すなわち大和猿楽（謡曲）の一節が、当時の謡物の代表的存在であったとして、「『蔭涼軒日録』に「或大歌長舞或小歌短舞」（延徳二年正月一日）とか「乱座大歌小歌」（同四月二十日）などとあるのも、当世風に大和節音曲（大和猿楽歌謡）と小歌を指すと解してよいであろう」と述べている。つまり謡曲の一節を、「小歌」に対して「大歌」としたと見るべきであるというのであろう。意味は大和猿楽の謡曲、つまり大和節である。ヤマトブシという言い方はもちろんあって（仮名序）、それが本来であるが、肩書として大と書かれた段階では、コウタに対してオオウタと読んでいたのではないか。今後の課題ではあるが、肩書を読むとき、ショウ、ダイなどと、この朱書きを読んで書き入れていたのではなく、コウタ、オオウタという認識ではなかったかということである。そうした意識で、フランク・ホーフ氏の労作、Frank Hoff『LIKE A BOAT IN A STORM』（閑吟集全英訳・一九八二年・文化評論出版。序文、大岡信・真鍋昌弘）では、肩書「大」の読みとして、「Outa」とされた。これは真鍋の仮説として述べた意見を取り入れたものである。

〔四〕　小松を引く

5・小　霞《かすみ》分《〈わけ〉》つゝ小松引《ひ》けば　鶯《うぐひす》も野辺《べ》に聞《き》く初音《〈はつね〉》

【口語訳】
春霞の中で小松引きをしておりますと、野辺には鶯の初音が聞こえてきます。

【考説】　祝言小歌。小松を引いて、その生命力を体内に取り込む。

《霞分つゝ小松引けば》　正月初子の日に小松を引き、若菜を摘んで長寿繁栄を祈る宮廷などの行事。「小松」を「引く」という表現が類型化している。

①ねのひする野辺に小松のなかりせば　千世のためしに何をひかまし　（拾遺和歌集・巻一・春・忠岑）

②君のみや野辺に小松を引きにゆく　我もかたみにつまん若菜を　（後撰和歌集・巻一・春上・読人しらず・詞書「子日にをとこのもとより、けふは小松ひきになん野辺にまかりいづるといへりければ」）

③姫君の御方に渡りたまへれば、童、下仕《しもづかへ》など、御前の山の小松ひき遊ぶ。若き人々の心地ども、おき所なく見ゆ。北の殿《おとど》より、わざとがましくし集めたる鬚籠《ひげこ》ども、破子《わりご》など奉れたまへり。えならぬ五葉の松の枝にうつる鶯も思ふ心あらんかし。　（源氏物語・初音・子の日の小松引きの場面）

霞を分ける、という表現は、たとえば次例にも見られる。

④霞かき分けすぎし風　秋になりてぞ吹きまさる　（古今目録抄・紙背今様・『続日本歌謡集成』巻一）

《鶯も野辺に聞く初音》　鶯の初音を野辺において聞く、の意。「松」と「鶯」の取り合わせとして次の例がある。

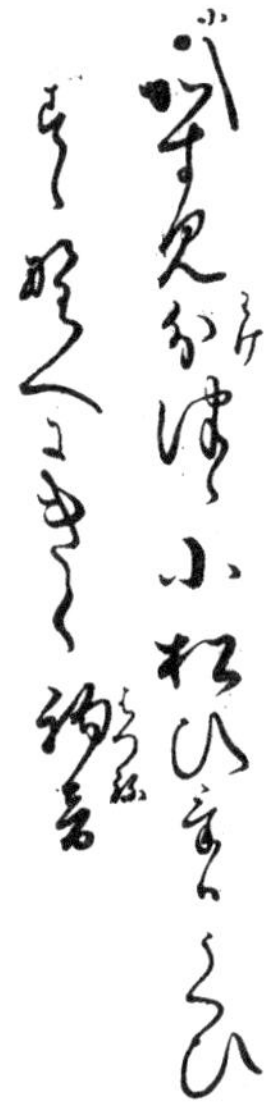
本書底本
志田本

図書寮本

宮内庁書陵部蔵『閑吟集』（ほるぷ出版　昭和五十八年）より転載

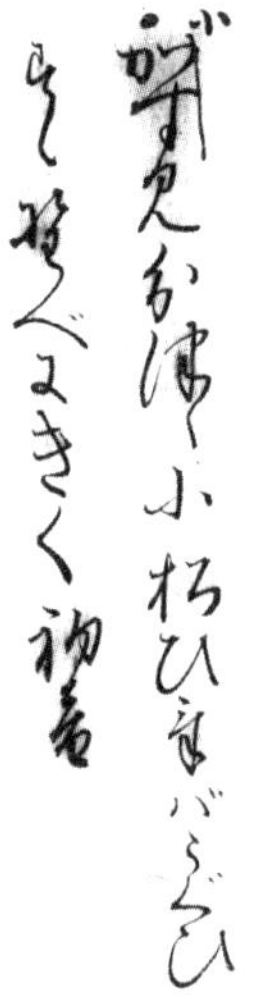
彰考館本

徳川ミュージアム所蔵　©徳川ミュージアム・イメージアーカイブ／DNPartcom（部分）

⑤松のうへになく鶯のこゑをこそ　はつねの日とはいふべかりけれ（拾遺和歌集・巻一・春。配列は①の前）「子の日トアラバ、松を引く、わかな、鶯」（連珠合璧集）。「鶯も野辺に」の部分、底本「うくひすゝ」とある。「す」のあと、筆がのびて、すっきりしない書き方ではある。集成・藤田徳太郎校注岩波文庫・岩波文庫『新訂閑吟集』などは、三条西実隆判狂歌合『玉吟抄』を引く。それに「鶯も初音めでたや姫子松　千代も幾千代うたへ春の野。左小歌のことばに詠ぜるかや」とあるので本文を「鶯も」と読む（徳田和夫「中世歌謡の論、三題」〈『学習院女子短期大学紀要』18号・一九八〇年〉などをはじめとして、すでに指摘あり）。新大系の本文つまり本書では、それに従った。ただし、5番のこの部分そのものは、素直には「も」とは読み難い。他の二本も、これに近い（写真参照）。三本とも、「も」の書き方とくらべると、たとえば4番「山もかすみて」の「も」や、6番の「千代も」の「も」などは、はっきり「も」と読める字であり、この「うくひす」の「す」の次の文字（一つ点のような筆づかい）とは異なる。ゆえにこれを「も」と意識して書いたのかどうか疑問。より原本に近い段階の写本において、この部分は不明瞭になっていたのである。本来「うぐひすも」であった可能性が考えられるが、この小歌の流行伝承の上で、『閑吟集』に記載される段階では、人々の間で「うぐひす野べにきく初音」としてうたわれていた、そううたう歌い方もあったと想定することも不可能ではない。どちらにしても、歌意に大きな影響

はない。この事は、歌謡の作者とその文芸的な環境を示す上での大切な指摘であると思われる。

◇鶯

同想の和歌、たとえば次に二首を引く。

⑥ねのひしに霞たなびく野辺に出でて　はつ鶯の声をききつる　（山家集・上・春）

⑦子日する野辺にこまつをひきつれて　かへる山べにうぐひすぞなく　（天福元年・御裳濯《みもすそ》和歌集・巻一・春歌上・大中臣雅基朝臣・詞書「朱雀院御時御屏風に、山のふもとに子日して、松ひく野にうぐひすなどかきたるところによめる」）

雪の消えた道（4番）を辿って、さらに、霞を分けつつ、小松引きをして、野辺の道を行く。そこで鶯の初音を聴いたおもむき。編集の技巧に注目（⑦の詞書にも見えるが、屏風絵の世界から抜け出てきた風景とも解せる）。「鶯の初音を聞く」ことの呪祝性がある。たとえば「待たるるものは鶯の声」、「聞きたきものは鶯の声」、などという発想は、もちろん和歌の世界の約束であるが、そうした型が生まれてくる地盤には、鶯の声にめでたさ、つまり呪的な繁栄の霊力をキャッチする意識があった。鳥族（特に鶯・時鳥《ほととぎす》）の音声への神秘な信仰である。この5番の背後にも、広い階層の人々の、鶯に対するめでたい生活民俗文化の意識・観念がある。この祝言歌謡でも、そのことにまったくふれないわけにはゆかない。

中世・近世を通じて次のような鶯をうたう歌謡が見える。ともに、それぞれの系統・分野の代表例として一首を掲げる。

［田歌系］

⑧うぐいすとゆふたる鳥は興がる山の鳥だ
　興がる山にかくれて和歌をよむ鳥だ

声がかれたら鶯鳥のこゑ借れ
こゑを上げてはうたへや野辺のうぐひす
声は聞いてもあかぬは細声
（田植草紙・昼歌四番・六〇・『田植草紙歌謡全考注』*）

［船歌系］

⑨鶯が、うぐいすが、今年はじめて伊勢参宮　伊勢ほど広い町筋で　一夜の宿さへようとらず　浜の小松の二の枝に　柴かきよせて巣をくんで　十二の卵を産みつけて　それが一度に目を開き　親子もろとも立つ時は　金よ銀との盃で　またも黄金の盃で　飲めや大黒、歌えや恵比寿　飲んで喜ぶ福の神
（祝歌・香川県瀬戸内海小豆島・『小豆島民俗芸能調査報告書』。同系は後掲論文にも述べたように、近くは、兵庫県「室津よいこの節」、「家島しょんがい節」などがある）

前者⑧は『田植草紙』歌謡の鶯歌。後者⑨は主として船乗りの男達によって歌われた祝歌（ハヤシことばから、しょんがい節と呼ぶ地方が多い）。各地の酒宴での祝賀歌謡としても定着してきたものであるが、伊勢参宮とあわせて鶯のめでたさがうたわれている（『田植草紙歌謡全考注』*および『日本歌謡の研究―『閑吟集』以後―』*、真鍋「酒宴と歌謡」*）。たとえばこれらは、『閑吟集』のこの雅趣小歌としての5番とくらべて、農漁呪祝の場の歌謡で、鶯の呪鳥としての性格がさらにはっきりと直接的にうたわれていると見ることができるが、しかし呪術性あるいは祝言性ということで、5番の発想表現と、この民謡系のこれらを、必ずしも区別して考えなければならないということはないのである。歌謡史研究の上では、つねにこのように、たとえば「鶯の歌謡」という基軸が定まれば、その回転軸を中心に、周辺に波打って広がってゆく鶯の歌謡の様態・機能・文化を把握するところへもってゆく必要がある。歌謡の機能の上での豊かな解釈でなければならない。歌謡史学の一端でもある。

子の日の若菜や子の日の小松引きの儀礼・習俗については、倉林正次『饗宴の研究文学編』（昭和四十四年・桜楓

社）・『饗宴の研究儀礼編』（同）の二大著書のうち、前者に所収されている論考「子の日の遊び」に学ぶべきであろう。なかでもその一章の「ひく呪術」においては、小松を引く呪術観念についての考察がなされた。また「小松ひき」の項では、門松立ての民間習俗で「門バヤシ」などと呼ぶ事例を掲げ、子の日の松に関する行事も、松を引くことがハヤシ行事、つまりめでたくハヤス呪術的行事の一つと見ることができるであろう、という旨が述べられている。

6小・めでたやな松の下　千代も引《ひ》く千代《ちよ》　千世《（ちよ）》〳〵と

【口語訳】
めでたいなあ、松の下は。千年の後《のち》までもずっと栄えるようにと、小松を引こうよ、千代千代千代と唱えながらね。

【考説】　千代―唱えたり、聴いたりして効果がある呪語。

《松の下》「松の下」は日本文化を象徴する。悠然と枝を伸ばした大きな松の木の下。その下で小松を引く光景。

《千世〳〵と》ここは小松を引くときの呪文。ちよちよ、と声に出してハヤシながら（唱えて）小松を引いた。千代（長寿）を自分に引き寄せよう、ということ。歌謡自体の囃子詞としての効果もある。

⑩千代までも〳〵　子の日の小松を手にとりもちて　（南都延年日記・慶長十七年〈一六一二〉・白拍子歌謡）

長く祝言歌謡として人気のある小歌。「千代も引く、千代千代千代と」と読むこともできる。どちらにしても「千代」を二回あるいは三回と繰り返して、より一層千代ということばの持つチカラを強く発揮・発動させる。隆達節では、

⑪日出たや松のした　千代もいくちよ　ちよ千代と

と継承されている。小瀬甫庵『太閤記』醍醐之花見における酒宴でも、この隆達節と同じ形で、「目出たや松の下千代も幾千代　ちよ〳〵と」とうたわれている。

⑫ほうらいさんをかざり　山のちんぶつさとのくだ物　ぎよてうのかずをとりあつめ　いくちよ〳〵とめされ（古浄瑠璃・くわてき船軍・第四段目・祝宴の場面）

⑬奥山で雉子が鳴く　小松の下でつまを呼ぶ声　千代〳〵と（民謡・東北地方・おいとこ節）

⑭御門の軒の鶯が〳〵　これの旦那様千世ませませと囀る（新潟県中魚沼郡・田打歌・『越佐民謡集　十三七つ』）

⑮雉子のめん鳥小松の下で夫《つま》を呼ぶ声千代千代と（祝歌・宮城県仙台地方・さんさ時雨・『全国郷土民謡集』）

⑯しほの山さしでの磯にすむ千鳥きみがみ代をばやちよとぞなく（古今和歌集・巻七・賀歌・読人しらず）

以下、小松引きをうたう事例である。

⑰はつ春のねの日の松をためしにぞ　ひきつつきみもいはひそめぬる（公賢集・春・子日）

⑱ことしより〳〵　蔵代官をゆづりえて　殿もとく若　たみもとくわか　松もろともに千世かけて〳〵　さかふる御代こそめでたけれ（大蔵流虎明本狂言・松ゆつり葉）

⑲きみがためはつねのけふのゝへにいでて　手にとる松はちよのかずかも（文永四年・中書王御詠・子日）

⑳ねのひする野への小松のかす〳〵を　ひく手に千代の色はみえつつ（文明頃・後花園御集・子日祝）

㉑子日する野への小松の千世の種　手ことにとりてかへるもろ人（文安、永正頃・飛鳥井雅親・亜槐集）

㉒松風のをとにみたるゝことのねを　ひけばねのひの心ちこそすれ（体源抄・八ノ上・『覆刻　日本古典全集』）

「めでたやな」、「めでためでたの」などとうたいはじめる近世期祝言歌謡は、6番のごとき中世小歌圏歌謡の表現の中からの展開と見てよい。広く見て代表的な祝言歌謡

㉓めでた〳〵の若松様よ　枝も栄へる葉も茂る（山家鳥虫歌・山城・一）

へと包括されていった。この歌謡史的な伝承・継承の視野も、6番を把握する上では、直接的に必要であろう（真鍋「『山家鳥虫歌』の民謡を辿る」*）。

なお呪木の松の下は、次歌の茂る松の木陰でもある。神聖な領域である。松の呪力を浴び、松の霊力を身につけるめでたい呪術的空間。

㉔さても珍し三鈷の松は　月の輪のよに育つ松　その松木陰《まつのき》に住む人は　子孫栄える末繁盛

（祝歌・三重県伊勢志摩・よいころ節）

次に、奈良春日大社御祭における「松の下の芸能」にちなんで書いた一文を引く。奈良春日大社の影向の松は、その呪力ある中世の松の代表である。そこは松の霊力が強くふりそそぐ空間である。

◇松の下

近世期日本全国民謡集『山家鳥虫歌』（明和九年〈一七七二〉）大和の部には、大和でうたわれていたであろう二十五首の民謡が集められていて、その冒頭には次の祝歌がある。

㉕千代の松が枝三笠の森に　朝日春日の御影松《みかげまつ》　（一一六）

千代・松が枝・三笠の森・朝日・御影松は、すべて春日ゆかりのことばであり風物である。松樹繁茂する御笠山を背景として、朝日を受ける御影松、つまり影向松を具体的に取り上げて歌った数少ない祝言歌謡である。日本の歌謡集では、千代を歌い込むめでたい歌を歌謡集や歌謡群の最初に置くのが一つの約束であって、『梁塵秘抄』巻第一の巻頭歌、

㉖そよ君が代は千世に一度《ひとたび》ゐる塵の　白雲かゝる山となるまで

をはじめとして、たとえば『宗安小歌集』や隆達節の巻頭歌も千代が歌い込まれている小歌集である。

『閑吟集』の場合、すでに述べた如く、「いくたびも摘め　生田の若菜　君も千代を積むべし」が第二番目に置かれているのであるが、編者の独自な文芸的センスによって、現に巻頭にある「花の錦の下紐は……」の小歌を、集中から取り出し最初に据えたと見ることができるのであって、本来の慣例からすると、第二番歌が巻頭にくるはずであった。『山家鳥虫歌』・大和・二六番は、千代を歌い込む条件も満たしていて、大和の民謡二十五首を、春日明神が束ね率いて祝う形で、はじめに置かれていると理解することができるのであり、それは同時に朝日を受けて輝く影向松を祝いハヤシているのである。

『梁塵秘抄』巻第二・神社歌・春日十首の内、

㉗双葉より頼もしきかな春日野の　木高き松の種と思へば（五二六）
㉘君が代はかねてぞ著《しる》き春日山　双葉の松の神さぶるまで（五二〇）

にしても、春日明神鎮座の松の森に、双葉の小松が芽吹いた風景が歌われていて、近世民謡の時代から遡った今様の世界においても、松と春日が密接に結びついて歌われているのがわかるのであり、その風景を象徴性をもって具体的に集約すると、その影向松に重なるのである。

さて、中世小歌撰集『閑吟集』に見える祝言小歌（6番・7番）も、春日若宮御祭の世界にあっては、見過ごすことはできない。

前述の如く、6番は、めでたいなあ松の下は、永久に栄えるようにと祈って小松を引こうよ、千代千代と唱えながら、の意。7番は、茂れ松の森よ、茂るのならいっそのこと、木陰をつくるほどに茂れよ、と歌っている。新年祝賀の小松引きの場面を歌っているのであるが、要は大きな松の下の、めでたい特別な呪的空間が鮮明に描かれているということである。そこは松のもつ生命力が豊かに降り注ぐ特別の区域をなしているのであった。能『高砂』の、尉と姥の立った高砂の浦の松や、能舞台に描かれた老松の風景などの松の下が、連想されることは言うまでもない。

松が謂れある名物のそれであればなおさらのことであるが、そこは松の呪力に感染するめでたい場所であり環境であった。現代に残る「松の内」ということばは、「松の下」を時間軸に置き替えたのである。

説経浄瑠璃『阿弥陀胸割《あみだむねわり》』（天満八太夫正本）初段冒頭に、天竺びしやり国に住む長者かんし兵衛の、富み栄える様子が語られているが、そのはじめに長者の七つの宝が紹介されていて、第四番目を次のように語る。

さてまた四つの宝には、南表の前栽に、乙羽の松とて、松を一本持たれしが、此松は、たとへ年寄りても、此松風にそよと吹かれければ、十七八にわかやぐなり。これまた第一のたからなり。

乙羽の松の下に吹く風が人を若返らせるという。名物乙羽の松の、その下を吹く風が、呪的な力をもっていて、人の生命に活気を与え元気にさせるのである。乙羽の松というのは神聖な松の代表として語られているのであり、その松の呪力を包み込み受け取った風が、人を包み人の体内に入って、その結果生命力がより活発化すると考えたのである。㉔の伊勢志摩の祝歌よいいころ節にも「その松木陰《まつのき》に住む人は　子孫栄える末繁盛」と、松の下の繁栄を示す歌詞があり、同様のめでたい民俗観念が認められる。

『綜合日本民俗語彙』には、夜泣松の項があって、「長野県下伊那郡大鹿《おおしか》村鹿塩《かしお》の河合という地にある一本の松樹も、その小枝を取って子供の枕の下にいれておくと夜泣きが止むという」とあり、これは、その名木の松が生命力ある呪木であり、神の依る木であったので、その木の枝葉には夜泣きを止めるという呪力を認めたのである、というようなことを読み取ってよいのである。枕の下に入れる、というところを枕元に置いてやると夜泣きが止むとも伝えているが、ともかくこの伝説にも、松の下の霊力ある空間が語られている。その子は枕の下のあるいは枕元の、松の呪力に包まれたことになる。泣く子が、呪的領域である松の下に入ったのであり、その結果やすらかに眠ることができると考えたのである。松樹の下に座す松負《まつおい》天神という、天神土人形の型もある。また有岡利幸著『松　日本の心と風景』に考察されている、松樹下修行の達磨を描く、水墨画の構図なども参考にできる。

7・小　茂《しげ》れ松山　茂《しげ》らふ《（う）》には　木陰《かげ》に茂《しげ》れ松《まつ》山

【口語訳】
茂れ松山よ、茂るのならいっそ、緑の木陰をなすほどに茂れ、まつやま。

【考説】「茂る」は生命力の発現。命令形にして対象を祝う呪語。

《木陰に茂れ》茂るのならいっそ枝を大きく延ばして繁茂して、木陰をつくるほどに茂れ。茂る松の木、松の森をうたう祝言歌謡。繁茂する松は、めでたさの象徴であり、緑の木陰は生命力が降りそそぐ神聖な呪的空間。人間はそこで松の霊力を身に受ける。この小歌、非常に流布した様子である。研究大成には、「さあうたへしげれ松山千代の宿」（寛永十年・犬子集・巻三・夏）以下、用例が掲げられているが、さらに本書で加えるべき二歌を示す。

㉙万代の松の尾山の蔭しげみ　君をぞ祈るときはかきはに
（中古雑唱集・春日若宮神楽舞歌。新古今和歌集・巻七・賀・康資王母）

㉚尽きせぬしるし岩に花　峰の小松の茂り合ふ
（山家鳥虫歌・因幡・二六一）

この7番は近世期を代表する「めでた〳〵の若松様よ　枝も栄へる葉も茂る」（山家鳥虫歌・巻頭歌。〈真鍋「『山家鳥虫歌』の民謡を辿る」*〉の民謡が生まれて流布してゆくことを予兆する。日本歌謡史研究の上では、そこを意識する必要がある。

㉛こゝは三條かやれ釜の座か　一夜泊りてしげりまいらしよ
（松の葉・巻一・葉手・比良や小松）

㉜この程は恋ひつ恋ひられつ　今宵は忍《しのび》の初《はつ》てござり申すよの　さあいよへいよへ打解けて　ゆら〳〵とお寝《よ》れの
うさ　まだ夜は夜中よ　しげれとんと君さま
（同・葉手・下総ほそり）

この7番は、『宗安小歌集』では、

㉝茂れ松山　茂らうにや　木陰で茂れ松山　（六一）

とある。「木陰で」とあるところから、これに至っては右の『松の葉』所収二首のような意味を受け取ることができる、とも言える。もちろんそれらすべてを含めて、この7番系統は呪祝歌謡としてよい。「松山」は群生する松。松の森。

次の『田植草紙』昼歌一番・三四番の「繁し」にも通ずる。

㉞栗の花こそしぎやうさいたり
　ならうならじは花にといたまへ
栗の花がさいては山をてらした
花がさいては撓うだ枝にみがなる

樹木の茂ることをうたう祝言歌謡の口調は、次のように時代を長く歌われている。

㉟神垣の御室の山の榊葉は神の御前に茂りあひにけり　（神楽歌・榊・大系『古代歌謡集』）

㊱鳥総立《とぶさた》て船木伐るといふ能登の島山　今日見れば木立《こだち》繁しも幾代神《かむ》びそ　（万葉集・巻十七・四〇二六）

繁茂する松の下は、樹木の生命力が燦々と降りそそぐエリアであった。その松の風に吹かれ、松の色に染まることは、すべてのものにとってめでたく、活力を得たり補強することにつながり、かつそういう松樹繁茂をうたうこと自体、めでたくはればれとした世界である。環境文化学においても引用しておくべき貴重な歌。日本国土緑化をうながしているのであって、現代的意義をも備えた儀礼的歌謡。6番、7番をもって、日本中世期以来の祝言歌謡の代表と見ることができる。室町時代の人々は、めでたやな・松の下・千代も引く・茂れ・木陰に茂れ、とこうした語句の組み合わせによって祝言歌謡をかなり作ったのである。つまり歌謡による祝いの基本がこれなのである。

このような発想によって、このような表現によって、日本の「祝い」が成り立った。

〔五〕　梅花と月

8・小　誰《た》が袖触《ふ》れし梅が香ぞ　春に問《と》はば《ゝ》や　物言《い》ふ月に逢《あ》ひたやなふ（う）

【口語訳】
どなたの袖が触れた移り香なのでしょう、この梅の香は。春にたずねてみたいものだねえ、物言う月に逢って教えてもらいたいものだねえ。

【考説】　最も美しい風景。「物言う月」のおもしろさ。

《誰が袖触れし》「誰が袖」は、暗に雅びな貴人を、意味する。

①色よりも香こそあはれと思ほゆれ　誰が袖ふれし宿の梅ぞも（古今和歌集・巻一・春歌上・読人知らず）
②華すゝきたが袖ふれしなごりより　こぬ人まねくならひなるらん（元徳二年〈一三三〇〉・臨永和歌集・第三・秋）
③たが袖のにほひをかりて梅の花　人のとがむる香にはさくらん（文永元年〈一二六四〉・瓊玉《けいぎょく》和歌集・春上）

《春に問はばや》
④むめかゝにむかしをとへばはるのつき　こたへぬかげぞ袖にうつれる（新古今和歌集・巻一・春上・藤原家隆）
⑤あけのこる月にとはゞやほととぎす　鳴きつるかたは雲のいづこと（慶長日軒録・慶長八年五月十一日）

《物言ふ月》　歌謡としてはこの表現が特におもしろく、この歌謡を生かせている。

⑥ものいはゝとはまし物をちはやふる　神代のこともつきはしるらむ
（文永三年〈一二六六〉頃・柳葉和歌集・第三・秋。宗尊親王歌集にも）

《なふ》　隆達節などの「の」の使用と対照的。隆達節では「よの」となる。『閑吟集』に見えるこうした、湿度ある抒情性を表現する「よなふ」が、隆達節などでは聴こえて来なくなっている。たとえば高木市之助「閑吟集から隆達小歌集へ」（新註国文学叢書『室町時代小歌集』・月報十八）などに述べられている。

この小歌は、まず『新古今和歌集』巻一・春上・四六番・右衛門督通具の、

⑦梅の花たが袖ふれし匂ひぞと　春や昔の月に問はばや
（詞書「千五百番歌合に」）

をふまえているように見うけられる。また、前掲『古今和歌集』読人知らずの歌や、『古今和歌集』巻十五・恋五・在原業平の歌、

⑧月やあらぬ春や昔の春ならぬ　わが身ひとつはもとの身にして
（伊勢物語・四段にも。集成）

は右『新古今和歌集』の本歌であるから、この小歌の理解にも関連する。しかし早歌・『拾菓集』下「袖情」には、

⑨誰袖ふれし梅が香ぞ　昔をしのぶ袖の香は　花橘の夕風　しばしとまれと招くかは　尾花の袖にまがふ色……

とある。前半句が同じ。小歌が生まれ伝承していた一つの経過・過程をそこに見ておいてよいか。

和歌の後半「春や昔の月に問はばや」を「春に問はばや」と「物言ふ月に逢ひたやなふ」の二句に分けてうたったおもむきも一つの技巧。しかも「月」を「物言ふ月」とし、「逢ひたやなふ」ともっていったところに、小歌としてのおもしろさが見えている。梅をうたうので、やはり祝言性が強いが、しかし王朝風な恋歌へと転換していると見ることができる。

〔六〕 虚 うそ

9 吟 ・只吟可臥梅花月　成仏生天惣是虚
（ただ吟じて臥《ふ》すべし梅花《ばいくわ》の月　成仏生天《じやうぶつしやうてん》すべて是《こ》れ虚《きよ》）

【口語訳】 現世にあっては、ひたすら詩を吟じ、月下に梅花の風流を楽しむがよい。来世、人は仏と成り、天界に生まれかわるなどと言うのは、所詮むなしいいつわりよ。

【考説】 痛快。すべてこれ虚。

《只吟可臥梅花月》 吾郷寅之進『中世歌謡の研究』（昭和四十六年・風間書房）所収「禅林文学と閑吟集歌謡」（閑吟集と五山文学の関係についての基盤的研究）に多くの類句が指摘されている。五山の詩文に同類句を求めることができる小歌。ここには三詩と和歌一首を引く。

①水流四念不同心　仏界魔宮亘古今　寒窓風雪梅花月　酒客弄盃詩客吟　（狂雲集・各見不動・続群書類従）

②夜坐閑吟寂寞時　銕檠紙帳独題詩　楊花何処春雲熱　月満寒梅雪一枝　（続狂雲詩集・和靖夜坐図・同）

③象数一彰周宓義　韋編三絶属宣尼　咲吾窓下猶開巻　月照梅花太極枝　（松蔭吟稿・梅窓読易・同）

④むめがえのかすめるいろはほのかにて　のきはににほふゆくれの月　（権大納言俊光集）

《成仏生天惣是虚》 五山詩文における類型句がいくつか認められる。

⑤天賦蒼生一点霊　即之無体見無形　孟軻道善楊雄悪　総是虚言不用聴

（大永五年書・明極楚俊語録・性空本禅人『五山文学全集』第二）

吟詩句。吟詠された漢詩句。「Guinyei　吟詠。詩を作ること、または詩句に節をつけて一人で朗誦すること」（日葡辞書）とあるように、『閑吟集』の「吟」の歌謡も、本来は一人で、喧騒から離れた場所で朗誦される機会が多かったのであろうと想像する。本人の心情、本人をつつむ環境すべて、まずは「静」の時空が適した。しかし一方では、酒宴で披露される事も多かったであろう（もちろん中国の宋代～明代あたりにこれらの詩句をさらに詳しく求める作業も残っている）。酒宴でうたわれた時は、盃の酒を飲み干す契機《きつかけ》をつくることになるのである。今の、この刹那をただひたすらたのしめ、さあ〳〵呑もうよ、とうたっている。

本歌は五山の漢詩句そのものか、あるいはそれの改作で、広く口ずさまれた句であろう。下句の真の理解は、民衆には難しいむきもあったろうが、詩を吟じ、月下の梅を賞美して、現世を快楽に過ごそうとうたっている。その快楽は、この詩が生まれた本来のところでは、単に俗世間の現世的な意味ではなく、禅の高踏的、隠遁的な雰囲気を持っていたように見受けられるが、それとて酒宴へもってくると、さあ快楽に飲めや囃せや、の引き金となる。まさにこれは座興歌謡である。中世の武士や商人や海賊達も口ずさんだであろう。歌謡は場をハヤシて、人々を一気に呑み込んでしまう、普遍的なそうした魔力をもつのである。うたのチカラである。これも歌謡としてのいくつかの時空を想定して理解せねばならない。

10・小　梅花《ばいくわ》は雨に　柳絮《りうじよ》は風に　世はたゞ嘘《うそ》に揉《も》まるゝ

【口語訳】
梅の花は雨に、柳の綿毛は風にもまれることよ、人の世は、ただもううそ（嘘）にもまれます。

【考説】『閑吟集』は「うそ」をうたう小歌を書き留めた。武士のうそ、商人のうそ、そして恋のうそ。刹那に生きる人々の、「うそ」に翻弄される儚《はかな》さが滲む。

《梅花は雨に　柳絮は風に》彰考館本は「柳絮《リウジョ》」。「柳絮《リウジョ》」（易林本節用集）。柳の綿毛。「柳絮　陳生高カ千家詩註釈ニ曰ク、柳花ハ即チ柳絮ナリ」（節用集大全・延宝八年）。梅花に雨、柳絮に風、は定型。「腸断春江欲尽頭　杖藜徐歩立芳洲　顚狂柳絮随風舞　軽薄桃花逐水流」（杜甫・絶句・漫狂詩。李瑞環策划・古典詩詞百科描写辞典・植物・柳類にも引用）。「風吹柳絮毛毬走　雨打梨花蛺蝶飛」（禅林句集・十四字・大慧）。

《嘘》うそ。「迂疎《ウソ》　虚言」（温故知新書）。「Vso　ウソ（嘘）。虚言、嘘を吐く、または嘘を言ふ。偽りごとを話す」「ウソイ、ウソツキ……」（日葡辞書）。「ウソヲユウベカラズ、サケヲノムベカラズ」（ロドリゲス日本大文典）。「いつはり」「そらごと」とは歌っていない。「うそ」というところに世俗的な日常的な、そして刺激的な中世小歌の雰囲気を摑むことができる。「虚」で連鎖することなく、また「いつはり」「そらごと」が続くのでもなく、人間臭い「うそ」という平俗なことばで9番を受けた。当時の時空における「嘘」から「うそ」への広がりがあったのであろう。9番の「虚」を蹴飛ばしたのである。室町期小歌の俗の表現であり、世の実体は「うそ」であると見抜いた民衆や禅僧の口調であり、また武家の口調でもある。『朝倉宗滴話記』「宗滴様御雑談其はしぐ〳〵萩原覚」（続々群書類従）には次のように、教訓として言っている。

○仁不肖に不寄、武者を心掛くる者ハ、第一うそをつかぬ物也、聊かも、うろんなる事なく、不断理致義を立て、物耻を仕るが本にて候、其の故ハ一度大事之用に立つ事ハ、不断うそをつき、うろんなるものハ、如何様の実義を申候へども、例のうそつきにて候と、かげにて指をさし、敵御方共に信用なきものにて候間、能々たしなみ可

有事、

◇〈うそ〉〈まこと・おもしろ〉

「うそ」にもまれる人の世を持ち出すところに重点がある。ここに言ううそは、恋のうそも含めて、広く世の中のうそを言う。梅花と雨、柳絮と風から、世と嘘へ展開する意外なおもしろさ。武家も意識したことばであろう。この展開はまた雅から俗への流れでもある。この一首も『閑吟集』の雅と俗を具現している。この小歌には、中世小歌のその時代におけるひとつの完成した歌謡の姿を見ておきたい。日本流行歌謡史上の佳作。

型としては、当時の放下僧の歌謡〈揉まるゝ物尽し〉（19番）のうたい方を取り入れた小歌。放下歌謡には並べてゆくおもしろさが見え、祝いの性格が認められる。一種の物尽し・数え歌の発想がみとめられる。ただし10番は放下歌謡の断片そのものでもない。「梅花は雨に」「柳絮は風に」と、それぞれに「揉まるゝ」を省略してある手法は、19番などに見えるような、「川柳は」以下すべての句に「揉まるゝ」を入れてゆく大道芸放下歌謡の表現とは異なる。また歌謡には一定のリズムを繰り返しながら、どこかで崩すことによって、平板化を避けて、表現のおもしろさを出す手法があるが、そうした面においても手本とすべき歌謡である。放下歌謡の「小切子は放下に揉まるゝ」としたところは、大道芸歌謡としての崩しであるが、この10番は〈世のうそ〉として締めたのである。いわば現実の社会性へと崩したおもしろさ。次に19番と対照させてみる（表）。

表

10番（小歌）	19番（放下歌謡）
梅花は雨に	川柳は水に　揉まるゝ
柳絮は風に	ふくら雀は竹に　揉まるゝ
世はたゞうそに　揉まるゝ	都の牛は車に　揉まるゝ
	野辺の薄は風に　揉まるゝ
	茶臼は引木に　揉まるゝ
	小切子は放下に　揉まるゝ

副詞が全体を引き締めている。鋭く訴えるこの「たゞ」は、中世小歌における印象的な副詞。ここでも放下歌謡とは少々異なった、並べるおもしろさ。

梅の花は雨に、柳絮は風に、人の世はうそにもまれて、やがて散る人生のむなしさを歌う。それは虚無感・無常感にも通じている。

「世はたゞ嘘に揉まるゝ」とは、やはり人生・世間の真実を洞察した言葉である。これこそ世の中の実相であろう、というのである。世は室町時代・戦国時代という時代相を含みながらも、この小歌は、時代や地域差を越えて、平成の現代においてもなお、真実をより広く深くとらえていることに気付く。中世期小歌を越えた小歌。そういう捉え方もできる。

『閑吟集』の「うその小歌」に関しては、菅野扶美の注目が早く、この歌謡集の文芸的特質と捉え、かつ詳細である。氏の「嘘の歌謡―『閑吟集』の一特性について―」（『藝文研究』45号・昭和五十八年十二月）の、ここには終結部分のみを引いておく。

それは、室町の時代相の反映であったからかもしれない。しかしより直接の理由は、その室町時代に生きて、虚とウキヨ・ユメとウソを同時にとらえることのできた編者の目の独自性にあると考えられる。漢詩に通じ、和歌連歌に造詣が深く、しかもそれらを芸能としての歌謡の形で表現する。ウソという言葉で室町時代の一面をとらえた編者の手腕によって、ウソは特殊一回的に『閑吟集』におさめられ、編者の禅宗的文芸性に全篇覆われている『閑吟集』は、その面においてあらゆる歌謡集の中で異彩を放つ。

『閑吟集』の「うそ」は、16番・17番・201番にもうたわれているが、現代歌謡の世界でも〈恋のうそ〉がしきりにうたわれている。案外この室町の「うそ」と連鎖していると言ってよいかもしれない。たとえば「嘘と泪のしみついた　どうせ私はうわさの女……」（噂の女）、「ここは東京　ネオン町　ここは東京　なみだ町　ここは東京

なにもかも　ここは東京　嘘の町」（女のブルース）、「折れた煙草の吸い殻で　あなたの嘘がわかるのよ……」（うそ）。引用するまでもなかったかもしれないが、これらすべて都市を背景とした〈恋のうそ〉を歌っている。背後に混沌、言外に悪の、そうした陰《かげ》がちらちら見すかされる。都市・海辺・港町に揺れ動く「うそ」である。『閑吟集』に見えるうそから、さらに俗性を強めて、かつ宗教的な目線は払いのけて、現代のここに流れ着いているとしてよい。この点でも、現代流行歌謡（演歌と称される一群を中心に）の世界を論ずる場合、淵源としての、あるいは、似ていないようで似ている、その『閑吟集』の世界を意識する必要がある。加えて、中世小歌に親しむ者にとって、もう一つ意識しておくべき事実がある。つまり後に続く『宗安小歌集』にも隆達節にも、なぜか「うそ」はもう現われないのである。

日本歌謡史を辿り辿った人々の、心を揺さぶる小歌の一つであるが、そこから山村の緑なす村々に目を向けると、田植草紙系歌謡群があった。その重なりと融合している性格を一方では認めながらも、農村における『田植草紙』の世界とこの小歌とを対照させてみることも、長い日本歌謡史研究としては重要課題であったのである。『田植草紙』は稲作生産農耕歌謡の世界であり、「おもしろの歌謡群」であって、稲の文化の中で、村落共同体によって育まれて来た、生産的な「まこと」「おもしろ」「よい」をうたっている歌謡群である。少なくとも「うそ」や「儚《はかな》さ」は歌われない。どの時代へもっていっても、どの地域に置いてみても、安定して基盤となる歌謡群である。日本歌謡における「まこと」「おもしろ」「よい」と「うそ」の課題はこのあたりから出発してよい。中世歌謡をはじめとして日本の歌謡が内に秘めている文学的・文化的・人間精神科学的・習俗的意義は、まずこの『閑吟集』と『田植草紙』の対比の中から生まれてくると言ってもよい。

⑥まことのそうとめはようはにこそな
　声もおもしろくようはにこそな

日さへくるればよいそうとめのさ声や
さつきそうとめ暮端のこゑはおもしろ
さ声おもしろ佩《は》いたる太刀にかへいで
をもしろいぞやうたゑやしよたのそうとめ（「ようは」は「夕端」。夕暮。「暮端」も近い意）

これは、『田植草紙』晩歌三番・一一七番。大田植の終了近く、西山の日輪を遥拝してうたわれる絶唱の一つ。早乙女のさ声の美しさを取り上げて、中世村落共同体の「こころ」を、延いては「文化」を象徴的にうたっている。「まこと」「おもしろ」「よい」（ここでは「よい早乙女のさ声や」の「よい（好い）」も加えて）の世界であった。これは、ただひたすら「うそ」にもまれて流れ続ける『閑吟集』小歌の世界とは異なる（『田植草紙歌謡全考注＊』参照）。微妙ではあるが、〈うそ〉は、峠を越えて、稲苗の波打つ「五月の早乙女」の世界へ入ることはできなかった。ここに至って、逆に、『閑吟集』の、刹那に重ねてまた刹那を生きる時代や人生が、激しく精一杯であることがわかり、古典として我々に迫る。

〔七〕　鞍馬天狗

11・老《おい》をな隔《へだ》てそ垣穂《かきほ》の梅《むめ》　さてこそ花の情知《なさけし》れ　花に三春の約有《やくあ》り　人に一夜を馴《な》れ初《そ》めて
後《のち》いかならんうちつけに　心空《そら》に楢柴《ならしば》の　馴《な》れは増《ま》さらで　恋の増《ま》さらん悔《くや》しさよ

【口語訳】

老人だからといって分け隔てをしてくださるな。垣に咲いている花も、その香りを分け隔てしないのが、花の情けというものです。花は「花に三春の約あり」というように、春になれば約束を守って咲くのだけれども、一夜馴れそめて親しくなっても、その後どのように心変わりしてしまうかもしれないと思うと、にわかに心も落ち着かず、慣れ親しむことは増しもしないで、恋しい気持ちばかりがつのってゆきます。ほんとうに悔しいことだ。


【考説】　妖怪鞍馬天狗のうた。老人のうたでもある。

《垣穂の梅》　「垣トアラバ（かきほともいふ。かきねとも。……）、へだつる、……」（連珠合璧集）。「隔て」から「垣穂」へ、さらに「垣穂」から「梅」そして「花」へ、縁語で連ねる。「垣穂」は垣のこと。垣のそばに植えられてある梅。「たよりもとめてやり梅や　間を隔つるかきほ梅」（松の葉・巻二・梅づくし）。

《花に三春の約有り》　三春は陰暦の孟春（正月）仲春（二月）季春（三月）のこと。三秋と対。「花ハ、ヤクソクスル如クニ咲ホトニ、如斯云ソ」（うたひせう〈慶長年間書写〉・鞍馬天狗）。「はなに三しゆんのやくあり」（宝永三年・和漢古諺・巻上・和諺）。花は、毎年それぞれに約束された開花の時期（孟春・仲春・季春のいずれか）を守って咲くこと。

《心空に楢柴の》　楢柴のならに、心空になるのなるを掛けた。「いくさにはうちかちぬ　酒は飲みぬ　心がそらになるぞや　めん〳〵うちとけてあそびたまへ」（十二類絵巻・チェスタービーチコレクション本。昭和六十三年十二月二日に見る）。十二類酒宴の場面で、鶴が舞う、その側の龍のことば。

《馴れは増さらで　恋の増さらん》　馴れ親しむことは増さらないで、恋心の思いばかりがまさっていくよ。『新古今和歌集』巻十一・恋一・一〇五〇・人丸作とある、
①御狩する狩り場の小野のなら柴のなれはまさらで恋ぞまされる

の下句が出典。なおこれは次に掲げる②『万葉集』を本歌とするものである。

②御獵する雁羽の小野の櫟柴《ならしば》の馴れは益《まさ》らず恋こそ益れ
（万葉集・巻十二・三〇四八）

③なら柴のなれゆく程のちぎりさへことはかた野の道の露けき
（永正年間・貞敦親王御詠）

④なら柴のなれはまさらぬあらたかをけふもかりばにあはせかねつつ
（題林愚抄・冬・狩・永徳百首）

前歌10番から「梅」で連鎖。しかしこの歌の出典・謡曲『鞍馬天狗』の場面は、「桜花」爛漫の世界。「垣穂の梅」をはじめに置きながらも、本歌の歌詞の背後に、季節は「梅」から「桜」への推移がある。

宮増《みやます》作、謡曲『鞍馬天狗』の一節。肩書「大」。桜花爛漫の鞍馬山で、山伏が一人たたずむ美少年（牛若）に、恋情にも似た同情をもって語りかける部分。ただし、この山伏、実は鞍馬山の大天狗である。本体は異形のモノ。能の物語や場面を浮かび上がらせてこの歌謡を取り上げるなら、そこは異様な雰囲気の世界、妖術のパワーで迫りくるものがある。さてそれは、次の12番と並べて編集し、連鎖させた段階でより確実なものとなってくる。異形のものの幻影として、一つなのである。そこのところの読み取りが必要。なお明治期の『謡曲文解』でも、「鞍馬寺に花見あり。牛若丸も平家の公達と共に行き、公達の帰りし跡に、客僧と共に山内を見物し、客僧の同情を得……」と見ている。

宴席などでは、若いグループとは異なる老境の人々が、酒に酔って口ずさんだ一節でもあった。最初の「老をな隔てそ」で、酒宴でのこの歌の機能がはっきり打ち出されている。「この老人を隔てないでくれ。この老人も仲間に入れてくれ。皆でたのしくやろうよ」のメッセージである。こうしたジェスチャーを打ち出しておくのである。その発想は、一方では若者への讃歌ともなる。若者達をより際立たせる手法。北川忠彦は、11番・12番・13番と「老のくりごと」のセットとした。「馴れは増さらで」とあるので、「悔しさよ」と結ぶところも見ている。謡曲の場面からゆくと、心寄せる人への同情をうたう歌と見てもよいのであり、また「思い差し」の小歌ともなったが、右にも、また次の12番にも述べる如く、中世の酒宴に潜む妖気もある。日本歌謡史を古代から近代へ貫く「老人の歌」の一つの型―「あら恋しの昔や」とうたう中世老人の歌については28番・220番・221番で確認できる。

12 小・それを誰《た》が問《と》へばなふ（う） よしなの問《と》はず語《がた》りや

【口語訳】
それを誰が問うたというのでしょう、だれも尋ねたわけでもないのに、どうもしようのない問わず語りだねえ。

【考説】　酒呑童子の幻影。

《それを誰が問へばなふ》

⑤シテ色香にうつるよはつかしや　地のふそれをたがとへば　シテなき人のかたみよさりとは　見ればおもひのますかゞみ（万葉歌集・松風・『続日本歌謡集成　近世編下』）

《問はず語り》　「播磨の明石の浦伝ひ　問はず語りの夢をさへ　うつゝに語る人もなし」（謡曲・須磨源氏）。平安朝の一例として「これもあやしきとはずかたりにこそなりにけれ、とて」（蜻蛉日記）。

⑥見し夢を我が心にも忘れめや　問はず語りに言はれもぞする（玉葉和歌集・巻九・恋一・延政門院新大納言）

⑦問うことは申さいで、問はず語りをする女めを、ものも言わぬほど責めて問え（説経浄瑠璃・与七郎正本・さんせう太夫）

⑧さしよりてこしかたの事ともうち語らひしに、かの君の事などとはず語りしいでて（室町時代物語・鳥部山物語・大成第十）

(1)「問はず語り」をしたその本人がつぶやいた歌。
(2)「問はず語り」をしたその人に対して、誰かがうたいかけた歌
12番は(1)と見るのがよい。

本歌の前後にある歌（11番、13番）はともに老人の老いをなげく歌とすると、本歌の「問はず語り」が、それら前後の歌そのものであると見立てた上での配列と考えられてよい。11番との関係で言うと、「馴れは増さらで　恋の増さらん悔しさよ」という「問はず語り」を受けたことになる。また次の13番も〈老いのなげき〉をうたっているのであり、その間にこの12番が位置している。単独でうたわれる際、男の歌か女の歌かは、この歌がうたわれる場でいろいろに見てよい。この配列においては、ある老人の歌と見るのがよいと思われる。老人の「よしなの問はず語り」として、ここに置いたのである。

さらに次の例も加えて見ると、もう一つの興味ある編者の配列の意図・手法が見えてくる。

◇妖怪鞍馬天狗に続いて、幽霊酒呑童子も出現

謡曲『幽霊酒呑童子』（『未刊謡曲集』三所収。解説に、自家伝抄に世阿弥作とするが疑問、とある）

⑨（シテ）あらよしなのとはず語や　先酒をすゝめ申さん　林間に酒をあたためて〳〵。紅葉を濁醪《ダクラウ》の盃もかさね　かはらけとる手もたゆく　足本はよろ〳〵と酔伏たり、忘れたり。（問はず語りの内容は、この作品の中からは、明確ではないが、頼光達へ千代ぞと聴くの盃をすすめるセリフなどを言うのであろう）

謡曲『幽霊酒呑童子』（『未刊謡曲集』十七所収。自家伝抄に世阿弥作とする）

⑩面に散す紅葉ばの　風狂じたる風情せし　酒呑童子の物語　余所には非ず我なれや　御覧ぜよ人なり　鬼となし思ひそ　荒よしなやとはず語　まづ酒をすゝめん……。林間に酒をあたためて、紅葉を濁醪の盃も重なり　土器取

る手もたゆく足本も弱々。

右傍線の箇所は注意される。すなわち12番は、「あら（荒）よしなの（や）問はず語（や）」酒呑童子の妖しげな科白と同一であった。『幽霊酒呑童子』系統と関わる小歌と見ておきたい。

右掲の前者『幽霊酒呑童子』では、「（ワキ）いかに申候、此所は古へ酒呑童子の栖と承及て候。御存知ならば委しく御物語候へ」に対する酒呑童子の語りが欠落している。また『語酒呑童子』（校註謡曲叢書）にも「あら由なや問はず語り」が見える。なお別種では、次の例がある。「よしなや人のとはず語りに　昔を忍ぶもぢずりの　乱れそめにし心の色　あらむかし恋しや」（謡曲・恋草・『未刊謡曲集』五）。「よしなの問はず語り」が、当時言い習わしにもなっていたと見てよい。

さて12番については次のように見ておきたい。11番は、客僧（山伏）の、牛若丸への心情を述べたところであるが、その客僧たるや実体は鞍馬山の大天狗であって、この大江山酒呑童子（童子の格好であるが実体は鬼）と同様の妖怪、異形の者であった。恐ろしいモノではあるが、しかし室町時代物語や能の世界からしても、一面風流性をもって出現する妖怪である。続いてこの12番が、『幽霊酒呑童子』（成立時期は明確ではないが）系統の曲の、その箇所が抜き取られて小歌になっていると見ることができるわけで、11番を異形のモノ（天狗）の心情吐露と見た上での連鎖意識があるとしておいてよかろう。この「問はず語り」は、謡曲側では、自らが酒呑童子であることをほのめかす語りなのである。

11番─大天狗（山伏として出現）謡曲・鞍馬天狗
12番─酒呑童子（稚児姿で出現）謡曲・幽霊酒呑童子　語酒呑童子
］異形のモノの科白。

妖術と風流の融合が考えられる。ともに謡曲の物語と関連しながら、この11番・12番の背後に、天狗と酒呑童子の異形の幻影があって、それが流れている。（『閑吟集』はさらに、後に取り上げるように、190番においてもう一度、この酒呑童子を妖しくちらつかせて、この連鎖と関わらせているとしてよい。つまり酒宴座興歌謡としても著名な190番と一つの線上にあると見てよいのである）。本書では、11番から12番への流れをこのように把握しておきたい。また、その頃の酒宴の中に、時として潜んでいた妖気・夢幻が、この11番・12番からもうかがえるのではないか、ということである。

13・大 年〳〵《〈としどし〉》に人こそ旧《ふ》りてなき世なれ　色《〈いろ〉》も香《〈か〉》も変《か》はらぬ宿《〈やど〉》の花盛《ざか》り　〳〵《〈変はら…〉》　誰《たれ》見はやさんとばかりに　又廻《めぐ》り来《き》て小車《をぐるま》の　我と憂《う》き世に有明《あり》の　尽《つ》きぬや恨《うら》みなるらむ　よしそれとても春の夜の　夢《ゆめ》の中《うち》なる夢《〈ゆめ〉》なれや　〳〵《〈夢の…〉》

【口語訳】

年々歳々、人は老いてゆく世の中だけれど、色も香りも変わることなく今を盛りと咲いているのは我が宿の桜。この桜の花を誰か眺めて愛でることもあろうかと期待して、それだけを頼りに生きるしばしの間にも、いつのまにかまた年月は、廻る小車のようにめぐって、浮き世に暮らす私は、いたずらに年老いてゆくのがなによりも恨めしいことです。だがままよ、そのようにいくら恨んでも、所詮この浮き世は春の夜の夢の中の夢のようにはかないもの。春の夜の夢のようなもの。

【考説】　夢の中なる夢の世。老人のうた。

《年〳〵に人こそ旧りて》

⑪年々歳々花相似　再々年々人不同　（唐詩選・巻二・七言古詩・劉廷芝・代悲白頭翁）

この「代悲白頭翁」は、さらに「寄言全盛紅顔子　応憐半死白頭翁」とあり、また「此翁白頭真可憐　伊音紅顔美少年」とうたっている。老いのなげき、人のはかなさが、冒頭に来ている。

《色も香も変はらぬ宿の花盛り》

⑫色も香もおなじむかしにさくらめど　年ふる人ぞあらたまりける
（古今和歌集・巻一・春上・紀友則・詞書「桜の花のもとにて　年おいぬることをなげきてよめる」）

⑬人はいさ心も知らずふるさとは　花ぞむかしの香ににほひける
（古今和歌集・巻一・春上・つらゆき）

などが意識されたか。

《小車》

⑭けふ出て又もあはすに小車の　此よのうちになしとしれ君
（舞の本・小袖乞）

《夢の中なる夢なれや》

⑮今日までもあればあるとや思ふらむ　夢の中なる夢を見るかな
（源平盛衰記・巻三十六）

⑯実何事も、夢の中《（ウ）チ》なる世の中に　何を現《（うつつ）》と思ふべき
（謡曲・勧進文学・『未刊謡曲集』四）

⑰今宵はこゝに仮寝して　夢の内なる夢の世に夢見給へと幻の　すがたもかくれ失にけり〳〵
（謡曲・揮尾・『未刊謡曲集』二十三）

⑱夢のうちなる夢の世を　悟らぬ事の果敢《はか》なさよ　なむあみだ〳〵
（落葉集・第七・間の山念仏）

年々、老い衰えてゆく人間を、毎年美しく蘇り咲き続ける花と対照させながら、「浮き世は春の夜の夢の如くはかなし」へもってゆく。無常感ただよう歌。『閑吟集』老人の歌の一つ。11番・12番・13番が老人からの発想の歌

のセットである。鞍馬山大天狗も、大江山酒呑童子も、こうした夢幻の世のはかなさを口ずさんだのである、という括りである。老境の悲しさを風流に歌いあげた。老人の歌は上代からずっと日本歌謡史を貫いて、ひとつの大きな流れをつくっている。ここで言う老人の歌は、老人をうたう歌ではなく、老人の心底から流れ出た歌という意味である。「大」の肩書きはあるが、その出典は不明である。

〔八〕 吉野川の花筏

14・小吉野《よしの》川の花筏《いかだ》 浮《う》かれて漕《こ》がれ候《(そろ)》よの 〳〵(浮か…)

【口語訳】
私は吉野川の花筏。心も浮かれて、あの人を思い焦がれるばかりです。

【考説】 掛け言葉で遊ぶ。

《吉野川》 吉野川は桜の名所、吉野山を縫って流れる。「筏―吉野川　戸無瀬川　越川等に続けり」(今川了俊・師説自見集・上。天理本は応永十五年の奥書)。

《花筏》 吉野川を下る花筏。桜の花びらが散りかかっている筏、あるいは風流に桜花の枝を挿しそえてある筏のこと。花びらが筏のように連なって、川面を流れているのを見立てたその花筏ではない。その説は採らない。16番に「花靫」が見える。それも花を挿しそえてある靫。「はないかだ。筏に花を折りそへたるなり。又ちりしく花の水に流るゝを見たてていふなり」(和訓栞)。

《浮かれて漕がれ候よの》「浮かれ」に、花筏が浮くと恋に心が浮かれるを掛け、「漕がれ」に、花筏が「漕がれる」と恋に「焦がれ」を掛けている。

①身は浮舟　浮かれ候　引くに任せて寄るぞ嬉しき　（宗安小歌集・六六）

②身はこゝに思ひし君はあの沖に　海士の釣舟はやく（て）こがるゝ　（御笑草諸国の歌・大島木伐唄・『近世文芸叢書』・俚謡）

③よしの川の花いかだ　さほの隙もあらじな　岩波たかき花の香を　四方にちらす山風　（秦箏語調）

前歌と花で連鎖。浅野建二・研究大成は「初句には、私はとか、わが恋は、といったような主語が省略されている」とするが、補うなら「身は」である（130番・132番・155番）。女の身。「私は」「わが恋は」は採らない。掛け言葉を使った、はなやかで瀟洒な小歌といえよう。「花筏」は「花靫」「花籠」「花心」などとともに、花で『閑吟集』を彩る。中世小歌の風景をつくりあげている小歌の一つ。

④宇津の山ゐは何十人　柳のいかたくむならば　さおおばいかでさすべし〱　立田山ゐは何十人　もみぢのいかたくむならば　さおおばいかでさすべし　吉野山ゐはなん十人　桜のいかだくむならば　さおはいかてさすべし　（筏の猿楽）

⑤やらゐやうらろらと　淵としつかにくたせ　瀬になりてはやうくださんと〱　月は出てわにしにゆく　花はさゐてはねに帰る　花諸共にちらんよと　つき諸共にいざいらん　（はないかだ）

以上の二種、静岡県藤枝市滝沢田遊の詞章の中の「筏の猿楽」「はないかだ」である（新井恒易『中世芸能の研究―呪師・田楽・猿楽―』昭和四十五年・新読書社）。直接的関係ではないが、こうした田遊の詞章は、この小歌成立の背景周辺、または伝承の地盤として意識されてよい。

◇日本の河川を流れる春の風流

『俚言集覧』が引く『犬子集』の、「河の瀬の紋所かや花筏」などは、花びらが筏の如く水面に散ったさまを河の紋所かと見立ててそう歌ったのであろう。『平家物語』の「橋合戦」で、大河を騎馬が連なっておし渡るさまを「馬筏」といったり、近松の『源氏烏帽子折』のなかで、敵の兵が敗れて田村川に投げ込まれ、浮きぬ沈みぬ漂うところを、牛若は「おゝ面白し面白し、人筏ござんなれ」とはやしているのなどは、右に言う、水面に花や花びらが散って筏のように流れているという意味の花筏の場合に似た表現である。

一方、江戸末期（文久年間）のものではあるが、釈幽真の『空谷伝声《やまびこ》』上巻、に載る和歌、

⑥花いかだかすみにくだす川上の春もこひしき月のかげかな

などは、右の俳諧にうたわれた叙景の対象よりもう少し視野が広いようで、『和訓栞』にもいう、花の枝を折りそえた筏とみる方がより適切であろう。

花筏の語については右に見る二つの解釈以外に、また少々ニュアンスの異なった解釈もできるようである。すなわち「（花の枝を折りそえてある筏とやや異なる）桜の花の散りかかっている筏」という意味での使用もあったようである。これは、貞徳の『俳諧御傘』に、

⑦花筏、花の散（り）かゝりたる筏也。正花也。春也。極物也。

（万治二年・安田十兵衛開板本）

とあるによって言うのである。

細かくみて三通りの意味があるが、そのうちこの14番ではいずれをとるか。後半に「漕がれ候よ」ともあって、やはり山から伐り出した木の、山人の漕ぎあやつる筏を想像するし、「よしの川の花いかだ」が言い習わされた表現であろうと見られるのであって、右の『俳諧御傘』の説や、あるいは花の枝を折りそえた筏の意味の方がより自

然である。吉野川を漕がれてゆくと言ったイメージからして、小さい桜の花びらが連なっているものと見るのはちぐはぐで、場景の釣り合いがとれない感がある。吾郷寅之進の話によると、昭和十二、三年ごろ、根津家所蔵の能衣装展があり、そのとき「紅白段花筏色人牡丹」という衣装が出品されたが、その花筏なるものは、いわゆる筏に花の散りかかったものが描かれてあったという。年代的にはっきりしなくとも、能衣装の図柄であることも考慮して参考になる。また琴歌の注釈書『松月鈔』（元禄七年板・吉田邑琴子）に載る「薄雪」の曲は、

⑧芳野川の花いかだ、竿さすひまもあらじな　岩間高き山風に、四方に散れる花の香

と、この14番の前半と同一にうたい出しているが、そこに描かれている挿絵は、桜の吉野をぬって流れる吉野川に筏が描かれ、上に筏師が竿をよこたえ寝そべっているところで、花びらが川面にも筏の上にも散っている絵である。こういったいくつかの傍証をもって、この14番の花筏は「花びらが散りかかっている筏」又は「花の枝を折り添えてある筏」とするのが妥当である。周知の如く、高台寺霊屋内陣階段にも桜の散りかかった筏が、図案化されて描かれている。その流れはとても美しい。

15 小・葛城《かづらき》山に咲《さ》く花候《(ぞろ)》よ　あれをよと　よそに思《おも》ふ《(う)》た念《(ねん)》ばかり

【口語訳】

あのひとは葛城山の高い峰に咲いている桜花のようなもの、あれを自分の手に入れたいと、思いこがれるばかり。

【考説】「春山入り」を終えて、下山に花の土産。この習わしが、発想の基盤に関わる。

《葛城山》河内と大和の境にある山系。「山又山を分け越えて　行けば程なく大和路や　葛城山《かづらきやま》に着きにけり」（謡曲・葛城）、「役の優婆塞葛城や　祈りし久米路の橋いかに」（謡曲・船橋）。今は、かつらぎさん、と言う。「葛城《カツラギ》」（黒

本本節用集、易林本節用集）。金剛山を指すこともあった。「大嶺かづらき七度とをり　熊野のなちの瀧に三七日うたれ……」（幸若舞曲・文学）。宮家準編『修験道辞典』「大峰山、金峰山と並び修験道の霊場。開祖役小角をはじめとして多くの修験の徒の道場であり、葛城修験は中世末大きな勢力を持つようになる」。役小角の一言主《ひとことぬし》神呪縛伝説や葛城岩橋伝説でも知られている。15番の葛城山に咲く花は、暗に、男が心を寄せているあの女《ひと》のこと。

《候》　吾郷寅之進『中世歌謡の研究』*所収「中世における語頭濁音の「候」」参照。謡曲等のセリフを調査して、「体言＋ぞうろう・ぞろ」の型を明らかにした。つまり体言に直接接続する「さうらふ」は、語頭濁音となって「ざうらふ」となる。ここは「ぞろ」。『和泉流天理本狂言抜書』の「鳴子」では、「葛城山に咲く花候よ　あわれよと」とある。「人の」以下なし。この15番が本来の型である。

《あれをよと》　あれを手折ることができたらよいのになあ、と。「あれをよ手折りたやと」の意。

《よそ》「Yoso　ヨソ（余所）。ほかまたは他の所」（日葡辞書）。ひとり恋情を燃やしているばかり。片思い。

《念》　深い思い。「念《ネンズル》　思物皃貌」（文明本節用集）。懸念。「まづ心が落ちついた。心中の念はない。どこにかゞんでこの苦をかける……」（心中天網島・下）。

同系統発想の歌謡は少なくない。たとえば次の如し。

⑨高さ咲く花や登《ニブ》て取《トラ》い難《グル》しや　三《ミ》枝《ユダ》握《カチ》みとて思たばかい　（榮喜久元『奄美大島 与論島の民俗』・遊び歌）

⑩思て自由ならぬ水ぬ中のお月　手にや取らじ思い潰《ちぶ》す　（奄美三味歌・『日本庶民生活史料集成』・南島古謡）

⑪……和尚の身ならよぶによばれず　手にまねかれず　がけの桜でヤレ見たばかり　（越後糸魚川・おけさ・前田林外編『日本民謡全集』明治四十年）

⑫ありや木が高い　野暮なわたしの手ぢや折れぬ　（下総麦搗歌・右同）

⑬備前牛窓奈良屋の蘇鉄　垣の外からみるばかり　アートコリヤコリヤ　（岡山県牛窓地方・ぞめきうた）

すでに『研究大成』などで指摘されているように、出典としてまず次の二種の和歌が考えられる。

⑭よそにのみ見てややみなん葛城《かづらき》や　高間の山の峰の白雲　（新古今和歌集・巻十一・恋一・読み人知らず。和漢朗詠集・巻下・雲、にすでにある。久保田淳・『新古今和歌集全評釈』によると、俊頼髄脳で秀歌例とされる。定家八代抄にも）

⑮葛城や高間の山の桜花　雲居のよそに見てやすぎなむ　（千載和歌集・巻一・春上・藤原顕輔）

葛城・桜花・よそに見る、の条件を備えているのは⑮。以下類歌をいくつか掲げる。

⑯よそにのみ峰のしら雲うつもれて　雲こそかゝれかつらきの山　（十市遠忠・詠草・明応六年～天文十四年）

⑰よそに見しかづらき山の峰の雲　心にかけてとしはへにけり　（飛鳥井雅有・隣女集）

⑱こえてこそ花とも見つれかづらきや　よそに思ひし峰の白雲　（元享三年・続現葉和歌集）

⑲はるならば花とやいはん葛城の　〳〵　よそに見えたる峰の雲……　（謡曲・粉川寺・謡曲叢書）

などを拾うことができる。

『新古今和歌集』の歌は、室町時代物語『ささやき竹』の中にも見える。「二条までのこうじ、さゑもんのせう」の一人娘、十四歳のとき、「二条かんぱく殿」の鞠の会を見物に行き見初められ、「はづかしとや思ひけむ、みづからがゆくゑは、たかまの山とぞ申しける」とあり、その後、その言い残した謎の言葉について「よそにのみみてややみなんかづらきのたかまの山のみねのしら雲といふほんかをとりていひしなり。此心をもちて我をみてこひしとやおほすらん、みねのしら雲のことくにてありかをさためぬといはんためなり」とある。もちろんこれには大和言葉の謎歌的性格が付きそっていて、意は、およばぬ恋を象徴的に言っている点がうかがえる。この小歌の「葛城山に咲く花」も、およばぬ恋の相手を言う、謎かけの成句であった。

　前歌14番と、花で連鎖しているが、さらにその背景に、吉野連山や金剛葛城山系への春山入り・春の峰入りが見えてくる。それらの習俗で、山上の花や草木を折り取って村々への土産とする農耕予祝の習わしは広く行われていた。また金峯《きんぷ》山《せん》を中心とする吉野の山々は修験の霊地にあたることは言うまでもない。そうした雰囲気を受けて、14番と15番が連鎖する。葛城山は、その周辺の村々での農耕民俗（豊穣祈願・雨乞いなど）と深く結びつきながら、修験の霊山としても栄え、風流踊歌群にもしばしばうたわれている。

　たとえば大阪府泉北地方に、雨乞風流踊「こをどり」が伝承されていて、次のようにうたう。

⑳これから詣れば山上のお山　さても珍らしみ山のしやくなげ　あれこそ若衆の土産にしよ
　これから詣れば金剛のお山　さてもめずらしみ山の笹葉　あれこそ若衆の土産にしよ（下略）

　この葛城金剛など各霊山へ登って季節の花や草木を摘んで村々へ持ち帰る風習は、広く行われてきたところである（真鍋「大阪府泉北地方に伝わる「こをどり」中の「御山踊」小考*」）。

　また『大阪府下年中行事集』（昭和十四年・和泉郷土研究会）には「泉南・西葛城村では〝山行き〟をするが、女が葛城山で、ツツジなどの七色の花を取って帰る。四月八日の行事である」とある。修験霊山としての連続性をも意識しながら農耕民俗あるいは春の若者達の恋愛習俗を基盤として理解すべき歌である。そうした村人たちの、山上の花を村人への土産とし、また村人もそれを心待ちにするという、修験にもかかわる当時の人々の生活民俗の広がりは、この14番・15番の連鎖の背景に見えてくる。「吉野」と「葛城」と、そして「山に咲く花」のかかわりである。そこが、この14番・15番の連鎖のおもしろさにならなければならない。

〔九〕　再びうそ

16・小　人の姿《すがた》は花靫《うつぼ》　優《やさ》しさうで　負《お》ふ《（う）》たりや獺《うそ》の皮靫《かはうつぼ》

【口語訳】あの方といったら、外見は花靫のように優しく見えますが、どうしてどうして、実際に逢ってみると、獺の皮靫のように、嘘ばっかりの人でした。

【考説】　獺の皮は嘘《うそ》の皮。

《人の姿》　相手の男の風体。靫を背負った武士。

《花靫》　花の枝を差し添えてある靫。14番の「花筏」と同様に風流な靫。靫は矢を入れて背につける武具。「箞《うつぼ》・靫《同》……」（武家節用集）。「花……箞《うつぼ》、笠、車、……」（毛吹草・付合）。「むかふの山より柴といふものを、かりはこふに、はなを手をりてさしそへたるは、心なき海郎のわさに、やさしうもおほゆるかなと」（室町時代物語・山海相生物語・大成第六）。柴に花を折り添えている。花靫・花筏・花柴など、風流で若やいだ心のあらわれ。

《優しさうで》　やさしいような様子で。「やさし」に「矢差し」をかける。「Sô　さう。そのようである。そうだ」（日葡辞書）。「あら〳〵めでたや〳〵な　三人の長者はたのしさうにて、たつたりける」（大蔵流虎明本狂言・三人の長者）。

《負ふたりや》　「靫」は背に負うものだからこう言う。「負ふ」に「逢ふ」を掛ける。

《獺の皮靫》　「獺」に「嘘」をかける。「うそ」は17番参照。「Vso　ウソ。獺。カワウソと言う方がまさる。水中に棲む動物。または猫のようなもの」（日葡辞書）。かわうそ、のこと。『和漢三才図会』では、「水獺かわうそ、海獺うみうそ、山獺《やまうそ》」の三種を掲げている。「獺老而成河童者」（前田家本・下学集）。

①大崎玄蕃殿は十七をかたいた　十七八は嘘の皮　太刀こそかたいだ　（高知県吾川郡池川町〈現・仁淀川町〉・鼓踊）

②芸者面《つら》の皮三味線あ猫の皮　ござるお客は欲の皮　（民謡・北飛騨地方。雑誌『ひだびと』六年七号）

女の歌。男の嘘を揶揄してうたう。相手の男を、もし限定的に見るとすると、おそらく日頃靱を背にしている武士であろう。

掛け言葉の技巧をこらした流行歌謡。文和五年（一三五六）成立『菟玖波集』巻一・春上の例が知られている。

○北山の花を見て帰りはべるとて　うつぼに花の枝をさして一条の大路を過ぎ侍りけるに　さじきの内より

やさしく見ゆる花うつぼかな

といひ侍りければ　馬より下りて

もののふや桜狩して帰るらん

この「やさしく見ゆる花うつぼかな」が関係なしとは言えないであろう。『閑吟集』の永正十五年（一五一八）より百六十年ほど遡る事例。浅野建二・研究大成では、この連歌を基にして作られた歌謡であろうとする。

③梓弓春の花見の酒迎　やさしやうその皮うつほ哉　（言継卿記・天文元年三月七日）

④梓弓春の花見のさかむかへ　やさしやうその皮うつほかな　（再昌草・享禄五年三月六日）

⑤地主の桜は、花橘の鎧を着、唐太刀を佩くまゝに、花靱をさもやさしく負ひなし　（草木太平記・よしの山勢ぞろへ・有朋堂文庫御伽草紙全）

右の如く『言継卿記』と三条西実隆『再昌草』に、和歌が記されているのであるが、この例などは、むしろ小歌の流行を物語っている。

「花」には「嘘《うそ》」がつきもの。世の中の華やかで浮いたところに、嘘がひそむものという、おそらくはそうした言い習わしや経験から割り出したつぶやきか。京の町の人々が武士の風俗を揶揄している、ともとれる。

17　人は嘘《うそ》にて暮《くら》す世に　なんぞよ燕子《〈えんし〉》が実相《〈じちさう〉》を談《〈だん〉》じ顔《がほ》なる

【口語訳】

人は嘘にまぎれて日々を送っているというのに、梁《はり》の燕ときたら、世の実相を説くような顔つきで見おろしているよ。

【考説】　底本は肩書なし。図書寮本、彰考館本ともに肩書「小」。人はうそをつき、燕は真実を談ずる。

《嘘にて》　ただもううそをついて。嘘の中で。うそばっかりで。「にて」は、10番の「世はたゞ嘘に揉まるゝ」の「たゞ」に意識が通じている。

《燕子が実相を談じ顔なる》　「Yenxi　えんし、燕子。つばめ。文書語」（日葡辞書）。「子」は敬意・親しみを込め、付け添えた語。吾郷寅之進『中世歌謡の研究』が指摘したところによると、『南院国師語録』下「春日遊帰雲菴五首」の内、

　　雲埋石磴苔粘履　花落水流山更幽
　　燕子梁間談実相　被人喚作語春愁

を踏まえた。梁の燕にこそ深遠な仏教的真実・真理を見る。禅の哲学の視線で燕をとらえる。

　あの燕ときたら、このうそにまみれた人間の世の中に、ひとり実相を談ずるような顔をしてさ、といった揶揄の気持ちがあるか。虚無的なニュアンスである。

《実相》　仏教用語。生滅変化してゆく仮の姿の奥にある真実の相。人々の生活圏の中で、その実相を、梁にとまっ

た燕に、あるいは燕に関わって、見い出そうとしている。

底本、図書寮本「実相《じちそう》」。彰考館本「実相《ジツソウ》」。「真実《シンシチ》」（前田家本・色葉字類抄）。「真実《シンジチ》」（世俗字類抄）。「真実明《シンシチ》ニ帰命《クヰミヤウ》セヨ」（国宝本三帖和讃）。

⑥世の中はうそばかりにて過ぎにけり今日もまたうそあすもまたうそ　（醒睡抄・巻之六）

前歌16番の「獺」に続いて、「燕」を出した。嘘の皮を連想するような獺と対照的に、実相を談ずる燕を出していると見ることができる。燕は夫婦仲がよく、雛を思う鳥である。親鳥互いに協力して雛を育てる。著名な説経浄瑠璃『さんせう太夫』『しんとく丸』などの冒頭で、夫婦仲むつまじく子を育てる鳥として登場（後掲）。

初句は、まずは、やはり都市生活の中で生まれ育ったことば。真《まこと》の世界としての村落共同体の中で生まれ、定着した口調ではない。

◇『田植草紙』の燕

『田植草紙』系歌謡では、燕は勧農のためにやってくる常世の呪鳥であった。次に『田植草紙歌謡全考注』*昼歌四番・六五番を引く。常世の鳥族の代表であり、子を育て護る愛の鳥であるとうたう。中世歌謡傑作の一つ。

⑦燕にはねはゑそろわゝとをくたてや
　やしなふ親の身はくるしみ
　はねをそろゑて常磐の国へたゝれた
　つばくらおやにわ心やすかれ
　はねをそろゑてみな一どきにたゝれた

『せつきやうさんせう太夫』（天下一説経・佐渡七太夫正本）では、「あはれときわの国よりもきたる鳥なればつばめ共申也。又ははばきとも申す」（説経浄瑠璃・かるかやにも同様に語る）とあって、「常盤国の鳥」と語られていた。古風を残す田植歌の中にも次のようにある。

⑧常盤の国から燕鳥が　何土産に持て来たぞ……（和歌山県有田郡・田植歌・『紀州文化研究』第2巻3号）

中世歌謡には、17番の実相を談ずる燕とともに、常世の国から飛来し、豊穣を約束する呪的な燕が飛んでいる。こうした、中世小歌圏歌謡の燕の代表的な二つの性格・機能は、やはり『閑吟集』と『田植草紙』において認められるとしてよい。「仏教の実相を談ずる羽族としての燕」、「常盤国からくる、勧農の羽族としての燕」である。ともに常世から訪れる瑞鳥としての性格があると見てよかろう。

201 小 • ひとり寝《ね》はするとも　嘘《うそ》な人はいやよ　心は尽《つ》くひ《(い)》て詮《せん》なやなふ《(う)》　世中《(よのなか)》の嘘《うそ》が去《い》ねかし
嘘《うそ》が

【口語訳】

たとえ独り寝はするとも、嘘をつく人はいやよ。一所懸命尽くしても、なんの甲斐もない。世の中の嘘がなくなればよいのに。嘘が。

【考説】　うそに翻弄される女。

《詮なや》「センナイコト—無益ナコト」（天草本平家物語・言葉のやわらげ）。せっかくの行為や思いが結局のところ無意味で益がないこと。

たとえ独り寝をすることになろうとも、嘘をつく人はゆるせない、とうたい出し、最後の句は、恋の世の嘘だけではなく、人の世にあるすべての嘘に及ぶ口調になっている、と読む。真の恋情を求めて、その心は、広く世間のうそを追い払おうとしている。結局男女の世だけに限定しなくともよかろう。17番に加えて、201番をここにもってきて置いてみた。

嘘《うそ》の小歌は、10・16・17・(9)などあったが、一首のうちに「嘘《うそ》」を三回も入れるのはこの小歌だけ。激しいうそへの憤り。

◇うその世中《よのなか》をお祓いする

201番のこの女、すでに嘘を祓う巫女《みこ》になっている。刹那の世、無情の世を、精一杯に、情を頼って生きて来た女のつぶやき。

うそに翻弄された女が見える。昨日も今日も明日も、真実の恋を求めて生きているけれど、その真実の恋は廻って来ない。最後の繰り返しが激しく淋しい。この女、結局は世の中のあらゆる〝うそ〟を祓う巫女になり切った。いつのまにか、うそのお祓いをしている。巫女への転身である。

『閑吟集』以後うそに向きあい、うそを見詰める小歌は、中世歌謡集を見るかぎり、影をひそめる。江戸期、俗謡には、あれこれうたわれているが、その後特に盛り上がりを見せたのは現代演歌である。現代歌謡の〝うそ〟が『閑吟集』のうそにそのままあてはまるかどうかはもちろん吟味が必要ではあるが、日本歌謡史上、『閑吟集』の意義は、この点でも大きいと言ってよいのである。

〔十〕　おもしろの花の都や

18・小　花の都《みやこ》の経緯《たてぬき》に　知《し》らぬ道《みち》をも問《と》へば迷《まよ》はず　恋路《こひぢ》　など通《かよ》ひ馴《な》れても紛《まが》ふらん

【口語訳】
花の都の縦横にはしる見知らない道でも、人に尋ねながら行くと迷うことはない。しかし同じ道でも恋路という道は別で、どうして、いくら通い馴れていても迷ってしまうのでしょう。

【考説】　あこがれの花の都をうたう。19番を引き出すためにここに置かれた。

《花の都》　京都。「日本は広しと申せども　花の都にてとゞめたり　車は千里をかくるといへども　くさびをもって本とせり」（幸若舞曲・敦盛）。「不計《ハカラザリキ》、万歳期セシ花の都、今ナンゾ狐狼の伏土トナラントハ」（応仁記・群書類従）。

《経緯》　機織のタテ糸ヨコ糸のことであるが、ここでは数多くの縦横に通う大路小路。「京師九陌横堅小路」（易林本節用集）の道々。

①綾や錦のたてぬき　しらぬ人をも心にて　とへば迷はぬ恋路　など通ひ馴れても迷ふらん
（古謡〈曲舞集〉・水汲地主共・歌謡集・中）

②花の都のたてぬき　しらぬ道をも心して　問へば迷はず　恋路　など通ひ馴れてや狂ふらん
（野々村戒三・安藤常次郎編『狂言集成』・金岡）

「など」は、①②の用例も含めて副詞。どうして。

歌謡史上、風流踊歌系においても「花の都」は歌い継がれてゆく。

③都へ入りて都のかかりを見てなれば（ママ）
三階造りに七櫓花の都と打見へる　都踊は一と踊り
（徳島県麻植郡美郷村〈現・吉野川市美郷〉・神踊・都踊・『徳島県民俗芸能誌』）

後半の〈恋路には迷ふ〉を言うのが主旨。この系統の小歌には、次のような例がある。

④誰か作りし恋の道　いかなる人も踏み迷ふ　（宗安小歌集・一〇二。隆達節にも）
⑤誰が作りし恋の道に　いかなる人も踏み迷ふ　（大蔵流虎明本狂言・座禅）
⑥このもかのもに道はあれど恋の道は迷へり　あらうたて御神……　（謡曲・常陸帯）
⑦たれかはじめし恋の道　いかなる人も踏み迷ふ……　（吉原はやり小歌総まくり・かはりぬめり歌）
⑧誰か始めし恋のみち　いかなる人も踏み迷ふ　（松の葉・巻二・四季）

この18番歌が、花の都を恋情の迷いと対照的に引きあいに出したあと、続く19番が数多い名所旧跡を具体的にうたってゆく。18番の背景としての絵地図は、やはり都の春景色である。

19・放
面白《おもしろ》の花の都《みやこ》や　筆《ふで》で書《か》くとも及《およ》ばじ　東《ひがし》には祇《ぎ》園《をん》清水《きよみづ》　落《お》ち来《く》る滝《たき》の音羽《おとは》の嵐《あらし》に　地主《ちしゅ》の桜《さくら》は散り〴〵　西《にし》は法輪《ほうりん》嵯《さ》峨《が》の御寺《をんてら》　廻《まは》らばまはれ水車《みづぐるま》の　臨《り》川《せむ》堰《せき》の川波《かはなみ》　川《かわ》柳《やなぎ》は水に揉《も》まるゝ　ふくら雀《すゞめ》は竹《たけ》に揉《も》まるゝ　都《みやこ》の牛《うし》は車《くるま》に揉《も》まるゝ　野辺《のべ》の薄《すゝき》は風に揉《も》まるゝ　茶臼《ちゃうす》は引木《ひきぎ》に揉《も》まるゝ　げにまこと忘《わすれ》たりとよ　小切子《こきりこ》は放下《はうか》に揉《も》まるゝ　小切子《こきりこ》の二《ふた》つの竹の　世ゝを重《かさ》ねて　うちおさめたる御《み》代かな

【口語訳】

おもしろい花の都だこと。筆ではとうてい書きつくせません。見渡すと、東には、祇園社、清水寺、清らかな水の落ちる音羽の滝あたりから吹き上げる春の嵐で、地主権現の桜が散ってゆくのが面白い。西には法輪寺、清涼寺、そこを廻って、川波打つ臨川堰あたりに出てみると、くるくる廻る水車、岸の柳は水にもまれる、ふくら雀は竹にもまれる、都大路を行く牛は車にもまれる、野辺の薄は風にもまれる、茶臼は引木にもまれるとか、ほんにまあ忘れておりました。ごらんの小切子は放下にもまれます。この小切子の二つの竹の節を重ね合わせたように、世々を重ね御世は太平におさまっておめでとうございます。

【考説】 花の都。放下芸も、その風流絵巻の一コマを演ずる。

「風に揉まるゝ」、底本では「ゝ」が欠けるが、図書寮本より補う。彰考館本も「ゝ」は明確でない。

《放》 放下の謡いもの。放下芸の歌謡。放下は「放家《ハウカ》術者、或作歌」（黒本本節用集）。「放家《ハウカ》或術者也 作歌」（枳園本《きえんぼん》節用集）。こきりこを打ちながら歌・芸能・曲芸を披露した人々。『七十一番職人歌合』の絵にその代表的スタイルが見える。ただし謡曲『放下僧』では、「放下」と「放下僧」を区別している。「学文とては一字にても無く さゝら八撥放下のあそびに身をやつし」（謡曲・雛菊・『未刊謡曲集』二十四）。

《祇園清水》 祇園は東山の八坂神社通俗名、清水は同じく東山の音羽山清水寺。両名所は「祇園、清水」とならべて言う習わしである。「やあ石童丸 あれは五条の橋とかや 左に当りて見えたるは 祇園 清水 稲荷とかや」（説教浄瑠璃・かるかや）。「醍醐山科祇園清水には花の最中にて 花見の者ともかこゝかしこに 空きどころも無う幕打ち廻し」（鷺賢通本狂言・寝音曲）。「あなたこなたへ参りて北野からぎおんへまいらふとぞんじて」（大蔵流虎明本狂言・茫々頭）。「いやなにかと申うちに清水へ参り着てござる いか様清水へ来たと見へて殊の外賑ひも有り 其上花も盛と見へて能い匂ひが致す」（大蔵流虎寛本狂言・猿ざとう）。

《落ち来る滝の音羽の嵐に》「音羽瀧《オトハノタキ》山城清水。或作乙輪」（易林本節用集）。「音羽の滝は奥之院の下にあり。滝口三筋、西のかたへ落ちて、四季増減なし」（都名所図会）。「滝の音」から「音羽の嵐」を引き出す。

《地主の桜》清水寺の鎮守地主権現は桜の名所。大己貴人命《おほなむちのみこと》を祭る。「それ花の名所多しといへども　大悲の光色添ふ故　この寺の地主の桜に若くはなし」（謡曲・田村）。「地主権現《ヂシュゴンゲン》城州清水鎮守　所祭大己貴」（書言字考合類大節用集）。「たとへば都のおもしろきといつぱ　いつもなれども春の比ぞとよ　西山東山の花やうやう開け　大原野の花　地主の桜　近衛殿の糸桜　地主の桜は散る木はもとに」（謡曲・浜平直）。

《法輪》法輪寺。京都・嵐山、渡月橋の西あたりにあって、俗に嵯峨の虚空蔵として知られる。真言の寺。「西をはるかにながむれば……嵯峨法輪寺　うづまさの薬師になをもなごりあり……」（幸若舞曲・文学）。「西山のふもとに　松尾と法輪寺　亀山のおくよりながれ出る清瀧を　大井川と名付……」（幸若舞曲・築島）。「あれあれ御覧候え西に遥かに高き御山　愛宕の御山　麓は嵯峨ほうりうち　太秦寺……」（説教浄瑠璃・かるかや）とある「ほうりうち」は「法輪寺」であろう。『源平盛衰記』によれば、斎藤瀧口時頼の出家したのは「嵯峨の法輪寺」とあり（巻三十九）、また道昌僧都建立、虚空蔵を造り納め奉ったことが記されてある（巻四十）。

《嵯峨の御寺》嵯峨の清涼寺（釈迦堂）。「嵯峨野の寺に参りつゝ　四方の景色をながむれば　花の浮木の亀山や雲に流るる大堰川……」（謡曲・百万）。「五台山清涼寺は、小倉山の東なり。嵯峨釈迦堂と称す。本尊は大聖釈迦牟尼仏の立像にして……」（都名所図会）。

《廻らばまはれ水車の　臨川堰の川波》そこをくるりと廻ってゆくと、水車の廻る臨川寺前の堰のところに出ます。『応仁記』には、「臨川寺の水車は、めぐる跡なくなりはてて、昔の嵯峨のふる里、草深き野となりにけり」とある。また『謡曲拾葉抄』では、「放下僧」の「臨川堰」について「今臨川寺の前に石堰あり　臨川石堰といふを略してりんせんせきとはいふなり」。「てんりうじ　りんせんじ、うき世をめぐるみつくるま、ゆきかう人はおほひ河」（室

町時代物語・赤木文庫本・雀の発心・大成第七）。「臨川寺」（撮壌集《さつじょうしゅう》・十刹京師幷諸国及甲刹の内）。

《川柳》　川辺の柳。水面に糸枝を垂らす。

《ふくら雀》　全身の毛をふくらませた状態にある雀。「竹に揉まる丶」とあるのは、嵐に揺れてざざめく竹（林）にとまっている雀のありさま。「脹雀《フクラスズメ》」（饅頭屋本節用集）。

《都の牛は車に揉まる丶》　底本「も」は「裳」の仮名にさらに「も」とルビをうつ。

《茶臼》　底本及び他の二本も「茶壺《ちやうす》」と書いている。「茶磨臼同」（易林本節用集）。

《引木》　「Fiqigui　ヒキギ（碾木）。茶や米などを碾く石臼を、ぐるぐる回転させるための木」（日葡辞書）。

《小切子》　三十センチくらいの小さな竹筒で、中に小豆などを入れたもの。両手で二つを打ち鳴らしたりして拍子をとる。「筑子《コキリコ》」（書言字考合類大節用集）。『七十一番職人歌合』の絵参照。その放下《ほうか》のところに「月見つつうたふ放下《はうか》のこきりこの竹の夜声のすみ渡る哉」（四十九番。鉢扣と対）。

《世丶を重ねて》　「よ」に「世」と「節」を掛ける。『謡曲拾葉抄』では「こきりこ（を使う芸の様子）をあやおりと云は、あやをおる手もとに似たるゆへに云也」。

◇花の都の名所尽し

『閑吟集』には、放と肩書ある小歌が三種見える。本歌はその一つ。放下の得意とする歌。一般の広く知るところで、聞き覚えて、酒宴の座の人々の歌謡ともなったのであろう。放下歌謡の、室町時代・永正十五年（一五一八）ごろ以前における記録として、19番・216番・254番は歌謡史上注目すべし。19番・216番も典型的な祝言。

花の都をうたう放下の歌謡。放下自身も、都の風物風俗の一こまを演じながら、以下の名所をうたった。

（東）　祇園社　　（西）　法輪寺

清水寺　　　　嵯峨御寺
音羽の滝　　　臨川堰の水車
地主権現

謡曲『放下僧』にもうたわれる。下野国牧野小次郎とその兄が、父の敵相模国信俊に復讐せんがため、放下に変装して近付く。そのとき「この頃人の翫び候ほどに　某は放下になり候べし　御身は放下僧に御なり候へ」と言っている。この言葉から、放下は、「当時人にもてはやされ、流行していたこと」、「放下と放下僧を区別していること」がわかる。この能は『親元日記』や『糺河原勧進猿楽記』によって、寛正年間（一四六〇―六六）の上演がみとめられるので、『閑吟集』成立よりほぼ五十年ほど以前にもこのように歌われていた。放下と放下僧の役割も釈然とはしないものの、彼らがこれをうたっていた実際が想像できる。

謡曲『花丸』（新謡曲百番）でも省略なしでこれを用いている。都を一見するシーンを、この放下の歌謡を歌うことで済ませるおもしろい手法をとっている。

「川柳は水に揉まるゝ」以下、「揉まるゝ物尽し」になる。これはおもしろい。この揉まるる物尽しで歌謡史上注意せねばならぬ事例がある。

⑨かた山《(片)》のくず《(葛)》の葉は風に揉まれたり　わらうらも揉まれたり　恋に揉まれたり
（絵巻・藤ふくろ・猿聟の畑打歌。大成巻十一によると、麻生賀吉氏旧蔵とある）

この『藤ふくろ』所収、畑打歌を軸にしてその伝承の様相を簡潔に記すと次のようになる。

これは室町時代末期頃成立と見られている、猿聟入譚の絵巻『藤ふくろ』で、翁の手伝いをして、猿が山の畑を耕すところである。猿は、「また《(だ)》見ぬ人に　まよひて　このはたをうつ事よ」と言い、この歌を口ずさんでいる。言うまでもなく、猿は、翁の娘の聟になることができるからである。まだ見ぬ恋にあこがれて、猿聟自身の身の上に及んでいる。

さて、この類型として、『松の葉』巻一・腰組の、

⑩いやと言ふたものかき口説ひてのう　何ぞやそなたのひと花ごゝろ　思へや君さま　かなえや我が恋　あらうつゝなの浮れ心や　揉まいの〳〵　さゞらもまいの　我等も若い時は　殿にもん揉まれた

の後半を合わせ見て、また放下の謡物の揉まるゝ物尽しとも合流させて、「揉まれた」のパターンの脈絡を見ておいてよいのであるが、むしろ、この畑打歌については、次に示す田植草紙系歌謡との関係をより重視すべきであろう。

⑪峠山の葛の葉は風にもまれたよな　わしらも其如くにとのにもまれた　（田植歌略本）

⑫とふげ山のくずの葉が風にもまれた　われらもわか（い）とき　とのにもまれた　（後藤本田植歌）

⑬たいせん山のくずのはゝ風にもまれたよな　わかいときにはもまれし　いまでわわが身やつれた　（佚表紙田植歌）

田植歌としてのこれらの用例に照らし合わせて、『藤ふくろ』が、畑を耕す仕事歌としてこの「かた山の」の恋の歌謡を出しているのは、その系統歌の、実体に即した俚謡の使い方であったと見ることができる。中世における田畑の仕事歌としてうたわれていたものであろうと想定できる。この『藤ふくろ』の例によって、逆に、右掲田植歌が、ほぼ中世からの伝統をもつ仕事歌であることもたしかめられる。

さらにこの類型は、中世田植歌のおもかげを色濃く残している紀州及び讃岐の田植歌に求めることができる。

⑭向ひなる葛の葉は　どうして風に揉まれた　わしらもあの様に今宵殿御に揉まれる

（和歌山県日高郡・『紀州文化研究』第2巻3号）

⑮向ひなるたづの葉は　なぜに歌を返やさぬ　わしらも同じさと今宵とのにもまれて　（同）

⑯向いのたづの葉が夜ぜん風にもまれた　もまれたもまれたおいらも殿にもまれた

（香川県高松市高松放送局編・『讃岐の民謡』）

絵巻『藤ふくろ』に見えるところからも、中世小歌の流れを見ておいてよい。おそらくは、室町期から農作業にともなう仕事歌としても歌われることが多く、近世期にも田植歌として広くうたわれてきたもの。一方ではその型が三味線組歌の方にも流れたのである（『中世近世歌謡の研究』*）。

「揉まるゝ物尽し」は、放下歌謡の中で一つの段階としての型ができ上がった。もちろんこの発想の型は、放下歌謡のみならず、中世小歌の中でも生まれ、親しまれていたであろう。ひとつの想定としておく。ただし、これらは後半に「わらうらも恋に揉まれたり」と恋情で締めている。前半の「葛の葉」が「風」によって「揉まれたり」からの展開部分としておもしろい。つまり（葛の葉・風）→（我らうら・恋）と展開するのは、あきらかに歌謡の発想の型通りということになる。特に仕事歌などの民謡としては「揉まるゝ」とうたう以上は、いろいろなものを掲げ尽くし、最後に恋（即ち「殿にもまれる」）へもってゆくのは必然的なのであり、そこにおもしろさがある。しかし放下の歌は、揉まるゝ物を五つまでたたみ重ねておいて、「げにまこと忘れたりとよ」として、当の歌い手の、放下自身の手にある「小切子」をとりあげ、そこへ観衆の視線を集めて、最後に、小切子の竹の「節《よ》」に、寿ぐ「世」をかけて、祝言として終わっている。

放下芸の世界では、この19番は、プログラムの上では最初に置かれるべき曲種としての性格をもっている。めでた歌としての機能をもっているのである。放下が小歌でよくうたわれていた「恋に揉まれたり」の詞句を取り上げてうたったのかもしれないが、そこは不明である。もちろん本田安次『古謡集』にある愛知県新城《しんしろ》市伝承の放下歌には「鎌倉のあこやが娘は　放下を恋しやむとかや」の詞句はあるがよくわからない。19番は、放下の歌謡の中でも、おそらく「こきりこ」と呼ばれていた一番であったろう。

また、例えば「都の牛は車に揉まるゝ」のところ、風流踊歌系の歌詞では、「引く物尽し」で、「都の牛は車を引きやる」と出る。都の牛は、「揉まるゝ物尽し」にも、「引く物尽し」にも取り上げられている。こうした「物尽し」が当代の流行歌謡の一つの型となっていたのであろう。狂言『鳴子』の「引物尽し」は『閑吟集』152番に肩書「狂」で取り入れられている。本書ではこれを特に章立てをして取り扱わなかったが、〔十四〕散れかし口と花心の「考説」で『閑吟集』26番に関わって歌謡は掲げた。

次に継承歌謡の一部分を掲げる。

⑰（淀の川瀬）……浪にもまるゝ川柳　しだれ柳は風にもまるゝ　都の牛は車にもまるゝ　とゝろとどろきの……
（今道念都踊くどき・『近世文藝叢書』）

⑱面白の花の駿河や硯取寄せ　紙きりきりと認めて筆で書くともよもつきじ（中略）先東は富士の御山……西は清巌楨の御寺廻れば八幡の御清水……（中略）河柳は水にもまるゝ　車は石にせかるる……
（徳島県名東郡・神踊・駿河踊・『徳島県民俗芸能誌』）

⑲面白の花の都や　何と書くとも尽きせぬ　東には祇園清水……廻らば廻れ水車の輪の……ふくら雀は日笹に揉まるゝ……
（東京西多摩郡小河内・鹿島踊・こきりこ・本田安次・『語り物・風流二』）

⑳面白の花の都は　筆にかくとも及ばじ……
（花実童子・未刊謡曲集・四。19番とほぼ同型）

浄瑠璃作品内にも次のような例が見られる。

㉑面白の秋の都や　筆に書くとも及ばじ　東には祇園清水　落ちくる滝の　音羽の嵐に地主の梢もちり〴〵　西は法輪嵯峨の御寺　廻らば廻れと、　舞ひ歌う
（敵討襤褸錦《かたきうちつゞれのにしき》・冒頭・帝国文庫）

㉒面白の花の盛りや　祇園清水　地主の桜が咲いたか〳〵真盛り　行かうかの　ハテ行きもせい　天も花に酔うたとさ
（大塔宮《おおとうのみや》曦鎧《あさひのよろい》・若宮紅梅の短冊）

「忘たりとよ」は物尽しの内の最後にくる。その発想の表現の展開の中で中心的なものを取り上げておくときに

挿入する句。

㉓番匠ヤノ娘子ノ召タリヤ帷子　肩ニ番匠箱　腰ニ小鑿《コノミ》　小手斧《コテヲノ》　搔槌《サイツチ》ヤ　鋸　鑽　忘レタリヤ墨箆

（鷺流享保保教本狂言・小舞・番匠屋）

愛知県新城市に放下芸能・放下歌謡が継承されている。本田安次によると、天保本、安政本、明治本の三種が現存するという。『古謡集』放下の歌のそれらによって歌詞を見るに、本歌と同様「おもしろの　いしだがじやうとて……」「おもしろの　かいどうくだりわ……」「おもしろの　こがねじよろたち……」「おもしろの　つしまのまつりわ……」「おもしろの　てらのかかりわ……」のようなうたい出しが目立つ。19番「おもしろの花の都や」と置く型は、放下歌謡の常套的な型であったことがわかる。放下歌謡は「おもしろの」の歌謡群ということができる。『閑吟集』中の狭義小歌の世界では少ない形容詞である。一方いわゆる前掲の如く風流踊歌群にしばしば見る発想であり、田植草紙系にも認められる。祝言歌謡系の常套語である。

放下については辞書や日記記録類あるいは風俗図絵から、かなりの実体がわかる。これらは先学がすでに指摘している。

『看聞御記』（群書類従）応永三十二年（一四二五）二月四日の条には、

抑放哥一人参。手鞠リウコ舞。又品玉ヒイナヲ舞ス。有其興賜酒

とあり、それより十年後の永享七年（一四三五）七月九日にも、

放歌二人参。リウコ手鞠ヒナ等舞有興。細美布一給。りうご。甚上手也。

『御湯殿上日記』（続群書類従）には次のように見える。二例のみ参考として引く。

○ほうかまいりて、御かゝりにてまふ、一たんとおもしろき事なり。御たち六百疋下さるゝ。ゑひすかきまいりて御かゝりてまふ。（天正十八年〈一五九〇〉正月九日）

○ほうかまいり候て、みなみの御にはにてまはさせらるゝ、雨ふりてくしやくの間にてしなたまとる。
（慶長三年〈一五九八〉八月二十六日）

能『自然居士《じねんこじ》』の居士は、説経者であるが、曲舞を演じ、簓をすり、羯鼓《かっこ》を打っており、『花月《かげつ》』では小歌をうたい、曲舞をまい、八撥を打ち、『東岸居士《とうがんこじ》』は説法を行い、曲舞、羯鼓を演じ、橋勧進の『西岸居士』は、禅法を諷《うた》い、羯鼓を演じている。

19番は、室町時代の、都をはれやかに描いている歌謡の最たるものであろう。これが室町期の都市讃歌であった。

次に近世初期の古浄瑠璃に見える都めぐりを引用しておきたい。『霊山国阿上人』（延宝六年〈一六七八〉）・第四「洛陽記」がそれである（天理図書館蔵。天理ギャラリー第一三七回展「うたのほん―箏・三味線音楽を中心に」において展示された。平成二十一年五月三十日、東京天理ギャラリーにて、演題〝日本歌謡史考〟の講演を行った際、これを見ることができた。なおここでは古典文庫「古浄瑠璃集加賀掾正本二」・昭和四十六年四月刊翻刻を参考にした）。改行などはそのままで引いた。この「洛陽記」は京都の町尽しになっており、近世歌謡的性格を見せているものとして、これを引用対照させておいてよい。都の風景の描き方・地名の列挙法など検討を要するところだと思われる。地誌としての日常生活に馴染ある地名尽しがおもしろい。藤田徳太郎『近代歌謡集』（昭和四年）所載「ゑびや節」には「京洛中名所尽し」が見える。

◇『霊山国阿上人』に見える都の地名尽し

洛陽記　とうざいなんぼくあらましの町なみ〳〵をぞ語りける。げにいにしへの。ならの都のやゑざくら。
今こゝのへに、うつされし。四神さうおうのれいちなり。
なふ〳〵あれ御らんぜよ。北にかゝやく玉しきの。大内山の春の色。かみは一条今出川。なに立うりは取わきて。ちりをもすへぬ、かどのまへ。取玉はゝき、手もたゆく。手玉もゆらに水うちて。あさけすゞしく露ちれば。
秋に二でうのまちつゝき。都の春を。しらでくらさは、それもあづまのゑびす川。からのやまとのたから物。
かずをかざりしみせのさき。あかぬながめにながき日も。くるればなごり。おしこうぢ
花見帰りや、清水まふで。袖をふる〳〵ふるあめに。三でう小ばして出あふたも、よしや。其なゆかしき、あ
ねかこうぢ。
見わたせは、やなぎさくらを。こきませて、都ぞ□《春》のにしきのこうち、あやにつゝみし四条通。あやめふかね
ど。やれ花をやる、また夕がほの花をや□《る》
五条。□□《わた》りの。たそかれに、ひかる源もじ、御げんもじ。白きあふぎのたてなるに。一ふさ折て参らせ□《ん》。
はなのなさけのかねごとを。今もみとりの松はらや、たかせの。舟の。ほの〳〵と、こかけやぶかげ、打まじ
る、すぐ六条のみすじ町。
たれかは恋を七条や、こほるゝ〳〵。あゝなふこぼるゝ。君がめもとのしほのこうぢ。
法のはちすの八条や。とうじのたふとくみへけるは。九条のけさのかけまくも。忝しとふしおがむ
扨又こなたは。松風の、ひゞきわたれる。かねのおとは。む　じやうをつぐる寺町や。恋の中川、中むかし。
御かたたがへの御かうまち。国もゆたかにおさまれは。たみのかまども、とみのこうぢ。
是やいづこのさかい町。ゑだをならさぬ春風に。なびけやなびけ。しつはとなびけ、たよ〳〵と、しだりやな
ぎの。ばゝさきに。あれ〳〵。月のひかりのきよければ。たかくらからぬ神と君。
心やあいにあいの町。東のとうゐん、からす丸。むろのやしまがむろ町は、きやらのけふりを、たきしめて。
かすや衣のたなはたも。あふせうれしき、ほり川の。なみのまくらも、とらぬまに
からすがなけはもいのの。いのくまや、いつかは、やあ。めくりあふ。大みやは。何と。千本どほりより。す

へに一村ほのめくは。しゆしやかの、のべの露しぐれふりやれ。おふりやれ。ぬれたふうにふりやれ。とてもふり袖。ゆきながにきては、しやみひく、ことひく。扨もめいよな、上ずなひきてに、出あふた、つるて。てんと命をとり。とり。〱に。かたることばも。ゑひもせず。

京は九万八千けん。しら川そへて十万げん、みつばよつばの殿づくり。こゝぞせ□《か》いの、らくやうぞと、のこらずかたり　給ひけり。（□には一応その読みを添えた）

〔十一〕　早歌の小歌

20 早 ・花見の御幸《〈ごかう〉》と聞《〈きこ〉》えしは　保安第五の如月《きさらぎ》

【口語訳】

花見の御幸として世に知られているのは、なんといっても保安五年（一一二四）如月のことですね。

【考説】　早歌「花」から舞い降りた一枚《ひとひら》の花弁《はなびら》。

《御幸》　三本ともルビに御幸《みゆき》《ごかう》とある。「ごかう」を採用した。

《花見の御幸》　御幸は上皇・法皇または女院の外出。ここは白河・鳥羽両院の法勝寺における花見。山田孝雄『櫻史』（昭和十六年・櫻書房）には「花見といふ語は古今集すでに多く見えたり、たとえば」として「雲林院の皇子のもとに、花見に北山のほとりにまかれりけるに、いざ今日は春の山べにまじりなむ暮れなばなげの華の蔭かは」を引いている（中古の巻）。

《保安第五の如月》　保安五年閏の二月。

前歌19番「花の都」と連鎖する。『宴曲集』巻一・「花」の一節。

いざ穂別の天皇の若桜の宮の花の盃　淳和の御門の花の宴　天長八年の春也　花覧《はなみ》の御幸《ごかう》と聞《きこ》えしは、保安第《ほうあんだい》五《ご》の二月《きさらぎ》　万代のためしをば　花にぞ留めし白河

「花覧の……」以下の部分をそのまま小歌とした。外村南都子『早歌の創造と展開』（昭和六十二年・明治書院）によると、早歌が特に好んだテーマや語句の内で、もっとも多いのが「道」と「花」であって、「道」は一七六回、「花」は一七四回使用されているという。ほとんど変わらない。これらは一曲の題名ともなっている。もともと「花」が人気ある曲であったわけで、その中の断片が小歌として残った。（なお『七十一番職人歌合』には、侍烏帽子《さむらいえぼし》、直垂《ひたたれ》、右手に扇をもって座した早歌《そうか》謡《うたい》が描かれ、「かたみに残る撫子の」とある。外物・露曲の一節をうたう）。

『応仁略記』は、義政の酒宴で、今次郎十歳と弥々若十六歳という童形の猿楽師が、所望で早歌を歌った事を記している。『閑吟集』成立より約五十年ほど以前すでにこの『閑吟集』にとられた部分が、早歌の一部分（サワリと言えるか）としてうたわれていたことがわかる。20番が伝承されうたわれた実体が記録されていたと言ってもよい。

次に引用する。

中にも御興宴と覚えしは、今次郎弥々若と呼れし童形十歳十六　親の音曲さる事なれば、早歌は定て歌らん、一曲と御所望有りしに、花見の御幸と聞えしは、保安第五の衣更着と歌ひ出す。一座の興宴公方御気色、其頃の褒美天下の沙汰此事なりき。

（応仁略記・上・畠山方乱濫觴の事・群書類従）

なお、この記事の後に「郢律講」が催されたこと、さらに加えて「就中近比、一條摂政殿下新作の早歌を送らしむ。近代名を得たりし宗砌法師、四季の恋といふ題にて早歌を作り大和国より京極の亭へ送る。いづれも博士を付

て当代に貽せり」等々、早歌の人気があった事の記事が続き、早歌の「郢曲相伝の元祖明空」の名も掲げて早歌伝承にふれている。

◇保安第五のきさらぎ——都の人々が共有するはなやかな言い伝え——

有名な保安五年閏二月十二日に、本院（白河院）と新院（鳥羽院）が、白河辺り法勝寺の花見をされたが、その豪華さはたぐい稀なものであったと言われ、語りぐさとして代々伝えられた。このことについては、すでに指摘されているように、まず『百練抄』の記事を引いておくのがよかろう。崇徳天皇の時代である。

十二日、両院臨幸法勝寺覧春花。太政大臣（雅実）摂政（忠通）以下騎馬前駈。内裏中宮女房連車追従。男女装束裁錦繍。於白河南殿披講和歌。内大臣献序。

この豪華な繁栄する王朝絵巻の場面が、『今鏡』「すべらぎの中、第二」にも、「白河の花の宴」として詳述されてある。一部分引く。

白河の花の宴

保安五年にや侍りけむ、二月に閏月侍りし年、白河の花御覧ぜさせ給ふとて、お御侍りしこそ、世に類なき事にて侍りしか。法皇もこの院も一つ車に奉りて、御随身錦縫ひものを色々に裁ち重ねたるに、上達部殿上人、狩衣さまざまに色をつくして、われも〳〵と詞も及ばず。久我の太政の大臣雅実も御馬にて、それは直衣にて冠してつかうまつり給へり。院の御車の後に、待賢門院璋子引き続きておはします。（中略）御寺の花、雪の朝などのやうに咲き列りたる上に、わざとかねて外のをも散らして、庭にしかれたりけるにや、牛の爪も隠れ、車の迹も入る程に、花積りたるに、梢の花も雪さかりに降るやうにぞ侍りけると、伝へ承りしだに思ひやられ侍りき。まして見給へりけむ人こそ思ひやられ侍れ。（下略）

（『新訂増補国史大系』）

早歌からの切り取り方、小歌の発想表現の型としては、後出の、肩書「早」の「桐壺の更衣の輦車の宣旨　葵の上の車争ひ」(62)が近い。それも早歌『拾菓集』下「車」の一節。『源氏物語』の二つの場面が絵巻物を見る如く浮かび上がる。本歌と同様、キーワードを並べて豊かに物語世界を包んで広げてゆくことができる手法である。早歌は一曲が長い。早歌の「花」にしても「車」にしても小歌化されているそれぞれは、主題の中の一句にすぎない。しかしその一句を取り出してくることによって、その一句のもつ内容・深さは逆により鮮明となり、限定化されて印象が明確化されることもたしかである。小歌化は、結果的に見て、早歌が時代を経て人々に受け入れられ生きてゆくための一つの選択された手法であった、と言えるのである。これが鎌倉時代の「武家の雅び」から生まれて「室町人の風流」の世界で伝承された実際であった。早歌から切り取られて生まれた肩書「早」の小歌の存在によって、「小歌」の性格がより具体的に把握できるとも言えるのである。

最近、外村南都子『早歌の心情と表現―中世を開拓する歌謡―』(平成十七年・三弥井書店)において紹介された冷泉家蔵本『早歌抜書』は、早歌の伝承の実体として興味ある資料と言えよう。一曲の一部分(さわり)がうたわれた実体がわかるのである。「花」からは次のうたい方があったようである。

花見の御幸ときこえしは　保安第五の二月　万代《ヨロヅヨ》のためしをば　花にぞとめし白川　かめにさしたる花を見て
物おもひなしや老の春

『閑吟集』20番より長い。「万代のためし……」と、もうひと息続いてゆく。これは『応仁略記』が右に引いたように「花見の御幸と聞えしは、保安第五の衣更着と歌ひ出す」という書き方をしているところからして、おそらくこの『早歌抜書』に見える部分がうたわれたのであろうと想定することができる。ただし、小歌としてはこの20番の形で定着したのである。抜書よりさらに短く切り取られた部分が独立した。小歌というものの手法あるいは文芸としての性格が、ここにはっきりしてくる。「花《はな》」の一枚《ひとひら》の花弁《はなびら》である。

〔十二〕　しばしは吹いて松の風

21・田
我らも持《も》ちたる尺八を　袖《そで》の下より取《と》り出《いだ》し　暫《しば》しは吹《ふ》ひ（い）て松の風　花をや夢（ゆめ）と誘《さそ》ふらん
いつまでか此（この）尺八　吹《ふ》ひ（い）て心を慰《なぐさ》めむ

【口語訳】
私も持っている尺八を　袖の下から取り出して、しばしの間吹いてあの方を待つとしよう。まつと言えば松のあたりを吹く風も、花をひとときの夢のようにはかなく吹き散らしてしまいますが、いつまで、この尺八を吹いて、逢えぬさびしさを慰めたらよいのでしょうか。

【考説】　若者の、待つ恋のフォーム。

《松の風》「松」に「待つ」を掛ける。

　田楽歌謡から切り取られた歌謡。この待つ恋の歌は、177番の「枕と尺八」の小歌群に連続する。

　志田延義をはじめ、『申楽談義《さるがくだんぎ》』に言う「尺八の能」が出典であると見るのが有力（日本文学論素描・大系『閑吟集』頭注）。これは『文安田楽能記』（文安三年〈一四四六〉）にも「尺八の能」として見えているもので、応永頃の田楽の名手、増阿の得意とするところであった。『文安田楽能記』には次のように記されてある。「……三番、北野物くるいの能。四番、尺八の能。五番、なるこの能。……」。この「尺八の能」において、恋の思い入れで吹く場面を想定しておくこともできるか。なお田楽の流行は次のような記事によってもわかる。

サラデダニ奢ヲ極メタル山名入道畠山義就ナリケレバ、末トテモ手ニ立ツ大名有間敷トテ、明テモ暮テモ酒宴猿楽田楽ノ外無他事　（細川勝元記・群書類従）

《尺八》「尺八《シヤクハチ》」（饅頭屋本節用集）。ここでは、「一節切《ひとよぎり》の尺八」と呼ばれる、約一尺一寸一分ほどの短い竹の縦笛。ただし『糸竹初心集』には「一節切の尺八切りやうの事。節を一つこめ、長さ一尺八分に切る故、此の名を附くといふ」（全書・近世歌謡集）、「一、虚無僧尺八といふは　長さ一尺八寸に切るゆゑ　尺八といふとぞ（中略）昔よりぼろぼろの家に用ゐる物と聞えたり」（同）とある。「尺八玄宗善吹之、後禄山乱云々。古句云十字街頭吹尺八矣」（古写本下学集・国文学研究資料館蔵）。『閑吟集』の小歌も、その多くの機会、一節切でうたわれた。井出幸男に「中世歌謡と尺八の芸能」としてまとめられた論考があって、「田楽・猿楽と尺八」「公家・武家・僧侶と尺八の芸能」、および伝後醍醐天皇御賜と伝えられている尺八の調査など、尺八芸能について詳しく論じている（『中世歌謡の史的研究　室町小歌の時代』平成七年・三弥井書店）。

◇一節切の流行と若者のしぐさ

『閑吟集』では「携尺八之暮ゝ」（真名序）、「尺八を友として……」（同・仮名序）などとある。また177番・276番にも尺八がうたわれている。一節切の尺八は風流人に広く愛好され、これに熱中する者も多かった。

276・少　待《ま》つと吹《ふ》けども　恨《うら》みつゝ吹《ふ》けども　篇《へん》ない物は尺八《（しやく）》ぢや（九十二）

尺八を吹いて恋人の訪れを待つ、あるいは恋人を思う、というのが、当時の人々に流行し定着した恋愛のカタチであったとしてよい。

本歌は尺八をもつ人々、特に若者のしぐさ・身体の上でも貴重な小歌である。一節切尺八についての考証はすでになされているが、一方において、これを持つ室町時代の若者達のファッション、あるいは身のこなし方など、都市生活の中での、多様な場における、しぐさ・フォームといった文化的風景の断面がさらに読み取られてゆかねばならない。一節切は袖の下あるいは懐にもっていたのであり、おもむろに取り出して吹いたのであろう。「扨は是なるは　楽阿弥陀仏の旧跡かや　いざや跡とひ申さんと　我も持たる尺八を　ふところよりも取り出し　此尺八をふきしむる……」（大蔵流虎明本狂言・楽阿弥）。袖の下から、あるいは懐より取り出すので、おおよその長さは知れる。一節切で合点がゆく。

「我も、」「我らも」とうたっているところからすると、言外に、流行し、享受されている様子を言う口調であると見てよい。この『楽阿弥』は尺八文化を知る上で見逃してはならない資料であろう。つまり狂言『楽阿弥』のように、尺八を吹き合い、合奏する場面での所作であると見ることも可能。また、本来この楽器の音色は、特に胸や腹に深く入ってゆくと言ってよいのであるが、「ふきしむる」とあるのは、情感を込めて吹くことである。これも尺八を吹く心意の側面。相手へ、情念や本心が届くように「気」を入れて吹くことを言うのである。実際に肺臓から熱い息を吹き込んで音が出る。その生物学的・生理学的な息は「思い」そのものであり、生命そのものである。尺八文化は「気」の文化でもある。『閑吟集』を読んでいく場合も、意識しておいてよいのである。そこにはおそらく吹き手の念ずる呪術的側面があったものと思われる。私に言わせれば気の呪術であり、文化としての気息霊の観念に通じてゆく。

22 大・吹《ふ》くや心《こゝろ》にかゝるは　花の辺《あた》りの山颪《おろし》　更《ふ》くる間《ま》を惜《お》しむや　まれに逢《あ》ふ夜《よ》なるらん　此（この）
まれに逢《あ》ふ夜なるらむ

【口語訳】ふくと言えば心配なのが、桜の花のあたりに吹く山おろしの風、夜更けて花の散るのが惜しまれる。思えばたまに逢う夜の、更けてゆく時間だね。

【考説】圏点の上に「レ」印あり。

《山颪》「Yamavoroxi　ヤマオロシ（山颪）。山から吹いてくる風」（日葡辞書）。

《此《この》》囃子詞。ほんに。調子をととのえるアイノテ。

①山田の飛板の寝覚は　この夜や寒からん　（宴曲集・巻一・秋）

②負くる習も有蘇の海の片し貝　この拾ひ持て会はぬ恨みの数取《かずとり》とらばや　（同・吹風恋）

など早歌に、印象的な囃子詞である。肩書「早」の小歌が八首あるとともに、こうしたアイノテ、ハヤシ文句においても早歌・謡曲との関係が知られる。明治期の流行歌あたりにも。

③あきなひ大事にしやさんせ　このおもしろやあ　（明治五・六年頃・『流行歌百年史』）

謡曲『鵜羽《うのは》』の一節を引く。

今も日を知る神祭　急げや磯の浪になく　千鳥もをのが翅そへて　鵜の羽かさねて　ふくとかや　浪風も松風も〳〵　ひかたやはやち　なみおろし　音をそへ声をたて　とぼそも軒も鵜の羽風　ふけや〳〵とくふけ　吹くや心にかゝるは花のあたりの山おろし　ふくるまをおしむや　まれに逢ふよなるらむ　この稀にあふよなるらむ　（謡曲三百五十番集・番外謡曲五十一番の内・脇能物）

「ふく」物尽し。謡曲のストーリーからゆくと、屋根を葺く、山颪が吹く　夜が更くる、の三種の「ふく」が綴られているが、小歌化した段階（本歌）では、一部分が切り取られ21番と連鎖して、「吹く」と「更く」の二種をうたう。

小歌化された部分は、この謡曲の本筋から少しはなれた部分。もっとも小歌趣味のうかがわれる詞章である。全書『謡曲集』上（金春車屋本）では「なみおろし」という語もすぐ前に使われていて「山おろし」はその対のことばと見ることができる。

前歌とともに当時の人々の恋愛風俗の中に生きていた小歌であろう。しっとりとした室町の都ぶりの抒情を汲み取ることができる。一節切尺八を吹く流行を背景としている。当時の人々の生活の中において、一節切という楽器とその音色に存在するチカラ・抒情性は、こうした歌謡の中に伝えられているのである。21番と22番は、「花」、「吹く」の二つの言葉で連鎖している。一節切を「吹く」流行とその機会の中で発想されたもので、前歌と同様の環境がある。しかしその期待が不本意に終わることもあった。276番は「待《ま》つと吹《ふ》けども　恨《うら》みつゝ吹《ふ》けども　篇《へん》ない物は尺《〈しゃく〉》八ぢや」とうたっている。「篇ない物」は、たいして役にもたたぬもの、という意味。うまくよい結果が出るときもあれば、効果のないときもあったのである。恋の呪術の世界の中にとらわれている男心がみえる。一節切尺八は、いつも「待ちます」「恨みます」と、熱い心で吹くのである。しかしこの小歌のすぐ向こう側に、恋の現実が見えはじめているのである。「篇ない物」という評価は悲しいが、もう男の恋の現実を本人が感づいているのである。呪術の中の情念が崩れつつある。

〔十三〕　西施

23・小
春風細軟《〈サイナン〉》なり　西施《せいし》の美《〈ビ〉》

【口語訳】

ほんとうに、春風のかすかでやわらかい感じそのものですね。あの西施の美しさは。

【考説】 春風と西施。

《春風細軟》 三本とも原ルビに「さいなん」とある。「Sainan 細軟。こまやかでやわらか。絹の織物のように織り目がこまかくやわらかで薄いもの」（日葡辞書）。春風細軟の成句として次例がある。

①春風細軟結青糸　吟到梅辺歩々遅　進履橋西暁鶯雨　秖言花与老人期（翰林胡蘆集・第四・花下履声・蓬左文庫蔵）

《西施》 越王勾践が呉王夫差に贈った女。春秋時代、美女の代表。和漢美人揃には、楊貴妃などとともに、掲げられる。「西施越女也。西子同之。滅呉王夫差者也」（枳園本節用集・人名）。「西施越女也。滅呉王夫差者也」（福森兵左衛門板下学集）。「西施《セイシ》荘子ニ曰　西施ハ越女也。所謂施子也。有絶世之美。越王勾践献之呉王夫差。嬖之。卒至傾国」（節用集大全・延宝八年）。「唐の楊貴妃……李婦人、星の宮、越の西施、阿閦夫人……」（寛永頃丹緑本・恨之介・上・美人揃・大系）。

「西施」の美しさのイメージを「春風」に関連させて表現する詩として、たとえば次の例がある。

②山翠湖光似欲流　蜂声鳥思卻堪愁
西施顔色今何在　但看春風百草頭
（全唐詩・巻四一五・元稹・「春詞」）

③西施顔色今何在　応在春風百草頭
（和漢朗詠集・巻下・草）

西施の美貌をうたう小歌。一方、小歌としては、やわらかく穏やかな春風の感触を、美女西施をもってきて譬えた、と見ることもできないことはない。次の24番は「吟」。この23番もいわゆる吟詩句断片風に作られた小歌。編者が狭義小歌であるとして処理したもの。

24　吟・呉軍百万鉄金甲《ゴグンヒヤクマンノテツキンコウ》　不《ズ》レ敵《テキセ》西施《セイシ》　咲裡刀《ハラウウチノ》《セウリノカタナニ》
（呉《ご》軍《ぐん》百万の鉄金甲《てつきんかふ》　敵せず西施《せいし》咲裡《せうり》の刀《かたな》に）


【口語訳】

百万にものぼる呉軍の精鋭（さむらい）たちも、西施のあのほほえみに秘められた刃《やいば》には、太刀《たち》打《う》ちできなかったことだ。


【考説】「咲裡刀」で語り継がれた西施。

《呉軍百万鉄筋甲》　呉軍の、百万にものぼる精兵達。鉄金甲は猛威をふるう堅甲利兵。

《咲裡刀》　咲は笑の意。ハラウはワラウ。ここは微笑《ほほえみ》ぐらいの意。裡は裏。

『旧唐書《くとうじょ》』李義府伝に、陰賊たる義府が「貌柔恭」で人と語り、かならず「微笑」を絶やさなかった。「其笑中有刀」とある。「李義府貌状温恭。与人語必嬉怡微笑而褊忌陰、賊既処権要欲人附己微忤意者輒加傾陥、故時人言、義府笑中有刀、又以其柔而害物亦謂之」（旧唐書・李義府伝）。「笑《エミ》ノ中ノ剣」（春風館本・諺苑）「笑の中に刀を礪」（俚言集覧）。「ゑみのうちのかたな　わたにはりをつつむ」（毛吹草。和漢古諺）。

『禅林句集』にも見えるように、当時、「咲裡刀」は諺語として広く親しまれていた成句。この小歌ではそれを西施と結びつけて歌っている。物語・古浄瑠璃他の用例を次に掲げる。
④タヽ、エミノ内《ウチ》ニ　剣《ツルギ》ヲ磨《トグ》ガゴトシ　（室町時代物語・源海上人伝記・室町中期書写本・大成第四）
⑤ゑみのうちにかたなをぬくがならひ也　人の心知りがたし　（寛永十四年板・古浄瑠璃あくちの判官・二段）
⑥ゑみのうちに　かたなをぬくわならいなり　人のこゝろしりかたし　（寛永期中頃・古浄瑠璃・石橋山七騎落・六）

⑦十二年越王謂大夫種曰「孤聞呉王淫而好色、惑乱沉湎、不領政事。因此而謀可乎」種曰「可破。夫呉王淫而好色、宰嚭佞以曳心、往献美女、其必受之。惟王選択美女、二人而進之」越王曰「善」乃使相工索国中、得苧蘿山鬻薪之女、曰西施、鄭旦」（呉越春秋・勾践陰謀・外伝第九）

なお、周生春著『呉越春秋輯校彙考』（一九九七年）には「十道志」から引いて「勾践索美女、献呉王、得之諸曁苧蘿山売薪女也。西施山下有在諸曁県南五里」と記す。

浅野建二は男性通有の弱点を言う小歌として、近代の俗謡「南蛮鉄のような豪傑男でも女にかけては青菜に塩よ」と全く同調のものとしたが、言いたいところは、むしろ下句、美女西施が「咲裡刀」をもっていたということであろうから、さらに加えておくべきもう一つの俗謡がある。越王勾践が送られた美女西施に溺れて、呉王夫差は国を傾けた故事を言う。それは西施のほほえみの中に刃があったからだと言うのである。「口を開いて笑うて見せて手を出しや針出す栗のいが」（福井県・『丹生郡民謡集』）。

「咲裡刀」という当時庶民に周知であった金言の意味が考慮されるべきであろう。23番は美女西施そのものの美しさを歌った。24番も西施伝説をふまえてはいるものの、呉国が傾いたことを暗に置いて歌い、結果として「咲裡刀」という世上の金言にもある意味に重きを置いていると見ておきたい。ゆえにこの小歌には「美女の色香に迷わされるな」という教訓臭が認められる。

18番から30番までの長い「花」の連鎖の中にあると見てよいが、23番は「春風」、24番は「咲裡刀」の句。花ではなく、縁語「咲」（笑）になって、「花」の連鎖の単調さをむしろ破ったと見てよい。

〔十四〕　散れかし口と花心

25・小　散《ち》らであれかし桜《さくら》花　散《ち》れかし口と花心《はなごゝろ》

【口語訳】

いつまでも散らないでいてほしいのは桜の花、散ってなくなってほしいのは、人の噂と浮気心。

【考説】　散るべきもの、それは人の噂と薄情。

《口》「口先だけで真実のないこと」（大系）、「嘘言う口」（研究大成）など。ここでは、人の噂、評判、と見ておく。
「おのづから世にもれきこえて、人の口のさがなさは」（古今著聞集・巻八・三三一話）。

《花心》「花心におはする宮」（源氏物語・宿木。薫が匂宮の人柄について言う言葉）、これに対し『孟津抄』は「あだ〳〵しき事也」と言っている。204番では「一花心」が見える。「掛てぞ頼む神崎や　かりそめながら花心　思ひ染ぬる悔しさよ〳〵」（謡曲・時雨物狂）。類似した常套表現に、

①かけ（て）よひのはいよすだれ（伊予すだれ）　かけてわろひはうすなさけ　（梅玉本かふき草紙・『日本庶民文化資料集成』巻五）

「花心」と「薄情」は忌むべきものとしてうたわれる。

②掛けてよひのは衣桁に小袖　掛けてたもるな薄情　ヤアレ　ヤレ〳〵　（山家鳥虫歌・伊勢・一一九）

右が近世流行歌謡の表現として、定着した典型である。和歌ではたとえば次のようにうたわれている。

③頼めどもいでや桜の花心　さそふ風あらば散りもこそすれ　（続後撰和歌集・巻二・春中・基俊）

④うくひすといかてかなかぬふりたてて　はなこゝろなるきみをこふとて　（元良親王集）

⑤うつろはむ色をはきみにまつみせん　はなこゝろなるけしきなるべし　（大弐高遠集）

石川雅望『雅言集覧』では、「花心―心のあだなるをいふ。俗のウワキ心也。」とするし、足代弘訓『詞のしき波』なども、「花ごゝろ―色めきてあだなる心をいへり。タノミスクナイ心」と解している。謡曲の雅文にも用いられ、そのすべてが浮気心の意で用いられているのではないが、謡曲『三山』などでも、「男うつろふ花心　かの桜子になびき移りて、耳成の里へは来ざりけり」といったような例を見る。謡曲の時期と交叉しながら、連歌では、「花トアラバ、（中略）ちる、うつろふ、さかり、身、心など皆花によせある詞也」（連珠合璧集）と類型的にきまっていて、あとに続く俳諧でも、「恋―花心」（俳諧初学集）と、その好まれたことがわかる。風流踊歌では、

⑥簾の打ちなる唐竹は　靡かぬも知らぬ　知らぬ間のつれ心　落ちるは連れの花心　（奈良県・篠原踊・簾の内踊）

などを掲げることができる。季吟『山之井』には、「花―花筏・花うつぼ・花心」と寄せられていて、14番・16番とも一連をなしていることがわかる。

次に「一花心」も連歌あたりに好まれた語であることは、右の例からもわかる（なお、古くは、源平盛衰記・巻三十三・木曾備中下向斎明討たる幷ニ兼康倉光を討つ事、の条に「一はな心にもてなし」の例を見る。一時の情心、のことであろう）。連歌以後では、「一花心」の「一」は「花心」以上に、さらに頼み少ないあだなる心を強調しているように見うけられるが、この語は一方、中世から近世にかけての小歌系歌謡に好まれて用いられた。

⑦一花心そがな人ぢやに　それやさうあらうず　そがな人ぢや　（宗安小歌集・一九九）

⑧咲く花も千よ九重八重桜　何ぞ我が身のひとはな心　（隆達節。同歌は編笠節唱歌にも）

⑨いやと言ふたものかき口説ひてのう　何ぞそなたのひと花ごゝろ　思へや君さまかなえや我が恋　あらうつゝなの浮れ心や　（松の葉・巻一・腰組）

⑩浅草川の早き小舟を　うはきの波にうちまかせ　まつち山の松の嵐に　その夜の夢をさまされ　別れぢのさら〳〵

しさ　首尾といふ時のうつゝなさ　誓文々々こちも乱れて忘れぐさの一花心え
（若みどり・あさ草。同歌は小唄打聞にも）

204番の前半「霜の白菊　移ろひやすやなふ」の表現も類型的である。例えば『六百番歌合』の「残菊」と題する歌に、

⑪いつしかとうつろふ色の見ゆるかな　花心なる八重の白菊

とあるように「移ろふ」「花心」「白菊」と連続してうたわれている。また『連珠合璧集』上巻にもあるように、「菊トアラバ、うつろふ、霜」と、その縁ある語は定まっていたであろうことはもちろんであり、隆達節でも、

⑫扨もそなたは霜の白菊　うつりやすやなう　うつりやすやなう　（初句、人の心は、とも）

などとうたうのである。これらを歌い伝承した遊芸・酒宴の場があったのである。

26・上林小〈うへのはやし〉に鳥〈とり〉が棲《す》むやらう　花が散《ち》り候〈そろ〉　いざさらば　鳴子《なるこ》を掛《か》けて　花の鳥追《とりお》はう

【口語訳】
上手《かみて》の林に鳥が棲んでいるのでしょうか。飛んできて遊ぶので、花が散ります。さあそれなら　いっそのこと、鳴子を掛けて花に来る鳥を追いましょう。

【考説】　花が散る。25番～28番、散る連鎖。
《上の林》（花のあるその庭から見れば、あるいはその人から見れば）上手の方にある林。底本、図書寮本「上林《しやうりん》」。左側訓に「うへのはやし」。「うへのはやし」を採用。
《棲むやらう》「やらん」の口語化。

《花が散り候》　鳥が花を散らす。「あれごらん候へ　鶯が花を散らし候よ　げにげに鶯が花を散らし候よ」（謡曲・花月）

《いざさらば》　さあそれなら。「いざさらば……む」。

⑬いざさらばかざしにさゝむ梅花　ゑひぬる人のかほのにほひに　（御所本再昌草・紅梅四首の内・実隆）

⑭いざさらば梅の花うへん我宿に　なき人の香やいつもとまると　（李花和歌集・八〇四・宗良親王）

《鳴子》　「鳴子驚鳥者也」（黒本本節用集）

⑮取りし早苗の何《いつ》の間に　稲葉の鳴子引替て　秋風吹けばたなばたの　（宴曲集・秋）

『閑吟集』では、152番に肩書「狂」として

引く〳〵とて鳴子は引かで　あの人の殿引く　いざ引物を歌はんや　いざ引く物を歌はん　春の小田には苗代の水引く　秋の田には鳴子引く（中略）猶引く物を歌はんや　〳〵　浦には魚取る網を引けば　鳥取る鷹野に狗引く（以下略）

がある。狂言『鳴子』でうたわれる鳥追歌は諸本次のようにある。

「上の山には鳥が住むやらふ　花が散り候いざさらばなるこをかけて　花の鳥おわふ」（天正本狂言・なるこ）、「上の林に鳥が住むやらう　花が散り候」（大蔵流虎明本狂言）、「上の山から鳥がくるやらう　花が散り候いざさらば鳴子をかけて花の鳥追お《おゝ》」（和泉流天理本狂言抜書）、「うへの山から鳥が来るやらう花が散り候　いざさらば鳴子をかけてホウ〳〵　花の鳥追ふ」（野々村戒三・安藤常次郎編『狂言集成』）、「上の枝には鳥が住むやら　花が散り候　いざさらば鳴子をかけて　花の鳥を追はう」（鷺賢通本狂言・花盗人・全書）。

加えてここには風流《ふりゅう》踊歌の鳴子踊歌を二種掲出する。また一つの群をなすのである。

⑯これいのお背戸の花畑　よろず小鳥が踏み散らす　鳴子つりやれ　やの殿ご（下略）

⑰なりこ踊を踊よ踊ろよ　これいのお背戸の花畑　よろず小鳥が踏み散らす　鳴子を吊りやれやとのご
（福井県敦賀池河内・太鼓踊・『福井県史資料篇』）

鳴子板には何をしょや　これいの表の柾板を
鳴子管には何をしょや　ひちくこたけのよをきりこめて
鳴子綱には何をしょうや　しんく唐糸よりまぜて
誰に引かそやその鳴子　これの子孫のおと若に　鳴子踊はこれまで
（福井県敦賀東郷村池ノ河内・雨乞踊歌・敦賀民謡集・『南越民俗』通巻第12号）

⑱これのお背戸の八重菊を〱
鳥はふみそろ鳴子をつきよ
○鳴子板にはなにはよかろ〱
これのお蔵のいたかねを
○鳴子竹には何はよかろ〱
しちく小竹をきりまぜて
○鳴子紐には何はよかろ〱
あやに錦とを打ちまぜて
○鳴子引き手には何よかろ〱
これの姫松ひきたもう
（大阪府貝塚市・神おどりうた手ほん・『和泉史料叢書　雨乞編』）

27・小 地主《ぢしゅ》の桜《さくら》は　散《ち》るか散《ち》らぬか　見たか水汲《く》み　散《ち》るやら散《ち》らぬやら　嵐《あらし》こそ知《し》れ

【口語訳】

「地主権現の桜は、もう散っているのか、それともまだ散ってはいないのか、見てきましたか。水汲みさん」「散っているのか散っていないのか（わたしにはわからない）、あの音羽の滝あたりを吹く風に聞いてごらん」

【考説】　地主の桜。

《地主の桜》　地主権現の桜。19番参照。

《水汲み》　「Mizzucumi　水汲み。水運びの男、または水を汲む者」（日葡辞書）。ここは音羽の滝の水を汲む人。幸若舞曲『伏見常盤』に、清水寺は「山より滝が落つれば水上清き御寺とて　さてこそ額にも清水寺とは打たれたれ」。

《嵐》　「地主権現の桜」をうたっているのであるから、放下歌謡（19番）の「……落ち来る滝の音羽の嵐に　地主の桜は散り〳〵」の、音羽の嵐のこと。音羽の滝あたりから吹き上げる、あるいは吹き降ろす風。「花」と「嵐」はたとえば隆達節では、「花を嵐のさそはぬ先に」「花を嵐の散らすやうな雪に」のようにうたう。問いが「散るか散らぬか」と言うと、答えが「散るやら散らぬやら嵐が知っている」とうたう。いま、花びらがしきりに散っているかと聞いている。地主名物の桜が落花している風情あるタイミングにあるかどうかを聞いている。つまり地主桜の美しさ、特に散ってゆくその落花のおもしろさ、よさを知る都人ならではの科白。頭韻を押さえ、同じ語を重ね、しかも前半と後半で問答。軽快なリズム感あり。この狂言には水汲新発意が出てくるので、歌詞の水汲みがそれに合う。この系統の狂言に利用された小歌。

⑲清水寺なるぢしゆの桜はちるかちらぬか　見たか水汲　ちるやらちらぬやらふ　あらしこそしれ
（大蔵流虎明本狂言・お茶の水）

⑳地主の桜は　散るか散らぬか　見たか水汲　散るやらう散らぬやらう　嵐こそ知れ
（和泉流天理本狂言抜書・水汲新発意）

「散るか散らぬか」の表現については、「清水のてしゅの桜に花咲きて　見たか水汲みは水をこそくめ　花のちるちらぬは嵐こそしれ」（巷謡編・土佐郡じょや）もある。

『田植草紙』朝歌三番に、椽の華の開花を問う歌がある。

㉑奥山の小早乙女　椽に花が咲いたか
咲いて候　〱　八重に花が咲いて候
あいらし梢に花がつぼうだ
花の開きは所領が増さると開いた
田主殿をば市守長者と呼ばれた　（一三）

こうした田歌の、椽の花・栗の花などの開花を問う発想の類型と対照させておいてよい。おそらくそうした季節花の開花をたずねて、答でみごとに咲いた事をうたう、いわゆる稲作の予祝農耕歌謡の発想が、もう一つ中世には地盤としてあった。田植草紙系歌謡においては、稲穂を象徴する椽の花が「めでたく咲いた」つまり「八重に花が咲いて候」の答が必要であった。「咲いたか」は、めでたく八重に咲きましたという答を引き出すために置かれた決まり文句。

㉒栗の花こそ繁《しぎ》やう咲いたり
なろうならじは花に問いたまえ
栗の花が咲いては山を照らした
花が咲いては撓うだ枝に実が生る　（三四）

『田植草紙』昼歌一番のめでたうたである。この歌謡の全体の構成上の位置や意義については『田植草紙歌謡全考注＊』に譲るが、ここでも子歌「生《な》ろう生らじは花に問いたまえ」とうたっている。栗は稲作民俗において呪木であり呪花である。花が見事に咲き、やがてたわわに実がなり豊作が現実のものとなったことが最終行で確認されるのであって、見事繁栄の世となったのである。同様のこの句法を見ても、稲作農耕歌謡の世界では、はっきりとした目的をもっていたのである。それに対して、『閑吟集』の流行歌謡27番はそうした農耕上の機能性からは自由であり、散ることの方へ視線が向いている。花への愛憐であり、桜花を愛する都の人々の風流を表現するために用いられている。

新発意を歌う歌謡も中世歌謡の特色と見てよい。

一　お新発意の小歌の流行。新発意をうたう。新発意が小歌を口ずさむ。お新発意の芸能への参加などの問題点拡大がある。

二　僧籍に連なったばかりの若い僧の生活へも注意。世俗からの恋の視線がある。風流踊においても新発意は若者が演ずる場合が多い。

井戸・泉のほとりの女達と、そこに言い寄る男達がいる。「水辺の恋」があり、今後に、その場をうたう歌謡、あるいはその場でうたう歌謡史を具体的にまとめておく必要がある。茶の湯の「水」もこの小歌に関わっている。こうした点からすると、「散る」には情歌としての、恋に散る暗喩の意味が意識されてもよい。

菅野扶美「中世に於ける茶と水―『閑吟集』の茶の歌謡について―」（『藝文研究』42号・昭和五十六年）は、『閑吟集』に見える茶関係小歌について集中的に論じた考察で、その中に中世期における「喫茶文化史」が考察されている。中世期におけるこの系統の小歌の背景に「喫茶の文化」を読み取るべきであろう。特に「お茶の水」、つまり来客をもてなしたり、茶会に用いたりするための、茶の湯の良質の水を汲みに行くのである。31番・32番・33番は、茶で連鎖。実際に当時うたわれた段階においても結びつきのあった小歌。徳田和夫「室町期物語の一絵画資料―お伽草子・座頭の語り・狂言と室町小歌」（『国文学研究資料館紀要』5号）にもこの小歌が「当時の巷間の小歌」として見える。

28・大　神ぞ知《し》るらん春日野《かすがの》の　奈良《なら》の都《みやこ》に年を経《へ》て　盛《さか》りふけゆく八重桜《やゑざくら》〱（盛り…）散《ち》ればぞ誘《さそ》ふ
誘《さそ》へばぞ　散《ち》るはほどなく露の身の　風を待《ま》つ間《ま》のほどばかり　憂《う》きこと繁《しげ》くなくも
哉《がな》〱（憂きこと…）

【口語訳】
神もご存じのあらたかな奈良の都で、長い年月にわたり咲き続け、やがて盛りも過ぎ色香もあせた八重桜は、誘う嵐の吹くたびにはかなく散ってゆきますが、この老体もその老桜と同様、やがて散ってゆく露のような命です。どうか辛く悲しいことが、これ以上おこらないでほしいものです。

【考説】　散るはほどなく露の身の、盛り過ぎゆくはかない情感を綴る。

《八重桜》

㉓いにしへの奈良の都の八重桜　けふ九重に匂ひぬるかな　（詞花和歌集・巻一・春・伊勢）

㉔奈良の都の八重桜、大内山の花桜……　（宴曲集・巻一・花）

㉕奈良の都の八重桜　咲きかへる道ぞめでたき　（謡曲・雲雀山）

《散ればぞ誘ふ　誘へばぞ　散る》　誘う嵐に、花びらがしきりに散ってゆくさま。『謡曲拾葉抄』所引『雲玉抄』に次のようにある。

㉖花も憂《う》し嵐もつらしもろともに　散ればぞ誘《さそ》ふ誘へばぞ散る

これは謡曲『春日神子』の一部分。『未刊謡曲集』九所収。「春日神子」（凡例では、仙台本第一種とある）によると、年老いた和州春日の一の神子殿（巫女）が、親類にあたる都の吉田なにがしの病気見舞を受けて、言う詞章である。

神ぞ知るらん春日野の　奈良の都に年をへて　さかり更行八重桜　〱　ちるをぞさそふさそへばぞ　ちるはほどなき露の身の　風をまつまのほどばかり　うきことしげくなくねかな

27番の地主の桜に続けて、奈良の都の八重桜を出した。

なお別に同名の謡曲『春日神子』という曲がある（古典文庫『番外謡曲』所収、これは角淵本）。骨子は同じであるが、物語の筋立ては違っており、28番相当の科白部分はない。これに相当するところをあえて探すなら「人間有為の世の習ひ　皆病小ならすといふこともなし　歌には病法に色声是非を覚へぬ心の中におのれと作る病なれは　人を恨むるへきにも侍らはす　いつの夕部を定めさる身と成果て候らふ」と語るあたりか。老巫女のなげき。『古事記』歌謡九五番「日下江の入江の蓮　花蓮　身の盛り人　羨しきろかも」は、〝若人がうらやましい〟、という老女（八十歳を過ぎた赤猪子）の歌。こうした発想と一脈通ずる。酒宴でもうたい出されたか、と推量すると、またその場の若い人達を引き立てる歌謡ともなる。

これも日本歌謡史における〈老いの波〉をうたう系統―つまり老人の歌（老人の心情から湧きおこる歌。老人を歌った歌ではない）の歴史の中に組み入れて考えてよかろう。11番・221番参照（『中世の歌謡―閑吟集の世界―』*第二十七「老いの波」）。

花が咲き、そして爛漫たる春が過ぎ、やがて散りいそぐ。民衆が好む「散りゆくいくばくかの情趣の時空」を四つの小歌（25番〜28番）によって描いてきた。『閑吟集』が描く、これも「際《きわ》」の文芸の一つの事例となる。

29・大 西楼《〈せいろう〉》に月落《お》ちて　花の間《〈あいだ〉》も添《そ》ひはてぬ　契《ちぎ》りぞ薄《うす》き灯火《ともし》の　残《〈のこ〉》りて焦《こ》がるゝ　影《〈かげ〉》恥《は》づか

しき我《わ》が身かな

【口語訳】
西方の楼に月も落ちてしまった。花の咲いているほんのわずかな間も、添い遂げることのできなかった契りは、なんと薄くはかないものか。かすかな灯火が残っているように、あとに一人残ってあの人を恋い焦がれている、まことに恥ずかしい私だこと。

【考説】
144番（後に掲出）とともに、謡曲の名作『籠太鼓』の一節。

《西楼に月落ちて　花の間も添ひはてぬ……》　次に掲出のごとく、謡曲『籠太鼓』の一節。『和漢朗詠集』巻上・鶯・菅三品の詩、

㉗西楼月落花間曲　中殿灯残竹裏音

を踏まえる。西楼は大内裏、豊楽院内の豊楽殿西北の楼閣、白虎楼のこと。あるいは霽景楼のことと言われている（大系・和漢朗詠集・頭注参照）。

㉘大極殿　小安殿　蒼龍殿　白虎楼　豊楽院　清暑堂　五節の宴水　大嘗会は此所に行はる　（古謡・大内裏）

『和漢朗詠集』においては「花間曲」とあって、それは鶯の鳴き声のこと。春の夜明けに鶯が鳴き出した。

《契りぞ薄き灯火の》　契りの縁の薄いことを、夜明け方の灯火のかすかなことにたとえる。「月」—「灯火」—「焦がるゝ」—「影」。

謡曲『籠太鼓』（能本作者注文など、世阿弥作とする）で、夫の関清次の身替わりで入牢している妻の言葉。地謡の部分。

無慙やわが夫の身に代りたる籠の内　出づまじや　雨の夜の尽きぬ名残ぞ悲しき　西楼に月落ちて花の間も添ひ果てぬ　契りぞ薄き灯火の　残りてこがるる影はづかしきわが身かな

小歌としては、夫婦の縁薄く、去って行った夫を思いこがれる女のなげき、と見てよい。前歌28番の「散るはほどなく露の身の　風を待つ間のほどばかり」とあるのを、「花の間も添ひはてぬ　契りぞ薄き灯火の」で受けた。やがて狂気となり牢の太鼓を打つ場面となる。

〔十五〕　顕われた恋

30・小　花ゆへ(ゑ)〳〵(ゆゑ)に　顕《あらわ》れたよなふ(う)　あら卯《う》の花《はな》や　卯《う》の花《はな》や

【口語訳】

花が原因で、あの人との密会が露見してしまったわ、あゝその卯の花ではないけれど、憂いつらいことになりましたね。

【考説】　桜から卯の花へ、季節が移る。

《花ゆへに》　花のせいで。

《顕れたよなふ》　「顕れる」は、隠しておくべきこと、あるいは人に知られてはまずいことが、露顕することを言う。単に人目につく、知られるようになる、と言った意味ではない。流行歌謡としては、やはり恋が、あるいは密会が露顕するといったような意味で用いる言葉。91番では歯形が「顕はるゝ」、とうたう。

《卯の花》「楊櫨《うつぎ》。和名宇豆木。四月開小白花成簇。可愛。俗云卯乃花是也」（和漢三才図会・灌木類）

◇思う人のもとへ、花をひそかに置いてくる習わし

『全集』・『集成』・『研究大成』、などいくつかの解釈があるが採らない。「花」がどのような状況のもとで、どのような意味をもっていたか、がポイントである。以下に述べる〝伝承する恋の習俗〟がなによりも基盤である。

恋人のもとに、すなわち恋しく思っている相手、その意中の人だけが、気付いてくれる場所に、恋情を込めて、若者は花を置いてくるという習わしがあった。この小歌は、その花が他人の目にとまり、秘密の熱い恋が露見してしまったことを嘆いている小歌。そうした当時の恋愛習俗を背景とした小歌（現今の花をプレゼントするという意識と根底では繋がっている）。「花」は、卯の花。

①露は尾花と寝たといふ　尾花はつゆと寝ぬといふ　アレ寝たといふ寝ぬといふ　尾花が穂に出てあらわれた（田村西男、中内蝶二編・『小唄歌沢全集』・昭和二年）

右近世流行歌謡は、この30番と内容的に脈絡をもつ俗謡。「あらわれた」事柄は「寝た」ということである。しかもそれは、だれしもが認める証拠としての、「穂」が出たので露顕したのである。この30番でゆくと「花」は右の俗謡の「穂」にあたる。

30番から31番への流れは、露見した恋から、やがて水汲場での行動に出た恋、という展開を意識して置いた。「顕るる恋」をうたう和歌・歌謡を引く。これらを周辺に置くことによって30番の意味や背景、そして若者の心意は明確に把握できる。

②あらはれてくやしかるへき中ならば　忍《しの》びはててもなぐさみなまし（拾玉集・四・顕後悔恋・慈円）

③あらはれてほにこそいてねしのすゝき　した葉の露はをかぬよもなし（沙弥蓮愉集・恋・景綱）

④ほしかねし袂ははやく朽ちはてて　恋ぞなみたにあらはれにける（題林愚抄・恋・寛永十四年）
⑤あらはれはうしやわが名をいかゝせん　あふことだにもかつ忍ぶ身を（元禄三年・堀江草）
⑥だきしめて　にほふ玉草ひき結び　忍びやかにをくらるゝ　さすがいやともいはれずや、もしあらはれば　人殺し（御状引付所載・天文七年頃の盆踊歌）
⑦われをしのぶは茶ゑん中でをまちやれ　もしあらわれてひとことはば（明治二年書写・踊おんど本・しのび踊・『和泉史料叢書　雨乞編』）

30番の意味を把握するためには次の二例も引用する必要がある。

⑧イヨ広島の〱　イヨ二階造りのその家に　花を一枝預けたが　よそへ散るやら靡くやら……（広島県加計町〈現・安芸太田町〉・太鼓踊歌・『芸備風流踊歌集』）
⑨城（の）下成（る）坂本宿に　サン花を一本忘れてきたが　あとで咲くやら開くやら（尾張船歌・浅間ぶし）

右の⑧⑨の「預けた」「忘れてきた」は、もちろん意中の人がそれと気づくよう期待をもって花を置いてきたことを、そのように表現する習わしがあったのである。日本歌謡史における類型表現の一つ。花を忘れたとか、花を預けたとか歌っているが、実は目的の人が気付いてくれるように、自分が送ったということがわかってくれることを期待して、花を置いてきたのである。男側から歌っているのであろう。花を密かに置いて来る恋の習わしがあった。「花を忘れた」と歌うのも、さらに「笠を忘れた」と歌う類型にも及んで、日本の恋歌の、隠れた思惑を理解しておく必要があろう（『中世近世歌謡の研究』*）。

◇わが置かぬ花のあるもふしぎやな

『松の葉』巻一・三味線組歌群は、中世小歌圏歌謡に属していると見てよいと思われるが、その「葉手」の部に琉歌調の次の小歌があって、それも30番を理解する上に必要である。

⑩あさまとくおきて　てうずがめをみれば　わがおかぬはなの　あるもふしぎやな

朝はやく起きて手水瓶を見ると、私が置いた覚えのない花がある。不思議なこと、という意味。この歌が『中陵漫録』（佐藤中陵）の琉球唱歌の中にも認められる。

⑪あさねしておきて　ちょんかみづみれば　わがおかんはなの　あるてふしぎよんのう

と記して、「朝ねしておきて手水の水を見れば　我が鼻のあるがふしぎじや　よく鼻もなくならずにあつたと云ふ事なり」と、その著者は書き添えている。『俚謡集』鹿児島の「琉球人節」（琉球島主が島津侯へ物産献納の時の祝宴歌謡）には、「おかん」を「おかほ」と、つじつまを合わせて、次のようにある。

⑫朝寝して起きて　手洗い鉢の水見れば　わがおかほの鼻が　あるがふしぎ

まことに滑稽な誤解で、なぜ鼻などと解釈したのかわからない。「はな」はもちろん「花」のことである。誰かが恋情を込めて置いたのである。この『中陵漫録』が書き留めた琉球唱歌と同一歌は、たとえば琉歌三千を蒐集した『標音評釈琉歌全集』には見えないが、その中には別に、

⑬みすとめて起きて　庭向かて見れば　綾蝶無蔵が　あの花この花　吸ゆるねたさ（読人知らず）

などと歌っているように「……起きて……見れば」の常套句は認められる。

こうした歌謡を参考にして30番に戻ると、はじめに記したような意味になる。誰かさんが花を置いていったがゆえに、わたしたちの密かな恋が露顕して、他人の、あるいは親の知るところとなったというのである。誰かさんは、もちろんこの女が恋しく思うあの御方である。花はどんな花でもよかったが、この場合は特に人目につく卯の花であった。卯の花のようにぱっと目立ってしまって、結果的に憂の花となったのである。これはまずいことになった。「あら卯の花」に憂の花を掛けたのである。

さてこの歌謡に残る民間習俗的な内容をさらに奥へ押し遣り、流行歌謡化させたのが、次の『閑吟集』の小歌である。

⑭小・忍事《しのぶこと》　もし顕《あらは》れて人知《し》らば　こなたは数《かず》ならぬ軀《み》　そなたの名こそ惜《を》しけれ（264）

この恋が露顕して、もし他人が知るようになったらどうしよう。私は取るにたらぬ身だからどうなってもよいが、あなたにとって、浮き名の立つのが辛いと言う。この264番になると、互いに相手を思いやる心へと昇華している。

〔十六〕　茶の文化にまつわる小歌

31小・御茶《ちや》の水《みづ》が遅《をそ》くなり候《そろ》　まづ放《はな》さいなふ《う》　又来《こ》ふ《う》かと問《と》はれたよなふ《う》　なんぼこじれたい
新発意《しんぼち》心《ごゝろ》ぢや

【口語訳】
お茶の水が遅くなってしまいます。ともかく放して下さい。また来るかと問われましたね（まあしようのない人ね）。ほんとになんというじれったい新発意のお心でしょう。

【考説】　中世小歌が捉えた一場面。じれったい新発意ごころ。

《御茶の水》　御茶に使う水。いわゆる名水でなければならない。名水としての寺院の湧水、井戸など。

《まづ放さいなふ》　新発意に抱きとめられて足どめされている女のことば。放さい、放して下さい。命令だが親しみの情を込める。282番にも使用されている。室町小歌を特色づける類型句である。奔放な恋の側面が見えている。

《又来ふかと問はれた》「又来ふか」は、新発意の言葉を女が受け取って、それをもう一度新発意に投げ返している。「〈又来るか？〉ですって？」といったところ。

《なんぼこじれたい》「なんぼ」「なんぼう」は、なんと、ほんとうに。「夢にさへ見ぬ面影は　なんぼつれなき君様ぞ」（隆達節）。「なんぼうあさましき　世を捨て者の所存候ぞ」（謡曲・熊坂）。「こじれたい」は、「じれったい」に接頭語「こ」がついた形。「小じれたい」（彰考館本頭書）。狂言小歌の方では、「こじやれた」（和泉流天理本狂言抜書）、「小じやれた」（鷺賢通本狂言）、「こじやれた」（大蔵流虎明本狂言）。風流踊歌では、別系の踊歌に「じやれた小若衆」という表現あり。

《新発意》「Xinbochi　シンボチ（新発意）。新しくまたは新たに意を発す人。新しく剃髪して世を捨てた人」（日葡辞書）。『パジェス日仏辞典』にも「浮世を逃れてから間もない、剃髪したての若い僧」。27番考説参照。

「楠ガ勢ノ中ヨリ年程廿計ナル若武者、和田新発意源秀ト名乗テ……」

（太平記・巻二十六・住吉合戦事。小歌をうたうところ）

「しんぼち」は風流踊系に登場するのが特色。たとえば、兵庫県養父郡大杉のざんざか踊など各地の雨乞風流踊に登場し、口上を述べる役割をする。踊りの場の中心的存在。したがって踊歌の中にも、次のようにうたわれる。新発意に呼びかける歌詞が多い。

①いそげよ　小しんぽち　はやせよ　小しんぽち　向い山から米がふりくる　米がふりくる

（兵庫県氷上郡〈現・丹波市〉青垣町・新発意踊・道謡・『兵庫県民俗芸能誌』）

②やれしんぼち　いそげしんぼち　あとからしぐれがしてくる

（大阪府岸和田市・明治二年書写・踊おんど本・いりは・『和泉史料叢書　雨乞編』）

こうした面から見て、中世期における風流踊歌との関係あるいは背景も意識しなければならない。

狂言「お茶の水」系統に用いられている。北川忠彦の「関係歌詞考証」（集成）参照。狂言小歌の方では、例えば「のかひはなさひおびきらさひな」（大蔵流虎明本狂言）、「まづはなさしめ　まづはなせ」（和泉流天理本狂言抜書）の言葉が入る。より劇的で、より煽情的。31番よりも畳み重ねる感じが強くなっているようである。

また「こじれたい」が、「なんぼこじやれたおしんほちやな」（大蔵流虎明本狂言）、「なんぼう小じやれた」（鷺賢通本狂言）のように「こじやれた」（ふざけた）とある。31番「こじれたい」では、「じれったいわね。催促しなくたって、もちろんまた来るわよ」。狂言小歌「こじやれた」では、「ふざけた人ね。そんなにしつこくするの、やめなさいよ」。

③磯はまた波は打つ　波はこじやれた波でそろ

（風流踊歌・神奈川県三浦郡〈現・三浦市〉三崎町・ちやつきらこ・本田安次『語り物・風流二』）

いちゃいちゃした恋の場面をうたうが、ここは「じれったい」。室町時代の民衆の暮らしの一場面。おもしろい角度からとらえたのである。

井戸・泉のほとりの女達。そしてその女達に言い寄る男。水辺の恋の習俗がある。

次の例などによっても『閑吟集』の時代の流行が知られよう。

④もろともに腰折歌をよみつれて　なんぼうこされた花にたはぶれ

⑤おちやの水梅がへこそに汲よせて　小《こ》聖《しやうだう》道みな花みをぞする

（宗長手記・大永三年〈一五二三〉・岩波文庫）

前掲（九五頁）徳田論文で紹介されたように、『実隆公記』文明七年（一四七五）紙背文書（絵詞草案）にも同系小歌が認められるという。

前掲（九四頁）、菅野扶美の文章にも論ぜられたように、この系統の小歌の背景に「喫茶」の文化を読み取ることができる。特に「お茶の水」、つまり来客をもてなしたり、茶会に用いたりするための、茶の湯のための良質の水を汲みに行くのである。寺院新発意が水汲みに来ているのであるから、寺院の茶室で茶会があるのかもしれない。ゆえに「水」は名水でなければならない。茶会のはじまりの時刻がある。「御茶の水が遅くなり候」と言っている。お茶の水を汲みに行く慣習があって、清水や井戸のある水汲場での、人々の交流や男女の密会の風俗が生まれた。またそこに、お茶の水を汲んで行き来する日常の小道《こみち》・匿路《くけぢ》の風物や、男女の姿や心意があり、総合して一つの生活文化が生まれた。

31番・32番・33番は、茶で連鎖。実際に当時うたわれた段階においても一連であったろう。

32 小・新茶《しんちゃ》の若立《わかだち》　摘《つ》みつ摘《つ》まれつ　挽《ひ》いつ振《ふ》られつ　それこそ若《わか》ひ（い）時《とき》の花《はな》かよなふ（う）

【口語訳】

新茶の若芽を、摘んで、臼で挽いて、ほいろの上で振ってお茶にするけれど、わたしたちもそれと同じね、つねったりつねられたり、袖を引いたり振られたり。それこそ若い時の花（春）なんだねえ。

【考説】　新茶ができるまでの仕事が背景にある。

《新茶の若立》　若立は若芽。「Vacadachi　ワカダチ（若立ち）。新しい芽を吹いた枝。または柔らかな小枝」（日葡辞書）。

《若ひ時の花かよなふ》「若い世代にのみ許された特権ではないか」（研究大成）。91番の「十七八の習ひよ」も参考。

⑥恋をせばさて年寄らざるさきにめさりよ　誰《たれ》かふたたび花咲かん　恋は若い時のものぢやの　若い時のものよ

（隆達節）

◇摘む、振る、挽く　茶製造工程にかかわる動詞

摘む、挽く、振る、すべて製茶工程の作業に関係することばで、暗に、若い恋の成り行きをうたう。茶生産工程の身体語は、他に揉む、撚《よ》るなど。軽快に「つみつ　つまれつ　ひいつ　ふられつ」とリズムをとる。「お茶を摘んで摘みちらかして　後の始末は誰がする」（静岡県・民謡）。

茶の製造工程では〈葉を摘む〉〈焙炉で炒る〉〈茶臼で挽く〉〈茶を揉む〉〈茶葉を選る〉〈茶葉を撚る〉〈箕で振る〉などが行われる。32番はこれらの動詞をうまく利用してうたった小歌である。茶の製造工程を、おもしろく教えているとも言える。

「お茶を摘むなら根葉からお摘み　根葉にや百貫目の芽がござる」（静岡県磐田郡・『静岡県の民謡』）など、茶摘歌には、仕事そのものについてうたういわゆる「役歌」のパターンもいくつかある。この32番は茶摘の仕事が背景にある恋の小歌。茶摘歌であったかどうかは不明。もちろん長編の茶製造叙事歌謡ではないけれども、茶を製造する工程の中でうたわれたであろう。室町時代の多様な民謡を十分想定させる小歌である。摘む、挽く、振るの三つの動詞を軸とする民謡が、つまり仕事歌が、永正十五年以前にも、日本列島に伝承していたと言えるのである。

風流踊歌系にも「茶摘踊」あり。茶摘籠の中の恋の玉章をうたうのもある。それらも茶摘をうたう中世小歌に加えておいてよい。

⑦おれらの殿御はお茶山に　見ゆるは弓のはずばかり　お茶摘むお茶摘む　お茶を摘む（下略）

お茶摘む籠に茶がのうて　籠には恋の玉章よ（同前）

茂らばしげれこの茶園　二人寝《ね》長《たけ》の見えぬ程（同前）

⑧をれが殿御はお茶山へ　サア〳〵ヨウ　大事のお茶をばつみもせで
〈徳島県麻植郡〈現・吉野川市〉山川町・神代踊・茶摘・『徳島県民俗芸能誌』〉

ヨヲ出合尺八をふきやるサア〳〵。
ヨヲ茶つむかごには茶はなふて　サアヨウ　かごには玉章たえあらんサア〳〵
しゆげれ〳〵この茶山　サア〳〵ヨウ　二人ねかけのみへぬほどサア〳〵
しゆげれ〳〵があらわれて　サア〳〵ヨウ　しゆげれよこの茶園サア〳〵この茶園
〈兵庫県宍粟郡〈現・宍粟市〉千種町・チャンチャンコ踊・茶つみ・『兵庫県民俗芸能誌』〉

『閑吟集』が、この31番・32番・33番を蒐集した事実は、中世期茶文化史の上でも注目しておいてよい。日本歌謡史研究としては、これに、「風流踊歌系」、「近世近代における茶製造工程仕事歌」とを加えて、場に生きていた機能を中心に、その特質をまとめておけばよいのである。たとえば次のような民謡がかなり伝えられている。

⑨お茶を摘むなら根葉からちゃんと　下手なお方はうわばしる
〈静岡県安倍郡・茶摘歌・『静岡県の民謡』〉

⑩茶をもめもめもみさえすれば　くきもきんばもお茶となる
〈愛媛県東宇和地方・茶摘歌・『愛媛民謡集』〉

⑪お茶のデングリもみは小腕がいたい　もませたくない我がつまに
〈静岡県・茶もみ歌・『静岡県の民謡』〉

こうした茶の生産叙事歌謡は、中国においてもうたわれてきた。山歌の一分野としての采茶歌である。采茶歌では次の二種のパターンが代表的である。ここにまず『徽州民俗』〈徽州文化全書の内・二〇〇五年・安徽人民出版社〉所載の「十二月采茶歌〈婺源风俗通观〉より」の正月〜四月部分を引用する。⑬とともに日本語訳〈拙い意訳〉を加えた。日本・中国間で、今後茶製造関係歌謡の種類、表現、構造など対照比較させておく必要があろう。

⑫正月采茶是新年　八仙飘海不用船。太白金星云雾走　王母娘娘庆寿年。
二月采茶正逢春　大破采石常遇春。遇春手段本高强　杀进敌营乱纷纷。

三月采茶桃花紅　手拿长枪赵子龙。百万军中救阿斗　万人头上逞英雄。
四月采茶做茶忙　把守三关杨六郎。偷营劫寨是焦贊　杀人放火是孟良。
　正月茶摘　新年だよ。八仙の神は海を渡るのに船はいらない。太白金星は雲に乗って飛んでゆく。西王母は長寿を祝っている。
　二月茶摘　春が来る。りっぱな常遇春は、単騎で采石で筏をあやつりモンゴルを破ったよ。
　三月茶摘　桃の花が咲く。趙子龍は、長槍をもって百万の大軍の中を駆けぬけて阿斗を救った英雄だよ。
　四月茶摘　茶作りで忙しい。楊六郎は三関を守った。焦贊は敵の学舎を破ったね。殺人放火は孟良だ。
（以下十二箇月を数えてゆく。それぞれ「茶摘」をハヤシことばとして入れ、神様や歴史上の人物、「西遊記」「三国志演義」などに登場する英雄達にふれてゆく。おもしろい十二箇月歴史伝説尽しと言ってよかろう。）
　続いて引用しておくべきは『中国歌謡集成 福建巻』（二〇〇七年）所載「制茶十道工。武夷山市伝承採録。一九七二年」の事例である。32番により近いのは、この系統である。

⑬　　制茶十道工　　　　　　武夷山市

人説粮如銀　我道茶似金。武夷茶葉興　全靠制茶経。
一采二倒青　三揺四囲水　五炒六揉金　七烘八揀梗
九复十篩分　道道功夫深。人说粮如银　我道茶似金。
武夷茶叶兴　苦坏制茶人。
　世の人は食糧を銀にたとえる、わたしは茶を金だと言っておこう。さて武夷のうまい茶ができてくるまでをうたってみるなら、一に、茶葉を摘みとる。二に、茶を貯蔵する。三に、振って、四に、葉をまるめて、五に、炒めて、六に、茶葉を揉んで、形を整える。七に、焙じて、八で、茎を取り去る。九には、ふたたび揉んで、十で、選別にかかるのだ。こうした工程はまことに工夫が大切よ。世の人は食料を銀と言う。わたしは茶が金だと言っておこう。武夷山の茶産業が盛んになったのは、こうした工程の工夫があったからなのよ。

33・小　新茶《しんちゃ》の茶壺《ちゃつぼ》よなふ《う》　入《い》れての後《のち》は　こちやしらぬ　〳〵《こちゃ…》

【口語訳】

あの娘は、新茶の茶壺。いったん手に入れてしまえば、そのあとは古茶のことなどわたしは知らないよ。


【考説】　茶壺の古茶を取り出し、新茶を入れる。

《茶壺》「茶壺《チャツボ》」（易林本節用集）。

《入れての後》　新茶を入れる、の裏に、俗に言う、関係をもつ意を利かせる。
⑭わしとお前は臼挽き夫婦《みょうと》　入れて回せば粉ができる　（京都府舞鶴地方・臼挽歌・『舞鶴市史』）
⑮わしとお前はひき臼夫婦　入れてまぜれば粉ができる　（福岡県田川地方・粉ひき歌・『田川地方民謡集成』）
　この小歌も、近世期の右掲の如き民謡の類型的表現に連結している。33番においては、そのことが豊富な事例とともに把握できていなければならない。

《こちやしらぬ》「こちや」は「新茶」に対しての「古茶」の意を含めて「私は」（「こちは」の意）を言う。「Cocha こちや。古い茶」（日葡辞書）。
⑯十七八ワノ〳〵　三歳駒よ乗手ノ其後ヤ我ガままよう〳〵
（大阪府泉南郡熊取町・大久保雨乞踊・十七踊・『近畿民俗』12号）

この33番は「新茶」と「古茶」をうたい込んだ小歌。新茶に対して古くなった古茶の事などわたしは知らない、つまり興味がないとうたう。古茶は暗に古妻を言っているのか。酒宴たけなわで出された歌であろう。男の発想であるが、男たるもの、恋する女を手に入れてしまったら、それまでとは、うって変わって、「こちやしらぬ」といった無責任な態度になってしまうことを、女の立場で、非難してうたっている、ともとれる。こうした歌も室町庶民の日常にはあったのである。『閑吟集』はこうした流行歌謡も加えた。中世近世における民衆の民謡的発想も把握しておかねばならない。この系統の近世的展開として、次のような歌謡もある。戯《ざれ》歌であるが、茶の文化に関わるのである。「一夜馴れ〱この子ができて　新茶茶壺でこちや知らぬ」（山家鳥虫歌・周防・三一一）。

〔十七〕　面影小歌

34・大　離《か》れ〱の　契《ちぎ》りの末《すゑ》はあだ夢《ゆめ》の　〱（契りの…）面影許《おもかげばかり》そ　添ひ寝《ね》して　あたり寂《さび》しき床《とこ》の上《うへ》
涙《なみだ》の波《なみ》は音《をと》もせず　袖《そで》に流《なが》るゝ川水の　逢《あ》ふ瀬《せ》は何処《いづく》なるらん　〱（逢ふ…）

【口語訳】
疎遠になってしまった今は、はかない夢ばかりで、添い寝をしていると思ったのは、あなたの面影にすぎない。ひとりぼっちの床で寂しさに流す涙は、音もせず袖に流れてゆきます。ああ、また逢える日はいつのことでしょうか。

【考説】　37番まで、日本古典歌謡文芸としての面影小歌。

《離れ〴〵の　契り》　二人の間が離れ離れになること。疎遠な関係。「心の秋の花薄　穂に出でそめし契りとてまたかれがれの中となりて」（謡曲・定家）。

《あだ夢》　はかない夢。

《袖に流るゝ川水の》　底本・図書寮本ともに「そでになるがる」。彰考館本により改め、「流るゝ」とした。とめどなく流れ出る涙を波や川にたとえる。「涙トアラバ、ながるゝ、袖衣手、川……」（連珠合璧集）。

謡曲『安字』（校註謡曲叢書）から出ている。「ゆうしん」という者が、蜀の国の「文字を売る市」に文字を買いに行く。やがて三年が過ぎてしまう。旅に出たその夫の帰りを待つ妻の心情（シテ、ゆうしんの妻）。傍線部分は34番と異なる。

ワキ「あら嬉しや去らば故郷に帰らばやと思ひ候。シテ「偖もゆうしん立ち出でて、末はる〴〵の春秋を、思ひやるだにまちどほの、年ふる里の草衣、きのふも過ぎ今日と暮るゝ、日数も今はめぐり来て、三とせの秋にもはやなりぬ。常にことゝふ物とては、軒の松風ばかりなり。歌「かれ〴〵の契りの末はあだ夢の、〳〵、面影ばかりそひ寝して、あたりさびしき床の上、涙の浪は音もせず、袖ゆく水は有りながら、あふせはいづくなるらん。

34番～37番の面影の抒情は、日本民衆文化の底流として、消えることなく現代歌謡にまで及んでいる。

35 小・面影ばかり残《のこ》して　東《あづま》の方《かた》へ下《くだ》りし人の名は　しら〴〵と言《い》ふまじ

【口語訳】

に秘めて)。

面影だけをあとに残して、東国へ下って行ったあのいとしい人の名は、はっきりとは言うまい(そっとわたしの胸

【考説】 省略の手法で、劇的な別れの物語を想像させる。

《しらぐと》 はっきりと明晰に。

面影小歌の中世における代表的連鎖。

34番 面影許添ひ寝して

35番 面影ばかり残して

36番 面影が 身を離れぬ

37番 面影は 身に添ひながら

などの抒情歌謡のキーワードが、巻頭歌謡の「寝乱れ髪の面影」とも関連して、中世期文化としての「面影小歌」のたしかな定着をここに見せている。(「面影」は閑吟集 6例、宗安小歌集 1例、隆達節 6例)

「東下りの殿御を慕う女というと、浄瑠璃御前、皆鶴姫、あこ王、花子などがある」(全集)、「在原業平、藤原実方、二位中将(文正草子)、牛若(浄瑠璃物語)などの東下りの殿に対する憧れが中世にはあったらしい」(集成)、「人はいさ思ひやすらむ玉かづら おもかげにのみいとど見えつつ」(伊勢物語・二十一段・集成)。

東下りをしてゆく男(貴人・武人・商人)を慕う女の歌。狂言小歌では、

①吾妻下りの殿は待たねど 嵐吹けとはさらに思はず (大蔵流虎寛本狂言・靭猿・猿歌)

があり、さらにその類歌としての、

②豊後下りの殿は持たねど、薩摩下りの女郎は待たねど 今はふんこともゑつく〳〵 あら見事な浦浜や こゝで

よろづのあきないしやよ〳〵 (藤田小林文庫・風流踊歌「阿波踊」・豊後踊・『日本歌謡研究』第6号)

などを参考として、花の都と東の方とを行き来する商人を恋い慕う女の歌としておきたい。「商踊」の系統では、「宿の姫子に目がついて」「宿の小女郎と寝た夜さは」「夜さりの宿の姫子達、さへつさされつ」などの詞句が目につく。「商踊」は、商いに出る場面から、商いをするところ（地名）をうたい、商い物を一つ一つ掲げてうたうが、そのあと、右のような旅先での恋や酒盛りをうたって締め括る系統も少なからずある（真鍋「『田植草紙』の世界*（早乙女と商人）」）。旅をする商人と、宿場や港の女達との、恋の語りぐさが少しく覗いている。

36 小 ・さて何とせうぞ　一目《め》見《み》し面影《おもかげ》が　身を離《はな》れぬ

【口語訳】

さてどうしたものか、一目見たあの人の面影がこの身を離れない。

【考説】

《さて何とせうぞ》　連鎖の上で見るなら、前歌「しら〴〵と言ふまじ」を受けて、とは言い切ったものの、ああどうしたものか、あの人の面影が身を離れぬ。明確に「さて」と書いている。

《面影》　女の面影か。ひと目見て恋に落ちた男の歌。

室町時代の物語や語り物にも〈一目見し面影への恋〉が語られており、運命の如く魅せられてゆく。和歌も加えて四例引用する。室町時代物語『おもかげ物語』（大成第三）では、美男まのゝ五郎むねみつが、天上より降った姫君のおもかげを一目見しよりわりなき恋のはじめとなる。

③扇の手のすきまより　乾の座敷には　和泉の国蔭山長者の乙姫の、信徳一目御覧じて　さてうき世に思ふようになるならば……　（説教浄瑠璃・しんとく丸）

④いつぞや女院の御所へ御使に参り候ひし時、横笛とやらんを一目見しより　片時も忘るゝひまもなく
（室町時代物語・横笛草子・大成第十二）

⑤川風はげしくて下簾をばつと吹きあげたる其隙より　輿の内の上臈を一目見しより恋となり
（同・猿源氏草紙・大成第六）

⑥たゞひとめ見しおもかげの身にしみて　まことのみちにおもひこそいれ
（同・十二人ひめ・大成第七）

37・小　いたづら物〈もの〉や　面影《おもかげ》は　身に添《そ》ひながら　独《ひと》り寝《ね》

【口語訳】
どうしようもないやつだよ。面影なんてやつは。身に付き添いながら、わたしはいつも独り寝。

【考説】
《いたづら物》「Itazzuramono　イタズラモノ（徒ら者）。無精者。だらしのない者。怠け者。また、ろくでなし。悪賢い者など」（日葡辞書）。

　恋しい人の面影といつもいっしょでいながら、現実は独り寝ばかりの男あるいは女のつぶやき。逢えない恋のさびしさ。

⑦面影は手にもたまらず又消えて　そはぬ情のうらみ数々　（隆達節）

⑧面影は手にもたまらず又消えもせで　浮名のうらみ数々　（隆達節）

さらに「独り寝」がかなりうたわれる。中世期流行歌謡の常套語。

〔十八〕　梨花一枝

39・大梨花《りくわ》一枝《し》　雨《あめ》を帯《おび》たる粧《よそほ》ひの〳〵（雨を…）太液《たいゑき》の芙蓉《ふよう》の紅《くれなひ》　未央《びやう》の柳《やなぎ》の緑《みどり》も　是《これ》にはいかでまさるべき　げにや六宮《きう》の粉黛《ふんたい》の　顔色《がんしょく》のなきも理《ことはり》や〳〵（顔色の…）

【口語訳】

その涙するありさまさえ、たとえて言うなら、一枝の梨の花が雨に濡れて咲いているような風情であり、太液の池に咲く蓮の花の紅も、その美しさにくらべて、また未央宮の柳の緑も、その眉の美しさにくらべては、とうてい及びません。ほんとうに大奥の美女達も、この方とはとうてい張り合うことができないのはもっともなことです。

【考説】　楊貴妃をうたう。

《梨花一枝　雨を帯たる粧ひの》「玉容寂寞涙闌干　梨花一枝春帯雨」（白居易・長恨歌）。『うたひせう』（慶長年間書写）「楊貴妃」にも「梨花一枝トハ、涙ノコボルヽカタチハ、梨花ノウツクシク咲タルニ、雨ノハラ〳〵トフリカヽリタルカ如ク也」とあり。また美女の形容に「柳の髪もみどりもと　花のかほばせ雨をおび」（謡曲・思妻・校註謡曲叢書）。

《太液の芙蓉》

三本とも「夫蓉」、「芙蓉」と改む。太液池は、漢武帝が宮中に作った池の名。芙蓉は花蓮。「芙蓉《フヨウ》　蓮也。艶」（温故知新書）。「芙蓉《ハス》蓮也」（黒本本節用集）。

《未央の柳》　漢高祖の宮殿の柳。「太液芙蓉未央柳　芙蓉如面柳如眉」（白居易・長恨歌）。「太液池。三輔黄図巻四〈太液池在長安故城西、建章宮北〉」、「未央宮。史記高祖本紀〈八年蕭丞相営作未央宮、立東闕、北闕〉」（朱金城『白居易集箋校』巻第十二・感傷・長恨歌）。

この美人形容は、『源氏物語』桐壺をはじめとして、次の例がある。

①此人の姿を見れば、青黛のまゆずみ丹菓の脣にほやかに　あやめの姿にて、太液の芙蓉の紅　未央の柳の緑まゆずみにほひきて　はくじゆつのはだへ　蘭麝のにほひ　容顔美麗にして……

（御伽草子渋川清右衛門版・小敦盛。敦盛の妻の美しさを述べる）

《六宮》「回眸一笑百媚生　六宮粉黛無顔色」（白居易・長恨歌）。奥御殿、後宮。つまり大奥のこと。

《粉黛》おしろいとまゆずみ。美人の義。「此美人ドモガ　我ヲアラジト　ベニウシロイヲヌリテ　ケシヤウヲスルトモ　貴妃ニクラブレバ　顔色ヲ奪《ウバ》ハレテ　影ガナイゾ」（うたひせう）。

②王昭君こそかなしけれ　月はみしよのかげなれど　漢宮万里思《かんきゆうばんり》へばはるかなり　胡笳ひとこゑなみだそふ

『唯心房集』に、

③楊貴妃帰《かへ》りて唐帝の　思ひしおもひもかくやあらん　李夫人去りにし漢王の　なげくなげきもなにならず

とある。『唯心房集』では、この今様の前に「王昭君」をうたう今様が置かれてあって、配列の上で似ている。

『閑吟集』　　『唯心房集』

39　梨花一枝……——謡曲『楊貴妃』　　23　王昭君こそかなしけれ

40　かの昭君の……——謡曲『昭君』　　24　楊貴妃帰りて・李夫人去りにし……

なお『和漢朗詠集』巻下・王昭君には「胡角一声霜の後の夢　漢宮万里月の前の腸」とある。李夫人は「昔みめよ

き人は　かんのりふじん　やうきひ、……」（幸若舞曲・伏見常盤）などとある。

出典は謡曲『楊貴妃』。ほぼそのまま取り出した。

（地）梨花一枝　雨を帯びたる粧ひの　太液の芙蓉の紅　未央の柳の緑も　是にはいかで優るべき　実にや　六《りく》宮《きう》の粉黛の　顔色の無きも理《ことわり》や　〈　（楊貴妃・校註謡曲叢書）

玄宗皇帝の命を受け、常世の国・蓬萊宮に渡った方士（道士）は、やっと楊貴妃に逢うことができた。その場面の貴妃の様子をうたう。人の世の恋歌連鎖の中に中国伝説の楊貴妃が加わった。もちろん白居易『長恨歌』にそっている。室町時代物語の『ごゑつ』（大成第四）では、西施についても同様の表現を用いて次のようにある。

ここにえつわうのきさきせいしといふひしんおはしけり。……御かたちいとわりなくらうたけて、梨花一枝春の雨にほころひ、たとへんかたもなかりけり。

続いて40番は王昭君、41番は和泉式部にかかわってくるので、この〔十八〕梨花一枝・考説の内に述べる。

40・大　かの昭君《せうくん》の黛《まゆずみ》は　翠《みどり》の色《いろ》に匂ひしも　春や暮《く》るらむ糸柳《いとやなぎ》の　思《おも》ひ乱《みだ》るゝ折《をり》ごとに　風もろともに立《た》ち寄《よ》りて　木陰《こかげ》の塵《ちり》を払《はら》はん　〈（木陰の…）

【口語訳】

あの王昭君のまゆずみは、柳の緑のように美しかったが、もう春も過ぎてきっと色褪せたことであろうと、悲しみに思い乱れます。さあ、せめて昭君が胡国へ遷されるとき、形見に植えていった柳のもとへ、風とともに立ち寄って、木陰の塵をはらいましょう。

【考説】王昭君をうたう。

《昭君》王昭君。漢元帝の妃。名は嬙、字は昭君。匈奴の王に嫁いだ美女。「王昭君《ワウセウクン》 漢元帝宮女也」（枳園本節用集他）。『今昔物語集』巻十・漢元帝后王昭君行胡国語第五、などかなりの説話物語に見える。「柳トアラバ、糸、煙、まゆ、……みどり」（連珠合璧集）。

《春や暮るらむ》「くる」は「暮る」と「繰る」を掛けて、「糸柳」「乱るゝ」「風」と縁語。「乱トアラバ、……薄、柳、糸」（連珠合璧集）。

謡曲『昭君』の、シテ、ツレの上ゲ歌、かうほの里に住む白桃・王母という夫婦が、胡国に嫁いだ娘、王昭君を思い、悲しみにふける場面。大系『謡曲集』は、『昭君』を「古作の能」の一つとしている。

かの昭君の黛は　かの昭君の黛は　翠の色に匂ひしも　春や繰るらむ糸柳の　思ひみだるる折りごとに　風もろともに立ち寄りて　木陰の塵を払はん　木陰の塵を払はん

39番・40番と、中国の美女、楊貴妃と王昭君を並べた。ともにそれぞれの悲しくも哀れな語りぐさが纏わっている。

加えて230番も、謡曲『昭君』の、この40番と近い部分から切り取られている。「風に落　水には紛ふ花紅葉　しばし袖に宿さん　涙の露の月の影　〱　それかとすればさもあらで　小篠の上の玉霰　音もさだかに聞えず」。

41・大　げにや弱《よは》きにも　乱《みだ》るゝ物は青柳《あをやぎ》の　糸吹《いとふ》く風の心地《ち》して　〱《糸吹く…》　夕暮《ゆふぐれ》の空《そら》くもり　雨《あめ》さへ繁《しげ》き軒《のき》の草《くさ》　傾《かたぶ》く影《かげ》を見《み》るからに　心細《こゝろぼそ》さの夕《ゆふべ》かな　〱《心細さ…》

【口語訳】 まことに、風邪の病を受けて弱々しくなったここちは、春風に乱れる青柳の糸のように思い乱れます。夕暮れの空はくもりがちで、やがて雨さえもはげしく降ってきて、軒端の草も傾いてゆく様子を見るにつけても、心細さのつのる夕べであります。

【考説】 和泉式部・小式部が映し出されてくる。

《傾く影》雨に打たれて傾いた草の様子。「影」は草そのものの形。ただし、謡曲のストーリーを背景に置くと、恋慕する賤《しず》の男の亡霊がしのび寄るさまをも象徴的に言うか。「影のかげは亡者によせていへるかげにや」（名語記・四）。

出典は、謡曲『稲荷』の地謡の部分（校註謡曲叢書・第一巻）。

和泉式部を恋慕した賤の男の亡霊が、式部の息女小式部に憑依する段が小歌になっている。『閑吟集』の肩書〝大〟の小歌には、亡霊や精霊の出現、霊の憑依にかかわる部分をうたうものがいくつかある。妖しく幻想的である。しかも、その世界は前掲「面影小歌」の晴れやらぬ抒情と無関係ではない、としておきたい。

小式部「げにや大方の秋になるだに淋しきに、身にしむ風の心地して、打ち乱れたる我心、やるかたなきを如何にせん。地「げにや弱《よわ》き心にも、乱るゝ物は青柳《あおやぎ》の。地「糸ふく風の心して、〳〵、夕暮の空くもり、雨さへしげき軒の草、傾く影を見るからに、心細さの夕べかな、〳〵。ワキ詞「是はかの歌かけたる者の執心《しふしん》かと存じ候程に、仏事を執行し諸を弔ひ申さうずるにて候。

シテ「面白や頃は長月廿日あまり、さながら錦をかざる鸞輿屬車《らんよしよくしや》の、色々かはる貴賤の道の、行きかふ袖の面白さよ。げにや都の四方のけしき、何《いづ》くはあれど殊になほ、時を知るから折からに、色に稲荷の紅葉の山、杉の木の間の村紅葉、是を物見と稲荷山の。一声「滝の白波朱《あけ》の斎垣《いがき》。地「神《かみ》さびわたる宮居《みやゐ》かな。

謡曲の中でもこれは不気味さも加わるシャーマニスティックな展開があると言える。この能の本説は、先学の指摘もあるように、『袋草子』（上巻・賤夫の歌）であって、以下、『十訓抄』（巻下第十の四十三話）、『沙石集』（巻第五末ノ二話）、『古今著聞集』（巻五和歌第六）などに見える和泉式部説話とでも称するものである。ただしどれも、もとは和泉式部を恋したのは「田刈る童」で、

しぐれするいなりの山のもみぢ葉は　青かりしより思ひそめてき

の和歌を送っている。この謡曲は、「童→賤の男」とし、その亡魂が、和泉式部の娘小式部に憑くということになっている。39番・楊貴妃、40番・王昭君、そして41番・和泉式部・小式部、が並ぶ。編者の、大和節での、美人揃の意図がある。

〔十九〕　小歌と風流踊歌

42 小・柳《やなぎ》の陰《かげ》に御待《ま》ちあれ　人問《と》はばなう　楊枝《やうじ》木《き》切るとおしあれ

【口語訳】

柳の陰でまっていて下さい。もし人が不審に思ってたずねたら、楊枝にするために、柳の枝を切っているのだとおっしゃればいいわ。

【考説】　踊歌から小歌へ。

《人問はばなう》　以下に引くように、風流踊歌群では、「もしあらはれて（顕はれて）人問はば」が常套句。30番「花

ゆへ〳〵に　顕れたよなふ」、57番「月にかゝやき顕るゝ」の表現にかかわる。

恋人を待っているとき、もし人に咎められたら、どのように言い逃れたらよいか。待ち合わせの場所を指定して、「……と答えよ。」と教えている。返答の理屈をひねり出す面白さ。

『中世近世歌謡の研究』*において、次のような事例が見られる。

1柳の陰—楊枝木を切る。2御門の脇—御門番する。閂《かんぬき》さす。3茶園—新茶をつむ。4唐竹やぶ—小切子を刻む。尺八のための竹を切る。笛竹切る。5小松のもと—松虫をとる。6唐谷川—手水をつかう。7根笹のもとで—松虫とる。8荒田の中で—田草取る。夜水引く。9御室の庭で—花見する。10やぐらの下で—櫓番する。

いくつか歌詞の例を掲げる。

①おれを忍ばば柳の下で　お忍びあれ　若《もし》人問へば　ようじ木切るよと云うてたもれ
（大阪府岸和田市・文政十三年当社祭礼小踊・忍踊・『和泉史料叢書　雨乞編』）

②我をしのばば御門のわきでお待ちあれ　若し顕れて人問はば　御門の御番と答へあれ
（広島県福山市・ひんよう踊・忍踊・『芸備風流踊歌集』）

③おれを忍ぶは茶園の下でお待ちあれ　もしあらわれて人問はば　新茶を摘むとやお答えやれ
（滋賀県・多羅尾太鼓踊・忍び踊・『甲賀の民謡』）

④我を忍ばは唐竹やぶでお待ちやれ　若し現われて人問はば　こうきりこをきざむと答へ召され　忍び踊を一踊
（三重県飯南郡〈現・松坂市〉・西野鼓踊・本田安次・『語り物・風流二』）

⑤おれを忍ぼば小松の下にお待ちあれ　若しあらはれて人とはば　松虫とると答へやれ忍踊は一踊り
（滋賀県草津市・渋川花踊・忍び踊・『渋川の花踊』）

《楊枝》　ふさ楊枝のこと。多く楊柳で作る。「Yōji　ようじ。Yanagino yeda　楊の枝」（日葡辞書）。「楊枝《ヤウジ》」（易林本節用集他）。「按楊枝　即削楊柳枝、抒《セヽル》牙歯間者也。桃枝亦佳也。但有節者不可用。」（和漢三才図会）。
《おしあれ》「仰せあれ」の意。「ヲウセアルのかわりにヲシヤルと言ふ」（ロドリゲス日本大文典）。

この系統の歌謡史を簡潔に見ておきたい。こうした待ち合わせの恋歌のおもしろさは『万葉集』の時代から見えている。

⑥玉垂《たまだれ》の小簾《をす》の隙《すけき》に入り通ひ来ね　たらちねの母が問はさば風と申さむ　（巻十一・二三六四）

⑦あしひきの山より出づる月待つと　人には言ひて妹待つわれを　（巻十二・三〇〇二）

に遡ることは、けっして不自然ではない。上代にも近世にも、変化せぬ発想・表現のパターンがそこにはある。『研究大成』にも、すでにこの『万葉集』の二首を引いているが、逆に『万葉集』の諸種の注釈は、この中世以後の広がりに言い及んでいない。この三〇〇二番の方は、言うまでもなく、巻十三・相聞の長歌（三二七六）の最後の部分に用いられている。

⑧……さ丹つらふ　君が名いはば　色に出て　人知りぬべみ　あしひきの　山より出づる　月待つと　人にはいひ
て　君待つわれを

「妹」を「君」としてうたっている。『拾遺和歌集』巻十三・恋三では、結句を「君をこそ待て」としている。

⑨あしひきの山より出づる月待つと人には言ひて君をこそ待て　（七八二）

『古今和歌六帖』・第五では、

⑩山たかみ出でずいさよふ月待つと人には言ひて君まつわれそ

とある。これらのどの形においても、基盤的な把握の段階で、この種の民謡の発想・表現が問題とはなる。⑨⑩は

『万葉集』三〇〇二番の繰り返しであり、この『閑吟集』42番を含めた忍び踊の表現をすべて『万葉集』にそもそもの元祖があると見てしまう必要もないが、その場をなんとか切り抜ける口実の発想が時代を問わず地盤にはあったのである。時代を問わないこうした民謡の類型の中に取り入れることによって、その実体が少しでも明るみに出る歌謡は、おそらくこれだけではないであろう。広く時代を覆う視野で摑むことが歌謡史研究としては必要な場合が多い。歌謡史における類型伝承については、真鍋「日本歌謡の歴史と実体」*を参照していただきたい。

この42番の発想表現は、右に述べた如く、現在においても各地の風流踊歌にそのまま確認することができるもので、全て、そのバリエーションを楽しむものである。「柳の陰で待つ」↓人がたずねたら↓「楊枝木を切っていると答えなさい」など、前掲のようにいろいろにうたうのである。42番に見える柳と楊枝木の結びつきも、なんらかのバリエーションがその後に続かないとおもしろくないのである。少なくともあと二〜三例の歌い替えで続いてゆくことこそがそのおもしろさには必要であった。つまり、室町時代において組歌としてのバリエーションを楽しむ風流踊の忍び踊歌があったと考えてよかろう。42番の小歌は風流踊歌からその一部分が切り取られて、あるいは他の部分が省略されて、小歌となったものであろう。風流踊の組歌、すなわち忍び踊から小歌42番へということである。

〔二十〕見る、ということ

43 小・雲とも煙《けぶり》とも　見さだめもせで　上《うは》の空なる富士《〈ふじ〉》の嶺《ね》にや

【口語訳】

雲か煙か見さだめもせず、ただぼうっとなってあこがれてきました。あの人は、上の空のあの富士の嶺のように、わたしには手のとどかない方なのに。

【考説】　富士の嶺のようなあの方への密かな思い。

《雲とも煙とも……》　富士の嶺を引き出す語句と見る。相手（恋人）がどのような人であるかを冷静に見きわめることもしないで、といった意味であろう。男の歌とも女の歌ともとれる（私の身には不相応な立派な方だとわかっていたら、はじめから思い留まっただろうに）。

《上の空なる》　底本「うばの空」。「ば」を「は」と改む。

①とふ鳥の跡ばかりをばたのめきみ　うはの空なる風のたよりを（幸若舞曲・大臣）

「上の空なる……」恋にぼうっとなっていることもあわせながら、高い空の上の富士の嶺を修飾。富士の嶺は、また暗に恋の思いの煙や火の燃え立つことを含めるか。

《富士の嶺にや》「にや」は「にやあらむ」の「あらむ」の省略。ただし藤田徳太郎は、「じや」にも読める、とする（文庫本『新訂閑吟集』）。可能性あり。

②胸は富士袖《そで》は清見が関なれや　けぶりもなみもたたぬ日ぞなき（詞花和歌集・巻七・恋上・平祐挙）

③けぶりとも雲ともならぬ身なりとも　草葉のつゆをそれとながめよ（秋風和歌集・第十九・雑下）

④我が恋ひは　駿河の富士よ　胸に煙が絶えやらぬ（天理図書館蔵・おどり・柳をどり）

「煙トアラバ、……富士」（連珠合璧集）。「ふじのけぶりとは、たえぬおもひを云」（増補大和言葉）。

成就せぬ恋。女の歌か。相手は、おそらく高貴な人。

44 小 ・見ずはたゞよからう　見たりやこそ物《もの》を思へたゞ

【口語訳】

見なけりゃそれで済んだものを、見たばっかりに、物思いをすることです、ただひたすらに。

【考説】　はからずも見たばっかりに、あの人を。男のつぶやき。

《見たりやこそ》「見たりやこそ」の「た」の字はむしろ「さ」に近い。「見ざりやこそ」とも読める。「た」と読んだ。意味の流れの上で新大系のヨミを置いた。「見ざりや」なら「とはいうものの、あの方を見なかったがために、後悔の思いが強いのです」とすることもできる。

今様や和歌に、いっそ見なければよかったものを、という類想も少なくない。

⑤思ひは陸奥《みちのく》に　恋は駿河に通ふ也　見初めざりせばなか〱に　空《そら》に忘れて止みなまし

（梁塵秘抄・巻第二・三三五）

⑥あひ見ずは恋しきこともなからまし　おとにぞ人をきくべかりける　（古今和歌集・巻十四・恋四・よみ人しらず）

⑦見ずば恋にはならじ物を　あたゞ恨めしの目のやくや　（隆達節）

「たゞ」は中世小歌の好んで用いた副詞。「たゞ」を二回用いて、恋の深さを、あるいは恋情の揺れをより効果的に表現している。「ただ」の中世小歌として注目すべし。『閑吟集』244番・245番・246番には「ただ」が続く。

この44番は、43番を受けるかたちで解釈できよう。

⑧ただ今日よなう　明日をも知らぬ身なれば　（宗安小歌集・九三）

⑨夢ふたり　さめてみたればたゞひとり……　（隆達節）

このように、感情の強さ、ひたすらな願い、思い入れ、が表現される。なおこの44番など「見る恋の小歌」では、「見る」は、関係する、結婚する意にはとらない。

『梁塵秘抄』二句神歌に、

⑩恋ひしとよ君恋ひしとよゆかしとよ　逢はばや見ばや見ばや見えばや　（巻第二・四八五）

がある。「恋しとよ」の「とよ」に感情を込めて自分がかみしめるように自分の恋しさを言っている。「恋しいのだあなたが恋しく心引かれるのだ。逢いたい。見たい。見たい。なんとか私の姿があの人に見えてくれないものか」。顔や姿を見たいの意味をもつはず。逢いたいみたいという気持ちをうたっている。

45 小・な見さひ（い）そ　〳〵（な見…）　人の推《すい》する　な見さひ（い）そ

【口語訳】

そんなに見ないで、見ないでください。人が推察しますよ。だから見ないで。

【考説】　人の推する、世間の中の恋。

《推する》「推《スイスル》」（静嘉堂文庫本・運歩色葉集）。「Sui　推察または疑い。Suisuru　推する。疑いをかける」（日葡辞書）。「只今又余所《よそ》から物を下された　汝にすい（推）をさせう」（大蔵流虎明本狂言・栗やき）。「や　それならば　なぜにさうはをしやらなんだぞ　それもすいした　ふせ半分くれまいとをもふていわしますか」（大蔵流虎清本狂言・なきあま）。

⑪かきのかたびらなめされぞうな　人がすゐしてながたつに　みなこうござれおうわにござれ　十五夜様の輪の如

く　いや輪の如く　（京都府桑田郡〈現・南丹市〉鶴ヶ丘・諏訪神社・振袖踊歌・『口丹波歌謡集』）

《見さひ》「見さい」は、235番「あれ見さひ」など参照。「あの山見さい此の山見さい……」（大蔵流虎明本狂言・素袍落《すおうおとし》）、「あの山見さい此の花見さい」（采女歌舞伎草紙・いなばをどり・『日本庶民文化史料集成』巻五）など。軽い親愛を含めた命令。

「見る」という動詞がその場や状況によって、どのような意味と雰囲気をもっているかが、この三種（43番～45番）の連鎖によってよくわかる。室町期を生きた人々の繊細な情感・心理が、この「見る小歌」の中に認められる。次の46番は「目も行き」とある。これも「見る小歌」の中に入れてもよい。おもしろい表現である。眼球の動きが感ぜられる。落ち着いていない。日本語における「見る」という動詞の意味認識の上でも、またその文化を総合的に理解する上でも、『閑吟集』における43番～46番の小歌は、資料として非常に有効である。

46・小　思ふ方《かた》へこそ　目《め》も行《ゆ》き　顔《かほ》も振《ふ》らるれ

【口語訳】

恋しく思う人の方へこそ、目も行けば、自然顔も向いてしまいます。

【考説】　まことに、自然と思う人の方へ目線が行き顔が向く。

《思ふ方へこそ》「方へこそ」は、三本とも「さへこそ」とも読める。思へばこそ、の意。

⑫思ふ方へこそ　目も行け　顔も振らるれ　（宗安小歌集・一一九）

《目も行き》「見たき物、月、花、思ふ人の顔」（犬枕）。「目が廻る」の意で用いられることもあったようであるが、ここではとらない。

⑬あれ見やれ　紺のぼし（帯のこと）して畦ぬりするは　わが殿か　思や目がいく　また立ち帰り見る

（大阪府南河内地方・田植歌・伊藤櫟堂・南河内郡民謡雑筆掲載・雑誌『上方』86号）

《顔も振らるれ》その方向を見ること。振り返ること。心の内に関心があってそうした行為となる。「るれ」は、いわゆる自発助動詞「る」。

⑭昔馴染とけかけた石は　にくいながらも振り返る

（青森地方・盆踊り歌・『青森県の民謡』）

次の狂言小歌の事例がおもしろい。

⑮奈良の春日の下り松の下で　見たる目元は　しげんげ〱愛想《あいさう》しげんげの　目もとやなう　目が行く目が行く
お目が行きそろ　しつこうや　さも候はぬ　又へんしゅも候はぬ

（大蔵流虎明本狂言・花子。しつこう→執念深く。へんしゅ→偏執）

目も行けば顔もそちらに向きますとうたっている。

「見る」という動詞は歌謡史において看過できない。43番〜46番にかけての「見る」は恋の視線。恋情をもった、恋情から湧いた「見る」であるが、日本歌謡史では、より広く「見る」の課題が生まれてくる。恋情をもった「見る」だけでは、歌謡史を見たことにはならない。それは一隅にすぎない。『日本歌謡の研究―『閑吟集』以後―』*所収「日本歌謡史における「見れば」と「見えぬ」」も、歌謡史における「見る」にまつわる多様な問題意識の一端として関連してくるのである。

〔二十一〕 誉田八幡宮若宮祭

47・小 今から誉田《こんだ》まで　日が暮《く》れうか　やまひ　片割《かたはれ》月は　宵《よひ》のほどぢや

【口語訳】
今から誉田まで行きたいのだが、さて日が暮れてしまうでしょうか。止めておけよ。弓張月はほんの宵のうちに照るだけさ。

【考説】 この47番は難解歌の一つであったが、以下に述べる如く、その意味はかなり明らかになった。誉田八幡宮若宮祭の賑い。

《誉田》 大阪府羽曳野市・誉田。誉田八幡宮鎮座。旧古市郡、応神陵の南二町のところに在り。「誉田《コンダ》八幡宮」（和漢三才図会）。応神天皇のことを誉田天皇とも（日本書紀）。次頁に『河内名所図会』引用。彰考館本は「ほんだ」とする。

　誉田八幡宮はたびたび戦火に見舞われ、また造営された。まず『閑吟集』に近い時代の出来事としては、『実隆公記』永正五年（一五〇八）三月二十一日の条に、

○誉田八幡宮去十五日炎上云々

とあり、『康親卿記』永正七年三月二十六日の条に、

○河内国誉田八幡宮造営事。以諸国之助縁致一社之復興者尤可為神妙者、天気如此。……

とある。つまり、永正五年三月炎上したにもかかわらず、後柏原天皇の決断で二年後の同七年に再建されたことが

誉田八幡宮若宮例祭。『河内名所図会』享和元年辛酉歳冬十一月刊

誉田八幡宮（大阪府羽曳野市）

わかる（天気は天皇のご機嫌）。『閑吟集』成立は永正十五年（一五一八）秋八月であった。後述参照。

《やまひ》　難読箇所。「やまひ」は、「止まひ」と読む。彰考館本の注「止《ヤ》メン也」を生かせると「止めておけよ」、または、「止めておこう」ということになる。大系『閑吟集』は「や十郎」。頭注に「や万ひに近く見える」とも。全集は「与十郎」とする。集成は「やまひ、ままよやめとこう、というほどの意味か、いずれにしても囃子詞的に使われている」。

やめておくことの決断、判断と見る。「や十郎」（人名）も捨て難い。新大系「やまひ」とした。掛けあいと見ることも可能。（A）「今から誉田まで　日が暮れうか」、（B）「やまひ　片割月は　宵のほどぢや」となる。「止まい」は、48番「心得て踏まひ」と同じ語法と見て「止めておけよ」。この点でも47番・48番には連鎖ありと見る。48番の「心得て踏まひ」の踏まいと対応する。

《片割月》　月の七日八日の月を片割月と言う。「片われ月、七日、八日の月也……」（改修産衣《うぶぎぬ》・天理図書館蔵）。「弓張月半月也　弦月」（易林本節用集）。「捨舟トアラバ……かたわれ月……」（連珠合璧集。かたわれ舟、もあり）。「弓《ユミハリツ（キ）》張　張月同……」（世俗字類抄）。「半月《カタワレヅキ》　─輪　─規、」（書言字考合類大節用集）。

「片割月は　宵のほど」は、一種の慣用句、言いぐさ。特に天理図書館において閲覧することができた右掲『うふぎぬ』の記事には、七日、八日の月と書いてあって、明瞭である。

①八重ふなかたハヤア　夜舟でめすか〳〵　かたわれ月は　よひのほど〳〵（神歌幷太鼓・忍頂寺文庫蔵・帷子踊）

②今から若さに登れとおしやる　片われ月わよいのころ〳〵

（兵庫県養父郡〈現・養父市〉八鹿町九鹿・サンザカ踊・出瑞・本田安次・『語り物・風流二』）

こうした用例によっても、「片割月は　宵のほど」という成句があって、小歌の中にも取り入れられたことがわかる。

狂言小歌としては次の如し。

③是から在所まで　日がくれうかよ十郎　かたわれ月はいよ　よゐの程よなふ

（大蔵流虎明本狂言・うつぼざる）

④是から在所まじや　日が暮れうか　与十郎　かたはれ月は　イヨ　宵の程よの〳〵

（大蔵流虎寛本狂言・うつぼざる）

⑤イヤ　これから在所まじや　日が暮りようか、与十郎　片われ月は　イヨ　宵の程よの　宵の程よの

（山本東本狂言・うつぼざる・大系）

⑥今から神崎まで日が暮れうかよのう　片割月は宵の程

（狂言・靭猿の小歌・『日本歌謡集成・狂言小歌集』）

◇片割月は宵のほどぢや

これら狂言小歌（大蔵流においてうたわれる）を参照して言えることは、地名「誉田」の部分は、差し替えが可能な部分であった。「や十郎・与十郎」とした場合、家来の若者―や十郎・与十郎に呼びかけている、ともとれる。たしかなことは、誉田八幡宮祭礼を見物に行くことを歌っているのである。たとえば『和漢三才図会』に次のようにある。

誉田《コンダ》八幡宮　在誉田村　寺領二百石　八月十五日祭礼伶人舞　四月八日ノ若宮祭、猿楽児ノ舞、隔年行之

この華やかな四月八日の祭礼に特に注目すべし。本歌は、誉田八幡宮四月八日・若宮祭を見物に行くことをうたっているのである。前述のごとく「片割月」は、月の七日八日頃の月である。照るのは宵のほど。祭り見物でおそくなったら闇夜になる、と歌っている。河内の国のどこかに住んでいる若者の科白なのであろうか。「今から」という時間的な設定も留意しておくべきであろう。誉田八幡宮若宮祭見物をたのしみにしていたけれど、結局は断念しなければならなくなった若者達の表情が、目のあたりに見えるようである。

『河内名所図会』（享和元年）・巻三・古市郡。誉田《こんだ》八幡宮の条には次の如くあり。

当社に四季の神事あり。正月十四日、月影をうけて、曲物に水を入れ、板に目をもり、年中の水斗（はかり）何合と知る。これ禰宜の役なり。また二月初卯日、種々の神供を捧ぐ作法あり。

檀輾（だんじり）四月八日。若宮の例祭にて、車楽《だんじり》二輛出づる。上に作り花をかざり、笛太鼓鉦をはやして、音楽のまねびあり。隔年にして、また一ヶ年は猿楽あり、太夫・囃方、南都より来る。放生会（例年、八《ママ》月八日より神式始まり、十四日寅の上刻に、神輿を奥院へ神幸し、近邑本居の人々、灯を捧げ奉る事星の群るがごとし。翌十五日午刻、本社に遷御し奉る。神供かずかずにして、神秘の祭式、社人は守護し、神子は神楽を奏す。むかしは舞楽ありしが、寛文の頃より中絶に及ぶ。十一月初卯ノ日、宵宮より御湯を捧ぐ。これ神秘の祭式とす。十二月十四日、降誕日といふ御神事あり。産舎を鵜の羽にて作るゆゑに、卯日を縁日とす）

誉田八幡はたびたび戦火に見舞われたようであるが、右掲『康親卿記』永正七年三月二十六日の記事では、永正七年に再建されたことがわかる。『閑吟集』47番はそうした歴史の中で生まれた小歌であった。

この小歌の背景に見えてくる若宮祭は、永正七年の復興後、それほど時を経ていない時期のものを想定しておいてよいと思われる。あるいは再建復興後の、はじめての大がかりな祝いの若宮祭であったかもしれない。『閑吟集』編者にとっても、ごく身近な小歌であったと思われるのである。そしていつの世にも変わらぬ祭礼への人々の心の高鳴りが伝わる。心待ちにしていた若宮祭は四月八日。しかし片割月は宵のほど。夜道は暗い。見物に行きたいのだけれど、止めておこうか。やめておけよ。

〔二十二〕　たたら歌

48・あら美《うつく》しの塗壺《ぬりつぼ》笠《〈がさ〉》や　これこそ河内《かわち》陣土産《みやげ》　えいとろえいと　えひ《〈い〉》とろえとな　湯口《〈ゆぐち〉》が割《わ》れた　心得《え》て踏《ふ》まひ《〈い〉》中踏鞴《たゝら》　えいとろえいと　えいとろえいな

【口語訳】

なんと美しい塗壺笠よ、これこそ河内陣に居る殿御への土産にしよう。えいとろえいと　えいとろえとな　湯口が割れたぞ、さあここが肝心要。心得て踏めよ、中たたらよ。えいとろえいと　えいとろえいな。

【考説】　貴重な中世たたら歌。底本・図書寮本・彰考館本ともに肩書なし。小歌。

《塗壺笠》　漆で塗りをほどこした壺笠。すぼんだような深い笠。「Tubogasa　ツボガサ。山の部分が深い日本の笠」（日葡辞書）。「京の壺笠《つぼがさ》　形《なり》よや着《き》よや　緒《を》よや締《し》めよや」（宗安小歌集・一二五）。女性の旅装束であるが、ここでは、陣中の殿への土産にしようとうたう。おどけ、風流心。

《河内陣》　河内に設営された戦陣。ただしここでは、『続本朝通鑑』（巻第百七十六・後土御門天皇七）に見える「明応二年。夏四月乙未期。丁巳政元及一色桃井卒二大軍一、会二畠山義豊於河内陣一。其兵総四萬餘騎、圍二義材及政長於正覚寺一」、「而竊聚二其同僚遊佐氏、杉原氏、（中略）安見氏等一、襲二桃井氏、一色氏於河内平野陣一殺レ之」（以上、国書刊行会本による）などの記録がある具体的な河内陣を当て嵌めてよい。いわゆる明応の乱の頃の、具体的イメージのある河内陣とするのがよい。

杉森美代子「地名からみた閑吟集の考察—安濃津・誉田・河内陣—」（『東京学芸大学研究報告』16集・昭和三十九年）では、将軍義材《よしき》や畠山政長らは、河内正覚寺城に出向き、畠山義豊が守る誉田城に迫った。それは明応二年（一四九三）二月。しかし将軍義材の居なくなった京では、細川政元のクーデターがおこった。そのクーデターは迅速にすすみ、さらに政元は四万余の軍兵を河内へさし向ける。勝ち目のないことを知った政長は自害する。つまりこの一連の河内における戦闘の陣—河内陣を指しているのであろうと言われている。47番・誉田——48番・河内陣とまずは土地（地名）によって連鎖している。

《えいとろえいと》　たたら場の作業歌の代表的な掛け声。ハヤシ。「えい」は物を引っぱるときの掛け声。「えい」と声を出して引（曳）く。この場合は、たたら場の、上から垂れている綱を引っぱる時の掛け声。ぶらさがるような動作になるときの掛け声である。「えいさらえい」（説経浄瑠璃・をぐり）。「えいさらえいさと」（謡曲・百万）。「えいやえいや」（謡曲・岩船）。また「蜂須賀至鎮消息名護屋のはやりうた」（続徴古雑抄所収）では、「おれが思ふ人は、夢だんべいな　ゑいと〳〵ゆて引ばなびこうのといふた。」『松の葉』第一巻・端手・「比良や小松」の第五歌には「石曳歌」の掛け声「エイエイエイ」が出てくる。古浄瑠璃『祇園女御九重錦』の「柳の古木を曳く」場面にも「エイエイエイ」が用いられる（真鍋「比良や小松」*）。物を曳くときの掛け声の内、特に船を川上に曳き上げる船曳歌の掛け声として特に注意すべきであろう。

《とろ》「とろとろ」。たたら歌に独特な擬態語。

①けさのこもりに　あさよつねせて　湯花そろへてとろとろと
　きのふこもりで　けさ四つあけて　湯花そろへてとろとろと
（島根県・飯石郡〈現・雲南市〉・吉田村菅谷・たたら歌）

名ごやにござる　長の留守すれやしんくでならぬ　ゑひ〳〵ゑひさら〳〵と石を引　ゑひゝ〳〵〳〵といふて引間

「しんとろとふめ」（大阪府和泉地方・神踊歌太鼓拍子・『岸和田民謡集』）。「大吹とろとろ　小吹とろとろ」（福井県丹生郡・大森睦月神事田楽の事・『文化財調査報告』第六集）。「とろとろ」（宮崎県東臼杵郡日平銅山・『九州民謡集成』）。

《湯口が割れた》　鉄鉱が溶けて赤くどろどろと流れ出した鉄を「湯」と言い、それが流出するたたら炉の口を、「湯口」という。「割れる」は、いままで変化のなかった湯口から、真っ赤な湯がぱっと出はじめる瞬間を言う。

○鉄をふくには、ふいごにては湯になりがたし。故にたたらにかけて湯にわかすなり。哥　ひとすじにはげむ心の
　チカラなり　まがねもついに湯とぞなりける　（宝暦四年版・日本山海名物図会・巻一）

○金　銀　銅　鉛も、床にてとかしたるを湯と云ふ　（元禄頃・鉱山至宝要録）

○焔を出し尾をつけて叩けば　鐘は即ち湯となって　終に山伏を取りをはんぬ　（謡曲・道成寺）

○いかに申上候　数々の鋳物師を集め　鑪《タタラ》をしかけ　湯も大方湧き出て候　（謡曲・鑪重衡・『未刊謡曲集』六）

《心得て踏まひ》　たたら歌として必要かつ重要語句。仕事に直接関係する役歌の中の語句。呼びかけている。注意を喚起している。「踏め」は、たたら歌としては、最も機能する言葉。「踏まひ」は「放さい」（31番他）、「見さひ」（45番）同様の語法。親しみをもって言う命令形。

②鉄はわく〱　かねはわく〱　と云句に　踏め多々良　ふめ〱多々良　ふめ多々良　（天明四年成立・鉄山必要記事）

「踏まひ」は、47番の「やまひ」（止《や》まひ《（い）》）と呼応する。ともに命令形。

③サア踏み込め　踏み込め　（タタラ唄・『桑名市史』）

④安坂いもじは鐘鋳の上手　息子たたらにふみ上手　（兵庫県洲本市・盆踊歌・『民謡風土記』）

⑤やれふめたゝら　ふまねばかねはわきやわぬ　やれふめたゝら　ふまこ《（みや）》そかねがわきよふた〱　（大阪府岸和田市・安政三年本・拍子踊り歌・『和泉史料叢書　雨乞編』）

◇中たたら

《中踏鞴》 底本及び他の二本も「中こゝら」と読めるが、本来「た」であったのが、読み誤って（つまり、原本から書写した人が、すでにこの言葉に十分な理解がなかった）、「こ」に近い字となった、おそらくそうであろう。

「中たたら」は「三人踏み」の「たたら」の、真ん中で踏む人、あるいはそのポストを言う。上から垂れ下がっている綱の、真ん中の綱を受け持つ人。「中の鋼」ということばは、木曳歌・木遣歌にも見える。たとえば、淋敷座之慰・島くどき木やり、では「おひかけ、中の綱から見ん事ようそろた、やれ中の綱よゐ」。

⑥中だたらはおれが殿　たたら拍子のおもしろや
（京都府舞鶴市・阿良須神社祭礼踊子歌・たたら踊・『丹後の民謡』）

⑦阿地《あち》踏めたたら　こち踏めたたら　中なるたゝらは私《わし》が踏む
（兵庫県養父郡〈現・養父市〉八鹿町・ざんざか踊歌・金鋳踊歌《かねいおどりうた》・『兵庫県民俗芸能誌』）

⑧……ふかぬたたら　中ふめたたら　心へてふまれ　中へたらせいよ……
（大阪府岸和田市・明治二年書写・踊おんど本・『和泉史料叢書 雨乞編』）

右のざんざか踊の「阿地」は次の句の「こち」に対する「あち」。つまり左図のような構成位置と見てよかろう。この「中たたら」が「歩きたたら師」（たたら場をめぐってゆく、たたら踏みの専門家）であったかもしれない。いくつかのタタラ場を掛け持ちしているたたら師もいたことであろう。

あち
——中たたら（リーダー）——
こち

富山の『光徳寺縁起絵巻』蓮如たたら踏みの場面

さてここで参考としなければならないのが、『光徳寺縁起絵巻』・蓮如たたら踏みの場面である（上図参照）。これは伊藤曙覧『とやまの民俗芸能』（一九七七年）に掲載されたものである。伊藤氏に確認したところ、この絵巻全体については知るよしもなく、又このたたら踏みの場面の断片すら、すでに散逸してしまったということである。したがって伊藤氏の著書に掲載されたもののみ、唯一残ったのである。

これは〝たたら三人踏みの貴重な絵である。真ん中の裸体のふんどしを締めた男が、専門のたたら職人でリーダー格であった。蓮如とその弟子は両端を受け持ったのである。たたら踏みに関しては、二人は素人。

この48番は、たたら歌の断片が、そのまま小歌化したもの。「あら美しの塗壺笠や　これこそ河内陣土産」の部分は、いくつかのバリエーションを持つ部分。前半と後半とで、意味の上で辻褄を合わせる必要なし。たたら歌（作業歌）とは、こういうもの。「えいとろえいと」から、仕事に直接かかわり指示をする文句となってゆく。

流行の小歌、入れ替え可能な部分、つまり踊歌と見てよい部分は次のようにもうたわれた。

⑨たかすのはまをまわりて見れば　やら美しの塗壺笠や　あれこうてとののみやげにしよう

（兵庫県養父郡〈現・養父市大屋町〉・若杉ざんざか踊・『兵庫県民俗芸能誌』）

⑩やら美しのぬりつぼ笠　あれが殿御の御陣笠に　しようと言ふては殿御にもうつ（ママ）げる

（徳島県名東郡・早淵・『徳島県民俗芸能誌』）

五畿内志の『河内志』古市郡では、鉄製品産地であり、またタタラも盛んであった様子が認められる。「神廟―式外、八幡宮、在誉田村。土産―馬轡・鷹の鈴、倶誉田村」とある。『大阪府全志』第四にも、「河内・南河内・古市町・大字誉田―名物、轡、火箸」。大阪『河南町誌』によれば、この町内にタタラという地名、中世まであり、「多々良千軒といった」としている。

前半は当時における、いくつかのバリエーションの一つ。ただし、そこに「河内陣」をうたっている点は、応仁・明応の頃の時代性が出ており、具体的な歴史的背景がある。それは前47番の誉田八幡宮祭礼と一連のものとして、当時の人々の意識の中にあったと見てよかろう。詳細は以下二冊の拙著参照（『日本歌謡の研究―『閑吟集』以後―』*、『中世の歌謡―閑吟集の世界―』*）。

〔二十三〕　ちろりちろり

49 小 • 世間《よのなか》は　ちろりに過《すぐ》る　ちろり〳〵

【口語訳】

世の中は、またたくまに過ぎてゆきます。ちろりちろりとね。

【考説】 ちろりに過ぐるはかなさ。「世中《よのなか》小歌」の一つ。

《世間《よのなか》》 広い意味の人の世。時代は、あわただしく変化してゆくことを含めて、刹那を生きる人間の世界。「人間《ヨノナカ》」（温故知新書）。『閑吟集』では、231番の

①小・世間《よのなか》は霰《あられ》よなふ《う》　笹《さゝ》の葉《は》の上の　さら〳〵さつと　降《ふ》るよなふ《う》　（同類歌、『宗安小歌集』、隆達節にも）

と同種。

《ちろり》 ちらり、に近いことば。ほんの短い、はかない時間。「暁の明星は　西へちろり東へちろり　ちろり〳〵とする時は……」（鷺流亨保保教本狂言伝書・小舞・暁の明星）。「十《とお》で疾《と》うからちらちらめく星の数々、暁の明星が、西へちろり、東へちろり、〳〵とする時は扇おつとり刀差いて、太刀の柄に手をうち掛けて、往のよなぜ戻ろうよと云ふては、袂に取りついた。（松の葉・巻二・四七・かぞへ歌）。

たたら歌には、右に見た如く「とろとろ」などが掛け声・囃子詞として必要であったが、その一つに「ちらちら」も見える。

②ヤーあさの仕掛けのハー　しきまい見れば　小金ちらちらちらナー　ハア花が立つヨー（牛尾三千夫によると「鉄が燃えている時、火が笹の葉のようにちらちらと出るのがよいわけで、この歌などはその理想的な状態を言うことばである」〈『美しい村』・「たたら唄に就いて」昭和五十二年・石見郷土研究懇話会〉）。

48番・たたら歌に、鉄が湯花となって燃える状況が見えてくるところから、その一瞬の火花が散るありさまが印象的にとらえられて「ちろりに過る」へと移ってきた。

一説、集成に、「ちろり」に、酒をあたためるための鉄製の器「ちろり」（「銚釐《チロリ》今世温酒器也」書言字考合類大節用集）

を掛けているという説がある。「たたら」から「ちろり」である（「酒屋の門通りやちろりが招く　ちろり招くな銭が無い」鳥取県酒造歌・『因伯民俗調査』）。

48番の、具体的には河内陣などの語句から、目の当たりに見えてくる戦乱のむなしさを受けて、この49番が設定されたという受け取り方ができる。

ひたひたと迫る無常感・虚無感が、おかしみや、おどけた語感をもつ「ちろり」の繰り返しの中に滲み出る。この小歌は、説明をすべて省略した。省略する表現の重みを伝える中世小歌の佳作。誉田八幡の祭をたのしみにした老若男女や、汗を流してたたらを踏んだ男達も、この49番以下に連鎖して明確に現われてくる、「ちろりに過る」その刹那の人生・無常の時空に包み込まれ集約されてゆく。そういう流れが用意されている。

〔二十四〕　なにともなやなう

50・小　何《なに》ともなやなふ《う》〳〵《何とも…》　うき世は風波《ふうは》の一葉《よう》よ

51・小　何《なに》ともなやなう〳〵《何とも…》　人生《じんせい》七十古来《こらい》稀《まれ》なり

【50口語訳】

なんともいたしかたないことだ。この浮世はまるで風波にもまれる一葉の舟のようなもの。

【51口語訳】
なんともいたしかたないことだ。人が七十歳まで生きることは、古来稀なのです。

【考説】 人生を諦観する。浮世は風波の一葉、人生七十古来稀。

《何ともなやなふ》 強い悲哀・失望の嘆声。謡曲にも認められる当時の常套句。心の奥深くひびくことば。

《風波の一葉》 世間を風波に、その中で暮らしてゆく人の身を、一葉舟にたとえた。浮世は風波、身は一葉。「いちえふ。小サキ舟ヲイフ。平家十 はまの御前より一えふの舟にさをさして 万里のさかひにうかび給ふ」（俚言集覧）。「船トアラバ、……一葉……」（連珠合璧集）。「人間禍福愚難料 世上風波老不禁」（和漢朗詠集・巻下・述懐。出典・白氏文集・巻二十七・律詩。戊申歳暮詠懐三首の内。朱金城箋注・白居易集による）。吾郷寅之進『中世歌謡の研究』には、五山詩文中の「一葉扁舟晩暉」（猿吟稿）などが掲げられ、五山詩文の影響であるとしている。

《人生七十古来稀なり》 次の詩句が出典。

①朝回日日典春衣 毎日江頭尽酔帰 酒債尋常行処有 人生七十古来稀 穿花蛺蝶深深見 点水蜻蜓款款飛 伝語風光共流転 暫時相賞莫相違（杜甫・曲江）

仇兆鰲注『杜詩詳註』・巻之六・曲江二首には「張綖注、二詩以仕不得志、有感於暮春而作」とあり（二首とあるのは、「朝回日日典春衣……」の詩の前に「一片花飛減却春……」を置いて註としている）。人生七十古来稀の部分については「遠注、人生百歳、七十者稀、本古諺語」とある。

また五山詩文にこの句少なからずあり。

②人生七十古来稀 隙駒既催鶴髪（月舟和尚語録・『五山文学全集』）

③世云人生七十古来稀 自今過至七十五日則吾満七十歳（東海一漚集）

唐代においても、また室町時代においても、すでに庶民の語りぐさとして馴染まれていた成句。

④けふは永正第八暦正月十一日なり。……六拾二歳なれば、人生七十古来稀とは申よはひのうちに入侍れば、万に心ぼそく侍る。
（体源抄・巻十・覆刻 日本古典全集）

⑤此娑婆の定命　思へばわづか六十年　下天のげう　老少不定の夢なり
（幸若舞曲・満仲。「げう」は毛利家本は「堯」、また一説に「楽」〈呉音でギョウ。ゲウ〉をあてる）

⑥ある人狂歌とやらんいひて、

七十九年古来まれなり

上の句は失念。

小僧達げにとや、みなわらはれ侍し
（宗長手記・大永六年。①の杜甫の句をもとに、宗長は七十九歳であったので、このように言った）

◇なにともなやなう

「何ともなやなう」と置いて、後半の語句を変化させ、当時いくつかのバリエーションがあったことがわかる。人生の無常、はかなさをうたう。省略の手法で、どうにもならない、人間の真実を剔《えぐ》って、人の心を突く。

50番・51番ともに、広い階層の人々に知られていたものと思われ、「なにともなやなう」で、即興的連作がなされたであろう、ということである。

具体的には、五節祝宴で行われた物云舞での「つゐ立て見たれば……」などと同様の類型上の連鎖でうたわれたと見ることができる。その場の人々によって類型句の後半を歌い継いでゆく連謡のおもしろさを、複数の人々の間で楽しんだであろうと思われる。つまり、即興の替歌が一定の型の中で展開した広い意味の替歌文芸である。

なにともなやなう＋A　　つゐ立て見たれば＋a

なにともなやなう＋B　　つゐ立て見たれば＋b
なにともなやなう＋C　　つゐ立て見たれば＋c

この場合「つゐ立て見たれば」は、矚目の風景をa、b、cと歌い継いでゆく。むしろ、風景をうたい、数えてゆく叙事性の強い連鎖であったが、「なにともなやなう」を歌い出しとするA、B、Cの連鎖は、やはり心底にひびく無常感や恋情の歌句を伴なって定着していったと見られる。50番・51番はそうした替歌の変化を見せる代表的かつ具体的な事例としてよいのである。

なお『閑吟集』『宗安小歌集』、隆達節で代表的な歌い出しのうちからパターンを三例ずつ掲げてみる（『宗安小歌集』は集成、隆達節は小野恭靖編『隆達節歌謡全歌集　本文と総索引』平成十年を参照した）。

閑吟集	宗安小歌集	隆達節
思へど思はぬ振りをして87番	思ひきりしに65	雨の降る夜の―22
思へど思はぬ振りをして88番	思ひきりしに36	雨の降る夜の―23
あまり言葉のかけたさに235番	なかなかの146	いかにせん28
あまり見たさに282番	なかなかの26	いかにせん29
		いかにせん30
身は――149番	人はとも言へ角も言へ115	
身は――155番	人はとも言へ角も言へ147	おもひよらずの100
身は――132番		おもひよらずの101

〔二十五〕　夢幻

52 小・たゞ何事もかごとも　夢幻《ゆめまぼろし》や水の泡《あわ》　笹《さゝ》の葉に置《を》く露の間《ま》に　あぢきなの世や

【口語訳】

なにもかもすべて、夢まぼろし、水の泡のようなもの。笹の葉に置く露のように、はかなく消えてゆきます。つまらないこの世だねえ。

【考説】　夢幻《ゆめまぼろし》、水の泡、笹の葉に置く露。95番にも近い。

《たゞ何事もかごとも……》ただなにもかも。「一切有為法、如夢幻泡影、如露亦如電、応作如是観」（金剛般若経。経典最終部分）。「金剛経にも　如無限泡影如露亦如電とあれば」（大蔵流虎寛本狂言・花子）。「もとよりも夢幻の仮の世なり　その疑ひを止め給ひて　なほなほ御法を講じ給へ」（謡曲・朝長）。

《笹の葉に置く露》

①よしやただ幾よもあらじささのはに　おく白露にたぐふ身なれば　（風葉和歌集・巻十七・雑二）

②せばい小路の笹の葉の露　風は吹かねど散りてかゝる……　（隆達節）

すぐさまこぼれて落ちて消える、はかないもののたとえ。「槿の花の上なる露の世に」（96）の露に同じ。

《あぢきなの世や》「あぢきなし」の語幹。「あぢきなの憂世や」（250）。「アヂキナイ　情けないこと。あるいは嫌気を催させたり、気落ちさせたりするようなこと。あぢきなく。あぢきなう」（日葡辞書）。

中世小歌集三種には次のように見える。『閑吟集』から隆達節の時代まで、長く広く取り入れられたことばである。

閑吟集　38番　52番　125番　129番　133番　203番　250番　298番
宗安小歌集　49番　あぢきなの世や　150番　あぢきなや　194番　あぢきなや
265番　あぢきなや　60番　あぢきないものぢや
隆達節　あぢきない物じや　あぢきなの身や　あぢきなの我身や　あぢきなやわれは

「あぢきなし」の用例を次にいくつか引用する。

③あふべき人にあはざるは　いつをかぎりのあふせぞと　命もしらぬあぢきなや
（秋月物語・二・「なかうたを詠し給ふ」の一部分・大成第一）

④あだなる人をたのみては　身をやこがさん　ほたる火の　きえはつるとも　あはれとも　たれかおもはん　あぢきなや
（室町時代物語・ひめゆり・下・大成第十一）

⑤のみふせる　ゑひのまぎれに　としひとつ　うちこし酒の　あぢきなの身や
（餅酒合戦歌合・一番右、酒。『新編国歌大観』五巻）

世を夢幻と見る用例。「如夢幻泡影は、金剛般若の名文なれば、夢ははかなき事也」（古活字本・保元物語）。「爰に満仲思しめし立ち給ふ事あり　それ生死のならひ　有為転変の理は　皆夢幻の世の中なり」（幸若舞曲・満仲・冒頭近く）。「それ人間の命は電光朝露　討つも討たるるも夢のたはむれ」（幸若舞曲・高館）。

「人の命」を明示する非常に近い今様として、

⑥あるにはかなき物はよな　まがきの朝顔野辺の露　稲妻かげろふ水の泡　夢よ幻　人の命
（唯心房集）

本歌もこうした世の無常に裏打ちされた小歌。定相なき夢の世を詠嘆した小歌。ただしこの世を「あぢきなし」とするところに庶民感情がプラスされているのであり、やがて、「ただ狂へ」の小歌が認められることとなる。つまり如夢幻泡影➡あぢきなや➡ただ狂へ、へと連鎖し流れてゆく過程が見えて、わかりやすい。

⑦たゞいたつらに過《すぎ》ゆく老の命をたとふれは　芭蕉泡沫電光《ばせうはうまつでんくわう》　朝露にかはらぬ身のはては　（撰要両曲巻・無常）

⑧長夜の眠は独り覚め　五更の夢にぞ驚きて　静かに憂き世を観ずれば　僅かに刹那の　程ぞかし

（空也鉢扣歌・『続日本歌謡集成　中世編』）

これらもつまるところ、はかなく、かつ表現が美しい。

52番も、『閑吟集』の文芸としての特色を理解する上で見のがしてはならない一首である。「あぢきなし」が、室町時代戦国を生きた人々の、鬱々とした、かなり深くまでどんよりと曇っている心の一面を、庶民的な感覚で表現し得ているのである。

〔二十六〕　今を諦観して唱える

53・小　夢幻《〈ゆめまぼろし〉》や　南無三宝《〈ぼう〉》

【口語訳】

人生は、夢幻《ゆめまぼろし》よ。ああ、おまもりください。

【考説】 49番から53番へと辿った。かくして、人生の結論を得た。夢幻だ。『閑吟集』における最も短い歌。これ以上、省略できない。

《南無三宝》「驚駭又は後悔をあらわすのに用いられる。偶像に祈る異教徒の言葉」（ロドリゲス日本大文典）。

○手ころにまはひてふつてみて　あつぱれかねやとうちうなづき　南無三宝あぢきなや　いかほどのものが切られて、妻子に物をおもはせん　なふ女房　とかたる

（幸若舞曲・信太）

右の「信太」の如く「南無三宝」は、52番の末尾に見える「あぢきなの世や」と結びついて用いられることがある感動詞句である。52番と同種一連の小歌。つまり53番は52番の末尾句と見ることも十分可能なのである。49番から55番への意図的な編集意識の上で、53番を独立させた可能性も考えてみる必要がある。

○いまのやつめは　たらしめにて有けるぞや　あゝなむさむぼう　しなひたりなりかなやれ

（大蔵流虎明本狂言・栗田口）

すでに、謡曲『邯鄲《かんたん》』の、

げになにごとも一睡の夢　南無三宝南無三宝

この一節を踏まえた作ではないかと言われている（大成・全集・大系）。

この作品の最後に置かれた廬生の科白を次に引用する（謡曲叢書）。

シテ「松風《まつかぜ》の音となり。地「宮殿楼閣《きうでんろうかく》は、シテ「たゞ邯鄲のかりのやど、地「栄花のほどは、シテ「五十年、地「さて夢の間は粟飯《あはいひ》の、シテ「一炊《いつすゐ》の間なり。地「ふしぎなりやはかりがたしや。シテ「つら〳〵人間の有様を案ずるに、地「百年《はくねん》の歓楽《くわんらく》も、命終《めいをは》れば夢ぞかし。五十年の栄花こそ、身の為《ため》には是までなり。栄花の望もよはひの長さも、五十年の歓楽も、王位になればこれまでなり。げに何事《なにごと》も一すゐの夢。シテ「南無三宝《なむさんぼう》南無三宝。地「よく〳〵思へば出離《しゆつり》を求むる、知識はこの枕なり。げに有り難や邯鄲《かんたん》の、〳〵、夢の世ぞと悟り得て、望かなへて帰りけり。（付記。中国唐代伝奇小説『枕中記』によって伝えられた伝説。日本では謡曲「邯鄲」が作られた。河北省邯鄲市には黄粱夢呂仙祠があり、その最も奥まった建物の廬生祠に、深い緑黒色石で彫刻された青年・廬生が、いまだに眠っている。現地へは平成二十年九月七日に訪ねた↓173番）

「寔以夢幻のごとし　然ばけふまでは無為なればとて　あすをも知らざる人間なれば　只水の上の泡、風の前の灯に似たり」（蓮如、明応六年八月「四講衆中」〈加賀古文書・「興善寺文書」〉と題する文中にあり）。

無常の詠嘆が極限に達した一句。ここから次の54番・55番の世界が生まれてくる。庶民の思いや情感の推移が、特に53番と次の54番の行間に凝縮されていることに気付かねばならない。

〔二十七〕 くすむ人

54 小 ・くすむ人は見られぬ　夢《ゆめ》の〳〵世を　現顔《うつゝがほ》して

【口語訳】

まじめくさった人は見られたものではない。夢の　夢の　夢のこの世を、なんでもよくわかって、めざめているかのような顔をしてさ。


【考説】　くすむ人を突く。

《くすむ》「Cusumi u unda　クスミ、ム、ンダ。非常に謹厳で、分別くさい顔をしている、あるいは重苦しいさまをしている」（日葡辞書）。「わらへとおほせらるゝにより　くすまるゝ」（大蔵流虎明本狂言・つくしのおく）。「神のおまへの御注連縄　そよ吹く風にも靡けばなびく　つらき心を打捨てゝ　物ぐねになされそ　そふ振悪《ふりわ》るや　打《うち》解けよ　くすみても詮《せん》なや」（松の葉・巻一・裏組・錦木）。

《夢の〳〵世を》　夢の世であることを強調した。小歌としての感興、抒情性を打ち出すための技巧でもある。

①夢の中なる夢の世ぞや　（謡曲・槿）
②夢の中なる夢の世を現とはいかで頼まん　（謡曲・骸骨・『未刊謡曲集』十九）
③ゆめのよをゆめぞといふもゆめなればゆめといふべきことのはもなし　（古浄瑠璃・くずは道心・第一・古浄瑠璃正本集・第五）

実隆『再昌草』大永元年（一五二一）九月二十四日の項に、
入道宮より、ゆを七給ふとて
④みゆらんをゆゝしとも又ゆく〳〵も　とはぬゆへこそゆの木末なれ
御返し
⑤ゆめや〳〵ゆめのうき世のゆかのうへにゆう〳〵として秋も暮ゆく

《現顔》「ウツツ（現）。目ざめていること。すなわち眠らずにいること」（日葡辞書）。

くすむ人、まじめで分別のある人は、見られたものではない、とうたう。無常の世に、無常をひしと身にうけとめた上で、そこに一種のひらきなおりが見える。人生七十古来稀のこの現実の世に、くすんで生きてもいたしかたなし。心奪われるなにかに没頭し、享楽を追求して、全精神を傾けてゆくことができる方向があるのである。

この54番からは、さらに「それならば、どうしたらよいのか」、という疑問がおこる。次の55番がその一つの、しかも最も人々の心に共感を呼ぶ解答として、配置されたのである。

〔二十八〕 ただ狂へ

55・小 何《なに》せうぞ くすんで 一期《いちご》は夢よ たゞ狂へ

【口語訳】

どうしようというのさ、まじめくさってみたところで（分別くさく生きたところで）。人の一生なんて夢さ。ただひたすら風流に遊び暮らすがよい（又は踊り狂え）。

【考説】 この小歌を作り、伝承し、うたってきた人々、そして、この小歌でこそ、救われた人生が、きっとあった。

《一期》「一期、一期の間」（ロドリゲス日本大文典）。「一期《ゴ》」（饅頭屋本節用集）。

《狂へ》三本とも「狂人《きやうしん》」とある（底本写真参照）。この本文をそのまま読むなら、「ひたすら狂人であれ、又は、ひたすら狂人でいたいものだ」となる。

「狂仁《キヤウシン》」（温故知新書）。「狂人《キヤウジン》物狂《ヒト》」（文明本節用集）。「狂仁ト云者ハ、余ノ事ヲ捨テ、花ニ心ヲ移シ、営ム渡世ヲモ目ニ懸ズ、花ノミヲ心ニ懸テ、狂ヒ行ク人ヲ狂仁ト云ナリ」（庭訓抄・『時代別国語大辞典室町時代編』引用による）。

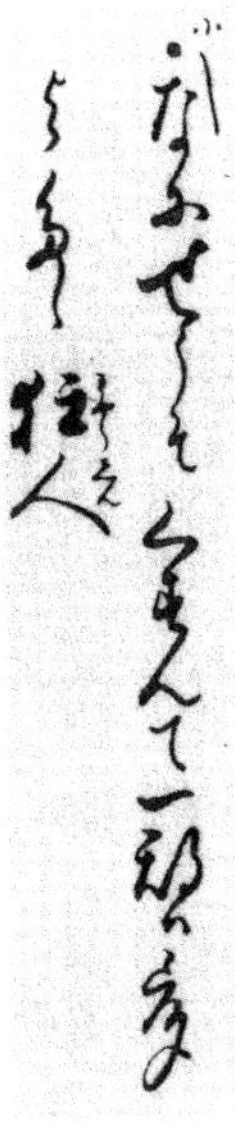

底本

「酒盛面面歌舞其興不少入夜帰。若宮被帰。予今夜許旅宿之間。余波乗月至深更面々遊戯、正光指月僧狂人也。取相撲度々勝。一興也。正進喝食召留令合宿」（看聞御記・応永三十二年七月十二日・群書類従）とある「狂人」は、或る事に夢中になり、心うばわれて常態を逸する人。正光という人物は、いくら深更におよぶ遊戯の場であったとしても、その状態は異常だったのであろう。〝「いかに狂人、いつもの如くおもしろく狂ふてみせ候へ」（謡曲・籠菊・『未刊謡曲集』二十四）とあるのも、おもしろく狂うさま。

現在、本文「狂人」を「狂へ」と改めて読むのが一般的。この読みの方が歌謡として迫力あり。新大系『閑吟集』でもそれに従った。ただし伝本は「きやうじん」と読む。

命令形「狂へ」は次のように見える。

①いかに廻る小車のすぐなる道はかはらじ　唯狂へ〳〵狂女よ（謡曲・花田帯）
②夢の浮世に只狂へ　とゞろ〳〵となる雷も、君と我との中をばさけじ（慶長見聞集・巻五・歌舞伎踊事）
③夢の浮世をぬめろやれ　遊へや狂へ皆人（恨の介・小歌）

このような命令形「狂へ」の小歌の、はやい用例が55番。近い常套句に「ただ遊べ」がある。

④泣いても笑うてもゆくものを　月よ花よと遊べ、たゞ、（隆達節）
⑤唯あそべ　帰らぬ道は誰もおなじ　柳はみどり花はくれなゐ（隆達節）
⑥ただ遊べ夢の世に上様は三瀬へ御座れば高天神は落た（甲陽軍鑑・『続日本歌謡集成　中世編』。神・モノが憑依する意味とともに中世小歌の常套句と見てよい。こうした、享楽へ誘《いざな》う小歌の流行は意識する必要がある。表現としては、「狂へ」に中世的な思想や世相が端的に読み取ることができるとしてよい。酒盛においてうたわれたとき、〝皆々、共にひたすら狂おう〟と誘っていることになる。舞い狂う。踊り狂う。月見花見の宴に遊び狂う。どんなにまじめくさっても人の一生は夢幻。近世俗謡では「飲めや」「さわげよ」の感が強くなってゆく。

⑦夢の浮世にわんざくれ　飲めさ　騒げさ　すたゝん（金平浄瑠璃・源平富士の牧狩。『中世近世歌謡の研究』＊参照）

あきらめ、ひらきなおり、の心がはっきり見える。

「くすむ人」……日常の世界、世間のしがらみの中で生きる人々。生活の時間帯に居る人。

「狂人・狂気の人」……風流に徹した人。遊び狂う人・つまり風狂の人。

⑧しや天罰わざくれ　浮世に壱分五厘　一寸さきは闇の夜　（淋敷座之慰・一〇九・若衆口説船歌）

⑨のめようたへよ夢の世の　あすをもしらぬ　（金平浄瑠璃・源平富士の牧狩）

⑩呑めよさわげよ　一寸先きや闇よ　（『岐阜県の民謡』）

琉歌では、

⑪寄る年の戻ち若くなられゆめ　ただ遊びめしやうれ夢の浮世　（琉歌・『標音評釈琉歌全集』・四九〇）

⑫夢の世の中にのがすせわめしやいる　ただ遊びめしやうれお肝はれて　（琉歌・『標音評釈琉歌全集』・七三四）

右は、「ただ遊べ」の小歌の影響下にあるものであろう。大岡信は「根強い無常感が反転して、虚無的な享楽主義となり、不思議なエネルギーがある。」（大岡信・谷川俊太郎編『美しい日本の詩』平成八年・岩波書店）と述べている。

◇49番から55番へ——切迫した人々の心理——

49番から55番への流れは「中世小歌とは何か」の問いに対するもっとも顕著でかつ迫力のある一つの答となる。

・小　世間《よのなか》は　ちろりに過《すぐ》る　ちろり〳〵（49）

・小　何《なに》ともなやなふ《う》　〳〵《何とも…》　うき世は風波《ふうは》の一葉《よう》よ（50）

・小　何《なに》ともなやなう　〳〵《何とも…》　人生《じんせい》七十古来稀《こらいまれ》なり（51）

・小　たゞ何事もかごとも　夢幻《ゆめまぼろし》や水の泡《あわ》　笹《さゝ》の葉に置《を》く露の間《ま》に　あぢきなの世や（52）

小・夢幻《ゆめまぼろし》や　南無三宝《ぼう》（53）
小・くすむ人は見られぬ　夢《ゆめ》の〱世を　現顔《うつゝがほ》して（54）
小・何《なに》せうぞ　くすんで　一期《いちご》は夢よ　たゞ狂へ（55）

49番から54番まで、このように小歌は配列されてあって、54番の「くすむ人」の歌を受けて、この55番が置かれている。54番の中に、「たゞ狂へ」と、享楽へ突き進む人々の、あるいは何かに没頭し、そのことで救われる人々の表情がすでに見えるように配置されている。49番から53番への五首の流れに、迫り来る無常の嘆きがしだいに深さをましてゆくことが読み取れるようになっていて、53番の「夢幻《ゆめまぼろし》や　南無三宝《ぼう》」において、あるいは52番と53番の組において、それがもっとも強く打ち出されて、手を擦り合わせて祈るような呟きになった感があるが、動乱を生き抜こうとする人々は、やがて居直って、刹那を享楽する人々にもなり得たのである。つまりこの配列は、時代を生きた人々の心情の変化を、その流れで捉えていることになる。これらの連鎖に見えてくる人々の心情の変化、無常感に追われてゆく人間の情動、居直って、刹那に生きて、酒盛りに挙《こぞ》って踊り狂う風景も、すべて、その時代を生きた人々の真実であった。

〔二十九〕　早歌から小歌へ

56・早し 強《ひ》ゐてや手折《たをら》まし　折《お》らでやかざさ《ゝ》ましやな　弥生《やよひ》の永《なが》き春日《はるび》も　猶《なを》飽《あ》かなくに暮《く》らしつ

【口語訳】

無理にでも手折ってみようか、それとも折らないでそのまま挿頭《かざし》の花としてながめましょうか。春三月の長い一日も、こうした思いで飽きることなく暮らしたことです。

【考説】 桜を手折る。春の終わり。

《弥生の長き春日も》

①そを思《も》ふとなにもせずしてや　春日すら　春日すら　春日すら……　（神楽歌・総角・大系『古代歌謡集』）

《猶飽かなくに》 大系『閑吟集』補注では、次を掲出する。

②をちかへり鳴きふるせども時鳥　なほあかなくに今日は暮しつ　（新後拾遺和歌集・巻三・夏・山階入道前左大臣）

早歌「春」には早春から暮春への季節の美しい移り変わりが読み取れる。この小歌はその最後の部分からカットされたものである。暮れ行く春の哀感を歌う。

③八重款冬《やまぶき》　紫深き藤並　汀になびく池の面　とりどりにぞや覚ゆる　強ひてや手折（ら）まし　折らでやかざさましな　三月の　永き春日も　なほ飽かなくに暮らしつ　（宴曲集・巻一・春）

④しゐて猶袖はぬるとも折てみん　おりたつ田子のうらの藤波　（実隆・雪玉集・二七七〇）

⑤ももしきの大宮人はいとまあれや　桜かざして今日も暮しつ　（新古今和歌集・巻二・春・山部赤人）

早歌「春」からゆくと、手折ろうか手折るまいかと迷うのは、藤またはやまぶき。大成は「桜」とする。また「ここでは、花に女性を重ね合わせていると見てもよい」（集成）。小歌としては、この見方もできる。ただし例証を掲げていない。「花を折る」小歌系は以後たとえば次のように見える。

⑥花は折りたし梢は高し　眺め暮らすや木のもとに　（山家鳥虫歌・淡路・三二七）

⑦花はおりたし木末は高し心尽しの我が思ひ　（春遊興・『続日本歌謡集成　近世編上』）
⑧花はおりたし梢は高し　心づくしの身はひとつ　（艶歌選・『続日本歌謡集成　近世編上』）
⑨花は折りたしのや木は高し　花は折りたし梢は高し　離れ難なの　サテ離れ難なの　木の下や　（落葉集）
⑩花は折りたし梢は高し　（諺苑。俚言集覧）

『閑吟集』は、この早歌断片の小歌を晩春の風景として置いた。57番から季節は初夏へ。

57・小　卯《う》の花襲《がさね》なな召《め》さひ《い》そよ　月にかゝやき顕《あらは》るゝ

【口語訳】

卯の花重ねなどお召しにならないでください。月光に照りはえて、二人の仲がすぐ知れてしまいますから。


【考説】　卯の花重ね。

《卯の花襲》　表は白、裏は青。普通、陰暦の四、五月ごろ用いたという女の装束。月光により白く輝くので、目立つのである。忍び逢いには、適さない。「……鴨やをしどり織りかけて、菖蒲かさねの唐衣、恋の百首を逢ひつくし、卯の花がさねの、十五夜の恋しき人を、みちのくの……」（文正草子・旅商人の売り言葉・装束を売る段）。

《召さひそ》「めさひそ」の「ひ」、全集・集成・文庫などが「めさいそ」と読む。「い」ではない。「ひ」とも読みづらいが、一応新体系のママ。「れ」と読む場合、次の『松の葉』の小歌参考。
⑪つらき心を打ち捨てゝ　物ぐねになゝめされそ　（巻一・裏組・錦木）
「なな召《め》さひそよ」の「なゝ」に小歌としてのリズムがある。訛音、誤字ではない。上のなゝは念を押している語。

続いて「な……そ」（禁止の助詞）のながきている。

《月にかゝやき》「月にかゝやき」（底本）、「月にかゝやき」（図書寮本）、「月にかゞやき」（彰考館本）。「Cacayaqi, u, aita　カカヤキ　ク　イタ」（日葡辞書）。

〝顕るる〟の小歌。30番・42番にもかかわる。卯の花重ねの白く輝く月夜から、『閑吟集』は夏を迎える。

58 近

・夏の夜を　寝《ね》ぬに明《あ》けぬと言《い》ひ置《を》きし　人は物をや思《おも》はざりけん　麦搗《むぎつ》く里の名には
都《みやこ》しのぶの里の名　あらよしなの涙やなう　逢《あ》はで浮《う》き名の名取《なとり》川　川〳〵音《〈をと〉》も杵《きね》の音《をと》も
いづれともおぼえず　在明《〈ありあけ〉》の里の子規《〈ほとゝぎす〉》郭公《〈ほとゝぎす〉》聞《き》かんとて杵《〈きね〉》をやすめたり　陸奥《みちのく》には　武《たけ》
隈《くま》の松の葉《は》や　末《〈すへ〉》の松《まつ》山　千賀《ちか》の塩《〈しほ〉》釜《がま》　〳〵《（千賀の…）》　衣《〈ころも〉》の里《〈さと〉》や壺《つぼ》の石《〈いし〉》碑《ぶみ》　外《そと》の浜《〈はま〉》風　〳〵《（外の…）》
更行《〈ふけゆく〉》月に嘯《うそぶ》く　いとゞ短《みじか》き夏《〈なつ〉》の夜の　月入《ゐ》る山も恨《うら》めしや　いざさし置《を》きて眺《なが》めんや
〳〵《（いざ…）》

【口語訳】

夏の夜はまだ寝もしないうちに明けてしまうと言った昔の人は、きっと恋のもの思いなどしなかったのでしょう。麦搗く鄙のこの信夫の里に来て、都をしのぶ気持ちが一層つのって、どうにもいたしかたのない涙にくれるばかりです。思いをとげることもなく、逢うこともなくただいたずらに浮名を取るという名取川の、その川の音か、はてまた里人の麦搗く杵の音か、しかと聞き分けることもできないが、有明の里に鳴く時鳥《ほととぎす》の声を聞こうと杵の手をやすめた。さて陸奥の歌枕には、武隈の松、末の松山、千賀の塩竈、衣の里や壺の碑、外の浜風とか。その浜風ではありませんが、西にかたむいてゆく月をながめてうそぶくのであります。こんな夏の夜は月を隠す山の端が恨めしく、さあ麦搗く杵の手をしばしやすめて、月をながめることにいたしましょう。

【考説】 夏。陸奥の歌枕を辿る。近江猿楽の一節。曲名不明。

陸奥へ、なんらかの理由で落ちていった落魄の主人公が、秋の月をながめて都をしのぶ場面。

《夏の夜を……》「夏の夜を寝ぬにあけぬといひおきし　人はものをや思はざりけむ」（和漢朗詠集・巻上・夏夜）を引く。『和漢朗詠集註』には「人丸」とする。

⑫夏の夜を寝ぬに明くると言ふ人は、物を思はぬか物を思はぬかの　（隆達節）

《麦搗く里》　鄙の村を言う。後の「杵の音」は、麦搗く杵の音。また最後の「いざさし置きて」は、杵搗く手をまず止めて。参考「ひるま麦をば三石三斗つかれた　ひるま麦をば五石ついてはよかろふ　きねの音がお城町へきこへた　きねによいのは越後山の椿よ」（柿原某氏本田植唄集・巳上刻・『田植とその民俗行事』）。

《都しのぶの里》「忍ぶ」に「信夫」を掛ける。信夫の里。福島県信夫郡にある歌枕。

⑬あづまぢやしのぶのさとにやすらひて　なこその関をこえぞわづらふ　（新勅撰和歌集・巻十一・恋歌一・題しらず・西行法師）

麦搗く里の陸奥へおもむいたのである。これは都を忘れられない人物。信夫の里以下の歌枕も、常に都への思いをかきたてるものにほかならない。都の月に思いをはせる。

《あらよしなの》　三本とも「よ」なし。「……里の名、あらしなの……」。「よ」を補う。

《名取川》　仙台市の南を流れる。宮城県（陸前）名取郡。『名所便覧』では、付合「名取、名取川―月他に郭公」。

名取川　秋保の峡中に発するを本源とし、東流、茂庭村に至り、北川（碁石川）を併せ、水勢始て大なり。以下五里、群山、袋原の間に至り、広瀬川の北より降るものを容れ、一転して、東南に折れ二里、淘上《ユリアゲ》浜に至り海に入る。（吉田東伍『大日本地名辞書』）

⑭名とり川せゞのむもれ木あらはれば　いかにせんとかあひみそめけん（古今和歌集・巻十三・恋三・よみ人しらず）

⑮みちのくにありといふなるなとり川　なきなとりてはくるしかりけり（古今和歌集・巻十三・恋三・たゞみね）

⑯なとり河梁瀬の浪もさはぐなる　もみぢやいとど寄りて堰くらむ（新古今和歌集・巻六・冬歌・源重之）

《在明の里》　陸奥にはそれらしき歌枕なし。但し、信濃国に「有明山、在更科里之前」（和漢三才図会）、「有明山信濃―嶺、郭公、花……」（内閣文庫本・名所便覧）。在明山は時鳥の名所。集成は、この信濃の歌枕をうたうとしてもよいと言う。「在《(有)》明の、里の子規」と読んでもよい。

《武隈の松》　宮城・岩沼町にある歌枕。「武隈の松はこのたびあともなし　千年を経てや我は来つらむ」（後拾遺和歌集・巻十四・雑四）。「武隈松、名二本松又名鼻端松在相馬街道追分」（和漢三才図会）。「おぼつかな霞たつらん武隈《たけくま》の松のくまもる春の夜の月」（新古今和歌集・巻十六・雑歌上・加賀左衛門）。「武隈　陸奥……霞、月、雲……」（名所便覧）。

《末の松山》　「ちぎりきなかたみに袖をしぼりつつ　末の松山浪越さじとは」（後拾遺和歌集・巻十四・恋四・清原元輔）。

《千賀の塩釜》　「思ひかね心は空にみちのくの　ちかの塩竈近きかひなし」（平家物語・巻六・小督）。

《衣の里》　「もろともにたたましものをみちのくの　衣の関をよそに聞くかな」（詞花和歌集・巻六・別・和泉式部。ここでは、「衣の関」）。

《壺の石碑　外の浜風》　「壺の石碑」青森県上北郡天間林邑にあったと伝えられている古碑。次の和歌による。

⑰みちのくのおくゆかしくぞ思ほゆる　壺の石碑《いしぶみ》そとの浜風（山家集・下・雑）

室町時代物語『つぼの碑』（大成第九）の冒頭には、次のような語りぐさがある。

さかの上のたむら丸、あくろわうをたいぢし給ひし時、此石のおもてに、御ゆみのはずにて、日本の中わうとかきしるし給ふ、その文、をのつからえりつけたるがごとくに、あざやかに見えければ、これをつぼの石ふみとなつけつゝ、めいしやうのこせきなればとて、その石近きあたりの人民、これを、あがめ、たつとむことなのめならず。

《外の浜》　津軽海峡に面した、青森市から竜飛岬近くまでの海岸を言う。右掲、⑰西行の和歌参照。

⑱みちのくの外の浜なる呼子笛　なくなる声はうとふ安方　（夫木和歌抄・定家）

⑲ひだりの御足を　きかいが嶋のかたへふみおろさせ給ひ　扨又めての御足を　そとのはまのかたへふみおろさせ給ひ　こくうをゑひじてましします　（幸若舞曲・夢あはせ）

次の狂言歌謡⑳は「麦搗里の」でうたい出していて、陸奥の名所を掲げている。近いおもむき。

⑳むぎつくさとの名にも　あわでうき名の名取川　から音のきねの音も　いづれとおもふおもはぬ　みちの国のたけくまの松の葉や　衣のせきや　つぼうのいしぶみ　そとのはま風　更け行く月にうそむく。

（和泉家古本抜書・鳴子・『日本庶民生活史料集成』巻四・狂言）

陸奥の麦搗く鄙の里の雰囲気が、全体になにとなく漂う抒情がある。名所尽し。しかしこれといって統一された物語展開も摑めない。都の酒宴では、こうした陸奥歌枕や田舎風物をうたう歌謡をも差し挟んだのであろう。

〔三十〕　蛍と蟬

59・小　わが恋は　水に燃《も》えたつ蛍〳〵《ほたる（ほたる）》　もの言《い》はで笑止《せうし》の蛍《ほたる》

【口語訳】

わたしの恋は、水辺でも消えることなく、燃えて飛びたつ蛍のようなもの、口には出せないで、まだ見ぬ恋に思いこがれる、かわいそうな蛍さ。

【考説】「わが恋は」の類型。

《わが恋は》 歌謡、和歌などの常套的発想表現類型。これも〈わが恋は〉として歌い出す型の一つ。

①わが恋《こひ》は一昨日《をととひ》見えず昨日《きのふ》来ず 今日《けふ》おとづれなくば 明日《あす》のつれづれいかにせん

（梁塵秘抄・二句神歌・巻第二・四五九）

②わかこひはよしのゝをくの山なれやおもひ入りてもとふ人そなき

（秋月物語・大成第一）

③我が恋は水に降る雪 白うは言はじ 消ゆるとも

（宗安小歌集・七〇）

④わが恋は つらゝの上のささむすび たれされよりて とくひともなし

（徳島県板野郡〈現・阿波市〉土成町・神踊り・恋の踊・『徳島県民俗芸能誌』）

⑤我恋は忍ぶとすれどさか瓶子 口こそつゝめ色に出つゝ

（七十一番職人歌合・酒作）

⑥吾が恋は三山が奥の花つゝじ 一目も知らずに咲暮らす

（美古登下野本・田植歌・『日本文化史料集成』第五巻・歌謡）

田植歌としては中国地方、備後系田植歌ナガレとして〈わが恋は〉系統がうたわれる。古くから好まれた発想の型。

『万葉集』では次例がある。

⑦吾《あ》が恋は現在《まさか》も悲し草枕 多胡《たご》の入野の将来《おく》も悲しも

（巻十四・三四〇三・上野国の歌）

《水に燃えたつ》 水辺を燃えて飛びたつ蛍の実景がある。「水」に「見ず」を掛ける。未だ見ぬ恋。恋心を強くつのらせる心情を「燃え立つ」とうたう。鹿児島県『姶良町郷土誌』所収、太鼓踊歌の中には、次の例が見られる。

⑧水に燃えいる蛍火か そのおもかげを見しよりも 心はきえきえ きえ入るその身は……

《笑止》しょうし。かわいそうな。「しょうし　Xôxi。心を痛めること。あるいは憐れみ同情すること」（日葡辞書）。

「すは謡《うたひ》になると　すゑ座へさがらせられで　たゝみのへりをむしらせらるゝが　みまらしてせうしにござる程にをしへまらせうとぞんじて　ならふて参つた」（大蔵流虎明本狂言・二千石《じせんせき》）。

◇蛍の恋

次のように歌うのが類型である。いくつか引用する。

⑨ゑい雲井にもゑて飛ぶ蛍　昔の歌にも　音もせで　思ひに燃ゆる蛍こそ　鳴く虫よりも　あはれとは　（浅野藩・大坂御船手歌江戸吟・都の君）

⑩難波の里に飛蛍　思ひに燃ゆるも身の上と　（淋敷座之慰・六・歌枕の道行）

⑪声はせで身をのみ焦がす蛍こそ　言ふよりまさる思ひなるらめ　（源氏物語・蛍。玉鬘の歌）

⑫音もせで思ひにもゆる蛍こそ　鳴く虫よりもあはれなりけり　（後拾遺和歌集・巻三・夏・源重之）

⑬夕天《セキテン》にみたるゝ蛍《ホタル》は思《オモイ》の色《イロ》を顕《アラハ》す　（撰要両曲巻・夕）

⑭水の面にもゆる沢辺のほたる哉《（かな）》　何《（なに）》にけ《（消）》つべきおもひなるらん　（頓阿・草庵集）

⑮あはれなりさはのほたるの身をこがし　もゆるおもひをいざやくらへん　（室町時代物語・十二人ひめ・大成第七）

古典歌謡・和歌の上で最も類型的なのは、「蟬」と「蛍」の対照表現である。

⑯明け立てば蟬のをりはへ鳴き暮し　夜は蛍のもえこそ渡れ　（古今和歌集・巻十一・恋一・読み人しらず）

⑰鳴く声も聞こえぬもののかなしきは　しのびにもゆる蛍なりけり　（詞花和歌集・巻二・夏・大弐高遠）

⑱ひるは蟬よるは蛍に身をなして　鳴きくらしては燃えやあかさん　（古本説話集・巻上）

⑲とぶ蛍なにを思ひて身をこがす　我は恋路に身をやつす　（隆達節）

⑳声にあらはれ鳴く虫よりも　いはで蛍の身をこがす　（松の葉・巻五・投節おんな）

㉑恋し〳〵と鳴蟬よりもなかぬ蛍が身をこがす　（延享五年小哥しやうが集）

㉒恋にこがれて鳴く蟬よりもなかぬ蛍がわしや可愛い　（群馬県・蚕歌・毛府桑中歌・『群馬県民謡集』）

㉓恋に焦がれて鳴く蟬《せみ》よりも　鳴かぬ蛍が身を焦がす　（山家鳥虫歌・山城・一）

（一）はっきりと「蟬」と対照させて「蛍」をうたう発想は、歌謡の記録としては、近世期『松の葉』あたりから見える。

（二）近世期民謡では、だいたい『山家鳥虫歌』型が日本列島に広くうたわれた。

㉔君ヲ松ムシ夜毎ニシダク鳴カヌ蛍ハ身ヲテラシ　（富山県下新川郡・籾摺歌・『富山県明治期口承文芸資料集成』）

『田植草紙』系歌謡では、次の型が注目される。

㉕京へのぼれば室の林にな
なくひよ鳥よ　たれを恋ひになくやろ
ひよひよと鳴くはひよ鳥　小池にすむはおし鳥
池のをし鳥おもふをつれてたゝいで
おしの思羽《おもひば》壱すけゐたやたのみに　（田植草紙・昼歌二番・三九。解釈は『田植草紙歌謡全考注』＊参照）

『田植草紙』の「ひよどり〈鵯〉」と「おしどり〈鴛鴦〉」の対照も、一つの伝統的な発想表現として立てることができるので、まとめると次のようになる。

（静かに燃える）（かしましく鳴く）
蛍――――蟬
鴛鴦――――鵯

ともに、忍ぶ恋を象徴するのが蛍と鴛鴦。このしのぶ恋の蛍と鴛鴦に民衆の抒情は傾斜した。恋の道からすれば、蛍こそ同情すべき虫。同情すべき恋の一つのありかたを象徴するものである。このような見立ての類型でうたったのである。

『閑吟集』59番も、広く言えば自然界の虫や鳥を譬えに出す恋歌にすぎないが、「燃えたつ」「もの言はで笑止」との表現を良しと見て、『田植草紙』の歌いぶりとともに、歌謡史の中に位置づけておいてよかろう。

続いて、海辺風物の中の恋歌が続く。60番は「水に燃えたつ蛍」から募る恋情を受け取り、やがて「みる〳〵恋」となってゆく。

60・小 磯《いそ》住《す》まじ　さなきだに　見《み》る〳〵恋《こい》となる物《もの》を

【口語訳】
磯辺には住むまい。そうでなくてさえ、見るとすぐ恋に燃えてしまうのだから。

【考説】　磯。潮風。波の音。そしてぬめぬめとした海松。

《磯住まじ》

㉖磯には住まじ　さなきだに　見る目に恋のまさるに　（宗安小歌集・一一三）

㉗磯には住むまじ　さなきだに　見る目に恋のまさるに　（隆達節）

《さなきだに》「さなきだに　いとど苦しき　枕の上に　窓打つ雨の音高き」（謡曲・恋草・校註謡曲叢書）。「さなきだに　女は五障三従の罪深かくして　ほとけになりがたし　さのみになげきたまひそ」（室町時代物語・天理本絵巻・鼠の草子・大成第十）。

《見る〳〵恋となる物を》「みる〳〵」に、「海松〳〵」と「見る〳〵」を掛ける。「海松《ミル》」（天正十七年本・運歩色葉集。易林本節用集・草木）。見る恋。59番の「燃えたつ」の〝思いのはげしく募るさま〟を受けた。「海松《みる》〳〵」が、海松のぬめぬめした磯の海草ならではの感触を思い出させながら、潮風・波の音・磯のにおいを運んでくる。それに沿って恋の思い、表現が効果あるものになる。「軍の花を散らすは桜海苔　海松《みる》も若布の春駒に力革　せゝの塩手をはやかけて　青海苔きたる鎧には　いつも変らぬ大あらめ」（草木太平記・もしほ草加勢・有朋堂文庫御伽草紙全）。「磯トアラバ、岩ね、山、松、千鳥、へちふむ、みるめかる」（連珠合璧集）。

㉘山に咲く花嵐が毒よ　わしは君様見るが毒　（山家鳥虫歌・山城・二五）

㉙みるめばかりの恋をして　千賀《ちか》の塩釜身をこがす　（松の葉・巻一・本手・鳥組）

海辺の女達が磯で海松を刈る風景が背後にある。そのあたりから燃え出《いず》る恋歌。海辺の恋歌は、波の打ち寄せるわびしさの中に、隠れているはげしさをにじませる。『閑吟集』に、特に印象的なダイナミックな海辺の風景が、120番から見えてくるが、61番と組み合わせて、ここにも、類似した布石がある。潮風・磯のにおい、そして海草の感触。

61・大 影《かげ》恥《は》づかしき吾《わが》すがた　〳〵（影…）　忍《しの》び車《ぐるま》を引《ひき》潮《しほ》の　跡《あと》に残《のこ》れる溜《たま》り水　いつまで澄《す》みは果《は》つべき　野中の草《くさ》の露《つゆ》ならば　日影《かげ》に消《き》えも失《う》すべきに　是《これ》は磯《いそ》辺《べ》に寄《よ》り藻《も》掻《か》く　海人《あま》の捨草《すてくさ》いたづらに　朽《くち》まさり行《ゆく》袂《たもと》かな

【口語訳】

水に映るはずかしい我が姿、忍ぶこの世に潮汲車を引いて暮らすやつれたこの身ですもの。引き潮のあと磯辺に残る溜まり水が、いつまでも澄んだままではないように、はていつまでこの世に住みおおせることができるでしょう。野の草に置く露ならば、日がさすといさぎよく消えてゆきますが、私達は、磯に流れ寄った藻を掻く海女たちでさえ捨ててしまった海草のように、濡れて乾くこともなく、しだいにおとろえてゆく身なのです。それを思うと涙で袂も朽ちはてることです。

【考説】 忍び車。松風村雨の亡霊が晴れやらぬ思いを述べる。

《引潮の》「ひく」に、に忍び車を引く、潮が引くを掛ける。

《溜り水　いつまで澄みは果つべき》「すみ」、澄むと住むを掛ける。「澄と住との両字を兼たり」（謡曲拾葉抄・松風）。

たとえば次のような事例に近い発想がある。

㉚そこ濁る苗代小田のたまり水　ひとり澄みえて見ゆる月かな　（為忠千首・春）

㉛竹の切り節《よ》のもしたまり水　澄まず濁らず出ず入らず　（延享五年小哥しやうが集）

㉜崇徳天皇のやそばの水は、すまず濁らず出ず入らず　（香川県綾歌郡・俗謡・『讃岐俗謡集』）

《野中の草の露ならば》

㉝野の草の露は日影に消《きえ》やすきなり、海辺の草はぬれてかはく事なくくつるとの心也　（うたひせう・松風）

《朽ちまさり行袂かな》

㉞森の下露置き添て　朽ち増り行我袂　（古謡・布曳滝）

出典　謡曲『松風』、地・上歌《あげうた》の部分。松風・村雨の亡霊が晴れやらぬ思いを述べる。

影恥ずかしきわが姿　忍《しの》び車《ぐるま》を引《ひ》く汐《しほ》の　跡《あと》に残《のこ》れる溜《たま》り水《みづ》　いつまですみは果《は》つべき　野中《のなか》の草《くさ》の露《つゆ》ならば

日陰《ひかげ》に消《き》えも失《う》すべきに　これは磯辺《いそべ》に寄藻《よりも》かく　海士《あま》の捨草《すてくさ》徒《いたづ》らに　朽《く》ちまさり行く袂《たもと》かな　朽ちまさり行く袂かな

『閑吟集』としては、好んで取り入れている亡霊出現の妖しい恋歌の一つ。

60番から本歌61番へ、〈磯辺の恋〉で続く。なげきの口ずさみ。「忍び忍ぶ潮汲車」が、磯辺にそっと置かれているように見える。66番まで、流れて行く車歌連鎖の、ここがはじまり。その六首の歌謡連鎖には、仏教思想の、くるくる廻る流転・輪廻が意識されているのであろう。

〔三十一〕　物語を小歌で截る

62・早　桐壺《〈きりつぼ〉》の更衣《〈かうい〉》の輦車《て〈ぐるま〉》の宣旨《〈せんじ〉》　葵《〈あふひ〉》の上の車争《あらそ》ひ

【口語訳】
源氏物語に描かれた車で思い出されるのは、桐壺の更衣の輦の宣旨、そして葵の上と六条御息所の車の所争い。

【考説】『源氏物語』の二つの場面がよみがえる。

《輦車の宣旨……》『源氏物語』桐壺で、桐壺帝が桐壺の更衣の衰弱をあわれみ、宮中で輦を使うことをゆるした。

《車争ひ》賀茂の新斎院御禊の日、見物に行った葵の上と六条御息所の車が、場所を取りあって争いを引きおこした事件。『源氏物語』葵では「車の所あらそひ」。

無刊記『源氏小鏡』・葵
葵の上と六条御息所の車争い

出典　早歌「車」（拾菓集・下）。

○……右近の馬場の日折の日　見ずもあらずと詠めしは　むかひにたてし女車　桐壺の更衣の輦の宣旨　葵の上の車争ひ　御《み》忌《あれ》の物見車は　一条の大路に立《たて》ならべ……

桐壺の更衣は光源氏の母、葵の上は光源氏の正妻。背後に光源氏のおもかげがちらつく。

前歌61番・謡曲『松風』の中の忍び車（潮汲車が想起される）を受けて、ここに物語上の具体的な車の風景が続く。『源氏物語』を代表する、車にかかわる二つの波瀾の場面。

中世小歌圏歌謡としての風流踊歌には、やはり〝車踊〟なる種類がある。全体を見渡して次のような型が代表的である。三種引用する。黄金やしらげ米を積むめでたい車がうたわれる。〝宝踊〟系統である。

①ハアー一番車に何積みたハーハー　しらげの米を積みて候　つみて候　いざさらひめごたち　車にこや　えいさらちようさと　引け車　くるまおどりを一おどり　ハアー二番車に何積みた　ハー〳〵　ふとねの細布積みて候　つみて候　いざさらひめごたち　車にこや　えいさらちようさと　引け車　くるまおどりを一おどり（下略）

（兵庫県氷上郡〈現・丹波市〉谷村・新発意踊・車おどり・『兵庫県民俗芸能誌』）

②上から下も　しやくどう車が三つ下る　〳〵　さきな車にやあそんだ銭や　板がねつみ下す　〳〵　中なる車にや何つんだ　〳〵　しらげのよねをつみ下す　後なる車にや何つんだ　〳〵　ゑびす大こくつみ下す　〳〵（下略）

（大阪府岸和田市・天保二年書写神踊歌・車踊・『和泉史料叢書　雨乞編』）

③京から車が三つ下タる　先なる車へ何をつむ　夷大黒つミくだす　〳〵。中なる車へなにを積む　こがね白かね

つみくたす〱　あとの車になにか積む　銭や米やらをつみくたす

（高知県香美郡〈現・香南市〉手結・ツンツクツン踊・車踊・本田安次・『語り物・風流二』）

早歌では古今東西の文献から、多様な車の故事伝説を引き、車の〝寄せ〟の文芸を作っている。外村南都子によれば、早歌「車」は、「車を讃嘆し、究極的には仏を讃嘆する曲である。車・船・馬などは、乗りと法りの同音から仏教との関わりの深い素材」（『歌謡集日本文学古典編』昭和六十一年・ほるぷ出版）という。一方右掲の風流踊歌群においては、宝物を、たくさん積んで来る車をうたって、祝言性の強い歌謡群の一つとなって伝承している。繁盛する長者の宝車の描写である。車をうたう中世歌謡には、物語の世界、長者讃め祝言の世界、および仏教の輪廻とが印象的なのである。

この62番にも、堂上・町衆の文芸がにおわされている。明らかに『源氏物語』が広く親しまれていた京都の公家文化・町衆文化が土壌にある。これに比べれば風流踊歌の世界には、やはりおおらかな農村的地方的な雰囲気が盛られている。

63 近

・思ひまはせば小車《ぐるま》の　〱（思ひ…）　わづかなりける憂《う》き世哉（かな）

【口語訳】

思い回すと　小車の輪ではないが　ほんとに僅《わず》かな、はかないこの浮世の暮らしではある。

【考説】　憂き世の無常。

《思ひまはせば小車の……》

④をぐるまのわづかなるみをば　おきかねて　なにとうきよにめぐりゆくらん　（謡曲・せつたい）

⑤鳥羽の恋塚はやすぎて　浮世はうしの小車の　めぐり〳〵て今こゝに　清水寺にぞつき給ふ
（若緑・長歌・清水まうで・『日本歌謡集成』巻七）

⑥思へば浮き世は夢の間よ　聖衆来迎　急ひで浄土を願ふべしとよ
（天正本狂言・八房〈鉢坊のこと〉）

《わづかなりける》「わ」に車の輪を掛ける。

近江猿楽の一節。この世をはかなむ或る登場人物（シテ）が登場してくるときに吐露する言葉であろうか。出典未詳。

⑦憂き世は牛の小車の　憂き世は牛の小車の　巡るや報ひなるらん
（謡曲・葵の上）

これは六条御息所の霊魂（シテ）が登場するときに謡う。63番も主人公の登場の場面でうたわれたか。

右と同文は、謡曲『鶉』（『未刊謡曲集』十九）にもある。ここでも、冒頭、シテ（深草の少将。なれのはての亡霊の姿）の登場に利用。

⑧憂き世はうしの小車の　〳〵　廻るや報いなるらん　是に出たる二人の者は　昔は雲のよそに見し　花の葛や深草の　少将がなれる果てにて候

『源氏物語』の中の、輦も、車の所争いも、わずかな憂き世の、はかない色に染められてゆく。61番・62番が、わずかなりける憂き世の出来事として、包み込まれていった。

〔三十二〕　水車のある風景

64・小　宇治《うぢ》の川瀬《せ》の水車《みづぐるま》　なにと憂《う》き世をめぐるらふ《う》

【口語訳】

宇治の川瀬の水車のように、どのようにこの憂き世をめぐり過ごしてゆくことだろうか。

宇治の川瀬の水車は、この憂き世をなんだと思ってあのように、毎日くるくるまわっているのだろうか。

【考説】　宇治の川瀬の水車は、宇治川を上り下る船人にとって、印象的な風景であった。宇治川は淀川に通じてゆく。

《宇治の川瀬の水車》『梁塵秘抄』四句神歌（巻第二・三三二）に、

①をかしく舞ふものは　巫《かうなぎ》　小楢葉車の筒とかや　平等院なる水車　囃せば舞ひ出づる　蟷螂《いぼうじり》　蝸牛《かたつぶり》

があり、歌謡史ではここにまず見える。続いて『平治物語』の例が知られている。

②伏見の里ニ鳴鶉　聞に付テモ悲シキニ　宇治ノ河瀬ノ水車　何ト浮世ニ廻ルラン

（半井本〈承久年代成立〉、金刀比羅本にもあり）

これは、常磐都落ちの道行（七五七五調）に見えるところである。古本系統は鎌倉時代初期成立ということになるので、この小歌の句調がそのころに定着していた可能性が大きい。道行文中であるから、特に歌謡を取り入れてゆく場合も多かったと考えられるので、本来この「宇治の川瀬の」が独立して、当時の人々の知る歌謡であったと見てよかろう。『石山寺縁起絵巻』（鎌倉時代成立。『日本絵巻大成』・十八）に宇治橋・水車の風景がある。鎌倉時代には、宇治の川瀬の水車が、その近辺の人々の生活の中の日常的なものになり、船人・船乗り達あるいは都の人々の語りぐさにまでなっていたのであろう。また『芦引絵』（逸翁美術館本・大成第一）にも、その水車が描かれている。

続いて早歌「車」（拾菓集・下）にも関連する部分がある。『平治物語』が明らかに64番の系統の表現を伝えていることがはっきりしていることと関連して注目される。

③竹田河原の淀車　夜深く輾《きし》る声すごし　浮きてや浪に廻るらん　世を宇治河の水車　うはのそらには思へども

64番は、『閑吟集』の中にはじめて書き付けられたのであるが、その伝承は、『平治物語』の事例によって、鎌倉時代初期あたりまで遡ってみることも可能なのであるから、早歌「車」に見える部分も、逆に『閑吟集』64番系統の小歌を意識して作られたと見ておくことも、明確には言えないまでも、それほど不自然ではないと思われる。早歌のこの部分が、64番系統の歌謡（小歌）から影響を受けているということである。もちろん今後の検討は必要であるが、64番の歴史として、このような想定ができるのではないかと思われる。

◇『宗長手記』の書き留め

『閑吟集』にもっとも近い時期の例として、先学もたびたび引いているように、『宗長手記』の、「京よりいざなはれくる人〳〵、船ばたをたゝきて尺八　笛吹き鳴らし、宇治の川瀬の水車　何と浮世をめぐる　などこの頃はやる小歌、興に乗じ侍り。峰の卯の花　汀の杜若咲あひておもしろかりし也」（大永四年・卯月・岩波文庫本）がある。この用例からは次の点が注意される。

（1）「この頃はやる小歌」とあること。宇治川を溯行する船中でうたわれた。

（2）「尺八　笛」を吹き、そして「船ばた」を叩いてうたったこと。

（3）『閑吟集』書写の大永年間の記録であること。

この小歌、室町時代における、広い階層の、人生哲学に喰い込む契機をもっている小歌のようにも見えるけれども、どのように受け取り、人生訓としたかは、一言では言い難い。

しかし、本来の伝承の場は、これは船人達が宇治川の、水車のある風景の中でうたった船歌ではなかったのかと考えている。つまり、川の流れの側から川岸の水車を見ているのである。岸や山道からの叙景ではないとおもわれる。実際に、流れを溯り、あるいは降る船の中からながめている風景である。またこの64番は、次の65番と深くかかわって把握しておくべきではないかということである（65番考説参照）。宇治川の船歌としての伝承が考えられてよい、ということである。宗長はまさに、「この頃はやる小歌」となっていた船歌を、乗船していた人々も、ともにうたっている風景を、書き留めたのであろうか。

なお、次の二例も参考として加えておきたい。

④思ひきやうきにめぐりしみづぐるま　うれしきよにもあはん物かは
（奈良絵本・稚児今参り・下・大成第九。解説によると江戸時代前期成立という）

⑤ながめやるうぢのかわせのみづぐるまとことはにこそ君はかけけれ
（夫木和歌抄・三十三・雑部十五・車）

◇淀の川瀬の水車

続いて「淀の川瀬の水車」の小歌を見て、その継承伝承を見るべきであろう。

この「宇治の川瀬の水車」から「淀の川瀬の水車」への変遷を、詳細に実証したのは、吾郷寅之進の研究である（『中世歌謡の研究』収録「第四章　歌謡における狂言と閑吟集との関係・其の一、其の二」）、それを基盤として、その上に少しく追加すると、展開して次のようなことが言える。

⑥淀の川瀬の水車何と浮世を廻るらん
（狂言・靫猿の小歌・『日本歌謡集成』巻五・狂言小歌集）

⑦うちいでみればこれやこの　よどの川せの水車　めぐるうきよのならひかや
（古播磨筑後丸）

『日本歌謡集成』の底本は明確ではないが、つまり、こうした狂言小歌の一種や古浄瑠璃系の道行文中の断片などに、「淀の川瀬」＋「うき世をめぐる」の型を見ることができる。一応言えることは「淀の川瀬」（近世）＋「うき世をめぐる」（中世）、の融合あるいは交差の型である。とりあえず入れ替わる過渡的な事例と言えるのであるが、

やがて、「宇治の川瀬……」から「淀の川瀬……」への歴史的な変遷を見せてゆく。つまり、

⑧淀の川瀬の水車　誰を待つやらくるくると　（大蔵流虎寛本狂言・靭猿。国女歌舞伎絵詞・女歌舞伎踊歌・京都大学附属図書館蔵。延宝三年書写踊歌・いやいおどり、にも）

のような、近世調の型に定着してゆく。

歌謡史的課題として、「淀の川瀬の水車」となって江戸時代を流れる過程で、次の三様が今後の考察を必要とする。

（1）臼摺歌・臼挽歌として。

例：大分県『杵筑民謡全集』の臼摺歌。臼がくるくる廻ることを期待して、淀の川瀬の水車をうたう。

（2）輪遊び歌として。

「淀の川瀬」は「開いた開いた」などと共に輪遊び歌として広く行われている。子供達が手をつないでくるくると輪を描いて廻ったり、つないだ手の下をくぐったりする遊びとともにうたう（吾郷寅之進・真鍋昌弘『わらべうた』・輪遊び歌参照）。

（3）車ふみ歌（田へ水を入れる）として。

淀の川瀬の水車のヨ　誰がまわすやらくるくると　（伊丹市他・河野年彦編『ひょうごの仕事歌』）

暑い最中の労働歌。『大和耕作絵抄』（石川流宣絵・元禄時代頃）「懸水。龍越《りうこし》といふ物をこしらへて水をせき上て……」など参照。

それぞれくるくる回ることを目的とする仕事や遊びの歌に用いられている。この小歌の機能がよく見える。さらに中国・韓国のそれらとの対照も急務である。こうした歌謡史上の考察がなされなければ全容解明とはならない。

折口信夫はこの小歌について次のように解説している。「人は生きかわり死にかわり　悟りきれずうろうろしている。水車もどう思って廻っているのか。涅槃の境に達せず六道の間を廻っている。平凡な人生観だが、小歌にな

るとおもしろい」（折口信夫全集・ノート編・第十八巻・芸謡・小歌）。

絵画資料としては前掲の如く、『石山寺縁起絵巻』（鎌倉時代）、『柳橋水車屏風』（桃山時代）、『淀川両岸一覧』（江戸時代・文久元年〈一八六一〉。『宇治川両岸一覧』も加えて）、などに水車の風景がある。「宇治の川瀬」「淀の川瀬」、ともに時代の流れを象徴し、歌謡がいかに歴史的文化的に大きな意味を担っているかを物語っている類型である。

64番にかかわって、金関丈夫が紹介した、台北の小歌集の中に、

⑨淀の〱与三衛の水車　誰を待つやらくる〱と

があって一つの伝承の型を示している。

◇ヨドノヨサウヱノミヅグルマ

昭和十六年頃、金関丈夫が台北市在住の坂元軍二氏宅で見たと言う小歌集断簡については、氏の「室町時代の南進小歌」と題する論文（『台湾時報』24―一、昭和十六年、後『南方文化誌』所収）で詳しく報告・考察され、その写真も添えられてある（『日本歌謡の研究―『閑吟集』以後―』*）。次にその小歌を便宜上番号を入れて引用する。

1ヨトノ〱ヨサウヱノミヅグルマタレヲマツヤラクル〱ト

2ヒラドノオキニ　クロフネガサムゾ　ルスン　カボチヤ　シヤムロイヨ　サテ　バタンバシリヨ

3ソモ　ミダニヨライヲタノミタテマツルハ

4淀《ヨド》の〱与三衛《ヨサウエ》の水車《ミツクルマ》　誰《タレ》ヲ松屋《マツヤ》らくる《ラクル》〱と《ト》

解釈して書くと、1「淀の〱与三衛の水車　誰を待つやらくる〱と」。2「平戸の沖に　黒船が三艘　呂朱東浦寨　暹羅よ　さて　バタンバシリよ」、3「そも弥陀如来を頼み奉るは」。4は1の意釈であるから、一応三種ということになる。3は一つの独立した小歌としてもよいか（例えば『閑吟集』前出53番に近い小歌として）。しかし

一方では、1・2の小歌の流れを受けて挟み込まれた、常套句的祈り文句、あるいは呪文の一種であったように見うけられる。三味線組歌に見える一句「さんたまりや」（松の葉・葉手・長崎）などと共通した意味や雰囲気を持っていたと言えるかもしれない。案外この3にこそ、この小歌書き留め全体の実体を見届けるカギがあると思う。つまり海洋を行く船乗達によって唱えられていた呪文であった可能性が大きい。

1つまり4について、金関は、狂言小歌「淀の川瀬の水車誰を待つやらくる〳〵と」に似ており、『室町時代小歌集』（宗安小歌集）の、

⑩宇治の川瀬の水車何とうき世をめぐるらん　（一一八）

に繋りを持っていたらしいと述べ（『閑吟集』にはふれていない）、「狂言小歌の、川瀬よりも、本資料の与三衛の方に何となく古めかしい気分があるが、これは何ともいえないところであろう」とした。

「淀の与三衛の水車」については、西鶴『日本永代蔵』（元禄元年）「巻六・身代かたまる淀川の漆」の部分に「山城にかくれなき与三右が水車」の話があるによって知られているのであるが、大系『日本永代蔵』の補注によると、淀の与三衛門は慶長八年（一六〇三）には淀川通過船舶を取り締まる代官役を命ぜられ、遡って天正十四年（一五八六）には淀に大きな水車を掛けた由の史料が提示されている。元和三年（一六一七）刊『徳永種久紀行』には、

めでは　やわたのお八まん　見あげてれんげもみあわせ　いのるしるしのあらたにて　手にはとらねどたからでら　こが山さきをゆんでにみ　よそゑがかけし水ぐるま　川のよどみをせきあげて　たれをまつとは、知らねども……　（みやこのぼり）

とあって、小歌「淀の与三衛の水車」も生まれ流行し、すでに元和以前から人々のよく知るところとなっていたこともわかる。

この小歌については井出幸男の論考「『宗安小歌集』の成立時期私見―水車の歌謡と助詞「なふ」と「の」の変遷―」

（『中世歌謡の史的研究　室町小歌の時代』）もある。そこには『翁草』の「河村与三右衛門は　淀水車を巧始し者にて、諺にも淀の与総右が水車と唱ひ、其名高く」、『恨之介』（寛永頃丹緑本）の「よどのよそゑが水ぐるま　露ほろ〳〵のなみだにて　くる〳〵ざんぶ〳〵と」なども提示して、『閑吟集』64番の伝承について考察を展開しているので、参照していただきたい。

「淀の与三衛の水車……」とうたい出すのと「淀の川瀬の水車……」とうたい出すものとでは、どちらがはやいかまだ疑問である。「淀の川瀬の水車」の伝承の型をもとに実在の人名を入れて「淀の与三衛の水車」とうたい出されたのか、その逆か、64番「宇治の川瀬の水車」以後として、こういうことが課題になっているのである。

〔三十三〕「おもしろや」の小歌―船曳歌か―

65 小・やれ　おもしろや　えん　京には車　やれ　淀《よど》に舟　えん　桂《かつら》の里《さと》の鵜飼舟《うかいぶね》よ

【口語訳】

やれおもしろや　えん　都には行きかう牛車、やれ淀川には上り下る舟、えん　桂の里には鵜飼舟が名物だよ。

【考説】　本来は淀川水系の船曳歌か。川筋の名物尽し。近世近代には田植歌として、伝承していた

《おもしろや》　繁栄をほめ、隆盛を予祝する祝言性の強い言葉。19番参照。

《えん》　えい。後掲の如く物を曳くときの掛け声。

《桂の里》　京都市の西部、嵐山の麓を流れる桂川あたり。

《鵜飼舟》　鵜を使って鮎などを取る船。鵜飼は『梁塵秘抄』巻第二の三五五・四四〇にもうたわれている。

①面白や　えん　京には車　やれ　淀に舟　げに桂の　鵜飼舟よの　（宗安小歌集・一八三）

都、淀、桂の里の名物尽し。「おもしろや」として数えてゆく形式。基本的には祝言の発想である。次のような各地の伝承を認めることができる。

②面白や　京には車　淀には船　桂川にや鵜飼舟　（京都府加佐郡・田植歌・『俚謡集』）

③おもしろや京には車淀に船ソヨーノー　淀には船　桂の川にむかひ船ソヨーノー　（京都府南桑田郡・田植歌・同）

④おもしろや　京にはくるま　よどに船　どうじやいな　よどに舟　かつらの川にむかひ舟　どうじやいな　（京都府何鹿郡・田植歌・同）

⑤淀にや舟　桂の里の迎ひ船　迎ひ船　帆柱をきよんと立てゝ　風を待つ　（京都府中郡・田植歌・『五個荘村郷土誌』）

⑥淀にや舟　桂の里に迎ふ舟　迎ひ舟　帆柱をきちんと立てゝ風を待つ　（京都府中郡・田植歌・同）

⑦面白や　京には車（又は、廓）　淀にや舟　桂の川は（又は里は）　むかえ舟　淀にや舟　桂の里は迎い舟　帆柱きょとんと立てて風を待つ　（京都府峰山町・田植歌・『峰山町郷土民謡集』）

⑧おもしろや京にはくるわ　チョイトチョイトチョイト淀にやふねとよなあ　淀にやふね　かつらのようなあ　川にや　チョイトチョイトチョイトむかいふねとよなあ　（京都府竹野郡弥栄町・田植歌）

⑨面白や京には車（廓）　淀に舟　桂の里は（川）むかえ船　（京都府田植歌・『口丹波歌謡集』）

⑩面白や　京には車　淀には舟　桂の里で　むかい舟　しようや　（兵庫県出口郡神美村・田植歌・『神美村誌』）

⑪京にや車か　楢《ママ》にや釣鐘　海にやすわい蟹　淀にや水車　宇治にや川舟　よのきたまぶち　あおいかずら　結び下げて　参りたれと　是は祝か　是は祝か　（福井県丹生郡清水町大森・睦月神事歌謡・『文化財調査報告』第六集）

加えて新井恒易『中世芸能の研究』掲載例から引用する。

⑫国々の宝を数へて参りたよ　京には車　大津に舟とよ　美濃に白絹　伊勢に伊勢絹　尾張に上品……

（静岡県磐田郡上阿多古村・懐山・翁さし出ぬきの次第）

⑬日本の宝を数へて参らせう　筑紫に長刀　伊予りしやうかい　讃岐にわろうだ　丹波に栗　大和に柿と

（同・西浦・田楽・翁由来の事）

⑭おもしろや　京には車　実に淀に舟　そよな　実によどに舟　桂の里のやら迎へ舟　そよな

（近江の伊香立）

なお、職業としての鵜飼（人）は、『梁塵秘抄』において印象的である。

⑮鵜飼はいとをしや　万劫年経る魚殺し　又鵜のくびを結ひ　現世はかくても在りぬべし　後生我が身をいかにせん

（梁塵秘抄・巻第二・三五五。四四〇にも「鵜飼は悔しかる……」とある）

右の如く、田植歌・田遊びや田楽の中の田植歌などの仕事歌や祝言歌謡において印象的である。

一方、『田植草紙』系歌謡には、「おもしろ」の歌が十四例あってこれも印象的であり、これは民謡史の上で「めでたい……」「めでた……」系に近い性格をもっていることがわかる。田植歌としての伝承は、竹内勉『民謡地図①田植唄と日本人』（二〇〇六、本阿弥書店）に詳しい。

◇本来は船曳歌か

この65番は民謡――仕事歌（労働歌謡）であったと思われる。右掲の伝承の実例から見て近世期は、京都郊外の田植歌として流入定着していたことがわかるが、おそらくは次に述べるように、本来は河川船曳歌が、その近辺の農事歌謡となって伝播伝承していったものと思われる。ハヤシことば「えん」（えいえい、に通じる）を考慮し、また「淀に舟」とうたい、「桂の里の鵜飼舟」で締めているところも見て、淀川・桂川あるいは宇治川などを中心とする河川の船曳歌（船を上流〈川上〉へ曳き上げるときの、縴夫達や船頭達の歌）であった可能性が大きい。前に「宇治の川瀬」を置いて、この65番が来る。淀川、宇治川、桂川のいずれか確定するのは難しいが、仮説として、そうした河川の船曳歌が考えられる。流れを溯る船曳歌である。東アジアにおける一五〇〇年代の船曳歌としても貴重であると考えている（真鍋「河川における船曳歌とその環境—日本・中国・韓国—」*）。その後日本における船曳文化を各地に求めて、地方誌を調査した段階での事例も加えて、「河川の船曳歌とその文化—日本・中国・韓国—」*を発表。

次に引用する『日葡辞書』『名語記』および木曳歌、石曳歌を参考としてよい。

⑯えいえい（Yeiyei）、えいやぁ（Yeiya）。これらやこれに似たたくさんの語は、何か物を引っ張ったり、仕事をしたりするときにあげる、掛け声や叫び声。（日葡辞書）

⑰えいえい。大物をひく人勢、えいえいといふ。如何。えいは曳也。ひくといへる字の音をとなへてひく也（名語記・巻五）

⑱大勢の者が、気合をかけるために発する掛声。「曳々《エイエイ》。推レ船声也」（正宗塵芥・『時代別国語大辞典室町時代編』）

⑲あなたのつなとこゑをかけ　ゑい〳〵とふむちやうし　よふそろふたよふそろた　さきづな中づなあとをのみ　みつのお山の山からみねから　きしからそばから……（古浄瑠璃・祇園女御九重錦・柳の古木を引く段）

⑳ここは三条かヤレ釜の座か、一夜泊《とまり》てしげり参らしよ、ヱイ我が殿御は名古屋にござる　さてもお留守は物憂いものよ　イエイエイエイさらさらと石を曳く　エイエイエイエイヤツと言て曳くには夢だんべ　エイトロヤツと言つて曳かばの靡きやるがの　ソノヤツと言てエイトエイサラエ（松の葉・破手組・比良や小松。石曳き歌）

〝えいえい、えんえん〟は物を曳くときの掛け声。全力を入れて声を合わせて曳くのである。

近世後期、『淀川両岸一覧』（暁晴翁著・松川半山画・文久元年〈一八六一〉。『宇治川両岸一覧』も添えて）に描かれた風景が、絵としては、この65番に一番近いように思う。また船曳歌の、なかでも名所名物数え歌、難所数え歌の型は、大陸中国においても明らかに指摘することができる。東アジアにおける発想表現の課題として、さらに詳細に考察が必要である。

〔三十四〕　夕顔

66・小 忍《しの》び車《ぐるま》のやすらひに　それかと夕顔《ゆふがほ》の花を標《しるべ》に

【口語訳】
お忍びの車をしばらく止めて、「それか」と、夕顔の花をたよりに、はかない恋がはじまりました。

【考説】　ふたたび『源氏物語』から切り取る。

《忍び車》『源氏物語』夕顔の「六条わたりの御忍び歩きのころ……」（冒頭）、「御車もいたくやつしたまへり」などによってこうたっている。「網代車也。前に御忍びありきの頃とあり。網代車は女などものる物なれば、誰とも知らせじとて乗用する物也」（岷江入楚）。

《やすらひに》「Yasurai, ro, ota　ある事を待ち望みながら立ちどまる」（日葡辞書）。

《それかと夕顔の花》「夕顔《ユウガホ》瓢之」（黒本本節用集）。ウリ科のつる性一年草。夏の夜、白い花が開く。「夕顔《ゆふがほ》」の「夕」に「言《ゆ》ふ」をかける。

光源氏と夕顔の恋を小歌化。夕闇の中に白く淡く咲く夕顔が、この恋を象徴する。「切懸だつ物に、いと青やかなる葛の、心地よげに這ひかかれるに、白き花ぞ、おのれひとり笑みの眉ひらけたる」（源氏物語・夕顔）。

①心あてにそれかとぞ見る白露の　ひかりそへたる夕顔の花　（夕顔）

②寄りてこそそれかとも見めたそかれに　ほのぼの見つる花の夕顔　（光源氏）

この両歌に見える「それか」を効果的に取り上げた小歌。「それ」は相手をさす漠然としたことば。夕顔の花をたよりに「それかと」の贈答歌を交わしたことがきっかけとなって、二人の恋がはじまったことをうたう。この場面の「それかと」はそれぞれ相手を指しているのであるが、66番の小歌では、『源氏物語』の両歌の「それかとぞ」「それかとも」の印象的な語句を、つまり両歌を漠然と重ねて、夕顔が咲く黄昏の風景で包んだ。説明を極力省略しているので、解釈の微妙な揺れはあってよい。また「それかと」とあるので、夕顔側からの歌を本歌として解釈することもできる。すると「光源氏かしらと」ということになる。謡曲『半蔀』では、「五条あたりと夕顔《ゆふがほ》の　空目《そらめ》せし間に夢となり」とある。またこの夕顔の巻は次のように小歌化されている。

無刊記『源氏小鏡』・夕顔

③五条わたりを車が通る　誰そと夕顔の花車　（宗安小歌集・二〇六）

④五条わたりを車が通る　誰ぞと夕顔の花車　（隆達節）

『閑吟集』とは異なる右の型へと変化してゆく。『源氏物語』の「それかと」がない。志田延義は、本歌66番の優れていることを次のように言う。「「五条わたりを車が通る」と同趣であるとは言え、源氏と夕顔との出会いの情景を「忍び車のやすらひに」と歌い出して、しっかりまた夕顔の歌をふまえ、句末に「に」を相対せしめたこの『閑吟集』の小歌のほうが、はるかに内容的にもまさっていると言うべきである」（鑑賞日本古典文学・歌謡Ⅱ『閑吟集』昭和五十二年・角川書店）。

以下次のような伝承も生まれた。

⑤深更に月冴へ　車の音の聞ゆるは　五条あたりのあばら屋に　夕顔をしるべに
（淋敷座之慰・一七二・琴の歌品々・十組須摩の曲）

⑥五条あたりを車が通る　のほんゑ　誰そと夕顔にさんさ花車　のほんゑ花車　のほんのほんゑ
（落葉集・巻七・古来中興当流はやり歌）

67 小・生《な》らぬあだ花　真白《まつしろ》に見えて　憂《う》き中垣《がき》の夕顔《ゆふがほ》や

【口語訳】

実のならぬあだ花が、まっ白に咲いているのが見えます。二人の仲を隔てる、つらい中垣のそれは夕顔の花。

【考説】　中垣のまっ白な夕顔。66番を引き摺る。

《生らぬあだ花》　実も結ばず、はかなく散る花。実が成らぬ、に恋の成就することがない、を掛ける。

⑦なき名のみおふのうらなしいたづらに　ならぬ恋する身こそつらけれ
（新後撰和歌集・巻十二・恋二・常磐井入道前太政大臣）

⑧あだに散る花に契りを結び置きて　果ては乱るる青柳の糸
（風葉和歌集・巻一）

⑨花　爾雅云……栄而不実謂之英於驚反、阿太波奈
（和名抄）

《中垣》　両者を隔てるもの。

⑩人目は恋の中垣　逢はで浮名の龍田川　渡らでぬるる我が袂　いかにせん〱　（二八明題集・書き入れの小歌）

⑪中垣も花たちはなの吹《ふく》かぜに　匂ひくるをばへだてざりけり　（前三議教長卿集・夏歌・治承ごろ）

66番と同様『源氏物語』夕顔の巻の情景が関係しているのだが、66番の場合にくらべて、物語との結びつきがより薄くなっている。「**生らぬあだ花**」「**憂き中垣**」とうたい出しているところに、小歌としての独自な印象がある。夕顔が中垣に白く咲いている。夕闇がせまるにしたがってその白さはますます印象的に浮かび上がる。

折口信夫は次のように言う。「源氏物語の気持をもって作っている。解釈はむずかしい。夕顔の巻を逃げながら思わせている。創作みたいな気がする」（『折口信夫全集』・ノート編・第十八巻・芸謡・小歌）。

「逃げながら思わせている」と述べているように、歌謡とその出典・背景の関係においては、つねにこうした「濃淡のゆれ」に関心を寄せる必要がある。夕顔の巻としては、「切掛《きりかけ》だつ物に、いと青やかなる葛《かづら》の、こゝちよげに這ひかかれるに、白き花ぞおのれひとり笑《ゑ》みの眉ひらけたる。をちかた人に物申すとひとりごちたまふを、御随身ついゐて、かの白く咲けるをなむ夕顔と申しはべる、花の名は人めきて、かうあやしき垣根になむ咲きはべりけると申す」の部分であろう。

夕闇の中に白く夕顔の花が浮かぶ。はかなく落命した夕顔を思い出させるように、まっ白に夕顔が咲いている。67番は、夕顔物語を思い出し偲んでいる。66番から67番へ、それは絶妙の配置。

〔三十五〕　軒端の瓢簞

68・小 忍ぶ軒端《（のきば）》に瓢箪《（ひようたん）》は植《う》へ《（ゑ）》てな 置《を》いてな 這《は》は《ゝ》せて生《な》らすな 心のつれて ひよひよらひよ
ひよめくに

【口語訳】
忍んで行くあの家の軒端に、瓢箪を植えてな、置いてな、つるを這わせて、そして実を生らせてさ、心もつられて浮かれてね、ひょひょらひょ。陽気にね。

【考説】 瓢箪節。

《瓢箪》「瓢箪《ヘウタン》或作瓢箪」（易林本節用集）。「瓢箪《ヘウタン》」（天正十七年本・運歩色葉集・京都大学国語国文学研究室蔵）。瓢箪はウリ科つる性一年草。夕顔の変種、ひさごのこと。同じ種類の草木をうたう歌で67番から移ってきた。「夕顔《ユウガホ》瓢也」（文明本節用集）。

《ひよめく》 瓢箪の、風にゆれるさま。軽妙にぶらぶらとゆれ動くさまを言う。心が陽気に浮かれることをも重ねる。狂言歌謡に同類がある。

①あまりとぜんに〳〵 かどにひよたんつるいて おりふし風がふひてきて あなたへちやきりひよ こなたへちやきりひよ 〳〵らひよ ひようたんつるいておもしろやなふ （大蔵流虎明本狂言・せつぶん）

「植へてな」「置いてな」「這はせて生らすな」と「な」を三回入れる。状況を軽く確認する終助詞。歌にリズムをつくる。瓢箪が風にゆれるごとく、歌詞全体も調子をとって浮いた軽妙な味を出す。当時も酒宴座興歌謡で人気があったのであろう。

例えば、『集成』は「忍んで通う道の軒端に瓢箪なんぞ植えておいてな、這わせて生らすなよ。鳴らすなよ。それにつられて、ひょこひょこと心も浮かれ、人に見咎められるから」とする。「這はせて生らすな」の「な」を禁止と解釈している（全集も同解）。また、折口信夫説も、

忍んで通うている家の軒に瓢箪を植えおいてね、這わせて成らすなよ、忍んでゆく女の心が瓢箪につれて軽々しゅう移動するからして……

（『折口信夫全集』・ノート編・第十巻・芸謡・小歌）

と言う。しかし「な」を禁止と見るのは不自然である。ここでは、「な」を禁止の助詞とは見ない。この歌では、「な」は、すべて肯定の意味でリズムをとっていると見るのがよい。軽く、ハヤス機能をもつ助詞。軒端のひょうたんが、風にゆれるのがおもしろいのである。心もひよめくのである。

『徒然草』十八段には、「なりひさごといふものを、人の得させたりければ、ある時、木の枝にかけたりければ、風に吹かれて鳴りけるを、かしがましとて捨てゝ」とあって、ここでは兼好が言いたい趣旨は別として、当時の人々がひさごを植えて、木の枝や軒を這わせて、そのぶらぶら揺れる様子や音をたのしんだことがうかがえる。

なおこの瓢箪節系統の江戸期における展開として「瓢箪節やつし」（替歌）があるので、歌謡史としてはそれにも触れておく必要がある。『中世近世歌謡の研究』*所収「第二部　中世近世小歌研究　瓢箪節のやつし」から引用する。

瓢箪節のやつし

古浄瑠璃『西行物語』（延宝五年〈一六七七〉）・第四、江口の君達の〈藤の棚伊達くらべ〉では、まず次のように語る。「まことにめでたきおさかもり、なにがなおさかなとぞんずれども、さしたることも候はず。いかに上らうたち、このうへの御ちさうには、ひようたんぶしのやつしとやらんを、一をどりをどりつゝ御めにかけられよ」と声をかけられ、「五人の君たちちからなく、あふぎおつとりたちあがり、すでにをどりをはじめける」とあって、瓢箪節のやつしが出る。

○あまり《こうたハル》とぜんやるかたなさに　ふぢにふれうをつらせた　おりふしかぜにふかれて　あなたのかたではちりからり　こなたのかたではちりからり　ちりから〵〵りんと、たんざくもつらせたは　いよこのも（と）にて　さゝをくんだもおもしろや　おしやくとりにはたれ〵ぞ　まつら《ヲクリ》　もろこし　うぢはしに　みよしの君《はうたハル》　がさかつきあつちりな　こつちりな　あちやこちやととつこい　おさへたも一つぜひとも　お手をねぢても　しいるきゝんでござんす　君がとる手はたよたよと　ふぢのな　なん〵なみたつこのいけのみぎはでさらり〵とお手をひきよふて、ざゝんざ　ざ

（鳥越文蔵編『パリ国立図書館蔵古浄瑠璃集』）

瓢簞節が同時に遊女名寄せにもなっていて、「やつし」であることがわかる。

○あまりさびしさにかきにひやうたんつらせた　おりしもかぜがふいて　あなたの方へからころひよ　こなたのかたへからころひよ　からころ〵ひやうたんのつらせたは　いよこのまことになによりもつておもしろい

（紙鳶《いかのぼり》・上・瓢簞節）

○あまりさびしさに　垣にひやうたんつらせた　おりしも風がふいてあなたのかたへころり　こなたのかたへころり　からころりからころりからころりと　なりたるはおもしろいものじやゑ

（一話一言・むかしひやうたんふしといふ歌、はやりたる事あり）

この『西行物語』の瓢簞節のやつしも、系列の中に組み入れられるべきものであり、右掲の元禄十一年『紙鳶』の記載以前の事例なのである。またその歌詞で「藤に風鈴を吊らせた」の部分は、瓢簞節の名の因って来たる「何々に瓢簞つらせた」からみるとむしろ変形であるが、かつて志田延義が示した、「釣軒風鈴順風、其響滴滴東了　滴滴東了鳴心細乎」（禅林小歌）に近いものであることもわかる。

〔三十六〕 恋ほどの重荷あらじ

69・小　待《ま》つ宵《〈よひ〉》は　更《ふ》け行《〈ゆく〉》　鐘《〈かね〉》を悲《かな》しび　逢《あ》ふ夜は別《〈わかれ〉》の鳥《とり》を恨《うら》む　恋《〈こい〉》ほどの重荷《〈をもに〉》あらじ　あら苦《くる》しや

【口語訳】
恋しい人を待つ宵は、過ぎゆく時を知らせる鐘の音をなげき、逢えた夜は、別れをせかす暁の鶏の声をうらめしく思う。まこと恋ほどの重荷はありますまい。あゝこの苦しさ。

【考説】　ポピュラーな和歌を踏まえて小歌が生まれる。

待つよひのふけ行く鐘の声聞けばあかぬ別れの鳥は物かは
〈新古今和歌集・巻三・夏・題不知・小待従〉

題不知・小待従。他に『小待従集』などに入る。久保田淳『新古今和歌集全評釈』第五巻・一一九一番に詳しい）

たえがたいほどの恋の物思いの苦しさを「重荷」と表現。「これこそ恋の重荷よ　なんぼう美しき荷にてはなきか」〈謡曲・恋重荷〉。物語では、『平家物語』巻五・月見にも。この歌によって、小待従は待宵の小待従と言われるようになったと次のように語る。

此女房を待宵と申ける事は、ある時御所にて、「待つ宵、帰る朝、いづれかあはれはまさる」と御尋ねありければ、

待つよひのふけ行く鐘の声聞けば　かへるあしたの鳥はものかは

と読みたりけるによってこそ、待宵とは召されけれ。　（新大系）

この小侍従の歌、室町時代物語『朝皃のつゆ』にも次のように引く。

○いにしへ、こしゝうのよみしうたに、まつよひに　ふけふ（ゆ）くかねのこゑきけば　あかぬわかれの　とりはものかわ、となかめしも

こうした語りぐさを踏まえた小歌である。待つ宵の悲しさ、後朝《きぬぎぬ》の別れのさびしさ、ともに恋する者の心の重荷だと言っている。待つ宵と後朝の別れの両者を同等の恋の苦しさであるとして並べている。その点で、69番は早歌に近い。

①待つ宵の鐘の響き　飽かぬ別れの鳥の音　何れも思ひのつまとなる。……　（早歌・金谷思）

ここにも『閑吟集』69番の伝承に近いものが、同時期にあったようにも思えるが、はっきりしない。

また〈恋の重荷〉という言葉を出しているところに、次の70番の出典としての謡曲『恋重荷』をも意識している。

68番に忍ぶ恋、忍ぶ逢瀬の雰囲気が読み取れるので、それを受けて配列されている。

70 大・しめぢが腹立《はらだ》ちや　よしなき恋を菅《すが》筵《〈むしろ〉》　臥《ふ》して見れども居《を》られればこそ　苦《くる》しや独寝《〈ひとりね〉》の
我《わ》が手枕《たまくら》の肩替《かたか》へて　持《も》てども持《も》たれず　そも恋は何の重荷《〈おもに〉》ぞ

【口語訳】

しめぢが原ではないが、腹立たしいことです。及びもない恋をして。臥してみたとてどうしてじっと眠っておれましょうか。ひとり寝は苦しいもので、手枕のその手を入れ替えて寝返りしてみても、耐えることはできない。さて

もこの恋の重荷はいったいなになのでしょう。

【考説】　そも恋の重荷とは何であろうか。

《しめぢが腹》　標茅が原。しめじが原は栃木市北方（下野国）の歌枕。「下野トアラバ、……国の名。しめぢが原、下野国……」（連珠合璧集）。「しめぢが原」から「腹立ちや」へ。

②なほたのめしめぢか原のさしも草　われ世の中にあらんかぎりは

（新古今和歌集・巻二十・釈教歌・一九一七、しめぢ原の古注あり）

出典は、謡曲『恋重荷』。前シテ、山科荘司が恋の重荷を持ちかねて狂い死にすると訴える場面。

亡き世になすもよしなやな　げには命ぞ唯頼め　標茅が腹立ちや　よしなき恋を菅筵　臥して見れども居らればこそ　苦しや独り寝の　わが手枕の肩かへて　持てども　持たれぬそも恋は何の重きぞ

（大系）

小歌化した段階では、「しめぢが……」からうたいはじめている（現行観世流能本では「居らればこそ」は「寝られればこそ」）。狂言『文荷《ふみになひ》』にも次のようにある。

○げにも恋の重荷といふうたひが有程に　恋のぶんしやうがある物ぢや　おもひよ　いざさらはそのうたひをうたふまひか　よからふいざうたはふ　よしなきこひをするがなる　ふしてみれどもおられはこそ　くるしやひとりねの　わが手枕のかたかへて　もてどももたれず　そもこひは　なにのおもにぞ

（大蔵流虎明本狂言・文荷）

○しめちかはら立《た》ちや　よしなき恋をすがむしろ　肩《かた》にもてども持《も》たれもせず　くるしやひとりねの　我手枕《わがたまくら》のかたかへて　もてどももたれず　そも文《ふみ》は何《なに》の重荷ぞ

（和泉流天理本狂言抜書・文荷）

この「文荷」の中で「恋の重荷」という「うたひ」があると言ってこの部分を歌う。『鼠の絵』（東京国立博物館蔵）にも次のようにある。

○やせの平た「このになひあらをもやこひのおもにか」。をはらのまこ七「をれらもそふおもふよ」。けんた「御なかもちになにかいつたるそ、ちと見たいな」。さくそう「あまりおもくてまなこかぬけるやうなう」。

「恋の重荷」という表現は、室町時代の大衆的な風流文化を象徴する表現の一つであろう。ゆえに、70番から次の71番への三首、一応ここにセットで取り上げた。

71・小　恋は重《をも》し軽《かろ》しとなる身《み》かな　〈重し…〉　涙の淵《ふち》に浮《う》きぬ沈《しづ》みぬ

【口語訳】

恋には、気持ちが重くなったり軽くなったりするこの身です。だから涙の淵では、浮いたり沈んだりするんだね。


【考説】「おもし　かろし」と「うきぬ　しづみぬ」とを対にしてうたう。

《軽し》「Caroi. かろい。軽い。軽いもの」（日葡辞書）。「我こそ契りなきことに思い侘び、涙の淵に浮き沈みつつも……」（浜松中納言物語・巻五）。

冒頭に「我が」を入れると、和歌形式となり、「我が恋は」型の事例となる。又、後半の「涙の淵に浮きぬ沈みぬ」にも「身は」を補ってみることも可能である（↓130・132参照）。

《涙の淵》
③思ひかね涙の淵に身を投げば　千里までいりて君にみえまし　（久安五年廿八日・右衛門督家成歌合）
その時の多様な条件によって、また心のもち方によって恋情は浮いたり沈んだりするもの。

72・小　恋風《こいかぜ》が　来《き》ては袂《たもと》にかい纏《もと》れてなう　袖の重《をも》さよ　恋風は重《おも》ひ《(い)》物哉《かな》

【口語訳】
恋風が吹いてきては、袂に縺れることよ。あゝ袖の重さよ。恋風って重いものだなあ。

【考説】　恋風が袂に縺れる。

《恋風》「Coicaje　こいかぜ。思慕の情、または肉欲的愛情」（日葡辞書）。

相手の自分への恋情　そのそぶりや目線を身にしみて感じとることができる場合、恋風が吹いているのである。「恋風」（毛吹草・誹諧恋之詞）。「床し眉目《みめ》よき人の俤　恋風や鉤簾《こす》吹きあぐる御所車」（紅梅千句）。説経浄瑠璃『愛護若』で、継母が愛護若に恋情をもつが、結局愛護若が拒む。そこで怨みごとを言うところに、「今朝までは吹き来る風みななつかしく思しめさるゝこの恋が、今はひきかえ、難儀風とやいうべし」とある。小歌では、「恋風が　来ては」、とあるから、この場合でゆくと、愛護若が継母の恋の熱気を受けるのが、恋風が吹いてくるということになる。対照的に「難儀風」という言葉が見えるのもおもしろい。「恋風」の対義語が「難儀風」である。

当の本人が好きだと思っている場合もあり、あるいは別に心が動いていない場合もあろうが、要するに、ここは「恋風が（吹いて）来ては」とあるから、相手からの恋風を身に受けている立場からのうた。しかも袂にもつれてくるとうたうのであるから、これは女の歌。恋風の製造元は相手の男。大仰な表現で、むしろおかしみがあるとも言えよう。

《かい縺れて》　狂言歌謡群において次のようにある。

④恋風が来てはたもとにかいもつれて　のふ袖のおもさよ〳〵
（天正本狂言・わかな。この部分は「恋のおふぢ」にはない）

⑤恋や恋……恋風がきては　たもとにかひもつれてなふ　袖のおもさよ　恋風はおもひ物かな　あゝなむあみだぶつ……
（大蔵流虎明本狂言・枕物狂。『狂言集成』も同じ）

⑥恋や恋……恋風がきては　たもとにかいもつれての　袖のおもさよ　恋風はおもひ物かの（和泉流天理本狂言抜書・枕物狂）

⑦恋や恋……恋風が来ては袂にかいもとれての　袖の重さよ　恋風は重いものかな（鷺賢通本狂言・枕物狂）

これら多くが「恋や恋、我れ中空になすな恋」の小歌に続く。

近世歌謡としても継承して、たとえば次のようにうたう。

⑧恋よ恋　我中空になすな恋　恋風が来ては袂に掻纏れ　袖の重さよ（落葉集・巻五・六法女踊）

「恋風」をうたう歌謡には次の例がある。

⑨きのふより今朝の嵐のはげしさよ　恋風ならばそよと吹かな（隆達節）

⑩何ゆへに身を恋風よ尾花そよ〳〵袖の香（松の葉・巻三・恋風）

⑪きのふからけふまでふくはなにかぜ
こひかぜならばしなやかに
なびけやなびかで風にもまれな
おとさじきゝやうのそらのつゆおば
しなやかにふくこひかぜが身にしむ（田植草紙・朝歌二番・三）

右のように『田植草紙』では「朝歌」に見える。恋風をうたう佳品である。⑪の前、つまり二番では、〈山の朝霧が晴れてゆく風景〉の中に風を読み取り、それを恋風として発展させたのである（『田植草紙歌謡全考注』*）。「わが恋風ぞ身にはしむ」（古浄瑠璃・梶原最後・しつかあつまくだり）、とも語られる。

73・小　おしやる闇《やみ》の夜　おしやる〳〵闇《やみ》の夜　つきも無《な》ひ《（い）》事《こと》を

【口語訳】

おっしゃるわね、この闇の夜をよいことに。なんと、おっしゃるはね。月もない、いや、不都合なことを。


【考説】

《おしやる》　仰しゃる。42番の「おしあれ」参照。一説「おぢやる」の意もかねたか（集成）とも。

《つきも無ひ事》　付きもないこと。闇の夜であるから月も無い、をかける。
○「Tçqinai　ツキナイ（付き無い）。そぐわなくて不都合な（こと）。これは婦人語である」（日葡辞書）。「ここな坊主は、なりふりも人がましきまま、大こを五十本も二十本も買はるるかとおもうたれば、一向銭も持たぬげでつきもないことを言はるる……」（醒睡笑・巻四）。

「つきも無ひ事」で、むしろことば遊びのおもしろさが、まず感じられる。内容は闇の夜の、男女の逢う瀬の一場面。72番に「恋風」がうたわれ、「恋風は重ひ物哉」などとうたわれているのを受けるとすると、男が女に対して、闇の夜をよいことに、積極的に自分の恋情の思いを、あるいは戯れの恋の科白をささやいたのであろう。女はそれを耳にして、とんでもないこと言うわねと、言い返している。

〔三十七〕　庭の夏草

74・大　日数《ひかず》ふり行《ゆ》く長《なが》雨《あめ》の　〈（日数…）　葦葺《あしふ》く廊や萱《かや》の軒《のき》　竹《たけ》編《あ》める垣《かき》の内《うち》　げに世中《よのなか》の憂《う》き節《ふし》を
誰《たれ》に語《かた》りて慰《なぐさ》まん　〈（誰に…）

75・小　庭《には》の夏草《なつくさ》　茂《しげ》らば茂《しげ》れ　道《みち》あればとて　訪《と》ふ人もな

【74口語訳】
降り続く長雨の雨脚が、葦葺きの細殿や萱の軒端や竹垣に降りそそぐ。その中で一人さびしく暮らす私だけれど、世の中の憂き事どもを誰に語って心を慰めようか。

【75口語訳】
庭の夏草よ、茂るなら勝手に茂れ、道があったとしても、訪れる人など無いのだから。

【74考説】 人の足が遠退いて久しいのか。一人さびしく息を凝らして待っている女の心情、の解釈もあろう。男の歌か。隠遁した男の科白かと、一応しておく。

掲出二首にも長雨の頃（あるいは梅雨か）から、夏草の茂る頃への季節の移り変わりがある。

①しげりあふ夏野の草に道もなし老ぬるこまもふみやまよはむ　（明応年間・実淳集・夏草滋）

74番については、研究大成・集成に、『源氏物語』須磨の巻、源氏侘び住まいを描く「垣のさまよりはじめて……」「茅屋ども葦葺ける廊めく屋……」「長雨の頃になりて……」などの表現との類似が指摘されている。『源氏物語』須磨の荒れはてたわびしげな風景が暗に意識された歌謡であるとすると、75番には、『平家物語』大原御幸、あるいは謡曲『大原御幸』を思わせるところもある。参考として引いておく。

②比は卯月半の事なれば、夏草のしけみか末を別過き、旧苔可払人も無、人跡絶えたる程も思知れて哀也。
（延慶本平家物語・法皇小原へ御幸成事）

③比《ころ》は卯月廿日あまりの事なれば、夏草のしげみが末を分入《わけ》せ給ふに、はじめたる御幸なれば、御覧じ馴れたるかたもなし。人跡絶えたる程もおぼしめししられて哀なり。
（平家物語・大原御幸・新大系）

④寂光院の有様を見渡せば　露結ぶ庭の夏草繁りあひて　青柳糸を乱しつつ　池の浮草波にゆられて……夏草のしげみが原のそことなく　分け入り給ふ道の末
（謡曲・大原御幸）

76・青梅《小〈あを〉》の折《〈おり〉》枝《えだ》　唾《つ》が〳〵唾《つ》が　やごりよ　唾《つ》が引《ひ》かるゝ

【口語訳】

青梅の折り枝を見ると、唾が唾が。やこりよ。自然唾が出てくるよ。

【考説】　夏草の繁る細道に青梅の枝を配した。

《唾《つ》》「Tçu, Tçubaqi　ツまたはツバキ。唾液。唾が口にたまる」（日葡辞書）。「唾《ツバキ》、津《ツ》口汁」（枳園本節用集）。

⑤ふす《(伏)》をふな《(女)》の　しとろ〳〵　もゝの白きは〳〵　梅ならねと　しとろ〳〵　つこそひかるれ〳〵
（日光山延年資料文禄元年書写、常行堂倶舎に記されてあった稚児舞の詞章。本田安次編『日本古謡集』）

⑥や　宿の姫御は　しげり小藪の青梅よ　や　宿の姫御は　しげりこやぶのあをうめよ　一目見てさえす《(つ)》がたまる
や　一目見てさえす《(つ)》がたまる
（兵庫県三田市・百石踊・しのび踊・『兵庫県民俗芸能誌』）

『閑吟集』の歌謡が、その素材・発想・表現において、俗ななかにも、いかにおもしろく人間生活をうたっているか、男や女をうたっているか、やはり注目に値する。

青梅の折り枝を見ておもわず唾液が出てくる、という単純な小歌と見ても誤りではない。しかし右の如き用例によって、小歌としては「青梅の折枝」は、暗に相手の女性を意味しているとする見方の方を採用。俗に「生つばを呑む」などと言う。するとやはり酒宴乱舞になった時の男の歌。

《やごりよ》　ハヤシことば。次の77番が「わごりよ」からはじまる。「わごりよ」の変化と見るのも一考。「わごりよ」を少々言い換えて「やごりよ」ということば（囃子詞）が生まれたのか。『田植草紙』には「やごぜ」というハヤシことばを指摘する説がある。「昼飯《ひるな》は来たや、ごぜ、何負《なにお》せにな」を「昼飯は来た、やごぜ、何負せにな」（朝歌四番・六番）と見る。すると、同系のハヤシとなる。

「青梅の折枝」から連想される「梅の折枝」、つまり衣装の紋様としての「梅の折枝」には次のような用例がある。中世近世歌謡では、むしろこの「梅の折枝」（梅の花をつけた折枝）がよくうたわれ、代表的語句になっている。しかしこれもなぜ梅の折枝のデザインなのかはっきりわかってはいないのである。

⑦山家の人はだてをする　二布に梅の折枝　（信濃田植歌・鄙廼一曲）

⑧型を何とお付けやろ　肩裾に梅の折枝　中に五条の反橋　（武蔵国小河内・鹿嶋踊）

⑨かたすそは　梅の折枝　中は思ひのそり橋　（土佐浄瑠璃・周防内侍美人桜・三段目・手鞠歌）

⑩向う通は、熊野道者か　肩にかけたる帷子　肩とすそには　梅の折枝　中は五条の反橋……

（各地手鞠歌、吾郷寅之進・真鍋昌弘『わらべうた』参照）

〔三十八〕　何をおしやるぞせは〳〵と

77・小　我御料《わごれう》思《おも》へば　安濃《あの》ゝ津《（つ）》より来《き》た物《（もの）》を　俺振《をれふ》りごとは　こりや何事《なに（ごと）》

78・小　何《なに》をおしやるぞ　せは〳〵と　上《うは》の空とよなう　こなたも覚悟《（かくご）》申《（まうし）》た

【77口語訳】
おまえを恋しく思えばこそ、はるばると安濃の津から来たものを、それなのに俺を振るなんて（俺への愛想づかしなんて）いったいこれはどういうことなんだ。

【78口語訳】
なにをそんなに落ち着きもなくこせこせと、おっしゃるの。わたしの事を、上の空のうわついた女だとおっしゃるのね。もういいわ、わたしも覚悟したから。

【77考説】　洛中洛外図の中から、ふと聞こえてくるような遣り取り。室町時代、庶民を生きた人々。

《我御料》「わごれう」または「わごりよ」（和御寮）。あなた、おまえ。親愛の意を込めた二人称。76番の「やごりよ」からこの「わごりよ」へ。

①俺と和御料《わごりよ》はよい仲ながら　いかな化物が中言入れて　富士の白雪まだ解けぬ　（宗安小歌集・一一一）

②太郎冠者「さらば　此鳴子を　わごりよ　もたしめ」二郎冠者「わごりよは　義理のかたひ事を言ふ人じや」（大蔵流虎明本狂言・なるこ）

《安濃の津》　伊勢国（三重県）津市の港。「安濃津《アノヽツ》伊勢在」（天文十七年本・運歩色葉集）。中世三津の一つ。繁盛した港町。覚一本『平家物語』巻五・文覚被流「伊勢国安濃の津より舟に乗つて下りけるが、遠江国天龍灘にて、俄に大風吹き」（岩波文庫）。『玉葉』寿永三年（一一八四）の条に「阿乃之津」として出る。「三津《サンツ》薩州ノ坊津。筑前ノ博多。勢州ノ安濃」（書言字考合類大節用集）。『宗長日記』大永二年（一五二二）「阿野の津」。中世期安濃津の歴史的意義や地域における実態については、伊藤裕偉『中世伊勢湾岸の湊津と地域構造』（平成十九年・岩田書院）がある。この研究によって安濃津の繁栄と都との密接な関係を詳しく知ることができる。

《俺》　ここは男の第一人称。

《振りごと》　「振る」は、恋人との仲を断つこと。振り払うこと。

③訪へば訪ふとて振らるる　訪はねば恨みて　振らるる　振らるる　（宗安小歌集・一五）

④ともすれば振られ候身は　さて棒か茶筅か　（同・九五）

《こりや何事》　思っていたことに反して、あるいは意外なことに出くわして、びっくりしたときに発することば。どうしたというの。これはどうした事か。

【78考説】

78番は、77番との連作とみると、これは女の歌。

《せは〳〵と》　「Xeuaxeuaxi　せわせわしい。忙《せわ》々しい人。しみったれでこせこせしており、その態度のいやらしい人」（日葡辞書）。

《覚悟申た》　もうこれまでだ、と覚悟した。「こなたも、」とあるから、相手の「こりや何事」と怒っているのを受けて言った。

76番・77番・78番と俗語を用いた俗謡的な色合いの濃い小歌が並ぶ。特にこの77番・78番の組み合わせは、日常の科白がそのまま切り取られたもののように見える。

久しぶりに逢った二人。77番「こりや何事」の大仰な表現は、女を信じてたずねて来た男の予想外のおどろきのことば。次の78番「こなたも覚悟申た」とのやりとりがおもしろい。

⑤宵のお約束　暁の脅しだて　こりや何事　（宗安小歌集・一一〇）

⑥暗い小路で　こりや何事ぞ　帯が切れるぞ　離さんかよう　（高知県香美郡・雑歌・『土佐民謡集』・第二輯）

当時、日常的に、滑稽味を加えておどろくときのきまり文句。流行したか。

男（安濃津を本拠とする商人か）が、久しぶりに女に会いに来た場面。男の科白。女の住む京の都にやって来たのであろう。

そこで、二つの状況が考えられる。(2)も不可能ではない。

(1)この二人の間の何らかの掛け合い場面を想定してよい。相手の男が俺を振るとは何ごとだ、と言い（あるいは相手の女（78番の歌い手）に対して、その心が「上の空」と罵倒したのであろう）。ゆえに「上の空とよなう」と「こなたも覚悟申た」の間に、「わかったことよ、もう我慢できないわ」といった、科白を置いてみてもよい。

(2)なにをおっしゃるの、こせこせと落ち着きもなく。私のことを上の空の女だとおっしゃるの（上の空で話しているとおっしゃるの）。そんなことありません。真実あなたのことは信じているのよ。わたしも覚悟しました、あなたについて行くわ。

発想表現の上で類歌は風流踊歌群の中に見える。この小歌の伝承上の特色。

⑦何をおしやるぞ　せわせわと　髪に白髪の生ゆるまで　（兵庫県加東郡〈現・加東市〉・百石踊・『兵庫県民俗芸能誌』）

⑧うき人はなにをおしやるぞせわ〱と　中事がかなうならば　からのかゝみなゝおもて
（徳島県板野郡・嘉永四年本成礼御神踊・『徳島県民俗芸能誌』）

香川県仲多度郡まんのう町佐文に伝承されてきた讃州綾子踊歌（『佐文誌』所載）にも次のようにある。

⑨ここに寝よか　ここに寝よか　さてなの中に　しかも御寺の菜の中に　ヒヤたまさかに来て寝てうちおいて　ソレ元の夜明の鐘が早なる　との鐘がアラシヤン

何をおしやるせわせわと　髪が白髪になりますにヒヤ　たまさかに来て寝てうちおいて　元の夜明の鐘が　早なる　との鐘が（たまさか）

右によって、室町期流行歌謡に「なにをおしやるぞせは〱と」とうたい出す類型を認めてよい。室町時代における商人とその旅先での、なじみの女との会話であろう。『田植草紙』系歌謡も含めて、中世歌謡の世界からは、当時の商人達の行動や心情がかなり詳細にわかる。77番・78番のやりとりはその一つであろう。世俗の中の人々の心情や行動が歌謡の中に残ったのである。

77番は男の科白。78番は女のそれ。男は安濃の津から、おそらくは京の女に逢いに来たのであろう。78はその男に久しぶりに対面した女のことば。男は、恋のロマンのようなものをずっと持ち続けていて、今も俺を待っていてくれると思って、はるばるやって来たのである。「……来た物を」の表現がそれをにおわせる。しかし女はここで愛想もなく、振り言を言った。「こりや何事」の結句で、唖然とした男の表情が眼に見えるよう。まったく予想もしなかった女の態度。女の振りごと。男は安濃の津を基点に活躍する若い商人であろう。

78の科白については「普通の素人屋の箱入り娘などではあり得まい。どの程度にか男客に接する職業的な女性なのであろう。さればこそなかなかこれくらいな口車に乗ってなどいない。後者のように切り返している」（志田延義・鑑賞日本古典文学・歌謡Ⅱ『閑吟集』）とも。室町時代、特に発展し華やかになっていった都会——京の街の一隅に逢い引きした或る男女を捉えているのである。ただし最後の「覚悟申た」が、右にも述べたように、あなたと別れる決心をしたのか、あるいはあなたについて行く決意をしたのか、はてどちらを選んだのであろうか。

風流踊歌圏には商人踊がかなり伝承している。それらに目を通すと、各地を旅した商人の姿が生き生きと見えてくるが、なかでも次の歌で代表される一系続があって、貴重である。

⑩おれは関東の者なるが　あまりみよりがのぞむさに　都へよりてあきないしよう　あきない踊はひとおどり　面白や
あきない元手にや何々を　丹波つむぎに越前布　都へ上りて商いしよう　あきない踊はひとおどり　面白や
宿の小女郎とあきないは　赤い目元であらわれた　あきない踊はひとおどり　面白や
宿の小女郎と寝た夜さは　鳥もうたうな夜もあけな　おわり八つの鐘つくな　あきない踊はひとおどり　面白や

（京都府伊根町・宇良神社・花のおどり・あきない踊・『丹波の民謡』）

行く先ざきの土地での恋は、旅の商人達にとっては常識でもあり、彼ら商人つまり旅商の隠れた目的は、そのあたりにもあったのであろう。78番の小歌で「覚悟申た」と言い切ったあの女は、あるいはこうした宿場の馴染みの女であったかもしれない。もちろん『田植草紙』にも有名な次の歌がある。

⑪おもしろいは京下りの商人
千駄櫃荷のうて連《つれ》は三人なり
千駄櫃には多くの宝が候よ
宝負ひては今日こそ殿が下りた
都下りに思ひもよらぬ手土産

（晩歌一番・七八番）

⑫商人を恋ゆるか千駄櫃を恋ゆるか

千駄櫃の中の花紫を恋ゆるよ
櫃の中なる芭蕉の紋の帷子
迷うた花紫の色には
着せいで糸搓り掛けの帷子
（晩歌一番・七九番）

中世における商人の姿がこうしてしだいにはっきりと見えてくる。もちろん、これは早乙女達（村の女達）と行商の居る風景であるが、ここにも「商人を恋ゆるか千駄櫃を恋ゆるか」とうたっている。商人の恋が、この『田植草紙』の連鎖によってもわかる。かつて書いた『田植草紙歌謡全考注』*および、真鍋「『田植草紙』の世界*（早乙女と商人）」*を参照していただきたい。「商人を恋ゆるか千駄櫃を恋ゆるか」という科白は、商人の実体をよく伝え得ている。「我御料思へば」の背景に、そうした出逢いがある。77番・78番も、中世の各地を旅して歩いた、特に商人達の居る風景のなかで、捉えておくのがよい。

〔三十九〕 思う小歌

85・小　思ひ出《だ》すとは　忘るゝか　思《おも》ひ出《だ》さずや　忘れねば

【口語訳】
思い出すとは、結局それまで忘れていたということ。本当に思っていていてくれたのなら、思い出すなんていうことはないはずよ。ずっと忘れたりしていないのだから。

【考説】　類型化した〝思ふ小歌〟の群。以下のように伝承した。閑吟集がもっともはやい事例であろう。

ほぼ同型の例で、次に掲げる。

①思ひ出すとは忘るゝか　思ひ出さずや　忘れねば　（隆達節）

②おもひだすとはわするゝか　おもひださずやわすれねば　（天正狂言本・ぢうや帰り）

この型は、近世歌謡にも多い。

③おもひだすとはわするゝ故よ　おもひださぬよわすれねば　（異本『洞房語園』巻之下・朗細《弄斎》の章歌）

④思ひ出すとは忘るゝからよ　思ひ出さずや忘れずや　（延享五年小哥しやうが集）

⑤思ひ出せとは忘るゝからよ　思ひ出さずに忘れまひ　（山家鳥虫歌・大隅・三七九）

⑥思ひ出すとは忘るゝからに　おもひ出すまい忘れまい　（諺苑・臼引歌）

⑦思ひわすれはおもはぬからに思ひ出さずにわすれずに　（越志風俗部）

⑧思い出すよじゃほれよが浅い　思い出さずに忘れずに　（島根県柿木村・雑謡・『柿木村の民俗』）

⑨思い出すのは忘るるからよ思ひ出さずに忘れずに　（島根県石見弥栄村・草取唄・牛尾三千夫・『美しい村』）

⑩思い出すよじゃほれよが足らぬ　思い出さずに忘れずに　忘れずに　（秋田県・たんと節・『民謡の里』）

⑪思い出すよじゃほれよがうすい　思い出さずに忘れずに　（長野県諏訪地方・嫁入唄・『諏訪の民謡』）

⑫思い出すよじゃほれよがうすい　思い出さずに忘れずに　（千葉県神崎町・労作歌・『千葉県の民謡緊急調査報告書』）

さて、ここに85番をその代表として選んだ〝思ふ小歌〟が、79番から88番まで、群をなして蒐集されているので、次に本文と口語訳、考説を極力簡潔に、掲げておきたい。小歌の抒情として、「思ふ」は避けることができないことば。〝思ふ小歌〟がこれだけ蒐集されてあることも、編纂の意図・抒情歌謡集作成にかかわることである。『閑吟集』の抒情と、当時の人々の、歴史文献には見えない恋情の襞は、これをもって知ることができる。日本文化は、案外こういう「思ふ」の積み重ねに落ち着き、澱みを広げていったのかもしれない。

79•小　思ひ初《そ》めずは紫《むらさき》の　濃《こ》くも薄《うす》くも物は思《おも》はじ

80•小　思《おも》へかし　いかに思《おも》はれむ　思《おも》はぬをだにも　思《おも》ふ世に

81•小　思ひの種《たね》かや　人の情《なさけ》

82•小　思《おも》ひ切《き》りしに来て見《み》えて　肝《きも》を煎《い》らする　〳〵（肝を…）

83•小　思《おも》ひ切《き》りかねて　欲《ほ》しや〳〵と　月見て廊下《〈らう〉》に立《たゝ》たれた　また成《な》られた

84•小　思《おも》ひやる心《こゝろ》は君《〈きみ〉》に添《そ》ひながら　何の残《〈のこ〉》りて恋《〈こい〉》しかるらん

85•小　思ひ出《だ》すとは　忘るゝか　思《おも》ひ出《だ》さずや　忘れねば

86•小　思《おも》ひ出《だ》さぬ間《ま》なし　忘れてまどろむ夜もなし

87 小・思《おも》へど思《おも》はぬ振《ふ》りをして　しやつとしておりやるこそ　底《そこ》は深《ふか》けれ

88 小・思《おも》へど思《おも》はぬ振《ふ》りをしてなふ《う》　思《おも》ひ痩《や》せに痩《やせ》候《そろ》

【79口語訳】

おまえのことを思い初めていなければ、紫の色のように、濃くも薄くも、このようにものおもいなどしなかったでしょうに。

【79考説】

《思ひ初めずは》　「思い初め」の「初め」に「染め」を掛けて次の「紫の」を引き出す。

《紫の》　紫草で布を染めるので、染め色の「濃くも薄くも」にかかってゆく。

⑬紫の色に心はあらねども　深くぞ人を思ひそめつる　（新古今和歌集・巻十一・恋一・延喜御歌）

集成はこれを出典と見る。関係深いと思われるが、小歌の特色は「濃くも薄くも」とするところにある。また次のような例がある。

⑭思ひそむる心のそこのくれなゐや　また一しほのいはぬ色なる　（実隆・雪玉集・初恋）

⑮あら面白のうき世かな　濃くも薄くも紫の　思ひ染めずやさるにても　ゐいかなわぬうき世　なまなかに　（御船唄留・中・恋くどき）

後者はこの小歌を受けているとしてよい。

⑯紫の色に心はあらねども　深くぞ人を思ひそめ　かひもなぎさに我袖絞る　（松の葉・巻一・春日野）

⑰紫の色に心はあらねども〳〵　深くやあ人を　はやあ思ひ初めつるか　（落葉集・巻一・春霞踊）

早歌では「紫」「思ひ初むる」は次のようにうたわれる。

⑱紫の上なきながらひの睦《むつ》まじく　ゆかりの色を思ひそめにし始より

「濃くも薄くも」　　（別紙追加曲・源氏紫明両栄花）

、と小歌の言葉を加える。つまりこれを見ると、この79番が、早歌から出た小歌80番を導いているようにとれる。

79番から88番へ、〝思ふの小歌〞が群をなす。『閑吟集』の文芸性やその文化を、この連鎖を代表として受けとめてもよい。なお、古くは神楽歌「総角」（大系『古代歌謡集』）がある。

⑲（本）総角《あげまき》を　早稲田《わさだ》に遣りて　や　そを思《も》ふと　そを思ふと　そを思ふと　そを思ふと

（末）そを思ふと　何もせずして　や　春日すら　春日すら　春日すら　春日すら　春日すら

【80口語訳】

思いそめたのなら、ひたすらに思い続けてごらんなさい。やがて通じて、相手もどんなにか思ってくれることでしょう。思ってくれていない人でさえ、まこと恋しく思うようになるこの恋の世だからねえ。

【80考説】　早歌の断片。肩書「早」とすべし。ただし、当時小歌としてうたわれていたものを、早歌が受け入れ、この作品の中に用いたのかもしれない。

⑳夫婦《ふうふ》は語らひこまやかに　らんじやの匂《にほひ》なつかしく　げに其名さへ睦き　妹背《いもせ》の山の中に落《おつる》　よしや吉野の河波《かはなみ》の　立《たち》へだつるもつらき瀬に　袖ひたすらにぬるとても　哀れをかくる身とならば　思へかし　いかに思はれん

思はぬをだにも思ふ世に……　　（真曲抄・対揚）

対応するもの、一対となるものを掲げる。早歌「対揚」という曲は、本来、仏教儀式でうたわれることが多かったようであるが（外村南都子『早歌の創造と展開』）、そこでは比較的整然と、陰陽、天地、日月からはじめて、対応が列挙されている。この小歌化している部分の前後わずかなところだけが、愛情・恋情（夫婦、妹背）にかかわるところ。80番として抜き出されたところは、全体から見てわずかな部分ではあるが、しかし、相手を思う恋歌として、不特定多数の民衆の心にふれるまとまりをもった部分であって、早歌の曲中に芽生えつつある、あるいは一旦は早歌の中に取り入れられて定着した、中世小歌的なものをとらえてよいのではないかと思われる。あるいはこの「対揚」が創作された頃における小歌あるいは小歌に近い一定の抒情的なウタの文句が、早歌「対揚」の中に取り入れられた可能性も消してしまえない。早歌「対揚」全体の中では、この部分は抒情的表現として特別な雰囲気がある。「対揚」については乾克己『宴曲の研究』（三二九頁以下）をも参照することができる。

㉑鳥の子を十づつ十はかさぬとも　思はぬ人を思ふものかは　（伊勢物語・五十段）

㉒思うたを思うたが　思うたかの　思はぬを思うたが　思うたよの　（宗安小歌集・一三七）

【81口語訳】

かえって物おもひの原因になっています。人の情というものは。

【81考説】

《思ひの種》　仮名草子『竹斎』に次のような段があって、この系統が出ている。中世小歌の江戸初期における一つの事例である。遊女遊君が集まって三味線・胡弓・綾竹を調べているところへ、石村検校が来て、歌の調子を上げてうたった歌「情は今の思ひの種よ　辛きは後の深情よ」「雨の降る夜に誰が濡れて来その　誰そとおしやるはよそ心」、肴盃を取り出し「度〱申して恥かしけれど又ざざんざ」などと歌う所もある。「思ひ」の小歌が「情」の小歌と深く関わるものであるという具体的な一首。118番などの「情の小歌群」とともに把握すべし。あの方の恋情がかえって悩みの原因になるというのであろう。

【82口語訳】
さっぱりと思いを断ち切っていたのに、それなのにまた来て見えて、気をもませて、ああ気をもませるお方。

【82考説】
《思ひ切りしに》　女の歌。男の歌とする説もある。
『宗安小歌集』には次の二首がある。
㉓思ひ切りしにまた見えて　肝を煎らする　肝を煎らする　（六五）
㉔思ひ切りしにまた見てよの　なかなか辛きは人の面影　（三六）
後者は「また見てよの」「人の面影」とあるので、恋人への執心断ち難く面影が目のあたりにちらついてくるのである。『宗安小歌集』に、
㉕嫌《いや》と思へどまた見れば　思ひ切りしが　いつはりとなる　（一〇七）
もある。これもかつて逢った人への、女の未練な心の動きをうたう。
隆達節の「思ひ切る」小歌として次の例がある。
㉖思ひ切りたる雨の夜に　夢かや君の訪れは
次の、近世歌謡における伝承も見渡すと、「思ひ切る」が歌謡史における型となっていることがわかる。この小歌がそうした系統の中世の事例。
㉗思ひ切らしやれもふ泣かしやんな　様の恋路は薄ござる　（山家鳥虫歌・志摩・一三五）
㉘招けど磯へ寄らばこそ　思ひ切れとの風が吹く　（同・山城・一八）
㉙思ひ切れ切れ切るなら今よ　今が思ひの切りどきよ
（愛媛県・大三島の民謡・『日本庶民生活史料集成』・二十四巻・民謡童謡）

㉚思切れとは死ねとの事よおもひ切らりよか咲く花が　（同）

《肝を煎らする》　気をもませ、やきもきさせること。『日葡辞書』では「Qimo　キモ。Qimo uo iru　肝を煎る。ある物事にいそしんで世話をする」とある。

【83口語訳】

思いきることができなくて、あゝ欲しい欲しいと星のようにきらめくあの方を慕って、月をながめて廊下に立たれた、またおこしになられたわ。

【83考説】　図書寮本・彰考館本ともに肩書「廊」。底本「小」。「廊」は歌詞中の「廊下」からの影響か。あるいは仮名序の「あるは早歌、あるは僧侶佳句を吟ずる廊下の声、田楽、近江、大和節になり行く数〳〵を……」の「廊下」の「廊」と関係あるかという説がある。どちらかであろうが、はっきりしない。吟詩句ではない。底本の「小」の肩書が正しい。

　或る方の局へ、身分のある貴公子が訪れてきたのを、物かげから見ている人（女房達）がささやいた言葉。以前にもお成りがあった。「立たれた」「成られた」は、一人の人物の行為を二つの言い方で表現した。

《欲しや〳〵》　彰考館本「ぼしやぼしや」とする。「ぼしやぼしや」なら、その立たれた方の姿態を言うのであろう。

㉛七つに成る子が　幼気《いたいけ》な事言《ゆ》た　殿が欲しと諷うた　（鷺流享保保教本狂言・小舞・七つに成る子）

㉜げにや継信　此の世にて　ほしゝ〳〵（欲しゝ欲しゝ）と思ひし念や通じけん　馬は北のものなれば　北風にいばいて　白泡嚙うで　つひに空しく成りにけり　（内閣文庫本・伝幸若小八郎本・幸若・屋島）

《成られた》　貴人がおいでになられたのでこう言った。彰考館本「ながれた」。「……花もさかりにおもしろきをつくづくとながめゐたり。御所にもなりで、御らんぜさせおはします」（弁内侍日記・唐橋の大納言の条）。「へちでんになかはしへならします。御さか月九こんまいる。くほたにうたはせらるゝ」（お湯殿の上の日記・享禄二年〈一五二九〉十二月十二日)。「すけとの〵御ひし〳〵御なり申されて、宮の御かた、ふみ殿もなる」(お湯殿の上の日記・天文六年〈一五三七〉二月十九日)。

【84口語訳】
思いやる心は、いつもあなたに付き添っているはずなのに、何が私に残っているせいで、このように恋しくてしかたがないのでしょう。

【84考説】
《思ひやる心は君に》
㉝思ひやる心はつねに通へども　相坂の関越えずもあるかな　(後撰和歌集・巻九・恋一・題知らず・三統公忠)
㉞オモヒヤルコヽロハツネニカヨフトモ　シラズヤキミガコトヅテモナキ　(明恵上人歌集・武蔵守泰時・消息ヲオクラルヽツイデニ)
　次のような和歌の表現も影響しているのであろう。
㉟いかなればたちもはなれぬ面影の　身に添ひながら恋しかるらん　(新拾遺和歌集・巻十四・恋四・寿暁法師)
㊱恋しさはつらさにかへてやみにしを　なにの残りてかくは悲しき　(続後撰和歌集・巻十四・恋四・弁乳母)

【86口語訳】
あなたのことを思い出さない時はありません。忘れてうとうとと眠る夜もありません。

【86考説】　〝思ふ小歌〟群の代表として掲げた85と、この86は、対にしてならべたのかもしれない。
《まどろむ》「Madoromi, u, ōda　まどろみ、まどろむ、まどろうだ。浅くとろとろと眠る」(日葡辞書)。「真眠《マドロム》」(饅頭屋本節用集)。「まどろまば夢にも見るべきに　現《うつゝ》なや恋には目も合はぬものか」(隆達節)。
㊲花子 おもひださぬ日なし　わすれてまどと（ママ）む夜もなし　殿 おもひだすとはわするゝか　おもひださずやわすれね

ば　（天正本狂言・ぢうや帰り）

つまり右掲「ぢうや帰り」には、85番・86番が並んで一つになっている。研究大成も言うように唱和的な形と見ておいてよかろう。

㊳おもひだす日なし　わすれてまどろむ夜半もなし　（隆達節・草歌）

この隆達節は、『閑吟集』でゆくと85番の小歌と対にしてこそ、おもしろい。

【87口語訳】

恋しく思っていても、表面にそれを出すことなく、さわやかにしやんとしている人こそ、その愛は深いものなのです。

【87考説】　男女両方に適用する、生き方や人物の理想をうたう。大岡信『美しい日本の詩』（平成二年、岩波書店）では、女から見た、よい男性像とする。

《しやつとして》　この言葉の説明はむつかしい。「我が思ふ人の心は淀川や　しやんとして淀川や　底の深さよ」（宗安小歌集・一三六）又「しやむとして唐崎や　松のつれなさ」（同・一六二）の「しやんとして」がもちろん近い。但し、その両歌謡の年代的隔たりも少しく注意して、微妙なニュアンスの相違もあるように思われる。「しやつとして」に、大人の生き方や恋の理想が見える。「すます」「つんととりすます」などの訳はよくない。「極めて特殊な感情を捉えたもの」（研究大成）とも言えない。

思いを胸の奥にしっかりとあたためて、しかもそれを必要以上に言動にあらわさず、さわやかにふるまうことであろう。この「しやつとした心」は、中世小歌を生み、そして支えてきた心の軸であり、しかも、その文芸としての表現全体に象徴されているもので、おそらくは非常に重要な〝日本精神文化〟の一面をにおわせていると思われる。

《おりやる》「行く」「来《く》」の尊敬語と言われている。「Voriari, ru, atta.　おりやり、る、った」（日葡辞書）。


【88口語訳】

思《おも》えど思《おも》わぬ振《ふ》りをして、こんなに思い痩せをしてしまいました。


【88考説】「恋やせ」（毛吹草・誹諧恋の詞）。

87「思へど思はぬ振りをして」しゃっとした人であることを望む。

88「思へど思はぬ振りをして」きたので、こんなに痩せました。

この二つは連作、あるいはどちらかが替歌。

㊴思へども賤の身なれば色には出さぬ　あただ心を尽くすよの　（隆達節）
㊵思へど思はぬ振り見せて　すき間に見る目のいとしさよや君　（隆達節）

こうした状態を過ごしてきて、やがて本歌の如き「痩せる」という結果を生むことになる。恋を胸に秘める習わし。

近世における、恋痩せの俗謡は、次の如き有名な一系がある。

㊶なんぼ恋には身が細る　ふたえの帯が三重廻る　（天理図書館蔵・おどり・ふしみをとり・ややこ）
㊷ヱイサヱイサノ　重い恋には身が細る　ふた重こたまが三重廻る　（踊唱歌・播磨踊）
㊸こなた思ふたらこれほど痩せた　二重廻りが三重廻る　（山家鳥虫歌・河内・七二）

この類歌と伝承の様相は、『中世近世歌謡の研究*』第二部・第二章・（五）、『中世の歌謡―閑吟集の世界―*』所収、第十九「湊河が細り候ようなう―中世期海辺の風景(3)」参照。

中世期における〝思ふ小歌〟は十首集積されて、ほぼこれで完成した。ここに、中世期の恋の思いの諸相をうたう小歌の、全容を蒐集し得たと言ってよかろう。この中には、編者あるいはその近辺の人々によって創作された小歌も、なきにしもあらずであるが、ともかくこれだけ蒐集されたのは歌謡史上特筆すべき事である。「思ふ」を詳細に分析して、まじめに向き合い把握しようとすると、とても厄介ではあるが、〝思ふ小歌〟群が、ほぼ全部、まずは、ここに提示されたのである。この時代に生きた人々の抒情「思ふ」が、揺れ動きながらも一つの立方体として、いま平成時代のわれわれの前に現われているのである。

〔四十〕　寒竈に煙絶えて

89・大　げにや寒竈《かんさう》に煙《けぶり》絶《た》えて　春の日のいとゞ暮《く》らしがたふ《う》　幽室《いうしつ》に灯《ともしび》消《き》えて　秋の夜《よ》なを《ほ》長《なが》し　家《いゑ》貧《ひん》にしては信智《しんち》少《すく》なく　身賤《いや》しうしては故人《こじん》疎《うと》し　親《した》しきだにも疎《うと》くならば　余所人《よそ》はいかで訪《と》ふべき　さなきだに狭《せば》き世に　〈さなき…〉隠《かく》れ住《す》む身の山深《ふか》み　さらば心のありもせで　なを《ほ》道狭《せば》き埋草《むもれぐさ》　露《つゆ》いつまでの身ならまし　〈露…〉

【口語訳】

ほんとうに暮らしは貧しく、竈には煙も絶えはてたので、日ながの春の一日を過ごすのも容易ではなく、秋はまた秋で、灯もないので夜長の秋の夜がいっそう身に染みて長く感じられます。よく言うことですが、家が貧しいと、親知の人は少なくなってゆき、暮らしが悪くなって行くと、昔からの知人までが遠のいてゆくのだと。親しくした人々でさえ遠退いてゆくのですから、他人がわざわざ訪れてくれるようなことはありません。それでなくてさえ、狭く住みづらい世の中を、ましてこのように山中に隠れ住んでいましては、心も消え消えとして道を狭くする道端の埋草《うもれぐさ》の上に置いた露のようにはかないこの命を、いつまでたもつことができましょうや。さていつまでたもつことができましょうや。

【考説】 寒竈・幽室・家貧・信智少・身賤。これらをしっかり認めて受け入れ、堪えている。

《寒竈》 「寒」はまずしい意。まずしい家のかまど。「寒家」「寒門」などとおなじ用法。

《家貧にして……》 『本朝文粋』の詩句から取っている。

　秋夜感懐敬献左親衛藤員外将軍

夜深雲翳尽。秋月懸清虚。金波浮戸牖。銀漢映二溝渠。影漏疎梧桐。色照衰芙蕖。愁人冷不睡。中夜起躊躇。躊躇明月下。明月独照余。顧影歩庭院。踏輝立階除。清光満懐袖。白露霑衣裾。対月仰惆悵。惆悵意何如。吾是北堂士。十歳始読書。読書業未成。于茲三十余。遅遅空手帰。帰去臥吾廬。家貧親知少。身賤故人疎。唯有長安月。夜夜訪閑居。

（本朝文粋・巻第一・雑詩・国史大系）

家貧にしては親知少く、賤き身には古人疎し

（譬喩尽・第一巻）

出典　謡曲『雲雀山』。雲雀山の庵。今日も中将姫の侍従が里へ草花を売りに行こうとしているところ。

（子方サシ）げにや寒窓に煙絶えて　春の日いとど暮らし難う　シテ弊室に灯火《ともしび》消えて　秋の夜なほ長し　家貧にしては親知《しんち》少なく　賤しき身には故人疎し　親しきだにも疎くなれば　地よそ人はいかで訪ふべき　上歌さなきだにせばき世に　さなきだにせばき世に　隠れ住む身の山深み　さらば心のありもせで　ただ路せばき埋れ草

露いつまでの身ならまし　（謡曲三百五十番集）

清貧と孤独の中に暮らし続ける中将姫とその乳母侍従の、やりきれない心情・状況を、透明感をもってうたっている。前歌88番の「思ひ痩せに痩候」を受けて、このわびしい雲雀山の暮らしの描写に続けようとした。文人達のあるいは武士達の酒宴の座の歌謡として持ち出されたものであろう。あるいは底唱する独り歌でもあろうか。謡曲『横山』の文中にも「次第次第に衰えて、今は寒窓に煙絶えて春の日いとゞ暮らし難う、永日に灯火消えては秋の夜なほ長し……」（同前・番外謡曲五十一番）と語る。

〔四十一〕　扇の陰の目線

90・小　扇《あふぎ》の陰《かげ》で目をとろめかす　主《ぬし》ある俺《をれ》を　何とかしよ《せ》うか　しよ《せ》うか〳〵しよ《せ》う

【口語訳】

扇の蔭からとろりとした目でこちらを見ているよ。主のあるわたしを、何とかしようと思っているのね。なんとかしようという魂胆なのね。

【考説】　都の生活風俗の断面を描く。

《目をとろめかす》

好きだという意を込めた目つき。色目を使うこと。参考「目でしむる」（天理図書館蔵・おどり・乱拍子）。

①とろりとろりとしむる目の　笠のうちよりしむりや　腰が細くなり候　（松の葉・巻一・本手・琉球組）

《主》夫または恋人・情夫。
《俺》女の第一人称。

扇ごしに見る、または扇骨の間からのぞく。物を見る一つのスタイル。たとえば次の図絵の中に（時代は下るが）その場面が見てとれる。

(1)『東山遊楽図』（慶長末カ）部分（神戸市主催で行われた展覧会解説本『桃山時代の祭礼と遊楽』参考）、扇を使う男二人あり。二人とも女をじっと見ている。

(2)『阿国歌舞伎図』（慶長末カ）、京都国立博物館蔵（同）
・舞台を見ているのだが、美しい阿国を見ている男。
・かぶき芸能の上演図の横、男女一組、男、扇使用。松の下から一人の女、扇を使う男を見る。
・阿国のまなざし。

(3)『豊国祭礼図』慶長十一年（一六〇六）、祭を見る身分ある女性。

最後の「しようか〳〵しよう」は、囃子詞のように繰り返して、歌の調子とした。

② 峰の若松さがり松　飛びつくばかり思えども　他人《ひと》の妻など眼でしめておきやれ
（鹿児島県種子島・宝満神社・御田祭歌・『タネガシマ民俗誌』）

吉田精一『古典文学概論』所収「一期は夢よ―『閑吟集』」では、次のように述べている。

女の歌である。男は色若衆でもあろうか。「扇で顔をかくしながら、見るように見ぬように、流し目を送って来る。私には夫があるのに、何としようというの」というほどの意味である。この歌をよむと、徳川初期の『花下行楽図』や、『彦根屏風』あたりの絵画を私は思い出すことを禁じ得ない。土佐光起筆の「頭巾を被る若衆」や「舞踊の若衆」の扇をかざす目つきには、女を悩殺せずにはおかぬなまめかしさがある、「御所風髷の女」の立ち姿には、さわらば落ちんふぜいがないではない。

「しようか〳〵しよう」にはだんだんと魅惑され、物狂おしくなって行く過程が認められる。「とろめかす」の一句も適切なら、「しようか〳〵しよう」の俗謡調の畳み重ねもおもしろい。

91・小 誰《た》そよお軽忽《きやうこつ》 主《ぬし》あるを締《し》むるは 食《く》ひつくは よしやじやるゝとも 十七八の習《なら》ひ
よ〳〵（十七八…） そと食《く》ひつゐ《（い）》て給《たま》ふ《（う）》れなう 歯形《はがた》のあれば顕《あら》はるゝ

【口語訳】 だれなの、そそっかしい人。夫のあるわたしを、締めつけて喰いついて。たとえふざけあっているとしても、十七八の若い者によくあることよ。喰いつくとしてもそっと嚙みついてね、歯形がついてしまったなら、あの人にばれちゃうから。

【考説】 お軽忽な同衾の場面を都市庶民の俗語でうたうか。秘すべき場面をバラした。こうした小歌も編者は拾い上げた。室町文化の一端。

《誰そよ》「誰そや此夜中に、鎖《さ》いたる門をたゝくは たゝくともよもあけじ 宵の約束なければ」（淋敷座之慰・琴の歌品々）。

《お軽忽》「Qeŏcotna きょうこつ《軽忽》な。軽率、または不都合な、そして重厚さも円熟さも欠けていること」（日葡辞書）。「軽忽《キヤウコツ》」（枳園本節用集）。「僧都御らんじて　きやうこつや　稚児は何をなき給ふぞと仰《おほせ》ければ　さん候　この御経をよみ候に　親に不孝《ふけう》の子は阿鼻《あび》地獄を出でずと候程に……」（幸若・舞の本・満仲）。「きやうこつや、幾度嘘をつき鐘に、更《ふく》るをきけば苦しきぞます。のき下のみそさざい」（鳥歌合・続群書類従本）。「あの島の先におぢゃればこそお手はかくれ　渡らぬ先にお手をかくるでもなし　あらおいら〱しや　お軽忽やの」（鷺賢通本狂言・節分）。

《をを締むる》「を」は衍字と見るか。集成は「諸本〈ぬしある越《を》を〉。越は我の誤字とみて、主ある我を」と読む。

《よしやじやるゝとも》たとえじゃれあったとしても。ふざけあったとしても。「Iare, uru, eta, ジャレ　ルル　レタ。Zare uru　戯《ざ》れ、るる、と言う方がまさる」（日葡辞書）。

《十七八の習ひよ》若い時の習いよ、の意。若さの最盛期を十七八歳とした。

《歯形》喰い付いたときにできる、歯で噛んだ跡形。

解釈は次の二通りが考えられる。

（1）一首全体を女の歌とする。

（2）（女）誰そよお軽忽　主あるをを締むるは　食ひつくは

（男）よしやじやるゝとも　十七八の習ひよ　〱

（女）そと食ひつゐて給ふれなう　歯形のあれば顕はるゝ

「習ひよ」は『田植草紙』に、「繋う落つるは生ひ端の栗の習ひか」（昼歌・三番・一一一番）の如く六例にも及ぶ。また狂言『田植』で、「若い時のならひよ」とある。「走れや　おそなる　走るは　旅のならいか」（愛媛県・田植歌・『愛媛民謡集』）。「……の習ひよ」は中世近世歌謡表現を知るための心得ておくべき語句。誰なの、といっているが、女の方はわかっている。そそっかしい人と言うが、この言葉も、相手の行為を許す好意的なニュアンスがある。

　こうした大胆な品格のない歌謡は酒盛の場の男達がうたったのであろうか。遊女の歌か。労働の場の歌謡の発想表現でもなさそうである。編者はこのような小歌も捨てなかった。多様な人間を切り開いて見せたのである。

　さて〝十七八〟は中世小歌圏において次のようにいくつか見える。中世歌謡のキーワードであろう。

③十七八ははや川の鮎候《あゆぞろ》よ　寄せて寄せて堰《せ》き寄せて　探《さく》らいなう　お手で探らいなう
（宗安小歌集・一三七。一三八にも）

④十七八は砂山の躑躅《つつじ》　寝入らうとすれば揺り揺り起《お》こさるる　（隆達節）

⑤十七八はふたたび候か　枯れ木に花が咲き候かよの　（『全浙兵制考附日本風土記』所載山歌）

⑥十七八と寝てはなるるは　ただ浮き草の水離れよの　（同）

特にこの⑤⑥の山歌は中世近世を流れる「十七八歌謡」「十七八節」の基盤に置くべき代表的小歌である。詳しくは次の二種の拙稿に述べた。

(一)「中世小歌の伝承——「十七八はふたたび候か……」の場合」（『説話・伝承文学』・10号・平成十四年三月）
(二)「『全浙兵制考附日本風土記』所載山歌の伝承」（説話伝承学会編『説話・伝承の脱領域』平成二十年。「山歌」とは中国の俗謡・民謡である。明代・清代のものが豊富で、日本の小歌圏歌謡との比較研究は、まだこれからである）

風流踊歌では、たとえば次のようにうたう。

⑦十七八ワノ〳〵大池の小鮒ヨ　取ロヨトスリヤアハネマワル
（大阪府泉南郡熊取町大久保・雨乞踊・十七踊・『熊取町の民謡』）

の如く、十七八（または十七、十九）の娘が物に譬えられてうたわれてきた。以下全国的に見て、たとえている主なものを列挙する。

大池の小鮒　　砂山つゝじ　　岩山のつゝじ　　毛わたのはかま　　もめんのはかま
竿にかけた白布　　かげ山紅葉　　小川の霜　　三才駒　　町屋の簾
道のはたの筍　　板屋のあられ　　たいとのわら　　たにかわの椿　　畷の小草

92　浮《う》からかひ《(い)》たよ　よしなの人の心《こゝろ》や

【口語訳】

わたしをうっとりとさせて。いたしかたのないあの方のお心ね。

【考説】　肩書なし。

「うからかす」ということばは、当時一般に用いられたのであろう。「Vcaracaxi su aita　うからかし、うからかす、うからかいた。うっとりと、あるいは、ほうけて心が奪われてしまうように、人を興奮させる」（日葡辞書）。「踊念仏をはじめて　きやつを浮からがいてやらう」（悪太郎・狂言集成）。他の時期のものと対照すると、特色あることばを用いているということになる。

藤田徳太郎は「うからかす」は、「「おびやかされる」云はば、心にショックを受けた意である。男から云ひよれてぎょっとしたのである。……」（雑誌『装塡』、研究大成に引用）と言っているようであるが、本歌では、次の事例も参考として、『日葡辞書』に見えるような意味でよいのではないかと思う。

⑧チンウチシキ（沈打ち敷きカ）　伏籠の煙リ、跡ニ心カ引カサレテ　其面影カ身ニソヒ　ソヽロニウカルルハ　ウツヽカ夢カ　アラ正体ナシヤノ　人ノ心ヲウカラカス

（伊達家治家記録所載踊歌・『続日本歌謡集成　近世編下』）

この92番を独立させるかどうか。92番肩書なし。91番の内に入れて理解してもそれほど矛盾はないようである。す

ると「よしなの人」は、91番の「誰そよ」と言われているその人である。

〔四十二〕 秋の初風　槿の花の上なる露

93・小 人の心の秋《あき》の初風《はつかぜ》　告《つ》げ顔《がほ》の　軒端《のきば》の萩《はぎ》も恨《うら》めし

【口語訳】
あの人の心に、飽きがくるという秋の初風が吹きはじめたようだ。それを告げるかのような、軒端の萩までが、恨めしい。

【考説】　三本とも軒端の「萩」。口語訳ではそのまま「萩」としたが、「荻」の誤写であるとしておくのがよいかもしれない。季節は秋の連鎖。

《人の心》　人は、意中の恋人。

《秋の初風》　秋に「飽き」を掛ける。

歌い手の女は、相手の男―恋人の、自分への愛情がしだいに冷めてきていることがよくわかっている。いまは、二人がながめた軒端の萩（荻）を、一人で恨めしくながめているのである。

《告げ顔の》　告げているかのような。秋風は、軒端の荻を吹く。秋に「飽き」を、軒に「退き」をかける。「荻ト アラバ、秋風、秋とつげる、そよぐ、……軒ば、……」（連珠合璧集）。

◇秋の初風が吹く

91番の享楽の行為を、92番の「うからかす」情念を、ともに退けて、『閑吟集』全体のうねり（構成）は、ここから秋の部に入る。そして荻・槿・秋の虫、月などの、長い連鎖が用意されてゆく。恋の終わりを告げるかのように、90番から92番への猥雑謡・俗謡から、次は軒端の荻に吹く秋の初風という、雅の静けさへ、歌謡連鎖のおもしろさを示し得ているのである。92番の「よしなの人の心」を受けており、「人の心」の連鎖では92番と区切りはない。

①春もくれ夏も過ぎぬるいつはりの　うきは身にしむ秋のはつかぜ（兼好法師歌集）

あからさまな、俗な座興歌謡の流れを「人の心」で一旦は受けておいて、すぐさまそれらを、蹴散らかして、軒端の荻に吹く秋風の小歌が用意された。

ここから『閑吟集』の雅の秋が展開する。編者は、次に同趣の94番を添える。

94・早　そよともすれば下荻の　末越《すゑこ》す風をやかこつらん

【口語訳】
そよと吹くたびに、ひょっとしてあの人の訪れかと私に思わせたりして。荻の葉末を吹く風には、恨みを言いたくなるものです。

【考説】　荻吹く風。『閑吟集』の小歌における淡彩の雅。

出典。『宴曲集』巻三「龍田川恋」。

後をば知らず頼めつる　今夜ばかりや新枕　交しもあへぬ睦言《むつごと》の　名残は未だつきなくに　後夜まさに明けな

んとす　しきりに鳥も音にたてて　つらき別れは有明の　月こそ袖に曇りけれ　又夕暮と契《ちぎ》れども　憂き習《ならはし》の言の葉は　懸けてもいさや憑《たの》まねば　待つとしもなき音信《おとづれ》の、そよともすれば下荻の　末越す風をやかこつらむ　見しや夢ありしやうつつ面影の忘れずながら遠ざかる……

この「そよともすれば下荻の」以下を抽出。ここはすでに、

②折れ返りおきふしわかる下荻の　末こす風を人のとへかし　〈狭衣物語・三。狭衣が、女二の宮に宛てた和歌〉

を踏まえていると言われているが、外村南都子『早歌の創造と展開』所収「第八章　冷泉為相の早歌について―「龍田河の恋」の位置―」には〈この早歌の作者は冷泉為相〈武衛、一二六三～一三二八〉である〉、右『狭衣物語』に加えて、『菟玖波集』の宝治元年（一二四七）八月十五日夜、仙洞での連歌の、

③山里は人の便りぞなかりけり
そよともすれば荻の上風

さらぬだに寝覚かちなる秋の夜に

が参考として呈示されている。なお〈荻の葉〉は次のようにもうたわれる。

④待てども〳〵君は来で　小夜も半ばに過ぎにけり
荻のはそよめく風の音は　来ぬ人よりも恨めしや　〈唯心房集・今様〉

95・田〈ゆめ〉夢の戯《たはぶ》れいたづらに　松風に知《し》らせじ　槿〈あさがほ〉は日にしほれ　野草〈のぐさ〉の露〈つゆ〉は風に消《き》え　かゝるはかなき夢の世を　現《うつゝ》と住《す》むぞ迷《まよ》ひなる

【口語訳】
夢のようにはかないこの世の戯れごとは、松風に知らせないでおこう。槿の花は朝日にしおれ、野の草の露は風に散って消えるように、このはかない夢の世を、現実と思って暮らすことこそ迷いである。

【考説】 槿、野草の露。はかない夢の世。

《夢の戯れ》 現実を生きることを夢の戯れとした。

⑤それ草の露水の泡　はかなき心のたぐひにも、あはれを知るは習ひなるに……（謡曲・朝長）

《槿》 槿《あさがほ》は、もと「木槿（むくげ）」のことであるとか、「桔梗（ききょう）」のことであるとか諸説あり。今の朝顔は平安朝に中国から渡来。一応、朝顔と見ておく。はかない露の命の花。「朝顔《アサカホ》、牽牛《同》、槿花《同》」（易林本節用集）。「槿トアラバ、日影まつ間……」（連珠合璧集）。「松樹千年終《つひ》にこれ朽《く》ちぬ　槿花一日おのづから栄をなす　白」（和漢朗詠集・巻下・槿）。「Asagáuo　アサガオ　朝顔。太陽の出るまで咲いている、青い花の風鈴草」（日葡辞書）。

出典不明。「はかなき夢の世」の無常諦観でうたう一曲なのであろう。

96番を含めて一首としてまとまっていると、見ることもできる。前後のストーリーが不明なので出典の田楽曲からのカットの手法はわからない。52番では「笹の葉に置く露の間に」。

96 小・たゞ人は情《なさけ》あれ　槿《あさがほ》の花《はな》の上なる露の世に

【口語訳】
人は、ただ情が第一です。槿の花に置いた露のようにはかないこの世では。

【考説】 はかないこの世に、人はただ情。この句たとえば、

《たゞ人は情あれ》114番にも。

⑥たゞ人は情あれ　情は人のためならず（幸若舞曲・山中常磐・最終段落）

⑦唯人は情あれ　情は人の為になし　終には我身にむくうと……（幸若舞曲・信田・最終段落）

とある。ともに幸若舞曲の締め括りの言葉であり、物語のテーマにかかわる。一般的な慣用句。戦乱の世の成句。後世、右でいう「情は人の為ならず」の方が流布。『諺苑』（春風館本）では「情ハ人ノ為《タメ》ナラズ、沙石集・北條五代記」。『世話尽』では「情は人の為ならず　身に廻る」。

『閑吟集』96番は、その後半をうたっていない。つまり96番は、「情は人の為ではない、結局自分にそれだけのものが廻りまわって帰ってくる」という教訓性の強い面はうたわない。「たゞ人は情あれ」にとどまる。「動乱期のうその世に処して生きぬく、人間の切実な要求がいまだにふくまれていた」（和泉恒二郎『日本人の心情』・昭和五十四年・教育出版センター）とも。

《槿の花の上なる露》　槿と露を重ねて世のはかなさを強調。

「いかにいはんや　槿花一日の栄も　露の間のみ保ちかたし」（幸若舞曲・満仲・最終段落）。「夢とてもよしや思ひしれ　槿花露命のかりの世なり」（謡曲・雪鬼）。「槿花露命の身をもちながら　おきやれ其方の自慢顔」（延享五年小哥しやうが集）。「槿花一日栄」（諺苑・春風館本）。

⑧あさがほの露のままをだにちぎらばや　まつに千とせをふる思ひかな（大永七年〈一五二七〉・遠忠詠草・待空恋）

「情（なさけ）」が中世以来の流行歌謡のテーマである。この96番も情を直接うたっており、その代表的な事例としてよい。武家文化の色濃い幸若舞曲作品に流れている情と、この小歌群の情の関連性にも注目すべし。両者に〝武

士の情〟を意識しておいてよい。次の引用は、情をうたう近世歌謡の名作。
⑨鮎は瀬につく鳥は木にとまる　人は情の下に住む　（山家鳥虫歌・越中・二三〇。落葉集・巻四・こんぎやら踊）

〔四十三〕　虫の声で、戸外の秋風を知る

97・小　秋の夕《〈ゆふべ〉》の虫《〈むし〉》の声《こゑ》〴〵　風うち吹《ふ》ひ《（い）》たやらで　淋《さび》しやなふ《（う）》

【口語訳】秋の夕暮れの虫の声々が、ふと乱れてかすかになりました。風が吹いたような気配です。さびしいね。

【考説】　秋風の神秘。野を風が通って行く。

《やらで》「やうで」と、読もうと思えば読める。

この歌い手は、室内に居て、庭にすだく虫の音を聞いている。ふと虫の音が乱れて幽かになった。風に対しては、「吹ひたやらで」とはあるが、それは判然としなかったのではなく、風の気配は心に深く受けとめられた上での表現（きっと風が吹いたのでしょう）であるとしてよい。人を思って、その人の訪れを待っている。『閑吟集』佳作の一つ。〝風の歌謡史〟の一ページを飾るものであろう。

風流踊歌圏においても、風への微妙な感覚が見えるが、ここには早歌「風」（究百集）の一部分を引いておきたい。

①風の品々に所によりて興あるは、嵐谷風山下《やまおろし》　山下木の下葉分の風　松吹風のつれなきは　たのめて問はぬ夕暮

葛の裏風恨《うらみ》わび　身にしむ秋の初風　風の便《たより》風の伝《つて》　風のやどりを誰かしらん

98・大《を》尾花の霜夜《しもよ》は寒《さむ》からで　名残顔《なごりがほ》なる秋《あき》の夜の　虫の音《ね》もうらめしや　手枕《たまくら》の月ぞ傾《かたぶ》く

【口語訳】

尾花に霜の置く夜は、かえって寒くはなく、この秋の夜を名残惜しげに鳴く虫の音もうらめしい。手枕でながめる月もはや西空に傾きました。

【考説】　小歌。肩書「大」とあるが、例えば天正本狂言には『若菜』で、

②尾花の霜夜はさむからで　名残かほなる秋の夜の　虫の音もいとしげし　夢ばしさまし給ふな

の小歌がうたわれているところからも、「大」は誤りであろう。

もし「大」のままでよいのなら、或るストーリーを背負っている。「前シテ退場の際の」歌詞かとも。男女の手枕と見ることもできるが（集成）、「虫の音もうらめしや」などの表現からして、わびしい孤閨の我が手枕を言うと解する。

③あちき花の下に　君としつとと手枕入れて　月を眺みような　思ひはあらじ　（宗安小歌集・九六）

の手枕とは対照的としてよいと思われる。

93番～101番と、風・露・月がこれらの配列の中に重ねられながら移ってゆくが、特にここからは「月」の連鎖がはじまる。微妙に動きのある世界があって、そこにも刹那を生きる人々の吐息が感ぜられる。『閑吟集』における作品編集技巧のおもしろい連鎖を認めるべきところ。

99・大 風破窓《はさう》を簸《ひ》て灯《ともしび》消《きへ》やすく　月疎屋《そおく》を穿《うが》ちて夢《ゆめ》成《な》りがたし　秋の夜すがら所がら　物すさまじき山陰《かげ》に　住《す》むとも誰か白《しら》露の　旧《ふ》り行《ゆく》末《すゑ》ぞあはれなる　哀《あはれ》馴《な》るゝも山賤《がつ》の　友こそ岩木《いわき》なりけれ　見ぬ色の深《ふか》きや法《のり》の花心　〈（深きや…）　染《そ》めずはいかゞいたづらに　其《その》唐《から》衣《ぎぬ》の錦《にしき》にも　衣《ころも》の玉《たま》はよも繋《か》けじ　草の袂も露涙　移《うつ》るも過《すぐ》る年月は　めぐりめぐれど泡《うた》沫《かた》の　あはれ昔《むかし》の秋もなし

100・大 惜《お》しまじな　月も仮寝《かりね》の露の宿《やど》　〈（月も…）　軒《のき》も垣穂《かきほ》も古寺《ふるでら》の　愁《うれ》へは崖寺《がいじ》の古《ふる》に破《やぶ》れ　神《たましひ》は山行《さんかう》の深《ふか》きに傷《いた》ましむ　月の影も凄《すさ》まじや　誰《たれ》か言《い》つし　蘭省《らんしやう》の花の時　錦帳《きんちやう》の下《もと》とは　廬山《ろさん》の雨の夜　草庵《さうあん》の中《うち》ぞ思《おも》はるゝ

【99口語訳】

風は破れた窓を煽るので、灯火は消えがち。月光があばら家に差し込むので、ゆっくり眠ることもできない。と詩にあるような秋の夜。このようなもの凄まじい山陰に、私が住んでいることは誰一人として知る人もなく、年老いたその行末は哀れなものです。哀れだと嘆いたとて、こうした賤しい山家住まいの身には、友といえば岩や木だけ。容易に出くわすことができない深い法華経の教えに心をそめないで、いたずらに月日を過ごしていたならば、いくら錦の夜の衣を着る富貴な者でも、仏縁を結ぶことはできない。ましてやこうした貧しい身は、いつも涙して悲しい年月を、うたかたのようにはかなくめぐりゆくばかりで、悲しいかなもう昔のような秋にめぐりあうことはできません。

【99考説】 出典は謡曲『芭蕉』。芭蕉精霊の出現。

《風破窓を簸て灯消やすく　月疎屋を穿ちて夢成りがたし》『全唐詩』・巻六百九十二・杜荀鶴・七言律詩「旅中臥病」の第三・四句として確認できる。『百聯抄解』第十五（百聯抄に諺文の注を加えたもの）にも杜荀鶴作、

　風射破窓灯易滅、月穿疎屋夢難成

とある（杜荀鶴は、八六四〜九〇七年頃。晩唐の詩人。九华山人とも）。金麟厚の『百聯抄解』注釈本（二〇〇八年・ハングル）でも、杜荀鶴「唐風集」（七言律詩）所収〈旅中臥病〉の三、四句目であることがわかる。

《簸て》「ひる」は屑を除くこと。つまり、煽ること。「簸物《ヒル》」（饅頭屋本節用集）。「簸米《ヒル》」（天文十七年本・運歩色葉集）。「うすではたかれ　箕で簸られ」（狂言・呂蓮）。

《法の花心》「開くる法の華心　菩提の種となり」（謡曲・砧）。

出典は右にも述べたように、謡曲・金春禅竹作『芭蕉』。楚の小水《しょうすい》のほとりで、法華経を読誦する僧のもとに現われた女（シテ　実は芭蕉の精霊）がうたう部分。

謡曲『芭蕉』を出典とする肩書「大」（おおうた）の小歌は、

　99番前シテ登場　100番前シテ、芭蕉の女が宿を所望する　253番前シテ退場

である。『閑吟集』で、三つの部分が小歌として切り取られている謡曲は、この作品のみ。

この三つの大歌の配置は、『芭蕉』ストーリー進行に沿っている。そしてここも、芭蕉の「精霊」が出現して、次のように言う。『閑吟集』編者の好む、人間ならざるもの（精霊・妖怪）の出現場面である。

シテ次第「芭蕉に落ちて松の声、〳〵。あだにや風の破るらん。サシ「風破窓《はそう》を射《い》て灯《ともしび》きえ易く、月疎屋《そおく》を穿ち

て夢なり難き、秋の夜すがら処から、物冷ましき山陰に、住むとも誰か白露の、旧り行く末ぞ哀なる。歌「あはれ馴《な》るゝも山賤《やまがつ》の、友こそ岩木なりけれ。見ぬ色の、深きや法《のり》の花心《はなごゝろ》、〱、染めずはいかゞ徒に、其唐衣《からぎぬ》の錦にも、衣《ころも》の珠《たま》はよも掛けじ。草の袂も露涙、移るも過ぐる年月は、廻《めぐ》り廻れどうたかたの、あはれ昔の秋もなし、〱。

（校註謡曲叢書）

樹木精霊の科白であるが、次歌とともに、まず無常の世の老人のなげきとして受け取ってよい。すでに述べてきた風流性をともなった「老人の歌」の一つ。特に後半の「移るも過る年月は　めぐりめぐれど泡沫の　あはれ昔の秋もなし」が決定的な文句。酒盛の場における「昔恋しや」の情動をよく示している。そこを確認しておく必要がある。一つの酒宴の場の歌謡構成の上で必要欠くべからざる歌群の発想の一つである。そういう歌謡が『閑吟集』では、歌謡文芸作品の中の「月をうたう連鎖」の一つとして組み込まれている。

【100口語訳】

惜しんだりなさいますな。露ですらあのように月のために仮寝の宿を惜しみませんよ。軒も垣根も古くなったこの寺とて、その愁いは、「崖ぎわの古寺を訪ねると、憂愁の心は破れんばかり」の詩の如く、山里の寂しさは「深山を進むと、気持ちはますます感傷的になる」の詩の通りであります。照る月影もすさまじく、そうそう誰でしたか、「友人は蘭省にあって、花咲く春に錦の帳のもとで栄誉をきわめ、自分は廬山の草庵にあって、雨の夜をわびしく過ごしている」と詠じた、その草庵にも似たこの寺に、しばしの宿をお願い申します。

【100考説】　出典は前歌99番と同じ謡曲『芭蕉』。女、実は芭蕉の精（シテ）が僧（ワキ）に一夜の宿を頼むところ。

《愁へは崖寺の古に破れ》　杜甫の詩「法鏡寺」と題する五言古詩、

④身危適他州　勉強終労苦　神傷山行深　愁破崖寺古　……

（杜甫・全唐詩・巻二一八）

『謡曲拾葉抄』は、「杜子美ヵ詩云、神《タマシイハイタメシメ》傷　山行《カウノフカキヲ》深、愁《ウレヘハ》破崖寺《ルガイジノフルキニ》古、杜子前集に見へたり。上ノ句ハ杜子美旅行の時、山中深く入て神《タマシイ》を傷《イタマ》しめ愁《ウレヘ》たる義なり。下ノ句は崖陰の古寺に入て山行の愁を打破《ヤブリ》て心をなくさむると云義也」、上句は山中深く行きて心をくるしめたこと、下句は崖陰の古寺に入って、その愁もやぶれてなぐさめられた、という意味だと言っている。

この『芭蕉』では、原詩の上句下句を入れかえ、しかも意味を、ともに、その古寺の愁いの雰囲気を述べる詩句として取り入れられている。

《蘭省の花の時　錦帳の下とは　盧山の雨の夜　草庵の中ぞ思はるゝ》　白居易の詩。出典は、『白氏文集』巻第十七・律詩「盧山草堂夜雨独宿、寄牛二李七庾三十二員外」に見える、次の部分。

⑤丹霄携手三君子　白髪垂頭一病翁　蘭省花時錦帳下　盧山雨夜草菴中　終身膠漆心応在　半路雲泥迹不同　唯有無生三昧観　栄枯一照両成空

（白居易集箋校・朱金城箋注・作於元和十三年〈八一八〉、四十七歳、江州、江州司馬。中国古典叢書）

老人のなげき。また『江談抄』第四にも「蘭省花時飾帳下……」とあり。盧山は中国・江西省九江市の近くにある名山。『和漢朗詠集』巻下・山家にこの七言の二句が見える。

謡曲『芭蕉』は、「草木成仏」を言う。ワキ（僧）は、「これは唐土楚国の傍、せうすいと申す所に山居する僧にて候」と名のる。「せうすい」は「洞庭湖の南、湘江の支流瀟水」かとも言われている。

この100番も小歌のテーマとしては、老境のなげきと見てよかろう。老いの風流である。

本書では省略したが、253番がある。芭蕉の精霊が『法華経』を聴聞し、草木成仏のいわれを聴いたあと姿を消してゆく段をうたう。そこでは「諸行無常となりにけり」と謡い、雪中芭蕉の故事をにおわせて前段が終わるところを切り取っている。99番・100番は月の連鎖の中にあるが、253番はそれらと異なって、254番の放下歌謡とともに、あえて言うなら、雪の風景の中に位置を得ていることになる。

〔四十四〕　月入斜窓暁寺鐘

101 小・二人《ふたり》寝《ぬ》るとも憂《う》かるべし　月斜窓《（しやさう）》に入《（いる）》暁寺《（げうじ）》の鐘《（かね）》

【口語訳】
たとえ共寝をして聞いたとしても、つらいことでしょう。残月の光が斜めに窓から差し込むころ、寺から聞こえてくる暁の鐘の音は。ましてやいまは一人で聞く。

【考説】　元稹《げんじん》の句を利用する。

《月斜窓に入暁寺の鐘》『三体詩』七言律詩・四虚に収められている元稹・「鄂州寓厳澗宅」の最終部分をとる。

鄂州寓厳澗宅　　鄂州《がくしゅう》の厳澗《げんかん》が宅《たく》に寓《ぐう》す
鳳有高梧鶴有松　　鳳《ほう》に高梧《こうご》有《あ》り　鶴《つる》に松《まつ》有《あ》り
偶来江外寄行蹤　　偶《たまたま》江外《こうがい》に来《きた》りて　行蹤《こうしよう》を寄《よ》す
花枝満院空啼鳥　　花枝《かし》　院《いん》に満《み》ちて　啼鳥《ていちよう》空《むな》しく
塵榻無人憶臥龍　　塵榻《じんとう》　人無《ひとな》くして　臥龍《がりよう》を憶《おも》ふ
心想夜閑惟足夢　　心《こころ》に夜《よる》の閑なるを想《おも》ひて　惟《た》だ夢足《ゆめおお》く
眼看春尽不相逢　　眼《め》に春《はる》の尽《つ》くるを看《み》て　相逢《あいあ》はず

何時最是思君処　　何《いず》れの時《とき》か　最《もっと》も是《こ》れ君《きみ》を思《おも》ふ処《ところ》

月入斜窓暁寺鐘　　月《つき》　斜窓《しやそう》に入る　暁寺《ぎようじ》の鐘《かね》　　（宗安小歌集・一一一）

隆達節には「二人聞くとも憂かるべし」の小歌が三種ある。

①二人聞くとも憂かるべし　月斜窓に入る暁寺の鐘　　（隆達節）

②二人聞くとも憂かるべし　竹の編戸に笹葺《ささぶき》の雨　　（同）

③ふたり聞くとも憂かるべし　月斜窓に入る暁寺の鐘（早歌にも）　　（同）

④ふたり聞くとも憂かるべし　ひとりいたやの暁の雨　　（同）

元稹の詩。鄂州にある厳澗の家に泊まった時の作品。厳澗は伝来不詳。その時厳澗は外出していて家には居らず、逢えなかった（元稹詩文集『元氏長慶集』にその旨の自注があるという）。後半の「月斜窓に入暁寺の鐘」の出典事情から見ると、前句は「二人寝るとも」より「二人聞くとも」とする宗安、隆達節の歌い方の方が全体としてしっくりくる。ともかく元稹の詩では友人を思い、友情をかみしめるのである。100番には「盧山の雨の夜　草庵の中ぞ思はるゝ」とある。最終句のわびしさを受けた恋の歌。

隆達節では、右に見る如く後半が「竹の編戸に笹葺の雨」「月斜窓に入る暁寺の鐘」「ひとりいたやの暁の雨」の三様がある。ともに細々とした風流の世界であり、中世のわびさびを、具体例をもって説明するのに適した風景である。『閑吟集』における中世日本文化の性格を見る上で参考になる小歌。眠られぬまま窓からさしこむ残月の光の中で、夜明の鐘の音を聞いている。

長崎県彼杵郡平戸大島に伝わる須古踊歌では次のようにうたうので、ここに加えておきたい。

⑤月は東の山端を急ぐ　月は東の山端を急ぐ

なびけや谷の姫子松（繰り返し右の如し。以下同じ）

東窓より月うちさへて　二人の枕はづかしや

『俚謡集』ではこの歌の後に、「ともに文明十二年（一四八〇）（今より四百余年前）、他国人来り教へしとの事、郷村記にあり」と注す。おもしろい。

102・小　今夜《こよひ》しも鄜州《ふしう》の月　閨中《けいちゅう》たゞ一人《ひとり》見《み》るらん

【口語訳】

あゝ今夜も月が出た。鄜州にいる妻は、閨の中からひとりさびしく、この月をながめていることであろう。

【考説】　鄜州の月。杜甫の詩がそのまま小歌化。

《鄜州》　中国陝西省・西安北部にある。今の陝西省富県茶坊鎮題申号村。長安で捕らわれの身となった杜甫は鄜州に残した家族のことを思い嘆いた。彼は「春望」「哀江頭」そしてこの「月夜」を創作。

　出典は杜甫の「月夜」。

⑥今夜鄜州月　閨中只独看　遥憐小児女　未解憶長安　香霧雲鬟溼　清輝玉臂寒　何時倚虚幌　双照涙痕乾

（全唐詩・巻二二四・杜甫九）

の冒頭二句の小歌化。捕らわれの身で長安の月を見上げ、鄜州の妻を思いやった詩。101番と同じく、相手を思いやる情を、この102番の漢詩で受けて妙である。

　小歌化は字句の上では、「今夜しも」としたところに見える。語調を強め、ここではいまの思い遣る心の強さをあらわす。「こよひしも」は、和歌などの一つの発想の型。

⑦こよひしもやそうちかはにすむつきを　ながらのはしのうへに見るかな

（良経・秋篠月清集・題水月）

⑧あすしらぬおいのいのちのこよひしも　きえなばくさのかげやとはれん　（室町時代物語・高野物語・大成第四）
⑨今宵しも雲居の月の光そふ　秋のみ山を思ひこそやれ　（続千載和歌集・秋上・永福門院）

「月夜」に対して中国の詩人や学者は広く賞讃。たとえば、最近の評語から引くと、梁权伟編『中國历代詩詞名篇鉴賞』（上・二〇〇九年）には「全詩詞旨婉切、章法緊密、写離情別緒、感人肺腑」。また陳増杰『唐人律詩箋注集評』（二〇〇三年）には、中国におけるこの詩に対する名評語をいくつか抜粋しており、たとえば黄生『杜詩説』では「章法緊密、五律至此、无忝称圣矣」などを引用している。

漢詩の一部分がみごとに小歌化している。「……しも」が強意、そして現在の推量の助動詞「らん」が利いている。いままさに、いまのこの月を。

〔四十五〕　寒潮、月を吹く

103・小　清見寺《きよみでら》へ暮《く》れて帰《かへ》れば　寒潮《かんてう》月を吹《ふ》ひ《（い）》て袈裟《けさ》に洒《そゝ》く

【口語訳】
日が暮れて清見寺への帰り道を急ぐと、寒潮の波の向こうに月が上って、袈裟には波飛沫《しぶき》がふりかかってくる。

【考説】　筆力ある水墨画の世界。鄜州の月から清見寺の月へ。

《清見寺》　二本とも「きよみでら」と読む。「駿河清見寺」（撮壌集・十刹　京師幷諸国及甲刹）。「清見関《キヨミカセキ》」（天文十七年本・運歩色葉集）。駿河国廬原郡興津町（現在、静岡県静岡市清水区）にある臨済宗の名刹。「面白の鐘の音やな　わが古

里にては　清見寺の鐘をこそ常は聞き馴れしに……」（謡曲・三井寺）。

①更級清見は道遠し　白良も明石も近かゝらず　月見る夜頃のさがなれば　いさや今宵も広沢へ
（古今目録抄・紙背今様）

②いざ見に行かん更科や　姥捨山清見が関　広沢住の江難波潟　葦間にやどる夜はの月
（宴曲集・巻一・月）

③清見が関に上がりては　南をはるかに眺むれば　三保の松原　田子の入海　袖師が浦の一つ松　あれも名所かおもしろや　音にも聞いた清見寺《せいけんじ》　江尻の細道引き過ぎて
（御物絵巻・をくり）

《暮れて帰れば》　とっぷり日も暮れて、清見寺への帰り道を急ぐ一人の僧が浮かぶ。次の「晩寺帰僧」の風景である。清見寺は我が寺なのである。

④蒼茫霧雨之霽初　寒汀鷺立　重畳煙嵐之断処　晩寺僧帰　閑賦
（和漢朗詠集・巻下・僧）

《寒潮月を吹ひて》　出典は「吾心安処是吾家　不隔京華与海崖　皇極青雲塵夢断　寒朝吹月洒袈裟」（続翠詩集・続群書類従）。その他「（寒）潮吹月」の表現の、禅林詩等については、吾郷寅之進『中世歌謡の研究』が詳しい。たとえば「寺在山中　空翠随風来几席　門臨海渚　寒潮送月到庭除」（雲林首座住清見山門疏）。

《洒く》　「そそく、そそいた。水を注く」（日葡辞書）。「く」は清音。

　暮れた冬の海辺を、清見寺に帰る一人の僧。寒風に波高く、水しぶきが袈裟に注ぐ。海波の向こうに、冴えた大き

「東海名區」の額が懸かる清見寺の門

な月が出た。渺渺たる東海の冬月である。この僧自身がうたっているおもむき。この僧の、人生を哲学する厳しさまで思いやる。『閑吟集』名作の一つ。

○富士清見寺。室町時代　伝雪舟筆　永青文庫蔵

○富嶽図。室町時代　仲安真康筆　東京・根津美術館蔵

右、富士山を描く二つの作品にも、清見寺が山裾に描かれている。なお、こうした当時の名画から起想された小歌のようにも思えるがはっきりしない。

現在、山が海に迫っている土地柄、清見寺の山門直下をJR線が横切って走っている。海に近い国道から清見寺へ登るには、「東海名區」の額が懸かる、風情ある小さな門をくぐり、JR線の上に架けられた陸橋を渡って（掲出写真でも、門の向こう側に電線が見える）、はじめて山門にたどりつく。本堂や鐘楼のある境内は静寂。しかし眼下に町の建物や海岸線を走る高速道路が遠慮なく視界を邪魔して残念ではあるが、それでもその向こうに、紺碧の駿河湾が広がり、左手に長く伊豆半島の山々が霞む。現今でも、かつては日本屈指の月の名所であったことが実感できる。平成元年八月二十三日、『閑吟集』のこの小歌を胸に、清見寺に参詣。短文であるが、『中世の歌謡―閑吟集の世界―』*に入れた「清見寺へ暮れて帰れば―淡彩墨画の世界―」も参照していただきたい。

104 小・残月清風《ざんげつせいふう》　雨《あめ》声となる

【口語訳】
残月にさわやかな風が吹いていたが、それもやがて雨の気配を知らせる風音にかわってきた。

【考説】　神秘的な明け方の自然が的確にとらえられている。

《残月》「暁トアラバ、残月、在明、……」（連珠合璧集）。「残月《ざんげつ》」「残月《アリアケノツキ》」（書言字考合類大節用集）。「Zanguet残月」「Nocorutçuqi　のこる月」（日葡辞書）。

次の詩を出典としている。

⑤行尽江南数十程度　暁風残月入華清　朝元閣上西風急　都入長揚作雨声　（三体詩・七言絶句・華清宮・杜常）

杜常は宋史・列伝にある杜常のことであろうとされている。ただし「全唐詩」には、この「華清宮」のみ収録されている。

特に101番～104番は、漢詩の一部分を、比較的明白にそのまま引いてきて、わずかな変化をもたせるだけで小歌化している。これを逆に言うと、わずかな「ひねり」によって、小歌化している、ということが言える。

この104番も、その線上にはあるが、あまりにも短詩としてしまったがゆえに、原詩とは離れて、冬の天体風景の描写となっている。〈残月〉〈清風〉〈雨声〉、有明の天候が、次第に変化し、雨模様の朝を迎える。鋭い聴覚が、この小歌を生む。

「吟詩句から小歌へ」の技巧をよく見せている連鎖。101、二人寝るとも憂かるべし＋漢詩。102、漢詩＋しも。103、清見寺＋漢詩。104、清風＋漢詩。

三体詩が広く愛読され講釈されたことは、すでに浅野建二・研究大成にも引用あり。『実隆公記』を見ると、文明年間の事例を二箇所引用できる。「文明十一年（一四七九）三月九日。三躰詩講尺有之」「同五月廿八日　勧修寺大納言入来　有三躰詩講釈之間参内。自今日又当番也」。

『閑吟集』は続いて次の二首を置く。

105・小　身は浮草の　根《（ね）》も定《さだ》まらぬ人を待《（まつ）》　正体《（しやうだい）》なやなふ《（う）》　寝《ね》うやれ　月の傾《かたぶ》く

106　雨にさへ訪《と》はれし中の　月にさへなう　月によなう

【105口語訳】
私は浮草のようなはかない者です。その私が今日もまた浮草のように日々を送る人を待っています。ほんとうにどうにもしようのないことね。ああもう寝るとしよう。月も西山に傾いてしまったよ。

【105考説】「残月」から展開したのである。待つ恋の歌。類歌を二首引用する。
⑥身は浮草の　根も定まらぬ夫《つま》を待つ　正体有明《しやうだいありあけ》の月の傾《かたぶ》く　（宗安小歌集・一九〇）
⑦身は浮草よ　根を定めなの君を待つ　去《い》のやれ月の傾くに　（天理図書館蔵・おどり・やゝこ）
104の、感覚を研ぎ澄まして鋭く自然をキャッチした小歌から、女のつぶやきのような恋歌へ流れた。ここでもう少し、「残月清風　雨声」の展開がほしいのであるが、『閑吟集』はいつも、人間の溜め息のようなところへ屈折してゆく。

【106口語訳】
雨の降る夜でさえ、私をたずねてくれたあなたでした。今夜のように月が照る夜は言うまでもないことなのですが。それがこのごろは月が照る夜もお姿を見せてくれません。

【106考説】　次の三首の小歌と同類の発想である。
⑧雨の夜にさへ訪はるゝが　月に訪はぬは心変りかの　君は　（隆達節）
⑨月を踏んでは世の常候《つねぞろ》よ　風雨の来《（き）》こそ尽期よの　（宗安小歌集・三八）

⑩月にそひ花に来たるは道理かな　風雨の来こそ尽期よの（『全浙兵制考附日本風土記』所載「山歌」・雑唱小曲・七）（紫気宣梭法乃尼乞打路外道理革乃　付魯那来心可搖那）。

山歌は、明代の浙江地方の漢字音で、万葉仮名式一字一音で書き付けられた、日本の文禄年間（一五九二―九六）流行歌謡。つまり小歌である。かなり人気のあった小歌であろう。

〔四十六〕　木幡・伏見

107 小
・木幡山路《こわたやまぢ》に行暮《ゆきくれ》て　月を伏見《ふしみ》の草枕《くさまくら》

【口語訳】木幡の山路を行くうちに日が暮れたので、今宵は伏見で、その名のとおり、伏して月を見ながら旅寝とすることにしよう。

【考説】　なにとはなく、身近さとなつかしさは感ぜらるるものの、やはりこれは道行の断片にすぎない。

《木幡》京都府宇治市。木幡も伏見も京都から奈良に向かう道筋にある。「木幡《コハタ》在城州」（黒本本節用集）。「木幡《コワタ》　同木綿」（易林本節用集）。伏見とともに歌枕。

幸若舞曲『伏見常盤』では、常磐が都を脱出し、三人のこどもを連れて、大和の知る人をたずねて道行するところで、「峰よ谷よとしたまへば　こわたの山に日はくれぬ　あはれなりける次第なり　去間　常盤御前とある松の木陰に立ちよらせ給ひ　ふる白雪をいとはれしに」。「のどかなる　はなの都を旅立ちて〳〵　伏見木幡の里を過ぎ」

（謡曲・吉野桜）。「猶しも寒風烈しくて　伏見木幡に打つゞき」（淋敷座之慰・当世都めぐり・一二）。

《伏見》　京都市伏見区あたり。「伏見《フシミ》、深草《フカクサ》、……」（黒本本節用集）。

《草枕》　「Cusamacura　草枕。野外で夜露にぬれて寝ること。詩歌語」（日葡辞書）。「旅トアラバ、……草枕……」（連珠合璧集）。

①木幡山路に行き暮れて　月を伏見の草枕　（宗安小歌集・三二一。隆達節）

②こわた山路に行暮て　ふたりふしみの草まくら　（国女歌舞妓絵詞）

③おかいりやろかのなこさんさま　送り申さんこはたまて　（天理図書館蔵・歌舞伎）

④木幡山路にの　行き暮れて　月を伏見の　それ草枕ン　それ誠《まこと》　月を伏見の草枕
（三味線組歌補遺・秘曲・藤田徳太郎編『近代歌謡集』）

狂言では『靭猿』で猿歌として、これがうたわれる。

⑤木幡山路に行暮て　月を伏見の草枕　（大蔵流虎寛本狂言・うつぼざる。大蔵流虎明本狂言なし、狂言記なし）

⑥木幡山路を過ぎ行けば　山路を〳〵過ぎ行けば　爰は伏見の草枕〳〵　（狂言三百番集本・靭猿・冨山房百科文庫）

大蔵流虎寛本狂言によると、「舟の中には何とおよるぞ　つゝと出てねよ〳〵　苫を敷寝の梶まくら　〳〵　淀の川瀬の水車、誰を待つやらくる〳〵と」のあとに歌われる。猿を舞わせている場面の小歌としては、寝る所作を引き出すためにうたわれる小歌となっている。さらにこの小歌のあとは、月をうたう小歌づくしとなる。それらは狂言劇中では「月」を見る所作を導く小歌でもある。

⑦こわた山路で日に暮れてナ　月を伏見の草枕　寝よヤレ眠た　（阿波藩御船歌・『郷土趣味』）

⑧小わだ山路に、我行暮れてな　月をふしみに草枕　そ様　（御船歌まくら・神子ぶし）

⑨武蔵野に行きくれて　月をながめて草枕……　（松月鈔・有朋堂文庫『近代歌謡集』）

都の人々にとって「木幡」「伏見」は、親しみのある地名であり歌枕である。この地名には、都に入ったり、出たりする道行の一つの境界のイメージがある。右にふれたように幸若舞曲『伏見常盤』の道行も、この小歌と直接関係はないとしても、この小歌を軸とするイメージの展開の中に、浮かび上がる物語の一つである。また一つの言いぐさ、語りぐさでもある。

京と奈良を結ぶ街道道行の一こま。この小歌には、身近な旅情にふれる、小さな懐かしさはある。また地名「伏見」に、伏して月を見るを掛けている技巧があるものの、しかしどう見ても、前後の叙事的、叙情的あるいは叙景的な語句の欠落した小歌であるということになる。強い感情語句もない。語りぐさ・言いぐさとして多くの人々になじまれてきたのであろうが、本来あるべき小歌の姿からすると、前後が切れてしまった感がある（真鍋「注釈・伏見常盤」＊、および論考「伏見常盤の田歌」＊）。

〔四十七〕　薫物・夕月・貴公子

108　・薫物《小たき》の木枯《こがらし》の　漏《も》り出《い》づる小簾《こす》の扉《とぼそ》は　月さへ匂《にほ》ふ夕暮《ゆふぐれ》

【口語訳】
薫物「木枯」の匂いが洩れてくる小簾の扉のあたり、月の光までもが美しくにおうようなこの夕暮です。

【考説】　中古物語の一場面のよう。

《薫物》煉り香。香木を粉にして何種類かをねり合わせたもの。「薫《タキモノ》」（易林本節用集・器財）。
《木枯》「木がらし」は『某家香合』に「三番、左、木がらし。右、あやめ」（大系補注で指摘。続群書類従・遊戯部・第一九下に見える）。次に参考例を加える。「名香四季分集。……冬、……木嵐、……」（香道軌範・慶長八年成立・『日本庶民文化史料集成』巻十・数寄）。「名香部寄、……冬部、……こがらし……」（古今香鑑・成立未詳・同）。

秋の色を払ひはてゝや久方の　月の桂に木がらしの風　（新古今和歌集・巻六・冬・藤原雅経）

契りし宵の黄昏《たそがれ》　しるべ深きそらだき　とめ入る方の萩の戸を　開くや袖のうつり香　（松月鈔・箏組歌・心尽）

《小簾》「Cosu　コス（小簾）。詩歌語。簾《すだれ》。窓の簾」（日葡辞書）。「Toboso　トボソ（枢扉）。詩歌語。肘金で柱に取り付けた開戸」（同）。「小簾の扉」で、扉の役割をしているすだれのこと。つまりスダレでよいか。「せめてやどれよ小簾もる月も　日ごろもとめし憂き涙」（松の葉・巻五・投節）。

薫物の「木枯」が匂う扉におとずれた貴公子を、静かに月光がつつむ。「木枯」を薫き込めているのは姫君。その薫物の香をたよりに訪れて、扉のあたりにたたずむ。虫の音もかすかに、深まる秋。「まさに王朝物語絵巻の世界であり、あられもない口説《くぜつ》紛ひの小歌群の中に蘭奢待の香の漂ふ感さへある」（塚本邦雄『君が愛せし　鑑賞古典歌謡』昭和五十二年・みすず書房）。『閑吟集』の編集を行い、あるいは歌いかつ創作もし、さらには替歌も伝えてきた人々の中に、王朝文学に親しんだ風流貴族の存在をほのめかす。

112・小　残灯牖下《ざんとういうか》落梧之雨《らくごのあめ》　是《これ》君を思ふにあらずとも　鬢《びん》斑《まだら》なるべし

【口語訳】

灯かすかな窓辺で、桐の落ち葉に降りしきる雨の音を聴くとき、たとえ君をなつかしむ身でなくても、そのさびしさに、鬢の毛も白くなることよ。

【考説】 落梧之雨。

《残灯》「Zantó 残灯。夜半を過ぎた後までも、そこにともっていた灯火」(日葡辞書)。

《牖下》 までの下。「牖」は壁にあけた窓で、格子をはめたもの。『太平御覧』巻第一八八「説文曰、窓穿壁以木為交窓所以見日也。向北出牖也。在牆曰牖、在屋曰窓」。

《落梧之雨》「細汗凝衣炎瘴侵 一軒有待少寛心 何時坐聴落梧雨 牕掩夜灯秋意深」(真愚稿)。次に引く『和漢朗詠集』・巻上・秋夜も参考になる。「秋夜長 〃〃《夜長》無眠天不明 耿〃残灯背壁影 蕭〃暗雨打窓声」。白楽天『長恨歌』に「春風桃李花開日 秋雨梧桐葉落時……」の句もある。

《鬢斑なるべし》 吾郷寅之進「五山文学と閑吟集歌謡(3)」(『中世歌謡の研究』)に類歌が掲げられている。その内、近いところが把握できる『滑稽詩文』の事例のみひく。「日夜思君両鬢斑 江東遥望暮雲間、人兼西子同其歳、翠黛紅顔二八山」。

秋雨が梧の落葉を打つ夜、君を思う。漢詩風を頼った佳品。あるいは、遠く離れた親友を思う心で読んでもよい。

〔四十八〕 人は情

114 小・唯《(ただ)》人は情《なさけ》あれ 夢の〳〵 昨日《きのふ》は今日《けふ》の古《いにしへ》 今日《けふ》は明日《あす》の昔《むかし》

【口語訳】　ただひたすらに人は情《なさけ》があってほしいものよ。夢の夢の夢のようにはかないこの世。昨日は、今日の古《いにしえ》になり、今日もまた明日から見れば過ぎ去った昔にすぎない。

【考説】　昨日・今日・明日の中の人間。その流れを貫通して頼りになるのは「情」。情の哲学。「情」とは何かⅠ（二五三頁参照）。

《唯人は情あれ》　96番に同句あり。「唯人は情あれ　情は人のためになし　終には我が身にむくうと……」（幸若舞曲・信太）。「Nasaqe　ナサケ（情）。あわれみの情。愛情。Fitoni nasaqe uo caquru」（日葡辞書）。

《昨日は今日の古　今日は明日の昔》　昨日→今日→明日と時間がすぎてゆく。「今日とて、明日から見れば過ぎ去った昔にすぎないこと」の後半句が特に言いたい部分であろうか。留まることなき時の流れの中に人は生きている。つまり「行く河の流れは絶えずしてしかももとの水にあらず。澱《よどみ》に浮かぶ泡《うたかた》はかつ消えかつ結びて、ひさしく留まりたるためしなし」（方丈記）。

◇昨日　今日　明日

無常の中世を生きた人々にかぎらず、切実な小歌。

①朝《あした》の嵐夕の雨〱今日また明日の昔ぞと　夕の露の村時雨　定めなき世にふる川の　水の泡沫《うたかた》われいかに
（謡曲・放下僧）

②きのふはけふの昔　けふはあすのむかしといへり
（慶長見聞集・序）

③一昨日《おととひ》も昨日も今日も見つれども明日さへ見まく欲しき君かも
（万葉集・巻六・一〇一四）

④あればとてたのまれぬかなあすはまた　昨日とけふをいはるべければ
（山家集・中・恋）

⑤わが恋は一昨日《おととひ》見えず昨日来ず　今日訪《おとづ》れなくは　明日のつれぐ　いかにせん
（梁塵秘抄・巻第二・四五九・二句神歌）

「今日」こそは、という今日への期待をうたう歌謡もある。

人はただ〈情〉が大切である。〈嘘〉にて暮らすこの世に、人は〈情〉を消してはならない。〈情〉こそ人生をささえる基本。おもいやり、愛情であろう。「このきわめて素朴な形で意識されてきた庶民のヒューマニズム」（和泉恒二郎・「閑吟集の特質」『文学』・昭和二十九年一月号）。「本歌では恋の情も含めて、広く「情」を一般的な思いやり、愛情とみてよかろう」（塚本邦雄『君が愛せし　鑑賞古典歌謡』）。

⑥昨日みし人けふはなし　けふみる人もあすはあらし（じ）　あすとも知らぬ我なれと（ど）　けふは人こそかなしけれ
（宝篋印陀羅尼経料紙今様《ほうきょういんだらにきょうりょうしいまよう》・『続日本歌謡集成　中古編』）

この今様は、今日を生きる人への切実な情愛をうたっている。「けふは人こそかなしけれ」（今日を生きる人がとてもいとおしい）は、言いしれぬ含みをもった名句。この114番にも流れていると見てよい。胸を打つ真実の伝承は尊い。115番から118番まで〈情〉の小歌が群をなす。『閑吟集』がここに一つの世界を呈示している。情の連鎖。多様な場や情況における日本の〈情〉の文化を知るための出発点。また「うた」は、人間のどのような文化を伝えるためにあるのか、に答えている。

115 小・よしやつらかれ　中《なかなか》くに　人の情《なさけ》は身の仇《あた》よなふ（う）

【口語訳】
ええままよ、私につれなくしてほしい。人の情というものは、かえって身の仇となります。

【考説】 続いて「情」とは何かⅡ（二五三頁参照）。

《よしやつらかれ　中〳〵に》「よしやじやるゝとも」（91番）。「つらかれ」辛く当たってほしい。又は辛い情態にあっても、の意も考えられるか。たとえいま辛い心情でいても、ここで人の情を受けるということはかえって。

《人の情は身の仇》 情はかえって身のためにならぬ。「仇」、あた（清音）。「Ata　アタ・仇讎。害または損傷」（日葡辞書）。「怨《アタ》、仇《同》」（易林本節用集）。

情は身を苦しめ、深い思いになやまされるものだという。情への〈信頼〉と〈ありがたさ〉が根底にはある。

⑦人の情は身の仇　人のつらさは身の宝　（北条時代諺留）

⑧よしさらばこころのままにつらかれよ、さなきは人の忘れがたきに　（源平盛衰記・巻十七）

身のあだ、とは、人の情によって、かえって恋の苦しさ、重たさがふえて、身も心も擦り切れてゆくことを言うのであろう。つまり身のためにならぬというのである。

⑨よしや辛《つら》かれ　なかなかに　人のよいほど身の仇よの　（宗安小歌集・二一三）

相手が人としてすばらしく、情のある人間であればあるほど、その人を恋するとわが身がつらくなってゆきます。情は人の心を責める。

116 小・憂《う》やなつらやなふ（う）　情《なさけ》は身の仇《あた》となる

【口語訳】

心苦しくつらいことだねえ、人の情はかえって物思いの種だねえ（身の仇となります）。

【考説】「情」とは何かⅢ（二五三頁参照）。

《憂やなつらやなふ》　常套句。

⑩忍ぶまじ　憂や辛や　何しに思ひ初めつらう　（宗安小歌集・一五九）

⑪物思ひよなう　物思ひよなう　なかなか情は物思ひよの　（宗安小歌集・二〇〇）

『宗安小歌集』の右二首は、この小歌にまとめることができる。

情が人を生かせることを重々《じゅうじゅう》承知していながら、それがやがて物思いの種となり、我が身をせめる。情を恋情とのみ見る必要はない。「情は身の仇」とはっきり言う。115番と同じ。

117 小 ・情《なさけ》ならでは頼《たの》まず　身は数ならず

【口語訳】

人の情《なさけ》のほかは頼りにいたしません。数ならぬ賤《しず》の身ですもの。

【考説】　「情」とは何かⅣ（二五三頁参照）。

《身は数ならず》

⑫数ならぬ身にはおもひのなかれかし　人なみ〱に物思ふ　（隆達節）

⑬月は濁りの水にも宿る　数ならぬ身に情あれ　君　（隆達節）

⑭とにかくに我は数ならぬ身じや程に……　（天理図書館蔵・おどり・文づくし）

⑮千夜を一夜に語れ君　とは思へども　数ならぬ賤が身ぞ憂き　うらめしや　（同・片思い）

⑯かほど数ならぬ身には、思ひのなかれかし　あらうらめしの浮世や　（謡曲・摂待）

⑰はづかしやうき世にもれぬならひとて　身はかずならで人ぞこひしき　（仮名草子・薄雪物語・下）

中世期にかぎらず、日本の〈情の文化〉形成・成熟を知る上で、『閑吟集』に記されたこれらの「情」の小歌は貴重である。96番をはじめとして情の小歌群において強調したように、情の文化を広く見る際、これに加えて、多様な近世歌謡、特に近世全国民謡集『山家鳥虫歌』に所収された次の歌の広汎な伝承を加えて、「情」を把握し手繰らねばならない。確実に都市や農村の生活に定着している。ここでは、情は人生でもっとも頼りになるものと言っている。

○鮎は瀬につく鳥は木にとまる　人は情の下に住む　（越中・一二三〇）

118 小 ・情《なさけ》は人のためならず　よしなき人に馴《な》れそめて　出《い》でし都《みやこ》も　偲《しの》ばれぬほどになりにける

（偲ば…）

【口語訳】
情をかけるのは、その人のためばかりではありません。やがて我が身にもよき報いとなって返ってくるのです。もともと縁もない君になれそめて、出て来た都を思い出すこともなくなってしまいました。

【考説】　肩書き「小」。「大」とある方がわかりやすい。「情」とは何かV（二五三頁参照）。

《情は人のためならず》

幸若舞曲作品で、この成句が作品の終結部分に重く用いられていることについては、96番考説ですでに述べた。作品のテーマである。幸若舞曲作品群の手法である。幸若舞曲において、重要な一句となっていた。『閑吟集』と幸若舞曲作品との文芸性の関係を考える上での一つの課題であるとしてよかろう。なお次の例がすでに知られている。

○思ひ知らずや世の中の情は人のためならず……（謡曲・葵上）

○情ハ人ノ為ナラズ（沙石集・第三）

《よしなき人に馴れそめて》 出典としての謡曲『粉川寺』では「よしなや人になれそめて」。

謡曲『粉川寺』（校註謡曲叢書）に合致する。

シテ「さても草の枕にふすべく候《さふらふ》に、御情により何と申すばかりなく候。天神八幡も照覧候へ。十日が内に罷下り今夜のおそれ申し候べし。さるにても昨日の暮れの返し文、地「おもはぬ方に臥竹の、一夜のちぎり夢うつゝ、粉川の寺の鐘の声、鳥の音あら忘れがたのおもかげや、忘れがたの面影。カシ「いぜんの高島殿はかり名字にて候。今度は本の御名字を御名乗候はんとて、たゞ今御登山にて候。ワキ「こなたへ入れ申し候へ。や。こなたへ御出候へ。シテ「いぜんのをさなき人はいづくに渡り候ぞ。ワキ「是に渡候。歌情は人の為ならず。地「よしなや人になれそめて、いでし都もしのばれぬ程になりにけり。

これは当時すでに小歌として存在したのであろう。それが謡曲『粉川寺』に取り入れられたと見ておく。都を出て暮らす女が、共に都を出て、今の暮らしをはじめたその相手は、商人であろうか。

○情ハ人ノ為ナラズ。沙石集三、云子孫イヨ〳〵繁昌セリ。情ハ人ノ為ナラズ、又北条五代記ニモ（諺苑）

「たゞ人は情あれ」(96)。「唯人は情」(114)。「人の情は身の仇」(115)。「情は身の仇」(116)。「情ならでは頼まず」(117)。「情は人のためならず」(118)。ここに情の代表的な決まり文句が揃った。「情とは何か」（I～V）としたそれぞれの小歌において、この動乱の時代の、情の文化への認識の深まりを伝えている。これらは日本文化の原点をうたう。空漠としているけれども、しかししっかりと心の中に満ちてくるものである。歌謡史における注目すべき部分。ここが一つの起点である。日本歌謡史研究は、『閑吟集』の96番、114番〜118番の小歌六種を回転軸として進めることもできる。

〔四十九〕　中世における海洋海辺の風景を辿る

120・田 浦《〈うら〉》は松葉《〈まつば〉》を掻《か》き始《はじ》まりの　嵐を今朝は　取《と》り掻《か》き聚《〈あつめ〉》たる松《〈まつ〉》の葉は　焚《た》かぬも煙《けぶり》成《〈なり〉》ける

〳〵（焚か…）

【口語訳】

浦ではいつも松葉を掻き集めているこの私も、年をあつめて年寄りになりました。今朝も今朝とて、浦を吹く風が松葉を一箇所に吹き集めてくれました。松葉を焚かずとも、潮煙が一面にたちこめてちょうどその松葉を焚く煙のように見えます。

【考説】　浦の嵐。肩書「田」。作品名は不明だが、当時知られていた祝言系の「田楽」歌謡の一節であろう。

《松葉を掻き始まりの》　図書寮本・彰考館本は「浦は松葉をかきとしよるの」。松葉を「掻き寄せ集める」意味と「年をかき集めて年寄りになって」の意味を掛ける。

田楽節で、おそらく老翁や里人が登場して松の落ち葉を掻き集める場面に用いられるところであろう。たとえば謡曲『高砂』の、春の高砂の松の下に出現する老夫婦が、落ち葉を掃き寄せる次の場面。

○おとつれは　松にこと問ふ浦風の　落葉衣の袖添へて　木陰の塵を掻かうよ　所は高砂の尾上の松も年ふりて老の波も寄りくるや　木の下陰の落ち葉かくなるまで命ながらへて……

研究大成に謡曲『太平楽』の次のような一部分「……風の宿する松の葉は　煙も薄き嵐かな　これは此浦里に住みなれて　明けくれ松の落葉をかき　浮世を渡る海士人なり　実にや心なき浦山　賤の習ひとて　遅々たる春の永き日は汀に出でてもしほを汲み　皎々たる月の夜すがらは　旦暮に松の落葉をかき　うき世の業をいとなむなりいざ〳〵落葉かかうよ　松の落葉かかうよ」を引用している。おそらくそうした類似の場面で用いられたのであろう。

◇中世海洋海辺文化

ここから138番まで、中世小歌の名作によって、中世期海洋海辺の風景が、絵巻を見るように展開する。浦の松葉掻き、塩屋の煙、港町、船遊びする遊女、近江船、鳴門船、沖の鷗、唐艪の音、唐土船など、打ち寄せる波のうねりのように現われて来て、密接に重なり合いながら、流れる。人間模様が、その情感・風俗、そして潮風が、多様な感情を伴いながら、織り上げられてゆくこの連鎖は圧巻である。日本海洋文化・中世海洋海辺文化の歌謡化として、『閑吟集』を把握する上での大きな核として位置づけてよい。

121・小　塩〈しほ〉屋の煙《けぶり》〳〵〈けぶり〉よ　立《た》つ姿〈すがた〉までしほがまし

【口語訳】

ほんにそなたは塩屋の煙、立っている姿まで愛嬌《しお》があることよ。

【考察】　彰考館本、「塩がよし」とし、「ま本非歟」。

《塩屋》　製塩用の小屋。浦にある海人の小屋。「Xiuoya　塩屋。塩をつくる家、または塩を売る家」（日葡辞書）。「つのをかが磯、塩焼く浦につきにけり。ある塩屋に入りて申すやう……」（御伽草子・文正の草子）。「こころあらん人に見せばやつのをかゝ、しほやのけぶりなみのよるべを」（寛永頃丹緑本・ふんしやうのさうし）。

《立つ姿まで》　寝姿などの他のスタイルはもちろん、立った姿までが、の意。

《しほがまし》　「しほ」＋「がまし」。「かまし」は、「……に似ている」「……の様子である」、の意。「しほ」は「愛嬌」。「しほ……人がその身のこなしや言葉などに備えている愛嬌」（日葡辞書）。「目を引く、目もとのしほ　恋也」（正保四年刊・はなひ草）。「目もとにしほのらんかん（欄干）」（室町時代物語・七夕の本地・大成第八）。↓122番の「潮に迷ふた」参照。

①君様は明石の浦の塩屋の煙　心と振と立つにしほがそろ　（隆達節）

②須磨や明石の浦伝へ　かづく袖笠さら〳〵さ　塩屋のけぶり　立つ振りまでも　しほらしや　（寛永十二年跳記・手うち踊）

③ヒンヨウ見渡せば　ソリヤ見渡せば　塩屋の烟ヒンヨウ　立つが恋しうて　ヒンヨウ立つが恋しうて　（静岡県伊豆・新島・大踊歌・まどの役踊）

122・小潮《しほ》に迷《まよ〈う〉》ふた　磯《〈いそ〉》の細《ほそ》道《〈みち〉》

【口語訳】

潮のせいで、いや、あなたの愛嬌《しお》にほれぼれして、そのせいで迷うてしまいました。この磯の恋の細道で。

【考説】 磯の細道。風流の道行。三・四 三・四 のリズムの、短い小歌。

《潮に迷ふた》 潮、人の愛嬌のしおをかける。

④鮎の白干目元のこしほに迷ふた （田植草紙・昼歌四番・六二）

⑤さもしほらしく問はせ給ふ 目もとにまたしほがゐ （はやりうた古今集）

《磯の細道》 恋の細道を言う。

⑥あぢきなと迷ふ物哉 しどろもどろの細道 （隆達節）

⑦しどろもどろの細道 （閑吟集・298・〔九十七〕参照）

⑧忍ぶ細道茨の木 あ痛やなう 思ひし君には逢ひたやの （宗安小歌集・二一七）

⑨小笹かきわけ露ほど契りこめいで ちぎりこめたや糸より細い契りを （田植草紙・朝歌二番・四）

「細みの心」が、中世小歌に微妙に織り込まれている。

⑩思やこそ〳〵よう こそこそと、裏の細道こそこそと （古戸盆踊歌・『民俗芸能』48号）

酒宴歌謡、として見るなら、特に「潮に迷ふた」が、その場にいる思う相手に向けてうたい出されている。しばしば酒宴でうたわれていたのであろう。

なお『田植草紙』にもある愛らしさを言う「目元のしほ」は、以下の如く中世近世歌謡集に見える。「目元のこしほ」とうたうことが、当然中世から近世へかけての小歌の一つの類型的表現であったことにもふれておかねばならない。『毛吹草』巻二・俳諧恋之詞にも「目もとの塩」がある。

⑪塩を汲も〳〵 汲む桶鳴る潮よりも おれが殿御に塩がある （天理図書館蔵・おどり・塩汲）

⑫あの君さまは伊勢の浜育ち　目もとにしほがこぼれかかる　（寛永十二年跳記・伊勢をどりの歌）
⑬浮き人は　顔の掛りは十五夜よ　見ても見あかぬ　目元のしほは唐の鏡よ　（篠原踊歌・花買ふて踊）
⑭汐を汲まう〳〵　八桶なる塩より　我が殿御に汐かソレ　（武蔵国小河内・鹿島踊歌・あまがさき）
⑮あのきみさまあはあ　いせのはまそだち　めもとにしほがやれ　こぼれかゝる　（糸竹初心集・いせをどりうた）
⑯から〳〵さきの笑ひ顔　目元にやしほがへ　目元のしほに馴衣……　（松の葉・巻二・恋ごろも）
⑰目もとにしほがやつさ千秋万ぜいなあん　（万歳踊歌・友甫流躍くどき）
⑱ヒヤ　あの君さまは伊勢の浜そだち　眼もとにしほが　やれこぼれかゝる　（四社神踊本・者美しや踊・『日本歌謡研究』3号）
⑲わがうちびとは伊勢の浜育ち　眼もとに塩がこぼれかかる　（吐咖喇・おーにわ踊・『吐咖喇列島民俗誌』）
⑳いとし殿御の目許のしほを　入て持ちたや鼻紙に　（山家鳥虫歌・山城・二一）
㉑塩がないとは誰が　しほはお方の目の内に　（尾張船歌拾遺）
㉒踊やしゆんできた腰をゆれ殿御　腰をゆらねばしおがない　（島根県邑智郡・盆踊歌・『石見日原の民俗』）

また、『阿蘇宮祭礼田歌』では

㉓阿歌女《あかじよあか》飽せた　目許の艶《しほ》で飽《あか》せた　（日本古謡集）

とうたう。『新撰犬筑波集』恋部にも、「しほばかりにてうくる一ぱい　さしむかふ若衆のみめはわろけれど」。

かく「潮」に愛嬌の「しほ」をかける例はまだ多く指摘できようが、そういったなかで、前掲④の『田植草紙』オロシは、「こしほに迷ふた」とあって、どちらかというと、『閑吟集』（及びそれをうけた隆達節）の例に近いと言える。近世歌謡史のなかにおける「しほに迷ふ」の類型を中心とした表現のパターンにおいては、やはり中世小歌的様相を見せている系統で、かつ長い間、人々が好んだ流行歌謡であったとしておいてよかろう。

細道が磯伝いに延びている。磯の細道は、恋の細道であり、『閑吟集』文芸の風流の細道でもある。

〔五十〕　片し貝

123・小　何《なに》となる身の果《は》てや覧《らん》　塩《しほ》に寄《よ》り候《そろ》片《かた》し貝《がい》

【口語訳】
これからさき、どうなりはてるこの身でしょうか。愛嬌のあるあの人に心を寄せる、この片し貝のようなわたしは。

【考説】　貝合わせの遊びから生まれた小歌。

《何となる身の》「なる身」に「鳴海」をかける。鳴海は、名古屋市緑区にあった地名。歌枕。「うゑし早苗の黒田こそ　秋は鳴海とうちながめ　三河の国の八橋の　くもてに物や思ふらん」（幸若舞曲・信田）。「なにと鳴海と聞くからに　磯辺の波に袖ぬらし」（幸若舞曲・腰越）。「熱田の宮路浦伝ひ　近く鳴海の磯の波　松風の声寝覚の里」（謡曲・源太夫）。「鳴海作成海。尾州愛智郡」（書言字考合類大節用集）。「鳴海　一作鳴海　尾張。何となるみの里なれば、またあこがれて浦伝ひ」（名所要詞）。

《片し貝》『貝尽浦の錦』（大枝流方・寛延二年〈一七四九〉成立・『日本庶民文化史料集成』巻九・遊び）に「かたし介」。合わせ貝の、一片が無い状態の貝。双方揃わぬ片貝。貝合わせでは「無対貝」とある。『貝尽浦の錦』・（地）には「前歌仙介三十六種の内」、「片介《かたしかひ》左三」として「無対類。これ、もみぢ貝と云ものなり。「よめがさら」の、もミぢのごとくなりたるを云。是又同類別種なり」とある。

また「後歌仙貝三十六種の内」（後歌仙貝とは、前歌仙貝の選び方に疑問を呈し、改めて後に三十六歌仙貝を選んだという意味）には、「かたし貝右十二」として、あハび貝、うつせ貝とともに掲げて、前歌仙介に同じとしている。

『貝尽浦の錦』・（地）の「前歌仙介三十六種」では、

①片介左三　い勢嶋や二見のうらのかたし貝　あハで月日を待つぞつれなき
（夫木和歌抄・巻二十五・雑部七。巻第二十七・雑部九・貝にも）

『後花園院御集』（恋二十首・寄潟恋）には、

②我袖はいつかひかたのかたし介　あふてふことも浪にしほれて

とあり、肩書に、「後花園院御製」とする。『貝尽浦の錦』（地）の「前歌仙介三十六種」では、磯介右十「水底の玉にまじれるいそがいのかた恋のミぞとしはへにつゝ」がある。すなわち「片し貝」は、貝合わせの遊戯に用いられた歌仙貝の一つ。

◇鮑の貝の片思い

123番は、女の片思いの歌。わが身を片し貝にたとえる。その頃の貝合わせの遊び、あるいは文化が背景にある小歌。歌仙貝をあしらった、しゃれた小歌である。

歌謡史には「あわび（鮑）の貝の片思い」が次のようにうたわれている。もちろん片し貝であるが、文字通り庶民的で磯のにおいが強い。

③伊勢の白水郎《あま》の朝な夕なに潜《かづ》くとふ　鮑《あはび》の貝の片思《かたもひ》にして
（万葉集・巻十一・二七九八）

④伊勢の海に朝な夕なに海人のゐて　取り上ぐなる鮑の貝の片思ひなる
（梁塵秘抄・二句神歌・巻第二・四六二）

⑤われは思ひ人は退け引くこれやこの　波高や荒磯の鮑の貝の片思ひなる
（同・四六三）

⑥わしが思うてもあなたがどやら　岩の鮑でかた思い
（愛媛県大三島の民謡・『日本庶民生活史料集成』・二十四巻・民謡童謡）

124・小 塩《〈しほ〉》汲《く》ませ　網曳《あみひ》かせ　松の落葉《〈おち〉》掻《か》か《ゝ》せて　憂《う》き三保《みほ》が洲《す》　倚《〈よる〉》や波のよるひる

【口語訳】
潮を汲ませ、網を引かせ、松の落ち葉まで掻き集めさせて、あゝ憂き身の三保が州崎の暮らしや。夜も昼も波が寄る干る。

【考説】　波のよるひる。『閑吟集』の海辺。そして海辺の『閑吟集』を象徴する。

《塩汲ませ　網曳かせ　松の落葉掻かせて》　なれない潮汲みや網引き、松の落葉掻きの仕事を私にさせて、の意。

《三保が洲》　「三保」はミヲと発音（新大系脚注）。「三保松原《ミホノマツバラ》」（天文十七年本・運歩色葉集）。「三保の松原　田子の入海」（説経浄瑠璃・をぐり）。「この松原の春の色を三保が崎」（謡曲・羽衣）。

《洲　倚》　底本は「うきみほがす崎《よる》や波のよるひる」。新大系、つまり本書は「す」に「洲」をあて、「崎《よる》」を「倚《よる》」と改めている。「崎」に「よる」の原ルビがあるが、これはあきらかに誤り。三本とも「うきみほがす崎《よる》や波のよるひる」。大系・全集・大成などすべて「うきみほが洲崎や　波のよるひる」とする。「崎」に「よる」とルビがあるのは誤りだが、しかしそのルビ「よる」は生かされていない。本書では「洲倚《すよる》」とした。

　この私に、潮を汲ませ、網引かせ、松の落ち葉まで掻かせて。海辺で働く人のなげきの言葉。汲ませ、引かせしているのは、さんせう太夫のような奴隷を統括する棟梁であろう。

《倚や波のよるひる》　「寄る干る」に、「夜・昼」を掛ける。単調でわびしい海辺の様子と音を描き得ている。ひょ

っとしたら、どこからか売られ買われたあげく、三保が洲に流れ来た女のつぶやきか。ここで、室町時代物語に見える

○清見が関のいそ枕……海士の磯屋に旅寝して、なみのよるひるといへるも、わが身の上おもひしられて……

（鳥部山物語・大成第十）

の一節が思い出されてよい。胸の思いが、繰り返し寄せたり引いたりする状態を暗に言う。

◇『閑吟集』文芸の基盤にかかわる風景

120番あたりからの、海辺の風物によせて、憂き身の上を嘆く小歌の群は、『閑吟集』にあらわれた一つの特色ある風景である。背後に説経浄瑠璃、謡曲、古浄瑠璃等の、海辺の物語が感ぜられる。たとえば「あんじゅ」、「てるて」などの姿が浮かび上がる。そのわびしさ、やるかたなきなげきが見え隠れして、現代のわれわれが読んでも、その転変するはかない人生が印象的である。日本中世歌謡史が伝えた〝海辺の憂鬱《うつ》〟がここにある。

120番から138番まで、海辺の風景で長い連鎖ができていて、この小歌はその中にあるが、続きには、「・田汀の浪の夜の塩　月影ながら汲まふよ……」(125)が置かれてある。124番の雰囲気をさらに延長させていることになる（肩書は田とあるので、志田延義は『文安田楽能記』に見える「水汲の能」の一節であろうとされた。狂言「水汲」にも用いられている）。海人《あま》のもとに身を寄せて、日々潮を汲み、松葉で塩釜を炊き、魚網を曳いて暮らす女の、ふともらした溜め息。辛い仕事をさせられているのである。塩焼く生松葉で燻べられていたてるてや、浜の嵐に吹き曝されたいいいあんじゅのように、売られ流れてここに来て、海辺の労働を余儀なくされた女であろう。落ちぶれた嘆きの後姿が、塩屋に通う細道に見えてくる。そのわびしさを、単調な波音を伴いながら的確に印象づけているのが、終末句「倚や波のよるひる」であろう。この句に、中世小歌の色合いと胸の内を知る一つの手掛かりがある。

当時すでに掛け言葉のおもしろさもあって、類型句となっていたであろうこの「よるや波のよるひる」は、やがて琉歌の世界に流れて行き、おそらくは江戸時代初期あたりには、そこで定着しあたためられていたとしてよい。満々たる海に囲まれたこの琉球の人々の思いにも受け入れられ、親しみをもって三線《さんしん》歌謡の決まり文句ともなっていった。琉歌の世界である。

⑦恋のしがらみか　仲島の小橋　波のよるひるも　渡りかねて
（仲村渠節《なかんかりぶし》・島袋盛敏・翁長俊郎『標音評釈琉歌全集』。以下同）

⑧波のよるひるも　哀れ鳴き渡る　浮世仲島の　浦の千鳥　（名所の歌）

⑨いやまさる思ひ波のよるひるも乾く間のあるゑ袖のうらや　（中作田節）

⑩波のよるひるも通ひ漕ぐ小舟思分けて無蔵がつなぎ呉らな　（上田節）

⑪あけやうわが袖や浦の干瀬　心波のよるひるもぬれる心気　（相聞歌）

⑦は恋の思いをせきとめる柵であろうか、仲島の小橋は。波が寄せたり引いたりするように、昼も夜もいつも渡りかねる。小橋を渡って、別れて帰ってゆく後朝の男の気持ち。⑧は、夜も昼も哀れな声で鳴き渡る仲島の千鳥。そのように泣き暮らす「わたし」をほのめかせる。「波のよるひる」が琉歌では、ほぼこのような雰囲気で用いられているのだが、注意すべきは、引用の歌に見えるように、遊里仲島とともに歌われていることである。仲島はまさに波打ち寄せる島、一方は小橋で陸に通じていた。波のよるひるは実景でもあったわけで、これらの歌にも、流れて売られてきた女達の、海辺の人生が絡んで、琉球の憂き仲島での、流行歌謡となっていたのである（『中世の歌謡――『閑吟集』の世界』*）。

〔五十一〕 汀の浪の夜の潮

125 田
・汀《みぎは》の浪の夜《よる》の塩《しほ》 月影ながら汲《く》まふ《う》よ つれなく命《いのち》ながらへて 秋の木の実《み》の落《お》ちぶれて
や いつまで汲《く》むべきぞあぢきなや

【口語訳】
汀に寄せ来る夜の潮を、月影とともに汲みましょう。すげなくも命ながらえて、おりしも秋の木の実が落ちるように、この海辺におちぶれて、いつまで潮を汲む人生なのであろうか。あじきないこと。

【考説】「月影」から、研究大成には、謡曲『融』の本文の一節、「……まづいざや汐を汲まんとて持つや田子の浦……汲めば月をも袖に望汐《もちしほ》の 汀に帰る波のよるの……」を引き、「明らかにこの歌のような気分が流れている」とある。しかしこの小歌では、潮汲み女として流れてきた、おちぶれた貴種の女のおもかげが浮かぶ。

志田延義『鑑賞日本古典文学』歌謡Ⅱ・閑吟集で、21番・田は、『文安田楽能記』や『申楽談義』に見える「尺八の能」の一節と見たように、本歌詞も同書に見える「水汲の能」の一節ではないかと見ている。一方、井出幸男は『中世歌謡の史的研究 室町小歌の時代』・「『閑吟集』と小謡」の章で、亀阿弥作「汐汲」に拠る謡い物である、と見る先学の説がよいとした上で、さらに新しい資料〈浅井家旧蔵・曲海の中の近江節〉を加えて、その「汐汲」出典説を支持している。

狂言小歌に次のようにある。ほぼ同じである。野中の清水で、新発意《しんぼち》と女(いちや)がうたいながらお茶の水を汲む場面。

①汀の波の夜のしほ　月かげながらくまふよ　つれなくいまにながらへて　秋の木のみの　色付けてや　いつまでくむべきぞ　あぢきなや
（大蔵流虎明本狂言・お茶の水）

②つれなく命ながらへて　秋の木の実の落ちぶれてや　いつまで汲《くむ》べきぞ　あぢきなや
（和泉流天理本狂言抜書・水汲新発意）

狂言小歌として用いられているところからみると、『閑吟集』には「田」とあるが、小歌として独立して広く愛唱されていたこともわかる。しかし本来は〈あぢきなやの小歌〉で、わびしい海辺の人々の気持ちをあらわしているが、狂言では、軽い恋の歌としてうたわれている。

売られ買われて、落ちぶれて流浪した女が、男波女波《おなみめなみ》の打ち寄せる潮焼く浜にたどり着いた。つれなく命ながらえて、月光の中に潮を汲む。

126 ・大 刈《か》らでも運《はこ》ぶ浜川《はまがわ》の　（刈ら…）潮海《しほうみ》かけて流《なが》れ葦《あし》の　世を渡《わた》る業《わざ》なれば　心なしとも言《い》ひがたし　天野《あまの》の里《さと》に帰《かへ》らん　（天野…）

【口語訳】

自分で刈らなくても、流れ葦は浜辺近くの川波が運んでくれるのです。その潮海をただよう流れ葦のようなはかない私だけれど、これも世を渡るための仕事であるから、心ない仕事だと言ってやめてしまうわけにもいかない。さて、天野の里へ帰るとしましょうか。

【考説】 海人のなげき。

《浜川》 ハマガハ、と読む。山川《やまがわ》に対して、海辺の浜の辺りを流れる川。

《潮海》 海の潮。つまり海。

《天野の里》 中世（南北朝〜室町時代）に見える地名。寒川郡志度荘。現在も香川県さぬき市志度地区・五瀬山の麓あたりに天野の地名は残っている。『謡曲拾葉抄』には、「あまのの里は四渡寺の寅卯の方也。あまの里とも言へり。海人が墓あり」とする。

謡曲『海人（士）』の一節。讃岐国志度浦まで来た藤原房前のところに、一人の天野の里の海人とおぼしき女が来る。その女が言う言葉。

シテ「げにや名に負ふ　伊勢《いせ》をの海人《あま》は夕波の、内外《うちと》の山の月を待ち、浜荻《はまおぎ》の風に秋を知る、また須磨《すま》の海人びとは、塩木《しおき》にも　若木《わかき》の桜を折り持ちて、春を忘れぬたよりもあるに、この浦《うら》にては慰みも、名のみあまのの原にして、花の咲く　草もなし、なにを海松布《みるめ》　刈らうよ。

シテ「刈《か》らでも運ぶ浜川《はまがわ》の、刈らでも運ぶ浜川の、潮海かけて流れ芦の、世を渡る業なれば、心なしとも言《い》ひがたき、あまのの里に帰らん、あまのの里に帰らん。

海人の葦を刈る仕事のなげき。潮焼く浜の女の素描。海辺の民衆の一つの姿。このように海人が自ら語りかけるという設定。『閑吟集』は、中世海辺の世を渡る業とその風景を伝える。

127 ・小舟《〈ふね〉》行《ゆ》けば岸《〈きし〉》移《うつ》る　涙川《〈なみだがわ〉》の瀬枕《〈せまくら〉》　雲《〈くも〉》駛《はや》ければ月運《はこ》ぶ　上《うは》の空の心や　上《うは》の空かや何《なに》ともな

【口語訳】

舟が進むと岸が後へ後へと移っていくように見える。その舟が行く川ではないが、私の恋の涙は川となって流れて枕を濡らします。空の雲がはやく走ると月が動いているように見えます。その見上げる空ではないが、私の恋の心はぼうっとなって上の空。いや世の中のことはみな上の空。ああいたしかたもないねえ。

【考説】

《舟行けば岸移る……雲駛《はや（音、シ）》ければ月運ぶ》　出典「雲駛月運　舟行岸移」（円覚経）。『円覚経講義』（大内青巒・光融館）によると次のように読む。「譬ハ如シ動目ノ能ク揺ルカ湛水ヲ。又如シ定眼ノ猶ホ廻転ルカ火。雲駛ケレハ月運ヒ。舟行ケハ岸移ルモ。亦タ如シ是」

『三体詩』五言律詩の、「秋日送方千游上元」にある次の詩の表現も参考にできる。

天高淮泗白　料子趣脩程　汲水疑山動　揚帆覚岸行　雲離京口樹　雁入石頭城　待夜分遥念　諸峰霧露生
（曹松）

三句目「水を汲むと、影がゆれて、山が動くかと思われ」、四句目「帆を揚げて進むと、岸が後へ動いてゆくかと思われる」。

この小歌においても、五山詩文との関係は吾郷寅之進『中世歌謡の研究』が基本を考証している。『円覚経』は、宋代禅家に引用せられている経典であるが、本邦禅林の語録にも影響を与えており、この句が少なからず見える。

③但看、雲駛月運、莫説舟行岸移　（仏光国師語録）

④生是非生雲駛月運、滅元非滅舟行岸移　（天陰語録）

ただし、この小歌では右の部分は、「涙川の瀬枕」あるいは特に、「上の空の心や」を出すための序詞的な役割のみであると見てよかろう。一種のモダンさはあったと思われるが、言いたいのは上の空の心、恋の心であろう。何か非常に真理を突いていそうな禅教理の文句が並べられていて、哲学がありそうだが、それはそれとして借りてきて、すばやく恋の上の空へもって行くところは、小歌としておもしろい。

禅の教理もふまえながら、謡曲と狂言歌謡にも見える。

⑤舟行けば岸うつる涙河の瀬枕　雲はやければ月はこぶ　うはの空の心　うはの空かや何ともな（謡曲・現在江口）

⑥舟行けば岸移る　涙川の瀬枕　雲早ければ月運ぶ　上の空の心や　上の空かや　何ともな（鷺賢通本狂言・水汲新発意）

前歌126番は謡曲『海人』の一節で、肩書「大」である。本歌は肩書「小」であるが、⑤の如く謡曲『現在江口』に同型が確認できる。このように当時における肩書の認識は難しいところがあった。特に「大」としている小歌については、それが本来小歌として独立していた可能性も少なくはないのである。肩書「小」が誤りではなかろう。『現在江口』がこの小歌を作品中に利用したのであろう。『閑吟集』にこうして所収されたことが、本来の流行の姿で書き留められる結果となった、と見ることができる。

〔五十二〕　歌えや歌え

128 大・歌《うた》へや〳〵《(歌へ)》泡沫《うたかた》の　あはれ昔《〈むかし〉》の恋《〈こい〉》しさを　今《〈いま〉》も遊女《〈ゆふぢよ〉》の舟遊《〈ふなあそび〉》　世を渡《わた》る一節《〈ひとふし〉》を　歌《うた》ひていざ
や遊《あそ》ばん

【口語訳】

さあうたいましょう、うたいましょう。ああ儚い昔を恋い慕って、今も舟遊びの遊女は世渡りの手だてとしているひと節の棹の歌をうたって、さあ舟遊びをしましょう。

【考説】　出典、謡曲、観阿弥作『江口』。

①秋の水　漲り落ちて去る舟の　月も影さす棹の歌　謡へや謡へうたかたの　あはれ昔の恋しさを　今も遊女の舟遊び　世を渡る一節を　謡ひていざや遊ばん

江口の君の幽霊が、他の遊女の霊達と共に出現して、棹の歌をうたうところ。

「うたへや」、のうから「うたかた」へ続く。「うたかた」から意味で「あはれ」へ。「昔の」と対照させてさらに「今」へ。そして今のいから「い（ゆ）うじょ（遊女）」へ。

《泡沫》「ウタカタ　詩歌語。雨降りの時などに　できてはすぐに消える大きな水泡、すなわち、あぶく」（日葡辞書）。

《遊女》「遊君《ユウクン》、遊女《ユウヂョ》」（易林本節用集）。

《遊女の舟遊》江口・神崎は、平安期以後も、遊女の集合地帯であった。遊女は、舟に近づき今様などで遊びをした。

「遊女一両船　於蘆葦之間　発今様之歌曲」（明衡往来）。「あそひのこのむもの　雑芸つつみ小端舟（下略）」（梁塵秘抄・巻第二・三八〇）。

②蘆間分け月にうたひて漕ぐ舟に　心ぞ先づは乗り移りぬる　（六百番歌合・寄遊女恋・左）

③波の上にくだすをぶねのむやひして　月にうたひしいもぞ恋しき　（同・右）

宴の席では、「歌へや〳〵」「歌ひていざや遊ばん」の文句が機能する。この歌詞が実際の歌謡伝承のキーワードであるとしてよい。

129 大・棹《さほ》の歌　歌《うた》ふ憂世《〈うきよ〉》の一節《ふし》を　〱《〈歌ふ…〉》　夕波《〈ゆふなみ〉》千鳥《どり》声《こゑ》添《そ》へて　友《〈とも〉》呼《よ》びかはす海士乙女《〈あまおとめ〉》　恨《〈うらみ〉》ぞまさる室君《〈むろぎみ〉》の　行舟《〈ゆくふね〉》や慕《した》ふ覧《〈らん〉》　朝《あさ》妻舟《〈つまぶね〉》とやらんは　それは近江《あふみ》の湖《うみ》なれや　我も尋《たづ》ね〱《〈尋ね〉》て　恋しき人に近江《あふみ》の　海《うみ》山も隔《へだ》たるや　あぢきなや浮舟《〈うきふね〉》の　棹《さほ》の歌《〈うた〉》を歌《うた》はん　水馴《みな》れ棹《〈ざお〉》の歌歌《うた》はん

【口語訳】

憂き世のさまを、棹の歌の一節としてうたいましょう。夕波千鳥が、友を呼び交わす海士乙女に声を添えながら、世の恨みがまさりゆく室君の舟だと知ってか知らぬか、あとを慕ってゆきます。同じ遊女でも朝妻舟の遊女なら、近江の国とて、恋しい人に逢うこともできましょうが、我もそのように訪ね尋ねてゆきたいのだけれど、ここは近江の国でもなくて、恋しい人に海山遠く隔てられ、逢うことも叶わぬ。ああつまらないこの浮舟の私たちだよ。せめて棹の歌でもうたいましょう。いつもの舟歌をうたいましょう。

【考説】　遊女の棹の歌。

《棹の歌》　舟歌。

④釣魚ノ火ノ影ハ　波ノ底ニ入リテ魚ノ肝ヲ焦シ　夜舟ノ棹ノ歌ハ　枕ノ上ニ音信テ客ノ寝覚ニトモナフ……

（海道記・四月十日）

⑤淡路島霧かくれ漕ぐ棹うたの　声ばかりこそ瀬戸渡りけれ

（夫木和歌抄・巻三十三・船）

《憂世の一節》　世に節《よ》をかけ、節（よ、ふし）は棹の縁語。

《室君》　室津の遊女。播磨国揖保郡室津（現・兵庫県たつの市御津町）。「うかれ女トアラバ、〈うかれ妻とも云。海河のほとりの遊女也……〉……かりの宿、室……」（連珠合璧集）。
『法然上人行状絵図』室津遊女参照（京都知恩院蔵・第三十四巻。配流途中の法然が、室津で、遊女に念仏往生を語る場面が有名。遊女は小舟で法然の船に近づいている）。「昔室君、神前に歌舞を奏し、拍子物をして神慮をすずしめ奉りし事有」（播磨鑑・室津・加茂大明神）。

《朝妻舟》　朝妻は、琵琶湖東岸・坂田郡朝妻（現・滋賀県米原市）。「朝妻渡《アサツマワタシ》江州坂田郡」（書言字考合類大節用集）。

⑥そのゝちしつかにあゆみ　かた田へ入まいらせ　しる人をたのみ一ようのふねにさほさし　あさづまのはまにあかり……　（幸若舞曲・伊吹）

⑦くれふねよあさづまわたりけさなせそ　いふきのたけに雪しまくめり　（西行・山家集・中・雑）

「あさづま舟トアラバ、山、志賀のうら、よごの海、まのゝ浦、夜をこめて」（連珠合璧集）。「仇し仇波寄せては返る浪　朝妻舟の浅ましや　あゝまたの日は　誰に契りを交して色を……」（松の葉・巻三・朝妻舟）。

出典、謡曲『室君』。播州室の明神で、室君達を船に乗せ、囃子物をして、「棹の歌」をうたう部分を切り取った。ツレ三人が室君。謡曲『室君』では、この後に棹の歌つまり船歌がうたわれる。

⑧ツレ三人棹の歌　謡ふ浮世の一節を　地謡ふ浮世の一節を　夕波千鳥声添へて　友呼びかはす海士乙女　恨みぞまさる室君の　行く舟やしたふらん　朝妻舟とやらんは　それは近江の湖なれや　われも尋ねたずねて　恋しき人に近江の海山も隔たるや　あぢきなや　浮舟の棹の歌を謡はん　水馴棹の歌うたはん

なお謡曲『加茂』では、室津の加茂明神神職が次のように語る。「さても都の賀茂と当社室の明神とは御一体にて御座候へども　未だ参詣申さず候程に　このたび思ひ立ちて都の賀茂へと急ぎ候」。また、瀬戸内海・室津の遊女がうたわれるとともに、連鎖からゆくと、「朝妻舟とやらんは」が次の小歌「身は近江舟かや」を手繰り寄せることになる。

◇谷崎潤一郎『乱菊物語』

さてこの棹の歌を基軸として、室津小五月祭へと課題は展開し、近代に到って、谷崎潤一郎『乱菊物語』の創作へと繋がってゆく（『日本歌謡の研究―『閑吟集』以後』*）。この『乱菊物語』では、「小五月」の章をもうけて、室津加茂神社の小五月祭の華麗な様子が描かれ、小五月祭棹の歌が五首出てくる。谷崎が、室津や家島群島に取材旅行を行った事や、宝暦十二年（一七六二）刊『播磨鑑』に「五月五日室明神祭礼さほの歌五首」が載ること、また室明神小五月祭については、『播州名所巡覧図会』（文化元年〈一八〇四〉）がもっとも詳しいことなど右の拙著に書いた。日本歌謡史上における室津棹の歌は、このように『乱菊物語』まで関係してくるのである。

〔五十三〕　近江舟・鳴門舟　そして人買船

130・小　身は近江《あふみ》舟かや　志那《しな》で漕《こ》がるゝ

【口語訳】
この身はさしずめ近江舟か、志那の港で漕がれています。いや、死なないで思い焦がれているのです。

【考説】「身は」の発想。

《近江舟》筑紫舟、明石舟などと同じく、主にその地方において用いられ、人々になじまれている舟。

○なにかと言ふうちに大津松本ぢや。舟に乗りたいものぢやが……　あゝそなたは近江舟に乗つたことはないか。いまがはじめでおりやる。ぐれつく舟ぢや。構へて静かにお乗りやれ。（船渡聟・狂言集成）

『和漢船用集』には、「近江舟」は掲出していないが、「難波船　琴浦船　灘船　高砂船　須磨船　明石舟　鳴門の浦船」などと土地の名前が付いた船が各地にあった。ここでは、〈逢ふ身〉を掛ける。

129番の「近江の湖」や「朝妻舟」の縁で連鎖している。

《志那》　滋賀県栗太郡（現・草津市）の地名。志那は山田・矢橋とともに中世繁栄した要港で近江舟でにぎわった。これら三港は対岸の坂本とも連絡交通する拠点。『大乗院寺社雑事記』長享元年（一四八七）の項、『言継卿記《ときつねきょうき》』弘治二年（一五五五）の項などにこの地名が出る。要港であるとともに、蓮花の名所（蔭涼軒日録・延徳四年〈一四九二〉）。

《身は》「身は鳴門船かや」（132）の他にその譬えるものはさまざまである。「身は浮き草の根も定まらぬ……」（105）、「身は破れ笠よなふ」（149）、「身は錆び太刀」（155）。

『宗安小歌集』には、たとえば、「情けならで頼まぬ　身は数ならず」（24）、「恨み候まじ　なかなかに　身は数ならぬ」（39）、「身は宇治の柴舟」（64）、「身は浮舟　うかれ候」（66）が見られる。

130	身は　近江舟	死なで　焦がるゝ	志那で　漕がるゝ
131	人買舟（売られてゆく）		
132	身は　鳴門船	逢はで　焦がるゝ	阿波で　漕がるゝ

隆達節には、小野恭靖編『隆達節歌謡全歌集　本文と総索引』によると、「身は蛤ふみ見るたびに濡るる袖かな」（四三八）をはじめとして、「身は松の葉よ色に出づまじ……」（四三九）、「身は破《や》れ笠　きもせで……」（四四二）などがある。

中世小歌の代表的発想の一つ。数ならぬ自分、世の中に翻弄されるわたし、浮き草のような儚い自分を嘆く内容がほとんどである。女自身を言う。はかなく頼りない身、の意。中世歌謡における第一人称。この発想は、めぐまれない立場の女性や、遊女の場合も多い。あるいは海辺の潮を汲む女達の中に生まれ継承されてきたことばか。特にこの130番〜132番は典型的な中世民衆の生活や人生を象徴している。

130・132番を見て次のようなことが言える。

①替え歌の、中世小歌における実際が見える。替え歌とはこうしたもの。

②この二首で「人買舟」の小歌を中に挟む配列がはっきりしていて、編者が呈示する、風波立つ海の風景と人生が広がっている。それは爽やかでゆったりとした、めでたさのある風景ではない。確固たる信念をもって室町時代の庶民を、あるいは底辺の人々を、用意周到な編集によって描こうとしている。『閑吟集』の、潮風の中で発想し表現する巧みな文芸的手法が明瞭である。中世民衆の中に近づく一つの道筋が見えるような小歌群。〔五十三〕、そして続く〔五十四〕〔五十五〕の三章は、『閑吟集』の海洋海辺の世界として、多くの課題を提示している。

131・小 人買舟《かひ〈ぶね〉》は沖《〈おき〉》を漕《こ》ぐ　とても売《う》らるゝ身を　たゞ静《〈しづか〉》に漕《〈こげ〉》よ船頭殿《〈せんどうどの〉》

【口語訳】
人買船ははるかな沖を漕いで行きます。どうせ売られてゆくこの身だから、せめて静かに漕いで下さい。船頭さん。

【考説】　人買船の小歌を「海辺の風景」の一つとして採用した。

《人買舟は》　人買の商人が、買った人々を乗せて運ぶ船。室町時代物語『ともなか』に「人かひ舟」（『中世文学研究と資料』慶応義塾大学）。

謡曲『婆相天』では、直江の浦に西国船と東国船がやって来るが、それらは「此間に もっぱら人を商ひ申し候」とある。人を売買する様がこうした作品によって描かれる。「は」は、人買船を限定する指定の助詞。

《沖を漕ぐ》 港近く、岸辺に沿って漕ぐのではなくて、人目につかぬように、沖を漕いでゆく。

《船頭》 「センドウ 船の頭。船長。すなわち船のかしら」（日葡辞書）。

この131番小歌が『徳川氏御実記付録』東照宮巻二・天正十八年小田原陣の項の小歌、『吉原はやり小歌総まくり』・さかな端歌づくし、に用例が確認される。『吉原はやり小歌総まくり』では、「船頭殿」が最後に「かんた殿」になっている。

◇説経浄瑠璃『さんせう太夫』・直江の浦の悲劇

この小歌の一部分が、説経浄瑠璃『さんせう太夫』、古浄瑠璃『義氏』第五（『古浄瑠璃正本集』（二）所収。『さんせう太夫』と近い）において、登場人物の言葉になっていることについては、すでに拙著『中世近世歌謡の研究』で次のように述べた。一部分を引用する。

説経浄瑠璃正本『さんせう太夫』、「なほいの浦」の場面で、人買船に乗せられて、離ればなれになってゆく「あんじゆ」「づし王」へ、母が必死に声をかける段についても少しく注意はいる。諸本、次のようになっている。

○いかにせんどう　あの舟と此舟は　同みなとにつかぬかや　舟こぎもどし　しづかにこがひ　せんどう殿（寛文七年山本九兵衛本）

○さてあのふねと此舟の　あいのとをひはふしきやな　おなしみなとへつかぬかよ　舟こきもどひて　しつかにお
さいよ　せんどう殿（与七郎正本）

○いかに舟人　あの舟と此舟の合の遠きはふしきやな　おなし湊につかぬかや　一つみなとにつくならは　舟こき

もとし　しつかにこがせ給ふべし　　　　　　　　　　　　　〈佐渡七太夫豊孝本〉
○なふいかに舟人殿　舟こぎもといて　こん生にてのたいめんを一とさせて給れの　　〈佐渡七太夫正本〉

これらの言葉が、詩的な響きをもって、悲劇の一つの頂点をつくっているのではあるが、特に一番はじめに置いた〈寛文七年山本九兵衛本〉を通して、『閑吟集』131番、「人買舟は沖を漕ぐ　とても売らるゝ身を　たゞ静に漕よ船頭殿」の後半との交渉をみることができる。もちろん、右のわずか四本の比較でもその部分に変化があって、〈佐渡七太夫豊孝本〉では「せんどう殿」の呼びかけがなく、〈佐渡七太夫正本〉になると、『閑吟集』の「たゞ静に漕よ船頭殿」に対応させるべき部分をもっていない。〈与七郎正本〉は説経『さんせう太夫』中、最も古い形を伝えていると言われ、寛永から慶安頃（一六二四―五二）刊と見られており、〈佐渡七太夫豊孝本〉は正徳三年（一七一三）刊で、右四本の内では最も時代が下るのではあるが、ともかく、説経『さんせう太夫』正本のなかで、この『閑吟集』131番として知られている中世小歌の、断片的利用を認め得る系統があったとしておいてよい（もちろん、『閑吟集』131番成立の地盤には、当時あるいはそれ以前における『さんせう太夫』に近い実際の事件や語りぐさがあったのであろう。そのあたりに、この常套的呼びかけが生まれていたと言えないことはない）。そして、もう少し広めて、近世初期語り物において、人買船の出る悲劇的場面では、「静に漕よ船頭殿」と呼びかけさせる常套的手法があったのだとしておいてよい。

すなわち、古浄瑠璃正本類で「人商人」が出て、「人買船」が描かれているものに、『あくちの判官』（寛永十四年〈一六三七〉刊）五段目、『はらた』（正保四年〈一六四七〉刊）三段目、『義氏』（慶安四年〈一六五一〉刊）五段目などがあって、この内『義氏』においては、乳母と離ればなれの船に乗せられた姫君が、やはり、
○いかに船頭殿　あの舟と此船を　同し湊へ着ぬか　船漕もとして　静かに漕や船頭殿
と綴っている。刊行は、『さんせう太夫』の〈与七郎正本〉と同じころであり、〈寛文七年本〉よりはやいものである。

この小歌は、130番と連鎖している点を考慮して、おそらく琵琶湖上を行く人買船をうたうものであろうとする杉森美代子説が有力となっている。つまり能『自然居士』、室町時代物語『むらまつの物語』などでは、大津→琵琶湖（松本）→海津→敦賀へ、『さんせう太夫』や能『婆相天』なども入れると、さらに直江津へのびる人商人の密輸ルートが見えてくる（「閑吟集についての一考察」〈『東京学芸大学研究報告』14号・昭和三十八年〉）。

当時、「人買舟は沖を漕ぐ」という言い習わしが世間にささやかれていたのであろう。その慣用句をはじめに置き、それに続いて、買われた船中の女の、荒々しく船を漕ぐ船頭への、すがりながら嘆願する言葉を置いた。歌い出しは客観的説明的な言葉。「とても……」から、人買船の中の売られてゆく女の言葉になってゆく。〝沖〟ということばが悲劇性を募らせる。

もちろん132番との関連性も、130番の場合と同等にあるわけである。まさしく近江の湖の人買船であり、鳴門の海の人買船でもある。

◇物語・語り物に登場する商人

この131番を把握する上で中世期の、風流踊歌のさまざまな歌いぶりが貴重である。商人達の旅を行くルートが、さらにはその商いの種類がこの130番・131番・132番の連鎖をより深く読み取る上で必要であるから、以下に室町時代物語・謡曲・狂言・古浄瑠璃そして『田植草紙』などから、商人・人商人・人買舟などが登場する事例をいくつか掲出しておきたい。130・131・132の把握の上で参考とすべきである。

まず次のような商人の道行とその生活や心意の断片がうたわれている。

①〔商人〕

○越後のうらより　ふねにのろ　はやくついたよ　つるがまで

つるがばしやくに　にをつけて　はやくついたよ　かいづまで
かいづでふねに　にをつみて　はやくついたよ　大津まて
大津車ににを　つみて　はやくついたよ　都まで
（山城久多踊歌本・『芸能史研究』41号・二八頁）

同地の花笠踊本に見える「関東売」には、関東の連雀商人が、信濃・木曾・近江八幡・志賀唐崎・大津・一条室町と通って商いをするさまがうたわれる。

②〔人商人〕

○沖のど中の人買船の船頭殿　速く急げよ若き姫子を船にのせやう
（丹波一の宮踊歌・『民俗芸術』2—11）

③〔小袖商人〕　室町時代物語・さくらゐ物語・大成第五・三九四頁

○ゐなかくだりの小袖あき人

京都の町を知りつくしていて、ご主人の病気を治す名医を藤源次に教える。

④〔商人〕　室町時代物語・はもち・大成第十・六三七頁

○都よりあき人一人下りしを

都より下るはもち殿の事を語って通り過ぎる。

⑤〔人商人〕　謡曲『飛鳥川』（『未刊謡曲集』一・三六頁）

九州薩摩がたの人が、娘を人商人に「かどはかされ」て「きのふは芳野にまいり、けふは又都の方へ」ゆく。（「向ひを見れば、人の多く笛鼓をならし、田歌を謡ひ面白く候」とある。「小田の早苗を取、早乙女のもすそをひたし袖を濡して笠を傾け声をそろへて、謡ふ小歌の面白さよ……」。）

⑥〔人商人〕　謡曲『逢坂物狂』（『未刊謡曲集』一・九〇頁～）

西国方の人が人商人にかどわかされた我が子を追って三年になった。ひとたびは東国方をたずねたが逢うことができずやがて都の方へ向かい、近江松本に着く。そこの宿の主人が、相坂山の「童部」をつれた男盲者に会わせる。

⑦〔人商人〕　謡曲『忍摺』（『未刊謡曲集』五・一五六頁）

シテ「都の人と承れば御なつかしう社候へ。我等も都の者成しが。人商人の手に渡り。此所にとゞまりたり。又聞し召及ばれたる忍ぶずり能々御覧候へ（中略）ワキ詞「彼忍ぶうつくしく出《イデ》来て候。折節客人を伴ひ申てあれば。けふのあそびに彼忍ぶ摺したつる（他の諸本「仕立る」）女共。例のこがらし（田中下懸・上杉・吉川本「こかうし」）などうたひて舞遊べと申候へ。此女共の中《カ》に。京《ミヤコ》（傍訓下村本）より人商人にとられたる所を面白く舞うたひ候。殊更業平の曲舞を人の作られたるを。皆々舞謡ひ候。更ば何の苦しかるべき。忍ぶずりの直垂をきて。業平の曲舞を急ぎ舞候へ　シテ下「恥かしやいつ馴ざりし言の葉の。露も心も消かへり。猶出がての月の影。いざよふ雲の端袖迄。人を見るめの涙也共。何をかさのみ忍ぶ山。忍びて通ふ道もがな。人の心のおくを見んとや　下同「恥かしや〱　はづかしの守りの下道。行やらで　心を返す袂かな

⑧〔人商人・人買舟〕　古浄瑠璃『はらた』（『古浄瑠璃正本集』一・二六四頁）

宿の主が、人あき人と結託して、児を売る相談をする。そのときの言葉「としのよりたる者にはさめのうをかつかぬなり」。

⑨〔人商人〕　古浄瑠璃『ゆみつき』（『古浄瑠璃正本集』一・二九五頁）

玉つる女が、人商人にかどわかされつれさられた。

⑩〔人商人〕　室町時代物語『唐崎物語』（大成第三・五二二頁）

実際は出てこないが、次のような想像をする。

兼行夫婦は娘の姫君が突然行方不明になったことを聞いて、「いかなるものか、とりつらん　人商人のしわさやらん　いつの世につくりしつみのむくひにや」と嘆く。

⑪〔よろい商人〕　室町時代物語「まんじのまへ」（大成第十二・六六一頁）
長者夫婦の若君を救うために「りうこう」という家来が、若君と似た人物を捜しに旅に出る。「もとよりこのりうこうはあんふかきものなれば、その身をあき人にすがたをなし、かなたこなたとしよこくをのこらず、うら〳〵嶋〳〵さと〳〵を心のまゝにたづぬれど、すこしもにたる人はなし」（寛永八年刊本）。
⑫〔魚商人〕　室町時代物語『ごゑつ』（大成第四・五七七頁）
越王の家来「はんれい」が、王を助けるために「身をやつし、かたちをかへ、あしかにうほをいれて、みつからこれをになひ、うほをうるあきんとのまねをして」旅に出る。
⑬〔人商人〕　謡曲『浜平直』（校註謡曲叢書・巻三・一五一頁）
清水観音の御夢想により人の養子となって、いずこかへ行ってしまった一子菊若をたずねて、両親が旅をする途中、人商人にかどわかされてしまう物語。
⑭〔人商人〕　狂言　天正狂言本『松山鏡』
女一人出て、おつとをよび出し、下人を持たぬとゆふて都へ人を買いにやる。のぼる。「人買《かわ》ふとよばわる」。
⑮〔人商人〕　室町時代物語『竹生島の本地』（大成第九・二四三頁）
○あるときつほさかの寺にて　たつとき御そう、たむきおのへ給わに身をうりてもおやのほたひを　とむらはばやとありければ、此年心にかり給へは、ほとなく十三年になりければ　いつくともしらぬ　あき人きたりて
⑯〔人商人〕　謡曲『隠岐院』（校註謡曲叢書・巻一・三二一頁）
○かやうに候者は　隠岐の国より出でたる人商人にて候
⑰〔人商人〕　謡曲『身売』（校註謡曲叢書・巻三・二四一頁）
越後国の貧しい兄弟が、亡き両親の法事を行なうことができず、弟が人商人の船頭に身を売ろうとする物語。

⑱『田植草紙』晩歌一番・七八番・七九番

○おもしろいは京下りの商人《あき》
千駄櫃にのふてつれは三人なり（以下略）（七八番）

○商人を恋ゆるかや千駄櫃をこゆるか
千駄櫃の中の花紫をこゆるよ
櫃の中なる芭蕉の紋の帷（以下略）（七九番）

このように旅を行く商人の姿を追うことができる。まだ遺漏している事例もいくつかあるとは思われるが、簡略に列挙した右例によって、なかでも人商人の登場と、言動がある程度把握できるとしてよいと思われる。後日、まとめて詳細に整理する必要はあるが、『閑吟集』131番、そして130番、132番を、こうした事例の中に置いてみることが必要なのである。歌謡史の中の『閑吟集』の文化史的な意義がここにもある。

132・小　身は鳴門《なると》船《ぶね》かや　阿波《あは》で漕《こ》がるゝ

【口語訳】

この身はさしずめ鳴門船か。阿波の海で漕がれています。いや、逢うこともなく思い焦がれてばかりです。


【考説】　鳴門船。

《鳴門船》「鳴門《ナルト》阿波」（文明本節用集）。

《阿波で漕がるゝ》隆達節以降近世期流行歌謡としても好まれた。「逢わずに恋いこがるゝ」恋歌の核の部分として取り入れられている。

①見る目ばかりに波立ちて　鳴門船かやあはでこがるゝ（隆達節）

②我は君ゆへ　叶はぬ恋に身をやつす　よその見る眼に波立ちて　鳴門船かや逢はでこかるゝ〳〵（天理図書館蔵・おどり・片恋）

③あわのなるとの船かやわれは　あわでこがれてものおもふ（延宝二年書写踊歌・正宗他編・日本古典全集『歌謡集』）

④あの様は雲のうえ人　我身はたゞ鳴門の船よ　あわでこがるゝ身ぞつらや（尾張船歌・よし川）

⑤たそやたそ　なるとのおきにおとずるは　あはでこがるゝよそのふな人（古浄瑠璃・忍四季揃）

⑥恋ははてなや恥しや　鳴門舟かや我が恋は　あわでこがるゝ浮身かな（宮崎県東臼杵郡・笠踊歌・『九州民謡集成』）

この132番以後、連鎖の方向は瀬戸内海の海辺へ移ってゆく。近江琵琶湖辺から、阿波の海辺へ連鎖。この小歌との関連を中心に前歌131を置くと、その風景は阿波の鳴門になる。この見方も必要である。

132番─鳴門船。133番─阿波の若衆。134番─133番を受けて、鳴門沖のかもめの群れ。135番─鳴門の浦の風景、136番─泊り船の中の男女、137番─瀬戸内海あるいは西国のいずれかの港の風景、138番─松浦の奥の唐土船。

この展開は、琵琶湖から瀬戸内海と西国の、あるいは中国・明との貿易の港へと、はるかに続くおもしろい連鎖展開をみせていると読み取ることができる。

129番～131番は近江琵琶湖の風景・世相をうたっており、132番～138番が鳴門を基盤として、その連鎖の意識は遠く玄界灘から西国松浦の沖へ広がってゆくのである。中世小歌の世界としては、むしろこの西国へ広がる風景の方がより意識されておいてよいのではないかと思われる。中世歌謡の、大きな生成流転の世界を強く意識しておくべきであろう。その瀬戸内海や西国の中世世界を背景にしている点では、289番・290番ともまた関連性があり、讃岐小歌というのを考えたように、阿波・讃岐の繁華な文化をもって、これらの歌謡の背景環境を検討することができる。言うまでもなく『全浙兵制考附日本風土記』所載「山歌」十二首は、時代はすこし下るが、この『閑吟集』の世界と無関係ではないのである。また讃岐・まんのう町・佐文に伝承する「綾子踊」（の「四国船」）なども、同じく一つの文化圏の中において理解しておいてよいと思われる（私家版『讃州綾子踊歌評釈（稿）』平成二十二年）。瀬戸内海、西国の海、東シナ海、そして大陸・明国の広域な海辺に通じていたのである。歌謡集『閑吟集』の中でも、この海洋・海辺の風景は、おもしろく、かつ圧巻である。

〔五十四〕　船乗りと阿波の若衆――『閑吟集』が残してくれた風景――

133 小・沖《おき》の門《と》中《なか》で舟《ふね》漕《こげ》ば　阿波《あわ》の若衆《わかしゅ》に招《まね》かれて　あぢきなや　櫓《ろ》が〳〵押《を》されぬ

【口語訳】
沖合で舟を漕いでいくと、阿波の若衆に手招きされて。気もそぞろで、情けないねえ、俺の腰は萎えて、櫓が櫓が、櫓を押すことができないよ。

【考説】　この歌、讃岐からやってきたのであろうか、瀬戸内海を行く船乗りの男がうたう趣。
《門中》「トナカ、湾のまん中」（日葡辞書）。港湾の中。「沖の門中で」は、門中の沖で、の意。
《若衆》阿波の若衆――当時の海の男達（船乗りや港の男達。背景として、倭寇・水軍・海商などがいる）によく知られていた、一つの小集団としての若衆達がいたのであろう（290番参照）。男色の相手の若者。阿波以外にもおそらく、どこそこの若衆と言って、地名を冠して呼ぶ若衆の群れがいくつかあって、男達の相手となっていたのであろう。阿波の若衆は、西国で、そして瀬戸内海から都にかけても話の種となったのであろう。

また、この若衆達は、沖行く船に向かって陸から手招きをしたのである。あるいは、小舟で近寄ったのか。「招かれて」とうたう。こうした男達の身体表現の型がある。集成は「舟若衆」の語を使う。

《あぢきなや》船を漕ぐ男が、招かれて気もそぞろになる自分自身を「あぢきなし」と言った。

《櫓が〳〵》この繰り返し、歌謡としてうたわれた時、効果がある。後掲の風流踊歌の例などでは、「腰が萎えて」櫓が押されぬ、とある。

以下の如く風流踊歌に、近似した部分が指摘できる。

①をきのとなかでろをせば、やどのひめこはでてまねく、あじきろかいやこしがなえてろかをされぬ
（大阪府貝塚市・文政七年本小おどり・わかさおとり・『貝塚市史』）

②仲（沖）のとなりでろうたせばよの〳〵　やどのひめごが手でまねく　あじきろかいでこごしがなへて　ろうがおされぬ〳〵
（大阪府岸和田市・天保二年本神踊歌・和かさ踊）

③佐渡と越後の鐘聞けば　佐渡も恋し越後も恋し　沖のとなかでろが折れて　太刀をろにして舟はやめよ
（同・越後踊）

ともかくこの小歌も、中世歌謡の多様性を説明している。中世歌謡の海辺の風景の中に、阿波の若衆も見えているのである。

④沖のど中へ漕ぎ出して　沖のど中で櫓が折れて　さいたる大刀を櫓に使う
（同・大順礼）

⑤四国の船々沖をば漕がで　渚こぐ　静かにおせや仲乗りの船頭どの　足がしどろで　ろが〳〵ろのろでおうされ

ぬ……　（福岡県八女郡・星野・はんや舞歌・四国船）

⑥や　おれらかわかしう　や　よどふねにのせて　や　いゝとすてこげばんや　ろがおされぬ　わがきみと　（兵庫県丹波・笹ばやし・『丹後の笹ばやし調査報告書』）

近世民謡としては、次の用例も落としてはならない。

⑦とろり〱と沖行く船も　女郎が招けば磯に寄る　（延享五年小哥しやうが集）

⑧伊予ぢや讃岐ぢやと沖乗る船も　女郎が招けば鞆に着く　（瀬戸内の船歌・松川二郎・『山の民謡・海の民謡』）

なお、これらの事例に加えて、天理図書館蔵『おどり』・「やゝこ」の「塩飽船《しはくふね》かや君まつは……」およびその系統の風流踊歌群に注目しておかねばならない。こんな船乗りの男達の声も、『閑吟集』は残してくれた。広く、水軍・倭寇・海商の動いた瀬戸内海であろう。

134 小 沖の鷗《かもめ》は　梶取《かぢと》る舟よ　足《あし》を艫《ろ》にして

【口語訳】

沖の鷗は梶とる舟だよ。足を櫓にして。

【考説】　沖の鷗。海辺の人々にしてはじめて生まれた発想。

◇近世民謡のリズムへ

近世・近代民謡でも、「沖の鷗が物言うならば便《たより》聞きたや聞かせたや」「沖の鷗に潮時問えばわたしゃ立つ鳥波に聞け」（北海道沖揚音頭）などで知られている大衆性をもった「沖の鷗」が、民謡史上、『閑吟集』のここに出てくるのである。さらにおもしろいのは、この134番が音律の上で、七・七・七・五型となる可能性がおおいにあることであり、しかも、（三・四）（四・三）（三・四）のリズムを認めることができる。あとは最後の五音が加わればよい。それは簡単なこと。いま仮に、北海道沖揚音頭に習って、「波の上」という句を置いてみると、

○おきの3─かもめは4─かぢとる4─ふねよ3─あしを3─ろにして4─なみのうへ5─

のようになる。「足を艫にして」の次にあと五音の句を加えると、近世歌謡として安定するのである。134番はそういう意識と情感をにおわせている。近世小歌調成立を暗示している。すでに右の七・七・七・五型でうたわれていた可能性を言ってもよい（138番等参照）。

「沖の鷗」系の海の民謡。

○沖のかごめは舟遊山　足をろかいに身を船に　のばす口をば帆柱に　両方のはがひを　帆にまきあげて　さしつさされつ御酒盛　（東京都伊豆大島・泉津村・大漁歌・沖のかごめ・小寺融吉『郷土民謡舞踊事典』）

○……白いかもめが三つ連れで　また三つ連れで六つ連れで　足を櫓櫂に　身を舟に　尻尾を帆にして　楽遊び　（京都府・丹後・峰山にがた・『郷土民謡選集』）

なお、133番135番の間にあって、これも鳴門沖の瀬戸内海風景の点描とも見得る。133番の「沖の門中」の風景の中にこの波間の鷗も見えている。

135・大磯山《いそやま》に　しばし岩根《いわね》の松程《まつほど》に　〈（しばし…）　誰《た》が夜舟とは白波《しらなみ》に　梶音《かぢおと》ばかり鳴門《なると》の　浦静《うらしづか》なる今夜《こよひ》かな　〈（浦…）

【口語訳】

磯山に来て、しばしその松の木陰で待っておりますと、誰が漕ぐ夜舟かは知らないけれど、梶の音だけが鳴っています。今夜の鳴門の浦は静かなものです。


【考説】　鳴門の浦。中世瀬戸内海文化の一つの基点。

《岩根の松程に》　岩の「い」に「居」、松に「待つ」を掛ける。

《誰が夜舟とは白波》　夜船に「呼ぶ音」、白波に「知らぬ」を掛ける。

《鳴門》　梶音が「鳴る」を掛ける。


出典、謡曲『通盛』。阿波の鳴門で修行の僧が、毎夜、平家一門の果てさせ給える所だというので、磯辺に出て御経を唱えている場面。

磯山に暫し岩根の待つほどに暫し岩根の待つほどに　誰が夜舟とは白波に梶音ばかり鳴門の浦静かなる今宵かな　浦静かなる今夜かな

ゆえに詞章の「待つほどに」は、「松」を掛けながら、何を待つのかというと、『謡曲大観』は明瞭でない。大系は「読経の時を待つ」とする。一応それに従う。ただし、「平家一門果てさせ給ひたる」所だと言い、またやがて漁翁（実は通盛の霊）、海士女（小宰相の霊）が出現してくるのであるから、ここは、平家の幽霊の出現を待つ、という作者のストーリー上の思惑が、文章に出ているのではないかとも思われる。


鳴門の海の夜の風景。夜舟の背景に鳴門の海がここでもはっきりする。

「阿波」からの展開としてここに置かれた。136番は、この小歌からの延長線上に置くことができよう。

136 小 • 月は傾《かたぶ》く泊《とま》り舟　鐘《〈かね〉》は聞《き》こえて里《〈さと〉》近《ちか》し　枕《〈まくら〉》を並《なら》べて　お取梶《とりかぢ》や面梶《おもかぢ》にさし交《ま》ぜて　袖を
夜露に濡《ぬ》れてさす

【口語訳】
月は西に傾き、暁の鐘の音がこの泊り舟にまで聞こえてくるので、人里も近いのだろう。二人枕をならべて、ちょうど舟の取舵や面舵を取るように共寝して、袖が夜露に濡れることです。

【考説】
《月は傾く》 諸注が述べているように、次の詩の雰囲気がある。
○月落烏鳴霜満天　江楓漁火対愁眠　姑蘇城外寒山寺　夜半鐘声到客船（唐詩選・巻七・七言絶句・張継・楓橋夜泊）
この詩を利用している謡曲『三井寺』の一部を引用する。
シテ月落ち烏啼いて　地霜天に満ちて冷《すさ》ましく　江村の漁火もほのかに半夜の鐘の響きは客の船にや通ふらん
蓬窓雨したたりて　馴れし汐路の楫枕　浮寝ぞかはる此海は波風も静かにて　秋の夜すがら月すむ　三井寺の
鐘ぞさやけき
《取梶や面梶》「トリカヂ。取舵。舟の左舷。船首の方に向かって左側の方向へ船を運航させる」（日葡辞書）。「オモカヂ。上と反対側すなわち右舷」（日葡辞書）。
「舟、枕、取梶や面梶　さし交ぜて　夜露に濡れてさす」こうした語句が並べられているので、やはり暗にそれぞれ夜舟の中の共寝・情交の場面を言っていると見てよかろう。『宗安小歌集』六二番「濡れぬさきこそ露をも厭

郵 便 は が き

料金受取人払郵便

天王寺支店
承 認
922

差出有効期間
平成26年8月
1日まで

（切 手 不 要）

ただし有効期限が過ぎましたら切手を貼ってください。

5438790

大阪
和泉書院
行

大阪市天王寺区
上之宮町七―六

〈受 取 人〉

このハガキを、小社へのご意見またはご注文にご利用下さい。

お買上 書 名	

＊本書に関するご感想をお知らせ下さい。

＊出版を希望するテーマをお知らせ下さい。

今後出版情報のＤＭを　希望する・希望しない

お買上 書店名	区市町	書

ご 注 文 書

月　　日

書　　名	定　価	部　数
	円	部
	円	部
	円	部
	円	部
	円	部

がな
名前

□□□-□□□□　電話

主所

職業　所属学会等

ールアドレス

公費・私費（接注文の際は知らせ下さい）	ご必要な公文書(公費の際はご記入下さい) 見積書 □ 通　納品書 □ 通 請求書 □ 通　日付 要・不要	公文書の宛名

のハガキにてご提供の個人情報は、商品の発送に付随する業務・出版情報のご案内・出版画に関わるご連絡以外には使用いたしません。

は、AかBに○印をつけて下さい。

下記書店へ配本。(このご注文書を書店にお渡し下さい)

書店・取次帖合印)

B．直接送本。

代金(書籍代＋送料・手数料)は、現品と引換えにお支払下さい。送料・手数料は、書籍代定価合計5,000円未満800円、5,000円以上無料です。

和泉書院

http://www.izumipb.co.jp
E-mail : izumisyo@silver.ocn.ne.jp
☎ 06(6771)1467　FAX 06(6771)1508

様へ＝書店帖合印を捺印の上ご投函下さい。

へ　濡れて後にはともかくも」は、雰囲気の上では近い。

こうした性的場面を暗喩で描く小歌については、今後、表現や時代性を通じてアプローチする必要がある。中世歌謡との比較という点では、中国・明代の山歌、特に馮夢龍蒐集『山歌』歌謡に注目すべきである。二〇一二年十月二十日、苏州新巻村で開かれた「冯梦龙研究高峰论坛」でその主旨を講演した。

〔五十五〕　港町の風景

137 小・又湊《みなと》へ舟が入《いる》やらう　唐艫《からろ》の音《をと》が　ころりからりと

【口語訳】
また湊へ舟がはいってきたのだろう。唐艫の音が、ころりからりと聞こえてくるねえ。

【考説】
港町の女はふと耳を澄ます（家の中で。女に船は見えていない）。瀬戸内か、荒波よせる西国の海辺か。

《唐艫》　家集　雁をききて　前中納言通房卿
①さ夜ふけてうらにからろのおとすなり　あまのとわたる雁にやあるらん　（夫木和歌抄・巻十二・秋部三）

唐艫は『日葡辞書』にも「シナの艪。すなはちシナの大形の艪」とある。集成では次の138番の「唐土船」との関係から、唐艪であろうとする。新大系、本稿でも唐艪と見る。「空艪」とするなら、艪を水中に浅く入れて漕ぐこと。沖を走る時の艪の手ではなく、港に入ってきて碇泊せんとする時の漕ぎ方である。

『宗安小歌集』にも「からろ」とある。また唐艪にしても空艪にしても、その音を聞き慣れた人々には、船の種類や状況を聞き分けることができた。次の唐土船との関係を重く見る。

②こぎ出せば　からろの音がからりころり　（古浄瑠璃・土佐日記）

《ころりからり》

③島陰ヨリモ艫ノ音ガ　カラリコロリ　（中略）ト漕出イテ釣リスル所ニ　（鷺流享保保教本狂言・小舞・宇治ノ瀑）

この小歌の冒頭「又」に注意。港に住む女が口ずさむ。遊女がうたう趣でもある。港に入る舟の艪が聞こえる。「また」は必ずしも二回目ではなく、しばしば舟が出入りすることを言っているのである。

なにか言い知れない異国情緒がある。阿波の海辺あるいは次歌138番に傾くと、松浦の海辺とも見える。竹久夢二の「室津の女」の絵も、この小歌からの視界に入ってくる。「しながとるや　猪名《ゐな》の湊《みなと》にあいそ入る舟の　梶よくまかせ　船傾《かたぶ》くな　船傾《かたぶ》くな」（神楽歌・階香《しなが》取《とり》）などとともに庶民的、生活的風景である。

寄遊女恋

④からろをす水のけぶりも一すぢに　おもふかたにはなびくをぞみる　（実隆・雪玉集・巻十七）

遊女

⑤からろをす水の煙の一かたに　なびくにもあらぬうき身とやおもふ　（再昌草・第八・永正五年）

⑥からろおすもろこし舟を雁ぞなく　あまの衣の袖の湊に　（正徹・草根集・雁過湊）

遊女　永正五十頃月次

⑦からろをす水のけふりの一かたに　なひくにもあらぬうき身をや思ふ　（実隆・雪玉集・巻六）

⑧からろおす小舟をちかみ水鳥の　むらねおどろく暁のこゑ　（同）

◇港町の人生

137番・138番とともに、引いておくべきは、『宗安小歌集』の次の名品である。

⑨浦が鳴るはなう　憂き人の舟かと思うて　走り出て見たれば　いやよなう　波の打つ　うつつ波の打つよの
（宗安小歌集・一六五）

『宗安小歌集』では、『閑吟集』の282番相当歌と並べて所収されている。「浦の方がざわざわしているような気がするわ。あの人の船が着いたのかと思って、走り出て見たら、いやだねえ、波が打ち寄せる音だった。私にあの人を思い出させて、また物狂ほしくさせるのね。ただ波が打ち寄せて来るだけ。ただそれだけ」。「憂き人」は、私に憂い辛い思いをさせる恋人、の意。「いやよなう」は、自分に対して言っている。「うつつ波」は「うつつなし」を掛ける。

港町に暮らす女の科白。『閑吟集』の「そと隠れて走て来た」（282）、その女のイメージに重ねてみると、そちらは逢えたが、これは今日も逢えなかった。中世小歌の基調の一つが、そうした海辺の風景の中から生まれ出たのである。

かつて志田延義も、『閑吟集』では「素材や歌詞中の用語において、近江の湖畔をも含めて海浜に関するものが多いということを挙げ得ると思う。数え方によって異なるが三百十一首中、一〇パーセントを上回ると見てよかろう」と述べた（鑑賞日本古典文学・歌謡Ⅱ『閑吟集』）。

塩焼く洲浜。唐土船《もろこしぶね》の着く港。この二つが中世小歌における海辺風景の代表であろう。『全浙兵制考附日本風土記』所載「山歌」十二首からも言えるように、『閑吟集』の背景には、水軍・倭寇や貿易商人が活躍した、東シナ海や薩摩・長崎の港も浮かんでくる。124番の「倚や波のよるひる」、この「また舟が入るやろう」には、何かを求め何かに縋ろうとする、その海辺のはかない人々の思いがある。真《まこと》を求め、情《なさけ》を求めて、心に秘めた誰かを待っているのであろう。波の音。櫓の音。それらすべて、海辺の期待と憂鬱。日本の一つの文化が見えている。港町の陰翳が見えてくる。余情ある佳品とすべきであろう。

138・小 つれなき人を　松浦〈まつら〉の奥〈おき〉に　唐土〈もろこし〉船〈ぶね〉の　浮《う》き寝《ね》よなふ〈う〉

【口語訳】

つれないあの人を、松浦の沖で碇泊している唐土船ではないけれど、待ちかねて憂き寝をすることよ。

【考説】　松浦の澳。東シナ海を行く唐土船。七・七・七・五調。

《松浦》「肥前、松浦《マツラ》」（文明本節用集）。松浦は、肥前半島北部一帯。現、唐津市のあるそのあたり。

⑩かすみしくまつらのおきにこぎいでて　もろこしまでの春を見るかな（新勅撰和歌集・巻十九・雑四・前大僧正慈円）

さらにこれに次ぐ次の佳品も生まれている。

⑪来ぬ人を〱　今や〱と松浦船　憂き身こがるる須磨の怨みの……（天理図書館蔵・おどり・月光）

「松浦」と「浮き寝」は次のように詠ぜられる場合もある。

⑫まつらかたこはよに知らぬ浮き寝かな　袖も枕も波はかけつつ（隆信朝臣集・詞書「正治二年百首」）

《唐土船》　唐船。からふね。中国の船、外国船。中国などと我が国を行き来する商船。「唐 船《モロコシフネ》出太」「唐船《タウセン》出毛」（書言字考合類大節用集）。「もろこし船トアラバ、袖のみなと、松浦さよ姫……」（連珠合璧集）。

⑬なくちどり袖のみなとをとひこかし　もろこし船のよるのねざめに（続古今和歌集・巻六・冬歌・前中納言定家）

⑭うなはらやはかたのおきにかゝりたる　もろこし舟に時つぐるなり（永久百首）

⑮もろこし船のともづなは、卯月さ月にも解くなれば、夏衣たつをおそくや思ひけむ……（平家物語・巻三・有王）

⑯唐土船の楫枕　夢路程なき名残かな（謡曲・唐船）

⑰佐用姫が松浦潟　かたしく袖の涙の　唐土船の名残なり　（謡曲・江口）

松浦の海辺を風景とした小歌。まつらさよ姫（松浦佐用姫）・おおとものさでひこ（大伴狭手彦）の故事による小歌。『万葉集』巻五に見える、大伴佐堤比古・妾松浦佐用比売の、詞書と歌を引用しておきたい（万葉集・巻第五・大系）。

大伴佐堤比古の郎子、特《ひと》り朝命を被《かがふ》り、使を藩国に奉る。艤棹《ふなよそひ》して言に帰き、稍蒼波浦に赴く　妾松浦佐用比売、此の別るることの易きことを嗟き、彼の会ふことの難きことを嘆く。即ち高山の嶺に登りて、遥かに離れ去く船を望み、悵然に肝を断ち、暗然に魂を銷す。遂に領巾《ひれ》を脱ぎて麾る。傍の者涕を流さずといふこと莫りき。これに因りて此の山を号けて領巾麾《ひれふり》の嶺《みね》と曰ふ。乃ち、歌を作りて曰はく

遠つ人松浦佐用比売夫恋に　領巾振りしより負へる山の名（八七一）

　後の人の追ひて和ふ

山の名と言継げとかも佐用比売が　この山の上に領巾を振りけむ（八七二）

　最後の人の追ひて和ふ

万代に語り継げとしこの嶽に　領巾振りけらし松浦佐用比売（八七三）

海原の沖行く船を帰れとか　領巾振らしけむ松浦佐用比売（八七四）

行く船を振り留みかね如何ばかり恋しくありけむ松浦佐用比売（八七五）

特にその叙情的感動が伝えられており、また八七五番歌の如く、後の人は「いかばかり恋しくありけむ」として語り継いだとしている。周知の如く『肥前国風土記逸文』・「帔揺の岑」でもこの伝承が記録されているが、心の内をのぞかせている文飾は見られない。本歌はこの万葉集以来の語りぐさをふまえているとしてよいが、それは似て

いるようで似ていない世界をつくり上げているのである（ちょうど67番と『源氏物語』夕顔との関係に近いか）。この創作性は、文芸として高い水準だとしてよかろう。

◇「海辺の風景」の連鎖を締め括る

120番から流れてきた長い海辺の風景の抒情は、ここで一応終わる。ぽつぽつと灯された一つ一つの、情感を込めた歌謡の灯火は、尾を引いて連鎖し、全体として、厚く重い、広く深い、民衆の思いや嘆き、さらには海の暮らしを、描き出すこととなった。中世民衆社会史の実体は、ここに見えている、立体的に描き出された人間を忘れてはならない。

『閑吟集』が口ずさまれた、室町後期における東シナ海の情勢も、当然この小歌の背景にはあろうが、いまのところ直接的に具体的に結びつける資料をもちあわせない。ただし『全浙兵制考附日本風土記』所載「山歌」十二首の存在はとりあげられてよかろうし、120番からの、これほどの潮のざざめきと吐息の充満する小歌連鎖の事実は、倭寇をはじめとする、東シナ海文化をささえた人々の姿やその活躍を十分に伝えているとしてよいと思う。ここにすでに『閑吟集』の背景の一つとして、東アジア海洋文化の諸相が意識されてよいのであり、大陸・明の文化との交流が進んでいたことを意識しておく必要もあるのである。

139・小　来《こ》ぬも可《〈か〉》なり　夢《〈ゆめ〉》の間《〈あいだ〉》の露《〈つゆ〉》の身の　逢《あ》ふとも宵《〈よひ〉》の稲妻《いなづま》

【口語訳】

来ないのならそれでもいいわ。夢の世の、露ほどの命、たとえ逢ってみたとてその喜びは宵の稲妻のようなもの。

【考説】 宵の稲妻。刹那を生きる。自分に言い聞かせる呟歌《つぶやきうた》か。

《宵の稲妻》

⑱風渡る浅茅が末の露にだに　宿りもはてぬ宵の稲妻　（新古今和歌集・巻四・秋上・三七七・有家）

⑲ありはてぬならひをしれとあだし野の　露にやどかる宵の稲づま　（嘉元三年・続門葉和歌集・巻九・雑歌下）

⑳夢の世にまぼろしの身とうまれつゝ　つゆにやどかるよひのいなづま　（室町時代物語・雀さうし・大成第七）

「稲妻トアラバ、よひの間、……露にやどる、……」（連珠合璧集）。「いなつまとハ　はかなき事を云」（増補大和言葉）。

はかないけれど、一瞬きびしく無常を持ち出す。人は夢の間の露の身。夢幻泡影・如露亦如電の世の中。悟った口ぶりか。「来ぬも可なり」と、あの人への恋情を打ち消すようにうたったが……。この小歌の本心として、たとえば、

㉑今はたゞ来ぬを習《ならひ》の夕とて　思ひ捨《すて》てもなほまたれつゝ　（続草庵和歌集・巻二・待恋）

などの発想も参考となる。

138番～139番の連鎖は「こんなに待ってもあの人は来ない」のテーマでもある。「来ぬも可なり」と、明確に切迫した決意を述べた。その発想は世の中を、人生を、深く遠くまで見すかし得たからである。宵の稲妻の如き命を、しっかりと勇敢に認めたからである。この強さは中世歌謡の一つの強さであろう。中世流行歌謡は、特に『閑吟集』は、文芸としてこうした完成品を、いくつも世に送っているのである。

〔五十六〕　恋しの昔や　恨みながら恋しや

140・田

今憂《う》きに　思ひくらべて古《いにしへ》の　せめては秋の暮もがな　恋しの昔《〈むかし〉》や　立《た》ちも返《かへ》らぬ老《〈おひ〉》の波《なみ》
戴《いたゞ》く雪《〈ゆき〉》の真《ま》白髪《しらが》の　長《なが》き命《〈いのち〉》ぞ恨《うら》みなる　〱（長き…）

【口語訳】
今のつらさに思い比べて、古《いにしえ》はよかった。その古の春とは言わないから、せめて秋の暮《くれ》にでも返すすべはないのかなあ。恋しい昔よ。私の老の波は立ち返ることはできない。頭の雪のような白髪で、このように長い命をたもっているが、まことにうらめしいことだ。

【考説】　老人の歌。老の波。

《憂き》　老いてゆく絶望と悲しさの中で言う。土井洋一は『閑吟集』に見える「憂し」を、その意味するところで二種類に分けて、次のように言っている（新大系『閑吟集』主要語彙一覧）。要点を的確にとらえた見解であると思うので、次にその一部分引用する。

「憂し」　使用の場は二つに分かれる。一つは恋の場で、逢う恋の「うれし」に対比される逢わぬ恋（一九三）、見る恋にとどめる障碍（六七）、後朝の別れ（一〇二）、共寝を知った後の独寝（一〇一・一九八）、情けを知った後の相手の心変わり（一二六）などによってもたらされる。今一つは、「花もうし嵐もつらし」（雲玉集）を承けた表現で、冷淡な世間の仕打ちを受け（一八）、語って慰む友のない（七四）、絶えれば解消する長い命を恨む（一四〇）老境の身の心情として吐露される。いずれも事態解消の見込みのない重苦しい雰囲気を伴っている。

《立ちも返らぬ老の波》　本書ではすでに述べてきたように、『閑吟集』に流れるテーマの一つと見てよい。

①いたづらにまたくれはつる年浪の　立ちもかへらぬ老ぞかなしき　（元亨三年・続現葉和歌集・巻六・冬）

②をしめどもむそぢに近き老の浪　立ちも帰らぬとしぞくれぬる　（題林愚抄・老後歳暮）

③ながれてはまためぐりくる年月に　立ちもかへらぬ老の波かな　（林葉累塵集・第十六・雑歌二）

④ある夜真珠庵かたはら小寮にして、小僧達聯句の次、一盃のもよほしに、予、隣寮に老の夕まどひ平臥し侍りし。追記されて罷出ぬ。田楽のうたひ物にや、恋しのむかしや　たちもかへらぬ老の波　いたゞくゆきのましらがのながき命ぞうらみなる。　（宗長日記・大永六年）

⑤老を歎く事、むかしいま誰かひとしからざむらん、田楽のうたひに、恋しの昔やたちも返らぬ老のなみ、一ふしのものにはあれど、あはれにぞ聞ゆる。　（宇津山記・永正十四年）

ともに『閑吟集』編纂当時、この田楽の謡い物が実際に行われており、人気の高かったものであることがわかる。吾郷寅之進の調査によると、謡曲『西行西住』（『未刊謡曲集』一）に、

今うきに　思ひくらべていにしへの　〳〵　責ては秋の暮もがな　恋しのむかしや　立も帰らぬ老の波　いただく雪のましらがのながき命ぞ限りなる　ながき命ぞ限りなる

が見える。140番と同一といってよい。この曲は『能本作者註文』（大永四年〈一五二四〉書写）には、作者不明として載せられており、『自家伝抄』（永正十三年〈一五一六〉以前とされる）には「さいちう」の名で、禅竹作として見えている。

前掲『宗長日記』等もあわせ見て、『閑吟集』成立の年を少し遡って、この田楽曲が生まれ、その一節が広く親

しまれるようになっていたと推量できる。またこの140番が謡曲『西行西住』と同様に「今憂きに」の句を据えているところから見ると、「田楽」も本来そのようにうたっていたものとしておいてよかろう。『宗長日記』の引用の仕方はそこに歌詞を全部書いたのではなかろう。

『閑吟集』における老人のうたの、その内でも代表的な小歌としておいてよかろう。この歌から「恨み」の連鎖が展開する。それらを簡略に辿っておく。

141・大 恨《うら》みは数〳〵《かずかず》多《おほ》けれども　よし〳〵申《まうす》まじ　此《この》花を御法《みのり》の花《はな》になし給へ

142・小 恨《うらみ》はなにはに多《おほ》けれど　又は我《わ》御《ご》料《りよ》を悪《あ》しけれと　更《さら》に思《おも》はず

143・小 葛《くず》の葉《は》〳〵　憂《う》き人は葛《くず》の葉の　恨《うら》みながら恋しや

144・大 四《よつ》の鼓《つゞみ》は世中《よのなか》に　〳〵《四の…》　恋といふ事も　恨《うらみ》といふ事も　無《な》き習《なら》ひならば　独《ひと》り物は思《おも》はじ　九《ここのつ》の〳〵　夜半《やはん》にも成《なり》たりや　あら恋し吾《わが》夫《つま》の　面影《おもかげ》立《た》ちたり　嬉《うれ》しやせめて実《げ》に　身がはりに立《たち》てこそは　二世《にせ》のかひもあるべけれ　此《この》楼《ろう》出《いづ》る事あらじ　なつかしのこの籠《ろう》や　あらなつかしのこの楼や

【141口語訳】

あなたへの恨み言はいろいろと多いけれど、いやいや言うまい。この朝顔の花をこそ、仏への手向草としてください。

【141考説】　はかない槿の霊の恨み

《よし〳〵申まじ》「よしよし。なかなかに同じ。例、よしよし申すまい、そのとおりむしろ私は話すべきではないのかもしれない。あるいは話さない方がよいのかもしれない」（日葡辞書）。

《此花》　朝顔の花。

出典は謡曲『槿』（校註謡曲叢書。『謡曲三百五十番集』・番外謡曲五十一番・三番目物）。

都に帰ってきた旅僧が仏心寺に寄って雨の晴れ間を待つ。どこからともなく女が現われ、僧が萩の歌を詠じたりして萩ばかり賞翫するので、こう語りかける。この歌謡、小歌として独立した場合、後半の意味は通じにくい。たとえば、捨てられた、恋にやぶれた女のさびしく死んでゆく時の哀願をうたった小歌と見ると、恨み言を言っても致し方のないこと、一人さびしく死んでゆきます。どうかあわれと思わば、私の一生にも似たはかない朝顔の花なりと私の墓に手向けて、成仏を祈ってください、のように解することができよう。

【142口語訳】

恨みは何事につけても多くありますが、私は、あなたが不幸になれなどとは、全く思いは致しません。

【142考説】　なにはのことか法《のり》ならず。

《又》　意味上「み」つまり「身」と読みたいが、『閑吟集』では「身」は三本とも「身」。162番と同じ字体。つまり「又」とする。137番の「又」と同字。「恨み」に「浦見」を掛ける（旧岩波文庫）。

《我御料》　77番参照。

《なにはに》「何は」に「難波」を掛ける場合が多い。「ナニワニツケテモ。何はにつけても。何事につけても、に同じ。すべてについて、あるいは全体的に」（日葡辞書）。

⑥数ならではなにはの事もかひなきに　なに身をつくし思ひ初めけん　（謡曲・住吉詣。但し元は、源氏物語・澪標）

⑦げにや津の国の　なにはの事に至るまで　豊なる世の例こそ　げに道広き治めなれ〳〵　（謡曲・難波）

⑧なにはの事か法ならぬ　遊び戯れ色々の　舞楽面白や　（同）

⑨雪を廻らす木の花の　なにはのことか法ならぬ　よし足引の山姥が　（謡曲・山姥）

⑩花をさへ　受くる施行の色々に〳〵　……なにはの事か法ならぬ　遊び戯れ舞ひ謡ふ　（謡曲・弱法師）

右例のごとく、「なにはの事か（も）、法ならぬ」と常套的に表現されている。「なには」に「難波」を掛け、また「法ならぬ」と続けている。これは、

⑪津の国のなにはの事か法《のり》ならぬ　遊び戯れまでとこそ聞け　（後拾遺和歌集・巻二十・釈教・遊女宮木）

を元にした表現であろう。

141番・142番の連鎖は、140番〜144番の「恨み」を軸にする連鎖の一端としてよいのであるが、その中でも141番・142番を繋ぐのは、やはり右に引用したように和歌あるいはそれを元にした謡曲の常套的表現の型からであろう。

【143口語訳】
葛の葉、あのつれない人といったら、ああ葛の葉。葛の葉が裏を見せるように、ああああの人を恨みながらも、恋しい人。

【143考説】　恨みながら恋しや。

《葛の葉》

⑫秋風の吹きうらがへす葛の葉の　恨みてもなほ恨めしきかな　（古今和歌集・巻十五・恋五・平貞文）

から始まって、以下「葛の葉」をうたい、その風が吹くと裏返り裏が見えることから、「恨み」を導く和歌は多い。

⑬恨みは葛の葉の　恨みは葛の葉の　帰りかねて執心の面影　（謡曲・砧）
⑭くずトナラバ、うらむる、かへる、はふ、……　（連珠合璧集）
「葛の葉」をうたう小歌としては、
⑮信太の森の　恨み葛の葉　（宗安小歌集・一八）
⑯いつしか人の秋風に　うらみ葛の葉の露ぞこぼるゝ　（隆達節）
前142番「悪しけれと　更に思はず」から発展して、143「恨みながら恋しや」となる。これの方が恋の小歌らしい。別れた人に対する女の気持ちか。片思いの女の気持ちか。恨みと恋しさのさらに募ってゆく女心を、ふと漏らすように表現した。
⑰葛の葉のうらみの秋に立かへり　神のいかきも花そうつろふ　（実隆・雪玉集・巻一・寄花神祇）

【144口語訳】

鼓で四つの時を打ちましょう。世の中に恋も恨みもないのであれば、このように一人悲しい思いに責め立てられることもなかろうに。そうこうしているうちに、はや九つの夜中になってしまいました。あゝ恋しい夫の面影が目の前に現われ出た。うれしいことよ、せめて恋しい夫の身代わりに、妻が牢屋の人になってこそ、二世を約束した夫婦の甲斐があるというもの。この牢屋を出て行くことはいたしますまい。夫が逃れられたと思うと、懐かしい牢屋です。ああ、懐かしい牢屋です。


【144考説】　九つの時を知らせる楼太鼓に、夫の面影が立つ。

《四・九》　午後十時ごろ・午前零時ごろ。

《あら恋し吾夫の　面影立ちたり》　九つの深夜になって、妻が狂気で打つ鼓の神秘な音に誘われて、夫の幻が浮き出てきた。目に浮かんだという程度ではなく、そこに立ったのである。

武士の妻の、夫を慕う一途な愛情をうたう。その背後には、夫を恋い慕う妻の手になる鼓の神秘的な音色に注意すべきである。

29番と同様、世阿弥作謡曲『籠太鼓』の一節がこの小歌になった。ほぼ謡曲のままにうたう。科人《とがにん》となった関の清次が、牢を抜け出たので、その妻が身代わりとなって捕らえられ、その牢屋に入れられる。妻は夫恋しさに狂人となり、時守の番人が時を知らせるために打つ鼓を借りて、打ち鳴らしながら夫を思う段。謡曲の文章は、牢太鼓が夕方の六つを打ち、やがて時が過ぎ、この小歌は、四つのところから切り取っている。

作品として注意すべきは、「鼓」である。例えば巫女など、神霊を呼んで憑依する者達の手にする呪具でもあって（参考。梁塵秘抄・巻第二・二六五・金の御嶽の巫女の打つ鼓）、その神秘呪的性格に注意すべきであろう。狂気の妻が、夜が次第に更けてゆく中で鼓を打ち、九つの時点で、夫の面影が立つ。夫の面影が立ったのは、一つに妻の打つ鼓の神秘な呪力によるものであろう。「遅くとも君が来んまでぞ」（おそくても来てくれることだけがたよりである）と打つ。不思議の「鼓」の力がある。狂気の妻は、鼓を打ち鳴らす状態に入った段階で巫女となった。ここも、夫の面影が立つという、巫女による不思議が目前に現われたのである。その神秘がうたわれている。

〔五十七〕　笠

149 小・身は破《やぶ》れ笠よなふ（う）　着《き》もせで　掛《か》けて置《お》かるゝ

【口語訳】

私は破れ笠。着もしないで、ただ軒に掛けておかれるだけ。あの人は来もしないで、忘れられたまま。

【考説】　身は破れ笠。

《着もせで》「着もせで」に「来もせで」を掛ける。「掛けて」に、笠を「掛けて」と相手をだます意の「かけて」を掛ける、の説もあり。「掛ける」は、気を持たせて、放ってある状態を言う言葉として、当時用いられたか。

①身は破れ笠　着もせで　すげなの君や　掛けて置く　（隆達節）

②破れ菅笠　締め緒が切れて　更に着もせず　捨てもせず　（糸竹初心集）

右二つを149番と比較して、149番→隆達節→糸竹初心集と、説明的になってゆくのがよくわかる。

「笠」が象徴的な素材になっているについては、（『中世近世歌謡の研究』*）も参照していただきたい。

また『日本昔話研究集成3　昔話と民俗』（昭和五十九年）所収「昔話の中の歌謡」において述べた「猿聟入譚」の次の一群の民謡とともに把握しておくのがよい。

③抱いて寝もせずいとまもくれず　つなぎ去りとはおれがこと　（賤が歌袋・五編）

④抱いて寝もせぬいとまもくれぬ　繋ぎ船とはわしが事　（福岡県田川市・撰炭節・『田川地方民謡集成』）

「繋いだままの船」と同意に用いられている。『全浙兵制考附日本風土記』所載「山歌」十二首の内、第十二番歌系統。

150・小笠《〈かさ〉》を召《め》せ　笠《かさ》も笠《かさ》　浜田《〈はまだ〉》の宿《〈しゅく〉》にはやる　菅《すげ》の白《しろ》ひ《(い)》尖《とが》り笠《〈がさ〉》を召《め》せなう　召《め》さねば　お色の黒《くろ》げに

【口語訳】
笠はいかがですか。笠も笠、浜田の宿ではやる、菅でできた白い尖り笠をお召しになりませんか。お召しにならなきゃ、日に焼けて色が黒くなりますよ。

【考説】　笠売りの口上。

《笠を召せ》「柳の下の御稚児様……御色が黒くは笠を召せ……」（鷺保教狂言伝書・小舞・柳の下）。「笠を召せ召さねばお色が黒いよ　笠は買うたが大仙町はどこやら」（柿原某氏本田植唄・巳の下刻）。「小原木買わひ黒木召せ」「小原木召され候へ……」（天理図書館蔵・おどり・小原木）。煎茶売「いや申し旅のお方、お国元へのおみや召さぬか」（浄瑠璃・三浦助紅梅靮・第三）。

《浜田の宿》　島根県の日本海に面した港町、今の浜田市あたり。石見国の交通要所。

《尖り笠》

⑤西ノ宮ニハヤル物トテ　ヒヨットトガリ笠デコフ長刀……（古謡・西の宮。正宗他編・日本古典全集・中）

⑥塩くむひめこわかさをめせ　いろがくろなる、かさをめせ（京都府山城・久多・花笠踊歌本・『芸能史研究』41号）

⑦塩くむ姫子よおかさをめしやれ　いろがくろなろしほかぜで（同）

⑧道中するせかお色が黒い　お笠召すやら召さぬやら（長野県・馬子歌・『北安曇郡郷土誌稿』）

⑨朝日に照られてお色が黒い　お色黒けりや笠買てあげよか（尾張童謡集）

⑩……堺なむぞも名所です　すきな茶筅を召すまいか……（オコナイ踊歌・茶筅踊・『若狭大島民俗記』）

⑪……お傘召されよ　傘めされよ（祐善・狂言集成）

⑫木山六之丞はなぜ色が黒い　笠がこまい（小さい）か横日が差すか（愛媛県・大三島の民謡・『日本庶民生活史料集成』巻二十四・民謡童謡）

⑬かゝよ出掛けに手ぬぐいかぶれヨ　可愛いその顔陽にやける　（印旛沼藻取り歌・『北総農牧民俗記』）

『田植草紙』・昼歌四番・六八にも「編笠は茶屋に忘れた　扇子は町で落いた　買うて参せうこんどの三吉町で」とあり、また前掲「柿原某氏本田植唄」にも見えるように、150番は当時の笠の行商あるいは市に店を構えた笠売りの口上そのものが小歌となった。「浜田の宿にはやる」とあるによって、その近くの町や村で聞くことができた口上かもしれない。

　また中世以後では、海女や塩汲の人々や遊女達のために、「笠」を売る人々の姿も目立ったのであろう。室町時代、笠売りの口上と笠の風俗を語る上での確実な事例。

151 小・色《いろ》が黒《くろ》くは遣《や》らしませ　もとよりも塩焼《しほやき》の子で候《そろ》

【口語訳】

色が黒いというのならどうぞ帰《かえ》して下さい。もとより私はしがない塩焼きの子でございます。

【考説】　塩焼きの子。

　海人の女の歌。本人が歌っている。男に対して、色の黒い私が気に召さぬのなら、と言っている。縁付いた嫁の気持ちか。第三者が或る女の事を誰かに打ち明けて話しているのか。

《遣らしませ》「追い込みと称する狂言の曲尾の常用句。遣るまいぞ〳〵　に同じく、逃がす・放す・追い出すなどの意」（研究大成）。

《色が黒くは》　色が黒くて不満なら。

⑭色が黒くは晒しませ　もとよりも　塩焼《しほや》きの子ぢやもの　（宗安小歌集・九八）

風流踊歌において、この151番の背景としても参考になるのが次の「塩くみ踊り」の例である（京都府山城・久多・花笠踊歌本・『芸能史研究』41号）。

塩くみ踊り

一をれはきよすの　ものなるか　のとのはりまへ　ゑんにつく
一のとのありまや　なにをしよの　はまをならして　しおをくも
一塩くむひめこの　でたちには　はたにはすゝしのかたひらで　まいにはかちんのまへだりで　とろり〳〵と
塩をくむ
一塩くむひめこの　もちたるどをぐは　かたにやかへおけてにや　ゑしやくとろり〳〵と塩をくむ
一塩くむひめこわ　かさをめせ　いろがくろなる　かさを　めせ
一いろがくろても　たへじやなへ　とても塩くむ　みじや　ものが
一をしろは松山　まへはうみ　をきおなかめて　しをおくむ
一こゝわいまはま　ふしこまつ　のたのうらまで　みなめいしやう

〔五十八〕　時雨降るころ

162・小　秋《あき》の時雨《しぐれ》の　又は降《ふ》り〳〵《降り》　干《ほ》すに干《ほ》されぬ　恋の袂《たもと》

【口語訳】

秋の時雨が降り続くように、この身もむなしく旧り衰え、干すひまもなく、秋の袂は恋しい涙で濡れしきることです。

【考説】　柑子商人。

室町時代物語『和泉式部』（大成第二・吉田小五郎氏蔵本。「とうめいあじやり」（道命阿闍梨）が「かんしあき人」（柑子商人）になって、恋の数え歌をうたう部類。『中世近世歌謡の研究*』に見える次の歌が近い。この162番を取り入れたか、あるいは、162番が物語和歌を踏まえたことになるのか。

①君こふる涙の雨に袖ぬれて　ほさんとすれば又はふり〳〵

《又》　小歌の意味上、「わが身」の「み」と読みたいが、前出142番「恨はなにはに多けれど」の小歌の「又は和御料を」の「又」の書体と同一。137番の「又湊へ舟が……」の「又」と同じ字体である。これは図書寮本も同じ。つまり『閑吟集』162番において、書写された段階では、右の『和泉式部』の事例をもとに「み」ではなく、「又」、つまり「また」であるとしておくのがよかろう。

『和泉式部』には、この「又はふり〳〵」の歌に続いて、和泉式部が「とうめいがやど」に行って、さらに次の歌を読んでいる。

②出でて干せ今宵ばかりの月影に　ふりふり降らす恋の袂を

干そうと思っても干す間もなく、とめどなく涙が流れ出て濡れるのです、を受けて、「今宵ばかりの月影」に涙の袖を干せ、とうたっている。

163 大 ・露時雨　漏《も》る山陰《やまかげ》の下紅葉《したもみぢ》　〳〵《漏る…》　色《いろ》添《そ》ふ秋の風までも　身にしみまさる旅衣《たびごろも》　霧間《きりま》を

（道の…）凌《しの》ぎ雲《くも》を分《わ》け　たづきも知《し》らぬ山中《なか》に　おぼつかなくも踏迷《ふみまよ》ふ　道《みち》の行方《ゆくゑ》はいかならん

【口語訳】

露時雨が降る山陰の、紅葉の下葉も色づき、それにつれて吹く秋風が旅を行くこの身にもしみ入るように感ぜられる。霧の中を過ぎ、雲間を分け、頼りとてない山中に踏み迷うてゆきます。これからの道中はさていかなることになるのでしょうか、こころもとないことです。

【考説】　紅葉時雨の道を辿る。

《露時雨》　露時雨で一語と見て、露が時雨の如く落ちるさま。

③露しぐれもる山陰の下もみぢ　濡るともをらん秋の形見に　（新古今和歌集・巻五・秋下・宗隆。千五百番歌合にも）

④時雨トアラバ、露時雨とつゞけ、又秋の詞を入れては秋になる也。むら時雨、一時雨、朝時雨、夕時雨、初時雨、よこ時雨などいへり……　（連珠合璧集）

⑤紅葉とアラバ、そむる、露時雨……　（同）

《たづきも知らぬ山中に》「たづきも知らぬ身」（謡曲・玉葛）など。たより。方法、手がかり。

⑥をちこちのたづきもしらぬ山なかに　おぼつかなくもよぶこどりかな　（古今和歌集・巻一・春上・よみ人知らず）

出典は謡曲『一角仙人』。旋陀夫人が一角仙人の栖家をもとめて山中深く訪ねゆくところ。そのまま小歌化。

露時雨漏る山陰の下紅葉　色そふ秋の風までも　身にしみまさる旅衣　霧間を凌ぎ雲を分け　たづきも知らぬ山中に　おぼつかなくも踏み迷ふ　道の行方は如何ならん

物語は『今昔物語』巻五「一角仙人被レ負レ女人、従レ山来二王城一語第四」、『太平記』巻三十六「一角仙人の事」の二種に載るのが知られている（近世では浄瑠璃「久米仙人吉野桜」など）。一角仙人の神通力で、龍神が岩屋に封じ込められ、国土は旱天が続く。国王は仙人の神通力を失わしめるために、美女旋陀夫人を仙境に行かせる。その道行。162番には、和泉式部と道命阿闍梨の話、この163番には、旋陀夫人と一角仙人の話、つまりともに、艶女物語が背景にあるとして、連鎖を見ておいてよかろう。

162番―163番　時雨で連鎖。時雨に煙る美しい紅葉の山道を辿る旅の一コマ。恋歌（162・164）の間にこうした叙景をはさむ編集の巧みさが見える。

〔五十九〕　名残惜しさに

164　小・名残《なごり》惜《お》しさに　出《い》でて見れば　山中に　笠《かさ》の尖《とが》りばかりが　ほのかに見え候《そろ》

【口語訳】　名残惜しくて出てみたら、山中に、あの人の笠の尖りばかりが、ほのかに見えます。

【考説】　ほのかに見える笠のとがり。恋の名残りを象徴する。

《笠の尖り》「鋒《トガル》・尖《同》」（易林本節用集）、「Togari, ru, atta　とがり……。鋭利である」（日葡辞書）、「Togarigasa　尖り笠。山高帽子に似た形で、尖頭のついた笠」（日葡辞書）。ここは、笠の尖端が、向こうの山中に見え隠れしていること。

見送って、門口まで出てみた。あれ、もうあんなに遠くに、笠の尖りがかすかに見えます。恋する人を見送る女の歌。「山中に」「ほのかに」の表現によって、遠くに行ってしまっただけではなく、この小歌の風景には朝霧がたちこめているとしてよい。163番の「露時雨　漏る山陰の下紅葉」「秋の風」「霧間を凌ぎ雲を分け」の印象も残っている。

「笠の尖りばかりが　ほのかに見え候」の句が、歌い手と相手の距離関係（位置関係）及び別れの場面の時間的なふくみがある。朝霧の中。何時間も以前に別れたのではなく、また、門前で、今、別れようとしているのでもない。さきほどの別れ。別れのさびしさが心をよぎり、もう一度別れの一言を言うために、跡を追おうと門口をかけ出たが、その人の姿は声の届く範囲にはなかった。「笠の尖り」に、別れを惜しむ情感のすべてを凝縮した。中世小歌における抒情構築の一典型。

①恋しさに又ちよと出て見たりや笠のとがりが見えかくれ　（延享五年小哥しやうが集）

右は類歌ではあるが、中世に対して近世であることを明確にしている。

②是よりとなりを見わたせバ　帆かけ船こそ通りける　とのごのふねかやなつかしや　あまりこひしさに出て見レバ　かさのこすゝが陰れそろ　（京都府山城・久多・花笠踊歌・『芸能史研究』40号）

③娘をやりてあと見れば　加賀の笠かすみに見えつかくれつ　（北伊豆地方・苗取歌・『日本庶民生活史料集成』）

④さらばといふ間にはや森の蔭　かすかに見ゆるは菅の笠　（新潟県越後追分・霜田史光『日本民謡選集』）

以上これらはほぼ継承類歌としてよい。164番を近世調にすれば、右の民謡類の例とすこぶる近いものになる。しかし中世歌謡文芸が、七七七五調の近世歌謡文芸とまだ少々の距離をもっている事がわかる事例でもある。

165 小・一夜《ひとよ》馴《な》れたが　名残《なごり》惜《を》しさに　出《い》でて見たれば　奥中《おきなか》に　舟《ふね》の速《はや》さよ　霧《きり》の深《ふか》さよ

【口語訳】 たった一夜馴染《なじ》んだだけだけれど、名残惜しさに出て見ると、沖を漕ぐ、あの人の舟の速いこと。また霧の深いこと。

【考説】 舟の速さよ。旅人を見送る室町時代港歌。全集も述べるように前歌を山村の別れの風景と見れば、次のように対照させることができる。

「山村の恋の別れ
164・小 名残惜しさに 出でて見れば 山中に 笠の尖りばかりが ほのかに見え候
165・小 一夜馴れたが 名残惜しさに 出でて見たれば 奥中に 舟の速さよ 霧の深さよ
「港の恋の別れ

↓

中世の、あるいはそれ以後の歌謡（小歌）における、替え歌の型をよく示している。「類型」と「差し替え可能部分」の妙。

《出でて見れば》

⑤妻戸のなるも妻か様かと思ふて 走り出て見れは 君は梢の松風か……
（上覧踊歌・奈良教育大学・国文学第一研究室蔵・御家踊歌）

《舟の速さよ 霧の深さよ》

⑥大船の艪の櫓に松植ゑて 松の嵐で我が乗る船の早さよ
（長崎県南松浦郡・女島出し・『全長崎県歌謡集』）

⑦はかた小女郎が出てまねく まねく嵐に舟の早さよ 今朝の出船は帆柱よさの よさのをの嵐に 海や島もとよ
（徳島県名西郡加茂野・若宮神社神踊・『徳島県の民俗芸能誌』）

⑧はかた小女郎が出てまねく まねく嵐に舟の早さよドントコイ舟の早さよ
（高知県香美郡〈現・香南市〉手結・ツンツクツン踊歌）

「……の……さよ」の表現は、『閑吟集』では165番・72番・235番、『宗安小歌集』では一三〇番・一四五番など。「舟の速さ」「霧の深さ」は、相手への慕情をさえぎるものである。哀切な日本の恋歌の一表現スタイル。はかない恋を暗示する。前歌同様、『閑吟集』小歌における別れの抒情。

その哀切な恋の抒情は、「……速さよ」「……深さよ」の「さよ」の表現にも大きく起因している。この表現類型については、『日本歌謡の研究―『閑吟集』以後―』*を参照していただきたい。白秋抒情へも影響している。

166 小・月は山田《やまだ》の上にあり　船《ふね》は明石《あかし》の沖《おき》を漕《こ》ぐ　冴《さ》えよ月　霧には夜舟の迷《まよ》ふに

【口語訳】

月は山田の上に照る。船は明石の沖を漕ぐ。月よ冴えてくれ。夜舟は霧に迷うものよ。

【考説】　霧の明石

《山田》　地名。山田川の河口あたり。播磨国、山田の浦（明石・須磨間にある）。漁業が盛んであった。「山田女はなぜ色黒い鰯殺した其の罪で」（兵庫県の民謡・『郷土趣味』第3巻5号）。

(1)165番と同様に、名残惜しさに家を出てみた女の歌と見る。あの人の乗った船は、明石海峡を行く。明石は濃霧の発生する所、航海の難所である。月よ照らしてくれ、あの人の乗った夜舟が迷って難儀するから。

(2)船に乗っている男の歌。月は山田あたりの上に出ている。おいらの舟は明石海峡あたり。ここは難所。月よ照らしておくれよ。夜霧に舟は迷うもの。

ここでは、(2)の説を採用したい。131番の表現にも近い。つまり、ここに発想表現の類似性が見られる。

131・人買舟は沖を漕ぐ　とても売らるゝ身を　たゞ静に漕よ船頭殿
（「状況説明するような表現」　「売られていく人の言葉としての強い印象をもつ」）

166・月は山田の上にあり　船は明石の沖を漕ぐ　冴えよ月　霧には夜舟の迷ふに
（「状況説明する表現」　「船に乗っている男の願いの言葉として強い印象をあたえる」）

客観的に岸や港から、海上の船を見てうたうような口調ではじまる（状況説明）。つまりうたい出しは、見送る人が陸に立って海上をながめているような口調として受け取ることができるが、後半（波線部分）になると、逆に舟中の人、あるいは海を行く人、つまり131番では〈売られてゆく女〉、166番では〈船上の男〉自身の強い感情・意志を表現しているものとして受け取れる。一首の中で、うたう立場が変化してゆく。両方とも、後半に「静に漕よ」「冴えよ月」と、本人が強い意志・願いを示している（口に出し、あるいは心の中に思う）命令形表現が見落とせない。第三者のうたい方で歌ははじまったのだが、途中から、当事者の声になって、いわゆる臨場感が強められる結果となっている。

⑨豊後や薩摩の殿達に　〈　一夜二夜とよ馴れ初めて　明日は舟出《づ》る何《など》せうぞの　恨めしや　（隆達節）

⑩一夜ふた夜と馴れそめて　明日は舟づる　なとせうぞの　恨めしや　（松の葉・巻一・腰組）

⑪あまり恋しうて出て見れば　舟はヒンヨウ島陰よの　島かげをや《弥》帆がかくれる（東京都伊豆新島・祝儀歌・備前踊）

中世小歌は、海辺の抒情を受け止めている。海の時代・海洋を背景とする文化の時代、海辺の風景をうたにしても、その風景の上に多様な抒情の流れを生み出している。

中世海洋海辺文化の展開と大きく関係があって、秀作が生み出された時代なのである。真鍋「中世小歌圏歌謡に見える二つの風景―海辺と田植―」*を参照していただきたい。

〔六十〕　晩秋・朝霧・鹿の一声

167 小
・後影《うしろかげ》を見《み》んとすれば　霧《きり》がなふ《う》　朝霧《あさ》が

【口語訳】
後影を見ようとしたら、霧が、ああ朝霧が。

【考説】　朝霧があの人の後姿を隠す。別れの朝。近代現代流行歌謡における、朝霧の抒情が、すでにここに見える。前歌からの流れをつかむと、165番あたりから、『閑吟集』小歌連鎖の中の霧が出て、霧が流れはじめ、やがて本歌167番を包んだ。

『宗安小歌集』・隆達節・狂言小歌、小異で所収されている。「帰る後影《うしろかげ》を　見んとしたれば　霧がの　朝霧が」（宗安小歌集・二九）。「帰る姿を見んと思へば　霧がの朝霧が」（隆達節）。「はる〳〵と送りきて　帰る姿をみんとおもへば　きりがのあさぎりが」（大蔵虎明本狂言・万集類・座禅）。『宗安小歌集』は「帰る後影」と説明的。隆達節では「帰る姿」と現実的直接的表現。167番と比べて抒情性において、やはり少しく劣る。両歌とも「霧がの」と「の」を用いている。余情が長く尾を引くとでも言えそうな「なう」に比して、しみじみとした切なさの面で劣るか。狂言小歌では、隆達節小歌系統とおぼしき歌詞を伝える。

さらに先学が引用するのは、『山家鳥虫歌』大和・四一の①情ないぞや今朝立つ霧は　帰る姿を見せもせでである。しかし、まず「情ないぞや」と冒頭に来ること、「帰る姿を見せもせで」と説明して、霧への恨みの理由が強く出ている点などあって、類歌には相違ないが、『閑吟集』・『宗安小歌集』・隆達節のまとまりとは、また別に置くべきもの。

『田植草紙』系歌謡では、

②今朝　田に下る時殿にもの言ふたかの
霧ア深いアレ殿は見えず
なぜにものが言われよにア　（安芸系・『田植とその民俗行事』）

③見るに見られぬあの朝霧の深いに　（同）

などと、やはり「思う殿御」を隠す「朝霧」をうたう。これは田植習俗における、朝歌でうたっておくべき恋歌の呪的な機能を基盤としている。農耕呪術的意識が霧の中の恋の抒情によって包まれている例である。

④小・霜降《ふ》る空の暁《あかつき》　月になう　さて　我御料《わごれう》は帰《かへ》らうかなふ《う》　さて　（閑吟集・208）

⑤小・名残《なごり》の袖《そで》を振《ふ》り切《き》り　さて往《い》なうずよなふ《う》　吹上《ふきあげ》の真砂《まさご》の数《かず》　さらばなふ《う》　（同・228）

⑥岬金ヶ崎めんどうな島よ　殿の帆影を早うかくす　（福井県・『丹生郡民謡集』）

これら佳品と同様、167番は、ことば数少なく、省略の手法において、後影への別れの余情をよりせつなく表現し得ている。

さて、霧の中に秋の風景が広がる。次に168番〜170番まで、ここに掲出する。

168田・秋はや末《すえ》に奈良《なら》坂《ざか》や　児《こ》の手柏《てがしは》の紅葉《もみぢ》して　草《くさ》末枯《うらが》るゝ春日野《かすがの》に　妻恋《つまこ》ひかぬる鹿《しか》の音《ね》も　秋《あき》の名残《なごり》とおぼえたり　〈秋の…〉

【口語訳】　はや晩秋となって、奈良坂の児の手柏も紅葉し、草がしだいに枯れてゆく春日野には、妻を恋い求めて鹿が鳴く。ああ秋も終わりになったなあと思われることです。

【考説】　肩書「田」。奈良坂、春日野、鹿の音、秋の末。

《奈良坂》　山城から奈良へ出る坂道。秋はや末になる、のなるを掛ける。

《児の手柏》　「柏」はヒノキ科の常緑樹。葉が児の手に似るのでこの名がある。葉が鱗状で表裏の区別がないので、二心あるものの譬えとされることもある。

⑦奈良山の児手柏《このてがしは》の両面《ふたおもて》に　かにもかくにもねぢけ人の友　（万葉集・巻十六・三八三六・詞書「佞人《ねぢけひと》を謗《そし》る歌一首」）

⑧今は昔に奈良坂や　児の手柏の　一面　とにもかくにも古里の　よそめになりて葛城や　高間の山の嶺続き　ここに紀の路の境なる　雲雀山にかくれ居て　（謡曲・雲雀山）

⑨奈良坂の　児の手柏の二面　とにもかくにも佞人の　なき跡の涙越す　袖の柵《しがらみ》隙《ひま》なきに　思ひ重なる年なみの　（謡曲・百万）

奈良晩秋の風景。もとの田楽曲名はわからない。したがってその物語上の前後関係も不明であるが、あるいは、シテの道行きなどに用いられた部分であろうか。淡く、しかも多様な錦なす色の重なりをイメージさせて描きあげた古都の秋である。『閑吟集』文芸の一面を見ておくべきであろう。多様な恋情が湧出し流れてゆく『閑吟集』の世界で、ほっとする安らぎを与えてくれる。巧みな編集・配列。

169 小・小夜《さよ》〳〵更《ふ》け方《がた》の夜《（よ）》　鹿《しか》の一声《ひとこゑ》

【口語訳】
さよさよさよ　小夜更けがたにあわれな鹿の一声。

【考説】　あわれな悲しげな鹿の鳴き声が、枕元に聞こえてくる。秋の夜更けて、あわれの感あり。余韻ある小歌。「小夜〳〵〳〵」とたたみ重ねる。歌謡としてのリズムあり。168番の奈良坂の風景に、もう一つ、晩秋の気を入れた。

⑩月に鳴き候　あの野に鹿がただ一声　（宗安小歌集・一二八）

⑪さらぬだに秋の物のみ悲しきに　涙もよほす小男鹿の声　（山家集・上・秋）

「小夜〳〵〳〵」を、晩秋の山野草木が、夜風にかすかに鳴る音、聴覚で受けるか。

170・小　めぐる外山《とやま》に鳴《な》く鹿《しか》は　逢《あ》ふ《う》た別《わかれ》か　逢《あ》はぬ恨《うら》みか

【口語訳】
里近い山をめぐりめぐって鳴いてる鹿は、牝鹿に逢って別れを惜しむ声か、それとも逢えないことを恨む鳴き声か。

【考説】　鹿。

《めぐる》「めぐる」は、「鹿」にかかる。一説、すぐ「外山」にかかる。

《逢ふた別か　逢はぬ恨みか》

⑫恋ほどつらき物はなし　故をいかにとたづぬるに　逢うて別れの恋やらん　逢はで怨むる恋やらん　（浄瑠璃十二段・ふきあげ）

⑬いつも暁鳴く鹿は　逢はで鳴く音か　逢うて別れを鳴く音か　（隆達節。『編笠節唱歌』）

また『田植草紙』朝歌二番・七番には、

⑭かい田のおきにこそ鹿や伏し候よ　恋ひする鹿はふとう鳴いて候よ……

田歌の鹿には、その抒情性にもかかわるが、さらに大切な意味は、農耕文化の中での予祝ということである。

◇鹿の歌――『閑吟集』と『田植草紙』

上覧踊を書き留めた『寛永十二年跳記』・伊勢踊に

⑮何時《いつ》も鳴く鹿が今宵は鳴かぬ　妻恋ひかねて露と消えたか

とうたっている。この169番・170番の小歌の延長線上にあると見てよかろう。

さて『田植草紙』の中の朝歌に鹿がうたい出されるが、中世歌謡における「鹿」への意識や「鹿」の意味の多様性は認識しておくべきであろう。中世歌謡史の中で、農耕歌謡としてのおもしろさや意義を、この『閑吟集』の小歌と比較しておくことも必要である。『閑吟集』に見える鹿と対照的にとらえておいてよい。

朝歌二番の六番・七番、朝歌四番の二一番・二六番・二七番これらの歌を見わたしていくと、やはり中部地方の「鹿祭」の民俗観念、さらには『播磨風土記』讃容郡における鹿の血と田植の伝説などが背後の風景として見えてくる。農耕社会以前もそこに流れているのである。鹿をうたう農耕歌謡群が、『閑吟集』に見える鹿の抒情小歌の背後・基盤にあって、それら両面を日本中世の民衆文化として把握しておくべきであろう。ここに『田植草紙』・朝歌二番・同四番から三首引用しておきたい。

⑯朝霧にさしこめられて小牡鹿が
　ゆくかたのふては和歌をよむ
　さしやこめられ小歌も和歌もよまれぬ

鹿の腹毛をぬいては筆に結われた
筆に結ふてはみな法華経を書かれた
⑰かい田のおきにこそ鹿や伏し候よ
恋ひする鹿はふとう鳴いて候よ　（六番）
こんよとなくは鹿の子
子ではないもの三こへとなくは鹿の王
鹿のはつこへ前には川瀬のなるおと
⑱青野の中にこそ　鹿やふし候よ　（七番）
　弓そろゑ矢そろゑと　鹿やふし候よ
欲しか射ててとれ　あをのにしかのふしたを
門出でに嬉しや　しかの初声　（二一七番）

すでに『田植草紙歌謡全考注』*に詳しく書いたように、めでたく豊穣をもたらす青野の恋する鹿がこの三首にも見えている。しかもそれらの精力的な鹿の群は、やがて人間に服従する運命となり、稲の豊穣をもたらすこととなる。農耕社会における鹿の歌の意味が象徴されている。中世歌謡として流伝した大きな二つの歌謡群把握として「鹿の歌」を事例に置いてよい。『閑吟集』の鹿と『田植草紙』の鹿が見えていて、ともに朝霧の中に鳴いている。これを中世文化を象徴する世界の二面として理解してよいと思われる。

〔六十二〕　枕をうたう小歌群—日本歌謡史における異色の蒐集—

171。狂　逢夜《おふよ》は人の手枕《たまくら》　来《こ》ぬ夜《よ》はおのが袖《そで》枕《まくら》　枕《まくら》あまりに床《とこ》広《ひろ》し　寄《よ》れ枕　こち寄《よ》れ枕よ　枕《まくら》さへに疎《うと》むか

【口語訳】

逢った夜はあの方の手を枕に、来ない夜はわたしの袖を枕にして。枕よ、あまりに床が広すぎるよね。寄っといで枕よ。枕までが私を疎むのか。

【考説】『閑吟集』においてはじめて蒐集された、枕をうたう小歌群。肩書「狂」。

《手枕》「Tamacura　枕の役をするように、片方の腕を他人の頭の下においてやること。詩歌語」（日葡辞書）。

《袖枕》着ている自分の袖を枕とすること。『夫木和歌抄』巻三十二・雑部十四に次の二首がある。

宝治二年百首　衣笠内大臣

①せきあへずなみだにぬるる袖まくら　かわかずながらいくよへぬらん

千五百番歌合　参議雅経卿

②草の葉にしほれはてぬる袖まくら　夢やはむすぶよはの白露

狂言歌謡として

③合夜《あふ》は人の手まくら　こぬ夜はおのが袖まくら　まくらあまりて床ひろし　よれまくら　こちよれまくら　〳〵

さへうとむな　なよ枕　（天正本狂言・恋のおふち）

④逢《あ》ふ夜は君の手枕《たまくら》　来ぬ夜は己《おぬ》が袖枕　枕余《あま》りに床広し　寄れ枕　此方《こち》寄れ枕　枕さへ疎《うと》むか　はあげにもさりやようかりもさうよなふ　（大蔵流虎明本狂言・枕物狂）

⑤逢ふ夜は君が手枕　来ぬ夜はおのが袖枕　枕あまりに床広し　寄れ枕　こち寄れ枕　枕さへ疎むか　（和泉流天理本狂言抜書・枕物狂）

などが見える。

そして枕へ、寄れ枕、転べ枕と呼びかける用例が次のようにある。

⑥……誰と語ろう枕と語ろう　寄れ枕　こち寄れ枕　枕さへ我をうとむよ　なよ枕　（天理図書館蔵・おどり・心変り）

⑦ころべしやくはちよれまくら　ふいてきかして　しのべにしよう……　（高知県・手結つんつくつん踊歌・わかきひめたちの踊）

⑧君がいとしけりや枕までいとし　こちよれ枕よらいの枕　（三味線組歌・秘曲）

⑨ころべ尺八よれ枕　吹いて聞《きか》して　なこれにしよう〱　（徳島県板野郡川内村・神踊・『徳島県民俗芸能誌』）

⑩玉さかにきてうつゝなや〱　なふ雨のよに鐘がなるとてはやかへる　よれまくら　こちよれまくら　いまのわかれを夢になせ　（智仁親王筆上覧踊歌・井出幸男『中世歌謡の史的研究』）

この171番以後184番まで、枕をうたう小歌が連鎖し、まとまった注目すべき枕小歌群をなしている。枕小歌の集成は、日本歌謡史上、ここにおいてはじめてなされた。中世枕小歌研究の出発点であり、そこにも『閑吟集』編纂の意図の一つ「テーマごとの蒐集」がはっきりと見えるところである。枕小歌の〈群〉である。『宗安小歌集』では、『閑吟集』178番・182番相当歌謡、及び『宗安小歌集』独自の九六番くらいである（「月を伏見の草枕」は省いて）。隆達節においても同様。

この枕の小歌群を見ても、「枕に流れる涙」を中心として、恋の抒情が流れているものの、庶民生活・恋愛習俗の中の枕の存在を彷彿とさせる歌謡があって、広い意味の「枕の呪術」「枕の俗信」の伝承の上に置いてしかるべき歌謡が認められる。邯鄲枕に関しては、173番・174番参照。もちろん編者の身辺で創作された歌謡がなきにしもあらずであるが。

なお、中国・李宏夏『枕的風情—中国民间枕顶绣—』（二〇〇五年）は、枕の種類と民間芸術としてのそのデザインの多くを図版をもって紹介し、沈既済『枕中記』にもふれている。

172。一夜窓前芭蕉《やそうぜんばせう》の枕《まくら》　涙や雨と降《ふる》覧《らん》

【口語訳】

窓辺の芭蕉に降る雨。雨の如く涙が枕を伝う。一晩中降りそそぐ雨のように、とめどなく涙が枕を伝う。

【考説】　芭蕉の雨と枕。三本とも肩書なし。「小」の脱落。

⑪無限心中蔵弥露　灯前一夜涙如雨　他時有時可焦思　塩竈烟兮松島浦（滑稽詩文・続群書類従）

前句は主に、

⑫独坐寒牀古今　青灯白髪動愁吟　窓前一夜芭蕉雨　滴尽江湖無限心（無文禅師語録・山中偶作）

⑬……挟楓松竹留秋見　聴雨芭蕉入夜鳴……（鎌倉順礼記・続群書類従）

など芭蕉に降る雨がうたわれている。こうした中で生まれた語句を軸としている。

《芭蕉》　儚いもののたとえ。

⑭昨日の花は今日は夢と　人間の不定　芭蕉泡沫の世の習ひ　（謡曲・葵の上）

⑮人間うゐの世のならひ　芭蕉泡沫又おなじ　（謡曲・東岸居士）

⑯芭蕉泡沫電光朝露に替らぬ身の　終《はて》は枯野の草の原　（早歌・真曲抄・無常）

「芭蕉の雨」について、「芭蕉ノ雨ハ　カナシイモノナレドモ……」（中華若木詩抄）とある。本歌では、無情を第一に出して、さびしくかなしいもの、秋のあわれの象徴として出されている。待つ恋のはかない女の心情を象徴する。「一夜窓前芭蕉の枕」とあって、枕元の窓から雨に打たれる芭蕉が見えるのである。窓辺に芭蕉が植えられている庭園風景。そのように具体的な空間を設定して読むことも必要である。なお、謡曲『芭蕉』を出典とする99番・100番・253番も参照。

〔六十二〕　人生の真実と教訓

173。吟

世事邯鄲《かんタンノ》枕　人情灔澦灘《エンヨノナン》

（世事《せいじ》邯鄲《かんたん》の枕　人情《じんせい》灔澦《えんよ》の灘《なだ》）

【口語訳】

世間のことは、すべてあの邯鄲の夢枕の如くはかなく、人の心は灔澦の灘のように難しい。

【考説】肩書「吟」。邯鄲枕と灔澦堆（灘）。この二つの風物を置いて、ずばり人生を突く。日本人は、日本歌謡史上、はじめてここに二つを並べて認識する機会をもった。

《世事》「世事《せいじ》」（静嘉堂文庫本・運歩色葉集）。「Xeiji　世帯に同じ」（日葡辞書）。ここでは人生を含めて世の中のことすべてと見るのがよい。『和漢朗詠集』（大系）では「世事《セイシ》は今より口にも言はじ」（巻下・閑居）と読む。

《邯鄲枕》邯鄲は中国河北省邯鄲。『枕中記』の舞台。「邯鄲枕」は、その『枕中記』において語られている、仙人呂翁が持っていた枕。竹添井井『桟雲峡雨日記』（明治十二年三月、熊本県士族 竹添進一郎）には、邯鄲は「黄粱及綿花が多産」とある。

《人情》人の心。「にんじょう」ではなく「じんせい」と読むことについては、吾郷寅之進（『中世歌謡の研究』）による。それによると、例えば「迷情」はメイセイ、「有情」はウセイなどと、「情」はセイの音。謡曲やキリシタン文献などから実証。これに対し、浅野建二説は「ニンセイ」の読みを提案。「唯在㆓人情《ニンセイ》反覆之間㆒」（太平記・巻第十一・筑紫合戦の事。行路難《カウロナン》、不在山兮《ヤマニシモアラズ》、不在水《ミズニシモアラザル》、唯在人情反覆之間《タダニンセイハンプクアリノアヒダ》ト、白居易《ハクキョイ》ガ書《カキ》タリシ筆跡……）など。いま、ジンセイを採る。

《灔澦灘》中国四川省奉節県（現・重慶市）にある瞿唐峡（揚子江・三峡の一つ）の難所。灔澦堆はその長江・瞿唐峡に屹立する大岩石。瞿塘峡は夔峡とも言い、西は奉节から東は巫山県大渓鎮に到る全長八公里の間を言う。

そこが急流渦まく舟路の最大の難所で、『広漢和辞典』には灔澦堆は次のように記す。「四川省奉節県の東、揚子江の瞿唐峡口にある大きな岩の名。また、そのあたりの場所の名。水中に岩石が多く、水流が激しく、航行の難所として知られる。ことに減水期には川の中に多くの岩石が突き立っている。俗に燕窩石・英武石という。淫澦堆。猶予堆とも。」人情が灔澦灘というのは、人の心はむつかしく思うようにはゆかぬ意。灔澦の堆はいつもそこにあって、この大河を行き来する船人を困らせている。つまり灔澦の巨大な岩石によって生じる難儀。ただし、航道安全を第一として、一九五九年に爆破、現在見ることはできない。灩澦堆の写真は、後掲（三三二頁）。『重慶三峡撷萃拾遺』（二〇〇三年・重庆出版社）にも。

広く「世事」「人情」の実体・真実をうたう、と見るのがよかろう。そのために「邯鄲枕」と「灩澦灘」を出した。

この二つの地名・伝説は、五山詩文においても認められる。吾郷寅之進『中世歌謡の研究』「第四章　禅林文学と閑吟集」には、五山詩文との関係について論じ、『空華集』の例を出している。この吟詩句にもっとも近いと思うので引用する。

①多病故人招不来　閉門今度為君開　客窓日月邯鄲枕　世路風波灩澦堆　詩律忽驚彪変虎　鈍根長笑鴨聞雷　爇香且欲相留話　帰夢先飛白水涯

ただし、中国側の事例において、一つの詩の中で「邯鄲枕」と「灩澦（堆）」をともに掲げて表現する型についても注意する必要がある。この具体例について現在次の二例に見る如く、宋代の詩になって、それが顕著になる。私の『全宋詩』の中に用例を摘出する作業において、中国・北京日本学研究中心・博士課程・岳遠坤が協力してくれた。

②恶路惯曾经灩澦、浮生何啻梦邯鄲。（宋・陸游・自笑〈巻90〉）

③灩澦危涂过，邯鄲幻境空。（同・致仕後述懐〈巻87〉）

漢詩側において、明代では「邯鄲枕」と「灩澦（堆）」を並べ、対句的に置いて詩の内容を盛り上げてゆく手法は存続していたとしてよい。

「邯鄲枕」「灩澦堆」については、やはり中国における原風景やそれに関する伝承に、まず関心を寄せておく必要がある。五山詩文は一つの段階。これまでの評釈で不備であったのはそのあたりであろう。「中国原風景・詩文↓五山詩文↓閑吟集に所収された小歌」を考えてよいが、一方で、「中国原風景・詩文、↓それらが広い階層の多様な人々の発想表現の型となって浸透↓閑吟集に所収された小歌」の関係も、時代の交易や倭寇、明寇、商人達、あるいは広く民間の文人達・知識層の活躍・交遊の実態からして考慮すべきであろう。明国と日本との間での特に五山詩文・五山僧侶を経過しないで入ってきた著名な詩句断片があったという想定も必要。

◇邯鄲枕

まず、中国における「邯鄲枕」について次に述べる。この説話は周知の如く、沈既済作。中唐伝奇小説『枕中記』に見える。沈既済は、玄宗の天宝年間（七四二―五六）ごろ生まれたと言われている。始め、終わりの一部分引用。

時主人方蒸黍。翁乃探嚢中枕以授之曰、〝子枕吾枕、当令子栄适如志。〟其枕青瓷、而窍其两端。生俛首就之、見其窍渐大、明朗。乃挙身而入、遂至其家。（中略）

盧生欠伸而悟、時其身方偃于邸舍、吕翁坐其旁、主人蒸黍未熟、触类如故。生蹶然而興曰、〝興其夢寐也？〟翁謂生曰、〝人生之適、亦如是矣。〟生憮然良久、謝曰、〝夫寵辱之道、窮達之運、得喪之理、死生之情、尽知之矣。此先生所以窒吾欲也、敢不受教。〟稽首再拝而去。

『桟雲峡雨日記』によると、竹添井井は、光緒二年（明治九年）五月十三日邯鄲県に来ていて、蘆生祠をたずねている。

この『枕中記』をもとにして、その『桟雲峡雨日記』を頼りに、真鍋は邯鄲市・盧生祠を訪ねた。その時の様子を次に短い紀行文として掲げておきたい。（私を案内して下さったのは、邯鄲市文化局・杜学徳。氏には、解説書『黄粱梦的传说』がある。同行通訳者・関西外国語大学准教授・牛承彪）

邯鄲の枕で眠っている盧生の像（平成20年9月7日撮る）
なお、この盧生像は本来明代製作のものであったが、文化大革命の間に、紅衛兵によって頭部など破壊されてしまった。したがって写真に見える盧生像はそれ以後、復元されたものである。

盧生祠を訪う

平成二十年九月七日、河北省邯鄲市の、河北省重点文物保护单位黄粱夢呂仙祠を訪うた。邯鄲市文化局、杜学徳氏が待っていて下さって、そのご子息の車に乗せてもらって市街から二、三十分で着いた。日本でも有名な伝説であるから、これまで、多くの人々が訪れているのであろうが、内域はとても静かで、二・三組の観光客があるだけであった。北宋時代初期に建てられた道教の寺院である。道士・呂仙を祭る呂祖殿を中心にして、その奥の方に盧（卢）生殿がある。思ったより小さな祠であったが、中央に、邯鄲の枕をして眠る盧生之像があった。深い緑色を帯びた黒石の像である。右手を枕と顔の間にして、左手は腰のあたりに置き、横向きになって寝ている。すこしほほえみを浮かべているかのように感ぜられ、その手の指にそっとさわってみたが、まさに夢中なのであろうか、盧生が目覚めることはなかった。盧生像は、平成時代も眠り続けている。刘寅生他編『黄粱夢解説詞』（二〇〇五年）によると次のようにある。

　卢生祠

穿过吕祖殿、往后走便是卢生祠。卢生祠又称卢生殿、是一座砖木结构、硬山灰瓦脊顶的建筑。面阔三间、进深一间。卢生殿的院落虽然面积小、但它的一砖一瓦、一草一木都充满浓厚的梦文化气息。卢生祠是神仙吕洞宾点化卢生成仙之处。我们在这里、可见到天下第一梦的作梦人。一枕黄粱的当事者、黄粱美梦的主人公青年秀才卢生。因殿内供奉着黄粱美梦的主人公、青年秀才卢生的青石卧像而得名。

黄粱夢呂仙祠の庭は広く、夢に関わる歴代の碑文も集められてある。その多様な夢の詩碑の間《あいま》あいまに、おりしも淡い桃色の百日紅《さるすべり》の花が満開であった。

〔邯鄲枕の伝説〕簡略な対照表

邯鄲の枕 一炊の夢	『枕中記』 （唐代伝奇小説） 沈既済	邯鄲地方の伝説	能『邯鄲』作者不明 （『言継卿記』・文禄四年〈一五九五〉三月、この曲名あり）
主人公①	盧生 旅籠の前を通る。 粗末な着物 黒小駒 思うようには行かぬ人生。	邯郸城北旅店 大丈夫不逢时 黄粱美梦的主人公 青年秀才卢生	蜀国に住む者。 仏道も求めず、ただ茫然と生きる旅の者。 楚国羊飛山の尊き知識をたずねてゆく途中。 宿主人から枕で寝ることをすすめられる。
主人公②	道士呂翁。神仙術を得。はじめて旅籠で盧生と会う。「翁乃探嚢中枕以	道士呂翁 懐中より青瓷枕を取	宿の主人は、仙の法を行なう御方に宿をして差し上げたら邯鄲 『太平記』では呂洞賓。

	之授之曰、子枕吾枕、当令子栄適如志」。其枕青磁枕両端に竅あり。そのあな大きくなり中に入る。	り出す。	の枕と称す枕を給わったと述べる。その仙人・道士呂翁は登場しない。
夢の中の盧生	役人となる。二回左遷後、浮沈の人生を見る。 粗末な着物で黒小駒で邯鄲街道を行くこともできぬほどになり、首を切ろうとする。妻がとめる。後に出世、八十歳にして帝からおしまれ没。	蓬莱仙境 八仙阁（呂洞宾他） 吕祖殿あり。 卢生祠あり。 夢に関する詩文碑	盧生をたずねて、楚国の帝の位につくようにと、勅使がくる。 宮殿　東　銀の山―日輪 西　黄金の山―月輪 民栄え、菊水の酒 四季の風景を語る。
盧生	欠伸して眠りからさめる。 宿主人の蒸黍未熟		眠りからさめる。 粟の御飯出来上がっていた。 五十年の春秋を見た。三位にまで達した夢。 一炊の夢 悟りを得て帰っていった。
呂翁 盧生	呂翁が「人生之適亦如是矣」と言う。 「気に入られたり退けられたり、出世と左遷の苦しみ、成功と失敗、生と死、こんなもの」。繁栄出世と挫折衰朽。	飘然而去 不知所终 得道成仙 富贵无常	

◇灩澦堆

ここに記しておかねばならないことは、竹添井井『桟雲峡雨日記』である。

清朝・光緒二年（一八七六・明治九年）四月九日、北京を出発した竹添井井は、五月十三日、邯鄲黄粱夢鎮の盧生祠を訪ねている。

　抵黄粱夢鎮、廬生祠在焉。棟宇峻起、檐楹華彩。入門、掃痕如拭、不着一塵。池水彎曲、成腰鼓状。上架石橋、過橋、則傑閣三間、皆安塑像、前為呂仙、次盧生睡像。壁上鐫詩、多可観者。

続いて彼は、次の如く瞿唐峡を過ぎている。灩澦堆のありさまが、驚きをもって描かれている。

　七月二十九日、抵二瞿唐口一、灩澦堆屹二立于江心一、嶔岈岩崿望レ之、如二乱石層累而成者一、其実一大石也、是為二大灩澦一、稍近二北岸一双石対峙、与二大灩澦一遥成二鼎足状一者為二小灩澦一。冬時水落環レ堆石礁簇出者六七、舟曲折縫二其間一而行、極為危険、夏秋水漲、則幷二三堆一皆在二二丈水下一矣、今夏水不二甚長一、灩澦出二江面一二丈余、於二水候一為二最好一、然猶大渦洶湧、勢甚急疾、舟人必随レ渦委曲而過、……

さて白居易の次の詩二編がある。

（一）夜入瞿塘峡（律詩・五言）

　瞿唐天下険、夜上信難哉！　岸似双屛合、天如匹帛開。逆風驚浪起、抜篙闇船来。欲識愁多少、高於灩澦堆。

この詩について『白居易集箋校』巻第十八（朱金城箋注）によると「作於元和十四（八一九）。四十八才」とあって、次の文献を引いて説明している。

　【箋】〔瞿唐峡〕太平寰宇記巻一四八夔州、「瞿塘峡在州東一里、大西陵峡也。連崖千丈、犇流電激、舟人為之恐懼。」〔灩澦堆〕太平寰宇記巻一四八夔州、「灩澦堆周迴二十丈、在州西南二百歩、蜀江中心瞿唐峡口。」方輿勝覧巻五七夔州、「灩澦堆在州西南二百里。瞿唐峡口蜀江之心。」清統志夔州府一、「灩澦堆在奉節県西南瞿唐峡口。」

白居易は同年の詩に「初入峡有感」も残している。同『白居易集箋校』巻十一によると次の古体五言である。注

『三才図会』（地理十一）長江に灩澦堆が見える

も引く。

（二） 初入峡有感（古體・五言）

上有万仞山、下有千丈水。蒼蒼両崖間、闊狭容一葦。
瞿唐呀直瀉、灩澦屹中峙。未夜黒巌昏、無風白浪起。
大石如刀剣、小石如牙歯。一歩不可行、況千三百里。
自峡州至忠州、灘険相継、凡一千三百里。（下略）

〔箋〕作於元和十四年（八一九）、四十八歳、江州至忠州途中、忠州刺史。見汪譜。何義門云、「此後時忠州路上作。」

〔瞿唐〕方輿勝覧巻五七夔州、「瞿唐峡在州東一里、旧名西陵峡。」清統志夔州府一、「瞿唐峡在奉節県東十三里、即広渓峡也。水経注：江水東逕広渓峡、乃三峡之首。……明統志：瞿唐乃三峡之門、両岸対峙、中貫一江、灩澦堆当其口。」白氏夜入瞿唐峡（巻十八）云、「瞿唐天下険、夜上信難哉。」

○『三才図会』（地理十一巻・三峡。明代）には、波立つ瞿唐口の江心に灩澦堆を描いている。

○『三峡古桟道』（上）瞿塘峡桟道（長江三峡工程文物保護項目報告 丁種 第二号・重慶市文物局・重慶市移民局・西安文

滟滪石（张祖道摄于 1956年）・『三峡古栈道（上）瞿塘峡栈道』による

物保護修復中心編著・文物出版社・二〇〇六年・北京）。現在の三峡については、この文献を参照すべきであろう。精細な科学的かつ文化学的調査を行った結果が記されている。土木学上の成果が顕著で、六百枚以上の写真が提示されていて、この吟詩句・173番の立体的解釈の上で有効である。説明の一文を引く。「灩澦石是長江瞿塘口的巨礁，同時古人也利用其進行長江水文観測。是奉節八景之一。因其影響航道安全，一九五九年被炸毀」。

付記①　二〇一〇年二月二十二日、長江船歌調査のために、重慶に入った。重慶市朝天門大酒店の川江号子学会センターにおいて主として船曳歌（拉纤号子）を収録。船の船頭や縴夫の労働・俗信・生活を調査（これについては、後日、改めて総合研究としてまとめる）。号子は〈足元に注意し、崖に気を付けねばならぬこと〉を、掛け声・号令をたたみ重ねるなかにうたってゆく。

付記②　二〇一一年八月八日、九日湖北省宜昌市、巴東県、神農渓において、船曳歌、河川文化を踏査、長江に溶け込んだ民衆の暮らしや、長江に対する畏敬の念や恐れを知ることができた。またその現代において伝承してゆくための、観光化の実体をも同時に見聞した。原風景がやはり必要である。川劇と船乗の人々との関係も課題の一つ。

付記③　二〇一二年四月十八日、湖北省巴東県において、中国三峡縴夫国際文化学術旅游祭があって、基調講演「東アジアにおける河川船歌の研究」を述べた。その内容は次の二つの論考になっている。(1)「河川の船曳歌とその文化―日本・中国・韓国―」*(2)「船曳と船曳歌」*

174。吟　清容不落邯鄲枕《セイヨウズヲチカンタンノマクラ》　残夢疎声半夜鐘《ザンムソセイハンヤノカネ》
（清容《せいよう》落ちず邯鄲の枕　残夢《ざんむ》疎《そ》声《せい》半夜の鐘）

【口語訳】
あの方の美しい姿は、すこしも衰えることなく、ひとり寝のはかない夢枕にあらわれ、まだ覚めやらぬ残りの夢に、そのかすかな声も聞こえたけれど、やがて夜半（よなか）の鐘の音に消されてしまった。

【考説】　邯鄲枕の夢の余韻。肩書「吟」。
句の出典については吾郷寅之進説（『中世歌謡の研究』）が詳細である。次の詩が出典。

寄人

④雲鎖柴荊在乱畢　無謀一径緑苔封　清容不落邯鄲枕　残夢疎灯半夜鐘　（建長寺龍源庵所蔵詩集・光巌老人詩）

《清容》「清容」は美しく清楚な姿。『研究大成』では『滑稽詩文』（恋）に見える「一見清容奈所思　柳眉花口入吟奇」を引いている。

《疎声》「疎灯」が「疎声」になっている。つまり「かすかな灯」→「かすかな声」。残灯は半夜鐘と並んで、夜中のかすかな灯影のこと。それを小歌では「疎声半夜鐘」となっている。諸氏「疎声」は「かすかに聴いたあなたの声」（志田）、「その声は遠くなり」（吾郷）などとする。

邯鄲の夢枕に象徴される幻想的世界が広がる。この場合「邯鄲枕」に、旅の仮寝、を暗示するところがある。

なお、『枕中記』では、173番に引いた邯鄲枕の伝説も含めて、まず蘆生が夢中で清河（河北省）の名門・崔氏の美しい娘を妻として娶ることになるので、「清容」はその美女を意識させるものであったのではないか（また朝廷内

で彼は富み栄え美しい女性達に取り囲まれて暮らす場面も印象的である）。そうした美女が、枕の夢にあらわれてくることを言うのであろうと見ておく。特に蘆生が邯鄲の夢からめざめた後もその名残の中で、彼のまぶたにやきついた美女崔氏の女を思っているのであろう。

〔六十三〕　秋の枕

175。小
人を松虫《まつむし》　枕《まくら》にすだけど　寂《さび》しさのまさる　秋《あき》の夜すがら
（隆達節）

【口語訳】
来ぬ人を待つ枕の下に、松虫は群がって鳴いている。それを聞くにつけても、一人待つ秋の夜のさびしさは募るばかり。

【考説】　枕・松虫・秋の夜すがら。

《松虫》「松虫《まつむし》　大暑以後始鳴、九十月止ム」（和漢三才図会）。「松虫《マツムシ》其声如レ言　知呂林古呂林」（易林本節用集）。

《すだけど》「Sudaqi, qu, ita　すだき、く、いた。こおろぎなど多くの小虫が一緒になって鳴く」（日葡辞書）。

《夜すがら》「夜もすがら。一晩中」（日葡辞書）。

①ひとり寝覚の長き夜に　誰をまつ虫なき明かす
後の「枕シリーズ」に通じるものに次例がある。

②俤の来ては枕をしとゝ打つ　打つと思ふたりや夢じやもの
（鄙廼一曲・盆踊歌・三〇六）

③秋の野に人まつ虫の声すなり　我かとゆきていざとぶらはむ（古今和歌集・巻四・秋上・題知らず・よみ人しらず。これは謡曲・松虫にも引用）

④とひもこぬ人まつむしのおのれのみ　なくねさびしきにはのあさぢふ（建長五年・雲葉和歌集・第七・秋下・権中納言顕在朝・詞書「閑庭虫といふことを」）

⑤あさごとにはなのたもとにおくつゆや　人まつむしのなみだなるらん（金葉和歌集・初度本・秋部・藤原顕輔朝臣・詞書「つゆをよめる」）

⑥聞くからによその袂もぬれてけり　人まつ虫の夜すがらの声（菊葉和歌集・巻五・秋の下・よみ人知らず）

風流踊に「松虫踊」あり、但し近い歌詞はない。

夜更けて、松虫のいや繁く鳴き続けるにつれて、それになぐさめられることもなく一人待つ身のさびしさはつのりゆく。時がたつにつれて、さびしさはだんだん深くなってゆく。「邯鄲の枕でみる夢」からは遠ざかった。

秋の夜にすだく松虫と人の心のありさまをうたう。

176。小　山田作《つく》れば庵寝《いほね》する　いつか此田《このた》を刈《か》り入《いれ》て　思ふ人と寝《ね》うずらう　寝《ね》にくの枕や　寝《ね》にくの庵《いほ》の枕《まくら》や

【口語訳】

山田を作っていると、山小屋での仮寝も常のこと。秋になっていつの日にか稲刈りをすませて、思うあの人と共寝

をすることができるであろうか　そうありたい。それにしてもなんと寝にくい枕だねえ、ああ寝にくいこの小屋の枕だこと。

【考説】　山田庵寝の枕。肩書「小」。

《山田作れば庵寝する》　山田を作っていると、植え付けから刈り取りまで、特に水の按配を見たり、夜など山の獣に稲を荒らされることなきよう見張りが必要であるから、田のそばに小屋を建て、仮寝して番をする。「山田作れば」は常套的発句。「鳴子」（新大系『閑吟集』152番参照）の小歌に近い。

「いつか」「刈り入て」と言っているように、稲刈りまではまだかなり間隔がある時期と見てよい。

⑦山田づくりの鹿の声　山田づくりの鹿の声　やら面白の鹿の声　ヨーいつかこの稲刈りあげて　いつかこの稲刈りあげて　いとし殿御に添わりよやら　添わりよやら

（兵庫県養父郡〈現・養父市〉大屋町・大杉ざんざこ踊・さおおどり）

秋の祝言を心待ちにしている。「思ふ人と寝うずらう」は「いとし殿御に添わりよやら」の意味にもとれる。

「山田を作れば」おもしろいものを見てくるとうたう田歌の系統がある。その代表が次の歌。

⑧山が田をつくれば　おもしろいものやれ
猿は簓擦る狸鼓打つとの
うてばよふ鳴る狸の太鼓おもしろ
むかしよりさゝらは猿がよふ擦る
山田の案山子いつまで

（田植草紙・晩歌二番・一〇一）

「山田を作れば」と置く発想においても、『閑吟集』と『田植草紙』の相違点が見える。山田作りの辛さ・わびしさ、またそれにつけて思われるあの人との逢瀬。一方『田植草紙』では、山田での動物音楽会という幻想的な展開を見せる。

稲刈り後、ゆっくりして、思うあの人に逢うたのしみの夢を見て、粗末な山小屋の、寝にくい枕に堪えている。「寝にくの……」と言っているのは男か女か。中世期山村の若者の声。

「山田」「庵寝する」などの語句の背後には、鳥追・シシ追などの農耕民俗、稲作にまつわる生活や年中行事が広がっている。

◇村落共同体の労働と慰安

この小歌で注意すべきは「いつか此田を刈り入て　思ふ人と寝うずらう」とうたうところであろう。今は庵寝をしてはいるが、この田を刈りあげた上は、〈思うあの人〉と逢うことを期待している歌であるということ。つまり或る個人の思いだけで歌っているのではなく、その村落共同体の言わずと知れた年中行事や年中労働の習慣に添う人々の心性の類型で歌っている、ということである。村の若者全員がひそかに思っているのである。刈り上げ後の慰安を待ち遠しく思っている歌である。この発想表現が近世に下り、民謡として、一つの型を作ってゆくことは、日本歌謡史上、注意しておく必要がある。

刈り上げて、稲刈をすませて、村落共同体を構成する若者達は、ひととき開放され、慰安の時が流れることに注意。刈り上げをすませて、という発想の背景には、村落全体の刈り上げ祭と、そこに流れる開放感がみとめられてよい。

「宮城・登米郡、十月一日刈り上げの朔日、田の神祭り。餅搗く」「福島・岩代郡、九月末、餅を搗き、田植の手伝い人に振舞う」「愛知・東春日井郡　稲刈り上げれば、内祝いする」（中山太郎『日本民俗学辞典』昭和八年）。

⑨はや田を植えて農休み　つれたちて行きたい伊豆の湯へでも　（山梨県西八代郡・田植歌）

⑩はや田を植えて　お色男とあんころ餅をたべにゆきたい　（同）

などの「さなぶり」を期待する素朴な発想と同じ心性であるとしてよい。亥の子の祭も間接的に関連する。特に西日本では収穫後の祭日として広く行われるが、「さなぶり」「さのぼり」をたのしみにする。

つまり、刈り上げ後、思うあの人と逢うことを夢見ているのは、もっぱら個人的情動の思いつき、だけではない。村落として、その地域として、若者達にとって暗々の慣例であった。秋に祝言を行う地方も多かったと思われる。村落共同体の人々の共通した思いをうたう。

⑪山田作れば庵寝する　ぬるれば夢を見る、さむれば鹿の音を聞く　寝にくの枕や　寝にくの庵の枕や……

（狂言・鳴子・野々村戒三・安藤常次郎編『狂言集成』）

⑫山田作れば庵寝する　いつかこの田を刈り入れて　思ふ　思ふ人と寝ようずよの　寝ぬれば夢を見候　覚むれば鹿の音を聞く　寝にくの枕や　寝にくの庵の枕や

（鷺賢通本狂言・金岡）

当時の流行小歌がこうして、酒盛やつれづれの口ずさみに用いられている。

⑬山田に田を作れば　けうとい物見たいといのう　（山口県阿武郡・田植歌『防長民謡集』）

⑭山田に田を作れば　けうといもの見たいといのう　猿が二匹さんさがりひけや　狸が鼓打つといのう

（山口県・同）

⑮山の中に田を作れば　見ないもの見てくる　（下総国九十九里浜附近田植歌・一話一言）

民謡的な発想あるいは表現。つまり近世民謡が生まれてくる当時の農村的背景は、以上の如く考察せねばならない。「山田を作れば」の系統を辿る上で、この176番もおもしろいのである。

〔六十四〕　枕と一節切の尺八

177。小 咎《とが》もなひ《〈い〉》 尺八《〈しやくはち〉》を　枕《〈まくら〉》にかたりと投《な》げ当《あ》てゝも　さびしや独寝《〈ひとりね〉》

【口語訳】

咎もない尺八を、枕に投げつけた。かたりと音がした。けれどもどうなるというものでもないわ。独り寝のさびしさよ。


【考説】 尺八を、枕上・枕元に置く習わし。

《尺八》「尺八《シヤクハチ》」（饅頭屋本節用集）。「尺八《シヤクハチ》唐玄宗善吹ㇾ之　後有禄山乱向云十字街頭吹㆓尺八㆒」（易林本節用集）。

　ここは一節切の尺八。一尺一寸一分。21番参照。
①尺八の一節切こそ音もよけれ　君と一夜は寝も足らぬ　（隆達節）
②尺八の一節切こそ音もよけれ　君と一夜は寝も足らぬ　あら心なの君様や　（松の葉・第一巻・葉手・京鹿子。尺八楽器のなかでも、特に一節切の尺八こそが、の意味。「ね」に「音」と「寝」を掛ける）
《かたり》尺八が、枕に当たる音。枕は木枕。木に細い竹が当たる音。
③此家の亭主木枕をたゝきて　山中薬師をうたひ出せば　（好色由来揃。藤田徳太郎『日本歌謡の研究』引用）
　尺八は、男が、共寝の枕上に置いて（忘れて）いったものである。さびしさのあまり、女がその尺八を放り投げたら、枕に当たったのである。かたり、と音がした。あとはまた一人ぼっちの静けさ。女の心情・行動を、自身が

うたっている小歌。佳作である。取り上げるまでもないような小歌のように思われるが、実はそうではない。なぜなら、その一節切尺八は、恋人が枕元に置いて行った恋の証拠の品物なのである。この恋愛習俗がこの小歌の伝承した地盤にあり、背景にある。そこが見きわめられていなければならないのである。密やかな恋の習俗・文化の型が、ここに「かたり」という音を伝えているのである。

「独り寝の淋しさから愛用の尺八にやつあたり、いらだつ男の心」（集成）とあるが「やつあたり」「いらだち」はこの歌の雰囲気を、じっくりと把握した解釈ではない。また男の心を歌った歌とするのはよくない。ずれがある。

わたしをこんなにさびしくさせて、かなしませて、と男の置いて行った枕上の一節切尺八に向かって、つぶやき、恨んで、ぽいと投げてみたのである。尺八を枕上に置いて後朝の別れをする習俗。室町時代の恋愛習俗とともにすでに述べたが（後掲拙稿および21番考説）、古代における、枕上に太刀や弓を置く習俗へ溯って習俗史的に、歌謡史的に理解しておく必要がある。

④ころえころりとよう　ころべ尺八ござの前　ころべだいでよう　ヒンヤウ踊るよう。（伊豆七島歌謡集）

⑤恋の尺八ナー枕のナーエ下に　吹いて聞かしよかナお十七に（石川県七尾地方・もみすり歌・『七尾の民謡と童謡』）

関連する歌謡・習俗として次の論考「笠などを忘れるということ」（『中世近世歌謡の研究』*）を参照していただきたい。

178・小　一夜《（ひとよ）》来《こ》ねばとて　咎《とが》もなき枕を　縦《たて》な投げに　横《よこ》な投げに　なよな枕よ　なよ枕《まくら》

【口語訳】

わたしがただの一夜来なかったというだけで、罪もない枕を、縦に投げ横に投げして。なあ枕よ、枕よ、迷惑なのはお前だよねえ。

【考説】　咎もなき枕。肩書き「小」。奄美三味歌に（『日本庶民生活史料集成』南島古謡）枕の近似発想あり。

《一夜》「ひとよ」か「いちや」か。165番と178番とは和文調だから「ひとよ」。

「縦な投げに　横な投げに　なよな枕よ　なよ枕」と「な」音を連続させる技巧。

⑥一夜《ひとよ》来ねばとて　咎もなき枕を　縦な投げに　横な投げに　なよな枕　憂なよ枕（宗安小歌集・一〇八）

一夜来訪しなかった男が、次の夜、訪れたときの、その男のことばと見る。枕には魂がこもっているのに。男は、女の気持ちをよく見抜いていて、まともに受け留めないで、ちょっとユーモラスに〈枕よ、おまえこそ迷惑だよね〉と体を軽く躱《かわ》した。恋人あるいは妻としての女性のそばに、この歌い手の男がいる。

⑦悋気心か枕な投げそ　投げそ枕に　咎はよもあらじ（隆達節）

⑧君が来ぬにて枕な投げそ　投げそ枕に　科もなや（吉原はやり小歌総まくり）

⑨一夜来んとて枕を投げた　投げた枕にとがはない（京都府峰山町・車まわし歌・『郷土民謡撰集』）

⑩とっちゃなげ〱　枕を投げた　投げたまくらにゃ　とがはない（静岡県北伊豆地方・田植歌其の他・『日本庶民生活史料集成』巻二十五）

⑪人はあらじな待宵に　枕な投げそ　なげそ枕に咎もなや（松の葉・巻二・手枕）

夫や恋人に対して、やりきれなさや、腹立たしさ、あるいは恨みの気持ちを表現するのに、もっとも手っ取りばやい方法は、枕を投げることであった。おそらくそうしたことも含めて〈枕のおまじない〉〈枕へ向けての秘密の呪言〉もあったとしてよい。枕の広い意味の呪的性格が伝わる小歌。枕に男女の恋の執念がこもる。

とくに、最終句の「なよな枕よ　なよ枕」と語りかけるところ、枕にその思いを言い含めているのである。このあたり『閑吟集』の小歌としての特色であり、「投げそ枕に　科もなや」の、系統との微妙な違いがある、と見たい。

「枕」を大切な呪物の一つとしていた。枕は呪具。邯鄲の枕も関連してくるのは当然。

179・小 引《〈ひけ〉》よ手枕《〈たまくら〉》　木枕《〈きまくら〉》にも劣《おと》るよ手枕《〈たまくら〉》　高尾《たかを》の和尚《わじやう》の　〳〵《〈高尾の…〉》　手枕《〈た〉まくら》

【口語訳】

よけてくださいこの手枕を。ごつごつして木枕にも劣る手枕ね、同じことならあの高雄の和尚の手枕がほしいね。

【考説】　高尾の和尚が小歌にも取り上げられていた。

《手枕》「タマクラ。枕の役をするように、片方の腕を他人の頭の下においてやること。詩歌語」（日葡辞書）。「月は朧の春の夜の　夢ばかりなる手枕に　君が浮き名やかひなくたたん」（松の葉・巻一・手枕）。

《木枕》胴が木でできている枕。「木枕《キマクラ》曹操軍中以円木為警枕、司馬温公読書又用円木、見後漢書宋書」（書言字考合類大節用集）。当時、枕はほぼ木枕か陶製であるから、その木枕よりもまだいただけないのである。

《高尾の和尚》高尾は京都市北部、高雄山神護寺。「高尾《タカヲ》」（枳園本節用集）。「神護寺《ジンゴジ》和気清丸本願、初在河州、号神願寺、後移城州高尾山、名神護寺、国祚寺」（書言字考合類大節用集）。具体的に「高尾の和尚」は、「神護寺二世・真済」であるとする武石彰夫説（塙選書・仏教歌謡）がよい。『本朝高僧伝』に、「論曰、世人伝言　真済惑色而成魔焉　余常疑之……」とある。

○釈真済姓紀氏洛陽人。朝議郎御国之子也。（中略）延暦十九年生。（中略）又従弘法大師受密法。（中略）早授両部大法、為伝法阿闍梨。時年二十五、後入高尾峰。貞観二年二月二十五日逝。年六十一。賛曰。世言。真済惑色而成魅焉。（元亨釈書・第三・慧解・高尾峰真済・『新訂増補国史大系』）

天長元年（八二四）に、神護国祚真言寺、すなわち神護寺とした。空海の力により寺観ととのえられ、やがて真済によって発展。真済は、高雄僧正、柿本僧正と呼ばれた。後、文覚が鎌倉期に再興した（赤井達郎『京都の美術史』参照）。「和尚《わじやう》」は、真言宗などで用いる呼びかた。

(1)高尾の和尚＝真済と見るのがよかろう。つまり真済の色好みの一場面をうたう小歌。真済伝説を取り入れた小歌。うわさに聴く和尚（真済）と寝てみたけれども、まあごつごつとした手枕、木枕にも劣るよね。和尚よ、あなたの手枕は。

(2)若い恋人同士の共寝の場面。女の言葉。相手の男の手枕が、あまりに無骨なので木枕にも劣る手枕ね。

イ　高尾の和尚の手枕もこんなものだったのかしら。

ロ　同じことなら、高尾和尚の手枕がいいね。

真済の好色の風聞があって、当の共寝の男がごつごつとした手枕をしむけるのに対して、言ったのであろう。なお、もちろん真済を考えてもよいが、一方で袈裟御前との恋愛譚もある、荒法師・文覚と見てよいかもしれぬとの説（集成）もある。

180。小　来《く》る〳〵とは　枕こそ知《し》れ　なう枕　物言《い》はふ（う）には　勝事（せうし）の枕《まくら》

【口語訳】

あの方が今宵来ることは、枕よ、あなたが一番よく知っているよね。ねえ枕よ、もしものを言って、そんなことをわたしに教えてくれるようなことにでもなったら、そりゃまあたいへん殊勝な枕ということになるのだよ。枕よ。

【考説】　来る来る来る来る。呪文。枕で卜占。

《来る〳〵とは》　この繰り返しは、恋人の、夫の、来訪を確実ならしめるために効果を期待している、呪文。「く

る」を何度も繰り返すほうが効果的。

◇くるくるくる

おまじないの言葉。積極的に「来る」を重ねて、来させる。つまり「来る」ことをより確実ならしめる。「枕こそ知れ」とあるが、この第一句には、待ちこがれ、いま来るか、もう来るか、という心がよく出ている。

《勝事》「シヤウジ。勝事。すぐれた事。希代の勝事。稀なすぐれた事」（日葡辞書）。

《物言はふには》物言うことはあり得ないから、もしあったらたいへんな事、といったところ。

⑫枕こそ知れ我が恋は、涙かゝらぬ夜半もなし　（隆達節）

恋人の来訪を待つ女の歌。夜ごとの、睦言や恋の涙をいちばん知っている枕に話しかけている。ともあるけれど、その歌をささえる心性にちがいがある。つまりこの180番には、呪的な恋のおまじないの雰囲気を察知することができる。枕が呪物であり、恋の呪術の意識の中に枕が取り入れられている。しかしこの世俗の呪的な枕の妖しさが薄くなり、無くなって、抒情歌謡となっているのが隆達節であろう。以下、解釈にかかわる枕の小歌・民謡を引く。

⑬枕くら枕　物《むん》だ言な枕　加那か仲わ仲　言なよ枕　（奄美大島・八月踊歌・『日本庶民生活史料集成』南島古謡）

⑭枕くら枕ぬ　物《むぬ》ゆん程なりば　踏台《くちあん》しゅん石ぬ物言《や》んで置きゆみ　（同）

⑮ヤ昨夜《ゆべ》は誰《だい》と寝た枕と莫蓙と　ヤ枕もの言え寝て語ろ　（鹿児島県揖宿郡開聞町・山逢節・『日本民謡大観』・九州南部）

⑯寝たか寝ぬのは枕が証拠　枕もの言へ晴れやかに　（鄙廼一曲・淡海の国・杵唄）

⑰思ひ出す夜は枕と語ろ　枕ものゆへこがるゝに　（淋敷座之慰・一九〇・弄斎片撥昔節品々）
⑱寝た寝んな　枕こそ知る　閨枕に物を言はばや……　（長崎県東彼杵郡・沖田踊歌・『全長崎県歌謡集』。『大村市史』にも）
⑲寝たか寝なんだか枕に問へば　枕正直もの　寝たと言うた　（愛媛県伊予・子守唄・『日本庶民生活史料集成』巻二十四・民謡童謡）

「枕」に対して言い含めている。枕は、ことばで反応はしないけれども。近代人の単なる「遊び」の感覚だけで把握してはいけない。中世の呪術であり、呪言である。

和歌には次の例がある。

⑳包めども枕は恋を知りぬらむ涙かゝらぬ夜半しなければ　（千載和歌集・巻十三・恋二・久我内大臣）

181 小・恋の行衛《ゆくゑ》を知《し》ると言《い》へば　枕に問《と》ふもつれなかりけり

【口語訳】

二人の恋のこれからのなりゆきを、枕は知っているというので、問うてはみたものの、無情にも答えてくれないよ。

【考説】　恋の行方を占う枕。

《つれなかりけり》「Tçurenai　ツレナイ。オモテカタシ（面難し）。無情なこと。また同情の心がなくてきびしいこと」（日葡辞書）。

恋の行方　これからどうなるのかその顛末。ゆくすえ。

㉑みをくだくこひのゆくへをたづぬれど　あふをかぎりのはてだにもなし　（鎌倉時代物語・在明の別れ）

「逢い初めての、女が恋の行く末を案じての歌か、或いはまた馴れ過ぎたために男から見捨てられた女の歌か」（文庫）とも。逢う瀬も途絶えがちになって、これからどうなるのか不安になっている女が、枕に二人の行末を尋ねてみたのである。枕は恋の行方を知っている。だから枕にこれから先の二人のなりゆきを問うてみたのであるが、つれない。なにも答えてくれない。なお次のような歌もある。

㉒一方《ひとかた》ならぬ思ひをすれば　枕も聞けよ夜こそ寝られね　（小歌吾聞久為志・片撥替り節）

180番にうたわれていたように、背景に「枕」の呪術があった。枕で恋の卜占をするのである。しかし枕は答えない。枕にたずねても無駄だった。暗々のあるいはかすかな灯の下の多様な呪術が、おまじないが、時には妖術が、生まれて消えた。

この181番では、その枕を呪物・呪具とする恋の呪術が崩れつつあるのだ。呪術は、現実に効果が現われてこそはじめてその意味がある。枕の呪術から、めざめた女の科白であろう。「つれなかりけり」というつぶやきから、枕の呪性から解きほぐされつつある様子がうかがわれる。呪術から抒情への中間的世界と読んでもよい。

〔六十五〕　枕にほろ〱

182・小　衣《きぬ》〲の砧《きぬた》の音《をと》が　枕にほろ〱《ほろ》〱〱とか　それを慕《した》ふは　涙よなふ《う》　〱《涙よ…》

【口語訳】

衣を打つ砧の音が後朝の寝ざめの枕にほろほろほろほろと響いてきます。それにつれて、ほろほろと涙がこぼれ落ちます。

【考説】　枕に砧の音が響いてくる。

《衣〳〵の》　後朝。衣衣とも。後朝は男女の逢った翌朝のこと。「衣〻《きぬ〳〵》」（静嘉堂文庫本・運歩色葉集）。

《砧》　布地を打って、やわらかくしたり、つやを出したりする石や木の台。「碪《キヌタ》同砧」（易林本節用集）。「砧《キヌタ》」（静嘉堂文庫本・運歩色葉集）。

《ほろ〳〵〳〵》　ここでは砧を打つ音。なみだのこぼれる様子をも引き出す。「Foro Foro to　ほろほろと。涙がほろほろと落ちた」（日葡辞書）。

謡曲『砧』では次のようにある。

月の色　風の気色　影に置く霜までも　心凄き折節に　砧の音　夜嵐　悲しみの声　虫の音交りて落つる露涙
ほろほろはらはらはらと　いづれ砧の音やらん……

右に「砧の音」「落つる露涙」「ほろほろはらはらはらはら」の語句が見えている。この世阿弥の謡曲『砧』を意識して生まれた小歌か。肩書は「小」。あるいは同曲の蘇武の説話引用部分に「砧を擣《う》つ　志の末通りけるか　万里の外なる蘇武が旅寝に　故郷の砧聞えしとなり」とあるところも、「枕に」ひびくあたりと関連するや。

◇171番からここまで、十二首の枕小歌

連鎖からすると、前歌に続いてここで現実の世に帰ったことになる。前の181番で、枕の呪術の世界は薄れて、その連鎖は終わった。この182番は、夢中から現実に帰って涙する場面か。枕の涙は現実のものであった。しかしともかく枕をうたう小歌であった。

171番から続いた枕小歌の流れはこれで終了する。これが室町期にうたわれ蒐集された枕小歌のすべてであったとしてよかろう。「枕」における呪的な本質が認められ、それが歌謡文芸としての独特でおもしろくかつ洗練された世界ともなっている。これほどの枕小歌の蒐集と編集は、日本歌謡史の上で類を見ないのである。原始的・呪的心性が、小歌の核の部分やその周辺にみとめられねばならない。

かすかな灯のもと、呪的な、おまじないのような枕があった。軽く、忘れ去られるような枕ではなかった。呪的・妖術的なその意識を引きずりながら枕小歌群が形成された。

しかし『宗安小歌集』、隆達節の中には、この枕小歌群は、群として受け継がれていない。断絶とまでは言えぬとしても、一つの区切があった。これが中世歌謡史を見る場合、大切な視点であろう。群をなし、しかも連鎖をなす形で残されたことが、『閑吟集』の大きな文芸性として注目されてよい。『閑吟集』の小歌は、こうした〝枕小歌群〟によって、象徴的にその文芸性の特色が認められてよい。

ここで枕に落ちる「涙」がうたわれている。〝枕の呪術の小歌〟から〝枕の抒情の小歌〟へと、連鎖が変化してゆく。つまり恋の呪的世界から、恋の抒情の世界へと移行してゆく。

182番では次の183番とともに、砧の音の、かすかに聴こえる抒情がよみがえった。あえて言うなら、呪的な枕小歌こそが、『閑吟集』の枕小歌であった。

183・君《大〈きみ〉》いかなれば旅枕《〈たびまくら〉》　夜《〈よ〉》寒《さむ〉》の衣《〈ころも〉》うつゝとも　夢《〈ゆめ〉》ともせめてなど　思《おも》ひ知《し》らずや恨《うら》めし

【口語訳】

遠い旅の空にあるあなた。夜寒にわたしが思いを込めて砧を打っていることを、現実《うつつ》には無理だとしても、せめて夢の中でなりともどうして思い知ってくださらないのですか。うらめしいことです。

【考説】　君いかなれば。肩書「大」。

《衣うつゝとも》　砧で衣をうつ、と現《うつつ》のうつゝとを掛ける。

謡曲『砧』に次の如くある。

地うつし人とは誰かいふ　草木も時を知り　鳥獣も心あるや　げにまことたとへつる　蘇武が旅雁に文をつけ
万里の南国に至りしも　契りの深き志。浅からざりし故ぞかし　君如何《いか》なれば旅枕　夜寒の衣うつつとも　夢
ともせめてなど思ひ知らずや　恨めしや　（謡曲大観）

妻の亡霊が出現して、夫の不実を恨むところ。最終キリに近い。「君如何なれば」からの小歌化。この引用部分に蘇武とあり、さらに曲の前半にも『漢書』蘇武伝にある雁書の故事が引用されていたりするので、せめて夢にでも思い知って、便りの一つでも下さらなかったの（それくらいはして下さってもよかったのに）の意味であろうかと思う。

なお当歌では、「夢ともせめてなど」とあるから、「せめて」を用いる小歌の類型と関連する。「せめては秋の暮もがな……」(140)。「嬉しやせめて実に　身がはりに立てこそは……」(144)。「せめて時雨よかし……」(196)。「せめて思ふ二人……」(197)。

184。小　爰《〈こゝ〉》は信夫《しのぶ》の草《〈くさ〉》枕《まくら》　名残《ごり》の夢《〈ゆめ〉》な覚《さ》ましそ　都《〈みやこ〉》の方《かた》を思《おも》ふに

【口語訳】

ここは世を忍ぶという名の信夫の里、どうかこの世を忍ぶ身の名残つきぬ旅寝の夢をさまさないでください。遠い

都がまた恋しく思い出されますから。

【考説】 草枕。肩書「小」。ただし出典、謡曲『横山』だから「大」とあるべきか。または、もともと小歌であったか。謡曲『横山』が小歌を取り入れたので、もとの「小」で肩書としたのか。

《信夫》 地名。都を遠く離れた福島県・信夫郡の歌枕。「忍トアラバ、人目……みちのく……」（連珠合璧集）。

『謡曲三百五十番集』所収『横山』（番外謡曲五十一番）から引く。

それこそ思ひも寄らぬ事にて候へ。侍の時にとつて馬に草がふ事は苦しからず候。かまへてあやしさうに、外面へばし御出で候ふなやがて参り候ふべし。是処は忍ぶの草枕、名取の夢なさましそ都の方を思ふに

（主人公横山十郎晴尚が、馬のための草を刈りに野へ出ようとするところ）

〔六十六〕 逢はねば咫尺も千里

185。田 逢《あは》ねば咫尺《しせき》も千里《ちさと》よなふ《う》 千里《ちさと》も遠《とを》からず

【口語訳】
逢いに行くときは、千里の道のりも遠いとは思わない。けれどせっかく訪れても、逢うことなく帰るようなことになると、その道のりはたとえわずかな距離も千里を行くような気持ちになります。

【考説】 咫尺千里。肩書「田」。

後半「逢ねば咫尺も千里」の方に重い意味を見てよい。『閑吟集』では前句後句が同等並列の意味ではなかろう。「君不見淮南少年游俠客。白日毬獵夜擲。呼盧百万終不惜　報讎千里如咫尺　少年游俠好経過……」（李白・少年行・全唐詩・巻百六十五）などとして用いられていたが、この句においてはすでに慣用化されている。この小歌の背後としては『禅林句集』・四言に、

咫《シ》尺千里李白

あたりをそえてよい。「咫尺近キ意也。咫ハ八寸也」（易林本節用集）。「咫尺千里《シセキセンリ》」（天文十七年本・運歩色葉集）。また、次のような例も見られる。

①訪へば千里も遠からじ　訪はねば咫尺も千里よの　（宗安小歌集・一〇）

②こなた思へば千里も一里　逢はず戻れば一里が千里　（山家鳥虫歌・山城・九）

③逢うてもどれば千里が一里　あはでもどれば花も紅葉も見もあかぬ　（広島藩御船歌・切歌）

逢えたら千里も一里だけれど、男女の仲、そううまくはゆかぬ。逢えないで帰るときの道程の長くつらいこと。「よなふ」が「逢ねば」の気持ちを強く出している。この185番系統の小歌は近世期も好まれてうたい継がれた。右掲『山家鳥虫歌』九番を含めて、近世近代の伝承展開については次のようになる。歌謡史としては、その繫がりを意識し、生活の襞々に入って用いられたことが要点である。

④君を待つ夜は一夜が千歳　逢ふて帰れば千里も一里　（春遊興）

⑤逢うて戻れば千里も一里　逢はで戻れば又千里　（河東節・乱髪夜編笠・『古曲全集』）

⑥おもてかよへば千里も一里　あはずもどればまた千里　（賤が歌袋・第五編）

⑦惚れて通えば千里も一里　逢わで帰ればまた千里　（岐阜県武儀郡・盆踊歌・『岐阜県の民謡』）

⑧思うて通えば千里は一里　逢わず戻れば又千里　（富山県城端町・機織り歌・『富山県の民謡』）

⑨思うて通えば千里が一里　あわず戻れば又千里
（福井県丹生郡・機織歌・『丹生郡民謡集』）

⑩思うて通えば千里も一里　逢わず戻れば又千里
（石川県珠洲郡・雑歌・『珠洲郡誌』）

⑪そうて通えは千里が一里　逢わず帰れば又千里
（山口県吉敷郡・はやりうた・『日本歌謡類聚』）

⑫ほれて通へば千里が一里　逢はで帰ればまた千里
（福岡県・はやりうた・同）

⑬惚れて通えば千里の道も　長いたんぼもひとまたぎ
（埼玉県・機織り唄・『埼玉県史』・別編Ⅱ）

⑭思ふて帰れば千里も一里　あはずかへればもとの千里
（『沖永良部島民俗誌』）

このような類型が近世近代を流れた。ともかく民衆は、悲しいほど、この類型を繰り返してうたってきたのである。

186 小・君《きみ》を千里《ちさと》に置《を》ひ《い》て　今日《けふ》も酒《さけ》を飲《のみ》て　ひとり心を慰《なぐさ》めん

【口語訳】

君と遠く千里を隔てて、ああ今日もまた一人で酒を飲んで、さびしさを慰めよう。


【考説】　今日も、一人ぼっちの酒を。

まず一解として「君」を朋友と見る。また一解として、恋しい人と遠くへだたって暮らさねばならない或る男のつぶやきとしてもよい。あの人の面影がちらついて。悲しい酒。自分を何とか紛らわせようとするのだが。

曲舞『水汲』（地主とも）に次の例がある。「生てよもあす迄　人はつらからじ　此夕暮をとへかしな　君を千里におゐても今は酒をのみ　我と心を慰る」

〔六十七〕　南陽県の菊の酒

187。田　南陽県《なんやうけん》の菊の酒《さけ》　飲《の》めば命《いのち》も生《い》く薬《くすり》　七百歳《さい》を保《たも》ちても　齢《よはひ》はもとの如《ごと》く也《なり》　〈（齢は…）

【口語訳】

南陽県の菊酒は、飲むと命もますます元気になる妙薬です。七百歳になっても、もとの若い時と少しも変わることはありません。

【考説】　祝言歌謡。いつであろうと、どこであろうと、憚ることのない祝い歌。肩書「田」。

《南陽県の菊の酒》　中国河南省南陽県（現南陽市）に白河あり。その河の支流に菊の雫が落ちて、菊水となる。

○風俗通曰、南陽酈県有甘谷。谷中水甘美云。其山上大有菊菜。水従山流下。得其滋液、谷中三十余家、不復穿井、仰飲此水。上寿百二三十、其中百余、七十八十名之為夭。（太平御覧・巻第九百九十六・百卉部三・菊）

また河南省開封では現代も十月二十八日以後になるが、菊花花会が盛大に行われる。色とりどりの菊花が飾られ、夜は菊花灯で美しい、人々は菊酒を飲む（『中国民俗游』下・二〇〇四年）。

①昔は南陽県の菊水に下流を汲んで齢を延ふ　今東海道の菊川の　西岸に傍うて命を終ふる
（太平記・巻第二・俊基朝臣再び関東下向の事・菊川の宿）

②寿命は千代ぞと菊の酒　栄華の春も万年　君も豊かに民栄え……（中略）流れは菊水の　流にひかれてとく過ぐれば
（謡曲・邯鄲）

③さればにや　雫も芳しく滴りも匂ひ淵ともなるや谷陰の水の　所は酈県山の山の滴り　菊水の流れ　泉はもとよ

り酒なれば

出典は田楽の『菊水』で、「春日若宮田楽歌謡」の「菊水」として見える。

④扨て菊水を飲むならば　誰も齢を保つべきかなか〱の事　先づ我にても聞召せ、疑ひも南陽県の菊の水〱
飲めば命もいく薬　七百余歩を保ちても　齢はもとの如くなり……　（謡曲・菊慈童）

この部分は謡曲『菊水慈童』にほぼそのままで見える。

⑤シテ「中々なれや先我等にても、知ろしめされよ。疑《うたが》ひも、地「南陽県《なんやうけん》の菊の水、〱、飲めば命もいく薬、七百歳を保《たも》ちても、よはひは元の如くなり、〱。クセ「さる程に慈童は、御代の御寵愛《ごちようあい》、限《かぎ》りなかりし余りにや、誤つて皇帝の御枕《おんまくら》を越《こ》えし科《とが》により、鉄県山に流《なが》さるゝ。　（校註謡曲叢書）

なお右に続けて、『菊水慈童』の中に見える「菊水伝説」は次の如し。

慈童は、周の穆王の代、寵愛を受けた皇帝の枕をあやまって越えた科により、鉄県山に流されたが、王はあまりに不憫に思い、普門品の二文字（二句つまり、具一切功徳慈眼視衆生、福寿海無量是故応頂礼）をさずけられた。慈童は忘れじと、鉄県山の谷川の菊の下葉に書きつけ、それに向かいてひねもす誦した。その菊に置いた露が谷水に落ちて菊水となって、不死の薬となったと言う。そして「されば誰とても飲めば命もいく薬、霊山の妙法鉄県の菊にとどまり、不老の薬となるとかや」と続いてゆく。

酒盛の場で、今日のこの酒を菊水の酒と見立てた祝いの小歌。面白の遊舞の小歌となっていた。勧酒歌謡である。酒盛の場の歌謡の構成については、「酒宴と歌謡」というテーマで別に論ずる必要がある。これに関しては、真鍋「酒宴と歌謡*」参照。

188。小　上《うへ》さに人の打《う》ち被《かづ》く　練貫《ねりぬき》酒のしわざかや　あちよろり　こちよろ〱（よろ）よろ　腰（あしこし）の立《た》ゝぬ

は　あの人の故《ゆへ》よなふ(う)

【口語訳】

やんごとなき人が頭上に被く練貫絹の小袖のように、なめらかで上等のねりぬき酒を飲んだせいかしら、あちらへよろり、こちらへよろり、よろよろと腰も立たないほど酔ったのは、勧め上手なあの人のせいだよね。

【考説】

《練貫酒》まろやかな味の白酒。ねり酒。「Nerizake　ネリザケ〈練酒〉。日本の白酒の一種」（日葡辞書）。「Neriネリ。日本の白酒の一種」（同）。「筑前国、練貫酒」（蔭涼軒日録・文正元年二月十日条）。研究大成によると、「日吉は山王」（和泉流・三宅藤九郎編『改訂小舞謡』）に

⑥……物を言はざる目元も真っ赤になるは、ねりぬき酒の仕業かや　真猿めでたう踊らうとすれば、腰もきか猿よろ〳〵よろと……

とある。この小歌を取り入れたのであろう。

練貫小袖を被く意に、練貫酒をがぶり飲むという意を掛ける。酒宴における、その日のうまい酒で、つい深酒になったことをうたう。あの人のすすめ上手につい乗ってこんなことになった、とも加えてうたっているが、あの人を非難しているわけでもない。当時の町衆や公家達の酒盛のように見うけられる。当時の酒盛の実態の一面であろう。爽やかさは伝わってこない。

〔六十八〕　逆さうた

189。小 きづかさやよせさにしざひもお

おもひざしにさせよやさかづき（思ひ差しに差せよや盃）

【口語訳】

さかさま読みにすると意の通ずる歌。273番も同じ。思い差しで、酒を注いで下さい。

【考説】　暗号歌謡。謎々小歌。

《思ひ差し》　思いを込めて、特定の人、これと思う人（好意を寄せる人）に差す盃。その多く、恋の思い差し。差される方からすると「おもひざしにさせよやさかづき」となる。「思ひ取り」と一対のことば。次の①〜⑥には、その「思ひ差し」が見える。

①きみの長は聞こしめし　あら面白の笛ざふらふや（中略）　みづからひとつ給はつて　只今の笛の殿におもひざし申さう
（幸若舞曲・烏帽子折・面白の笛を聞いた礼に、思いをこめて）

②いかに虎御前　この盃ひとつのふて　いづかたへも　思わふずるかたへさし給へ
（幸若舞曲・和田酒盛・恋の思いで差す）

③君も御出ましく〳〵て　女房達のお酌にて　かみに盃すはりければ　しもは以上八人なり　三献の酒すくれは　後には互いに入り乱れて　おもひざし　思ひ取　自酌　しもり　の楽遊び　舞ふつ歌ふつのむほどに
（幸若舞曲・高館）

④「Vomoizaxi　ヲモイザシ」「Vomoidori　ヲモイドリ」（日葡辞書）。

⑤南陽県もこれなれや　互いの命ながらへて　親子あふむの盃　思ひざし思ひとり　共に袖をぞ返しける
（謡曲・浜平直《はまならし》・校註謡曲叢書・巻三）

⑥児《ちご》若衆にこそ　思ひざしの附けざしのと　申す事がござらうが　この日の目もごらうじられぬ御科人のお盃が何となるものでござるぞ
（鷺賢通本狂言・米市）

◇酒宴の作法

「思ひ差し」「思ひ取り」あるいは「付けざし」などの盃のやりとりは、宴で、厳粛な、はじまりの儀礼的な盃事（順の盃・逆の盃）が終わった後の、いわゆる座がにぎやかになり無礼講になった〈酒盛〉の段階になって行われる。

⑦さゝぬやうで差すは、又おもふが中の盃
（尤の草子）

ゆえに189番は、思い差しがほしいもの、あるいは思い差しがあってもよいよ、という気持ちを、周囲の者たちにわからないように、相手に伝える歌であるから、酒盛の段階でつぶやかれるもの。女の歌か。男の歌か。暗号式小歌。酒宴での遊びの小歌でもあった。

和歌の廻文歌などに端を発した手法。ただし逆に読んでも同じでは、実は暗号の機能は少ないのだから、また別と考える方がよい。これは言葉遊び的な世界にとどまることなく、酒盛りの場で生きてつぶやかれたものであるから、やはり歌謡として具体的なそれぞれの場で独自にとりあつかうべきであり、広い意味の呪的効果も期待されているのである。つまりこの歌によって相手に思い差しをする気分にさせる。そうした妖しげなちからをも持つ小歌であるとされていたのであろう。本来は、実際にうたわれたものというより、呟いたものであろう。当時逆さ歌はいろいろ作られては消えていった。またこの189番も、すでに多くの人々が知っていたのであって、そうなるとこの

酒宴
- ①順の盃・逆の盃
- ②酒盛
  - 思ひ差し
  - 思ひ取り
  - 付けざし

歌謡の機能はなくなるが、しかしやがて酒盛の遊び歌となって残ることになる。大和言葉にも近い。（上掲図、ここでは、広く総合して酒宴とし②の段階、つまりより砕けた酒の場・時空を酒盛とした。）

188番―酒盛の小歌から続き、さらに次の酒盛の小歌（肩書「大」）の190番へ続く。

室町時代の酒宴実態学には、歌謡が大切な資料となる。

⑧さすやうでさゝぬは　人待宵のからき戸　ささぬやうでさすは又　おもふ中の盃　（秦箏語調）

右のような雰囲気の中で、この189番も伝えられていた。こうした暗号式小歌の伝承する、あるいは発生する場に注目。伝承の場として、次の190番と密接にかかわる。

〔六十九〕　赤きは酒の咎ぞ―酒盛歌謡のおもしろさ―

190。大　赤《あか》きは酒の咎《とが》ぞ　鬼《をに》とな思《おぼ》しそよ　恐《おそ》れ給はで　我に相馴《あひな》れ給はば　興《けう》がる友と思《おぼ》すべし
我《われ》もそなたの御姿《すがた》　うち見には　〳〵（うち…）　恐《おそ》ろしげなれど　馴《な》れてつぼひ（い）は山臥（やまぶし）

【口語訳】

顔や体が赤いのは酒のせいです。鬼かしらなどと思わないで下さい。怖がらないで、私に馴れて下されば、きっと私をおもしろい友達だとお思いになるでしょう。あなた方のお姿も、ちょっと見には恐ろしそうだが、馴れてしま

えば、かわいい山伏さんたちだねえ。

【考説】 赤きは酒の咎ぞ―室町時代の酒盛から生まれた名言。

《赤きは酒の咎ぞ》 顔、体が赤いのは酒のせいだ。謡曲『大江山』では「飲む酒は数そひぬ、面も色づくか」とし、室町時代物語古絵巻『大江山酒呑童子』では、「頭と身は赤く……」、巻子本『大江山酒典童子』では「ふしたけ二丈ばかりにて、へんしんは、しゆをぬりたるかことく」。

《興がる友》 「Qeôcatta cotouo yu Qeôgarimono, qeôgatta fito 風変わりで、突飛な人」（日葡辞書）。

①この滝は様かる滝の　興《けう》かる滝の水 （梁塵秘抄・四句神歌・巻第二・三一四）

②やれ〳〵あれはけうがつた者じやが　あれがすまふをとるか…… （大蔵流虎明本狂言・蚊相撲）

③鶯と言ふたる鳥は興がる山の鳥だ　きようがる山に隠れて和歌をよむ鳥だ （田植草紙・昼歌四番・六〇）

④興がる風情にて通らんとする者あり （義経記・巻六・大系）

《うち見には》 ちょっと見には。

《つぼひ》 つぼいのは山伏。「親しみのある」「かわいい」の意味であろうが、281番に「つぼひなう青裳　つぼひなふつぼや……」とある点も参照すべし。単なるかわいいの意味に相当するとしておいてよいかどうか。実際には、日常はむしろ、山伏側から稚児に対して言うことばであったと思われるが、ここは酒呑童子が山伏（頼光達の変装した姿）を見てそう言っている。

《鬼とな思しそよ》 顔や体が赤くなりましたが、私を鬼とは思わないで下さい。「ゆめとな思ひ給ふそ《ママ》とて」（室町時代物語・かくれ里・大成第三）。

謡曲『大江山』の、

地 赤《あか》きは酒《さけ》の科《とが》ぞ　鬼《おに》とな思《おぼ》しそよ　恐《おそ》れ給《たま》はで　われに馴《な》れ馴《な》れ給《たま》はば　興《きょう》がる友《とも》と思《おぼ》しめせ　われもそなたの御姿《おすがた》　うち見には　うち見には　恐ろしげなれど　馴れてつぼいは山伏

を独立させたもの。「つぼひ」で述べたように、この文句は、酒呑童子の意外な、やさしくなまめかしい言葉である。北川忠彦が『集成』で言う如く「馴れてつぼひは山臥」は、当時言い習わしの常套句であったろう。しかしそれは、謡曲『鞍馬天狗』にも見るような山伏の稚児への思いやりを背景とした一句であろう。つまり、謡曲『大江山』のこの場面の背景には、当時の山岳寺院における山伏と稚児が居る酒宴の風景があり、それを彷彿とさせる。ゆえに190番は、実際の当時の酒宴歌謡として、いわゆる無礼講の段階での酒盛の中でうたわれた広い意味の小歌であるが、一方では、189番の逆さ歌とともに、『閑吟集』のこの配列において見るに、どうも山伏と児の、馴れ親しむ酒宴の〝思ひ差し〟の雰囲気から切り離せない。しかも酒呑童子は妖怪であって、それが不気味な大きな稚児になって登場しているのである。

さて、謡曲『霊童子』（『未刊謡曲集』十九）に次例が見られる。

○打見には恐ろしけれ共　馴れてつぼいは山伏　〱と、……赤きは酒の咎ぞかし　鬼とな思し召されそ　我は此山の主成《なり》と。……（『幽霊酒呑童子』〈『未刊謡曲集』三所載〉、『幽霊酒天童子』〈『未刊謡曲集』十七所載〉にはこの部分なし）

なお『大江山酒呑童子』（古絵巻）では、次のような部分がある。酒呑童子から一献すすめられた頼光が、「頼光の給ひたるは、童子にておはしますうゑは　児にてこそ　おはしませ　御さきにはいかてかさかつきはとるへき、先々との給へは」とある。すると童子は笑って、それではと二盃して、続いて「御詞に付てとて」頼光に差したという。普通、稚児とくみかわすとき、男はまず稚児へ差して、つまり「思ひ差し」をして、それを受けて稚児が呑めば、続いて、稚児から男へ差す。こういう遣り取りがあったのである。

189番は、つまり男側の言葉か、相手側（稚児）か、はっきりしないが（ただし思い差しは、女もする。思い差しをしてくれと、暗に催促しているのであるから、あるいはこれは男の側か）、要は、189―190の流れは、男としての山伏と、その恋の相手としての稚児との居る酒盛の場が背景に明らかに見えてくる。

○御持参の酒に酔ひ　只繰言と思召せ　赤きは酒の咎ぞかし　鬼とな思召されそよ　我もそなたの御姿　うち見には恐ろしけれど　馴れてつぼいは山伏、と歌い奏で、心打解けさし受け〳〵呑む程に（御伽草子版本・酒呑童子）

右では「と歌い奏で」とあるから、この部分が独立した小歌として、取り入れられている（但し、190番と比較すると、「恐れ給はで……」がない）。この御伽草子は、謡曲『大江山』のその部分を採用したのか。または、それと関係はするものの、ここでは190番の伝承を意識しているのか。

絵巻『大江山しゆてん童子』（大成第三）となると、さらに、

あまりのことにや　けうかるこはねを　いだし哥をうたふをきけは
うち見には　おそろしけなれと　なれてつぼいは　やまふし
と、二・三へんそかなてける。

とある。これでは、「うち見には……」と一部分を出している。はっきり酒宴歌謡として、この190番を用いている。

190番は、風流踊歌『山伏踊』にも取り入れられている。ここでは、謡曲『大江山』の一場面そのものではない。

⑤峰からおいずるお山伏　髪が長うて恐ろしや　見ては恐ろしげなれども　なれておいとしお山伏
（京都府網野町字日和田・養父神社・笹ばやし・山伏・『丹後の民謡』）

⑥旨《ママ》から下る御山伏　髪が長うておそろしや　髪が長うておそろしけれど　なげて《ママ》おいとし御山武士……
（兵庫県養父郡〈現・養父市〉八鹿町・万々谷ざんざか踊歌・出葉・『兵庫県民俗芸能誌』）

以上の如く、酒呑童子の大江山における酒盛の場面は、この190番系統の歌謡を中心に展開する。

◇酒宴歌謡学のすすめ

歌謡研究には、どの時代にあっても、酒宴学あるいは酒盛文化論なるものが、歌謡の実体を見る上で欠かせない。歌謡がどのような場で生きているか、どのようなはたらきを持っているかということが大切なのであるから、中世歌謡研究の上では、実際を伝えるなんらかの資料とともに、幸若舞曲・説経浄瑠璃・古浄瑠璃・狂言・物語など諸ジャンルから、事例を取り出してゆくべきであって、なかでもおもしろいのは武家が中心となっている場合である。たとえば次のような場面が参考になる。「山海の珍物　国土の菓子を調へ　色をかへては三度盛り　風情をかへては五度六度」（幸若舞曲・鎌田）。「大幕摑んで投げ上げ、座敷をきつと見給へば」（説経浄瑠璃・おぐり）。「居たる所をづんど立つて　長柄の銚子をきつと翳ひて　柄杓取つて打ち担げ　座敷を二三度廻り候て　はつたと上げて歌ふた」（幸若舞曲・伏見常盤）。人々の表情・動作・即興の小道具などに至るまで、物語のその場面における意味もさることながら、当時における実際の酒宴が背景にあって描かれているわけであるから、こうした事例をなるたけ多く参考として、歌謡を立体的に把握する必要がある。『閑吟集』の小歌についても、そうした酒宴の場でどのような意味をもったかということを検討してみるべきであろう。190番は中世期以来の酒宴歌謡学としての多様な課題を提示しているのである。この歌謡学を展開する上で、ぜひ参考とすべきは、最近では永池健二「酒盛考―宴の中世的形態と室町小歌」（友久武文先生古稀記念論文集『中世伝承文学とその周辺』・平成九年・渓水社）の論考である。酒盛という一つの世界の構造・心意を、豊かな資料で説いている。

191。早　いはむや興宴《けうえん》の砌《（みぎり）》には　なんぞ必《かなら》ずしも　人の勧《すゝ》めを待《ま》たんや

【口語訳】
ましてや興宴の最中には、どうして人の勧めがないと酒が飲めないことがあろうか。

【考説】 酒宴歌謡。すでに座が盛り上がり、乱舞になって、こういう早歌の断片が、口を突いて出た。

《興宴》 盛んなもてなしのウタゲ、酒宴。

⑦衆徳を兼たるは 酒の興宴 憤りを散じ齢を延ぶ （宴曲集・巻二・不老不死）

⑧是れ皆善巧方便の縁ならざらん 歌舞興宴妓楽の薩埵の玩び （玉林苑・上・善巧方便徳）

『宴曲集』巻五・酒における次の一節の「いはんや」以下をそのまま小歌化した。なんとなく、武家・侍の、盃を持つ腕・肘が目の前を動くような雰囲気があっておもしろい。

古聴《ことく》も多く愛しき 賢人もさすが捨てざりき いはんや興宴の砌には 何ぞ必ずしも人の勧めを待たんや
自《みづから》榼《こふ》のほとりに寄らむ

ただし、小歌化の手法、つまり早歌からの切り方は、詞句の上で満点とは言い難い。音楽的に一つの区切りであったか。右引用部分全体くらいの小歌化であってほしい。

肩書「早」とあるように、その表現は、狭義小歌に比べて少し硬い。男の酒盛。だからこそそれがよい、ともまた言える。このように小歌になれば、やはりとても武家好みなのである。

〔七十〕 思い醒ませば夢ぞろよ

193。小 憂《う》きも一時《（ひととき）》 うれしきも 思《おも》ひ醒《さ》ませば夢《ゆめ》候《（ぞろ）》よ

【口語訳】
辛さも、嬉しいこともほんのひととき、醒めた気持ちで振り返ってみれば、みな夢でした。

【考説】 人生をふと振り返った。

《思ひ醒ませば》 醒めた心、醒めた目で思い返してみると。

「候よ」は「ぞろよ」。

①思ひ〳〵て逢ふも夢　なげくまいよの別れをも　（隆達節）

恋歌とのみ見る必要はない。広く人生を生きる諦観・さとり、と受け取ってよい。人生を振り返って得た真実。ある程度の年齢に達した人々が得た真実。室町小歌の世界を抱え込んだ代表的な小歌の一つとしてよい。捨て難い佳品。173番の世界にも通ずる。あるいは、186番から191番まで群をなした酒宴歌謡の後に配置されたところを読み取るべきかもしれない。興宴乱舞が終わって、ふと自分に返った。心が醒めたのである。

194・大　此程《このほど》は　人目《め》をつゝむ吾宿《わがやど》の　〳〵《人目を…》　垣穂《かきほ》の薄《すゝき》吹風《ふく》の　声《こゑ》をもたてず忍《しの》び音《ね》に　泣《な》くのみ成《なり》し身なれども　今は誰《たれ》をか憚《はゞか》りの　在明《ありあけ》の月の夜たゞとも　何か忍《しの》ばん杜鵑《ほとゝぎす》　名をも隠《かく》さで鳴《な》く音かな　〳〵《名を…》

【口語訳】
これまでは、人目を避ける我宿であったので、垣根の薄を吹き過ぎてゆく風のように、声もたてず忍び音に泣くばかりでありましたが、もう今となっては、誰にはばかることがありましょう。在明の月夜を、一晩中ただひたすらに鳴きあかす時鳥のように、こうなれば自分の名を隠すこともせずに、啼きあかしましょう。

【考説】 憂き世に生きる。

《垣穂の薄吹風の》 次の「声をもたてず」の序。「垣トアラバ、かきほともいふ、かきねとも」（連珠合璧集）。

《憚りの 在明の月》 今では誰をか憚りの「有らん」から、「在明の月」へ掛け詞。

《夜たゞ》 夜通し、終夜。

《名》 謡曲の場合は、平清経の妻としての名前。

世阿弥作、謡曲『清経』の上ゲ歌の一節。淡津三郎が、主君清経が平家の世をはかなみ入水したことを、形見に残されていた鬢の髪を持って、その妻に知らせた時の、妻のなげきの言葉。この小歌として取られている部分のはじめには、「何事もはかなかりける世の中の」と置かれている。

ツレ「なに身をなげ空しくなり給ひたるとや。ツレ「恨めしやせめては討たれもしはまた、病の床の露とも消えなば、すこしの恨みも晴るべきに、我と身を投げ給ふ事、偽りなりけるかねことかな。実に恨みても其かひの、なき世となるこそ悲しけれ。地「何事もはかなかりける世の中の、この程は、人目をつゝむ我宿の、〳〵、垣穂の薄吹く風の、声をも立てず忍び音に、泣くのみなりし身なれども、今は誰をか憚りの、有明月の夜ただとも、何か忍ばんほととぎす、名をも隠さで泣く音かな、〳〵。（謡曲集・上・大系）

『平家物語』には、清経入水の事件は取り上げられているが、「その鬢《びん》の髪を切って送ったこと」、また妻が「見るたびに……」の歌をうたうところなどは、『源平盛衰記』・巻三十三・平家太宰府落幷ニ平氏宇佐宮歌附清経入海事、延慶本『平家物語』・左中将清経投身給事に見える（ただし、初句「見るからに」）。出典は『源平盛衰記』と見るのがよいか。『清経』は、室町期演能記録類にも、少なからず見えるという（研究大成）。

194番の中に、直接ではなくとも〈憂き世〉の雰囲気が満ちており、それが193番・195番の両者を引き付けている。そうした関係であろう。

195・小　篠(しの)の篠《しの》屋の村時雨(むらさめ)　あら定《さだ》めなの　憂《う》き世やなふ(う)

【口語訳】

篠屋に時おりさっと降りかかる時雨のように、ああ定めない憂き世だなあ。

【考説】　憂き世に降る村雨。

《篠の篠屋の村時雨》　図書寮本「篠《さゝ》のしの屋の村時雨《むらさめ》」、彰考館本「篠《さゝ》の志の屋の村時雨」、底本は振り仮名ナシ。大系でのヨミ同様、頭韻を踏んだとして「しののしのやのむらさめ」と読んでおく。『集成』では、「暁《あかつき》の鴫の羽音は時雨にて　すずの篠屋に月ぞ漏りくる」(秋篠月清集・三)を引いて、「篠」を「すず」と読む。「むらさめ」は晩秋から冬にかけて、降っては止み、止んではまたひとしきり降る雨。

②神無月ふりみふらずみさだめなき　時雨ぞ冬の初なりける

(後撰和歌集・巻八・冬・詠み人知らず。梁塵秘抄・巻第一・長歌・冬)

とあるように、「時雨」から「さだめなき」へ。

《定めなの》

③げにやもとよりも　定めなき世の習ひぞと　思ひながらも夢の世の　あだに契りし恩愛の　(謡曲・善知鳥《うとう》)

④定めなき世の習ひ　人間憂ひの花盛り　(謡曲・隅田川)

「うき世」と続く例には、

⑤さばかり高き松山に浪のこゆべきとおもひきや　定めなの浮世や　（謡曲・末松山。『未刊謡曲集』・一解題によると、世阿弥ではなくむしろ禅鳳作だという。『未刊謡曲集』・二十・異本末松山にも）

感投助詞の「あら」「なふ」が日常的庶民的な雰囲気を出している。定めなくはかない憂き世を、篠屋に降る村雨の風景として取りあげてうたった、中世小歌の典型的な型。戦乱の時代的背景を見ておいてもよいと思われる。続いて次の小歌が連鎖する、日本歌謡史における「せめて」の発想である。「定めなの」「憂き世」の雰囲気と結びつく。

196。小　せめて時雨《しぐれ》よかし　ひとり板屋の淋《さび》しきに

【口語訳】
せめて時雨なりとも降ってくれ。たった一人のさびしいこの板屋に。

【考説】　あら定めなの憂き世。
「村時雨」「定めなの」「憂き世」「ひとり板屋」「淋しきに」が強く心に残る連鎖。「せめて」という発想・表現がそうした世界と強く結びついて歌謡の型をつくっていることがよくわかる。

こう歌うことが、また逆に、あの「しやっとした」人の心をうたう発想の小歌をより強く印象づけることにもなる。

○・小しやっとしたこそ　人は好《よ》けれ　（閑吟集・252）

この小歌は、避けられない憂き無常の世のあきらめや淋しさを内に秘めていると見ることができる。気を取り直して、つぶやいてみた感がないでもない。わびしげななかに、なにとか「しやっとした」姿勢で居ようとしているのである。漠然とした表現ではあるが、歌の核は「心」であろう。そして立ち姿、座す姿勢であろう。「あら定めなの　憂き世やなふ」のつぶやきとともに、「せめて時雨よかし」は、『閑吟集』の世界である。

197。小　せめて思《おも》ふ二人《ふたり》　独《ひと》り寝《ね》もがな

「せめて」と「独り寝」で、前歌と連鎖。「二人であったらよいのに」という気分を加えて、村雨が通り過ぎてゆくさびしさを強調した。この小歌の意味は、思い合う二人、せめて、たがいに相手への恋情を抱いて、いまは独り寝としよう、でよかろう。

〔七十二〕　霜の白菊

202・小　たゞ置《お》いて霜《〈しも〉》に打《う》たせよ　夜更《ふ》けて来たが憎《にく》ひ《〈い〉》程に

【口語訳】
けっして内には入れないで、そのまま霜に打たせておくといいわ。夜更けてから来るなんて、憎らしいこと。

【考説】　嫉妬。

「たゞ」に、女の、男に対する嫉妬が強く出ている。今様に遡ると、類似の発想歌謡は、次例に見る。

①厳粧狩場《けしやうかりば》の小屋並《なら》び　しばしは立てたれ閨《ねや》の外《と》に　懲《ころ》しめよ　宵のほど　昨夜《よべ》も昨夜《ようべ》も夜離《よがれ》しき　悔過《けくわ》は来《き》たり　とん〳〵　目に見せそ（梁塵秘抄・巻第二・三三八・新大系。続く三三九番は有名な今様「我を頼めて来ぬ男……」）

右は変化した形で、

②けしやうかりはのこやなくい　四方たてたるねやのとに　ゆふへのよかけ（マ）に　かつらけ（マ）なれば　けさはきたれと　めもみせす（天文本伊勢神楽歌・むやまの哥）

また、神楽歌の『蟋蟀《きりぎりす》』の「或説」として掲げられている歌に（『梁塵愚案抄』『入文』『梁塵後抄』にも）、

③本設楽か真人の単重の狩衣な取入そ妬し　末な取入そ小雨にそぼ濡らせ夜離れするいといと妬し

とうたう。ここでは「単重の狩衣」をうたうが、もちろん「妬し」とおもう対象は、その単衣を着ている男であるから、関係歌謡と見てよい。

風流踊歌の歌謡圏や『田植草紙』系その他にも、

④よし置いて霜に打たせいよ　夜更けて来たのは文草よ（奈良・篠原踊歌・お稚児踊）

⑤つゆにうたせうや夜ふけてきたかにくいに　何とおこさじねわすれたら（マヽ）物し（苅田本御哥惣志・五）

⑥直置いて　雨に打たせよ　それかしが咎はなふ　といふたれば　夜更けて来たが憎ひほどに（大蔵流虎明本狂言・花子）

⑦たゞおいて霜に打たせよ　科はの　夜更けて来たが憎いほどに（隆達節）

『閑吟集』202番系統が、継承されている。202番の評釈として言うべきは、発想表現の継承という点で、比較的良好な事例として呈示できるということであろう。一方、

⑧忍夫《しのびつま》来たとは知らず戸をたてた　おいとしや軒端の露にうたせ（陸奥　宮城・牡鹿あたりの麦搗歌・鄙廼一曲）

これは、201番（〔九〕再びうそ、で考説を加えた）・男のうその歌を受けて、夜も更けて扉に立つ男に対して「おいとしや」と愛憐の心でうたっている。うたった趣き。

203・小 とてもおりやらば　宵《よひ》よりもおりやらで　鳥《〈とり〉》が鳴《な》く　添《そ》はば《ゝ》いく程《〈ほど〉》　あぢきなや

【口語訳】

どうせ来るのなら宵から来てくれればよいものを、そうこうしているうちにも夜明けを知らせる鶏が鳴くわ。二人寄りそって寝たところでほんの束の間、つまらないことだねえ。

【考説】

202番から連鎖している。「鳥が鳴く」と、情念の流れてゆく表現の中間に、分けて入ったそのことばは巧みである。戦乱時代に生きた人々のはかない逢瀬であった。この小歌も、ことばをできうるかぎり省略している。

「おりやる」は何度か出る。土井洋一は「戻るの敬語動詞形」と「来るの敬語動詞形」に分けて、この「おりやる」は後者とする。（新大系『閑吟集』主要語彙一覧）〝あぢきなや〟小歌の一つ。

204。小 霜《〈しも〉》の白菊《〈しらぎく〉》　移《うつ》ろひやすやなふ《〈う〉》　しや頼《たの》むまじの　一花心《〈はな〉ごゝろ》や

【口語訳】

あの方の心は、霜の降りた白菊のように、移ろいやすいものだねえ。えい、もう頼りにすることはよそう、あんな、浮気心の人など。

【考説】　霜の白菊。

《霜の白菊》　霜が降りた白菊の花。色あせた白菊。霜―白菊―うつろふ、縁語。「菊トアラバ、紫、うつろふ、霜」（連珠合璧集）。

⑨朝な〳〵おきつゝみれは白菊の　霜にぞいたくうつろひにける　（後拾遺和歌集・巻十六・雑二）

⑩うすく濃くうつろふ色もはつ霜の　みな白菊と見えわたるかな　（玉葉和歌集・秋下）

⑪移りぬる色は憂くとも朝霜の　起きてや見まし白菊の花　（風葉和歌集・巻五・秋下）

《しや》「Xia　奮起したり急いだりする時などの感動詞」（日葡辞書）。立腹したり、軽蔑したり、あるいは強く決心したりするときに発する。

⑫越後信濃にさらさらと降る雪を　しや押し取りまるめて打たばや　悋気の人　（宗安小歌集・一九二）

⑬あふ　なにはに付けてむかしより　物うき事とも多くして　心のとまる（止まるヵ）事もなし　世のありさまを見るにつけ　のちの世危うかりければ　ながらへさらぬ（ざらぬヵ）ものゆへ　しや　いつまでとおもひきり
（幸若舞曲・信太・『幸若舞曲研究』第十巻）

《一花心》「何心―花、一花」（野坂本賦物集）。

⑭咲く花も千よ九重八重桜　何ぞ我が身のひとはな心　（隆達節。『編笠節唱歌』）

⑮なんぞそなたのひと花ごゝろ　（松の葉・巻一・腰組）

⑯一花心　野分の風に乱れ乱るゝ一花心　是も思ひの深草の　（市原小町・『未刊謡曲集』・八）

この〝一花心〟については、真鍋『中世近世歌謡の研究*』（第二部・第二節　花筏・花靭・花心・一花心の歌）に取り上げた。次に一部分を引く。

「一花心」も連歌あたりに好まれたことばであることは、右の賦物にある例からもわかる（なお、古くは『源平盛衰記』巻三十三・木曾備中下向斎明討たる幷ニ兼康倉光を討つ事、の条に「一はな心にもてなし」の例を見る。一時の情心）。連歌以後では、「一花心」の「一」は「花心」以上にさらに頼み少ないあだなる浮気な心を強調しているように見うけられるが、中世から近世にかけての小歌系歌謡にも好まれて用いられたようである。

⑰一花心　そがな人ぢやに　それやさうあらうず　そがな人ぢや　（宗安小歌集・一九九）

⑱咲く花も千よ九重八重桜　何ぞ我が身のひとはな心　（隆達節。『編笠節唱歌』）

⑲いやと言ふたものかき口説ひてのう　何ぞそなたのひと花ごゝろ　思へや君さま　かなえや我が恋　あらうつゝなの浮れ心や　（松の葉・巻一・腰組）

⑳浅草川の早き小舟を　うはきの波にうちまかせ　まつち山の松の嵐に　その夜の夢をさまされ　別れぢのさら〳〵しさ　首尾といふ字のうつゝなさ　誓文々々らちも乱れて忘れぐさの一花心え　（若みどり・あさ草。『小唄打聞』）

205・霜《小（しも）》の白菊《しらぎく》は　なんでもなやなふ（う）

【口語訳】

霜の置いた白菊は　ああどうということもないんだよ。

【考説】「何ともなやなふ」（50番）、「何ともなやなう」（51番）の群の中にあった。霜の白菊は移ろいやすい、ということから見ると、霜の白菊のように移り気な一花心の人、ああどうということもないね。「なんでもなやなふ」には、心に深く諦めの心情が見えている。内心の深い動揺も伝わる。

霜の白菊は色褪せ変わりやすい。そのように移り気なあの人に対して、204番では、「しや頼むまじ」と言い切ったが、それを受けて、ここでは、さらに内面に籠もって苦しくなった思いが出ている。

「霜の白菊」が、相手の象徴であったが、それが同時に（色褪せ衰えてゆく花であって）、歌い手自身が自分の人生の境涯を象徴しているものとして受け取っているのかもしれない。

206・小君〈きみ〉来《こ》ずは小紫〈こむらさき〉　我《わ》が元結《もとゆひ》に霜〈しも〉は置《を》くとも

【口語訳】

あなたがお越しにならないのなら、わたしはじっと待ちます。たとい濃紫の元結《もとゆい》に霜が置いて、その色が褪せてしまおうと。

【考説】　元結に霜。ただひたすら恋人を待つ。

《小紫》　図書寮本「こむらさき」と振り仮名。濃い紫のこと。「Comurasaqi　コムラサキ。Coimurasaqi　こいむらさき」（日葡辞書）。

206番は、この歌から「閨へも入らじ」を抜き取った形。ただし、『万葉集』の

㉑君来ずは閨《ねや》へも入らじ濃紫《こむらさき》　わが元結に霜は置くとも（古今和歌集・巻十四・恋四・読人知らず）

㉒居明かして君をば待たむぬばたまの　わが黒髪に霜は降れども（巻二・相聞・八九・古歌集の中に出づ）

㉓待ちかねて内には入らじ白細布《しろたへ》の　わが衣手に霜は置きぬとも（巻十一・二六八八・物に寄せて思を陳ぶる）

などからの伝統表現の継承でもある。この系統なりの表現の歴史がある。

㉔もとゆひの霜をいとはゝ女郎花　我《わ》《が》かさしにはならじとや思ふ　〈匡房集・女郎花・長久二年〜天永二年〉
㉕君来ずば閨へも入らじ小紫　わが元結に霜置くと　またの頼みをゆふ霧や……　〈松の葉・巻二・小むらさき〉

〔七十二〕霜夜の緱山の月

207。早《さく》索〻たる緒《を》の響《ひゞ》き　松の嵐《あらし》も通《かよ》ひ来て　更《ふ》けては寒《さむ》き霜夜《しもよの》月を　緱《こ》山《さん》に送《おくるなり》也

【口語訳】
絶えだえに琴の調べが聞こえ、松風も吹いて来て、夜更けて寒い霜夜の月が、緱《こ》山《さん》の方へ傾いてゆく。

【考説】　肩書「早」。緱山へ傾いた霜夜の月が、太子晋の神話を伝える。霜と月が、ここにも『閑吟集』を代表する冬の連鎖のおもしろさを創造している。

《索〻たる緒の響き　松の嵐》「索〻」は、絶え絶えに、さびしく音がひびくさま。真名序「流水の淙々たる　落ち葉の索々たる」。「緒」は琴の緒。「琴トアラバ、……松風……」（連珠合璧集）。

《緱山》　中国・洛陽の東南、嵩《すう》山《ざん》の西にある。河南省偃《エン》师《シ》市府店鎮。緱氏山とも。嵩山の一峰という見方もあるが、別の山と考えた方がよい。嵩山は河南省登封市にある名山。中国五岳の一つ。両山ともに洛陽市と鄭州市の間にある。月の名所。麓に小林寺がある。まず出典としての『宴曲集』から引く。

(1)更闌（け）夜静（か）にして　晴明たる月の夜　明月峡の暁　庾《ゆう》公《こう》が楼に登れば　千里に月明（ら）なり　残月窓に傾（き）て　宮《きゅう》漏《ろう》正に永ければ　擣《う》（つ）や砧の万声千度　寝《ね》覚《ざめ》の床の上に　払（ひ）も敢へぬ露霜を　片

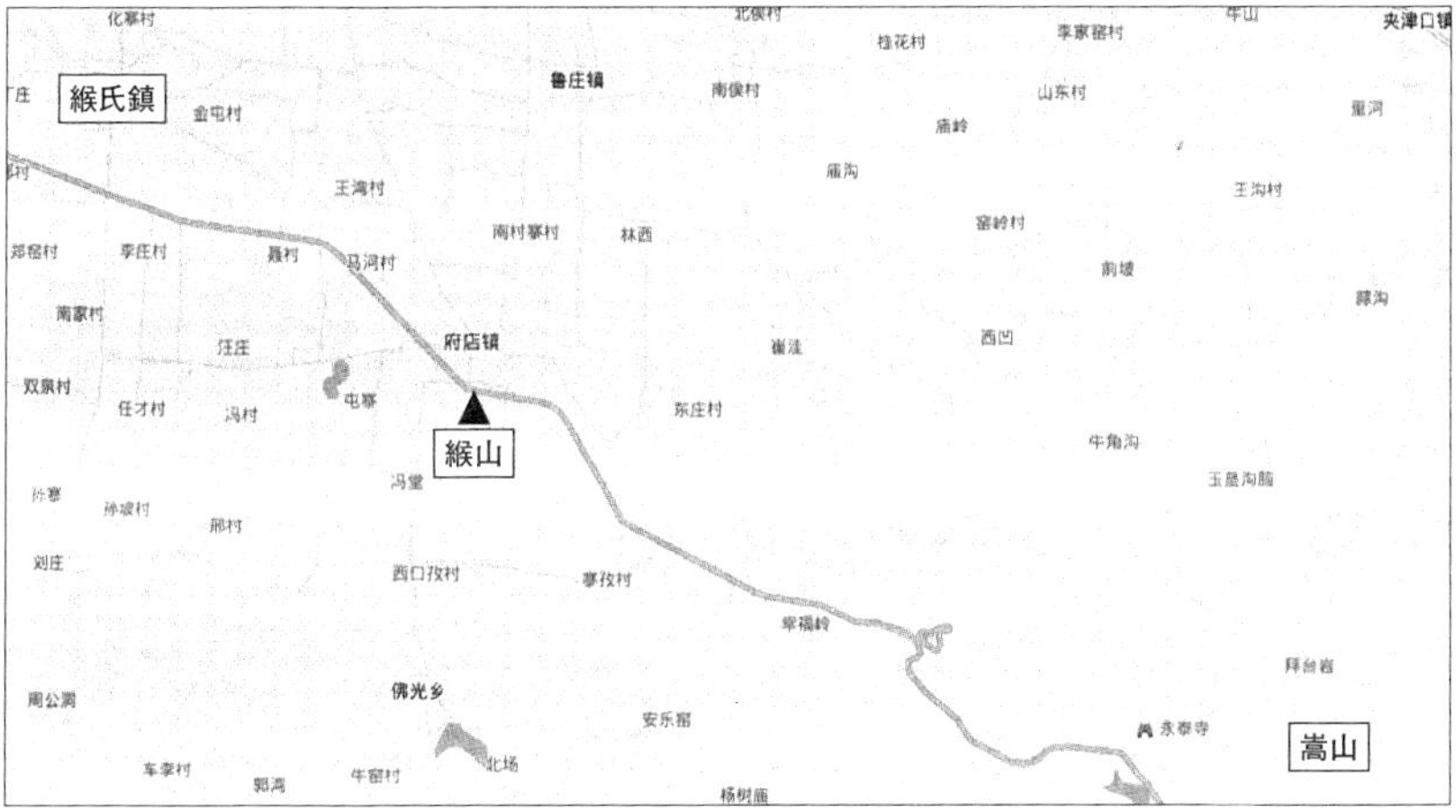

中国　河南省　缑山（緱子山）と嵩山

敷（く）袖にや置副《そ》へん　月冷《すさま》（じ）く風秋なり　この和琴《わごん》緩《ゆる》く調（べ）て　潭月《たんげつ》に臨むのみならし　索々《さくさく》たる絃《げん》の響《ひび》き　松の嵐も通（ひ）来て　深《ふけ》ては寒き霜夜の月を　緱山《こうざん》（諸本の内、〈空山〉とするものもあり）に送（る）なり……（宴曲集・巻一・月・大系）

『和漢朗詠集』巻下に、次の如くある。(2)は「管絃」、(3)は「晴」に見える。

(2) 一声鳳管　秋驚秦嶺之雲　数拍霓裳　暁送緱山之月　連昌宮賦
　一声の鳳管は　秋秦嶺の雲を驚かす　数拍の霓裳は　暁緱山の月を送る

(3) 帰嵩鶴舞日高見　飲謂龍昇雲不残　大江以言
　嵩《すう》に帰る鶴舞うて日高《た》けて見ゆ　謂《ゐ》に飲む龍《りよう》昇つて雲残らず

待恋をうたう小歌206番を受けて、霜降る月夜の緱山の風景を置いた。（『列仙伝』の故事によると、太子晋が、我家の者に対して、七月七日、我を待てと告げたとあるから、人を待つという連鎖も考えられないことはない）。ここでも早歌の一句が小歌の連鎖に、澄み切った緊張をあたえた。

◇列仙伝・太子晋

太子晋に関する伝説が、『列仙伝』（漢の劉向撰。仙人七十人の伝記を記している。『随書経籍志』によれば、漢の阮倉が列仙図を作り、劉向が経籍を典校して、はじめて列仙列士・列女の伝を作ったといわれている）に次のようにある。少しくこの伝説を辿る。

王子喬者、周霊王太子晋也。好吹笙作鳳凰鳴。遊伊洛之間、道士浮邱公接以上嵩高山。三十余年後、求之於山上、見桓良、曰「告我家、七月七日待我於緱氏山巓」。至時、果乗白鶴駐山頭。望之不得到、挙手謝時人、数日而去。亦立祠於緱氏山下、及嵩山首焉。

（慶安三年刊・列仙全伝。なお、王叔岷撰『列仙傳校箋』（二〇〇七・中華書局出版）に諸本校異が詳しい）

これを口語訳するとだいたい次のようになるであろう。

王子喬《きょう》というのは、周の霊王《れいおう》の晋《しん》のことである。たくみに笙《しょう》を吹くことを好み、鳳凰《ほうおう》の鳴くような音をたてる名人であった。伊洛《いらく》の地に遊歴の砌《みぎり》、道士浮丘公《ふきゅうこう》というもの、これを伴って崇高山《すうこうざん》に登ってしまった。三十余年の後に、これを山上で捜すと、桓良《かんりょう》というものの前にあらわれて、「七月七日に、予を緱氏山《こうしざん》の頂上で待っているように、家人に伝えてほしい」といった。その日になると、果たして白い鶴に乗ってきて山頂にとまった。遠くからは見えても、そこまで行くことができない。太子晋は、手をあげて人々に別れを告げ、数日して飛び去った。後日、緱氏山の麓や嵩山の頂には、その祠《ほこら》が立てられた。

列仙伝は『初学記』（唐徐堅他撰）巻第五にも、次のようにある。

昔周霊王太子晋好吹笙、作鳳鳴。遊伊洛間、道浮邱公接上嵩山。三十余年、往来緱《こ》氏山。緱《こ》氏山近在嵩山之西也。

『太平御覧』巻三十九地部四・嵩山の項を見ると、

列仙伝曰、王喬周霊王太子晋也。好吹笙作鳳鳴遊伊洛之間　浮立公接以上嵩高山三十余年後於山上見桓良曰告、我家七月七日待我緱氏山頭果乗白鶴駐山嶺。望之不得到挙手謝時人。数日而去。

詩としては、『全唐詩』に見える作品あたりに「太子晋」―「緱山」―「月」が一連のものとして歌われている。たとえば、次の隋唐の厲玄《レイゲン》による詩がある。

①　緱山月夜聞　王子晋吹笙

緱山明月夜　峰寂隔尘氛。
紫府参差曲　清宵次第聞。
韻流多入洞　声度半和云。
払竹鸞惊侶　経松鶴対群。
蟾光听処合　仙路望中分。
坐惜千岩曙　遺香過汝坟。

これらを総合して、太子晋の神仙譚を踏んでいるとしておく。「太子晋」は笙の名人である。弦楽器（琴など）を弾じたという伝説はない。しかし「緱山（緱氏山）」が、太子晋の神仙譚と深くかかわっている。嵩山は月の名所として現今に及んでいる。緱山（緱氏山）も右例厲玄の詩のごとく、隋唐時代から月の名所としてうたわれてきた。なお、『中国山川地図』（李梦芝編著・二〇〇五年）によると、「毎年中秋之夜，明月东升，浩浩如轮，高悬于嵩门，正中所谓〝月满嵩门正仲秋〟即指此景」。

『中国民俗大系・河南民俗』（信仰民俗篇）では、中岳で、現在も「毎年春季、各地善男信女絡経不絶前往朝拝」とある。

『全国重点文物保護単位河南文化遺産』（河南省文物局編・二〇〇七年）には、升仙太子（つまり太子晋）碑の写真（上掲）があり、次のような説明がある。

升仙太子（太子晋）碑　河南省偃師《えんし》市府店鎮府南村緱山之嶺（清代乾隆重修碑）

碑文内容記述了，周霊王太子晋升仙的故事，賛頌武周盛世，最后描述緱山升仙太子庙的風貌　落款為〝聖暦二年（経歴二。六九九年）歳次己亥六月甲申朔十九壬寅建〟

この207番は、〈月・霜〉連鎖の核となる歌として置かれ、特に後半に注目すると、月の名所としての緱山（緱氏山）を印象的にうたっている。全体として見ると、太子晋の神仙譚（列仙伝）を直接うたうものではないが、「緱山月夜聞王子晋吹笙」（厲玄）の詩や、緱氏山の「升仙太子碑」の伝承などから、緱山の月と共に太子晋の伝説を背後に合わせて読み込んでおいてよかろう。

208・小　霜降《ふ》る空の暁《あかつき》　月になう　さて　我御料《わごれう》は帰《かへ》らうかなふ（う）　さて

【口語訳】
霜降る暁の空に、残月が残っています。さて、その月光の中を、あなたは帰ってゆくのですね。さて。

【考説】　霜降る空に残月。

《霜降る空の暁月になう》「霜トアラバ、をく、消、ふる、むすふ、……暁、……」（連珠合璧集）。「暁トアラバ、残月、在月」（同）。

《暁月》　大系「霜ふる空のあかつき、月になう、さて、……」。ただし『研究大成』にもあるように「淀路よりはや都になる心地して　あかつき月にくるまやるをと」（老葉）などの例もあり、「あかつき月」でよかろう。別れる恋のテーマ。男を送り出す女の心情。霜降る暁月のかすかな光の中を帰ってゆく男を、かぎりなくいとおしむ心が「和御料は帰らうかなふ」の口調ににじむ。

「更けては寒き霜夜月」(207)から「霜降る空の暁月」(208)へ、「緱山に送也」(207)から「帰らうかなふ」(208)へと対応している。

②はるばると送りきて　おもかげのたつかたを、かへり見たれば　月ほそく残りたり　なごりをしやな

(大蔵流虎明本狂言・花子)

207番を受けて置かれている。『閑吟集』編者としては、太子晋の、緱山から数日にして飛び去っていった風景をも意識したか。或る程度の幻想を生む連鎖・配置があるものと見ておく。

さらに「霜」をうたう名作が連鎖する。

〔七十三〕 名作、温庭筠「商山早行」

209 吟・鶏声茅店月〈ケイセイバウテンノツキ〉　人迹板橋霜〈ジンセキハンキヨウノシモ〉

(鶏声茅店《けいせいばうてん》の月《つき》　人迹板橋《じんせきはんけう》の霜《しも》)

【口語訳】

にわとりの声を聞きながら、寒々とした空に残る冬の月をながめて田舎の宿を出立した。ふと見るとこんな早朝に

もかかわらず、板橋の上に置いた霜の上には、だれかが、早朝すでに通っていったのであろう、足跡《あしあと》がある。

【考説】 霜の朝。板橋にはすでに人の足跡。

《茅店》 かやふきの田舎の家。旅籠。

《板橋》 板をわたしただけの粗末な橋。劉学鍇撰『温庭筠全集校注』に「板橋在商州北四十里」を掲げ、さらに［按］の項目に「此板橋泛指山間道路上之木板橋、非専称之具体地名橋名」としている。

温庭筠（八一二〜八七二年）字飛卿。五言律詩「商山早行」の一節。『三体詩』（四実）に見える。小歌（吟詩句）として愛唱されたことについては、まず『三体詩』（南宋・周弼編）に見えることに注目しておく必要はあるものの、温庭筠の屈指の名作の一節であって、必ずしも『三体詩』から小歌へという関係のみにこだわる必要もない。

晨起動征鐸
客行悲故郷
鶏声茅店月
人迹板橋霜
槲葉落山路
枳華明駅牆
因思杜陵夢
鳧雁満回塘

また五山詩文にも引かれている。

①蹈破鶏声茅店月　抹過人跡板橋霜　午亭暫借邯鄲枕　梦破黄粱又夕陽

（南院国師語録・下・『大日本仏教全書』九五・大正新修大蔵経八十巻。吾郷寅之進『中世歌謡の研究』に指摘あり）

209の大意は、口語訳に示した如く「早朝のにわとりの声が聞こえて、寒々とした冬の月がかやぶき《（茅葺）》の旅宿の上に残っている。ふと見ると板橋の上に置いた霜には、だれかがすでに通っていったのであろう、足跡が印されている」。詩の主人公は異郷の地を旅しているおもむき。ふと故郷を偲んでいる。所は商山の旅籠（木賃宿）の風景である。

『明代陝西通志』・土地・商州によると、「商山」は陝西省商県にある。長安の東南にあたる。商州—商山在州東南九十里。一名楚山。一名南洛山。（中略）唐温庭筠『商山早行』詩曰「鳮声茅店月、人迹板桥霜、槲叶落山路、枳花明驿墙」（下略）

『太平記』には、先帝を隠岐国へ流す、その遷幸の道行文中に、この『南院国師語録』から引いた文が見える。

「是ハ伯耆ノ大山ト申山ニテ候」ト、申ケレバ、暫ク御輿ヲ被止、内証甚深ノ法施ヲ奉ラセ給フ。或時ハ鶏唱抹過茅店月、或時ハ馬蹄踏破板橋霜、行路ニ日ヲ窮メケレバ、都ヲ御出有テ、十三日ト申ニ、出雲ノ見尾ノ湊ニ着セ給フ。爰ニテ御船ヲ艤シテ、渡海ノ順風ヲゾ待レケル。

207番「更けては寒き霜夜月を」と、直前の208番「霜降る空の暁月になう」を受けて配置された、霜のある風景の歌が並んでいる。このあたりの連鎖は、清朗で爽やかな雰囲気になっていて、これまでにないよさを感じとってよい。

◇年画「商山早行」

『温庭筠全集校注』（劉學鍇撰・中国古典文芸叢書・中華書局）には歴代の注釈鑑賞が引用されている。たとえば、鷗陽修曰、として「余嘗愛唐人詩云〈鶏声茅店月、人迹板橋霜〉則天寒歳暮、風凄木落、羇旅之愁、如身覆之」（『温庭筠厳維詩』）を引いている。

「商山早行」
（『中国楊柳青　木版年画集１』天津楊柳青画社出版　李志強・王樹村主編。1992年。中華書局）上部にこの詩が見える。

中国においてはこの詩が年画に取り入れられて、一般庶民にも知られていたことにも注目しておいてよい。ここに『中国楊柳青　木版年画集』（李志強・王樹村主編・一九九二年。天津楊柳青画社出版）からその絵と解説を引く。

商山早行（貢箋）

唐代詩人温庭筠有〈商山早行〉詩。描写了古人秋晨旅途之景。図中雄鶏報暁。残月掛空。行客紛紛離開投宿之旅舎。踏上了暮秋霜天的路程。其中有推車小販、趕驢脚夫、騎馬書生等等、雖然描写的乃唐人詩意、但却真実地再現了古代社会士農工商的生活。

絵は、おそらく清代のものだと思われるが、この詩の意味や生活の中の抒情を的確にとらえている。温庭筠「商山早行」が根強く人々に親しまれていて、伝承記憶された事を物語る一資料。明代においての、この詩と年画との関係はいまだはっきりしないが、原詩文としてのみ、人々に知られていたのではなく、おそらくはすでに、年画の題材の一つともなり、掲出のごとき民間流通の絵にもなっていたのではないかと想定する。詩（あるいは絵図を伴って）は教養ある人々に親しまれており、たとえば、五山詩文の世界を通過して小歌へ、という伝承通路だけにこだわる必要はないであろう、と言える。

この209番は大きく摑んで言うと、庶民生活の、言わば「庶民十忙」の繁昌を、爽やかにうたう祝いの小歌である。また『中国店舗招幌』（王樹村編著、二〇〇五年）「小客店幌子」の項にも、この年画は引用されている。店の前の棹の先に旅籠のしるしがある。宿泊・食事ができるという広告である、と記している。

陳増櫟著『唐人律詩箋注集評』（二〇〇三年）では、この詩を温庭筠の代表作十一首中に加えており、梁権偉編著『中國历代詩詞名篇鉴賞』（中国歴代詩詞名篇鑑賞。二〇〇九年）にも、晩唐詩歌の名作として採択している。なお『和漢朗詠集』には、温庭筠の詩が二首取り入れられていて、その一つ「盤石寺留別成公」が巻上・霜にある。

210・帰《小〈かへ〉》るを知《し》らるゝは　人迹板橋の霜のゆへ《（ゑ）》ぞ

【口語訳】

わたしが帰ってゆくのを、人に知られるのは霜の上の足迹のせいだよね。

【考説】　板橋。

前歌209番の吟詩句をもとにして生まれた小歌。209番が、暁天寒村の旅籠を出て行く旅人の印象。それを受けている。その旅人の、209番の情緒がまた新しい展開をもって、一方、後朝《きぬぎぬ》の別れをして帰ってゆく男のつぶやきともなる。

集成は「208番～210番は、真中に漢詩調の歌を挟んでたくみに女—第三者—男の歌という形の配列となっている」としている。

板橋は、民謡では「板橋かけて渡らせよう」として出てくる。恋の通路の一つの風物である。

②あの山見れば殿が来る　殿が来ば　板橋かけて渡らせう　（東京西多摩・麦打歌）

209番・温庭筠の詩の印象を残して、橋で連鎖する。またこのあたりの歌謡と、近世「思案橋小歌」（214番の考説に加えた）の群、あるいはその発想の系統も、無関係ではなくなってくる。

〔七十四〕　湊の川

211・橋《こはし》へ廻《まは》れば人が知《し》る　湊《〈みなと〉》の川の塩《〈しほ〉》が引《ひ》けがな

【口語訳】

橋の方へ廻ると人に知られてしまう。湊の川の潮が引いてほしいもの。

【考説】　恋の通路をうたう。

「橋へ廻れば人が知る」には、前歌209番210番の「人迹板橋霜」の印象があるものとして配列された。河口あたりの浅瀬を渡ってあの人はやってくる。「湊トアラバ、海と河の行あひ也。湖にもあり。河、田、塩むかふ、袖、さわぐ、春、秋」（連珠合璧集）。

川原、川づたいに人々の通路ができた。

①笹分けば袖こそ破れめ利根川の石は踏むともいざ川原より　（神楽歌・篠・大系『古代歌謡集』）

②下毛野《しもつけ》安蘇の川原よ石踏まず　空ゆと来むよ汝が心告れ　（万葉集・巻十四・三四二五）

③大空ゆ通ふ我すら汝《なれ》ゆゑに　天の河路をなづみてぞ来し　（万葉集・巻十・二〇〇一）

河口付近、潮が引いたころ、そこが〝逢う瀬〟を待ちこがれる人の通い路となった。「恋愛習俗の中の湊川」、という課題がある。

212 小
・橋《はし》の下なる目《め》ゝ雑魚《じゃこ》だにも　ひとりは寝《ね》じと上《のぼ》り下《くだ》る

【口語訳】

橋の下の小魚（めだか）でさえも、独り寝はいやだと上ったり下ったり。

【考説】「橋の下のめゝじやこ」の生態を、情歌に取り入れた。小歌ならではのおもしろさ。

《目ゝ雑魚》　めめじゃこ、目だか。「鱻《メヽザコ》 文選註小魚也」（文明本節用集）。「丁斑魚　東武にて、めだか、京にて、めめざこ」（物類称呼）。京あるいは西国においてうたわれていた小歌であることがわかる事例。

④三国祭はめめじやこ祭　そうけ持ってこい掬くてやる　（越前・三国節・石橋重吉編『北国民謡の旅』昭和二十二年）

《ひとりは寝じと》　小魚が、水中をせわしく動きまわるさまから言っている。

「ひとりは寝じと」類型的な表現。「独り寝じとて身を揺る」（天理図書館蔵・おどり・田舎下り。団扇踊も参照）。

⑤高島やゆるぎの森の鷺すらも　独りは寝じとあらそふものを　（夫木和歌六帖・巻六。夫木和歌抄・巻二十）

213 小
・小川の橋〈はし〉を　宵《よひ》には人の　あちこち渡《わた》る

【口語訳】

小川の橋を、宵には人が、あちらこちらへ渡ってゆきます。

【考説】　212番と対になる小歌。

《宵には》「よひにハ」を「宵には」の意で読んでいる。「こひには」とも読める。「宵には」として、単に宵に人の往来が多くなることを、そのことだけを小歌にしてうたっているということも不可解。前歌・212番では、橋の下では目々雑魚が、独り寝はしないと上り下りしている。一方、橋の上では、人は恋の道行のために、あちらへ行ったりこちらへきたりしているよ。212番と213番は連鎖している。一首に近いものとして見るのがよいか。対の意識がもともとあって並べられたか。

板橋であろうか。212―橋の下・魚〈ひとりは寝じと〉213―橋の上・人〈宵には、恋には〉「ひとりは寝じと」に対応する言葉が「恋には」である。「宵には」と読むのは疑問が残る。

《小川》　新大系『閑吟集』地名・固有名詞一覧に見えるように、京都市上京区・小川《こかわ》のこと。『洛中洛外図』（町田家蔵）に「こ川」とある、その川。『雍州府志』（一）に「北自二一股川一入レ洛、歴二百々橋下一流二小川通西入家下一出レ自二一条一、経友橋与堀川合流」。『徒然草』（八十九段・奥山に猫またといふ物、の章）に「ある所にて夜ふくるまで連歌して、たゞひとり帰りけるに、小《こ》川の端にて音に聞きし猫また、あやまたず足元へふと来て……」とある、その「小川」のこと。

〔七十五〕　馴るるや恨みなるらん

214・大都《みやこ》の雲居《ゐ》を立《た》ち離《はな》れ　はる〴〵来ぬる旅《〈たび〉》をしぞ思《おも》ふ　衰《おとろ》への憂《う》き身の果《は》てぞ悲《かな》しき　水行《ゆ》

く川の八橋《はし》や　蜘蛛手《くもで》に物を思《おも》へとは　かけぬ情《なさけ》の中〳〵《なかなか》に　馴《な》るゝや恨《うら》みなるらん
（馴るゝ……）〳〵

【口語訳】

都を離れ、ああはるばると旅をしてきたなあと心細く思うにつけ、衰えた罪人としての我が身のなれのはてが悲しい。八橋の下を流れる水が、蜘蛛手に流れていたように、あれこれと心悩ますとは思いもかけなかったことで、あなたの思いもかけぬ情に馴れ親しんだことが、いまとなってはかえって恨めしいことになりました。

【考説】　道行は橋を渡る。橋を一つ一つ渡ってゆくことこそが恋の道行。

《都の雲居》「雲トアラバ、たつ、ゐる……へたつる……」（連珠合璧集）。「雲」「立ち離れ」は縁語。

《はる〴〵来ぬる》

①唐衣きつゝなれにし妻しあれば　はるばる来ぬる旅をしぞ思ふ
（伊勢物語・九段）

《水行く川の八橋や……》

「三河国八橋といふ所にいたりぬ　そこを八橋といひけるは　水ゆく河、蜘蛛手なれば、橋を八つ渡せるによりてなむ八橋といひける」（伊勢物語・九段）。「思へとは　かけぬ情」「思ひも掛けぬ」の意をつくる。「かけぬ」は橋の縁語。「中〳〵に」、いまとなっては。

出典は、謡曲『千手』。重衡が自分の憂き身を千手に語る部分。罪人の自分に情けをかけてくれる千手であればあるほど、よけいにその情愛が心の痛手となる。

②ツレ「今日は東《あづま》の春に来て。シテ「移り変れる。ツレ「身の程を。地歌「思へたゞ。世は空蟬《うつせみ》の唐衣《からころも》。〳〵。着つゝ馴《な》れにし妻しある。都の雲居《くもゐ》を立ち離れ。はる〴〵来ぬる。旅をしぞ思ふ衰《おとろへ》の。憂き身のはてぞ悲しき。水ゆく川の八橋《やつはし》や。蜘蛛手《くもで》に物を思へとは。かけぬ情の中々に馴るゝや恨《うらみ》なるらん馴るゝや恨なるならん。

（日本名著全集『謡曲三百五十番集』）

209板橋、210板橋、211橋、212橋の下、213小川の橋、214八橋、215竹剣げの丸橋、216瀬田の長橋、とうたわれてゆく。「橋」は恋情の通路であり境界である。中世恋歌の中の橋の意味は、この連鎖をまず基本とすべきであろう。その背後に、近世浄瑠璃作品の「橋」、三島由紀夫が、小説『橋づくし』などで取り上げた橋占の民俗があって、それが上代『万葉集』へ通じる。

右のような〈橋の小歌〉の連鎖も、この『閑吟集』の文芸性に関わる大切な要素である。ここに至って橋尽しが完了したと言ってよい。

近世近代に、遊里への方向性をもった橋の印象が強くなってゆくこともまた事実である。つまり次に示す如く類型化してゆく。

「水行く川の八橋や　蜘蛛手に物を思へとは　かけぬ情けの中〳〵に」とあって、この連続してゆく抒情の中に、近世歌謡「はやり歌〈思案橋〉」の風景が浮かんでくる。「橋」の中世歌謡と近世歌謡を切り離してはいけない。

◇はやり歌〈思案橋〉

各地に〈思案橋〉の語りぐさが残っている。その由来の一つの型は、遊里の入口に掛かっていて、世の男達が行こうか戻ろうかと思案した橋だから、そう名付けられたのだということになっている。この語りぐさに一部分で重なりながら、いま言うはやり歌〈思案橋〉があって、広い範囲にその伝承のタテとヨコの糸を手操ることができる。

『落葉集』巻七・古来中興当流はやり歌の部・下の関節には、「思案橋とん〳〵〳〵越えてな、お宿にござんす〳〵か、そこせひ〳〵、三里隔てし波の上、色と情を小舟に乗せて、来るは誰ゆへ其様ゆへ」とあって〈思案橋〉小歌の最もはやい記載例。「来るは誰ゆへ其様ゆへ」の文句は、『松の葉』にも見えるから、大雑把に言って江戸初期からの類型ということになる。この種のものが北九州方面の思案橋踊り歌、熊本八代地方の盆踊歌、鹿児島開聞地方の古琴節などの中に採集されている。また「……行こうか戻ろうか思案橋」とか「……ここが思案の○○橋」とかうたう系列も、『延享五年小哥しやうが集』をはじめとして、福岡・大分・長崎に、〈思案橋〉小歌が六例ほどある。南嶋の琉歌では、なかでも、「行くか戻るか思案橋うち戻る年どももらめしやる」（『標音評釈琉歌全集』）のように用いられてそれぞれ定着していたのを確認でき、さらに広島・高知・和歌山・岐阜・福井・静岡、そして福島伊達郡、双葉郡にいまのところその東端の例をおさえることができる。

粗削りにしろ、こういうふうに、江戸初期以来の流れを知ることができ、東北から沖縄への伝承範囲の広さをも知ることができる。そこには、庶民生活・庶民文化の一断面があり、背後には、橋占の俗信と遊びがかすかに見え隠れしているようにも思われる。橋の意味、橋の文化ということで、『閑吟集』の橋の小歌の連鎖と切り離してしまえないのである。

現代歌謡曲では、もっぱら長崎・丸山の思案橋がうたわれている。「哭いているような長崎の街」ではじまる〈思案橋ブルース〉、〈長崎ブルース〉では「どうすりゃいいのさ思案橋」とうたっていたように思う。和製ブルースが〈思案橋〉を捉えて、濡れた感傷を擽る。やはり、はやり歌〈思案橋〉の脈絡であろう。（『民間伝承集成』第二巻・遍路・月報・昭和五十三年）

215・小　鎌倉《かまくら》へ下《くだ》る道《みち》に　竹剝《へ》げの丸橋《はし》を渡《わた（い）》ひた　木が候《さふらは》ぬか板が候ぬか　竹剝《へ》げの丸橋《はし》を渡《わた（い）》ひた

木も候へど板も候へど　憎《にく》ひ《(い)》若衆を落《お》ち入《い》らせうとて　竹剥《へ》げの〱　丸橋《はし》を渡《わた》ひ《(い)》た

【口語訳】

鎌倉へ下る街道に、割り竹の丸木橋を渡した。木が無いからか、板が無いからかしら、割り竹の丸木橋を渡したとはね。木もあるけれど板もあるけれど、あの憎らしい若衆を落ち入らせようと思って、それで竹の丸木橋を渡したのさ。

【考説】　肩書「小」。酒盛さわぎ歌の一つか。

《竹剥げの丸橋》「Fegi-u-eida　ヘギ・グ・イダ。密着しているものを剝がす、裂く、または割る」（日葡辞書）。割り竹を、いくつか束ねて作ってある丸木橋。竹の表面はつるつる滑る。

《落ち入らせうとて》「落ちる」「落つる」は恋に落ちることを掛ける。

③つれなのふりや　すげなの顔や　あのやうな人がはたと落つる　（隆達節）

④若い衆は落ちよ　〱　と袖を引く　袖はやあ　落つともやあ　此の身や落ち候か　（落葉集・巻一・春霞踊）

『田植草紙』晩歌三番・一一一番・オロシの「落ちる」もこの意味を掛ける。

⑤栗原を通ればていとおつるくりあり
破れたる袖でたまらざりけりやれ
一つ落ちつるさようつ山のわき栗
しぎやう落つるは生い端の栗のならいか　（下略）

竹の丸橋の俗謡・民謡に通じてゆく。215番は、それらの室町時代での用例である。

⑥竹の丸橋いざ渡らう　瀬でも淵でも落ちば諸共

（隆達節）

⑦木曾の丸木橋君となら渡ろ　落ちて死ぬるとも諸共に

（浮れ草・巻下・木曾山）

⑧竹一本橋丸くすべつてあぶないけれど　主さんと二人行きやこわくない

（小歌志彙集・文政五年・冬・よしこの節流行）

⑨闇の丸木橋様となら渡ろ　落て流れて先の世ともに

（山家鳥虫歌・伊予・三四三）

⑩竹の丸橋様となら渡ろ　落ちて死ぬるともろともに

（樵蘇風俗歌・上）

⑪竹の一本橋様となら渡る独り心ぢや渡られぬな　渡られぬな　おごずい　おごずい

（鹿児島県揖宿郡・おご節・喜入町郷土誌）

⑫小川小川橋かけて　ああ　渡らしよよんぽ　おいとしおちごを　しんとろとくと渡らしよ

（おちご踊・『岐阜県久瀬村誌』）

⑬竹の丸太橋　蛇の目のからかさ　あいよでさしようて　手取りようて　様となら渡る落ちつりやわしや戻る

（島根県鹿足郡・木挽歌）

若衆について、「大方興津の清見寺前、藤の丸膏薬の若衆、更に遡れば、伽藍油売・元結売の出商や行商に使はれる若衆のたぐひであらう。彼らの商品はもともと彼ら自身だつた」（塚本邦雄・『君が愛せし・鑑賞古典歌謡』）。自分に振り向いてくれない恋若衆を、竹の丸橋を渡して川に落としてしまおうというのである。おそらく当時の酒盛で、さわぎ歌としてうたわれたのであろう。うたわれるたびに、滑稽な振りも伴なったのかもしれない。

〔七十六〕　湊河が細る

218 小・今朝《けさ》の嵐《あらし》は　嵐《あらし》ではなげに候《す》よの　大井《をほゐ》川の河の瀬《せ》の音《をと》ぢやげに候《す》よなふ《う》

【口語訳】

今朝の嵐は、ほんとうの嵐が吹いたのではないのですよ。大井川の川瀬の音だったのでございますよ。

【考説】

《大井川》「大井《ヲヽイ》河《カハ》嵯峨」（天正十七年本運歩色葉集）。「大堰川」（易林本節用集）。

上流は保津川、下流は桂川。嵐山に帯し、渡月橋を経て、末は木津、淀川に落ちる。

《音ぢやげに候よなふ》「げ」接尾語　いかにも……のようす。「候」は「そろ」から「さう」になり、さらに縮約して「す」と変化した。研究大成解説参照。

大堰川・嵐山のあたりに住んだ女達の口ぐせが小歌化したか。嵐山と名の縁で、「今朝の嵐」と出した。旅人達は、明け方の枕に通う大井川の瀬の音を、嵐の音と聞きまちがえることがよくあったのであろう。宿の女達が目ざめた旅人に、口ぐせのように言った決まり文句であろう。

嵐、川瀬の音をよみこみ、しかも当時の俗な、しかし親しみのある話し言葉のそのままがうたわれており、大井川岸に暮らしてきた女達の生活と人情も、なにとはなく滲んでいて、そこはかとなく哀感がある。

この218番の前には、次の小歌が置かれているので添えておきたい。

○小・靨《ゑくぼ》の中へ身を投《な》げばやと　思へど底《そこ》の邪《じや》が怖《こわ》ひ《い》（閑吟集・217）

邪に蛇を掛ける。つまり前歌217番の「蛇」「邪」から「ぢやげに候よなふ」の「ぢや」へ。

①今朝の朝寝は朝寝ではなげに候《す》よの　過ぎし夜の名残りげに候よの　（宗安小歌集・一三九）

は、この218番の継承歌である。天理図書館蔵・女歌舞伎踊歌『おどり』の

②今朝の嵐は嵐ではなきぞよの　大井川の汀の瀬の　切戸の石の波の打つ　げにそよの　（新潟県柏崎市・綾子舞・万事。小切子踊にも）

へと継承。なお217番は、大系によると、女は、「外面似菩薩、内心如夜叉」（華厳経）を歌っているのであるという。そうだとすると、この218番への連鎖のしかたは、逆に、内容的に仏教の教えをふまえたものというよりは、むしろことばの遊びでもって、連鎖のおもしろさを出したことにもなる。

219・小　水が凍《こほ》るや覧（らん）　湊河（みなとがは）が細《ほそ》り候《す》よなふ（う）　我らも独寝（ひとりね）に　身が細《ほそ》り候《す》よなふ（う）

【口語訳】

河水が凍ったようだね。海にそゝぐ河口あたりの流れが細くなりました。わたしも独り寝のわびしさに、身が細くなりました。

【考説】　しだいに凍ってゆく湊河の風景。待つ恋の心を重ねた。そして人生も。

《湊河》　河が海へ流れ込む河口あたり。

海にそゝぐ河口あたり、氷が張って流れが細くなっている風景と、独り寝に身が細る、さむざむとした自分を結び合わせてうたっている。凍ってゆく湊河に恋・人生を重ねる。集中の佳品の一つ。湊の四季を見て暮らしている

人々の発想。港・海辺の人々、あるいは遊女の歌かもしれない。冬の河口の細い流れ。侘しい恋の女。ひしひしと冬の冷たさが身にしむ。

恋に痩せる譬えとしては、『万葉集』から、「朝日影の如く」、「二重帯が三重廻る」がある。また、

③そなた思えば身がほそる　三味線の糸よりほそるほそる……　（長崎・黒丸踊歌・三味線踊・『ながさきの民謡』）

近世民謡と関わらせると次のようになる。7・7・7・5のリズム、そしてA・B・C・Bの発想。

○水が凍るやらん　湊河がほそりすよなふ　我らも独り寝に　身がほそりすよなふ

←　近世調に変化させてみる

○水が凍るか　湊河が細る　わしも独り寝に　身が細る

「湊河」の語句から、211番（湊の川）と一連。212番とせずこれを218番の次に配置したのは、今朝の嵐に氷が張って流れが細る湊河の風景の中に、はかない日々を生きる海辺・河辺の女達の、ふとしたつぶやきとして繋いだのであろう。「らん」は現在推量。いままさに眼前でしだいに流れが細くなってゆく。冬川の細い一筋の流れの変化が、河口に広がる潮汲む浜や港町に暮らす人達の、心の揺れやわびしさそのものを象徴しているとともに、常に孤独を募らせる海辺海洋文化の衝撃的な一要素となる。

〔七十七〕　あら恋しの昔や

220・大 春過《はるすぎ》 夏闌《なつたけ》て又　秋暮《く》れ冬の来《き》たるをも　草木《くさき》のみ只《たゞし》知らするや　あら恋しの昔《むかし》や　思出《おもひで》

は何に付《つけ》ても

【口語訳】

春過ぎ夏深まり、また秋も暮れ、やがて冬になる。そうした季節の移り変わりもただ草木が知らせてくれるだけ。ああ昔が恋しい。思い出は何かにつけてよみがえってくる。

【考説】　四季の感覚・風景を縫いつつ、思い出が甦る。

《春過夏闌て》「かくて春過ぎ夏闌けぬ。秋の初風吹きぬれば……」（平家物語・巻一・祇王）。「春過ぎ夏闌《タ》けんたり　袁司徒《エンシト》が家の雪路達《ユキミチタツ》しぬらむ」（和漢朗詠集・巻下・丞相付執政・菅三品）。「Taqe uru eta　タケ、クル、ケタ。春夏闌くる。春夏などが過ぎてまさに終わろうとする」（日葡辞書）。

出典は、謡曲『俊寛』。鬼界が島のありさま。俊寛をはじめ流人達、都をしのぶ。

○飲むからに　げにも薬と菊水の　げにも薬と菊水の　心の底も　白衣《しらぎぬ》の　濡れて干す　山路の菊の露の間に　われも千年を経るここちする　配所はさてもいつまでぞ　春過ぎ夏たけてまた　秋暮れ冬の来るをも　草木の色ぞ知らするや　あら恋しの昔や　思ひ出は何につけても

（謡曲集・下・大系）

こうした表現は次のようにも語られる。

①かくてはるすぎなつもたけ　秋もくれ行くなごりとて　鳥羽の新御所には　よいより人〳〵参られて

（古浄瑠璃・西行物語）

「あら恋しの昔や」は、すでに述べてきた中世「老人のうた」の代表的類型句。

219番の河口の水の流れから、遠つ昔の春夏秋冬の風景とともによみがえる思い出。『閑吟集』のテーマの一つ〝あら恋しの昔や〟をうたう。老人の情動の本質をとらえた歌。ここが『閑吟集』の柱の一つである。次の大歌でもさらに強調される。

しかし、この情動の世界に対照させて、加えて、一応の筋道・方向性を示しておくべきは、やはり農村歌謡『田植草紙』系歌謡の四季と、風流踊歌系統の四季の踊歌であろう。そこは明らかに豊穣・祭礼・酒宴・遊びの世界である。歌謡史研究においては、常に大きな時空の中でとらえる必要があるということである。立体的にとらえた中世歌謡文化は、歌謡史を辿る上でも特におもしろく、発展的課題を摑む上でも有効だと思われる。

221 大

• げにや眺《なが》むれば　月のみ満《み》てる塩釜《しほがま》の　うら淋《さび》しくも荒《あ》れはつる　跡《あと》の世までも潮染《しほじ》みて
老《おい》の波《なみ》も帰《かへ》るやらん　あら昔《むかし》恋しや　恋しや〳〵と　慕《した》へども願《ねが》へども　かひも渚《なぎさ》の浦《うら》
千鳥《どり》　音《ね》をのみ鳴《な》くばかり也《なり》〳〵《音を…》

【口語訳】

まこと、見渡すとたゞ月の光だけが満ちている塩竈の浦は、物さびしく荒れはててしまった。今となっても、ただ潮汲みに馴れなじんでいるこの身に、老いの波が繰り返し押し寄せるばかり。あゝ昔が恋しい恋しいと、慕い願ってもなんのかいもないこと。渚の浦千鳥のように、声をあげて泣くばかり。

【考説】　老の波。

《塩釜》　宮城県松島湾内の塩竈湾。

②老の波つゐによるべき岸なれば　そなたをしのぶ身とはしらずや　（源三位頼政集）

《うら淋しくも》　ものさびしくも。「うら」は塩竈の浦と心をかける。

③君まさで煙たえにししほがまの　うらさびしくも見え渡るかな　（古今和歌集・巻十六・哀傷歌・つらゆき）

《老の波》 波が岸にたえず打ち寄せてくることにたとえて、老いがせまってくること。年をとること。底本「帰る《かへ》」だが、「返る」の意。『謡曲拾葉抄』では「老の波もより来るや」（高砂）の注として、「老人の面にしはのよるを、波のよるにたとへたり」とする。「よせかへるいづこもわが身あらいそに　なにむつまじき老のしらなみ」（宗長日記）。

《かひも渚の》 甲斐もないの「ない」に「渚」をかける。「皃などに皺のよることをば　老の波寄るとつゝけたる也」（うたひせう）。

《あら昔恋しや》

④菊の間狭垣《ませがき》結ひ初《そ》めて　なか〳〵今は　なか〳〵今は　昔恋しや　身のうさを　（近世初期歌謡・当世小歌揃・ひらく本節）

出典、世阿弥作謡曲『融』には次のようにある。

シテ「されば歌にも君まさで、煙絶えにし塩竈の、うらさみしくも見え渡るかなと、貫之も詠《なが》めて候。地「げにや眺むれば、つきのみ満てる塩竈の、うら寂しくも荒れはつる、後の世までも塩じみて、老の波も返る《かえ》やらん、あら昔恋しや　恋しや恋しやと　慕へども嘆けども、かひもなぎさの浦千鳥、音をのみ鳴くばかりなり、音をのみ鳴くばかりなり　（大系）

『伊勢物語』八十一段に「昔、左のおほいまうちぎみ」（源融）が加茂川の辺《ほとり》、「六条わたりに家をいとおもしろくつくりて住み給ひけり」とある。

⑤おもひいづるかひもなぎさのよするてふ　みるめならばや人のおもかけ　（室町時代物語・鼠草子・大成第十）

また『今昔物語集』巻二十七・川原院融左大臣霊宇陀院見給語第二では「今ハ昔、川原院ハ融ノ左大臣ノ造リ住給ケル家ナリ。陸奥ノ国ノ塩竈ノ形ヲ造リテ、潮ノ水ヲ汲ミ入レテ池ニ堪ヘタリケリ」（大系）とある。

　これも人里はなれて、一人暮らす老人の心情の小歌としてもよい。

◇老いのうたの系譜

　老人のうたとして一つの系譜を設定することができる。「老の波」をうたう典型的な老人の歌。広く歌謡史では、これはつねに若者に対する世界であるが、時代によりその様相に変化があろう。簡潔にまとめる。

　すでにいくつかの小歌において述べてきたが、日本歌謡史をつぶさに見てゆくと、老境の人々の呟きのような歌謡が各時代に残されている。

⑥日下江の入江の蓮《はちす》　花蓮　身の盛り人　羨《とも》しきろかも　（古事記・歌謡・九五）

　雄略天皇のお召しをひたすら待ち続けて、ついに八十歳の姥になった引田部の赤猪子が歌っている。物語の場面上、天皇の歌であってもよいが、これについては、その発想表現は、本来物語とは関係なく当時歌われていたであろう歌謡で、物語の伝承者が物語内へ取り入れたものであろうという説がよい。土橋寛は、歌垣の場における老人の歌の一つであったと述べている（『古代歌謡全注釈』・古事記編）。歌垣の場に出て来た老人が、若者達へこうした歌を投げ掛けたのであって、古代における老人の歌謡の一つの発想のスタイルを伝えている。

⑦われらは何して老いぬらん　思へばいとこそあはれなれ　今は西方極楽の　弥陀の誓ひを念ずべし

これは『梁塵秘抄』巻第二・二三五・雑法文歌に記された一つ。自分の仏道修行の生半可であったことを後悔し反省して（全集）、阿弥陀如来に縋っている。広く見るなら、しかし人生や信仰を振り返っての、胸に去来する諸々の思い出を辿りながら、その感慨をうたっているとしてもよい。特にこの初句、時代や環境また宗教的機会を越えて、広く大衆に浸透したであろう。苦悩する近代人、現代人の呟きでもある。

⑧とめてとめららぬ老いのしがらみも　明日や春の浦越しゆんとめば
（琉歌・『標音評釈琉歌全集』・二八七三）

⑨老いが身の心若水に洗て　くり戻ち見ぼしや元の姿
（同・一六三一）

琉歌である。前者は、新春を迎えるにおよんで、また老いの年をかさねてゆくことへの思いをうたう。どのような柵《しがらみ》も老いの波はとめられない。後者は、若水で老いの身や心を洗って、もとの若さを取り戻したいとうたっている。ともに老の波の歌である。

『梁塵秘抄』巻第二・三五九・四句神歌に、

⑩遊びをせんとや生まれけむ　戯《たはぶ》れせんとや生まれけむ　遊ぶ子供の声聞けば　わが身さへこそ揺るがるれ

がある。老人が、子供達の遊ぶ声を耳にして、自分の体までが躍動してくると歌っていると解釈する説がよいと思う。身を揺るがすような子供達の生命力が、老境の人に再び爽やかな笑みを甦らせたのである。これも時代を超越して、老人と子供との関係の原点を教える今様の名作である。「われらは何して老いぬらん」とは、また違った、子供達とともに、生きてゆこうとする老人の表情がここにはある。現代も、人々はこの今様を噛み締めるべきであろう。そう言う意味でも現代の人々へ語りかけているのである（なお別に、罪深い人生を送ってきた遊女が、沈淪した自分に対しての、身をゆるがすような悔恨から発想された今様だとする説もある。この場合もおそらく老遊女つまり老人であろう。その解釈も、それなりに老人の歌である）。

老人の歌謡とでも名付けてよい系譜があった。今後、その発想の種類や表現の違いを検討しておく必要がある。古今東西、老域にある人間としての精神の型は、永遠に同じである。老人を歌っている歌謡という意味ではなく、老人の胸の内から生まれ出た歌謡という意味である。その絶えることのない流れの一齣に、この220番、221番その他も生みだされていたのであった。ここにも中世小歌における老人の表情が見えている。

〔七十八〕　烏―憂き世厭いて墨染衣―

224・田

深《み》山烏《〈がらす〉》の声《こゑ》までも　心あるかと物さびて　静《しづ》かなる霊地《〈れいち〉》哉《〈かな〉》　げに静《〈しづか〉》なる霊地《〈れいち〉》かな

【口語訳】

深山の烏の声までも、なにか心ありげで、古びておもむきもあって、高野のお山は、なるほど静かな霊地ではあるなあ。

【考説】　肩書「田」。出典不明の田楽曲。静かなる霊地高野山。

《深山烏》　深山に棲む烏。山烏。「からすニハ……みやま」（連歌付合の事。『中世の文学・連歌集一』による）。「高野山奥之院を守護すると伝えられている霊鳥を指すか」（集成）。

謡曲の要所を抜いた『乱曲久世舞要集』の『高野物狂』の中にも「深々たる奥の院、深山烏の声さびて」「こゑは高野にて、静かなる霊地なりけり」という文が見える。大系の補注には「高野まき」（申楽談儀「古き高野の謡」）において「心あるかや物さびて」とすることにふれている。

さて、ここに『高野之巻』（田中允編『未刊謡曲集』・五所収。その解説に「完曲ではなく、高野が霊地であることを謡った謡物であろう」とあり、また編者田中氏家蔵『小うたひ外』以下にみえるとある。なお小謡集と224番の関係については、井出幸男『中世歌謡の史的研究』第二章第三節「『閑吟集』と小謡」参照）を引用する。三位中将「維盛」が高野山に滝口入道を尋ねてやって来たところ。

①シテサシ〽聞しに越て貴く有がたかりし霊地かな。同〽真如平等の松風は。八葉のみねに吹わたり。法性随縁の月

の光は。八つの谷に曇らず　クセ下〽今も三会の　暁を待ごとくなり。晴嵐　梢をならしては　夕日の影静なり。花は林霧にほころび。鈴の音は尾上の。雲に響（き）かすかなり。軒の瓦に松生。垣は苔地に埋《うづも》れて。星霜ふれる気色かな　（シテ）上〽真言　秘密の窓の中。同〽入定　座禅の床の上　念仏　三昧の墨の袖。捨る憂身を奥の院。深々としてかすかなる。太山《みやま》鳥の声迄も。閑なる霊地哉　実静なる霊地かな

次は、同様の『高野巻』という謡物で、鴻山文庫『曲海』所収謡物翻刻として、田中氏の同書に引かれているものを一部分引用する。この224番に相当する部分が最後に来る。これの方が224番に近い。

②高野巻（山科弥右衛門本写　朱了）

（サシ）〽聞シニコヘテタツトク有難カリケル霊地哉。真如平等ノ松ノ風ハ。八葉ノ峰ヲ静ニ渡リ。法性随縁ノ月ノ光ハ　八ノ谷迄曇ナケレバ。（中略）下カヽル〽春秋ヲ　待ニ甲斐ナキ心カナ。上（哥）〽真言秘密ノ窓。返。入定座禅ノ床。念仏三昧ノ墨染ノ袖。捨ルウキ身ヲオクノ院。シン〳〵トシテ幽《カスカ》ナル。深山鳥ノ声迄モ。心アルカヤ物サビテ。静ナル霊地カナ　ゲニ閑ナル霊地哉

なおこの224番は、次の小歌から続く。

223　小・須磨《すま》や明石《あかし》のさ夜千鳥《どり》　恨《うらみ》〳〵て鳴許《なくばかり》　身がな〳〵　ひとつ浮《う》き世に　ひとつ深山《みやま》に

都落ちした維盛が斎藤滝口時頼を慕って高野に登っている。『平家物語』高野之巻の場面である。都に残した妻子への恩愛の情が、殊に強い貴公子維盛であった。『平家物語』流布本にも、出家の条に出る「流転三界中、恩愛不能断……」という唱文が印象的であるが、浮世への後髪引かれながら、高野山つまり深山にて出家する。この小歌の須磨明石という地名が疑問ではあるが、「ひとつ浮き世に　ひとつ深山に」のところに、維盛物語が見えないわけでもない。

225 小 ・烏《からす》だに　憂世《うき》厭《いと》ひて　墨染《すみぞめ》に染《そめ》たるや　身を墨染《すみぞめ》に染《そ》めたり

【口語訳】
あの心ない烏でさえ、憂き世を厭うて、墨染めの衣をまとっているのかしら。きっと身を墨み染めにしているのだよ。

【考説】　墨染衣を着た烏。

《墨染》「Sumizome　スミゾメ、墨染め。坊主が上に着る黒い色の衣。墨染めの衣」（日葡辞書）。「あはれなるかな　白妙の袖は　墨そめの衣にやつしかへ」（室町時代物語・鴉鷺合戦絵巻・大成第二）。「かのやへさくらは、……はなのころもをすみぞめの　さくらとこそはなりにけり」（室町時代物語・墨染桜・大成第八）。

以下「山烏」の「墨染」をうたう。

③山烏たれを恨みて墨染めに　浅き契りに相馴れそめて　なか〳〵今は　中々に
（吉原はやり小歌総まくり・さかな端歌づくし）

④……籠済を褒美したまふその唱歌は「山がらす何をいとひて　すみぞめの浅きにあらで　あたらこの世を」など
と歌ふなり……
（昔々物語）

⑤山がらすなにをおもひのすみ衣　柳にやらひてわたる浮世に
（広島県・ひらく・芦品郡誌）

平句や弄斎は隆達節の後に流行する。『俚謡集』には芦品郡伝承の二十二首のうたが報告されている。祝言の小歌である。藤田徳太郎『近代歌謡の研究』にも「ひらくの歌と称す、河佐、阿字諸村、婚姻年賀招宴の席にて謡ふ」として掲げている。文禄本『烏鷺記』・第十一には、憂き世を避けて出家した烏、「烏阿弥陀仏、今ハ俗縁キレ放レテ、於二世間事一無二危所一、自レ元、高野聖ノ業ナレバ、国ヲモ廻リテ世ヲ弘ク度シ」（大成第二）とある。

墨染衣の烏としての烏がうたわれる。中世小歌としては、『田植草紙』・朝歌の烏—つまりうらうらと鳴いて通る農耕文化の中の、ハレの鳥としての烏と対照的である。歌謡史研究としてはそのところにも配慮が必要である。

226 吟
・丈人屋上烏　人好烏亦好
（丈人屋上《じやうじんをくじやう》の烏《からす》　人《ひと》好《よ》ければ烏《からす》も亦《また》好《よ》し）

【口語訳】
丈人の家の屋上に烏が止まっている。その家の主人が立派だから、（或いは「その家の人を愛すると」）その烏までが好ましく見えることです。

【考説】 烏。肩書「吟」。底本カタカナ訓なし。図書寮本「チヤウシンヲクシヤウノカラスヒトモヨシカラスモマタヨシ」。彰考館本「チヤウシンオクシヤウノカラスヒトモヨシカラスモマタヨシ」。

《丈人屋上烏》 丈人。①長老の称。②妻の父。舅。③老人の称。長老あるいは老人、の意とする。丈は杖。杖を持つ人。「丈人屋上烏　人好烏亦好　人生意気豁　不在相逢早……」（杜甫「奉二贈射洪李四丈一」の冒頭句）。「丈人屋上烏　人好烏亦好」（禅林句集）。また清・仇兆鰲注『杜詩詳註』によると「劉向《説苑》」に「太史謂武王曰、愛其人、兼屋上之烏、憎其人者、悪其儲胥」とある。

言いならわしに次の例がある。

「坊主憎けりゃ袈裟まで憎い」の逆。「坊主カ憎ケレヤ　ケサマテニクイ。六韜説苑並云、愛其人及其屋上烏、憎其人者憎其除胥」（春風館本・諺苑）。

おそらくは、当時、一般に、常套的な語りぐさにされ、口ぐせになっていたものが、小歌になったのであろう。これなどは、五山文学の事例を、『閑吟集』226番と、中国における杜甫の右掲詩の一般化との間に、必ずしも置く必要はないのではないか。明代の文化と日本との交流は、多様な通路を想定する必要があろう。民謡として加えておくべきは次の例である。

⑥わたしは様ん宿ん猫までむぞ（可愛）か　軒端に巣を組む雀まじゃ

（鹿児島県囎唹郡志布志町〈現・志布志市〉・田の草取唄・『日本民謡大観』・南九州編）

227

音《おと》もせいでお寝《よ》れ〱　烏《からす》は月に鳴候《なきそろ》ぞ

【口語訳】

静かにおやすみなさいよ。烏は月の光に夜明けかと思って浮かれて鳴いているのですよ。

【考説】　烏は月に鳴き候ぞ。肩書なし。

《烏》「山林及村市多之。将曙之時群飛操鳴　集市中郊野貪雑穀」（和漢三才図会・慈烏）。

《お寝れ》「御夜《およる》」を活用させたもの。本来は女房言葉。「寝る」の尊敬語。「明日は出やうず物　舟が出やうずもの　おもたげもなくおよる男御よ〱」（大蔵流虎寛本狂言・靭猿・猿歌）。

⑦音もせでおよれ〱　月にからすが啼き候よ　（天正狂言本・ぢうや帰り）

⑧音もせでおよれ〱　烏は月になき候ぞ　（和泉流天理本狂言抜書・花子）

『宗安小歌集』では次のように歌う。

⑨お寝《よ》れ　音《をと》もせでお寝《よ》れ　烏は月に啼き候よ　（一〇五）

相手を引き留めている。烏は月の光に浮かれて鳴いているだけ。本当はまだ明け方には時間があるのか。あるいは、もう明け方になっているのに、引きとどめておきたいばかりに、こうつぶやいたのか。

相手を引き留める歌。もし「立ち歌」に対して言うなら「送り歌」としてよい。帰ってゆく人を名残おしく思い、とどめておくのが「送り歌」の本義。ただしこの発想は、子守歌の「寝させ歌」の伝承と関わる。

類歌は以下の如し。

⑩烏が鳴けばも往のとおしやる　月夜の烏はいつもなく　（業平躍歌・一番・『日本歌謡集成』巻六）
⑪烏がうたへばもいのとおしやる　さのえ　月夜からすめはさ　いつも鳴くよ　（松の落葉・巻六・淀川所作）
⑫爰は山陰森の下　月夜からすはいつも鳴く……　（大蔵流虎明本狂言・はなご）
⑬ここは山かげ森どの下よ　月夜からすはいつも鳴く　（高知県安芸郡土佐をどり・山かげ・巷謡篇）

隆達節では「月夜の烏は呆れて鳴く、我も烏か、そなたに惚れて鳴く」がある。

⑭寝んねこ寝んねこ寝んねこせ　音せでおよれ犬の子　（近松・浄瑠璃・天神記・第一）
⑮月夜烏はよに迷て鳴く　ぎららお前さんに迷てなく　ぎららお前さんに迷てなく　（石川県・かいな・『白峰村史』）
⑯からすが鳴くよお城《ママ》とござる　月夜のからすはいつも鳴く　（鹿児島県・太鼓踊歌・『姶良町郷土誌』）

次の二種の歌い方がある。

音もせいでおよれ　烏は月に鳴き候ぞ、の系統……閑吟集。宗安小歌集。天正狂言本・ぢうや帰り。和泉流天理本狂言抜書・花子。
月夜の烏いつも鳴く、の系統……大蔵流虎明本狂言・はなご。業平躍歌・一番。松の落葉・巻六・淀川所作。

どちらかというと前者に中世的雰囲気がある。子守歌の類型句を用いて、恋歌に仕立てた。

この小歌ともかかわって『肥後国阿蘇郡俗信誌』（『旅と伝説』6巻5号）に次のような報告がある。原始的心性と鳥の鳴き声にかかわる歌謡という問題があるので、少しふれる。

闇夜に烏啼きを聞けば、何かの悪難がその身に降りかかると言われているが、この難をさけるために、次の歌を三度詠めばよろしい、と言われている。

⑰闇夜烏のなく声（なく時トモ）きけば、月夜烏はいつもなく　（熊本県宮地町字石田）

⑱闇夜烏のなき声きかず　月夜烏はいつも鳴　（同宮地町古屋）

当歌227番でも〈闇夜烏〉としてうたっているのではない。この俗信からすると、「烏は月に」としてうたっているのは、そうした〈闇夜烏〉を避けて〈月夜烏〉としてうたっているということになる。

阿蘇郡の例は呪的なおまじない機能をもっている歌謡。この227番についても、そうした俗信とのかかわりがあったと想定されてよいと考えられる。「送り歌」としての、無事を祈る呪的機能があったとも考えられる。

以上「烏は月に鳴候ぞ」一句についても、中世における「月夜の烏（声）」の俗信の中に置いてみることもできるのではないかということである。この点で、小田和弘「鴉声の呪歌―鴉の民俗と呪的心性をめぐって―」（日本歌謡研究大系下巻『歌謡の時空』・二〇〇四年）が、用例を広く集めて民俗の心性から考察している。

右に述べた如く、魔除けの機能をもつ歌謡は少なくない。当歌に加えて、近世民謡「吸い付けたばこ」について、真鍋「ウタの伝承性―民謡において―」*から、一部引用しておきたい。一つの興味ある事例である。

吸付煙草

大平出がけの吸ひっけの煙草　あの娘思へば火がつかぬ　（長野県木曾地方・馬子歌）

甲州出かけの吸ひつけ煙草　涙じめりで火がつかぬ　（山梨県北都留郡・田植歌）

後者は田植歌として採集されたが、前例に見えるような、馬の口とらえて日々道を行く人々の持ち歌としての伝承が一つ確実にあったと見てよく、それが田植歌としても歌われたようである。それとほぼ同様の歌が、長崎県立図書館蔵『諸国民謡全集』・甲州製糸工女歌としても見えている。古くは『延享五年小哥しやうが集』に、

様のつけざし名残の煙草　思ひ増すやら火がつかぬ

とあり、『山家鳥虫歌』には、

様のいとまの吸付煙草　恋がますやら火がつかぬ（大和・二七）

として記されている。おそらくこれらは「吸付たばこ」の風俗からして遊里において歌われていたのが本来であろうと思われ、遊里への客を運ぶ馬子達の口に移り、馬子歌としても伝播していったという一つのコースを想定してよい。バリエーションとしては、

吸いつけ煙草のうまさに迷うて今は吸殻落された（佐渡）

吸いつけ煙草の煙となって　主さんのお腹をさぐりたい（山梨）

などもある。

さて、中里介山『大菩薩峠』（一九一三〜）・白根山の巻に、この歌が引かれてあることには注目しておいてよい。

⑳甲州出がけの吸付煙草　涙じめりで火がつかぬ

㉑甲州出るときや涙で出たが　今じや甲州の風もいや

㉒道中するからお色が黒い　笠を召すやら召さぬやら

㉓生れ故郷の氏神さんの　森が見えますほのぼのと

篠井山の山ふところの家で、女子《おなご》連《れん》（山の娘達の集団。村落や山々の妖怪や悪霊を祓い、盗賊にも対決する）の宰

領—お徳が、主人公机龍之助と月夜の縁側で話す場面でこれらの歌もうたう。お徳は龍之助を救った命の恩人である。思い出して歌った土地の歌である。さて、特に最初の歌について、お徳のことばが次のように書かれてある。

まあお恥しいこと　あんなのは歌でもなんでもありやしません　魔除けにああして声を出して歩くだけのことで……

旅をして歩くとき興に乗じてうたう歌。危険な山坂を越ゆるとき魔除けを兼ねて歌いつけの歌……

小説の中のお徳も言うように、二番目は最初の歌の替歌である。三番目四番目を見ても、これらの四種は民謡であり、馬子歌をはじめとする道中歌として伝承していたものである。いま類歌等についての詳細は省略するが、作者によって創作された物語歌謡ではない。

つまりこの吸付煙草の歌が、道中の魔除け歌としての機能も、もっていたということである。女子連は自分達の縄張りの山々を歩き廻り、他国へ行商にも出かけるので、道中の安全が大切であった。「煙草の火」をうたい、そして「煙草の火」の「火」をうたっているところに、この歌の効力があったのであり、実際に煙草に火を付けて吸ったのであるから、その霊力は十分なのであったろう。そうした意味を別にもって歌われていた伝承を、作者は見聞できたのであろう。道中歌の或る歌が、山の魔性を払う機能をもっていたことは十分考えられる。山梨県の南都留郡『山中湖村誌』に、「キツネツピが、十も二十も見えるとき」、狐が近くにいるものだと言われている。そういうとき、タバコを一服付けるとキツネは逃げて行くものだと、書いている。道を行く民謡あるいは唱言（となえごと）のテーマで、今後さらに、そうした道中の呪歌の実際の指摘が必要となる。227番はこうした民間伝承の広がりの中で、捉えることができるのである。

〔七十九〕　吹上の真砂の数

228 小・名残《なごり》の袖《そで》を振《ふ》り切《き》り　さて往《い》なうずよなふ《う》　吹上《ふきあげ》の真砂《まさご》の数《かず》　さらばなふ《う》

【口語訳】

名残つきない袖を振り切って、さあ帰ろうか。吹き上げの真砂の数ほど名残おしいのだけれど。さらばよ。

【考説】　「立ち歌」の代表的発想。

《名残の袖を振り切り》　名残をおしみながら別れること。「ただ名残こそ惜しう候へ　墨衣思ひたてどもさすが世を　出づる名残の袖は濡れけり」（謡曲・高野物狂・謡曲三百五十番集）。「他事なく思ふ女と忠信が　飽かぬ名残を振り捨てて　独り四国へ下りしか」（義経記・巻六・忠信都へ忍び上る事・大系）。

《吹上の真砂の数》　「吹上」は風が砂を吹き上げる、の意も込められているとともに、歌枕の「吹上」を思っての表現。

吹上の浜の真砂の数ほど。「浜は、有度浜、長浜、吹上の浜……」（枕草子・二〇五段・大系）、とする。

①これは　住吉　さかひ　宇治の湊　和歌　吹上や玉津島　（幸若舞曲・文学）

②秋かせのふきあげのはまの砂《まさご》やま　外には見ける月のかげかは　為家　（歌枕名寄）

③弱浦　或為和歌浦吹上浦　同浜　在弱山之西……　（和漢三才図会・和歌山市紀ノ川口あたり）

④浦風に吹上の浜の浜千鳥波立ちくらしよはに鳴くなり　（新古今和歌集・巻六・冬・祐子内親王家紀伊）

浜の真砂の数のように無数、無限。これは、心情・愛情のこの上なく深くはげしいことを言うのに用いられる。

⑤七里小浜のな　砂の数ほど思へども　縁がうすいやら添ひもせぬ

（松の葉・巻一・裏組）

⑥我恋の数にてとらば白妙のはまの真砂もつきぬべらなり

（後拾遺和歌集・巻十・恋二・在原棟梁）

狂言劇の中で、すなわち後朝《きぬぎぬ》の別の場面でもこの歌が利用される。

⑦夜はすでにあけければ　すご〳〵とさておかいらふよの　ふきあげのまさごのかず　さらば〳〵や

（大蔵流虎明本狂言・はなご）

『中世近世歌謡の研究』*に述べた如く、『万葉集』の次例以下、この発想表現については、広く日本文化を考える上でも注目が必要である。その類型の層を確認しておくことは基本として必要なのである。

⑧相模路《さがむぢ》の余綾《よろき》の浜の真砂《まなご》なす　児らは愛《かな》しく思はるるかも

（万葉集・巻十四・相聞・三三七二）

つまり、相手をいとおしく思い、名残惜しく別れがたい感情の強さを、「吹上の真砂の数」「よろきの浜のまなご」の如く、計りしれない、とうたっている。愛情の深さ・強さをこのように数の無限のものを持ち出してたとえる手法は、古代から伝統的な発想の一つ。右掲『万葉集』の発想をはじめかなりの事例でその歴史を辿ることができる。

続いて右掲拙著から民謡・伝承童謡などの同系列歌謡を次に引用する。

近世民謡でよくうたわれたと思われるものの一つに、

いとし殿子に逢ひたいことは　川の真砂《まなご》でかぎりなひ

（山家鳥虫歌・佐渡・一四〇）

の系統の恋歌及びわらべ歌がある。

外の海府の石名の浜の砂の数よりや殿は可愛い

（佐渡・盆踊歌・『佐渡の民謡』）

しんぞいとしさかわいさははまのまさごのかずよりもほんにいそいそ山なるに

（箱根獅子舞歌・『神奈川県民俗芸能誌』）

お前さんともの言いたさは天で星河原の石の数ほど
　　　　　　　　　　　　　　　　　　　（臼挽歌・同）
山で木の数天で星の数七里み浜の砂の数
　　　　　　　　　　　　　　　（熊野地方・雑謡・『熊野民謡集』）
千里が浜に妻もちて　砂の数々通へども　様にやあわれぬ媒人やもたづ　独りつもりに身をやつす
　　　　　　　　　　　　　　　（八丈島・盆踊歌・『八丈実記』）
私しや貴女《あなた》に山々ほれた其の数は山で木の数かやの数　（広島県比婆郡〈現・庄原市〉・美古登下野本・田植唄）

浜の真砂をもち出して、その数ほど無限に、はげしく思いつめる恋心をうたう民謡である。長い時代、広い地域の人々に知られた発想・表現である。我々の祖先は、相手を愛する心、恋い慕う心、そして可愛がる気持ちを、ひじょうに数の多いものをもち出してたとえてみたのである。広島や熊野地方の例の如く、浜の砂の数以外に、木の数星の数をうたうものもあり、また、

わしが想ひはあの北山の落ちる木の葉の数よりも
　　　　　　　　　　　　　　　　　　（河内・盆踊歌・風俗画報）
かゝのかあいは布引山のおちる松葉のはねよりも
　　　　　　　　　　　　　　　（熊野地方・雑謡・『熊野民謡集』）
ぬしのかわいさ十月山のおちるこのはのかつよりも
　　　　　　　（天保十四年書写・石州温泉津民謡書留・『民俗芸能』48号）
お前いとしさは奏者の森の落る榎の実の数よりも
　　　　　　　　　　　　　　　（信濃・春唄・曳臼唄・鄙廼一曲）
わしが心は老岳山の落ちる木の葉の数おもひ
　　　　　　　　　　　　　　　（熊本県・木挽歌・『郷土民謡舞踊辞典』）
わしが思ひは多良嶽山の落ちる木の葉の数おもひ
　　　　（長崎県北高来郡〈現・諫早市〉・諫早まだら・『全長崎県歌謡集』）

などと、「木の葉」「木の実」にたとえるものもある。天明四年（一七八四）、伯州日野山人著『鉄山必用記事』には、蹈鞴歌として、

鉄は能く涌此鉄山で　五反畠のけしの数　山で木の数芳芽（草カ）のかつ　七里弓演（浜カ）の砂の数　米をとく音早川の瀬か御台所に浪が打

を伝えているのも同系の発想である。また、各地の子守歌では、

坊やはよい子だねんねうや　坊やの可愛いこと限りなし　山の木の数萱の数　河原の石の数砂の数

（福島地方・『日本伝承童謡集成』・子守唄篇）

ねんねんよねんねこよ坊やの可愛さ限りは知れぬ　山にたとへて木の数　（同）

ねんねんよねんねんよ坊やの可愛さ限りは知れぬ　天にたとへて星の数　（同）

ねんねんよねんねこよ坊やの可愛さ限りは知れぬ　九十九里浜魚の数　（大阪地方・同）

坊やはよい子ぢやねんねしな　この子の可愛さ限りはない　山には木の数草の数　沼津をりれば千本松　千本松原小松原　松の葉よりもなほ可愛い　（兵庫地方・同）

殿さまいとしにかぎりない。天にたとえば星の数、山では木の数、萱の数、七反畑の芥子の数、七里が浜の沙の数、召したる御服の糸の数、おねんね〳〵ヤア　（土佐地方・『日本児童遊戯集』）

などが知られるが、さらに東北・関東・中部・近畿・四国等広い地域に同系歌が多い。それらを見ると、生活の中にある数の多いものを的確にとらえ、即興的にうたってゆく発想のパターンがよくわかる。山梨地方では、「畠じや木綿の花輪《りん》の数」（藪田義雄『わらべ唄考』）とうたっている。背に眠る子への愛情の深さを、色々なものにたとえているのであるが、その発想は前掲の如き若者の恋の民謡と同じである。ここでも、古典歌謡の発想等において、わらべ歌の考察を無視できぬことがよくわかる。

229・小

袖に名残を鴛鴦《おし》鳥の　連《つ》れて立《たゝ》たばや　もろともに

【口語訳】
名残を惜しみながら別れてゆくことです。あの鴛鴦のように連れだって、ぱっと飛び立ちたいもの。

【考説】　名残をうたう「立ち歌」。

《鴛鴦》「名残惜し」の「惜し」を掛ける。鴛鴦はいつも雌雄寄りそって、常に恋する鳥。「鴛鴦《エンワウ》 和名類聚」（撮壌集・鳥名）。「常に恋するは　空には織女流星《たなばたよばひぼし》　野辺には山鳥《やまどり》秋は鹿　流れの君達《きうたち》冬は鴛鴦《をし》」（梁塵秘抄・巻第二・三三四）。「鴛鴦。……池にすむ。夫婦契寄之。祝物也」（八雲御抄・巻三）。おしどりの「思い羽」「剣羽」の説話は、『曾我物語』（巻五・貞女が事、鴛鴦の剣羽の事）に見える（『田植草紙歌謡全考注*』）。

「鴛鴦鳥の　連れて立たばや」が、次の『田植草紙』昼歌二番・三九番の四行目と酷似している。

⑨京へのぼれば室の林にな
　鳴く鴨鳥よ誰を恋ひになくやろ
ひよ〳〵となくはひよ鳥小池にすむはおし鳥
池のをし鳥おもふをつれてたゝいで
おしの思羽壱すげえたやたのみに

しかも右の四行目は、次のような伝承も認められる（ともに『田植草紙』に近い田植歌本。『田植草紙歌謡全考注*』参照）。

⑩池のおし鳥思うを連れて立たれた　（上ミ田屋本）
⑪池のおし鳥思いを連れて立たれた　（植歌）

229番の伝承と、『田植草紙』系統の田植歌とが密接に関係している。中世小歌における一つの型と見てよかろう。

場の上で注意すべき点は、〈名残の袖〉をうたっていて、228番と「名残」で一連である。機能としては、酒宴での「立ち歌」である。後朝の別れ、あるいは恋人との旅の別れなどの心情を受け取って、酒宴を心ならずも去ってゆくのである。

⑫いざ立ちなん鴛鴦の鴨鳥　水まさらばとくぞまさらむ　（五節間郢曲・伊佐立奈牟）

もちろん『五節間郢曲事』（綾小路俊量卿記・永正十一年〈一五一四〉）に見えるように殿上淵酔事の場でうたわれた酒宴歌謡とも、関わっているのである。『閑吟集』が永正十五年に成立したことを意識して、この系統の歌謡を再度整理し検討しておく必要がある。

〔八十〕世間《よのなか》は、笹の葉に霰

231・小 世間《よのなか》は霰《あられ》よなふ《う》　笹《さゝ》の葉《は》の上の　さら〳〵さつと　降《ふ》るよなふ《う》

【口語訳】

この世は霰のようなもの。笹の葉の上に降りかかる霰のようなもの。さらさらさっと降っては、またたく間に過ぎてゆくものだ。

【考説】　はかなく無常の霰降る小歌。「ふる」に「降る」と「経る」を掛ける。前歌230番の「小篠の上の玉霰」を受けて続けた。230番は大歌。謡曲『昭君』の一節。娘王昭君を胡国へ旅立たせることになった父母の悲しみ。

230・大 風に落《おち》水《みづ》には粉《まが》ふ花紅葉　しばし袖に宿《やど》さん　涙の露の月の影　〳〵《涙の…》　それかとすればさもあらで　小篠《をざゝ》の

上《うへ》の玉霰《〈たま〉あられ》　音《をと》もさだかに聞《〈きこ〉》えず

この世の時の流れが、無常にも、刻一刻留まることを知らず移りすぎてゆく。その中で人々は、一刻を生きる、そのはかなさを、笹の葉に降りかかっては散ってゆく霰に見立てた。232番とともに、中世に生きた人々の研ぎ澄まされた思いを象徴する。

《さら〳〵さつと》　さらさらは室町人の愛した感触・象徴であったようだ。

①世の中は霰よの　笹の葉の上の　さらさらさつと降るよの　（宗安小歌集・一二。隆達節）

②芭蕉葉に　霰の降る音は　ササアラア　サラサラト　つれなの気味の心には　しよやごうやの鐘なり　（兵庫県加東郡〈現・加東市〉・百石踊・霰踊・『兵庫県民俗芸能誌』）

室町人は、この「笹の葉に降りかかる霰」の風景や音を、はかないけれど、けっして憂鬱なもの、感覚的にいやなもの、というふうには見ていないと思われる。むしろ〈笹に霰〉のイメージは、

③深山颪の小笹の霰のさらりさら〳〵としたる心こそよけれ　（松の葉・第一・本手・琉球組）

のようにも歌う如く、むしろ風流、淡白な美をそこに見ていたのではないか。笹の葉の上の霰に象徴されるさらりとした儚《はかな》さを淡々と表現していく。

なお、説経浄瑠璃の分野では、〈笹の葉の上の霰〉は、

④根笹の霰と書かれたは　触らば落ちよとこれを読む　（天下無双佐渡七太夫正本・しんとく丸）

⑤根笹に霰と書かれたは。触らば落ちよと、読もうかの　（御物本絵巻・をぐり）

のように語られている。

232・凡《大〈をよそ〉》　人界《〈にんがい〉》の有様《あり〈さま〉》を　しばらく思惟《〈しゆひ〉》してみれば　傀儡《くわいらい》棚頭《〈ほうとう〉》に彼我《ひが》を争《あらそ》ひ　まことぃづれの

所ぞや　妄想顚倒《まうざうてんどう》夢《ゆめ》幻《まぼろし》の世中《よのなか》に　あるをあるとや思《おも》ふらん

【口語訳】
そもそも人間界のありさまを考えてみるに、傀儡師の使う操り人形が小さな棚車の舞台の上で、互いに争っているようなもので、まことにはかない、つまらぬことである。妄想にとりつかれて、本心をさかさまに考え、夢幻のような世の中なのに、目前に見えるものすべてをほんとうに実在するものと考えているようだ。

【考説】　傀儡棚頭の争い。

《思惟》　対象を思考し分別する心作用（岩波・『仏教辞典』）。

《傀儡棚頭に彼我を争ひ》

⑥傀儡棚頭論彼我　蝸牛角上闘英雄（夢窓国師語録・下・一）

⑦只看棚頭弄傀儡　抽牽全籍裏頭人（禅林句集・十四字・七言対）

《妄想顚倒》　誤った想念。真理にもとった見方。邪念、誤謬のこと。「Mozo　マウザウ。妄想」（日葡辞書）。「Tento　テンダウ、またはテンタウ。顚倒」（同）。「妄想《マウサウ》」（枳園本節用集）。「妄想顚倒の嵐はげしく　悪業煩悩の霜あつく」（発心集・七）。

凡そ人界のありさまは、これ、たかが棚頭に動く傀儡にすぎない、と言い放った。虚無・夢幻の人生がうたわれている。五山詩文の用例は吾郷寅之進『中世歌謡の研究』第四章に掲出されてある。

出典は謡曲『刈萱』（謡曲叢書）の最終部分のシテのセリフ。

シテ「花は散りて根にあれば、又こむ春も頼み有り。子「月は出でて入るなれど、夜つきせずは見るべし。地「それ人間の別れは又いつの世にか迷ふべき。かゝる憂世にあだし身の、何中々に生れきて、さのみに物や思ふらん。クセ「さればかたじけなき我等が本師釈尊は、跋提河のほとりにて、終に涅槃をとげ給ふ。いはむや我等、冥妄の衆生として、死をばいかで遁るべき。シテ「凡人界の有様を、地「暫く思惟して見れば、くはいらいぼうとうにひがを争ひ、誠いづれの処ぞや。妄想転倒夢幻の世の中に、有るを有るとや思ふらん。今よりしては速やかに、〱、心の玉をみがきつゝ、同じ如くに様をかへ、母の菩提を諸共に、弔ふ事ぞ有難き、〱。

謡曲では、だから心の玉をみがき、法体に様を変えて、母の菩提を弔うべし、と締め括る。刈萱が、人間界夢幻と説き、松若の出家得度をすすめるのであった。この232番も、現代の人間界へ向けての一つの心の有様《ありよう》や視線を示し得ている。人間が傀儡棚頭の争い・妄想顛倒の嵐の中に生きていることを伝えている。

〔八十一〕　空行く雲の速さよ

235・小　あまり言葉《ことば》のかけたさに　あれ見《み》さひ《い》なふ《う》　空行雲《そらゆくくも》の速《はや》さよ

【口語訳】

あまり　言葉がかけたくて、あれごらんなさい、空行く雲の　あんなに速いこと。

【考説】　室町期、青春歌謡の佳作。物言舞《ものいいてのまい》・北原白秋小唄との繋がり。

全体を一人の人物の科白と解釈したい。「空行く雲をごらんよ。あまり言葉をかけたいばかりに、あんなに速く飛んで行くよ」と、この全体を口ずさんだ若者がいる。空の雲を見上げている。秋空を速く飛んでゆくひとひらの雲を、そのように見立てた（指でさす、というのは、ややとってつけた感じ）。

Aあれ見さひなふ。Bあまり言葉のかけたさに、C空行く雲の速さよ。

右の順序を、B、A、Cとして小歌化した。

二人は小高い丘の上か、川原の堤に寄り添って座っている。純情な男（集成）と初々しい恋人の娘は、お互いにほのかな好感をもってはいるものの、まだその心を告白したこともない。やっと逢うことができたが、これといって心を通わす会話もない。ただ寄り添ってふと空を見る。男がこう言ったのである。風のある、よく晴れた秋の日のこと。ぎごちなくあせる自分、言葉をかけたいけれど、うまく話せない、〈好きだ〉の一言も出せない、とまどいが、この男のセリフの裏にある。後掲の282番もともに「あまり見たさに」だけを説明文と見るのはおかしいのであって、当歌も同様。

なおこの小歌に関して次のような点に注意がいる。

○『五節間郢曲』物言舞において、具体的に認識できる類型的表現としての「……さよ」の伝統を受けて、中世小歌においても、より抒情的に深さをもって展開した「……さよ」の表現が見えるということ。

○「雲の速さよ」は、単に雲の速さを言うのではない。単純な叙景ではなく、その「速さよ」の中に、歌い手の（男）の恋情（自分もそうありたいという気持ち）が込められている。

後出の名吟、282番も含めて、『閑吟集』小歌の貴重な青春歌謡のよさ、さわやかさを認識しておくべきであろう（→282番考説）。

さて、右に一言した「の……さよ」の類型的表現の文芸性について少し考説を続けておきたい。

かつて志田延義は、この『五節間郢曲』に見える諸歌謡が、小歌という明記は見られないけれども、後来の小歌の律調上の源泉とすべきものであることを述べた。五節の郢曲に代表されるような諸歌謡の律調が、やがて室町小歌のリズムを形成し展開させてゆくことになるという考察は、言うまでもなくすでに卓見として日本歌謡史の一つの定説となっている。四句的律調と呼ばれているが、例えば、7574、5464、といったような四句でうたわれている点、またその締め括りが4音を基調とする点が重要な面としてとらえられているのである。

◇物言舞・『閑吟集』小歌・白秋小唄――『閑吟集』から中世小歌の時空を摑む――

こうした律調の面に加えて、物言舞の歌謡と中世小歌との歌詞のかかわり・展開について少しくふれておきたい。すなわち物言舞の歌謡にある「……の……さよ」の表現である。〈つゐ立て見たれば〉系統に共通して締め括りの詞句となっており、物言舞の歌謡の、ほぼ半数におけるうたいかたということになる。これらすべて淵酔の夜の実景を、「白さよ」「明かさよ」「高さよ」「多さよ」でうたっているもので、印象的な雰囲気を出す表現となっている。

この発想表現を中世小歌の中でもとめると、まず『閑吟集』の、

①小・一夜馴れたが　名残惜しさに　出でて見たれば　奥中に　舟の速さよ　霧の深さよ　(165)

②小・恋風が　来ては袂にかい縺れてなう　袖の重さよ　恋風は重ひ物哉　(72)

③小・あまり言葉のかけたさに　あれ見さひなふ　空行雲の速さよ　(235)

がある。『宗安小歌集』でも、

④忍ぶその夜の短かさよ　継ぐものならば十夜を一夜に　(一三〇)

⑤若狭《わかさ》土産《みやげ》の皮草履《かはじやうり》　俺が履かうずと思うたものを　後妻《うはなり》がなう　しやらりしやしやと履く　面の憎さよ　(一四五)

とうたっている。ここで、物言舞の歌謡における「……の……さよ」という、印象的なうたいかたが思い起こされてくる。たとえば、

⑥つゐ立てみたれば　御階の月のあかさよ

⑦つゐ立てみたれば　神のますうち野の森のたかさよ

など六首の物言舞に、印象的に、一つの成立した類型として明記されている。

おそらくそこには史的な関係、伝承の流れがあったのであろう。小歌としてここまでは、という一つの辿り得る脈絡を見ておいてよいように思われる。

中世小歌の様相を色濃く残している風流踊歌群の中にも認められる。

⑧はかた小女郎か出てまねく　まねく嵐に船の早さよドントコイヨ船のはやさよトントン

（高知県香美郡〈現・香南市〉手結・ツンツクツン踊歌）

⑨御富士の山に降る雪か　笠の上の重さよ　雪か恋か雪か恋か　雪原踊は面白や

（奈良県吉野郡・篠原踊歌）

⑩おもしろのたかのふぜいを　こいするひめこにみせまじや　けさしまの　きりのふかさよ

（愛知県南設楽郡・新城・放下踊歌）

例えばこの三例のように用いられている。地方に根付いた中世小歌の中にも、運ばれ残されていったのである。

しかし歌謡文芸として注意しておかねばならぬことは、中世小歌の「……の……さよ」と、物言舞の歌謡のそれとは、性格が異なっているということであろう。『閑吟集』以下、右掲の小歌によってわかる如く、中世小歌では、すべて恋歌の中に用いられているわけで、例えば、『閑吟集』165番の「舟の速さよ」「霧の深さよ」は、帰ってゆく男を見送る女性の心情をうたう小歌に見えている。「舟の速さよ」「霧の深さよ」は、単純に速くはしる舟、深くたちこめた霧を叙景しているわけではない。せめて後影だけでも見ようと海辺まで出てみた女にとって、舟足は速く、無情に男を遠ざけ悲しませるのであり、朝霧は男の姿を見えなくさせて、せつなさを募らせるのである。「雲の速さよ」にも恋情が凝縮されている。『宗安小歌集』一三〇番も、同じく恋情の深さがその「夜の短かさよ」に隠れている。風流踊歌の「笠の上の重さよ」にしても、笠の上につもる雪は恋を象徴する。中世小歌におけるこの発想・

表現は、広く恋歌において用いられたものである。五節の夜の風物をそのままとりあげてうたっている物言舞の即興的叙景の場合と比較して、抒情性の面で象徴的な深化があったということであろう。まさしく恋情を深く込め、余韻を残すために適合した表現となっていると言える。

田楽能においても、

⑪……秋さり衣誰がためぞ　待ち得たり　彦星のつまも袖もつぐよなり　今日の日の遅さよ　日の暮るゝ影の遅さよ　二星のたま〳〵逢へり　未だ別所　依々の恨を叙べす　五夜将に明けなんとす

（春日若宮出勤田楽座使用能本・星）

のように見える。牽牛・織女の恋情を語る段で、どちらかと言うと中世小歌のおもむきである。

なお、中世小歌の成立や熟成には、公家の参加も大きかったわけである。宮廷での歌謡の常套句や素材が、公家やその周辺の人々によって、より広い階級の人々がうたう小歌の中に持ち出され、その小歌群の情趣を特色づける一要素として機能していたであろう。

「物言舞」から中世小歌への流れがあり、たしかに抒情性の深化をともなって中世小歌の定着があった。この発想表現が、歌謡史の最も高く大きな山脈の一つとなった中世小歌の文芸性をささえた一つの要素でもあったのであるが、さらにこの「……の……さよ」が、後世のどのような歌謡群に受け入れられて行ったか、という点についても関心を寄せる必要はある。いま一つ言えることは、近世調小歌（江戸期俗謡）の層を通り越して、北原白秋の小唄の世界にこの抒情が印象的に受け入れられているということであろう。『白秋小唄集』の、たとえば「真珠抄」の中に、

⑫哀れなる竜胆《りんだう》の春の深さよ、あな春の深さよ　（永日礼讃）

⑬物言はぬ金無垢の弥陀の重さよ　（金）

の二例がでている。『白秋小唄集』の小唄の詳細な分析、すなわちどこまでが伝承歌謡の表現を取り入れ、どのことばが白秋の独自性をもつものかのチェックもまだ十分なされてはいないのであるけれど（これは、日本歌謡史研究側の責任において考証を進めるべきである）、この二つの白秋小唄が、室町期の小歌の口調を取り入れて成立したことはほぼ確かであろう。右に見たこの流れが白秋の小唄の中で甦っているのである。もちろんこの「春の深さよ」「弥陀の重さよ」、したがって4音で締める手法には、詩人白秋の感傷の陰翳が象徴的にとらえられていて、前句からの続き具合によっても微妙な独自性にその考察の重要性や問題点が置かれてよいのであろうが、歌謡史として見るとき、やはり、物言舞の歌謡の雰囲気ではなく、中世小歌の、切なさの糸の方を捉えているのである。

以上、『五節間郢曲』所載物言舞の歌謡から中世小歌へ、さらに白秋小唄への歌謡史の一具体的脈絡を見た。宮廷における、場をハヤス即興的祝言歌謡から、広い意味の庶民生活の中に口ずさまれた恋の歌謡への流れである。こうした、具体的な歌謡の世界における長短さまざまな脈絡（類型を残しながら、変質してゆく流れ）を、我々はさらに一つでも多く確認するようこころがける必要がある。

〔八十二〕　田子の浦波

236。小　芳野川《よしのがは》の　よしやとは思《おも》へど　胸《むね》に騒《さは》がるゝ　田子《たご》の浦波《うらなみ》の　立《た》ち居《ゐ》に思《おも》ひ候物《そろもの》

【口語訳】

吉野川ではないけれど、これでよいのだろうかと思ってはみるものの、胸さわぎがしておさまらない。田子の浦波

の立つではないが、立っても居ても思い続けているのです。

【考説】　胸に騒がるる、恋の歌。

《芳野川の　よしやとは》『古今和歌集』の中でもこのように類型化して見える。

①流れては妹背の山のなかにおつる　吉野の川のよしや世の中　（古今和歌集・巻十五・恋五・よみ人知らず）

②芳野川よしや人こそつらからめ　はやくいひてしことは忘れじ　（古今和歌集・巻十五・恋五・みつね）

③吉野の川のよしや世とも思ひも捨てぬ心かな……　（謡曲・弱法師）

「たとえ恋人が無情な態度に出るようなことがあってもかまわぬと思ってはいるけれど」（大系・頭注）。

《田子の浦波》「田《タ》子浦《コノウラ》駿河」（静嘉堂文庫本・運歩色葉集）。

④駿河なる田子の浦波たゝぬ日はあれども　きみを恋ひぬ日はなし　（古今和歌集・巻十一・恋一・よみ人知らず）

の影響あり。またこれは、『万葉集』の「韓亭《からとまりの》　能許《こ》の浦波たゝぬ日は　あれども家に恋ひぬ日はなし」（巻十五・三六七〇）を継承したもの。二つの和歌のおもしろいところを接合させた。

ええままよと思いながらも、つねに心から去ることのないあの思い、あるいはあの人のこと。そんな男、あるいは女の、ざわざわと心の中に押し寄せる、晴れやらぬ情感を、吉野川と田子の浦という二つの歌枕の波の音をとりいれてうたっている。また『古今和歌集』の和歌を三首も想起させながら、その上に一つの小歌の世界を作っている。つまり「胸に騒がるゝ」、「立ち居に思ひ候物」の二つの句が、この小歌をひじょうに印象的なもの、身近なものにしているのである。

237
・小　田子の浦浪《うら》　浦《うら》の波《なみ》　立《た》た《ゝ》ぬ日はあれど　日はあれど

【口語訳】
田子の浦の波、浦の波の立たない日は、ひょっとしたらあるかもしれないけれど（あなたを恋い慕わない日はありません）。

【考説】　打ち寄せる田子の浦波のような恋情のうねり。波の情歌。

出典は前歌で掲出した『古今和歌集』巻十一・恋歌「駿河なる田子の浦波たゝぬ日はあれども　きみを恋ひぬ日はなし（よみ人知らず）」の最後、「きみを恋ひぬ日はなし」の部分を省略した形と見てよい。「日はあれど」で以下きりすてたのは、一つには余情を言外に含める手法として成功しているといえる。胸にせまる切なさをうたう。前歌とともに恋情のうねりをうたう恋歌と見てよい。「立たぬ日はあれど　日はあれど」と、繰り返していながら、しかもなお、言いさしの形に余韻を残しているのである。

124番の「憂き三保が洲　倚や波のよるひる」とともに「波」の情歌ということになる。すでに真鍋（「中世小歌圏歌謡に見える二つの風景―海辺と田植―」*）で述べてきた『閑吟集』における海辺を辿る風景の広がりの中でとらえたい。

〔八十三〕　石の下の蛤

238 小・石《いし》の下《した》の蛤《はまぐり》　施我今世楽《せがこんせいらく》せぃと鳴《な》く

【口語訳】
石の下の蛤は、我に現世の楽をあたえよと鳴く。

【考説】

《石の下の蛤》「かのはまくりと申は、いさこの中にすむ物にて候に」（室町時代物語・秀祐之物語・大成第七）。

《施我今世楽せいと鳴く》 同句はまだ見あたらない。

わどのを持ちてこそこんせい、ごせをもたのもしく（大山寺本・曾我物語・河津が討たれし事）

とあるように「今世」を「コンセイ」と読むべし。そのリズムから「楽世」を「ラクセイ」とうたう。

我に現世における楽をあたえよ、我に現世の楽を施せ、と鳴く。楽世《らくせい》たる今世を我にあたえよということであろう。「施我今世楽せい」は呪文。経文のような成句。現世で幸であることを願うのである。「石の下の蛤」は、『研究大成』の言う如く、「暗に世に現れない不遇の身を寓した」ものか。「施我今世楽」がなにかに出典を求められる文句であろう。それに「今世」の「せい」を繰り返して、「楽せい」つまり楽世の意を含める。

室町時代物語『はまぐり』（高安本）、『はまぐりはたおりひめ』（明暦二年刊本）がある（大成第十）。前者は右引の『秀祐之物語』と同様に「それはまくりは、いさこのなかにすむものなり」という句を用いている。これら蛤の姫の物語においては、蛤の変身した女房の織る機の響きに、『法華経』の文句などが引用されたり、蛤の姫は、男に、金三千貫をあたえ、今世での富楽を約束する。特に、女房は観音の化身であったと語っており、仏教説話の要素を持っていると思われる。

この種の物語を、直接的背景として生まれた小歌であるとは考えられないが、これら物語が素材として利用したであろう蛤が、現世の楽をあたえよと泣いていることを語る、或る説話がこの小歌の背景に想定できるか。

蛤は生涯、石の下に埋もれて暮らす。今世を楽世として送ることができないのである。ゆえに「施我今世楽せい」

でありたい、つまり楽世を懇願して鳴いて（泣いて）いるのである。もちろん、暗に世にあらわれない、不遇の埋もれた身を嘆く遇意が読み取れるのである。貧しく良い運にもめぐまれずして、むなしく日々を過ごす人が、出世を夢見ているのである。

〔八十四〕　弓をうたう小歌群

239 吟
・百年不易満　寸ゝ彎強弓
（百年《はくねん》満ち易《やす》からず　寸々強弓《すんすんがうきゆう》を彎《ひ》く）

【口語訳】
人間は、わずか百年の寿命をさえ保つことが容易ではない上に、たえず力を振り絞って強弓をひくが如く、心身ともに苦労のたえないものである。

【考説】　武士の思い。武士の人生。

《百年不易満　寸ゝ彎強弓》
これは先学によって、次に掲出の蘇軾の詩の第三句・第四句そのものであることが指摘された（大系、吾郷寅之進『中世歌謡の研究』*、研究大成、新大系）。（これに、本書で次を加える。『蘇軾詩集合注』〈清・馮應榴輯注〉・巻四十一・古今體四十三首には「李太白短歌行、白日何短短、百年苦易満。施注引文選古詩、見前和子由苦寒詩注」と説明している。）

①我少即多難　邅回一生中
百年不易満　寸寸彎強弓
老矣復何言　栄辱今両全
泥洹尚一路　所向余皆窮　（蘇東坡・次前韻寄子由一首）
（下略）

「百年」、ここでは人の一生・生涯。しかも、わずか百年。永劫の時間の流れから見て、たった百年。「人生百歳七十有稀」（仏光国師語録）、「人生百歳似風過」（天柱集）の如く「百年」「百歳」は、きわめて短い時間の意味を背負っている。また「人生百歳」で一つの句をなしており、人生の定義と見て、その中で七十歳まで生きるのはたぐいまれなことと言っているのである。

②人生不満百　常懐千載憂。寒山詩集　（禅林句集・五言対）

「百年（はくねん）・富貴は塵中の夢、一寸の光陰は沙裏の金、千代とも契りし友人も、変はる世なれやわれひとり……」（元雅作・謡曲・盛久・謡曲集上・大系）。「十ぜんのていわうにたのまれたてまつり、はくねんの命をかうめいちうにひせんず事のうれしさよ」（古浄瑠璃・後醍醐天皇・第二・『古浄瑠璃正本集』二）。

《強弓》「強弓《ツヨユミ》」（易林本節用集）。「同じくはつよき弓所望にて候　安き程の事とて　筑紫にきこふるつよ弓を　十ちやうそろへ参らせければ」（幸若舞曲・百合若・『幸若舞曲研究』第十巻）。ここは「ごうきゅう」と読んでおく。

◇戦国を生きた武士の呟き

238番の「施我今世楽せい……」から展開していることはたしかである。後半の「彎強弓」は「楽世」と相対立する。「すゝ彎強弓」と置いたところがよい。力をふりしぼって一寸一寸絶えまなく全身全霊で、強弓を引きしぼるのである。苦労辛苦の一生を送った武士達のふと漏らした呟き。実際に日常強弓を引く武家ならではの表現としてよい。強弓を引くときの精神力、筋力の苦しさから下句を引き出した。日本文化の激流の中に取り入れても、忘れてはならない名作。

「すゝ彎強弓」と置いたところから見て、苦労辛苦の中に、主君への忠誓と家の面目をたてて、一生を送る武士の、ふともらした諦観と悟りのような詩句として受け取られていたのであろう。強弓を彎くときの、体と精神の、募る緊張が、「すゝ」に込められている。武士の心に忍び寄る、むなしさが滲んでいると見てよい。室町時代という乱世に生まれた『閑吟集』の歌謡文芸を把握するには、こうした吟詩句小歌にも注目がいる。そして現代においても、この小歌が、我々の心と生活の実体から、掛け離れた歌謡ではないと言うことを読んでおかねばならない。発想の型の上からも、173番（吟）と通じている。

240・小 我《わ》御《ご》料《りよ》に心筑紫《つくし》弓《〈ゆみ〉》　引《ひ》くに強《つよ》の心や

【口語訳】
そなたに真実を尽くしてきたのに、筑紫弓ではないけれど、せいいっぱい引いても、なびこうともせず、なんと強情な心だこと。

【考説】　弓の連鎖。中世小歌圏歌謡として、一つの代表的な群としてよい。

『研究大成』では「そなたはまったく愛想も尽きはてた。強弓ではないが、心を引いても靡かぬ。さても強情な心よ」とある。

《我御料》　わごりよ（和御寮）。77番参照。

《筑紫弓》 筑紫産の弓。世に聞こえた強弓。中世歌謡ではこの例が代表。

③筑紫にきこふるつよ弓を 十ちやうそろへ参らせければ 二三ちやうをしならへ、はらはらと引き折つて

（幸若舞曲・百合若。239番「強弓」の注と同じ）

④胴の骨の様態は、筑紫弓のじようばりが、弦を恨み、ひと反り反つたがごとくなり

（説経浄瑠璃・をぐり・鬼鹿毛讃めの段）

「つくし弓」に「筑紫弓」と「心を尽くす」を掛ける。他に名物としては「筑紫舟」「筑紫琴」がある。

⑤いとど心のいよつくし船 やる方分かぬ物思ひ

（松の葉・巻二・長歌）

⑥岩木さへ引く手に寄り来る 心を今ぞつくし琴エイソリヤ

（近松浄瑠璃・本朝三国志）

『閑吟集』にも、そして風流踊歌群や『田植草紙』系歌謡にも、弓の歌がかなりあって、いずれも恋の歌としてすぐれたものが多い。『閑吟集』では、強弓(239)、筑紫弓(240)、白木弓(241)、弓張形(242)と続く。なお、この小歌の「筑紫弓」を、特に百合若大臣の物語の中で解釈する必要はなかろう。

241 小・取《と》り入《(いれ)》て置《お》かふ《(う)》やれ 白木《しら》の弓を 夜露の置《を》かぬさきに 取《と》り入《い》れうぞなふ《(う)》

【口語訳】

取り入れておこう、あの白木の弓を、夜露に濡れないさきに、内に取り入れて置こう。

【考説】 弓は女 見立てのおもしろさ。

《白木の弓》 塗りを施さない弓。「白木弓、紙」（易林本節用集）。「荒木《あらき》 白木《しらき》 皆白木《みなしらき》……」（延宝版・武家節用・弓）

⑦今世の木と竹を合わせたる白木弓は、軍中雨露などにあへば、にへはなれ損るなり　古代の軍には皆白木弓を用いしなり
（貞丈雑記・五武器談）

《夜露の置かぬさきに》白木の弓は、夜露をさけなければならない。他の男の手に落ちないうちに、我が恋人にしておきたい、の願望をうたう。

◇弓の歌謡——武士の世の発想——

参考として、弓の簡略な歌謡史を述べておきたい。『閑吟集』に見えるこの〝弓の小歌群〟は、なかでも関心をもって読んでよいと思われる。「弓は女」を象徴する発想表現の流れである。

中世小歌圏歌謡の一つに風流踊歌群があって、次のような弓を歌い込む歌が伝承している。

⑧十七八はの〳〵　荒木の弓よの　よろずの人が引きたがる　引き得て後は我がものよ
（大阪府岸和田地方・雨乞風流踊歌・『和泉史料叢書　雨乞編』）

⑨白木弓引いて見サイヤ射テミサイ　女郎ト弓トハ殿マカセ（広島市安芸町福田・きりこ踊歌・『芸備風流踊り歌集』）

十七八の娘を弓に見立てる。弓と娘とは殿御の思いのままと歌っていて、弓は女を暗喩することが、日本歌謡史では、ここでまずはっきりしている。

『田植草紙』の成立時期はほぼ中世末期と見られている。中世における儀礼的田植行事に歌われていた歌謡の典型的なものと見てよい。『田植草紙』に見られるいくつかの歌謡は、広く各地で歌われていたと思われるが、現在の『田植草紙』系歌謡の如き歌詞と組織にまとまった第一段階は、中世末期なのである。現在は中国地方の大田植（囃子田）の田植歌として伝承している。見事な組織でもって構成されているが、その晩歌一番・晩歌三番にそれ

ぞれ次の歌がある（なお『田植草紙』では、朝歌（二六番、二七番）、酒歌（五〇番）、晩歌（八〇番、八一番、八二番、一一〇番、一一六番）などで「弓」がうたわれている。次の本文は『田植草紙歌謡全考注』*および新大系を参考にした）。

⑩思ふ弓やごせ引かばやは《わ》り来いやれ
我が差いた弦ならば引かばやわり来ひ《い》やれ
殿の巻き弓なんぼう強いか引いてみよ
聟に参《まい》せう重籐巻の弓をば
思はば引かずと来いや関弦　（八二番）

⑪重籐巻いたる弓のふりをしてな
坂東殿原の肩に掛からばやな
弓のふりして坂東殿御に惚れたよ
何というても思ふに寄らぬ我が身や
いつくしいは坂東殿御の姿よ　（一一〇番）

八二番の「やごせ」（や＋ごぜ、と見てもよい）は囃子ことば。「やはり」は、やんわりの意。「関弦」は三重県・関地方に生産された弦。名品。一一〇番の四行目の解釈は難しいが、「なんといっても恋には思い通りにならぬこの我が身ではあるよ」の意にとっておく。この二つの歌には、重籐の弓を握った若武者が、はっきり見えており、弓の弦を引くことは、女を引き寄せることを暗に意味している。ここではその相手の方から「弓のふりして坂東殿御に惚れたよ」としているのであって、弓の美しい曲線が、女性を象徴していると中世の人々は見たのであろう。また、弓は常に武者の身近にあって、磨き上げられ大切にされているのである。重籐の弓を引いて矢を射る〝勇む坂東武者〟の生活の中から、こうした発想表現が生まれているのである。やはり中世的武家の雰囲気を汲んでおいてよいのである。

⑫陸奥《みちのく》の梓の真弓我が引かば　やうやう寄り来《こ》忍び忍びに　（神楽歌・採物・弓の末・全集）

採物「弓」の歌謡。神聖な神降し歌であるが、内容はまず恋歌である。『古今和歌集』・巻二十・神遊び歌にも見えている。「梓」とあてた「あづさ」は「安達」の誤であろうという説もある。これも男が歌っているおもむきと見ておく。弓の弦をぐいぐい引くように、私のもとにそろそろと忍んで逢いに来いよ、と女に対してうたい掛けているのである。これは、「弓といへば品なきものを梓弓　真弓槻弓品ももとめず品ももとめず」（弓の本）を受けて歌われることになっている。この弓尽しから恋歌へ展開したのである。ともかく弓は女としての発想の型がここに認められる。中古歌謡の用例としておもしろい。

さて『万葉集』における弓の歌として、いま次の二首に注目する。

⑬置きて行かば妹はまかなし持ちて行く梓の弓の弓束にもがも　（巻十四・三五六七）

⑭おくれ居て恋ひば苦しも朝狩の君が弓にもならましものを　（同・三五六八）

防人の歌で「右の二首は問答」とある（大系による）。前者は、このまま妹を置いて防人として行ってしまったら、私は恋しくてならないであろう。だから妹は、私が持ってゆく弓の弓束であってくれればよいのに、と歌っている。弓束は弓の握所である。後者は、後に残って毎日慕ってばかりいるのはまこと苦しいこと。朝狩に行かれるあなたの弓にでもなりたいものです、と歌っている。明らかに弓の中に、あるいは弓の背後に、男にとって恋しい妹の姿がある。この『万葉集』の発想に加えて、たとえば最初にふれた風流踊歌群からさらに一つここに引いてみる。

⑮弓になりたや白木の弓に　花のしんくが持つ弓に　（讃岐大野村・豊後踊・小笹）

三五六八番の「朝狩の君が弓にもならましものを」と発想するところに、この「弓になりたや白木の弓に」を重ねて解釈して、なんら食い違いはないのである。

「弓は女」を象徴する歌謡の発想表現は、『万葉集』にも及ぶものであり、日本歌謡史上、各時代の、いくらかの数の歌謡を事例として、通史的に証明することができるのである。つまり『万葉集』防人の歌二首は、そうした弓の歌謡の、古代における一端にすぎない。『閑吟集』の弓の小歌群は、こうした弓の日本歌謡史の一部分にすぎないとも言えるのであり、また中世歌謡として、かなり貴重な事例でもあると言ってもよいのである。

『万葉集』の作品を個々に検討してゆく過程で、日本歌謡史上の問題点、すなわち場・機能、発想表現、背景等をさらに詳しく見て、全時代の中で通史的に位置づけておく仕事が十分なされているわけでもない。今後、歌謡史研究の側からおおいに考察を深めねばならない。

続いて中世小歌選集『閑吟集』に取り入れられた、弓をうたう難解歌が来る。

〔八十五〕　巫呪の庭

242 小 ・さまれ結《ゆ》へたり　松山の白塩《しら〈しほ〉》　言語神変《〈ごんごじんぺん〉》だよ　弓張形《はりがた》に結《ゆ》へたりよ　あら神変だ

【口語訳】 ともかく結ぶことができた。白塩の山をつくってそこに松を植えて。摩訶不思議、弓張りの形（三日月形）に結んだではないか。あら神変不思議なこと。

【考説】 あら神変だ。

《さまれ》「さもあれ」の変化。ともかく。

《結へたり》　結ひたりの変化した形か。「言へたり」ともとれる。

《言語神変だよ》　神変奇特なことだ。「Gongo　ごんご」（日葡辞書）。「言語《ゴンゴ》」（静嘉堂文庫本・運歩色葉集）。「神変《シンヘン》」（易林本節用集）。もってのほか、ことばでは言いあらわすことができない不可思議なことだよ、の意であろう。「だ」は断定の助動詞。当時「だ」が用いられていた。

①此おきなこそ、こゝにひとつのさけをもつ　そのなをじんぺんきどくしゆと、　（奈良絵本・酒呑童子・中）

②手近に寄れば目にも見え　神変奇特不思議なる……　（謡曲・橋弁慶）

③神変仏力にあらずは　誰かこの橋を渡るべし　（謡曲・石橋）

④さよの中山にて薬あたへられし女はうは、是もくまのゝこんけんの御使にて、てんのさほひめにて御入候也　何もじんぺんきとく　是にすきたる事あらし　（室町時代物語・あかしの物語・古典文庫）

松の枝を結ぶ（結松）習俗をともなう祈禱あるいは祭礼の一場面と見るのがよいように思われる。『全集』は「閑吟集で最も難解とされる一首。民間信仰における巫覡を扱ったものであろうか」とする。祈りの妖気が満ちた場面。山の形に盛り上げた神秘な塩も置かれてあるのであろう。「松山の白塩」は、「白塩」で造られた山の形の盛り塩で、松の枝が添えられてあるのであろう。巫女が神を降し、卜占している。今後、具体例蒐集が必要。巫祝の庭のおもしろい光景がもう少し明確になることを望む。

〔八十六〕　貴公子の恋のしのび

243 小
・いと物《もの》細《ほそ》き御腰《こし》に　大刀《たち》を佩《は》き矢負《お》ひ　虎《とら》豹《へう》を踏《ふむ》御《み》脚《あし》に　藁沓《わらぐつ》を召《め》された　抖《くゞ》ればがさと鳴《な》り候《そろ》　賤《しづ》が柴垣《しばがき》えせ物

【口語訳】

とてもほっそりとした御腰に、太刀を佩き矢を負い、虎豹の皮を踏む高貴な御脚に、なんと藁沓をお召しになった。抖ればがさっと鳴ります。賤家の柴垣ときたら、ええしょうのないやつ。


【考説】　虎豹を踏む、とは。

貴公子の馴れない恋の忍び。ただし、次に引く『八幡愚童訓』によるなら〈出征の神功皇后のものものしいスタイル〉の語りぐさ歌謡となる。『中世近世歌謡の研究*』第二部において「中世近世小歌研究「二四三番をめぐって」―と題して、主として「虎豹を踏御脚に」「藁沓を召された」「抖れば」の三点について詳しく述べたので、少しく手を入れてここに引用する。ただし全体としては、小論発表後、稲田秀雄「狂言小歌「柴垣」考―神功皇后との関連を中心に―」（『藝能史研究』113号・平成三年四月号）の論考が発表され、より明確になった。『八幡愚童訓』を活用して、神功皇后の勇ましい男装の姿の描写として見えていることを指摘した考察である。ただし『閑吟集』の小歌としては、その伝説を思わせながら、表題の如き貴公子の恋の忍びの様子の描写を見た。

243番は、狂言小舞謡として、三世鷺伝右衛門保教狂言伝書『小舞』の中にも次のように見える（享保年間〈一七一六―三六〉に書写されたもので、享保保教本『小舞』と言われている）。
①いと物細き御腰に　太刀を帯《は》き矢を負ひ　虎豹を踏む御足に藁履《わらぐつ》を召されて　挑《くく》ればがさと鳴り候　賤が柴垣似《え》非物《せもの》

◇虎豹を踏む・抖《くく》る・賤が柴垣・えせ物

まず第一に、「虎豹を踏む御脚に」の意味をはっきりさせておくべきであろう。これは、実際の生きている虎豹をふんづけている様と見ると、この歌の内容にそぐわなくなるわけで、結論を先に言うと、「虎豹の皮の敷物」を踏む御足ということになる。

　虎豹の皮は、まず豪華な調度品として、室町期の庶民に知られていたものであるが、もちろん贅沢な品として、人々の誰もが持つことができるものでもなかった。『元和本下学集』器財門では、

　玳瑁《クイマイ》　彪皮《ヘウノカワ》　虎皮《トラノカワ》　氈《セン》　茵《シトネ》　屏風《ビヤウブ》……

と並んでいて、その書き並べかたからしても、高価な舶来の品の一つになっていたことがうかがえるが、『貞徳文集』巻下においても、

　為歳暮並年頭礼、江戸之馬乗一人着下。乍去進物之儀、未落着候間、急度御異見伺申度候。如嘉例、呉服、袴、肩衣、虎豹皮、鉄炮袋、鑓鞘袋、此等可然候哉

とあって、はれやかな折り折りの贈答品の一つに加えられていたことがわかる。また、

　唐土の大王此よしを聞伝へ、日東の聖天子とあがめうやまひ奉り、年ごとの貢物《みつぎ》をそなへ申させ給ふ。（中略）勅使やうやく参内し、数々の貢物を山を重ねて捧げたり。蜀江《しよくこう》の錦、呉郡《ごぐん》の綾《あや》、薫山《くんさん》の麝臍《じやさい》　沈水香《ぢんすいかう》、豹虎《へうとら》の皮《かわ》にいたるまで、其外砂金一万両、うづたかく積み上げゝり。勅使さま〴〵ことぶきを奉り、御暇給はりて、唐土にこそ帰りけれ

（御伽草子・若みどり）

　筑紫の国より参物〳〵　みなこれはから物　きんだん　どつす　どつきん　からへ　かうばこ　ぢん　ぢやかう　とら・ひう《ママ》のかわ　なんばんまでも　そろへて参りたりや〳〵

（天正狂言本・二人おさめ物）

ともに、貢物としての、唐物名物としての「虎豹の皮」を見るのであり、『閑吟集』歌謡成立時期に近い例としてよかろう。世にこれらが贈答されよろこばれていたことがわかるのである。

この舶来の財宝「虎豹の皮」は、室町期物語を見ると、敷皮として豪華な室内を飾っている。

書院には、唐土、大和の物の本。巻きたるも有り、綴ぢたるも有り。眠蔵《めんざう》には沈の枕、唐錦の宿直物を置きたり。その傍には七宝の曲彔に、豹・虎の皮を敷き掛けたり……　（御伽草子・かくれ里）

さても其次を見給へば、四十二坪の座敷あり。中にも黍衡殿のいつもの座敷と打見えて、紫檀で床を張らせつゝ、畳にとりて何々ぞ、繧繝縁に高麗縁、錦の縁、綾の縁、紫縁の虎の皮に豹の皮、華氈、毛氈、木綿氈、とつひの御座を初めとして、段々むら雲やつて、さつ〳〵とまはり敷きにぞ敷かれける。うしうには白銀のよりかゝり、ぶんどう添へて置かれたり。御曹子は御覧じて、あれこそ牛若直るべき座敷よと思召し……　（同・秀衡入）

前者は異類譚であるが、武家好みの屋敷の一描写として見えるものであり、後者も武将秀衡御所の様子であって、御曹司の御座所となるべき一室を物語っていることに注意せられる。おなじく『十二段草子』六段目・使の段にも、

浄瑠璃御前の中の出居にしかせたる、繧繝縁と高麗縁、二畳かさねてしかせつゝ、虎の皮をはしらかしたる所に、御曹司むずと直らせ給ひける

と語っている。すなわち、虎豹の皮に座し、それを踏みしめる人物の、おおまかなイメージは中世後期には出来上がっているわけであろう。例えば御曹司のごとく、貴人としての武将の姿がまず思われてよいのである。しばしば、繧繝縁や高麗縁の畳と組み合わせられて出てくる面も見とどけられる。

近世呪祝芸の一つ「大黒舞」の家敷讃めを見ても、

座敷掛りをながむれば、千畳しかるる本座敷　うんけんべりが千縁りか、虎の皮と豹の皮、これも千畳も毛抜合つてしきつめたり　代々こなたの御目出たい座敷がかりも祝うた　（新潟・佐渡郡・『俚謡集』）

とあるのは、やはり、その中世からの祝いの表現のパターンを継承しているわけである。なお、説経浄瑠璃・与七郎正本『さんせう太夫』・下巻では、貴い珍客を迎えて、

はしらをば、ひやうとらのかはにてつつませたり

としているのは、柱を虎豹の皮で包むという贅沢な風流が行われていたことを物語っている。

かくして、もう少し限定して、武家故実における「虎豹の皮」に及んでおく必要もあろう。即ち、「軍陣」における「敷皮」としての「虎豹の皮」である。軍用器としての、儀礼的なそれである。『武雑記』には、次のようにある。

敷皮と申は鹿の皮にてこしらへ様寸法等有之。又ひつ敷と申は常に付候と申候也。豹虎の皮をば平人は斟酌のことに候。三職は御用候。ひつ敷は寸法も候まじく羚の皮たるべし。又熊の皮をば昔は弾正官の人ならては御用無之候。

この記事は、近世において比較的基本と見なされたとみえて、貞丈『武家名目抄』雑部もこれを引いており、同時に引敷《ひっしき》の種類として、「豹皮引敷　虎皮引敷　熊皮引敷　羚羊引敷」を並べている。一般には、鹿皮をもちいてきたことも、この方面の江戸期伝書に記されているわけで、例えば次の如くである。

敷革ノ事。三ヶ条。一、長サ三尺二寸。横二尺五寸也。裏ハ布ヲ本トス。色ハウスアサキ成ヘシ。カワハ鹿ノナツケヲ本トスル。白毛ヲ末ノ方ニ成ヘシ。

（兵具之巻・延宝八年三月七日、富山六左衛門尉忠茂在判本を、安永三年九月十八日、片岡長候転写）

敷皮ハ鹿毛皮ヲ本式トスル事和礼也。望ニヨリ虎豹熊ノ皮、其外ノ獏ノ皮ヲモ用レトモ畧儀ニテ、式ノ貶ハ不用之。敷皮之叓、鹿之皮為本、長サ三尺二寸横二尺六寸、裏向ニテモ付之。縁ヲ取テヨシ。白毛ヲ残シ的射貶ハ弭ノ方エ白毛ヲナスヘシ。常ニ敷時ハ頭上ヲ後ヘナシ白毛ヲ前ヘナシテ可敷之……

（敷皮・天保十三年二月廿六日、市川熊男書写本）

これらはともに、武器の故実記述の途中、敷皮に及んでいるところであるが、敷皮あるいは引敷と称されるものは、武人は鹿毛をもとにすべきものであったが、特別の場合には、虎豹の皮を用いたことがわかるわけである。本来常人のものではなかったことを示しているのであろう。

金平浄瑠璃『公平かぶとろん』第一では、

大将の出立は、同くよろい一しく。たゞしこぐそく斗にてもくるしからず。しやうきのうへに、くまかとらのかわをしかせ、こしをかけ、右のてを太刀のつかにかけ、敵におう心持にて、左のめにてさかめをつかい、右の足にて、左のあしをふみこし、じゆもんのとなへみるほう也

と、大将の床机の敷皮として、熊の皮とともに虎の皮のあるのは、故実に合う。天理図書館本室町末期書写『節用集』残簡・弓箭兵具類には、「豹虎皮箞穂《ヒヤウトラカワノウツホ》」、及び延宝九年板『武家節用集』には、「虎皮幭《とらのかはのおほひ》」を掲げているが、これなども、身分ある武者の所持し得たものであったと思われる。例えば『信長公記』では、数箇所に、虎豹の皮が重宝な贈答品であった事実を指摘することができる。時めく武将への、あるいは時めく武将からの贈答好適品であった。

虎皮、五枚。豹皮、五枚。段子、十巻。志々羅、二十端。
（奥州伊達方より、駿馬がおくられてきたことに対する信長からの返礼品）

御服、拾。白熊、二付き。虎革、十二枚。以上三種。
（鷹を進上した遠野孫次郎へ、信長からの返礼品）

「虎豹を踏御脚」がここに比較的明瞭になってくる。日ごろ、虎豹の敷皮を踏みしめている御足であって、「大刀を佩き矢負ひ」と相俟って、貴人としても若武者の姿（一介の平凡な若者ではなくて）が浮かび上ってくる。「いと物細き御腰」は、一応、ほっそりとした、引き締まった腰（若者の精悍な腰）を言っていると見ておきたい。それは、

恋忍びをする若武者の若さを形容している一句となる。

「虎豹を踏御脚」に「藁沓を召された」とは、前者が日ごろの普通の状態であり、後者は、その日常とは異なったやつしの状況であって、両者対照的なのである。藁沓をはかれた状態はやや意外なる様子である。そして腰には太刀をつけ、矢を背負いながら、履き物だけは藁沓であるといった気持ちがある。浅野建二は「昔は多く葬送や送行に用いた。ここは忍び歩きのために着用」と言う。まず、下衆の供人達が、普通藁沓（わらじ、又は藁で編んだ深沓）を使用している。例えば『物具装束抄』（応永十九年〈一四一二〉書写）によると、貴人の従者のおきまりは、

車副事、……藁沓。小舎人童事、……水干、袴、藁沓。居飼事、……水干、紺袴、藁沓。

である。『文正草子』で、常陸へ、旅の商人となって下ってゆく天下の中将殿は、「藁沓直垂を召して、御身をやつし給」うたし、『宇治拾遺物語』・巻十五・第一話では、皇太子が忍んで旅に出るのに「下種の狩衣、袴を着給うて、藁沓をはきて」とあった。説経浄瑠璃『尾州成海笠寺観音之本地』でも、高貴な若者が「いやしきしづが身をまなひ、糸のわらんず竹のつへ、すげのおがさでかほかくし」恋の道に迷い出たと語るが、この「糸のわらんず」も忍びのやつしの姿を物語っているわけである。続いて、貴人の遠出や歩行のために藁沓が用いられた例として、

東大寺別当、為拝堂下向、南部歩行ニテ、藁沓ハキテ、被具小法師二人　（古事談・巻三・僧行・永観律師）

保安五二十、両院雪見御幸、新院御烏帽子直衣、出衣、藁深沓有華旋　（飾抄・中巻）

などを引くことができる。この243番の恋の忍びの若武者も、おきまりどおり藁沓をはいて、賤が柴垣に寄ったのである。

前半で、その風采が説明された若武者が、目標の家敷の柴垣に忍び寄る場面が後半である。前半は、ずいぶん説明的な叙述であるが、後半にむしろ歌謡としてのおもしろさがかかっていると言えよう。「くゞれば」の部分について、「鷺保教狂言伝書に〈挑《ククレ》ハ〉とある。彰考館本もその意に解している。〈挑《クク》る〉は挑達の義で、軽くはねおど

るさま。しばらく和泉流『小舞謡』に従って〈潜れば〉とする」（研究大成）とされている。挑達の意はやはり採用しにくいが（ただし、後に引用する『万葉集』などで、葦垣を越える歌があるので一応考慮する必要はあるが）、「潜る」の字を用いるのも不明瞭に思われる。室町期通俗辞書類がほとんど「潜」を「ククル」又は「クグル」として掲げているが、それとは別に「抖る」を加えていることに注意せられる。すなわち、次の如くである。

「抖藪《クヽル》」（枳園本節用集・言語）
「抖藪《クヾル》」（饅頭屋本節用集・雑）
「匍穴《クヽル》抖墻」（温故知新書・態芸門）

柴垣の柴を、上に押し上げながらすり抜けること、あるいは振るい挙げてすり抜けるさまであって、この「トウ」の音の「抖」を用いることが、もっともその当時のその場面の解として適当かと思われる。なお『夫木和歌抄』・巻七・信実の歌にも、

②かどさせる卯花がきをわがためとくゞり入りても夏は来にけり

を見る。

「似非者《えせもの》」は、すでに、大系『中世近世歌謡集』頭注や、『研究大成』で述べられているように、柴垣に対して罵倒している声であって、例えば、すでに掲げられているように、

③おちよぼ忍ぶに六つの苫が候、まづ一番に雨に霰に夜露に柴垣、のうさて犬のあた吠え、それ月はなほ、月はのうさて　月はえせもの　（三味線組歌・端手・下総ほそり）

などの用法と同じく、障害になるもの、邪魔になるものといった意味を含んで用いられていると見てよかろう。

以上、大略の考察を試みた。前半のいかめしい様子と、後半の忍びの様とを合わせみると、やや滑稽なおかしみが出てくると見てよかろう。

こうして見ると、言うまでもなく、遡って『万葉集』に、葦垣を越える歌、葦垣越しに見染める歌がいくつかあることがわかる。今、五首の歌を並べる。

④葦垣の末かき別けて君越ゆと人にな告げそ言はたな知れ　（三二七九）

⑤春されば卯の花くたしわが越えし妹が垣間は荒れにけるかも　（一八九九）

⑥蘆垣の隈処に立ちて吾妹子が袖もしほほに泣きしそ思はゆ　（四三五七）

⑦花ぐはし葦垣越しにただ一目相見し児ゆゑ千遍嘆きつ　（二五六五）

⑧人間守り葦垣越しに吾妹子を相見しからに言そさだ多き　（二五七六）

すでに、『万葉集』のこれらの葦垣を、忍ぶ恋の情意に関わる語の一つとして、それらの歌の文学性を論じた考察もなされているが（賀古明『万葉集新論』）、『万葉集』において、「垣」なるものが、重要な恋の或る情況の象徴語として浮かび上がることはたしかであろう。その伝統はこの小歌の「柴垣」にも流れている。

続いて、「垣」の持ち出し方の技巧にはいろいろあるが、例えば、

⑨葦垣のま近き程に住む人のいつか隔てぬ中となるべき　（六百番歌合・恋五・二十四番・中宮権太夫）

⑩芦垣のま近きかひもなかりけり心かよはぬ中のへだては　（続古今和歌集・巻十二・恋二・今上御歌）

などのパターンも、和歌の上で踏襲せられてゆく。和歌・連歌では、「井垣とアラバ、……さゆる……。蘆垣とアラバ、……まちかき、かきわけて、……。垣とアラバ、……へたつる、かこふ、……。」（連珠合璧集）とされ、俳諧の付け合いにも流れて、「垣。……思ふ中、……したしき中、……」（毛吹草、世話尽）などを見る。

こういった「垣」の歌謡や和歌を周辺に置いて、さらに近く、次の歌謡を添える必要がある。

⑪・《小》生《な》らぬあだ花　真白《まつしろ》に見えて　憂《う》き中垣《がき》の夕顔《ゆふがほ》や　（閑吟集・67・〔三十四〕夕顔参照）

⑫山から下る小山伏　腰に螺《ほらのかひ》　手には数珠　御客僧受け給ふ　柴垣越しに物言はう　（鷺保教狂言伝書・小舞）

⑬とても立つ名が止まばこそ　こちへ寄らいの　柴垣ごしに物言はう　小原木〳〵黒木召さいの
（天理図書館蔵・おどり・小原木。松の葉・巻一・琉球組にも）

⑭君と我が中柴垣越よ　人に性《さが》なや結ひ立つる　此身は自棄《やけ》よ逢はねばならぬ　たとへ淵瀬に沈むとも
（当世小歌揃）

中世末期から、歌謡ではしだいに「葦垣」にかわって、「柴垣」の語句がより好まれるようになるが、この243番は、その兆候をもう見せているようにも見うけられるのであり、やがて、次の如き、中世末期〜近世初期風流踊歌に流れ込む雰囲気をもそこにみとめることができるわけである。

⑮是のおせどに切戸がござる　ほうがもくゞる　ゑびすもくゞる　しのびのとのごはなおくゞる
（大阪・枚方市・貞享二年〈一六八五〉書写・「河州三之宮大明神踊歌」・綾踊）

⑯こなたのお瀬戸のくんぐりきを見やれ　猫めもくんぐる　いたちもくんぐる　忍びの殿はなほくゞる
（兵庫・養父郡・ざんざか踊歌）

右の例からもわかるように、恋忍びの殿御が背戸の戸（柴垣と同じ意味をもつ）をくぐってやってくることを滑稽にうたう風流踊歌の類型が出来上がっているわけであり、「くくる」の語句をたしかな軸として、この中世小歌がその先駆的なものとして意識されてしかるべきであろう。

〔八十七〕　柴垣を打つ

244 小 ・嫌《いや》申《（まうす）》やは　たゞ〳〵打《う》て　柴垣《〈しばがき〉》に押《を》し寄《よ》せて　その夜は夜《よ》もすがら　現《うつゝ》なや

【口語訳】 どうしていやなどと言いましょう。ただもうひたすら柴垣のもとに寄って打って合図してくださいな、その夜は一晩中、わたしも正気の沙汰ではありません。

【考説】 柴垣を打って胸中を明かす。

《たゞ〳〵打て》 「ただ」（副詞）の小歌の一つ。ひたすらに。深く気持ちを込める室町小歌の副詞「ただ」。擬音語として「たゞ〳〵」、の解もできる。打つ音。

《現なや》 正気ではない。「打つゝ」から「うつゝなや」。

『梁塵秘抄』巻第二・神社歌・稲荷。

①稲荷山《いなりやま》三つの玉垣《たまがき》打ち敲《たゝ》き 我《わ》が願言《ねぎごと》ぞ神も応《こた》へよ

これは『後拾遺和歌集』巻二十・神祇にある次の和歌を今様にしたものである。

いなりによみてたてまつりける

②稲荷山瑞《みづ》の玉垣うちたたき 我が願言《ねぎごと》を神もこたへよ 恵慶法師

ただし『恵慶法師集』には「いなりに歌よみてたてまつるときゝて、しものやしろに」として、第一句、「いなりのや」。

稲荷神社に、恋の願いごとをしている。稲荷の神々は、恋愛の成就を聴きとどけてくれることでも、信仰をあつめてきたことがわかる。この今様にこそ垣をたたくという行為の本来の意味を読みとることができる。つまり、諸願成就を願うために神社の玉垣をたたいて、神霊にうったえたのである。ひじょうに呪的な行為をうたっていることになる。そこでこの244番にもどると、243番が、恋の忍びの貴公子をうたっているのに対して、244番は次のような解釈が可能のように思われる。まず口語訳に示したように、屋内にいる女の科白として解釈するのである。つまり柴垣を打ち続ける男に対して、それを受け入れる気持ちをうたっているのである。「その夜は」とあるから、あるいは二人には逢う約束がすでに出来ていて、その夜の柴垣を打つ行為と音を、心ときめかせて待っている女の歌と見ておくことができる。どうしてあなたの恋の忍びを嫌《いや》などと言いましょうか、と言っている。玉垣の内の神とその神へはげしく祈願する人間に対して、ここは、屋内に居る女と、忍び寄って柴垣を打つ男の関係である。神への願いごとの行為、さらに恋の相手への来訪の合図、この二つの段階のすべてを含めて、「柴垣を打つ」ことは、室町時代にまだ行われていた原始的心性にともなう奇習である。

『宗安小歌集』九四番では、

③あなたのこなたの　そなたのこちの　あらうつつなや　柴垣に押し寄せて　うつつなの衆

と歌っている。『閑吟集』244番から少し変化したうたい方であるが、このあと近世期には「柴垣越しに物言はう」の小歌が流行してゆく。

④とても立つ名が止まばこそ　こちへ寄らいの柴垣越に物言はう　小原木〱　黒木召さいの

（天理図書館蔵・おどり・小原木。松の葉・巻一・琉球組にも）

⑤京カラ下ル山法師……袖ニコヒノタマヅサ　御客僧受ケ立給フ　柴垣越ニセウエ

（佐賀県・船の原・神子踊・本田安次・『語り物・風流二』）

⑥君と我が仲柴垣越よ　人はさかなや結《（結い・言う）》び立つる

（当世小歌揃・当世かがふし）

「垣」は、恋の歌謡・和歌などで、男女相逢う場となるが、象徴的に二人を隔てている障害物としてうたい込まれる場合も多い。歌謡史における柴垣（垣）の意味とその歌謡の展開の上で、この小歌は踏まえておくべき素材となる。

「柴垣」は、もと神の居ます聖域と、俗界とを切り離す境界の意味をもった。そのことは背景として当然言える。ただしこの244番は、難解歌の一つである。具体的な把握がむつかしい。一応このように見ておきたいということである。

「柴垣を打つ」ことについて、馬場光子『今様のこころとことば―『梁塵秘抄』の世界―』（昭和六十二年）に所収されている論文がある。「室町小歌〈柴垣〉」と名付け、近世期の柴垣踊や柴垣歌への展開に注目し、この小歌の意味・背景に及んでいる。

〔八十八〕　縹の帯

245・小　薄《うす》の契《ちぎり》や　縹《はなだ》の帯《おび》の　たゞ片結《かたむす》び

【口語訳】

はかない契りでした。縹の帯の、ただ片結びのような。

【考説】　洗練の美の世界。ただ片結びのはかなさ。

《縹の帯》　縹色の帯。縹、薄い藍色。露草の花で染める。花田の帯とも書かれた。「あの澄みきつた空色ではなく、藍を薄めていささか紫を加へたやうな濁つた青であり、直射日光にあたると褪め易い」（塚本邦雄『君が愛せし・鑑賞古典歌謡』昭和五十二年）。「縹色《ハナダイロ》」（天正十七年本・運歩色葉集）。「縹ハナタ」（温故知新書・光彩門）。

①石川の　高麗人《こまうど》　帯を取られて　からき悔《くい》する
いかなる　いかなる帯ぞ　縹《はなだ》の帯の　中はたいれなるか
かやるか　あやるか　中はたいれたるか
（催馬楽・石川・全集）

②石河やあだに契りや結び置きし　はなだの帯の移り易さは
（続後拾遺集・巻十三・恋三・後鳥羽院下野）

③またある人は　はなた帯のちきりもあへす　二人のそは〻《（ママ）》人もあり　一日へんしのるすたにも　つれつれつらきものなるに……
（室町時代物語・子やす物語・大成第五）

④紺屋の娘の花田の帯　結び下げたよ花田の帯
（阿蘇宮の田歌・本田安次『日本古謡集』）

「はなだ」は色があせやすいものとして扱われる。はかない恋、長続きしない男女の恋を象徴するものとして見えている。それは「片思い」にも通じる。

「何と儚く、うるはしく、悲しい歌であろう」と書き出して、塚本邦雄は、『閑吟集』の傑作としている。前掲書において「修辞の上でも大胆な省略と微妙な暗示が、「縹」を核として前後に響き合ひ、薄明の花のやうに匂ひ立つ。閑吟集切つての秀歌であり、なまじ詰らぬ旋律などつけて歌つてもらはぬ方がよい。この集三百余首中、ただ一首採れと言はれたら、私はためらはず、この「薄の契り」を選ぶ。閑吟集を初めて繙いたその昔の日、まづ第一に心に残つたのはこの花色であつた。今もその印象は、いささかも薄れてはゐない」。

当歌については、植木朝子の考証がある（『中世小歌　愛の諸相』・第一部、中世小歌を読む・第十二章・縹の帯―催馬楽・和歌・小歌―）。催馬楽「石川」に見える「縹の帯」、中古中世における「はなだの帯」をうたう三十三例の和歌、和歌に見える「かたむすび」、と調査・考証を展開して、この245番の意味の地盤を固めている。縹の色、片結び、そして解けやすいことを強調する効果をもった副詞「ただ」をさらに添加して、契りの薄さ・はかなさを印象づけた。「縹の帯」は催馬楽に出る。当歌はそれを直接取り上げて、関わりをもつ小歌ではなく、はかない、色あせやすい象徴としてうたわれるようになったのは、和歌の世界からの影響なのであろうとする。

246・神は偽《いつわり》ましまさじ　人やもしも空色《そらいろ》の　縹《はなだ》に染《そめ》し常陸《ひたち》帯《おび》の　契《ちぎり》かけたりや　構《かま》へて守《まも》り給へや　たゞ頼《たの》め　かけまくも〳〵　かたじけなしや此《この》神の　恵《めぐ》みも鹿《か》島《しま》野の　草葉《くさば》に置《を》ける露の間《ま》も　惜《お》しめたゞ恋の身の　命《いのち》のありてこそ　同《おな》じ世を望《たの》むしるしなれ

【口語訳】

神に偽りはありますまい。人はひょっとしたら偽言を言うかも知れないとお疑いになるかも知れませんが、けっしてそんなことはなく、空色の縹染めの常陸帯を奉納してお祈りいたしておりますので、どうかお守り下さい。あゝただひたすらにお頼み申しましょう。ひたすらにこの神の恵みをたのみ、人は鹿島野の草葉の露のようにはかないものではありますが、恋するその身を大切にいたしましょう。命があってこそ夫婦ともに世にあることを頼むかいもあるもの。

【考説】　肩書「なし」。鹿島明神の加護。常陸帯。恋の成就。

《神は偽ましまさじ　人やもしも空色の》まず、神（鹿島明神）に偽《いつわり》はありますまいが、人が常陸帯の神事（卜占）を行い祈願を込めた上はどうかお守り下さい。神に誓約を求め迫っている。「人やもしも空色の」は、人はひょっとしてそら言（いつわり）を言うかもしれないけれども、と挿入して、神はそんなことはなく真実を伝えて下さるものであることを強調しているのである。「空」に、偽言の「そら」をかける。

清水の御本尊さえ　うそをつかせたもうなり　当代の人間もうそをつき世を渡り候えや（説経浄瑠璃・信徳丸）

《常陸帯》　昔、正月十四日に常陸の鹿島明神で行われた、男女の縁を占う神事。帯に意中の人の名を書いて、神前に供え、神主がその恋の縁《えにし》を占う。「祭年有七十五年度中有常陸帯祭、其曰書記男女名於布帯。置神前、社人取授之、相見以定婚姻」（和漢三才図会・巻六十六・常陸）。

⑤あづまぢの道の果なる常陸帯　かごとばかりも逢はんとぞ思ふ　（古今和歌六帖・五・おび）

出典は謡曲『常陸帯』（謡曲叢書）。

⑥神は偽りましまさじ　人やもしも空色の　花田に染める常陸帯の　契りかけたりや　かまひて守り給へや　唯頼めかけまくも　〱　かたじけなしや此神の　恵みも鹿島野の　草葉に置ける露の身も惜しめたゞ恋の身の命のありてこそ　同じ世を頼むしるしなれ

この謡曲の中に「花田の帯」の語は、四回出る。常陸帯は花田色に染める。縹色の印象深い曲。しかも常陸の神事は、男女の恋の成就を鹿島明神神前で願い占う神事であるので、前歌245番の「縹の帯」の、忌むべき「たゞ片結び」の、はかない、成就することのない状態を祓い、好ましい方向に持ってゆく呪的な祈りの意味を、この配列の上に、暗に込めているとしてよい。245番の内容に対して、この246番自体が、すぐさま効果をもたらす呪歌となって、神祓の作用をもって、配置されている。ここも歌謡文芸の連鎖編集の上でこのように見ておいてよいと思われる。神は「たゞ頼め」と祈る人々に偽りをなさることはないのである。

245番の〈はなだの帯の片結び〉で象徴され暗示されていた、はかない〈恋の成りゆき〉は、この246番を置くことによって、つまり〈神の加護があって〉、恋の身をいとおしむ世になってゆくのである。

〔八十九〕　雪・犬飼星

248・小　水に降《ふ》る雪　白《しろ(う)》ふは言《い》はじ　消《き》え消《き》ゆるとも

【口語訳】　私の恋は水に降る雪。あからさまにその人の名を言うまい。たとえまたたくまに消えはててしまうようなことになろうとも。

【考説】　雪の小歌。

《水に降る雪》

①たゞうとましきものの　哀れ理なきを尋ぬるに　稲妻陽炎　水の上に降る雪　それよりもなほあたなるは女のこゝろなりけるや　（義経記・巻六・大系）

②水の面に降る白雪のかたもなく消えやしなまし人のつらさに　（金葉和歌集・巻八・恋下・藤原成道）

《白ふは》　はっきりと。明白に。↓35番「しら〴〵と言ふまじ」と同じ。

当歌の「白ふは言はじ」の句は、35番「しら〴〵と言ふまじ」と連鎖する。当歌も35番も、ひたむきな（おそらくは身分の低い）女の決意。『宗安小歌集』では、

③我が恋は　水に燃えたつ蛍　蛍　物言はで　笑止の蛍（『閑吟集』59番と同歌。〔三十〕蛍と蟬、参照）　（六九）

④我が恋は水に降る雪　白うは言はじ　消ゆるとも　（七〇）

このように類型的なうたい出しの「我が恋は」小歌となっている。『閑吟集』と『宗安小歌集』の違いがよく見える。

閑吟集		水に降る雪	白ふは言はじ	消え消ゆるとも
宗安小歌集	我が恋は	水に降る雪	白うは言はじ	消ゆるとも

水に降る雪のようにはかないこの恋、胸中深く込めて、明白には言うまい。たとえこのまま消えはててしまおうとも。水に降る雪は、電光朝露と同様、空《むな》しい。自分との恋が相手になんらかの迷惑をかけることになるかもしれないと懸念する、前述の如く身分の低い女の決意かもしれない。35番にも近く、「思《おも》へど思《おも》はぬ振《ふ》りをして　しやつとしておりやるこそ　底《そこ》は深《ふか》けれ」（87番）の気構えにも流れ合うところがある。『宗安小歌集』には、右に掲げたようにこの248番が「我が恋は水に降る雪　白うは言はじ　消ゆるとも」の形で見えるから、『閑吟集』の場合は、「我が恋は」がないうたい方になる。時代が下って『宗安』になってはっきりと〝我が恋は〟シリーズの一つになった。『宗安』では説明的となり、型の中でうたう流行歌謡になっているとともに、『閑吟集』における結びの句の情感の強さが消されている、と言えよう。ともかく、『閑吟集』の文芸としては、省略の潔《いさぎよ》さをもって、降りしきる雪の風景の中に、刹那を生きる室町人の恋歌のスタイルをはっきりと見せているのである。

249・小　降《ふ》れ〳〵雪よ　宵《よひ》に通《かよ》ひし道《みち》の見《み》ゆるに

【口語訳】
もっと降れ雪よ。宵にあの人が通ってきた道の足跡を隠すぐらいに。

【考説】　雪への唱え言をもとに、恋の小歌ができた。

《降れ〳〵雪よ》「降れ」を繰り返すリズムは、すでに新大系の脚注他で述べた如く、わらべうたである。

⑤降れ降れこゆき（といはけなき御けはひにておほせらる、聞こゆる）　（讃岐典侍日記・三十五段）
⑥ふれふれこゆきたんばのこゆき　（徒然草・百八十一段）
⑦ふれ〳〵粉雪　墻や木のまたにたまれ粉雪　（世話重宝記・序文）

「ふれふれこんこ」（岐阜）、「降る降る雪が」（同）、「雪よふれふれ」（兵庫・奈良）など。
この流れとしては、次の俗謡が、環境のちがいはあると思われるが、意味の上で近い。

○主を返したその足跡を　どうぞかくして今朝の雪（『庄内俚謡集』・昭和十一年）

足跡への心づかいでは、210番の「板橋の霜」の歌と通ずるところもある。なお背景にある雪への唱言《となえごと》、右に、わらべうたと言ったが、このわらべうたの常套句は、本来は「雪」に対しての呪言（呪術的な唱言）だと見るべきであろう。雪よもっと降れ、と命令形で呼びかけている。もちろん「雪」は豊年の吉兆であるから。

「降れ〳〵雪よ」は、雪に呼びかけて、さらに沢山の雪を降らせるための唱言で、子供達が生活・遊びの中で管理した伝承である。唱言は原始的心性を引き摺り、呪的効果を現実のものとする力があった。改めて言うまでもないが、『讃岐典侍日記』三十五段に、幼少鳥羽天皇が早朝の雪を見て、「降れ降れこゆき」と仰せられたというのが（天仁元年〈一一〇八〉正月）、この系統のもっともはやい記録である。どちらかと言うと、「降れ降れこゆき」の方が古風で、近世後期にはしだいに、「雪こんこんよ、霰こんこんよ」（諺苑）、「雪やこんこ霰やこんこ」（各地）などの形になっていった。子ども達の唱言が、恋の唱言となって、小歌を印象的なものにしている。吾郷寅之進・真鍋昌弘『わらべうた』（昭和五十一年）の「雪の歌その他」に、天体気象のわらべうたとして詳しく述べた。

250 大・夢通《かよ》ふ道さへ絶《たえ》ぬ呉竹の　伏《ふし》見の里の雪の下折《したおれ》と　詠《よ》みしも風雅《ふうが》の道《みち》ぞかし　げに面白《おもしろ》や

割《わ》り竹の　割《わ》り竹の簓《さゝら》ならば　夢《ゆめ》の通路《かよひぢ》　絶《た》えなまし　千秋万歳《せんしうばんぜひ》の栄華《ゑいぐわ》も　破竹の内《うち》のたのしみぞ　あぢきなの憂世《うきよ》や　夢《ゆめ》さへ見果《は》てざりけり

右は雪の歌の三首目で、謡曲『留春』（廃曲）の簓芸について語る部分で引用されているが出典は不明。研究大成が、本文を比較して『乱曲集』や『留春』よりも、むしろ田中允蔵『小謡集』に近いと述べている。この『閑吟集』肩書「大」の小歌と、小謡（小謡集）の関係は井出幸男によって考証された（『中世歌謡の史的研究 室町小歌の時代』・第二章・第三節「『閑吟集』と小謡」）。これによって謡曲本体↓小謡、その小謡化された部分から『閑吟集』肩書大の小歌へという様相が一応指摘された。

さて「千秋万歳の栄華も　破竹の内のたのしみぞ　あぢきなの憂世や　夢さへ見果てざりけり」とうたう。52番以下の「あぢきなの世や」の系統である。破竹の内のたのしみに過ぎない。ぱっと竹が割れるあの瞬間のむなしさ、はかなさである。

雪のわらべうたをふまえた前述の249番に続いて、ここに160番を取り上げておきたい。小歌と「星に時刻を尋ねるわらべうた（唱言《となえごと》）」の関係である。つまり「小歌と唱言（わらべうた）」の、日本歌謡史研究における課題があるので引く。

160 大《いぬ》・犬飼《かひ》星《ぼし》は何《なん》時候《ぞろ》ぞ　あゝ惜《お》しや惜《お》しや　惜《お》しの夜やなふ《う》

【口語訳】
犬飼星さん、いま何時なの。ああ惜しい惜しい惜しい夜だなあ。

【考説】 底本肩書「大」。他二本「小」。「小」がよい。小歌。

《犬飼星》 牽牛星のこと。彦星。「牽牛イヌカイボシ」（枳園本節用集）。「牽イヌカイホシ」（温故知新書・気）。「牽牛星《イヌカヒボシ》北方之宿在天河之西」（書言字考合類大節用集）。

○イヌカイさんとタナバタさん。天から降りてきた七夕さんが水浴びをしていたが、犬をつれて畠打ちしていた犬飼さんが、その美しい衣を隠してしまう ↓ 天人女房系昔話（『綜合日本民俗語彙』）。

○「星トアラバ、……犬かい」（連珠合璧集）。「星さんいくつ　ようたらしらな」（和歌山）。「星さん星さんいくつ十三七つ」（岡山）。

《惜しや》 時間の過ぎてゆくのが惜しい、の意味。恋人を待つ女のつぶやきと見ておくのがよい。やって来る恋人を待つのであるから、「犬飼星」、つまり〈牽牛星〉を出しているのである。〈織女星〉を出していない。うたっているのは織女星の立場の女。

「犬飼星は何時候ぞ」には、天空の犬飼星の位置で、いまの時刻を知ろうとする意図がうたわれているとともに、犬飼星に、暗に恋人―相手の男をにおわせていると見ることができよう。

◇犬飼星さん今何時

『研究大成』に「『三体詩』宮詞二首と題する王建の作」（「天子の寵愛を得ない一宮女がその悩みに堪えかねて、蛍を撲《う》って憂いを除き、一人臥して牽牛星織女星の逢うを羨んだことをうたう詩」）を引用。その詩想の翻訳ではないかとした説がある。ただし牽牛・織女両星をとりあげる詩想は、それのみではなかろうと思われるので直接的に結び合わせる必要はない。また『研究大成』は、民謡「宵の明星さん、夜明けと思うて、殿を帰して今悔し」（佐渡盆踊歌『佐渡の民謡』）にもかよう小歌と解した。ただし民謡の発想を例証として出すのであれば、より適切で、さらにこの160番を解明する上で参考とすべきは、やはり、犬飼星に時刻をたずねる「子供うた」の伝承であろう。

底本では肩書「大」。誤であろう。他二本の如く肩書「小」がよい。犬飼星さん、今何時ごろなの。ああ時の過ぎてゆくのが惜しい、惜しいことだよ、といったところか。いつまでも明けないでいてほしい逢瀬の夜、時間の過ぎゆくのを気遣っているのか。あるいは、待ち惚けて時間がどんどん過ぎてゆくときの女の心情か。160番の前に配置されている159番は、謡曲『野宮』の一節で、里の女、実は六条御息所の亡霊が、恨みがましく心中を吐露、この仮の世とあの世との間を、こうして行ったり来たりして迷うとは、自分ながら恨めしいことだ、と述べるものである。ゆえに事ここに至っても、光源氏との逢瀬を思う御息所の気持ちを受けていると解釈できないこともないが、特にその物語で色付けてしまう必要もまたない。

「犬飼星は何時候ぞ」は、当時の子供達が口にした唱言《となえごと》であろう。月に〈お月さまいくつ〉と問い掛けるのも参考になる。〈郵便屋さん、いま何時〉で始まる縄飛び遊び歌も、明治時代以後広くうたわれてきた。こうした幾つとか何時とか、問い掛け、呼び掛けるのは、伝承童謡の本質的な発想の一つでもあった。「犬飼星は」の「は」は、「犬飼星」を指定し、それに意識を集中させている助詞。星に向かって「星さんいくつ」と唱えている例は、和歌山・富山地方にも指摘できる。

⑧星さん星さん、いくつ　十三七つ　嫁とって進上　嫁やまだ早いや　（富山）
⑨星さんいくつ　ようたらしら（ママ）な　（和歌山）

当時の子どもたちが星を見上げて口ぐせに呼びかけた唱言。広く見て「星に呼びかけ、星を見あげて、うたうわらべうた」を取り入れた小歌としてよかろう。室町時代において、これはおもしろい。当時の〝犬飼星に時刻をたずねる慣用的な唱言の類型〟をもってきて、恋歌の発想に利用したのである。160番の評釈において言うべきことは、まずこれなのである。

〔九十〕 大舎人の孫三郎

254 放
・おほとのへの孫《〈まご〉》三郎が 織手《〈おりて〉》を留《と》めたる織衣《〈をりごろも〉》 牡丹唐草獅子《〈ぼたんからくさしゝ〉》や象《〈ざう〉》の 雪降《ふ》り竹の籬《〈まがき〉》の
桔梗《〈ききやう〉》と 移《うつ》れば変《かは》る白菊《〈しらぎく〉》の おおとのへの竹《〈たけ〉》の下裏《〈した〉うら》吹《〈ふく〉》風もなつかし 鎖《さ》すやうで鎖《さゝ》ぬ
折木戸《おりきど》 など待人《〈まつ〉》の来《こ》ざるらむ

【口語訳】
大舎人の孫三郎が技《わざ》の粋《すい》をつくして織った織衣の紋様は、牡丹、唐草、獅子、象、雪ふり竹、籬の桔梗、続く模様は白菊、さて、その他の色移ろう白菊ではないが、あの人の心も移ろいやすいこと。大舎人にある竹の裏葉を鳴らして吹く風も、あの方が来ませる前兆かと思うとなつかしく、折木戸を鎖《とざ》そうと思いながらも鎖さないで待ち明かしましたが、どうしてあの方は来てくれないのでしょう。

【考説】 肩書「放」。放下歌謡の一つとして伝承されていた歌が取り入れられた。「雪降り竹」で、雪の連鎖となる。《おほとのへ》 大舎人。「大舎人部《おおとねりべ》」の略。古代の織部司の後身で、後の西陣織の源流。「大舎人綾《ヲウトノヘアヤ》」（伝経覚筆本庭訓往来・四月返）。地名として残った。
○火ヲ消ス者更ニナク、下ハ二条、上ハ御霊辻子 西ハ大舎人、東ハ室町ヲ彊《カキリ》テ百町余、公家武家、大小人家凡三

万余、皆灰燼トナツテ今ニ郊原トナリ竟ンヌ　（金沢市立図書館・聖藩文庫蔵・応仁記）

○中京大焼之事。下ハ二条　上ハ御霊ノ辻　西ハ大舎人、東ハ室町ヲカギツテ百町余、公家武家大小人家三万余宇
皆灰燼トナツテ今ニ郊原トナリ畢ンヌ　（宮内庁書陵部本・応仁記・室町時代末期書写・古典文庫）

『応仁記』巻第二・焼亡之事の条に、

同六月八日ノ午ノ刻計リニ。中ノ御門。猪熊ノ一色五郎館ニ乱防人火ヲカケ。又近衛ノ町ノ吉田神主ノ宅ヲ物取共ガ。火ヲ放ツト同時ニ。火ヲ上ル所九ケ所。折節南風吹。下ハ二條。上ハ御霊辻。西ハ大舎人。東ハ室町ヲサカヒ百町余リ公家武家ノ家三万余宇。皆灰燼ト成。郊原ト成畢。　（群書類従・合戦）

とあり、「大舎人」は大舎人《おほとのへ》（大舎人部の略）の職人が住んでいた区域の名前、つまり地名。

西陣について、『都名所図会』巻一、平安城首「明徳の頃、山名・細川の両執権、洛中において数度合戦ありし時、堀川の西、一条より北に屯するを西陣といひ、堀川より東を東陣といふとぞ。委しきは『応仁記』に見えたり」。

《孫三郎》　北川忠彦は『集成』頭注で、『高野山文書』の次の例を示した。「文安六年に高野山天野社の舞童装束の注文を受けた人物として、「織物士在所・大舎人之内、大内坊西頬《つら》右馬孫三郎経信」という名が見える」とした。織職人の名人。謡曲『孫三郎』（江戸時代の作品。別名「織殿」。『未刊謡曲集』十四）に次のようにある。

ワキ「是は洛陽西亭《ニシヂン》のかたはらに居住する孫三郎と申者にて候
①織殿やの孫三郎が、織手をこめし織衣　牡丹からくさ獅子や竜　〱

ワキは洛陽西亭のかたはらに住居する孫三郎。シテは祇園に住む貧しい機織の女。①はその機織女がうたう機織歌。その名人孫三郎をうたう。その歌は「此ごろ都田舎にて　貴賤老若謡ふ歌　耳にふれつゝ覚えたり」と言っている。

《牡丹唐草》　以下織物の紋様。豪華、はなやか。

《雪降り竹の籬の桔梗》　竹の籬に雪が降っていて、そこに桔梗が咲いている図柄。

②シンがせの六郎大夫さん　さしたる刀の目貫　獅子に牡丹　竹に虎　あるいは鯉の目貫

（紀州の田植歌・『紀州文化研究』第2巻3号）

③しゝにぼたんのはいだて

（説経浄瑠璃・しだの小太郎・正本集・三）

④織殿への孫三郎が　織手をこめたる織絹　牡丹唐草獅子や象龍　雪折竹の籬の桔梗につれ　しかも赤白菊　祇園殿への竹の下　うら吹風も懐し　閉すやうでささぬから木戸　なじよ待つ人は御座らぬ　待つ人は来まいげにそよ　いざさら門を鎖さうよ

《鎖すやうで鎖さぬ……》『落葉集』第一巻「古来十六番舞之唱歌」第一三番「織殿へ」では、次のように、少しく変化を見ながら伝承している。

『尤の草紙』に「さすやうでさゝぬは　人まつ宵の裏木戸、さゝぬやうでさすは、又思ふが中の盃」とある。

室町時代後期、京の織手名人、孫三郎をうたう。はなやかで豪華なその織物は、京童の評判となり、あこがれとなったのであろう。放下の祝言歌謡である。

〔九十一〕　堅田の網漁

256。小　人の心と堅田《かた》の網《〈あみ〉》とは　夜《よる》こそ引きよけれ　夜《よる》こそよけれ　昼《ひる》は人目の繁《しげ》ければ

【口語訳】

思う人の心と堅田の網とは、夜こそ引きよいものだ、ほんとうに。昼は人目が繁くて、目立つものだから。

【考説】　民謡の類型を予感させる。

《堅田》　滋賀県・滋賀郡堅田町（現・大津市）。琵琶湖西岸。「堅田浦。有真之北《坂本之北》」（和漢三才図会）。

①義朝は　堅田より御船にめされ　むかひの地へときこえければ……その後庄司しづかにあゆみ……知人をたのみ
　一葉舟に竿さし　朝妻の浜に上り　（幸若舞曲・伊吹）

②堅田船頭を夫《つま》にはいやよ　月に二十日は沖に住む　（山家鳥虫歌・近江・一八五）

　堅田は琵琶湖の中でも、特によい漁場であった。

③堅田の浦に曳網の　夜こそは引きよけれ　昼は人目の繁ければ　（古謡・水汲地主共）

④三輪の神かやよる〳〵かよふ　ひるは人目のしげければ　人目のひるは　昼は人目のしげければ　（当世小歌揃）

⑤ひとめしんきや　しんきや　人めが　人目がしぎよけりや　あわぬもしぎよい　（高知県香美郡〈現・香南市〉手結・ツンツクツン踊歌）

⑥梓弓引けばもとすゑわが方に　よるこそまされ恋の心は　（古今和歌集・巻十二・恋二・はるみちのつらき）

《夜こそ引きよけれ》
「よる」に「寄る」と「夜」を掛ける。人目の「目」は「網」の縁語。「引く」は「心を引く」の意と「網を引く」をかける。

　堅田の網をここにもち出したことについて、人目を恐れて夜網を引くというのであろう。

　堅田は、中世に置いては、堅田衆が漁業権を握っていたので、自然と周辺漁民は夜の密漁を行っていた。『大津市史』中世編（昭和五十四年）によると、堅田住人は権力をもとにしてわがもの顔に堅田を支配した、とある。

◇人の心と堅田の網は　近世近代民謡の胎動

近世期民謡に、この小歌と同類型で歌うものも多い。日本民謡史という観点で、256番は中世期における有益な事例となる。

⑦わしの心と雄松の浜は　ほかに木はない松ばかり　（滋賀県・滋賀郡・地曳網歌・『滋賀県の民謡』）
⑧わしの心と垂土《たれど》の浜《はま》は　こいしこいしで果《はて》がない　（八丈島ショメ節・『伊豆七島歌謡集』）
⑨わしの心と護神《ごしん》の門《かど》は　ほかにきはないまつばかり　（同）
⑩わしの心と七間堤　ほかにきはないまつばかり　（愛知県・中嶋郡起町・機織歌・『愛知県地方の古歌謡』）
⑪わしの心と御《み》代《よ》嶋《しま》山は　ほかにきはないまつばかり　（愛媛県・新居浜地方・雑謡・『愛媛民謡集』）
⑫人の心と濁った川は　底が見えぬでおそろしや　（和歌山県・海草郡・機織歌・『和歌山県俚謡集』）
⑬人の心と浦島太郎は　開けて見られん玉手箱　（愛媛県・伊予地方・機織歌・『愛媛民謡集』）
⑭親の意見となすびの花は　千に一つもむだがない　（同）
⑮親のない子と磯辺のちどり　日さへ暮ればすごすごと　（長崎県・対馬・『対馬民謡集』）
⑯忍び夜夫と雷雨《カンダチ》あめは　さゝらざめけどのがとげぬ　（信濃の国・春唄曳唄ともにうたふ・鄙廼一曲）
⑰わしの心と伊予路の雲は　いつも晴れきる事はない　（愛媛県・『大三島の民謡』・六九三頁）
⑱昔なじみとけつまづいた石は　憎いながらも後を見る　（福岡県・『田川地方民謡集成』・七三五頁）

まず前五例では「わしの心」が、256番と同様その土地の身近な名所を引き合いに出して説明されている。最初の例は堅田とほぼ同地方に伝承したもの。256番の民謡性を見る上でも参考になる。近代、つまり明治期から昭和期にかけて、各地の民謡・風俗の蒐集に尽力した松川二郎の〈注〉『民謡をたづねて』（大正十五年）の紀行に蒐集されている民謡から採用すると、⑧⑨の八丈島の名所については「垂土の浜は神港の東十町ばかりにありて、是また好風景の地である。護身の門は、神港と八重根港のほとんど中間にある小公園で、唄にある通り小さな松林である」と書いている。⑪の愛媛県雑謡における御代嶋山については、その注に「御代島は、新居浜港の入口にあった島であるが、現在は埋立てて半島の一部となっている」とあって、御代島山として親しまれていたことがわかる。⑩に掲出した起町機織歌の七間堤も世間によくある堤の通称のようであるが、護身の門同様、松の木のゆかりの名所であったのであろう。「き」に木と気、「まつ」に松と待つを掛けているのは言うまでもない。続いて、「人の心と」の二例⑫⑬は、この256番と同一の歌い出しの型を伝えている。二句目については、「濁った川」「浦島太郎」になっていて、その土地の生活圏にある具体的名所ではない点で、「雄松の浜」「垂土の浜」や「御代嶋山」を出す歌い方とくらべて少しくずれはあるが、しかし大きく把握して、これらもともに『閑吟集』のこの歌に関連する事例とすることができる。

まずこうした近世民謡の発想表現・伝承を、中世歌謡256番の背後に置いてみることが必要である。室町時代にも「人の心と……とは」で歌う民謡の類型があって、その型で歌われた小歌なのであろう。土地の民謡歌枕をうまく利用して歌うのである。土地のにおいがあっておもしろい。

思う人の心と堅田の浦の網とは、ともに夜こそ引きよいものよ。ほんとうにね。昼は人目が繁く目立つものだから、と歌っている。堅田は語釈に書いたように滋賀県大津市。琵琶湖西岸。『連珠合璧集』に「網トアラバ、引、目にかかる、かただの浦」とある。幸若舞曲『信太』には「堅田の澳に引く網の　めごとにもろき泪かな」と語り、『藤河の記』に「来し方は堅田の浦に干す網の、目にかかりつる山の端もなし」とあるように、堅田は網漁の盛んなところ。『近江名所図屛風』（室町時代）の堅田の部分には、浮見堂の近くで網を引く漁船や、櫓を組んで四つ手網を仕掛ける有様が描かれている。この小歌の風景を見る上でとても参考になる図柄。『滋賀県漁具譜』（水産庁漁政部漁業調査）によると、網具の項に「地曳網、船曳網、流し網、四手網、小糸網」などが掲出されており、『江州堅田漁業史料』（喜多村俊夫編『アチックミユーゼアム彙報』46・昭和十七年）によると次のようにある。「堅田漁師の行ふ網漁の中、大網、小網、小糸網は最も重要なものであって、殊に大網、小網は琵琶湖においても最も大規模な網漁に属するものである」。

「夜こそ引きよけれ」とあるのは、その漁法の一つで、夜網を引くことを歌っているのである。『滋賀県の民謡』では右掲滋賀郡の地曳網歌の項に、「網曳きは、夜の一時から二時頃にかけて行なわれた」と漁の実際を伝えている。別に、「堅田は中世においては堅田衆が漁業権を握っていたので、自然漁民による密漁が行なわれていたのであろう」とする説もある。なるほど堅田あみの者・堅田猟師などと称する人々が、その漁場網場の権限などで争論の渦の中にある記事が、史料として少しくは報告されているから、こうした解釈も出てくるのである。むしろ和歌的な利用ではなくて、歌謡の歌枕、つまり生活に密着した堅田のにおいが満ちている。『山家鳥虫歌』に、次のようにある。

⑲堅田《かたゝ》船頭《せんどう》を夫《つま》にはいやよ　月に二十日《はつか》は沖に住む　（近江・一八五）

これは、堅田船頭の暮らしを、妻の側から歌っている。中世・近世を通じて、堅田は湖水の漁業や交通の根拠地で、堅田の漁師達は、湖水浦々をめぐり網漁を仕掛けながら仕事をして、めったに家に帰らないありさまであった。さらに江戸前期には、

⑳かたゝせんどうのつまにはいやよ　月に廿日はおきにすむ……　（説経浄瑠璃・尾州成海笠寺観音之本地・四段目・道行）

㉑コノサン堅田りやうしのソリヤ　ワキ妻にはいやよ　月に廿日は沖にすむイヤサン　（御船唄留・巻上・都あたり）

のように見うけられ、「堅田船頭」とも「堅田漁師」ともうたわれていた。この二種、『山家鳥虫歌』よりもはやく書き留められたので、歌謡史では、早い用例だと思われる。256番の「堅田の網」は、こうした多くの堅田漁師や堅

田船頭の仕事の中で受け継がれていたのである。彼らの中世期における生活風景を象徴する民謡であった。中世小歌の世界での、生活感の滲む歌枕である。歌謡史において、やはり触れておく必要のある小歌である。

〈注〉 真鍋「列島歌謡論—日本全国民謡集の展開—松川二郎の編著を軸に—」*

〔九十二〕　評判の美女をうたう

257 小・陸奥《みちのくに》のそめいろの宿《(しゆく)》の　千代鶴子《つるこ》が妹《おとゝ》　見目《め》も好《よ》ひ《(い)》が　形《かたち》も好《よ》いが　人だにふらざ　なを《(ほ)》
好《よ》かるらう

【口語訳】 陸奥国、そめいろ《(染色)》の宿の千代つるこの妹は、見目もかたちも美しいのだけれど、男さえ振らなければ、もっと好かろうに。

【考説】 肩書「小」。評判の美女のうわさ歌。

《そめいろの宿》 不明。「そめいろの宿の　千代鶴子が妹」として語りぐさの美女をうたう。研究大成・全集は仏典に見える蘇迷盧（須弥山の原語）から来た、空想の陸奥の地名かとする。狂言歌謡ではやはり「そめいろの宿」とうたう（和泉流天理本狂言抜書・鳴子）。「千代鶴子が妹《おとゝ》」は、狂言では「千代鶴童が妹《いもと》」とある。

《見目・形》 顔立ちと姿かたち。顔もスタイルも。

「千代鶴子が妹《おとゝ》」の「おとゝ」を、〈妹〉と見ると、「人だにふらざ」の「人」は、〈千代つるこの妹〉に言い寄る男達（若者）を指すことになる。

《ざ》「ずは」の約。……しなければ。

狂言歌謡として、
①陸奥のそめいろの宿の千代鶴童《ちよどう》が妹《いもと》　見目《みめ》もよひが形《かたち》もよひが　人だに振らざなをよかろ
（和泉流天理本狂言抜書・鳴子・新大系）

とあるので、当時小歌としてうたわれていたことが、よりはっきりする。

集成頭注で、「阿倍貞任の子、千世鶴子」とあるが、詳細は記していない。研究大成は、謡曲『善知鳥《うとう》』の、千代童を出し「奥州ゆかりのある名といえそうだ。ここはそれを遊女の名として用いている」。遊女の名前と限定するべきではない。
②田名部オシマ子音頭とる声は　夏の柳の蟬の声
（青森・盆踊歌・『青森県盆踊りと盆踊歌』）

土地の美女をうたう民謡の型は、その美女の名前を出し、逆にその美女を揶揄したり、批判したりする場合が多い。このことは、その美女の名声を落としているわけではないのである。ともかく右の用例に、この小歌と同じく、「人を振る」などのうたいかたが見えているのは注意してよい。

257番は、そめいろの宿で評判の美女「千代鶴子が妹」をうたう当時の民謡で、「人だにふらざなを好《(ほ)よ》かるらう」は、美女を揶揄し、逆に美女の気を引くことを目的とするもので、この系統（美女をうたう民謡）の常套のうたいかたである。美女千代鶴子の妹の気を引こうとする若者の下心がある。

『山家鳥虫歌』では、

③洲山おかめ女は洲山の狐　尾ふり尻ふる人をふる　（薩摩・三八三）

が同系伝承の代表として取り上げられるべきである。新大系『山家鳥虫歌』三八三番の脚注に要点を書いたので参考としていただきたい。また松原武実『南九州歌謡の研究』（平成五年）には、薩摩半島の疱瘡踊が取り上げられているが、その中に、次の歌が紹介されている。

④五代町の千亀女二十やはたちでお伊勢に参る　お伊勢のみやげにおホソ三つもろた……

藤田徳太郎『日本民謡論』に美女を歌った民謡の項が設けられているように、ここにも日本民謡史のおもしろい一面が見える。

『閑吟集』257番を一つの古型と見て、評判の美女の〝うわさ歌〟が、一つの系統をなして、このあと近世から近代へと流れている。日本歌謡史の一課題がここにもある。

また風流踊歌群の中には次のような系統もある。

⑤さき坂本が左衛門が娘　器量もよいが姿はよいが　心が邪見で大蛇となりて

（兵庫県出石郡〈現・豊岡市〉・虫生笹ばやし・坂本踊・『兵庫県の民俗芸能誌』）

⑥さい阪本のさいものが娘　めんめもよいか姿もよいが　心が高うて大蛇となりて　とらもが池の主となる

（兵庫県宍粟郡奥谷村〈現・宍粟市〉・ザンザカ踊・同）

主として手鞠歌や子守歌として伝承している「五条反橋の茶屋の娘は」ではじまる成女謡（成女数え歌。はじめづくし）系統もあるが、それらはまた別の系列として取りあつかうのがよかろう。

〔九十三〕　髪の神秘

272・小　只将一縷懸肩髪　引起塗帰宜刀盤

（ただまさに一縷の肩に懸かれる髪をもつて　引き起こすとき宜しとは）

【口語訳】

肩にかかったひとすじの髪、それを引きおこすときは、効果があらわれ、思いが叶うとか。

【考説】　難解歌。「髪」にかかわる呪的文化がここに記載された。中世歌謡を把握するための一要素。ここから275番あたりまで、髪がまつわる。

　訓読いくつかある。

○ただまさに一縷の肩に懸かれる髪をもつて、引き起こすとき宜しとは　（本書・新大系）

○ただまさに一すぢかかる肩の髪　引きたつる時よろしとは　（大系）

○ただ一縷の肩に懸かれる髪をもつて　引き起こすときよろしとは　（研究大成）

○ただ一縷の肩に懸かれる髪をもつて　引き起こすとき宜しとは　（全集）

○ただ一縷の肩に懸る髪を捋《な》でて　引き起こすに塗帰宜刃盤《とは》　（集成）

　まず、先学は『滑稽詩文』の「寄喝食」、

①昨日応レ情年少　袈裟相忘得二顔紅一　淡粧只以二掛レ肩髪一　引得雨中衰老翁

を引用して関係あるか、とする。「喝食」は禅寺で食事給仕などをする稚児。研究大成も引用するように「喝食の髪、喝食は僧になるべき児童の未得度の内をいへり」（松屋筆記・巻六十六）とあって、元結から髪を垂した髪型である。右の詩と関係させるのなら、美少年を恋愛の対象としている場面でうたっている小歌となる。北川忠彦は、後半「何と、塗帰宜、だったとは」（集成）とし、「塗帰宜」は人名とする。つまり「美童と思っていたのに、正体がわかって予想外の者であったという場面」（集成）。

《一縷》　一すじ。髪など、こまやかな一すじ。

（喝食との）逢瀬の、あるいは別れの一こまか。ただし具体的にどういう状態や姿勢なのか、明確ではない。

次に配置されている273番などを介して、274番の「髪」の歌に連絡があると思われる。つまり、273番の呪文と関連させながらこの歌をみると、髪に関する呪術・まじないの具体的な状態・身体の動き・心情をうたっている歌ではないかと思われる。黒髪が大きくクローズアップされている。もし『滑稽詩文』の本文と、「寄喝食」の題目を参考とし、それに関わる小歌として見るなら、美童（喝色）との恋の場面、ということにもなるが、ともかくまずは、「黒髪による恋の呪術」、「黒髪の呪的な心性」が関わる場面をうたっていると解釈しておきたい。

一すじの肩にかかった黒髪を引き起こすようにしたら（そういうふるまいをしたら）、効果がある（あるいは願いがかなう）と言うことだよ、の意。

夜ふけてもあの人の来訪がないとき、来そうにもないとき、あるいは別れの場面で、喝食は、あるいは美童は、肩にかかった黒髪の一縷を引きおこしてみる。〈引き起こす〉とは、髪を手で撫でて、髪を〈ゆらゆらと〉、あるいは〈ざわざわと〉さばき、ゆらせてみるのである。ゆらゆらと髪に動きをあたえて髪の呪力を発現させるのである。夜のひそかな恋の呪術であろう。だから想定の域を出ないが、少なくとも言えることは、髪の生命力・呪力が根底にあるということである。ゆえに、〈宜しとは〉とする読みが正しいのであれば、意味は、〈効果がある〉〈よい方向にゆく〉としてよい。待つ恋、送る恋、多様な場で効果があったのである。

273 小
・むらあやでこもひよこたま

またこよひもこでやあらむ（また今宵も来でやあらむ）

【口語訳】
また今夜も、あの方は来ないのでしょう。

【考説】　肩書「小」。逆さうた。呪歌。そうあってほしいと祈る時の呪法の一つ。「またこよひもこでやあらむ」を逆さにして、「むらあやでこもひよこたま」とうたうと、つまり〈来ないであろう〉が、逆さになって〈来る〉ことを約束する呪文となる。当時の男女がひそかに知っていた呪文。かれがれになった相手を引き寄せる呪文ともなる。ひそかに黄昏時、部屋の奥深くつぶやくまじない。あるいは、酒宴の席で目ざす人に向けて発せられる暗号的小歌ともなった。

文章や文字を分解したり、逆さまにしたりして歌ったり、呪具を普通のあつかい方をせず、逆さの方向に廻したり、軸を逆さまに吊り上げたりするのと同じ発想の、そうした逆さの呪法の一つ。調伏やノロイのとき、この手法をとることが多い。逆さが正常よりも、より一層特異な力を発揮することがある。

「山に入る時の魔よけ。山に入るとき、十二支の名を逆さに唱えれば魔物に遭わぬ。イ・イヌ・トリ……ウシ・ネ、のように」（青森県・津軽半島・昭和四十四年度・青森県教育委員会・津軽半島北部山村振興町村・『民俗資料緊急調査報告書』）

「廻文歌」の系譜（全書）という見方もあるが、廻文歌が言葉あそびであるに対して、これはこの歌によって、或る望ましい状況を招来しようとする、呪的おまじないの機能をもっている。

この呪歌が、黒髪を一つの呪具として、くちずさまれたのである。

恋の成就のためのまじない
- 272番　髪のちから（力）を発現させる呪術行為。
- 273番　右の呪的行為のとき唱える呪歌。

髪の毛の呪術として発展的な課題を考えてゆくのなら、『田植草紙』系歌謡における「髪」の歌のグループを取り上げてよい。つまり稲の成長を促す豊穣のための「髪」の田植歌との比較である（『中世近世歌謡の研究』*）。

すでに評釈したように、『閑吟集』には逆さ歌がもう一つある。

189 ◦小　きづかさやよせさにしざひもお

「おもひざしにさせよやさかづき」という意味であった。

274 ・小　今《いま》結《ゆ》た髪《かみ》が　はらりと解《と》けた　いか様《さま》心も　誰《た》そに解《と》けた

【口語訳】

いま結いあげた髪が、ひとりでにはらりと解けた。（不思議だねえ。）さては誰かさん（あの人）の結ぼれていた心も、（私の思いが通じて）解けたのよね。

【考説】　具体的現象（髪が自然に解ける）によって、心情的現象（相手の心・気持ち）を推量する。

《今結た髪》　結うたばかりの髪の結び目が、の意。

《はらりと》 ここでは、ほどけてこぼれ落ちるさま。

《いか様》 ほんに。いかにも。「あつまに残る源氏か雲霞のことくはせあつまり　いかさま大事も出来なん」（幸若・鎌田）

《誰そに解けた》 誰かさん（あの人）の結ぼれていた心がやっと解けた。「いか様、誰そに、心も解けた」である。「も」は、髪が解けるという現象から推量して、「心も」であろう。そのことを、髪が解けるという現象によって認知したのである。誰かさんの思いが通じて、私の心も誰かさんのおかげでとけた、ということにもなる。

◇解ける――呪的心性が波打つ――

相手の恋人を、誰かさん、とぼかして歌う。実ははっきりしている、あの人の事。

273番の「まじない」の効が奏して。274番の現象があらわれ、二人の仲がうまくゆく結果になったという。当時の呪的心性の世界―呪的観念に則った配列がうかがえる。そうした背景があって、272・273・274番の連鎖がある。編者は髪の呪術を背景としてこのように小歌を並べた。論理的である。

274番と巻頭歌1番とは、ともに（髪や紐の）結び目が自然に解けるのは、恋人（相手）が自分のことを恋しく思っている心が通じたからである、という俗信を背景として理解せねばならない。巻頭の小歌の考説でも述べた如く、巻頭小歌は、編集が完成の域に達するまでは、この274番のグループの一つとして、まとめられていたと想定する。

中世的な俗信として、『七十一番職人歌合』の、「ぬぐ沓のかさなるとてもいかゝせん　我を思はぬ人の契りは」（二十九番左・沓造もある）、判詞には「ぬぐくつのかさなれるは、妻の心あるしるしといふ故事を思てよめる歟」とあって、沓が重なっていることは、妻の乱心・浮気を物語っている、という伝えがあったのである。他の表現をするなら、沓が重なっていることは、その沓の主同士の心が結ばれている、ということなのであろう。二人の心が寄り添い、恋しているあらわれであると判断した俗信・言いぐさがあった。

272番から274番への髪を中心とする配列を見ると、次のように整理できる。

- 恋人の来訪を待つ女。
- 相手は来ない。
- 一縷の髪を逆さに引き起こすまじないをしてみる。
- 逆さ言葉の呪文を唱えてみる。
- すると今結うたばかりの髪がはらりと解けた。効果が現われた。
- これは相手と自分の恋情が通じた証拠だ。

こうした流れが想定されてくる。続く275～278番あたりまで、この髪の呪術の世界を受けて、さらに恋人を待つ小歌の群として展開する。ただし、しだいに呪的心性から遠ざかる傾向も感知できる。現実を認め諦めに変わってゆくのか、275番がこの連鎖の、一つの結びの小歌となっている。『閑吟集』のおもしろい編集であろう。

275 小 •我《わ》が待《ま》たぬ程にや　人の来《こ》ざるらう

【口語訳】

強く待つ気がなくなったからかしら。あの方が来てくださらないのは。

【考説】　我が情熱もさめてゆくので。

《らう》　らん。『田植草紙』にも、「露を払うて摘むらう寺の新茶を」「あの山中へ落ちつらう」など。

②君はすきぬめり　思はねばこそ来ざるらめ　いにしへさき〳〵さらはこそ　男に縁なき身とし恨め

③我が待たぬほどにや　人の来ざるらう　（古今目録抄・紙背今様）

④我が待たぬ故《ゆゑ》にや　人の来ざるらん　（宗安小歌集・四一）

（隆達節）

冷めてきた恋。待てども訪れない人のことを思い、自分の情熱もしだいにうすらいできていることを認めている。あの人への思いがまったく途切れてしまったわけでもないが、この恋ももう終わりに近づいていることを、女はさとっている。いまとなっては、自分の恋情の変化を確認しようとしている。隆達節がはっきりしている。

また、一面、〈待つ心〉が暗々に呪的に働いて、目に見えぬ糸で相手を自分のもとに引き寄せるという恋の魔術の意識を背景にまだ潜ませているかもしれない。

272番あたりから、この275番まで（また276番も含めて）、背後に恋の呪術が流れる。これが『閑吟集』の混沌とした中世である。『閑吟集』の中世は、原始をもまた、ちらちら覗《のぞ》かせる。

272番から、〈待つ恋〉の連鎖であると見てもよいが、ここから明確に待つ恋の〈待つ〉が見えてくる。二首だけ引いておきたい。276番・277番は当時の人々の恋情・情動と尺八の関わりを伝えている小歌であるとしてよかろう。21番と一つの群をなす小歌である。

276・小 待《ま》つと吹《ふ》けども　恨《うら》みつゝ吹《ふ》けども　篇《へん》ない物は尺《しやく》八ぢや

277・小 待《ま》てども夕《ゆふべ》の重《かさ》なるは　変《か》はり初《そむる》か　おぼつかな

「篇ない物」は、たいして役にもたたぬもの、つまらぬもの。やはり恋の呪的心性が関わる。

〔九十四〕　つぼいなう青裳

281 小 ・つぼひ(い)なう青裳《せいしやう》　つぼひ(い)なふ(う)つぼや　寝《ね》もせひ(い)で眠《ねむ》かるらふ(う)

【口語訳】
かわいいねえ、合歓木よ。かわいいねえ、ほんとうに。昨夜は十分寝もしないで、ねむたかろう。

【考説】　ねむの葉あそび。

《青裳》　ねむの葉。「合歓　ねぶりのき　かうかのき。合歓、夜合　青裳　萌葛　烏頼樹」（和漢三才図会）。「がうかトアラバ、合歓木也、ねぶの木と同也……」（連珠合璧集）。「合歓木《カウクワンボク》　睡木《ネムノ》歓或作昏　杜句云合昏尚知時也」（元和本下学集）。夜になると双葉を合わせ、朝また開く。

《つぼひなう》　→190番参照。

①昼は咲き夜は恋ひ寝《ぬ》る合歓木《ねぶ》の花　君のみ見めや戯奴《わけ》さへに見よ　（万葉集・巻八・一四六一・詞書「紀女郎の大伴宿禰家持に贈る歌二首」左注「右のものは、合歓《ねぶ》の花と茅花とを折りて攀ぢて贈れるなり」の内一首）

「一夜を共に明かしたところで、うつつなく眠い面ざしをしている相手に向かってやさしく愛撫の私語を寄せる男の歌」（文庫本『新訂閑吟集』）。一夜を共に明かしたところで、合歓の木に寄せて女に呼びかけた歌（集成）。

「青少、すなはち小童のこととも言はれる。いづれも歌は成立する。いづれも併せてむしろ、その合歓青裳こそ小童であると解した方が面白からう。」「豪放で熱血漢と寵童の組合せ」「かはいやと繰り返すのも、相手の美しさ以上に健気さをほめるのだ」（塚本邦雄『君が愛せし　鑑賞古典歌謡』）など、解釈がある。しかし「せいしやう」に、後半「寝もせひで眠かるらふ」と歌ってゆく全体からしてやはり「ねむの葉」と関わる小歌とするのが本来であろう。

この歌謡は、合歓の枝葉を見ながら、あるいは指で撫でながら口ずさむ唱え言であった。この唱え言は子供達の世界において受け継がれ、特に好まれて伝承した。つまり、唱える魔法のつぶやきである。ねむの葉をなでなでして、ねむの葉へ呼びかけるわらべことば。ただし「ねむの木」を「青裳」と置いたところに小歌として漢詩風なおもしろさを出しているのであろうか。文人の手が加わったか。281番なりの特色があろう。つまりねむの木の枝葉に指でふれながら、子供も大人も口ずさむ唱え言。

②ねんねねぶの木　朝早起《はよ》きよ　晩の日暮にやちやつと眠れ

（和歌山県・子守歌・和歌山県俚謡集・『日本庶民生活史料集成』巻二十四・民謡童謡）

この②の伝承はおもしろい。これが単独でうたわれていた段階では、まず本来は、ねむの木の葉を指で撫でるという行為をともなう唱え言として見ておくのがよかろう。そこがまず意識されるべきであろう。

280小・この歌のごとくに　人がましくも言《い》ひ立《た》つる　人は中〳〵《なかなか》我《わ》がためは　愛宕《あたご》の山臥《やまぶし》よ　知《し》らぬ事な宣《のたま》ひそ　何事も　言《い》はじや聞《き》かじ白雪の　〳〵《言はじ…》　道行《みちゆき》ぶりの薄氷《うすごほり》　白妙《しろたへ》の袖なれや　樒《しきみ》が原《はら》も降《ふ》る雪の　花《はな》をいざや摘《つ》まふ《う》よ　末《すへ》摘《つむ》花は是《これ》かや　春も又来《き》なば都には　野辺《べ》の若《わか》菜摘《つ》むべしや　〳〵《野辺の…》

これは、謡曲『樒天狗』（謡曲叢書）の一節。雪の樒が原（愛宕山の中腹）で、女が花を摘む場面。「花をいざや摘まふよ」から、この281番の「青裳」、ねむの木、ねむの葉へ連鎖している。

〔九十五〕　あまり見たさに

282・あまり見《み》たさに　そと隠《かく》れて走《はし》て来《き》た　先《（まづ）》放《はな》さひ《（い）》なう　放《はな》して物を言《い》はさいなふ《（う）》　そゞろいとう《（ほ）》しうて　何とせうぞなふ《（う）》

【口語訳】
あまりあなたに逢いたくて、そっと人目をしのんで走ってきたわ。まあともかく放して。そんなに強く抱きしめないで。まず物を言わせてちょうだい。とてもあなたがいとしくて。どうしたらよいかわからないほど。

【考説】　肩書なし。「小」の脱落。臨場感あふれる小歌。

《いとうしうて》「最愛《イトヲシイ》　寵愛《イトヲシ》」（文明本節用集）。「あまつさへ母の言ふやうは、あら最愛《いとほし》の者や、気遣ひするな」（文禄三年耶蘇会板。伊曾保物語・狼と子を持った女の事）。

《あまり……したさに》　類型的表現。235番参照。全体が女のことば。

次の『宗安小歌集』の例は、この『閑吟集』282番の部分的伝承である。「そと隠れて走《はし》て来た　まづ放さいなう　放いて物を言はさいなう」（一六四）。

①小松かき分け　清水汲みにこそ来に来たれ　今に限らうか　まづ放せ　（和泉流天理本狂言抜書・水汲新発意）

風流踊歌系では次のように歌う。

②魚釣竿にとろりとかけて　十三小女郎がおぞしめる　まず放しやれ　お放しなされ　魚釣竿が流れる……

（滋賀県・たいこおどり・十三踊・『田上の民謡』）

③腰にむんざとだきつけば　だれじやどなたじやおびきれる　はなしやれ　おびきれる

（岐阜県本巣郡・門脇雨乞踊）

④総角《わかいしゅ》　総角《わかいしゅ》　お放しよ　キルサング紗上《サチヨグリ》の背が切れる　キルサング紗上衣の背が切れりや　エイ紗を買うて継いでやろ

（金素雲編・『朝鮮民謡選』・慶南）

「そゞろいとうしうて」についても次のような用例がある。

⑤田舎下りの旅の殿に　名所の月がながめしやんとのう　しやんと眺めたりよさ　そゞろいとしうてやるせなや

（松の葉・巻一・裏組・なよし）

⑥田舎下りの旅の殿御に　名所の月を眺めしやんとの　しやんとなかろ　しやんとの　そぞろいとしゆて　やりせない

（天理図書館蔵・おどり・田舎下り）

つまり、この歌詞の類型性を見ると、次の如く三つの句において認められるのである。「あまり見たさに」「先放さひなう　放して」「そゞろいとうしうて」。

282～289番の連鎖が〈いとおしい〉と〈憎し〉の対義語的なことばによって展開する。日本歌謡史上こうした心情語をもっとも巧みに織り上げているのが『閑吟集』の小歌群であって、古典抒情歌謡の頂点としてよい。それらは深く多岐にわたる繊細な抒情の襞を、限られたことばを使って、省略の手法で、迫力をもってうたっている。

282　いとうしうて、283　いとおしうて、284　愛《いと》おしひよなふ　憎げに、285　愛《いと》おしひと（いとしうもない）、286　愛《いと》おしがられて、憎まれ申て、287　愛《いと》おしいは、憎むに、288　憎ひ振りかな、289　愛《いと》おしいと

若い恋の息詰まる一場面を、一気《いっき》にスケッチした。『閑吟集』歌謡の省略及び口語体の手法が生きる。走ってきた女と、いとおしく抱きしめた男の、表情や息づかいまで洩れる。

これは、ことばの配置・息継ぎの面からしても、ほぼ完璧に近い。次に引用する『宗安小歌集』一六五番とともに、劇的な臨場感あふれる名品であろう。

⑦浦が鳴るはなう　憂き人の舟かと思うて　走り出て見たれば　いやよなう　波の打つ　うつつ波の打つよの

283・小　いとお《ほ》しうて見れば　猶又《なほ》いとお《ほ》し　いそ〳〵と　掛《か》ひ《い》行《ゆく》垣の緒《を》

【口語訳】

いとしいと思ってあの人を見ると、なおさらまたいとしくなる。あの人が忍んできた宵はいそいそと垣の緒を掛けにゆく。

【考説】　垣の恋の、いとおしゅうて。

(1)いそいそと、掛《か》い行　垣の緒。

すでに恋人は、家の中に居て、女が垣根の戸の緒を結いに行く。

(2)いそいそ解《と》かい、竹垣の緒。

夫があるいは恋人はまだ来ていない。忍んで来るのを待っている。あるいは、いましがた来た。

前半「いとおしうて見れば　猶又いとおし」の「見れば」は、相手がそばに来て居る状態と見る方がよいのではないか。また筆遣いで見るかぎり、283番のここは、「行」と読むべきであろう。字体を見ると、たとえば底本19番の「ふくら雀は竹に揉まるゝ」の「竹」、「小切子の二つの竹の」の「竹」、あるいは250番の「破竹の内のたのしみ」の「竹」などの筆遣いは一様に「竹」の草書体で、ここの字体とは異なっている。つまり283番の「いそ〳〵と　掛ひ行」の「行」を「竹」と読むのは疑問。69番の「更け行鐘を」の「行」、235番の「空行雲の速さよ」の「行」など、

「行」と読むべき「行」の草書体と同一の筆の運びである。

244番「柴垣に押し寄せて」の小歌とともに「垣」が印象的である。また大系本は、「猶又いとおしいぞ〳〵とかひ行く垣の緒」とする。これも一解であろう。

〔九十六〕　我は讃岐の鶴羽の者

290。小　我は讃岐の鶴羽《つるわ》の物《もの》　阿波《あわ》の若衆に膚触《はだふれ》て　足好《あしよ》や腹好《はらよ》や　鶴羽《つるわ》の事も思《おも》はぬ

【口語訳】

おれは讃岐の鶴羽の者よ　阿波の若衆に肌触れて、足も好けりゃ腹も好い。わが故郷の鶴羽のことも忘れてしまうほど。

【考説】　内海を行く船乗りの男歌。酒盛の座興歌。

《我は》　讃岐の商人船は、つねに阿波方面へも出かけたであろう。「津田町　此地は富商大賈多し」（『香川県史』第二・名勝古跡・大川郡）。阿波の国へ来て「我は」と名乗っているのである。

《鶴羽》　香川県大川郡（現・さぬき市）。鶴羽は、倭建命が白鳥となって飛び来たり、羽毛一片落としたのを祭るによりてその名ありと言う。鶴羽大明神の神社あり。いま津田町の東端。ＪＲの鶴羽駅に近い。「松原。津田町の東端ヨリ鶴羽村ノ西端ニ接シ東西殆ド一里。南北数丁。老松秀葉」（『香川県史』第二・名勝古跡・大川郡）。大川郡は、讃岐では最も阿波の国に近い地方。

鶴羽大明神宮

香川県さぬき市。倭建命白鳥伝説ゆかりの神社。（平成24年８月26日撮る）

鶴羽の海岸

香川県さぬき市鶴羽。風光明媚。沖に絹島が見える。かつての繁昌がしのばれる。（左に同じ）

鶴羽神社　鳥居に「鶴羽大明神宮」とある。実地に訪れてみると、いまにあり。海岸線美しく、老松秀葉の地。いまに松原美しく湊町としてのおもかげも少しくとどめる。

鶴羽商人　室町期以後とくに発展。特に「多度津、宇多津、塩竃・鶴箸（鶴羽）・三本松など讃岐の海岸には多くの港が栄えた。鶴羽商人が栄える」（『津田町史』・『香川県史』）。

《膚触て　足好や腹好や》　同衾して。性的官能の悦楽のさま。阿波の若衆の足や腹に夢中になっている。このような官能様態を隠さず、ばらしてうたう小歌は、以後の中世小歌集の中においてもめずらしい。風流踊歌系統にも「肌に添う」「肌触れぬ」などの表現ならばいくらか見える。

「……よや、……よや」、次々に取り上げてゆく型は次のように指摘できる。

①京の壺笠　形《なり》よや着よや　緒よや締めよや　（宗安小歌集・一二五）

②ぢたい都は笠だに着よや　緒よや締めよや　（同・一二六）

これらの例をそえることによって、「足好や腹好や」（A好やB好や）を、中世歌謡の類型的表現とすることができる。

③阿波に色置き讃岐に住めばよ　ねぐら鳥かよ阿波恋しよ

（天保元年流行歌・小唄のちまた）

弘化三年（一八四六）『讃岐名勝図会』巻之二には、津田の海辺の見事な松原が描かれている。

船歌として鶴羽は次のようにもうたわれている。

④いこか鶴羽へヨーオイかえろか津田へヨーオイここは思案の松原でヨーオイ舟は新造で乗りよいけれどヨーオイ田舎作りであかがいるヨーオイ
でんま借しやんせヨーオイ櫓かいをそえてヨーオイわたしや櫓もおす櫂もねるヨーオイ鶴羽みなとは入りよて出よてヨーオイ女郎のないのがじつつらいヨーオイ
（香川県・津田町船歌・『津田町史』）

⑤讃岐商人が阿波へ来りや旅じや　情立ておく阿波の女郎
（徳島県・柴刈草刈歌・『三好郡志』）

⑥われは薩摩の島の者　讃岐の男に目をくれていまは薩摩をよそに見る
（滋賀県・多羅尾太古踊歌・島の踊・『甲賀の民謡』）

⑦君は四国の讃岐の性で　あはでいよとさ曲もない
（科埜国春唄、曳臼歌・鄙廼一曲）

瀬戸内海を中心に活躍した鶴羽の船乗り、鶴羽商人の姿がありありと浮かび上がる。

◇中世瀬戸内海の海洋文化

酒盛における座興歌謡として、座の乱れにともなってこうしたウタが声高に歌われてきたのであろう。男達の持ち歌。鶴羽は香川県大川郡。瀬戸内海水運は中世大きく発展して、讃岐国の沿岸にもいくつかの要港が繁栄した。鶴羽はその一つ（名前の由来は倭建命の白鳥伝説から）。平成時代の今もなお、打ち寄せる波と松原が美しい土地である。以前は松原が東西ほとんど一里、南北数丁に及ぶ風光明媚な土地であった。そこに鶴羽の港が開かれていた。ここに歌う鶴羽の者というのは、鶴羽を根拠地として広く商船海運で活動し勢力をもっていた讃岐海商のこと。内海を中心に鶴羽の者が幅を利かせていたのである。こうした商《あきない》の海男達は港々に船を碇泊させ、仕事の取り引き等に命をかけたとともに、その慰みとして、女色男色をなかば公然と楽しむ風があったと思われ、風流踊歌の「商人踊」などにもそのあたりをにおわす歌がある（77番・78番・120〜138番の考説など参照）。

またこの290番の前に、次の「讃岐」をうたう小歌があって讃岐小歌が二首並んでいることになる。

289　愛《いと》お《(ほ)》しいと言《い》ふ《(う)》たら　叶《かな》はふ《(う)》ず事か　明日《〈あす〉》は又讃岐《〈さぬき〉》へ下《くだ》る人を　（肩書きなし）

都での恋の別れが歌われているのであろうか。次に引用するように、「讃岐侍」が『宗安小歌集』に見えているのも含めて、都の文化との交流も背景に見ておかねばならないのは当然である。

⑧　御所折《ごしよおり》の烏帽子《えぼし》を　仰《の》けつ撓《た》めつ　腰で反《そら》いた　それを召《め》す人は　讃岐侍《さぬきざぶらひ》〳〵　（一一六）

290番の歌い振りは、なるほど大胆である。「足好や腹好や」と、「好や」を重ねてゆく歌い方は、右にもふれたように中世歌謡に見える類型的表現であるが、これは酒盛の手拍子に乗るリズムを感じさせる。商船に帆をあげて、荒波を突いて瀬戸内海や西国の港を廻る男達の、まさに一夜の官能の悦楽を開けっ広げに歌っている。鶴羽や阿波の地名には民衆の生活や人生のにおいがある。鶴羽の者達は、現代の我々には知ることができないほどの、海洋の民衆文化をきっと知り尽くしていたに違いないのである。男達は、瀬戸内海さらに西国へも出かけた。商船を管理した人々さらには水軍・倭寇やその残存の船乗り達の暮らしも見えてくる歌謡である。東シナ海へ出向く海洋商人達もいたことであろう。『閑吟集』にこの289番・290番を加えたのは、この編者の、歌謡というものの実体を広く大きくとらえている見識を示したことになる。これまでは文化史の中で、海辺の遊女史なるものにはかなりの関心が寄せられ、その影響も含めて研究は行われてきたのであろうが、一方、海辺を海洋を行く多様な船乗りの男達の生活文化史の、蒐集考察も展開されるべきだと思う。

290番は瀬戸内海から西国の海も含めて、中世海洋文化を考える上で特に注目すべき小歌である。たとえば香川県・まんのう町・佐文に伝承する「綾子踊」（国指定無形文化財）における次の二つの踊歌も貴重である。「四国」と「塩飽船」を掲出する。

四国

⑨四国、笘のみさきの、潮のはやさに沖こぐ舟は、にほひやアヽ　やアつす、インヤにほひやアヽつす
四国阿波の鳴門の、汐のはやさに、沖こぐ舟は、にほひやアヽ　やアつす、インヤにほひやアつす
四国土佐の岬の、汐のはやさに、沖こぐ舟は、にほひやアヽ　やアつす、インヤにほひやアヽつす、
岸から舟影・舟人を見やる視線でうたわれている。この歌も潮のにおいがする。

⑩鞆の浦の南にあたりて宇治《（宇治島）》はしり《（走島）》など云島々あり。箱のみさきと云もあり。
へだて行八重の塩路の浦島や箱の御崎の名こそしるけれ　（鹿苑院厳島詣記）

⑪生利《なまり》浦に有。長く海中へ出る事三里といへり。御崎大明神の祠有。往来の舟、皆帆を下げ拝して過れ《（ママ）》り　（全讃史・笘岬）

塩飽船

⑫しはくふねかよ、君まてば、梶をおさへてなのりあひつや、ヤヤアにや茶屋やアにや、アヽに茶うろヲに〳〵チヤン〳〵チヤ、
堺ふねかよ、君待ば、梶をおさへて名乗あひつや、ヤアヽに、
多度津舟かよ、君待は、梶をおさへて名乗あひつや、ヤアヽに茶屋や、アに茶うろヲに〳〵、チヤンチヤ、

以下、讃岐・綾子踊の塩飽踊と同系のうたいぶりを引用しておく。

⑬しはくふねかや君まつは　風をしづめて名のりあをと　花ももみぢも一さかり　やゝこのおどりはふりよや見よや　いつおもかげのわすられぬ……　（天理図書館蔵・おどり・ややこ）

⑭しわくふねかよ君まつは　風をしつめてなのれやのムム〳〵はらはらおろ〳〵、はらとゐす

⑮しわこふねかやきぬ君松《待》わ　かちおをさへてなのりあう

（和田雨乞踊・雨花踏舞・塩飽・『西讃府志』）

（越後・綾子舞、嘉永本・『語り物・風流二』・常陸踊。他の本は同書に示してある）

⑯イヨヲ塩飽船　彼君まつわ〱　イヨヲヽ梶をしつめて名乗りあふトントン

（高知県香美郡〈現・香南市〉手結・塩飽船・ツンツクツン踊歌）

⑰四百船かよ君まつは　五百舟かよ君まつは　楫をしづめて名のりあふ

（安芸郡土佐おどり・十五番　おぼろ・『巷謡編』）

⑱しわこおぶね君待つは　風をひかえておまちあれ

（兵庫・加東郡・百石踊・しわこ踊・『兵庫県民俗芸能誌』）

⑲ひよ　しわく船かや君まつはかぜをしづめて名のりやえん

（兵庫・須磨区車・百石踊・雨乞拍子踊・やゝ子踊）

百石踊系、全体的に『おどり』の「やゝこ」に近い。筑後はんや舞は女歌舞伎と関係あるが、この塩飽船の引用はなし。これらの踊歌に関する最近の基盤的考察としては、西川学『風流踊の展開―女歌舞伎踊・上覧踊・風流踊の比較を中心として―』（未刊）がある。女歌舞伎踊歌の伝承を考える上でも有益である。『閑吟集』における132番、133番をはじめ、それらを含む120～138番あたりまでの、圧巻と言ってもよい、海辺を辿る海洋小歌群のただ中に、この290番は入れておいてよいのである。「塩飽船」をはじめとする女歌舞伎踊歌の伝承と展開が、直接的関係ではないが、重なりあっていると見てよい。

294・小　お堰《せ》き候《そろ》とも　堰《せ》かれ候《そろ》まじや　淀川《よどがは》の浅《あさ》き瀬《せ》にこそ　柵《しがらみ》もあれ

【口語訳】

わたしたちの深い仲を堰き止めようとなさっても、そんなにたやすく妨げられるものではありません。淀川の浅瀬にこそ柵もありましょうが。（深いところにはそんなのありませんよ。）

【考説】「宇治の川瀬の水車」（64番）とともに、ここには「淀川の浅き瀬」がうたわれる。

《淀川》293番から294番へ。293番の久我（京都市伏見区。『静嘉堂文庫本・運歩色葉集』に「久我縄手《コガノナワテ》京ノ西ノ岡」）から淀川へ、の地名で連鎖。

⑳淀川の底の深きに鮎の子の　鵜といふ鳥に背中食はれて　きりきりめくいとをしや（梁塵秘抄・巻第二・四七五）

女の歌。恋人との仲がだれかによって裂かれそうになった状態であろう。

《柵》川に杭を打ち込み、そこに柴や竹を結びつけて川の流れをせきとめるもの。

㉑流れゆく我はみくづとなりはてぬ　君しがらみとなりてとどめよ（大鏡・二・左大臣時平）

㉒関の藤川波起せど　水の柵行きやらで（宴曲集・巻四・海道上）

㉓我が思ふ人の心は淀川や　しやんとして淀川や　底の深さよ（宗安小歌集・一三六）

㉔淀の津につきければ　はや河舟に移されて（幸若舞曲・文学・『幸若舞曲集』）

『古今和歌集』巻十四・恋四にある次の二首（七二一・七二二）は、この294番の発想表現とかかわりがあろう。

㉕よどがはのよどむと人はみるらめど　流れてふかき心ある物を（よみ人しらず）

㉖そこひなきふちやはさはぐ山河の　あさきせにこそあだ浪はたて（素性法師）

『宗安小歌集』一三六番、つまり、淀川の底の深さをうたう小歌を合わせてみると、294番の「淀川の浅き瀬にこそ　柵もあれ」とするのは、一方に〈淀川の底深きが如く、二人は強く結ばれている〉といった意味合が、言外にあると見てもよかろう。

さて、この294番の前には、右にも述べた如く、久我縄手をうたう小歌が置かれている。

293 小・久《こ》我《が》のどことやらで　落《おと》ひ《(い)》たとなふ《(う)》　あら何ともなの　文の使《つか》ひや

久我での落とし文がやがて淀川の柵にかかる。「落とし文」の恋の習俗をうたっているのかもしれない。使いが落とした文が流れてゆく。『閑吟集』では、「淀の川瀬」の文化も、「宇治の川瀬」の文化とともに注目すべきであることを暗に示している歌である。

〔九十七〕　あの志賀の山越え

297 小・あの志賀の山越《ご》えを　はる〴〵と　妬《ねた》ふ《(う)》馴《な》れつらふ《(う)》　返〳〵《(かへすがへす)》

【口語訳】

はるばるとあの志賀の山越えをして苦労をものともせず、馴れ親しんだけれど、今になって思えば、ねたましいことだよ、かえすがえす。

【考説】　志賀の山越え。解読難しい歌。

(一)　志賀の山越をして逢いにきた、あるいは通っていた男が、女の心変わりを妬む。男がうたっている。

口語訳は、この解釈。また次の解をとることもできる。

(二)　はるばると遠い道のりの志賀の山越えをして、あの人は、恋人のもとへ通って馴れ親しんでいるのでしょう。ねたましいことよ。かえすがえす歌い手は女。

『古今和歌集』(巻十八・雑歌下)や『伊勢物語』(二十三段)の「風吹けば沖つ白波たつた山　よはにや君がひと

りこゆらん」とある歌物語が思い出される。しかし歌の内容は、男を心配し、無事かどうかを気遣うこの古典の歌とは別物。

『集成』にも言うように、竜田山を越える『伊勢物語』の世界を意識すると、「思いやりの心を嫉妬に置きかえたもの」として解釈するのである。これも一説ではあるが、ただしこの297番は『伊勢物語』や『古今和歌集』の歌物語に見える「竜田山」との関連はない。

《志賀の山越え》『袖中抄』に「志賀の山越とは、北白河の滝のかたはらよりのぼりて如意のみねごえに志賀に出る道なり」とある。「志賀の山越」はたとえば次のようにうたわれている。

志賀の山ごえに　女のおほくあへりけるに　よみてつかはしける　つらゆき

①あづさ弓はるの山辺をこえくれば　道もさりあへず花ぞ散りける　（古今和歌集・巻二・春歌下）

しがの山ごえにて　いしゐのもとにて　ものいひける人の　わかれけるをりによめる　つらゆき

②むすぶ手のしづくににごる山の井の　あかでも人にわかれぬるかな　（同・巻八・離別歌）

しがの山ごえにてよめる　はるみちのつらき

③山川《やまがは》に風のかけたるしがらみは　流れもあへぬもみぢなりけり　（同・巻五・秋歌下）

「小泊瀬志賀の山越」（宴曲集・巻一・春野遊）、「名に負ふ志賀の山越や」（謡曲・志賀）、『六百番歌合』には、春下の部に「志賀山越」の題詠がもうけられるほど珍重されている。

本書では右にも述べた如く、竜田山の歌物語と切り離して解釈したい。「志賀の山越え」に「あの」と加えていることも意識すると、旅情ある歌枕として知られる「あの志賀の山越え」である。

その山を越え、そしてあの女《ひと》のもとへ通い続けたのに、あの女は心変わりしてしまった。今になって思えば妬ましく辛いことだ。男がうたっている。いまにして思えば妬ましい馴れであった。「妬ふ」で、ちょっと間を置く読みがよかろう。「はる〲と」という副詞にも、この男の妬ましさがにじむ。古典歌枕の「志賀の山越え」の風景を、妬む恋の小歌の中に取り入れた。

298・小　あぢきなと迷《まよ》ふ物哉《かな》　しどろもどろの細《ほそ》道

【口語訳】

なさけなくも、迷うことです。しどろもどろの恋の細道は。

【考説】　細道小歌。

《あぢきなと》　味気無くも。なさけなくも。

《しどろもどろ》　整わず、乱されたさま。ここは、恋に悩んで、心が乱れること。

④我心しどろもどろになりにけり　袖よりほかに涙もるまで　（狭衣物語・巻一）

⑤好しとても　善き名も経たず　苅萱のや　いざ乱れなん　しどろもどろに藤壺の　いかなる迷い成りけん　（宴曲集・巻三・源氏恋）

⑥松風ニイカヾハタヘン　カルカヤノシドロモドロニ乱レアフトモ　（応仁記・第三）

⑦露を踏み分けあの吉原に　しどろもどろと君ゆゑたどる　れんぼれゝれつれ　（吉原はやり小歌総まくり・れんぼのかはり）

⑧思へばと思えば夜明けて夜は戻らん　しどろもどろに松ぬ道　（沖縄・沖永良部・踊歌・『日本庶民生活史料集成』・南島古謡）

⑨ひとつあるこころをしらでみな人の　しどろもどろにもの思ふかな　（室町時代物語・善光寺本地・大成第八）

⑩浮名もたゝずかるかや　いさ乱れなん　しどろもどろに〳〵　あらはれぬ心は誰故ぞ

（謡曲・忍摺・『未刊謡曲集』）

「しどろもどろの細道」は、「磯の細道」（122）でもあり、『宗安小歌集』の「忍ぶ細道」（二一七）でもあった。また前出、18番の「恋路　など通ひ馴れても紛ふらん」、という発想とも近い。

299 小・爰《こゝ》はどこ　石原嵩《いしわらたうげ》の坂《さか》の下《した》　足《あし》痛《いた》やなふ《う》　駄賃馬《だちんむま》に乗《のり》たやなう　殿《との》なふ《う》

【口語訳】

ここはどこなの。石原峠の坂の下ですって。ああ足が痛い。駄賃馬に乗りたいものです。ねえあなた。

【考説】　庶民生活の断面。

《石原嵩》　はっきりしないが、「美濃国・不破郡・石原峠。山中の北嶺にして、此を通じて玉村に通ずる間道あり」（大日本地名辞書）と見るか。「嵩」は峠。

《駄賃馬》　駄賃馬をやとって乗るのである。京都東福寺内、霊隠軒主太極の日記『碧山日録』長禄三年（一四五九）三月十四日の条に「又貸商馬、及於門前下馬台、諸子自関山帰於木幡、吾帰霊隠、解包収行嚢、以慰長途之労劬」。

これから、石原峠にかかるのであろう。女の科白。夫へ駄賃馬に乗りたいとせがむ。若い夫婦か。妻が夫へ「殿なふ」と頼っている。内容として特に取り立てる小歌でもないが、庶民生活の一場面をさっと描いている。

〔九十八〕　人は何とも岩間の水候よ

300 小・よしや頼《たの》まじ行水《ゆくみづ》の　早《はや》くも変《か》はる人の心《こゝろ》

【口語訳】
ええままよ、あてにはするまい。人の心というものは、流れゆく水のようにすぐに変わるものなのです。

【考説】　よしや頼まじ人の心。
《よしや》「ええままよ」「どうなろうとも」などの意。「よしやただ幾世もあらじ笹の葉に　置く白露にたぐふ身なれば」（風葉和歌集・巻十七）。

人の心の変わりやすさを、流れ行く水にたとえた。まず『閑吟集』の次の歌と重なる。

255 小。人の心は知《し》られずや　真実心《しんじつ》《こころ》は知《し》られずや

「たのまじ」の心をうたう。『閑吟集』文芸の一つの理念として捨てられないことば。「しや頼むまじの」（204）、「情ならでは頼まず」（117）。これは恋の歌とかぎって読む必要はない。当時の人々の人生を生きる心の姿勢をあらわす言葉と見てもよい。戦国の世に生きる人々の諦感がにじむ。

①……うつつともなき言の葉は　夢の憂世のあだなれば　人の言葉もたのまれず　夜の間に飛鳥川　水粒の沫のかりそめに　風に消えぬる言の葉の……（幸若舞曲・大職冠）

②よしやたのまじあだ人心　一重ばかりか八重山吹の……（松の葉・第三・くしだ）

301・小 人は何《なに》とも岩間《いはま》の水《みず》候《ぞろ》よ　我御料《わごりよ》の心だに濁《にご》らずは　澄《す》む迄《まで》よ

【口語訳】

世間の人はなんとでも言うがよい。岩間から湧く水のように、おまえの心さえ濁らず澄んでおれば、あとは気持ちも晴れて、それで済んでゆくものだよ。


【考説】　教訓歌謡。

《岩間》　「岩間」の「岩」に「言は」を掛ける。

《我御料》　おまえ。二人称。77番他参照。

《澄む迄よ》　〈人がなにとも言う〉こと、つまり人からの、主としてうわさ、評判や悪口が消えることを言う。「迄よ」は、当然そうなるものだ。必ずそうなると強調している。我御料の気持ちも晴れること、それで済むこと。


謡曲『船弁慶』（観世小次郎信光〈永享七年～永正十三年〉作）で、都落ちした義経・弁慶一行が、大物浦を目指す途中、石清水八幡あたりを道行するおもむきで次のように綴られている。

世の中の人は何とも石清水　人はなにとも石清水　澄み濁るをば神ぞ知るらんと、高きみ影を伏し拝み　行けば程なく旅心　潮も波も共に引く　大物の浦に着きにけり

この「世の中の人は何とも石清水　人はなにとも石清水　澄み濁るをば神ぞ知るらん」の部分について、謡曲の注釈書『謡曲拾葉抄』が、「此歌、日本風土記にあり、或云、是は石清水八幡の御神詠と中伝フト云々。歌の心明也」と書いているように、石清水八幡神がお歌いになった神詠歌と見てよいものである。意味は、神ご自身が「世の中の人が何と言おうとも、その人の心が澄んでいるのか濁っているのかということは、神であるこのわたしが知って

いるよ」と歌っているのである。日本にはこうした神詠歌なる予言的・暗示的・象徴的な歌が、神社を中心に秘かに伝えられている場合がある。中世神仏説話集の一つ『八幡宮巡拝記』巻下・第四十七話の石清水八幡にかかわる説話に、

③身ノウサハ中々ナニト石清水思心ハ汲テ知ラン

（古典文庫本。京大本は同歌を書き、「汲テシルラン」が、「神ゾシルラン」）

が見える。これは、石清水八幡宮に参詣した或る女房の娘が「シタ声に詠ジテケリ」として出てくる歌であるが、明らかに神詠歌であり、八幡神が参詣した娘に歌わしめたと解してよく、願い事は汲み上げてかなえてやるぞ、と暗に知らせた歌なのである。これも神詠である。表現の上で、これに照らし合わせても近似しており、「世の中の……」の和歌が、神詠の「中々なにと石清水」と深く関わっていた伝承であったことがよくわかる。謡曲『船弁慶』では、この神詠歌を取り入れ、頼朝と不和になった主君義経は潔白で、その心の内は神様がよく知っておられるのだという旨を、弁慶達が祈りながら通ってゆく趣向になっている。

『謡曲拾葉抄』が言う『日本風土記』は、『全浙兵制考附日本風土記』（万暦二十年刊。日本の文禄元年〈一五九二〉にあたる・侯継高著）のことで、巻之三に和歌三十八首と漢詩とおぼしきもの一首が記されている内に、「世別清渾」という題を付して、

④世の中の人は何とも石清水澄み濁るをば神ぞ知らん

とある、この事を指している。『日本風土記』に記載されるに至った経緯は不明であるが、石清水八幡の歌として人々のよく知るところであったのであろう。

『閑吟集』301番は肩書小。大ではない。比較すべき間柄にはあるが、『船弁慶』の「世の中の……」とかなり相違点がはっきりしている。まとめると、まず石清水八幡ゆかりの神詠歌の伝承があった。それが謡曲『船弁慶』に利

用され、中国浙江省で、あるいは九州薩摩地方などで、日本の和歌として『日本風土記』に記される機会もあった。一方その神詠歌を意識して小歌が生まれた。洗練されたそれは流行し、永正十五年（一五一八）には『閑吟集』に書き留められることとなった。小歌にはすでに〈神〉ということばは認められない。また〈石清水〉ということばもない。世俗流行歌謡として伝承していた。広く見れば、神詠歌が本歌となっているのだが、謡曲『船弁慶』の例を出典とした歌ではない。『船弁慶』が創作された頃には、小歌はすでに人々に歌われていたと見ておいてよいのではないか。ただしこの小歌にも、神はすべてお見通しであるという神詠の雰囲気は尾を引いている。

さて、301番は、岩間の水に、言はばを掛けている。言うのなら言えばよい、の意。岩間の水・濁る・澄むは縁語。世間の人はなんとでも言えばよい。所詮は岩間から湧き出る水のように清らかに、おまえの心さえ濁らずにおれば、澄んで噂も消えていくものよ、といった内容。第三者的立場の者が教訓的に歌いかけていると見ることができる。

301番は300番の小歌を受けるかたちで配列されている。ええままよ、あてにはすまい。人の心は流れる水のように、すぐさま変わっていくものね、からたのもしいこの教訓的小歌へと進んだ。

◇「人の言ひなし北山時雨」

⑤人の濡衣北山時雨　曇りなければ晴るるよの　（宗安小歌集・六三。同形で隆達節にも）

『閑吟集』から時代が下がって、このような小歌が流行する。岩間の水が濁るとか澄むとかの譬えではなくて、北山時雨・曇り・晴るるで歌っている。北山時雨（北山は、現京都市の北山。『山之井』冬部・時雨の条に、北山時雨は現代京都の人々にもおなじみで、京の街は晴れていても、北山は時雨れるところ多く、それもさっと降ってきて、そしてまたすぐ止む雨である。都の北山あたりの風土を、体験的に知っている人々の間で伝承した言いぐさであり俗謡であったが、これが近世流行歌謡としても受け継がれて行った。この類型は、右の如く『宗安小歌集』・隆達節から見えてくるのだが、たとえば次の四例によって近世の型を知ることができる。

⑥人の言ひなし北山時雨　曇りなき身は晴れてのく　（山家鳥虫歌・河内・六〇）

⑦人のいひなし北山時雨　曇りなければ晴れてのく　（賤が歌袋・第五編）

⑧人のいひなし北山時雨　曇りなければ晴れてゆく　（享保十三年、とはずがたり・臼挽歌・麓廼塵）

⑨人のわるくち北山しぐれ　くもりなき身は晴れてゆく　（潮来風）

江戸時代を通じて、人気のあった俗謡。『山家鳥虫歌』では右掲歌の前に、

⑩人が言ひますこなたのことを　梅や桜のとり〴〵に　（河内・五九）

が置いてあるから、六〇番の「人の言ひなし」はそうした世俗の噂を意味して使われていることがよくわかる。⑦『賤が歌袋』においては、右掲歌に続いて、

⑪人の事ならいふまひ大事　かげがひなたへちよとまはる

を配置している。他人の事を、とやかく口に出して言うべきではないということ。陰口がおおっぴらに人々の言い触らすことになってしまうと言っている。『潮来風』では、直接「悪口」としている。近世小歌圏に入って、民衆としての生き方を教訓しようとする歌として、世上に広く親しまれていった。教化歌謡として世に出た、高僧制作の一群の歌謡とも境目がはっきりしているわけではない。

いつの時代にも、民衆は人間関係に心砕いて悩んだ。歌謡はその悩み、因って来たるところに、楔を打つ役割を、少しは果たしてきたのである。中世から近代・現代にかけての流行歌謡・民謡などにおいて、その発想・表現や、生活・人生の心や行動との関連がいまだ十分に整理されていないが、それぞれの時代に、広く言えば平成時代を生きる人々の身近な心の持ち方を教える方法としても、こうした歌謡は避けてしまえないのである。

301番は、岩間の水を譬えに出し、濁らずに澄んだ状況を期待し尊しとして「澄む迄よ」と、きっぱりと腹を据え

て言い切るところが独特である。武士魂もちらりと見えて、中世小歌のおもしろさがある。神詠歌の匂いを微かに残しながらも、中世期を生きた人々の日常の歌いぶりになっている。同系の内容をもつ小歌は、神詠歌の姿から完全に離れて、やがて北山時雨の歌に移って行く。室町時代の流行の時期において、岩間の水の小歌と北山時雨の小歌は、或る程度だぶりかつ揺れたであろうが、やがてより古い岩間の水の小歌は消えてゆき、北山時雨の小歌は近世近代を広く流行し、各地の民謡ともなって浸透していったのである。

歌謡は民衆の生活の中で生き返る。生き返りの波をつくりながら伝承する。それはその時その場で、人生を情感であるいは理屈で支えるからである。無数の悲しさや苦しさが多くの人々の人生を苛《さいな》んで来た。そういうところから、泥をはねのけてこうした小歌や民謡が生まれた。それらがまた、人間の心を、まことに納得のいく物言いで包むことができたのである。

歌謡は民衆の中にさまざまな機能をもって生きる。ゆえにこうした評釈の中での〝付け足し〟もなければならないのである。301番も『閑吟集』佳作の一つ。

〔九十九〕　酒盛のさわぎ歌

309 小・昨夜《よべ》の夜這男《よばひ〈おとこ〉》　たそれたもれ　御器籠《ごきかご》にけつまづゐ《い》て　太黒《〈くろ〉》踏《ふ》み退《の》く　〱〈太黒…〉

【口語訳】

昨夜の夜這い男ときたら、とんでもないやつ。お碗籠につまずいて、よろけたひょうしにまた大黒様を踏み散らかしてさ。

【考説】 笑わせうた。三本とも「たそれたもれ」と読むのが自然。難解。「れ」は「の」としてもよい。またはじめの「た」は「たい」の誤字とみて、結果意味の上で「だいそれたもの」と見る説にしたがっておく。とんでもない。横着な。

《御器籠》「ごき」は御器。椀のたぐい。「御器《ゴキ》」（易林本節用集）。「五器《ゴキ》又作御器」（黒本本節用集）。「ごきかご」は御器籠。椀などを入れておく籠。食器、殊に椀をゴキという地方は広く残っている。

○ゴキ 〔食〕 食器殊に椀をゴキという地方は南北を通じて広く残っている。奈良県の北葛城地方および佐渡では犬猫の食器に限ってゴキという。安井衡の『睡余漫筆下』によれば宮崎県では、古くは食器をゴキといい「ごき作りのかけごき」という諺もあったが、後には新しく数の揃った椀はゴキといわず、古く欠損して臼から米をすくい出す用（途）にしたもののみをゴキといった。伊豆の新島では、正月に門松に附けて毎朝食物を入れかえて供える食器をゴキという。 （『綜合日本民俗語彙』）

《夜這》 夜、恋人のもとへ忍んで行くこと。「ヨバイ。同じ家中で、正妻ではない婦人にこっそりと近づくこと」（日葡辞書）とも。

さて、続いて掲げる、近世調の「夜這さん」と呼びかける同系列の俗謡と、比較することができる。

①夜這さけよ（ん）〳〵 夕べの夜這は仰山な 心実《しんじつ》ほんまに仰山な 味噌桶に蹴つまづいて 鉄漿壺へ飛び込んだ
（浮れ草・ばれ唄・『続日本歌謡集成 近世編下』）

②あのや五郎ざいどな よばひごたへたよ ゆかはくわつたり ひちりくわんすのふた ちんからり なべであしけて しゆのとしたてせよ しゆのとして。
（弦曲粋弁当・四十七・よばひ・同書）

③夕べのようばいどんは そゝくろな夜這どの あんどけかやす ねこふみころす うんでもどる三毛を

④ゆうべの夜ばい殿は　そそくろし夜ばい殿　枕もとにけちまづいて　しんだい桶ぬりこんだ
（広島・美古登下野本・田植唄・『日本庶民文化史料集成』・巻五）

⑤ゆんべ来た夜這人は　そゝくろうしい夜這人　枕桶に蹴つまづいて　かゝの尻才押へた
（広島・三宅本・田植草子・『田植とその民俗行事』）

⑥夕べ来たよばいどは　おはじかきの夜ばいど　ア臼をさなぐりたなへ上がり　みそい（下略）
（島根県鹿足郡・田植歌・水まき雲）
（和歌山県龍神村・田植歌・『和歌山県俚謡集』）

臼田甚五郎『歌謡民俗記』に、こうした民謡の歌詞にふれて、本歌との関係を指摘している。《太黒》僧侶の妻（この場合『はやり歌古今集』・うらやぶしの「大黒」は参考になるか）とする説（大系）もある。「此寺の大黒になりたくば　和尚にかかへらるるまで待て」（好色一代女・巻四）などの用例から、僧侶の妻のこと。けれどもその多く、なにか道具など、その近くに置いてあるものをうたっている場合の多いこともあって、ここでは「大黒天」の像と見る。部屋のどこかに置いてあった大黒様の像を踏んづけたのである。ただし彰考館本は「太黒《フトクロ》」と訓み「黒《くろ》ぶしを云歟」（くるぶし）とある。「たなの上の大黒がたなの下へとびおりて」（香川・田植歌・鄙歌集）などとうたうように、本来は民家の棚にまつられる。

酒盛の笑わせ歌としてうたわれたのであろうか。配列の妙。酒がやがて無礼講になって、この歌謡が座を笑わせた。この309番の系統が中世から近世にかけては、田植歌としてもうたわれていた。労働の中の「笑い」である。御器籠がうたわれていて。編集上は310・311番の『閑吟集』最終歌謡「花籠」へ展開する準備をしているのである。そういう位置にこの歌をもってきた。次の310番ではそれが花籠に転じてゆく。『閑吟集』編集の最終段階に入って籠が意識されてゆく。309番から310番へ、それはまことに俗から雅への流れであった。品格のない「夜這男」の「笑わせ歌」を、こんなところへ持ってきてどうしようというの、と読者に思わせておくのも、このひねり・肩すかしのうまい編者の、まことに巧妙な編集の手腕であった。

〔百〕　花籠に月、そして浮名

310 小・花籠《かご》に月を入《いれ》て　漏《も》らさじこれを　曇《くも》らさじと　持《も》つが大事な

【口語訳】

花籠に月を入れて、これを漏らすまい、そして曇らすまいと、持っているのが、ことのほか大切な事よ。

【考説】「花籠」を女性、「月」を男性と見立ててうたったものか。女性が思う相手を心に深くこめて漏らすまい、そしてくもらすまいとして持つのが、女として大切なこと、と女性に人生訓を言うか。

《漏らさじ》

①もらさじと　そでにあまるをつつままし　なさけをしのぶなみだなりせば　（西行・山家集・中・恋・恨）

②もらさじと　いひし心もかはればや　忘らるる身に　うき名たつらん　（続草庵集・第三・恋）

香川県・仲多度郡・まんのう町・佐文・綾子踊「花籠」は次のように伝承している。とりあえずこれと比較する。

花籠

③花籠に玉ふさいれて　〱　もらさし、人にしらせしん　もつがしんくの　つむまへの花　はなつむまへの　ヒ

ヤうきや恋かな　請伝《ウケデ》なし　うきや恋かな　たまらむはアとにかくに
花かごにうきなをいれて　〳〵　もらさし人にしらせしん　もつがしんくの　つむ　まへの花　花つむまえの花の　ヒヤうきや恋かな　請伝なし　うきや恋かなたまらぬ　アとにかくに
花籠に我恋いれて　〳〵　もらさし　人にしらせはアしん　もつがしんくの　つむ前の花　花つむ前の　ヒヤうきや恋かな　請伝なしや　うきや恋かなたまらぬ　アヽとにかくに
（西讃府志）

『閑吟集』		「綾子踊」・花籠
花籠に月を入て	310番	花籠に　玉ふさいれてもらさじ
籠がな〳〵　浮名漏らさぬ　籠がななふ	311番	花籠に　浮名をいれてもらさじ
		花籠に　我恋いれてもらさじ

女歌舞伎踊歌の世界をかなり豊かに伝えているが、その中の「花籠」はこのように、『閑吟集』310番系統をいまだに伝承している。

310番は「月」を入れてうたう（綾子踊にはないが、他の地方には「月」でうたう型もあったであろう）。311番では「浮名」にしてうたっていて、読者への最後の挨拶歌謡となり、かつ編者としての思いを籠める小歌となっているのである。

④はいんや我がとのよ　我がとのよ　はいんや花のかご　梅そへて　ひんよう　花諸共に持つがだいじよ　持つがだいじよ
（伊豆新島・若郷・大踊歌・七番青が丸・『民俗芸術』第2巻7号）

⑤花籠に浮き名を入れて　〳〵もらさじのう　人にしらせしんもつがしん　花摘まいのう
文箱に玉ずさいれて　〳〵もらさじのう　人にしらせしんもつがしん　花摘まいのう
（徳島県板野郡・北島町・神踊歌・花籠・『徳島県民俗芸能誌』）

右、風流踊歌を見ると、花籠に入れる物は「玉章」「我恋」「浮き名」（伊豆新島の例では、はじめに「我が殿よ」と置く）つまり、本来「花籠」に「花」を入れる常識からはずれて、意外な物を入れるわけで、そこのところに、おもしろさ・文芸化が見えるのである。「月」として、風流をうたうものとしてよいと思われる。

志田延義は『閑吟集』の配列に連歌の手法を見ているが、この310番については、「連歌でいえば、挙句の前になる小歌（注。すなわち、311番が挙句にあたる）に就いても考えられそうであって、花も月も見られるけれども、想としては重い月よりも花をもって、この場所に据えることを考え出した」（志田延義著作集『歌謡圏史』Ⅱ・「閑吟集に関する若干の考察」）と言う。

さて、一応『閑吟集』310番から（この系統から）各風流踊歌「花籠」群へということも考えられる。

しかし、風流踊歌「花籠」群が組歌として歌われていたそのなかから、そのバリエーションの一つが取り上げられ、『閑吟集』310番系統として定着したと見ることも考えてよい（これに近いことが課題になるのは42番である）。『閑吟集』の小歌と、風流踊歌の影響関係は難しいが、この311番の場合は、後者の流れを見ておいてよいと思われる。

さて、花籠の中へ満月を入れたのである。あるいは花籠の向こうに月を配した図柄を描いてみてもよい。309番が日常の暮らしの中にある御器籠と村の若者のうわさを滑稽にうたったの対して、一転して、恋の抒情を象徴的に描いた美しい「花籠」と「月」の組み合わせの小歌が置かれているのである。たぶん志田延義の言う連歌式目の、挙句の前の花の座を意識したのであろうが、要は夜這男がけつまずいた御器籠と、満月を背景に描き出した美しい花籠との落差こそが、この編者が狙った、つまり意識した配列の妙なのである。

加えて、この310番は、次の『閑吟集』最終の小歌を呼び寄せる役割を確実に果たしている。編者は311番という小歌の数をすでに決めていた。最後、巻末の小歌を自分の謙虚さと、風流精神と、そして編者としての気どりを込めた小歌へもってゆくために、風流踊歌「花籠」の一節と関わるこの310番を置いたのである。巻末にふさわしい311番の小歌は、この310番から、ごく自然に、まさに言うべき事は言い得て、しかも小歌集を締めるにふさわしい、やわらかな小歌として、生まれ出たのである。

311・小籠《かご》がな〳〵　浮名《うき》漏《も》らさぬ　籠《かご》がななふ（う）

【口語訳】

籠が欲しい、籠が。この浮き名を漏らさない籠があればいいのに。

【考説】　巻尾の挨拶。「籠」に「浮名」を入れているのである。しかしそれはまたたく間に漏れ出てしまう。

⑥籠がな籠がな籠もがな　浮名を漏らさぬ籠もがな（宗安小歌集・一七九）

⑦何をおしやるも籠で候　心ことばが花になる　散る洩るよの（隆達節）

⑧竹がな十七八本欲しやな　浮名や漏らさじのな　籠に組も（松の葉・巻一・裏組・みす組）

このようにうたうが、隆達節にも、右の如くあるように、「籠」はあきらかに、もともと漏るものである。漏らさぬ籠はあり得ない。それをあえてこううたっている。ゆえに311番は言外に、「そんな籠なんてありません」と言っているのである。310番系統から生まれた小歌。これは編者の編纂にあたっての創作かもしれない。この設定編集は振り返って見事であった。編者は、自分の風狂の浮き名をにおわせたのであろう。310番と311番は一連の小歌と見てよい。

最終歌として置いた、編者の意図・操作がはっきりしている。

㈠本来この小歌は、263番とセットたるべきものであった。

263。小 忍ばじ今は　名は漏《も》るゝとも

しかし編集・配列の最終段階において、263番は、いわゆる262～266番の、恋の「忍び」のグループへ、この311番は、浮き名の「漏る」の一連として存在した310番と一つの組となして集の最後に置かれたのであろう。巻頭歌の、あの柳の糸の、乱れ心の恋の浮き名が、漏れてほしくないけれど、と首尾一貫した呼応が意識されていると見てよかろう。

(二)最終の小歌としての、挨拶が込められている。右にも述べたように、編者自身の「この風狂の浮き名をもらしたくないのですが、籠に入れてあるのであれば、とうてい隠しきれませんよね」と述べているのである。こんな風流な小歌をもってきて、秩序と混乱のうねりのうちに、この中世歌謡撰集『閑吟集』の幕は引かれたのである。

(跋文)

雖其斟酌多候　難去被仰候間　悪筆指置　如本書写了　御一見之已後者　可有入火候也　比興云云　大永八年戊子卯月仲旬書之

(その斟酌《しんしやく》多く候ふと雖《いへど》も、去り難く仰せられ候ふ間《あひだ》、悪筆を指し置き、本《ほん》の如く書写し了《をは》んぬ。御《ご》一見《いつけん》の已《い》後《ご》は、入火《じゆか》有るべく候なり。比興《ひきよう》云云。大永八年戊子《つちのえね》卯月仲旬、これを書す)

《斟酌》　遠慮すべき事。

《去り難く仰せられ候ふ間》　ぜひにとおっしゃるので。

《本の如く》　原本に忠実に。そのまま忠実に。

《入火有るべく候なり》 火にくべてしまって下さい。

この奥書から読み取れることとして次のようなことが言える。

①『閑吟集』の伝本は、まず永正十五年（一五一八）成立の写本を大永八年（一五二八）に、正確に書写したと言うこと。それは身分の高いさる御方に献上されたであろうこと。現存の三種写本は、この大永八年書写本から生まれた転写本ということになろう。つまり大永八年の段階における原本はどうなったのか。大永八年にこの跋文を書いた人物が「本の如く正確に書写した」その『閑吟集』はどうなったのか、また現存三種の写本はどのような経過のなか生まれたのか、先学の推論がなされているが、いまだ不明である。

②「御一見之已後者、可有入火候也」とある跋文のスタイルについては、『研究大成』にもふれられている。たとえば世阿弥『申楽談儀』の奥書に次のようにある。「……心中バカリノ、ナヲザリナラザリシ所ヲ、ミスベキバカリニ、コレヲキス。御一見ノ後、ヒニヤキテタマウベキ者也（下略）」のような書き方である。

『閑吟集』真名序・仮名序　口語訳・注

〈真名序〉

歌謡は徳政の根本

夫《そ》れ[一]謳歌《おうか》の道たる、[二]乾坤《けんこん》定まり剛柔成りしより以降《このかた》、聖君の至徳、賢王の要道なり。これを異域に温《たづ》ぬるに、その来たること久し。[三]先王の[四]五声を和するや、もつてその心を平《たひら》かにし、その政《まつりごと》を成すなり。五声・[五]六律《ろくりつ》・[六]七音《しちいん》・[七]八風《はつぷう》、もつて相成《あひな》すなり。清濁小大、短長疾徐《しつじよ》、もつて相済《な》すなり。君子これを聴き、もつてその心を平かにす。心平かなれば徳和す。故《ゆゑ》に詩に[八]曰《いは》く、徳音《とくいん》瑕《あやま》たずと。

夫謳歌之為道、自乾坤定剛柔成以降、聖君之至徳、賢□（王）之要道也。温之異域、其来久矣。先王和五声也、以平其心、成其政也。五声六律七音八風、以相成也。清濁小大短長疾徐、以相済也。君子聴之、以平其心。丶平徳和。故詩曰、徳音不瑕。

口語訳　そもそも歌謡の道というものは、天地が定まりあらゆるものが生成して以来、聖君・賢王が至れる徳行をなし、世を治めるための大切な手だてとして重んじられてきたものである。この例を古代中国に尋ね求めてみると、その由来はまことに古い。唐虞三代の君主が五声の調和をはかり、その音楽でもって人々の心をなごませ、政（まつりごと）を成功させたことであった。五声・六律・七音・八風など、音楽相互の調和をなし、言葉の清濁、音声の大小、律調の長短および急緩の融合によって、政治上よい効果があったのである。君子は音楽を聞いて心をやわらげる。心がやわらぎゆったりとすると、自然に仁徳が身についてくる。ゆえに詩経にも「よい音楽で心をやわらげたならば、ながく仁徳をたもち続けることができる」と。

注 **一** 歌謡。**二** 天と地。剛柔（堅いものと軟らかいもの）とともに万物が生成するための二元素。**三** これ以下「徳音瑕たず」まで、『春秋左氏伝』昭公二十年十二月条によるが、詞句は適宜省略されている。補注参照。**四** 五音。宮・商・角・徴・羽。**五** 十二律中の陽に属する六つの音。黄鐘・大蔟・姑洗・蕤賓・夷則・無射。**六** 五声に二変つまり変宮・変徴を加えたもの。**七** 金・石・土・革・糸・木・匏・竹の音。**八** 詩経の豳風・狼跋篇に「徳音不レ瑕」、邶風・谷風篇に「徳音莫レ違」。

補注 ○『春秋左氏伝』の本文に近いので相当部分を引用する。「先王之済二五味一、和二五声一也、以平二其心一、成二其政一也。声亦如レ味。一気・二体・三類・四物・五声・六律・七音・八風・九歌、以相成也。清濁・小大・短長・疾徐・哀楽・剛柔・遅速・高下・出入・周疏、以相済也。君子聴レ之、以平二其心一。心平徳和。故詩曰、徳音不レ瑕。」。○「君子これを聴き、もつてその心を平かにす」「心平かなれば徳和す」の如く「心」を哲学の一つの基本としている。朱子学、これを改革展開させた陽明学の「心即理」の観念が、おそらく背景にあると思われる。「民を仁《いつく》しみ物を愛するに在りては。すなわち民を仁しみ物を愛すること、便ちこれ一物、意、視聴言動に在りては、すなわち視聴言動すること便ちこれ一物なり。所以に某説く〈心外の理なく、心外の物なし〉と」（王陽明の教えを後に徐愛が書き留めた『伝習録』巻之一）。

歌謡によって世相を知る

一 これを嗟嘆《さたん》して足らざれば、これを詠歌す。これを詠歌して足らざれば、手の舞ひ足の踏むを知らざるなり。治世の音《おん》は、安んじてもつて楽しむ、その政《まつりごと》和すればなり。乱世の音は、怨みてもつて怒る、その政《まつりごと》乖《そむ》けばなり。二 得失を正し、天地を動かし、鬼神を感ぜしむるは、詩より近きはなし。詩は志の之《ゆ》く所なり。

嗟嘆之不足、詠歌之。詠歌之不足、不知手之舞足之踏之也。治世之音、安以楽、其政和。乱世之音、怨以怒、其政乖。正得失、動□（天）地、感鬼神、莫近於詩。丶者志之所之也。

口語訳 人は感嘆の声を出してもまだ十分に気持がおさまらないときは、これを歌うことによって表現し、歌ってもまだ足らなければ、ただ夢中になって手を振り足を踏みとどろかすものである。そもそも世の中がよく治まっている時に、安堵して音楽をたのしむことができるのは、政治が人々の心とよく調和しているからである。乱れた世の音楽が、恨みと怒りの雰囲気をもっているのは、政治が人々の心から離反しているからである。ゆえに政治や人々の善悪を正し、天地や鬼神までも感動せしむるものは、やはり詩より他にはない。詩とはその字からもわかるように、志が言葉でもって表現されてゆく心の動きである。

注 一 以下「詩は志の之く所なり」まで、ほぼ『詩経』大序による。「手の舞ひ……」は、『源平盛衰記』十二・行隆召さるゝ事、にも。二「詩より近きはなし」まで、『古今和歌集』真名序をもとにしている。鬼神は神秘で超自然的な荒々しい霊。

補注 『詩経』「大序」の、出典と見られる部分を訓読して引く。「詩は志の之く所なり。心に在るを志と為し、言に発するを詩となす。情、中に動きて言に形はる。これを言うて足らず、故に之を嗟嘆す。之を嗟嘆して足らずは、故にこれを永歌す。これを永歌して足らずは、手の之を舞ひ、足の之を蹈むを知らず。情は声に発し、声は文を成す。之を音と謂ふ。治世の音は、安くして以て楽しむ、其の政、和すればなり。乱世の音は、怨みて以て怒る、其の政、乖けばなり。亡国の音は哀しみて以て思ふ、其の民困しめばなり。故に得失を正し、天地を動かし、鬼神を感ぜしむるは、詩より近きはなし。」（参照　高田眞治『漢詩選Ⅰ　詩経（上）』平成八年、集英社）

中国の詩論

詩変じて謡となり謳歌せらる。もっとも三代以前は、物として宗廟侶隣《そうべうりよりん》の詠ならざるはなし。一井を鑿《うが》ちて飲み、田を耕《たがや》して食《くら》ふとは、尭《げう》の時の歌なり。二易水《えきすい》の秦に於《お》ける、三大風《たいふう》の漢に於ける、一句の歌有るは、四素練白馬、寿《いの》りてこれを成すことを得しなり。五接輿《せつよ》は鳳兮《ほうよ》を歌ひ、六甯戚《ねいせき》は牛角を扣《う》つ。七楚王《そおう》の萍実《へいじつ》、八陳主《ちんしゅ》の後庭花《こうていくわ》、僉《みな》民間に言はざるはなし。易に曰はく、九缶《ほとぎ》を鼓《こ》して歌ふと。あに至徳要道に非《あら》ざらんや。異方かくの如し。

詩変成謡謳歌。尤三代以前、無不物宗廟侶隣詠。鑿井而飲、耕田而食、尭時之歌也。易水之於秦、大風之於漢、有一句之歌、素練白馬、寿得成是也。接輿歌鳳兮、甯戚扣牛角。楚王萍実、陳主後庭花、僉無不言民間也。易曰、鼓缶歌也。豈非至徳要道乎。異方如斯矣。

口語訳　詩は変化して歌謡となり、おおいに人々に歌われる。もっとも、夏・殷・周の三代以前は、帝王の祭儀の歌や民間の歌がすべてであった。「井戸を掘って水を飲み、田を耕して作物を食う」と老人が土を叩いて泰平を楽しんだのは、堯の治めた時代のことであった。秦の時代、荊軻が易水で「風蕭々として易水寒し」と別れの歌をうたい、漢の時代、高祖が故郷に錦を飾って「大風起って雲飛揚す」と雄大に歌ったように、それぞれの時代に感動の歌謡があるのは、神にも祈る悲愴な決意に由来するのである。また接輿は孔子を謗って「鳳よ鳳よ」と歌い、甯戚が斉の桓公の宰相に任用されたのは、牛の角をたたいて歌をうたったがためであった。楚の昭王は江を渡るとき実のはいった浮草を得たので、その意味するところについて孔子に尋ねると、孔子は童謡を引いて説明したことや、陳の後主叔宝が玉樹後庭花という楽を作ったという伝えにいたるまで、すべて民間に知られている事例である。さらに易経では「缶を打って拍子を取りながら歌う」とある。このように見てくると、歌謡というものがやはり、聖君賢王の至徳要道であることがわかるのである。中国においてすら、すでにこのようであった。

注 **一**　堯の時代の、いわゆる撃壌歌といわれているものの一節。「日出而作、日入而息、鑿レ井而飲、耕レ田而食、帝力于レ我何有哉」（古詩源・巻一・古逸・撃壌歌）。 **二**　荊軻が秦始皇帝を刺殺することを決意、燕の太子丹と易水で別れを惜しんだ時の即興歌。「風蕭蕭兮易水寒、壮士一去兮不二復還一」（史記・刺客列伝）。↓補注① **三**　いわゆる大風の歌。「酒酣高祖撃レ筑、自為二歌詩一曰、〈大風起兮雲飛揚、威加二海内一兮帰二故郷一、安得二猛士一兮守二四方一〉令二児皆和習之一、高祖乃起舞慷慨傷懐泣数行下」（史記・高祖本紀）。 **四**　素練は白いねり絹。素車（白木で作った車）白馬の誤か。清廉潔白で悲愴な決意の象徴。寿は禱の通用で「いのる」と読む説をとる。 **五**　「楚狂接輿、歌而過二孔子一。曰、鳳兮鳳兮、何徳之衰也。往者不レ可レ諫。来者猶可レ追。已而已而、今之従レ政者殆而」（論語・微子）。 **六**　『蒙求』〝甯戚扣角〟には、「三斉略記」に言うとして、その説話が載る。↓補注② **七**　『孔子家語』に見える故事。↓補注③ **八**　随書・巻二二・五行志・第十七に、陳の後主が玉樹後庭歌を作り、後宮の美人達にこれを習わせ歌わせたとある（和刻本正史『随書〈影印本〉』昭和四十六年、汲古書院）。教訓抄にも見える故事。 **九**　『易経』・離に「九三、日昃之離、不二鼓レ缶而歌一、則大耋之嗟、凶」による。缶は水や酒を入れておく瓦器の一種。「甂《ホトギ》・缶《同》・甖《同》」（易林本節用集）。

補注 ①『史記』刺客列伝から、高漸離が筑を奏で荊軻がそれに和して歌う場面を引く。強暴な秦の地に踏み入ろうとしている。生きて帰れるかどうか、よくわからない。悲愴な場面。

太子及賓客知二其事一者、皆白衣冠以送レ之。至二易水之上一。既祖取レ道。高漸離撃レ筑、荊軻和而歌、為二変徴之声一。士皆垂レ涙涕泣。又前而為レ歌曰、

風蕭蕭兮易水寒

壮士一去兮不二復還一

復為二羽声一忼慨。士皆瞋レ目、髪尽上指レ冠。於レ是荊軻就レ車而去。終已不レ顧。

②『蒙求』「三斉略記、斉桓公夜出二近舎一。甯戚疾撃二其牛角一、高歌曰、南山矸。白石爛。生不レ遭二尭與レ舜禅一。短布単衣適至レ骭。従レ昏飯レ牛薄二夜半一。長夜曼曼何時旦。桓公召与語、説レ之、以為二大夫一。」

③『孔子家語』巻第二に次のようにある。楚王が長江を渡る時、大きくて丸く赤い物にぶつかった。誰に聴いてもよくわからなかったので楚王は臣下を通じて、孔子に尋ねたら次のように答えた。「此所謂萍実也。可二剖而食一レ之。吉祥也。唯覇者為二能獲一レ焉。使者返、王遂食レ之。大美。久レ之、使来以告二魯大夫一。大夫因二子游一問曰、夫子何以知二其然一。曰、吾昔、之レ鄭過二于陳之野一聞二童謡一。曰楚王渡レ江得二萍実一、大如レ斗赤如レ日。剖而食レ之甜如レ蜜。此是楚王之応也。吾是以知レ之。」

日本歌謡の展開

熟《つらつら》本邦の昔を思ふに、[一]伊陽の岩戸にして[二]七昼夜の曲を歌ひ、大神[三]鏬隙《かげき》に面し、神の戸[四]擘開《はくかい》して、

霄壌明白なり。地祇の始め已《すで》に神歌あり。次に催馬楽興る。催馬楽再び変じて早歌となる。その間に今様・朗詠の類あり。数曲三変して、近江・大和等の音曲あり。或《あるい》は徐々として精《こころ》を困《くる》しめ、或は急々として耳に喧《かまびす》し。公宴に奏し下情を慰むるは、夫《そ》れ唯《ただ》小歌のみか。

熟思本邦昔、伊陽岩戸而歌七昼夜曲、大神面于罅隙、神戸擘開而霄壌明白也。地祇之始已有神歌。次催馬楽興也。催馬楽再変而成早歌。其間有今様朗詠之類。数曲三変而有近江大和等音曲。或徐〻而困精、或急〻喧耳。奏公宴慰下情者、夫唯小歌乎。

口語訳　よくよく本邦の昔を考えてみると、伊勢の国の天の岩屋戸において、神々が七日七夜舞い歌ったのを、天照大神が怪しいと思って戸を細めに開けてご覧になったが、そこを天の手力男の命が押し開いて天地がふたたび明るくなったという。ゆえに国の始めにまず神歌があったということになる。次に催馬楽が出現し、再び変化して早歌となった。その間には、今様・朗詠などがもてはやされている。そうしたいくつかの曲が三たび変化して猿楽の近江節・大和節などの音曲が生じた。以上挙げてきた歌謡においては、あるものはあまりにもテンポがゆっくりしすぎていて退屈だし、あるものは、とても調子がはやくてやかましいのである。そうするとやはり、公の宴席において、心を慰めることができるのは、なんと小歌だけだということになる。

注　一　伊勢国度会郡に天の岩屋戸の所在を定めた表現であろう。二　たとえば「神集々而七日七夜楽遊」（山城国風土記逸文）のように、類型的表現。三　透き間。四　裂き開くこと。五　天地が明るいこと。六　神楽歌の意で用いているのであろう。七　中古に流行した宮廷遊宴の歌謡。八　主に、鎌倉時代、武士達に愛好された宴の場の長編歌謡。九　今様は平安後期、芸能者・貴族・武家・庶民などに歌われ伝授された歌謡群。朗詠も貴族・武家などに愛好されたもので、和漢の詩歌に曲節を付けて詠ずる。

補注 日本歌謡史の大略を述べている。また公の宴においても心を慰めるのは小歌だけだ、と小歌の効用と機能について述べている。神歌・催馬楽・今様・朗詠・早歌・近江節・大和節と変遷を見たとする。ほぼ着実な流れを捉えて小歌出現の歴史的意義を言う。

広い意味の小歌

小歌の作《おこり》たる、独《ひと》り人の物に匪《あら》ざるや明《あき》らけし。風行き雨施すは、天地の小歌なり。流水の淙々《そうそう》たる、落葉の索々《さくさく》たる、万物の小歌なり。加之《しかのみならず》、龍唫《りようぎん》・虎嘯《こしよう》、鶴唳《かくれい》・鳳声《ほうせい》、春にして鶯あり、秋にして蛬《きりぎりす》あり、禽獣・昆虫の歌も、自然の小歌なるものか。而《しか》るを況《いは》んや人情をや。[一]五千余軸は、迦人《かじん》の小歌なり。[二]五典三墳《ごてんさんぷん》は、先王の小歌なり。風を移し俗を易《か》へ、夫婦を経《をさ》め、孝敬を成し、人倫を厚うす。吁《ああ》、小歌の義たるや大いなるかな。

小歌之作、匪独人物也明矣。風行雨施、天地之小歌也。流水之淙〻、落葉之索〻、万物之小歌也。加之、龍唫虎嘯、鶴唳鳳声、春而有鶯、秋而有蛬、禽獣昆虫歌、自然之小歌者耶。而況人情乎。五千余軸、迦人之小歌也。五典三墳、先王之小歌也。移風易俗、経夫婦、成孝敬、厚人倫。吁、小歌之義大矣哉。

口語訳 小歌が生まれたのは、人間界に限ったことではない。吹く風の音、雨の降る音は、天地がもたらす小歌である。淙々と流れる水の音、散りゆく落ち葉の音など、自然の万物が歌う小歌である。そればかりではない、龍が吟ずる声、虎が嘯く声、鶴や鳳の鳴き声、春の鶯、秋のきりぎりすの鳴き声がある。これら禽獣・昆虫の歌すべてが自然界の小歌なのである。だからましてや、人情というものをもっている人間界において、小歌が生まれたのは当然のことである。大蔵経五千四十八巻は僧侶達の小歌、三皇および五帝の書は、先王の小歌と見てよい。これによって民間の風俗を好ましい方向へ向け、夫婦の道や君臣父子の道を教え、人としてのあるべき道を教えるのである。ああ小歌の意義はまことに大きいものだよ。

注　一　大蔵経（一切経）の巻数。五〇四八巻。二　五典は五帝、つまり黄帝・顓頊・帝嚳・唐尭・虞舜の書。三　墳は三皇のことで、伏犠・女媧・神農の書。想像上のもの。

補注　風、雨、龍唫、虎嘯すべて小歌であるという思想。編者はまず『閑吟集』の小歌を「人としてのあるべき道を教えているものである」と語る（この執筆の背景に、冒頭にもふれた、室町時代の儒教思想も考えられる）。また自然・動物などすべてが歌をうたうという『古今和歌集』仮名序と同一の思想を披露している。「やまとうたは、ひとのこゝろをたねとして、よろづのことの葉ともなれりける。世の中にある人ことわざしげきものなれば、心におもふことを見るものきくものにつけていひいだせるなり。花になくうぐひすみづにすむかはづのこゑをきけば、いきとしいけるもの、いづれかうたをよまざりける（下略）」。これは文化論として広く一般化してゆくと、その根本には、自然界すべてのものに精霊が宿り、精霊が物を言い、歌をうたうという、アニミズムの世界観がある。原始的・呪的心性の世界であり、かつまた近代的・現代的な、人間学、宇宙学の根本に関わるおもしろさである。

小歌がうたわれる機会

竺・支・扶桑の、音律を翫《もてあそ》び調子を吟ずること、その揆《おもむき》一つなり。悉《ことごと》く説《よろこ》ぶ。一中殿の嘉会《かくわい》に、朗《らう》唫罷《ぎんや》みて二浅々として斟《く》み、大樹の遊宴に、早歌を了《をは》りて低々《ていてい》として唱《うた》ふ。三小扇を弄《もてあそ》ぶ朝々《あさなあさな》、共に花の飛雪を踏み、四尺八を携ふる暮々《ゆふべゆふべ》、独り荻吹く風に立つ。

竺支扶桑、翫音律吟調子、其揆一也。悉説。中殿嘉会、朗唫罷浅丶斟、大樹遊宴、早歌了低丶唱。弄小扇之朝丶、共踏花飛雪、携尺八之暮丶、独立荻吹風。

口語訳 インド・中国・日本の人々がいろいろな機会に音楽を演奏し、声に出して吟ずるのは、いずれも同じ趣である。つまりこれによって喜びのかぎりを尽くすのである。清涼殿における祝宴で、詩歌の朗詠が終わったあと、気分を和らげて簡単に酒盛りをして小歌を歌い、将軍家での遊宴のおりには、早歌が終わったあと、小歌を低く口ずさんだものだ。扇拍子で小歌をうたった朝、仲間と一緒に雪のように散る花びらを踏み、尺八を携えた夕暮には、ひとりで荻の上を吹く風の中に立ったものだ。

注 一 清涼殿の異称。次の「大樹の遊宴」と対句。 二 次の「低々として唱ふ」と対句。「浅斟低唱」という句を分けて用いる。 三 扇拍子をとることを言う。「小扇を……踏み」と「尺八を……立つ」とが対句。 四 一節切の尺八。一尺一寸一分。

補注 歌謡（小歌）は誰に聴かせる、と言うのでもなく、独り荻吹く風に立って口ずさむ歌、つまり、独歌として心をなぐさめる歌謡でもあり、つれづれに低くうたう歌謡でもあるということを述べている。また清涼殿や将軍家での宴で詩歌の朗吟の後に、「小歌」がうたわれていた様子を書いている。この記事は「仮名序」の述べるところと重なる。『閑吟集』の小歌のうたわれた場・雰囲気がわかる。

閑吟集編集

爰《ここ》に一狂客[一]あり。三百余首の謳歌を編み、名づけて閑唫集[二]と曰ふ。数奇《すき》好事《かうじ》を伸《の》べ、三綱五常[三]を諭《さと》す。[四]聖人賢士の至徳要道なり。豈《あに》小補ならんや。旴《とき》に、[五]永正戊寅秋《ぼいんあき》八月、青灯夜雨《せいとうやう》の窻《まど》に、[六]述べて作り、もつて同志に貽《のこ》すと[七]云爾《しかいふ》。

爰有一狂客。編三百余首謳歌、名曰閑唫集。伸数奇好事、諭三綱五常。聖人賢士至徳要道也。豈小補哉。于旴、永正戊寅秋八月、青灯夜雨之窻、述而作、以貽同志云爾。

口語訳　さて、ここに一人の風狂の客がいる。三百余首の歌謡を編集して、名付けて閑唫集と言う。風流の心を述べながら、三綱五常を諭しているのであって、聖人賢士の徳を修め世を治める道にかなったものである。どうして少しばかりの助けと言った程度のものであろうか。時に永正十五年秋八月、雨夜の窓辺で、青い灯をたよりに、先人の説を述べ、自分の考えも加え、ここに同好の士のために残しておくこと、上述のとおりである。

注　**一** 風狂の人物。風流の道に心を奪われた人。編者自身の謙遜した表現。**二** 三本とも真名序は「朗唫」の場合も含めて「唫」を用いる。図本は真名序冒頭肩部に、朱でいわゆる内題として「閑唫集」と入れる。なお仮名序および題簽は「閑吟集」。**三** 三綱は、君臣・父子・夫婦。五常は仁義礼智信。**四** 真名序冒頭の「聖君の至徳、賢王の要道」を再び引いて結ぶ。**五** 永正十五年（一五一八）秋八月。**六** 論語・述而の冒頭「述而不ㇾ作」を変化させたか。**七** 文章を結ぶときの常套語。以上の如し。

補注　「三綱五常を諭す。聖人賢士の至徳要道なり」は、冒頭段落の言説に対応する。三百十一首の蒐集編集はこうした目的で行ったのであると言っている。そういう精神思想で歌謡をとらえて、この序文を書いている。時代性やこの序文の作者の立場がわかる。注目はすべきであるが、歌謡史における本来の個々の小歌の実体や真の『閑吟集』の価値は、こういう表現でのみ片付けられるものではない。
　言うまでもなく「旴《とき》に、永正戊寅秋八月、青灯夜雨の窻に、述べて作り、もつて同志に貽すと云爾《しかいふ》」は、明確に本書成立を記しているのであり、しかも付言すると、この抒情歌謡集を心を込めて編集し作り得た、自信と品格が満ちている。

〈仮名序〉

こゝに一人《ひとり》の桑門《〈よすてびと〉》あり。富士《ふじ》の遠望をたよりに庵《〈いほり〉》を結《むす》びて、十余歳の雪を窓《〈まど〉》に積《つ》む。松吹《ふ》く風に軒《〈のき〉》端《ば》を並《なら》べて、[一]いづれの緒《〈お〉》よりと琴《こと》の調《しら》べを争《あらそ》ひ、尺八《〈しやく〉》を友《とも》として春秋の調子《てうし》を試むる折〱《〈をりをり〉》に、歌の一節《ふし》をなぐさみ草《〈ぐさ〉》にて、隙行《ひまゆ》く駒《〈こま〉》に任《まか》する年月のさき〲、都鄙《とひ》遠境《ゑんきやう》の花の[二]下《もと》、月の前《まへ》の宴席《〈ゑんせき〉》にたち交《まじ》はり、声《こゑ》をもろともにせし老若《〈らうにやく〉》、なかば古人《〈こじん〉》となりぬる懐旧《〈くわいきう〉》の催《もよほ》しに、[三]柳《〈やなぎ〉》の糸《いと》の乱《みだ》れ心と打《う》ち上《あ》ぐるより、あるは早歌《〈はやうた〉》、あるは僧侶《〈そうりよ〉》佳句を吟《〈ぎん〉》ずる廊下《〈らうか〉》の声《こゑ》、田楽《〈でんがく〉》・近江《〈あふみ〉》・大和《〈やまと〉》節《ぶし》になり行《〈ゆく〉》数《かず》〱《〈〱〉》を、忘れがたみにもと、思ひ出《〈いづ〉》るにしたがひて、閑居《〈かんきよ〉》の座右《〈ざみぎ〉》に記《しる》し置《を》く。是《〈これ〉》を吟じ移《うつ》り行《〈ゆく〉》うち、浮世《〈うきよ〉》のことわざに触《ふ》るゝ[四]心のよこしまなければ、[五]毛詩《〈もうし〉》三百余篇《〈よへん〉》になずらへ、数《〈かず〉》を同《おな》じくして閑吟集《〈かんぎんしう〉》と銘《〈めい〉》す。この趣《おもむき》をいさゝか双紙《〈さうし〉》の端《はし》にといふ。命《〈いのち〉》にまかせ、時しも秋の[六]蛍《〈ほたる〉》に語《かた》らひて、月をしるべに記《しる》す事しかり。

口語訳 ここに一人の世捨人がいる。富士山を遠望できるこの地に草の庵を結び、かれこれ十余年の歳月を過ごした。軒端に松吹く風の音を聞き、それに和して琴を掻き鳴らし、また一節切の尺八を携えて四季折々に合う曲を吹きながら、小歌の一節を心の慰みとして、はやくも過ぎていってしまった年月を振り返ると、都や田舎での、春は花見の宴、秋は月見の宴に連なり、ともに歌った老人や若人がいたけれども、いまではそうした人々も半ば故人になってしまったその昔が恋しくて、「柳の糸の乱れ心」とうたう小歌をまずはじめに置いて、あるいは早歌、あるいは僧侶が廊下で吟ずる漢詩句、また田楽節、猿楽の近江節・大和節に至るまでの数々を、記念の歌謡集ともなればと考えて、思い出すがままに閑居の座右に記しておくのである。これらを歌いながら毎日を過ごしてゆくと、生活の上でも邪悪な心がおこるということもないので、ここに詩経・三百十一編に習って数を同じくして、閑吟集と題を付けた。以上のような趣旨を少しく草紙の端に書いたのである。余命にまかせ、折も折、かすかな秋の蛍と語らいながら、月明りのもとで、以上のように書き記しておくのである。

注　一「琴の音に峰の松風通ふらしいづれの緒より調べそめけむ」（拾遺和歌集・雑上・斎宮女御）による。二四季折々の遊宴に加わり風流を楽しんだことを言う。「花の下の春の遊び、月の前の秋の宴、……」（太平記・一）。**三**巻頭の小歌「花の錦の下紐は……」から取る。**四**論語・為政の「子曰、詩三百、一言以蔽レ之、曰、思無レ邪」をふまえる。**五**詩経のこと。漢代魯の毛氏（毛亨）が伝えた。三百五編に、編名のみの小雅六編を加えると、本来は三百十一編あったことになる。『閑吟集』の歌数三百十一首はこれにもとづいている。**六**和歌、五山詩文などに見える題材。幽かなるもののたとえ。「置く露に朽ちゆく野辺の草の葉や秋の蛍となりわたるらむ」（是貞親王家歌合・秋雑）。

補注　『閑吟集』成立事情がわかる。富士山を遠望できる草庵で小歌編集の仕事を行った。小歌の環境・場などが、洗練された文章の中に的確にとらえられている。また「声をもろともにせし老若、なかば古人となりぬる懐旧の催しに」とあるように、世の無常、はかなさをかみしめながら、この序文を書いたことになる。その思いは文末「秋の蛍」にもうかがえる。注引用の和歌に二首加える。

○はかもなきあきのほたるを春ののに　もゆるわらびにさらにたとへじ

○残るてふ秋のほたるをひろふまで老しらぬ年の昔ともがな

（宰中将君達春秋歌合・わらびのかへし・春の御方。応和三年七月二日）

（黄葉集。烏丸資慶編・寛文九年）

『閑吟集』全歌一覧

＊算用数字について
行頭は『閑吟集』本文の一連番号、
行末太字は見出しの頁数を示す。

1・小 花の錦《（にしき）》の下《（した）》紐《ひも》は　解《と》けて中〳〵《（なかなか）》よしなや　柳の糸《いと》の
乱《みだ》れ心《ごゝろ》　いつ忘《わす》れうぞ　寝《ね》乱《みだ》れ髪《がみ》の面影《おもかげ》　3

2・小 いくたびも摘《つ》め　生田《いくた》の若菜《わかな》　君《きみ》も千代を積《つ》むべし　14 32

3 菜《な》を摘《つ》まば　沢《さは》に根芹《ねぜり》や　峰《みね》に虎杖《いたどり》　鹿《しか》の立《た》ち隠《かく》れ
（肩書きなし）　18

4・大 木《（こ）》の芽《め》春雨降《ふ》るとても　〳〵《（木の芽…）》　なを《（ほ）》消《き》へ《（え）》がたきこの野
辺《べ》の　雪の下なる若菜《わかな》をば　いま幾日《いくか》ありて摘《つ》ままし
春立《はるた》つと言《い》ふばかりにや　御《（み）》吉野《よしの》の《ゝ》　山も霞《かす》みて白《しら》雪
の　消《き》えし跡《あと》こそ路《（みち）》となれ　〳〵《（消えし…）》　22

5・小 霞《かすみ》分《（わけ）》つゝ小松引《ひ》けば　鶯《うぐひす》も野辺《べ》に聞《き》く初音《（はつね）》　25

6・小 めでたやな松の下　千代も引《ひ》く千代《ちよ》　千世《（ちよ）》〳〵と　29

7・小 茂《しげ》れ松山　茂《しげ》らふ《（う）》には　木陰《かげ》に茂《しげ》れ松《まつ》山　34

8・小 誰《た》が袖触《ふ》れし梅が香ぞ　春に問《と》はば《ゝ》や　物言《い》ふ月に逢《あ》
ひたやなふ《（う）》　36

9・吟 只吟可臥梅花月　成仏生天惣是虚　38

10・小 梅花《（ばいくわ）》は雨に　柳絮《（りうじよ）》は風に　世はたゞ嘘《うそ》に揉《も》まるゝ　39

11・大 老《（おい）》をな隔《へだ》てそ垣穂《かきほ》の梅《むめ》　さてこそ花の情《なさけ》知《し》れ　花に三
春の約有《やくあ》り　人に一夜を馴《な》れ初《そ》めて　後《（のち）》いかならんう
ちつけに　心空《そら》に楢柴《ならしば》の　馴《な》れは増《ま》さらで　恋の増《ま》さ
らん悔《くや》しさよ　44

12・小 それを誰《た》が問《と》へばなふ《（う）》　よしなの問《と》はず語《がた》りや　47

13・大 年〳〵《（としどし）》に人こそ旧《ふ》りてなき世なれ　色《（いろ）》も香《（か）》も変《か》はらぬ
宿《（やど）》の花盛《ざか》り　〳〵《（変はら…）》　誰《たれ》見はやさんとばかりに　又廻《めぐ》り
来《き》て小車《をぐるま》の　我と憂《う》き世に有《あり》明の　尽《つ》きぬや恨《うら》みなる
らむ　よしそれとても春の夜の　夢《ゆめ》の中《うち》なる夢《（ゆめ）》なれや
〳〵《（夢の…）》　50

14・小 吉野《よしの》川の花筏《いかだ》　浮《う》かれて漕《こ》がれ候《（そろ）》よの　〳〵《（浮か…）》　52

15・小 葛城《かづらき》山に咲《さ》く花候《（ぞろ）》よ　あれをよと　よそに思《おも》ふ《（う）》た念《（ねん）》ば
かり　55

16・小 人の姿《すがた》は花靫《うつぼ》　優《やさ》しさうで　負《お》ふ《（う）》たりや嘘《うそ》の皮靫《かはうつぼ》　59

17 人は嘘《うそ》にて暮《くら》す世に　なんぞよ燕子《（えんし）》が実相《（じちさう）》を談《（だん）》じ顔《がほ》な
る（肩書きなし）　61

18・小 花の都《みやこ》の経緯《たてぬき》に　知《し》らぬ道《みち》をも問《と》へば迷《まよ》はず　恋路《こひぢ》
など通《かよ》ひ馴《な》れても紛《まが》ふらん　65

19・放 面白《おもしろ》の花の都《みやこ》や　筆《ふで》で書《か》くとも及《およ》ばじ　東《ひがし》には祇《ぎ》園清《をんきよ》水《みづ》　落《お》ち来《く》る滝《たき》の音羽《おとは》の嵐《あらし》に　地主《ぢしゆ》の桜《さくら》は散り〴〵　西《にし》は法輪嵯《ほうりんさ》峨《が》の御寺《をんてら》　廻《まは》らばまはれ水車《みづぐるま》の　臨川堰《りせむせき》の　川波《かはなみ》　川柳《かわやなぎ》は水に揉《も》まるゝ　ふくら雀《すゞめ》は竹《たけ》に揉《も》まるゝ　都《みやこ》の牛《うし》は車《くるま》に揉《も》まるゝ　野辺《のべ》の薄《すゝき》は風に揉《も》まるゝ　茶《ちや》臼《うす》は引木《ひきぎ》に揉《も》まるゝ　げにまこと忘《わすれ》たりとよ　小切子《こきりこ》は放下《はうか》に揉《も》まるゝ　小切子《こきりこ》の二《ふた》つの竹の　世ゝを重《かさ》ねて　うちおさめたる御《み》代かな　66

20・早 花見の御幸《ごかう》と聞《きこ》えしは　保安第五の如月《きさらぎ》　77

21・田 我らも持《も》ちたる尺八を　袖《そで》の下より取《と》り出《いだ》し　暫《しば》しは吹《ふ》ひ《い》て松の風　花をや夢《ゆめ》と誘《さそ》ふらん　いつまでか此《この》尺八　吹《ふ》ひ《い》て心を慰《なぐさ》めむ　81

22・大 吹《ふ》くや心《こゝろ》にかゝるは　花の辺《あた》りの山颪《おろし》　更《ふ》くる間《ま》を惜《お》しむや　まれに逢《あ》ふ夜《よ》なるらん　此《この》まれに逢《あ》ふ夜なるらむ　83

23・小 春風細軟《サイナン》なり　西施《せいし》の美《ビ》　85

24・吟 呉軍百万鉄金甲《ゴグンヒヤクマンノテツキンコウ》　不《ズ》ㇾ敵《テキセ》西施《セイシ》咲裡刀《ハラウウチノ》《セウリノカタナニ》　87

25・小 散《ち》らであれかし桜《さくら》花　散《ち》れかし口と花心《はなごゝろ》　89

26・小 上林《うへのはやし》に鳥《とり》が棲《す》むやらう　花が散《ち》り候《そろ》　いざさらば　鳴子《なるこ》を掛《か》けて　花の鳥追《とりお》はう　91

27・小 地主《ぢしゆ》の桜《さくら》は　散《ち》るか散《ち》らぬか　見たか水汲《く》み　散《ち》るや散《ち》らぬやら　嵐《あらし》こそ知《し》れ　93

28・大 神ぞ知《し》るらん春日野《かすがの》の　奈良《なら》の都《みやこ》に年を経《へ》て　盛《さか》りふけゆく八重桜《やゑざくら》　〳〵《盛り…》　散《ち》ればぞ誘《さそ》ふ誘《さそ》へばぞ　散《ち》るはほどなく露の身の　風を待《ま》つ間《ま》のほどばかり　憂《う》きこと繁《しげ》くなくも哉《がな》　〳〵《憂きこと…》　97

29・大 西楼《せいろう》に月落《お》ちて　花の間《あいだ》も添《そ》ひはてぬ　契《ちぎ》りぞ薄《うす》き灯《ともし》火の　残《のこ》りて焦《こ》がるゝ　影《かげ》恥《は》づかしき我《わ》が身かな　98

30・小 花ゆへ《ゑ》〳〵《ゆゑ》に　顕《あらわ》れたよなふ《う》　あら卯《う》の花《はな》や　卯《う》の花《はな》や　100

31・小 御茶《ちや》の水《みづ》が遅《をそ》くなり候《そろ》　まづ放《はな》さいなふ《う》　又来《こ》ふ《う》かと問《と》はれたよなふ《う》　なんぼこじれたい　新発意《しんぼ》心《ちごゝろ》ぢや　104

32・小 新茶《しんちや》の若立《わかだち》　摘《つ》みつ摘《つ》まれつ　挽《ひ》いつ振《ふ》られつ　それこそ若《わか》ひ《い》時《とき》の花《はな》かよなふ《う》　107

33・小 新茶《しんちや》の茶壺《ちやつぼ》よなふ《う》　入《い》れての後《のち》は　こちやしらぬ　〳〵《こちや…》　111

34・大 離《か》れ〴〵の　契《ちぎ》りの末《すゑ》はあだ夢《ゆめ》の　〳〵《契りの…》　面影許《おもかげばかり》添《そ》ひ寝《ね》して　あたり寂《さび》しき床《とこ》の上《うへ》　涙《なみだ》の波《なみ》は音《をと》もせず　袖《そで》に流《なが》るゝ川水の　逢《あ》ふ瀬《せ》は何処《いづく》なるらん　〳〵《逢ふ…》　112

35・小 面影ばかり残《のこ》して　東《あづま》の方《かた》へ下《くだ》りし人の名は　しら〳〵と言《い》ふまじ　113

36・小 さて何とせうぞ　一目《め》見《み》し面影《おもかげ》が　身を離《はな》れぬ　115

37 • 小 いたづら物《〈もの〉》や　面影《おもかげ》は　身に添《そ》ひながら　独《ひと》り寝《ね》 116

38 • 小 あぢきなひ《〈い〉》そちや　枳棘《〈ききよく〉》に鳳鸞《〈ほうらん〉》棲《す》まばこそ

39 • 大 梨花《〈りくわ〉》一枝《〈し〉》　雨《〈あめ〉》を帯《〈おび〉》たる粧《よそほ》ひの　〱《〈雨を…〉》　太液《〈たいゑき〉》の芙蓉《〈ふよう〉》の紅《くれなひ》　未央《〈びやう〉》の柳《〈やなぎ〉》の緑《みどり》も　是《〈これ〉》にはいかでまさるべき　げにや六宮《〈きう〉》の粉黛《〈ふんたい〉》の　顔色《〈がんしよく〉》のなきも理《ことはり》や　〱《〈顔色の…〉》 117

40 • 大 かの昭君《せうくん》の黛《〈まゆずみ〉》は　翠《みどり》の色《〈いろ〉》に匂ひしも　春や暮《く》るらむ　糸柳《〈いとやなぎ〉》の　思《おも》ひ乱《みだ》るゝ折《〈をり〉》ごとに　風もろともに立《た》ち寄《よ》りて　木陰《〈こかげ〉》の塵《ちり》を払《はら》はん　〱《〈木陰の…〉》 119

41 • 大 げにや弱《よは》きにも　乱《みだ》るゝ物は青柳《〈あをやぎ〉》の　糸吹《いとふ》く風の心地《ち》して　〱《〈糸吹く…〉》　夕暮《〈ゆふぐれ〉》の空《〈そら〉》くもり　雨《〈あめ〉》さへ繁《しげ》き軒《〈のき〉》の草《〈くさ〉》　傾《かたぶ》く影《〈かげ〉》を見《み》るからに　心細《こゝろぼそ》さの夕《ゆふべ》かな　〱《〈心細さ…〉》 120

42 • 小 柳《〈やなぎ〉》の陰《〈かげ〉》に御待《ま》ちあれ　人問《と》はばなう《ゝ》　楊枝《やうじ》木切《き》るとおしあれ 122

43 • 小 雲とも煙《けぶり》とも　見さだめもせで　上《うは》の空なる富士《〈ふじ〉》の嶺《ね》にや 125

44 • 小 見ずはたゞよからう　見たりやこそ物《〈もの〉》を思へたゞ 127

45 • 小 な見さひ《〈い〉》そ　〱《〈な見…〉》　人の推《すい》する　な見さひ《〈い〉》そ 128

46 • 小 思ふ方《〈かた〉》へこそ　目《め》も行《ゆ》き　顔《かほ》も振《ふ》らるれ 129

47 • 小 今から誉田《〈こんだ〉》まで　日が暮《く》れうか　やまひ　片割《かたはれ》月は宵《よひ》のほどぢや 131

48 • あら美《うつく》しの塗壺《ぬりつぼ》笠《〈がさ〉》や　これこそ河内《かわち》陣土産《みやげ》　えいとろえいと　えひ《〈い〉》とろえとな　湯口《〈ゆぐち〉》が割《わ》れた　心得《え》て踏《ふ》まひ《〈い〉》中踏鞴《たゝら》　えいとろえいと　えいとろえいな 136

49 • 小 世間《〈よのなか〉》は　ちろりに過《〈すぐ〉》る　ちろり〱 141 155

50 • 小 何《なに》ともなやなふ《〈う〉》　〱《〈何とも…〉》　うき世は風波《〈ふうは〉》の一葉《〈よう〉》よ 143 155

51 • 小 何《なに》ともなやなう　〱《〈何とも…〉》　人生《〈じんせい〉》七十古来《〈こらい〉》稀《まれ》なり 143 155

52 • 小 たゞ何事もかごとも　夢幻《ゆめまぼろし》や水の泡《あわ》　笹《さゝ》の葉に置《を》く露の間《ま》に　あぢきなの世や 147 155

53 • 小 夢幻《〈ゆめまぼろし〉》や　南無三宝《〈ぼう〉》 149 156

54 • 小 くすむ人は見られぬ　夢《ゆめ》の〱〱世を　現顔《うつゝがほ》して 151 156

55 • 小 何《なに》せうぞ　くすんで　一期《〈いちご〉》は夢よ　たゞ狂へ 153 156

56 • 早 強《し》ゐ《〈ひ〉》てや手折《〈たをら〉》まし　折《お》らでやかざさまし《ゝ》やな　弥生《〈やよひ〉》の永《なが》き春日《〈はるび〉》も　猶《〈なを〉》飽《あ》かなくに暮《く》らしつ 156

57 • 小 卯《〈う〉》の花襲《がさね》なな召《め》さひ《〈い〉》そよ　月にかゝやき顕《あらは》るゝ 158

58 • 近 夏の夜を　寝《ね》ぬに明《あ》けぬと言《い》ひ置《を》きし　人は物をや思《おも》はざりけん　麦搗《むぎつ》く里の名には　都《みやこ》しのぶの里の名　あらよしなの涙やなう　逢《あ》はで浮《う》き名《な》の名取《なとり》川　川〱　音《〈をと〉》も杵《きね》の音《をと》も　いづれともおぼえず　在明《〈ありあけ〉》の里の子規《〈ほとゝぎす〉》　郭公《〈ほとゝぎす〉》聞《き》かんとて杵《〈きね〉》をやすめたり　陸奥《みちのく》には　武隈《たけくま》の松の葉《は》や　末《〈すへ〉》の松山《まつ》　千賀《ちか》の塩《〈しほ〉》釜《がま》　〱《〈千賀の…〉》　衣《〈ころも〉》の里《〈さと〉》や壺《つぼ》の石《〈いし〉》碑《ぶみ》　外《そと》の浜風《〈はま〉》　〱《〈外の…〉》　更行《〈ふけゆく〉》月に嘯《うそぶ》く　いとゞ

短《みじか》き夏《なつ》の夜の　月入《ゐ》る山も恨《うら》めしや　いざさし置《を》きて
眺《なが》めんや〱《いざ…》 159

59・小 わが恋は　水に燃《も》えたつ蛍《ほたる》〱《ほたる》　もの言《い》はで笑止《せうし》の蛍《ほたる》 162

60・小 磯《いそ》住《す》まじ　さなきだに　見《み》る〱恋《こい》となる物《もの》を 166

61・大 影《かげ》恥《は》づかしき吾《わが》すがた　〱《影…》　忍《しの》び車《ぐるま》を引《ひき》潮《しほ》の　跡《あと》
に残《のこ》れる溜《たま》り水　いつまで澄《す》みは果《は》つべき　野中の草《くさ》
の露《つゆ》ならば　日影《かげ》に消《き》えも失《う》すべきに　是《これ》は磯辺《いそべ》に
寄《よ》り藻《も》掻《か》く　海人《あま》の捨草《すてくさ》いたづらに　朽《くち》まさり行《ゆく》袂《たもと》
かな 167

62・早 桐壺《きりつぼ》の更衣《かうい》の輦《て》車《ぐるま》の宣旨《せんじ》　葵《あふひ》の上の車争《あらそ》ひ 80 169

63・近 思ひまはせば小車《ぐるま》の　〱《思ひ…》　わづかなりける憂《う》き世哉《かな》 171

64・小 宇治《うぢ》の川瀬《せ》の水車《みづぐるま》　なにと憂《う》き世をめぐるらふ《う》 172

65・小 やれ　おもしろや　えん　京には車　やれ　淀《よど》に舟
えん　桂《かつら》の里《さと》の鵜飼舟《うかいぶね》よ 179

66・小 忍《しの》び車《ぐるま》のやすらひに　それかと夕顔《ゆふがほ》の花を標《しるべ》に 183

67・小 生《な》らぬあだ花　真白《まつしろ》に見えて　憂《う》き中垣《がき》の夕顔《ゆふがほ》や 185 443

68・小 忍ぶ軒端《のきば》に瓢簞《ひようたん》は植《う》へ《ゑ》てな　置《を》いてな　這《は》は《ゝ》せて生《な》ら
すな　心のつれて　ひよひよらひよ　ひよめくに 187

69・小 待《ま》つ宵《よひ》は　更《ふ》け行《ゆく》鐘《かね》を悲《かな》しび　逢《あ》ふ夜は別《わかれ》の鳥《とり》を恨《うら》
む　恋《こい》ほどの重荷《をもに》あらじ　あら苦《くる》しや 190

70・大 しめぢが腹立《はらだ》ちや　よしなき恋を菅《すが》莚《むしろ》　臥《ふ》して見れ
ども居《を》らればこそ　苦《くる》しや独寝《ひとりね》の　我《わ》が手枕《たまくら》の肩替《かたか》へ
て　持《も》てども持《も》たれず　そも恋は何の重荷《おもに》ぞ 191

71・小 恋は重《をも》し軽《かろ》しとなる身《み》かな　〱《重し…》　涙の淵《ふち》に浮《う》きぬ沈《しづ》
みぬ 193

72・小 恋風《こいかぜ》が　来《き》ては袂《たもと》にかい纏《もと》れてなう　袖の重《をも》さよ　恋
風は重《おも》ひ《い》物哉《かな》 193 419

73・小 おしやる闇《やみ》の夜　おしやる〱闇《やみ》の夜　つきも無《な》ひ《い》事《こと》
を 196

74・大 日数《ひかず》ふり行《ゆ》く長雨《ながあめ》の　〱《日数…》　葦葺《あしふ》く廊や萱《かや》の軒《のき》　竹《たけ》
編《あ》める垣《かき》の内《うち》　げに世中《よのなか》の憂《う》き節《ふし》を　誰《たれ》に語《かた》りて慰《なぐさ》ま
ん　〱《誰に…》 197

75・小 庭《には》の夏草《なつくさ》　茂《しげ》らば茂《しげ》れ　道《みち》あればとて　訪《と》ふ人もな 197

76・小 青《あを》梅の折《おり》枝《えだ》　唾《つ》が〱唾《つ》が　やごりよ　唾《つ》が引《ひ》かるゝ 198

77・小 我《わ》御《ご》料《れう》思《おも》へば　安《あ》濃《の》の《ゝ》津《つ》より来《き》た物《もの》を　俺振《をれふ》りごとは
こりや何事《なにごと》 200

78・小 何《なに》をおしやるぞ　せは〱と　上《うは》の空とよなう　こな
たも覚悟《かくご》申《まうし》た 200

79・小 思ひ初《そ》めずは紫《むらさき》の　濃《こ》くも薄《うす》くも物は思《おも》はじ 207

80・小 思《おも》へかし　いかに思《おも》はれむ　思《おも》はぬをだにも　思《おも》ふ世に　207

81・小 思ひの種《たね》かや　人の情《なさけ》　207

82・小 思《おも》ひ切《き》りしに来て見《み》えて　肝《きも》を煎《い》らする　〱《〈肝を…〉》　207

83・小 思《おも》ひ切《き》りかねて　欲《ほ》しや〱と　月見て廊《〈らう〉》下に立《た》たれた　また成《な》られた　207

84・小 思《おも》ひやる心《こゝろ》は君《〈きみ〉》に添《そ》ひながら　何の残《〈のこ〉》りて恋《〈こい〉》しかるらん　207

85・小 思ひ出《だ》すとは　忘るゝか　思《おも》ひ出《だ》さずや　忘れねば　205 207

86・小 思《おも》ひ出《だ》さぬ間《ま》なし　忘れてまどろむ夜もなし　207

87・小 思《おも》へど思《おも》はぬ振《ふ》りをして　しやつとしておりやるこそ　底《〈そこ〉》は深《ふか》けれ　208 451

88・小 思へど思《おも》はぬ振《ふ》りをしてなふ《〈う〉》　思《おも》ひ痩《や》せに痩《〈やせ〉》候《〈そろ〉》　208

89・大 げにや寒竈《〈かんさう〉》に煙《〈けぶり〉》絶《た》えて　春の日のいとゞ暮《く》らしがたふ《〈う〉》　幽室《〈いうしつ〉》に灯《〈ともしび〉》消《き》えて　秋の夜《〈よ〉》なを《〈ほ〉》長《なが》し　家《〈いゑ〉》貧《〈ひん〉》にしては信智《〈しんち〉》少《すく》なく　身賤《いや》しうしては故人《〈こじん〉》疎《うと》し　親《した》しきだにも疎《うと》くならば　余所《〈よそ〉》人はいかで訪《と》ふべき　さなきだに狭《せば》き世に　〱《〈さなき…〉》　隠《かく》れ住《す》む身の山深《ふか》み　さらば心のありもせで　なを《〈ほ〉》道狭《せば》き埋草《〈むもれぐさ〉》　露《〈つゆ〉》いつまでの身ならまし　〱《〈露…〉》　216

90・小 扇《〈あふぎ〉》の陰《かげ》で目をとろめかす　主《ぬし》ある俺《をれ》を　何とかしよう《〈せ〉》か　しよう《〈せ〉》か〱しよう《〈せ〉》　218

91・小 誰《た》そよお軽忽《きやうこつ》　主《ぬし》あるを締《し》むるは　食《く》ひつくは　よしやじやるゝとも　十七八の習《なら》ひよ　〱《〈十七八…〉》　そと食《く》ひつゐ《〈い〉》て給《たま》ふ《〈う〉》れなう　歯《は》形《がた》のあれば顕《あら》はるゝ　220

92 浮《う》からかひ《〈い〉》たよ　よしなの人の心《こゝろ》や　(肩書きなし)　223

93・小 人の心の秋《〈あき〉》の初風《〈はつかぜ〉》　告《つ》げ顔《がほ》の　軒《〈のき〉》端《ば》の荻《〈はぎ〉》も恨《うら》めし　224

94・早 そよともすれば下荻の　末越《すゑこ》す風をやかこつらん　225

95・田 夢《〈ゆめ〉》の戯《たはぶ》れいたづらに　松風に知《し》らせじ　槿《〈あさがほ〉》は日にしほれ　野草《〈のぐさ〉》の露《〈つゆ〉》は風に消《き》え　かゝるはかなき夢の世を　現《うつゝ》と住《す》むぞ迷《まよ》ひなる　226

96・小 たゞ人は情《〈なさけ〉》あれ　槿《〈あさがほ〉》の花《〈はな〉》の上なる露の世に　227

97・小 秋の夕《〈ゆふべ〉》の虫《〈むし〉》の声《こゑ》〲　風うち吹《ふ》ひ《〈い〉》たやらで　淋《さび》しやなふ《〈う〉》　229

98・大 尾《〈を〉》花の霜夜《〈しもよ〉》は寒《さむ》からで　名残《〈なごり〉》顔《がほ》なる秋《〈あき〉》の夜の　虫の音《〈ね〉》もうらめしや　手枕《たまくら》の月ぞ傾《かたぶ》く　230

99・大 風破窓《〈はさう〉》を簸《〈ひ〉》て灯《〈ともしび〉》消《〈きへ〉》やすく　月疎屋《〈そおく〉》を穿《うが》ちて夢《〈ゆめ〉》成《な》りがたし　秋の夜すがら所がら　物すさまじき山陰《〈かげ〉》に　住《す》むとも誰か白《しら》露の　旧《ふ》り行《〈ゆく〉》末《すゑ》ぞあはれなる　哀《〈あはれ〉》馴《な》るゝも山賤《がつ》の　友こそ岩木《〈いわき〉》なりけれ　見ぬ色の深《ふか》きや　法《〈のり〉》の花心　〱《〈深きや…〉》　染《そ》めずはいかゞいたづらに　其《〈その〉》唐《から》

衣《ぎぬ》の錦《にしき》にも　衣《ころも》の玉《たま》はよも繋《か》けじ　草の袂も露涙　移《うつ》
るも過《すぐ》る年月は　めぐりめぐれど泡沫《うたかた》の　あはれ昔《むかし》の
秋もなし　231
100 •大 惜《お》しまじな　月も仮寝《かりね》の露の宿《やど》　〳〵《月も…》　軒《のき》も垣穂《かきほ》も古《ふる》
寺《でら》の　愁《うれ》へは崖寺《がいじ》の古《ふる》に破《やぶ》れ　神《たましひ》は山行《さんかう》の深《ふか》きに傷《いた》ま
しむ　月の影も凄《すさ》まじや　誰《たれ》か言《い》つし　蘭省《らんしやう》の花の時
錦帳《きんちやう》の下《もと》とは　廬山《ろさん》の雨の夜　草庵《さうあん》の中《うち》ぞ思《おも》はるゝ　231
101 •小 二人《ふたり》寝《ぬ》るとも憂《う》かるべし　月斜窓《しやさう》に入《いる》暁寺《げうじ》の鐘《かね》　235
102 •小 今夜《こよひ》しも鄜州《ふしう》の月　閨中《けいちゆう》たゞ一人見《ひとりみ》るらん　237
103 •小 清見寺《きよみでら》へ暮《く》れて帰《かへ》れば　寒潮《かんてう》月を吹《ふ》ひ《い》て袈裟《けさ》に洒《そゝ》く　238
104 •小 残月清風《ざんげつせいふう》　雨《あめ》声となる　240
105 •小 身は浮草の　根《ね》も定《さだ》まらぬ人を待《まつ》　正体《しやうだい》なやなふ《う》　寝《ね》
うやれ　月の傾《かたぶ》く　242
106 雨にさへ訪《と》はれし中の　月にさへなう　月によなう（肩
書きなし）　242
107 •小 木幡山路《こわたやまぢ》に行暮《ゆきくれ》て　月を伏見《ふしみ》の草枕《くさまくら》　243
108 •小 薫《たき》物の木枯《こがらし》の　漏《も》り出《い》づる小簾《こす》の扉《とぼそ》は　月さへ匂《にほ》ふ夕《ゆふ》
暮《ぐれ》　245
109 •大 都《みやこ》は人目慎《つゝ》ましや　もしもそれかと夕まぐれ　月もろ
ともに出《いで》て行《ゆ》く　〳〵《月もろ…》　雲井百敷《もゝしき》や　大内山《おおうちやま》の山守《もり》も
かゝる憂《う》き身はよも咎《とが》めじ　木隠《こがく》れてよしなや　鳥羽《とば》
の恋塚《こいづか》　秋《あき》の山　月の桂《かつら》の河瀬舟《かはせぶね》　漕《こ》ぎ行《ゆく》人は誰《たれ》やら
ん　〳〵《漕ぎ…》
110 •大 夢路《ゆめぢ》より　幻《まぼろし》に出《いづ》る仮《かり》枕　〳〵《幻に…》　夜《よる》の関戸《せきと》の明《あけ》暮《く》れに
都《みやこ》の空《そら》の月影《かげ》を　さこそと思ひやる方《かた》の　雲居《くもゐ》は跡《あと》
に隔《へだゝ》たり　暮《く》れわたる空に聞《き》こゆるは　里《さと》近《ちか》げなる鐘《かね》
の声《こゑ》　〳〵《里近…》
111 • 東寺《たうじ》のあたりに出《いで》にけり　〳〵《東寺…》　昔《むかし》　誰《たれ》か作り道《みち》
〳〵《昔誰…》　さて鳥羽殿《とばどの》の旧跡《きうせき》　さなきだに秋《あき》の山風吹《ふき》すさ
み　憂《う》き身の露の袖の上《うへ》　末《すゑ》は淀野《よどの》の真菰《まこも》草《ぐさ》　離《か》れ
〴〵なりし契《ちぎり》ゆへ《ゑ》　習《なら》はぬ旅《たび》の我《わ》が心美豆《みづ》の御牧《みまき》の荒《あら》
駒《こま》を　細蟹《さゝがに》の糸《いと》もて繋《つな》ぐとも　二途《ふたみち》かくる人心頼《たの》むぞ
おろかなりける　〳〵《頼む…》
112 •小 残灯《ざんとう》牖《いう》下《か》落梧《らくご》之《の》雨《あめ》　是《これ》君を思ふにあらずとも　鬢《びん》斑《まだら》
なるべし　246
113 •小 宇津の山辺《べ》の現《うつゝ》にも　夢にも人の逢《あ》はぬもの
114 •小 唯《ただ》人は情《なさけ》あれ　夢の〳〵〳〵　昨日《きのふ》は今日《けふ》の古《いにしへ》　今日《けふ》
は明日《あす》の昔《むかし》　247
115 •小 よしやつらかれ　中〳〵《なかなか》に　人の情《なさけ》は身の仇《あた》よなふ《う》　249
116 •小 憂《う》やなつらやなふ《う》　情《なさけ》は身の仇《あた》となる　250
117 •小 情《なさけ》ならでは頼《たの》まず　身は数ならず　251
118 •小 情《なさけ》は人のためならず　よしなき人に馴《な》れそめて　出《い》で

し都《みやこ》も　偲《しの》ばれぬほどになりにける　〱《偲ば…》 252

119 •小 たゞ人には馴《なれ》まじ物《もの》ぢや　馴《な》れての後《のち》に　離《はな》るゝるる
るるるが大事ぢやる物《もの》

120 •田 浦《うら》は松葉《まつば》を搔《か》き始《はじ》まりの　嵐を今朝は　取《と》り搔《か》き聚《あつめ》た
る松《まつ》の葉は　焚《た》かぬも煙《けぶり》成《なり》ける　〱《焚か…》 254

121 •小 塩《しほ》屋の煙《けぶり》〱《けぶり》よ　立《た》つ姿《すがた》までしほがまし 255

122 •小 潮《しほ》に迷《まよ》ふ《う》た　磯《いそ》の細《ほそ》道《みち》 256

123 •小 何《なに》となる身の果《は》てや覧《らん》　塩《しほ》に寄《よ》り候《そろ》片《かた》し貝《がい》 259

124 •小 塩《しほ》汲《く》ませ　網曳《あみひ》かせ　松の落《おち》葉搔《か》ゝせて　憂《う》き三保《みほ》
が洲《す》　倚《よる》や波のよるひる 261

125 •田 汀《みぎは》の浪の夜《よる》の塩《しほ》　月影ながら汲《く》まふ《う》よ　つれなく命《いのち》な
がらへて　秋の木の実《み》の落《お》ちぶれてや　いつまで汲《く》む
べきぞあぢきなや 264

126 •大 刈《か》らでも運《はこ》ぶ浜川《はまがわ》の　〱《刈ら…》　潮海《しほうみ》かけて流《なが》れ葦《あし》の　世
を渡《わた》る業《わざ》なれば　心なしとも言《い》ひがたし　天野《あまの》ゝ里《さと》に
帰《かへ》らん　〱《天野…》 265

127 •小 舟《ふね》行《ゆ》けば岸《きし》移《うつ》る　涙川《なみだがわ》の瀬枕《せまくら》　雲《くも》駛《はや》ければ月運《はこ》ぶ
上《うは》の空の心や　上《うは》の空かや何《なに》ともな 266

128 •大 歌《うた》へや〱《歌へ》泡沫《うたかた》の　あはれ昔《むかし》の恋《こい》しさを　今《いま》も遊女《ゆふぢよ》の
舟遊《ふなあそび》　世を渡《わた》る一節《ひとふし》を　歌《うた》ひていざや遊《あそ》ばん 268

129 •大 棹《さほ》の歌　歌《うた》ふ憂世《うきよ》の一節《ふし》を　〱《歌ふ…》　夕波《ゆふなみ》千鳥《どり》声《こゑ》添《そ》へて
友呼《ともよ》びかはす海士乙女《あまおとめ》　恨《うらみ》ぞまさる室君《むろぎみ》の　行舟《ゆくふね》や
慕《した》ふ覧《らん》　朝妻舟《あさづまぶね》とやらんは　それは近江《あふみ》の湖《うみ》なれや
我も尋《たづ》ね〱《尋ね》て　恋しき人に近江《あふみ》の　海《うみ》山も隔《へだ》たるや
あぢきなや浮舟《うきふね》の　棹《さほ》の歌《うた》を歌《うた》はん　水馴《みな》れ棹《ざお》の歌歌《うた》
はん 270

130 •小 身は近江《あふみ》舟かや　志那《しな》で漕《こ》がるゝ 272

131 •小 人買《かひ》舟《ぶね》は沖《おき》を漕《こ》ぐ　とても売《う》らるゝ身を　たゞ静《しづか》に
漕《こげ》よ船頭殿《せんどうどの》 274 276 313

132 •小 身は鳴門《なると》船《ぶね》かや　阿波《あは》で漕《こ》がるゝ 281

133 •小 沖《おき》の門《と》中《なか》で舟《ふね》漕《こげ》ば　阿波《あわ》の若衆《わかしゅ》に招《まね》かれて　あぢき
なや　櫓《ろ》が〱〱　〱押《を》されぬ 283

134 •小 沖の鷗《かもめ》は　梶取《かぢと》る舟よ　足《あし》を艫《ろ》にして 285

135 •大 磯山《いそやま》に　しばし岩根《いわね》の松程《まつほど》に　〱《しばし…》　誰《た》が夜舟とは白《しら》
波《なみ》に　梶音《かぢおと》ばかり鳴門《なると》の　浦静《うらしづか》なる今夜《こよひ》かな　〱《浦…》 286

136 •小 月は傾《かたぶ》く泊《とま》り舟　鐘《かね》は聞《き》こえて里《さと》近《ちか》し　枕《まくら》を並《なら》べて
お取梶《とりかぢ》や面梶《おもかぢ》にさし交《ま》ぜて　袖を夜露に濡《ぬ》れてさす 288

137 •小 又湊《みなと》へ舟が入《いる》やらう　唐艣《からろ》の音《をと》が　ころりからりと 289

138 •小 つれなき人を　松浦《まつら》の奥《おき》に　唐土《もろこし》船《ふね》の　浮《う》き寝《ね》よな
ふ《う》 292

139 •小 来《こ》ぬも可《か》なり　夢《ゆめ》の間《あいだ》の露《つゆ》の身の　逢《あ》ふとも宵《よひ》の稲妻《いなづま》 294

140 • 田 今憂《う》きに　思ひくらべて古《いにしへ》の　せめては秋の暮もがな
恋しの昔《むかし》や　立《た》ちも返《かへ》らぬ老《おひ》の波《なみ》　戴《いたゞ》く雪《ゆき》の真《ま》白髪《しらが》の
長《なが》き命《いのち》ぞ恨《うら》みなる　〳〵《長き…》 296

141 • 大 恨《うら》みは数〳〵《かずかず》多《おほ》けれども　よし〳〵申《まうす》まじ　此《この》花を
御法《みのり》の花《はな》になし給へ 298

142 • 小 恨《うらみ》はなにはに多《おほ》けれど　又は我《わ》御《ご》料《りよ》を悪《あ》しけれと　更《さら》
に思《おも》はず 298

143 • 小 葛《くず》の葉《は》〳〵　憂《う》き人は葛《くず》の葉の　恨《うら》みながら恋しや 298

144 • 大 四《よつ》の鼓《つゞみ》は世中《よのなか》に　〳〵《四の…》　恋といふ事も　恨《うらみ》といふ事も
無《な》き習《なら》ひならば　独《ひと》り物は思《おも》はじ　九《ここのつ》の〳〵　夜半《やはん》
にも成《なり》たりや　あら恋し吾《わが》夫《つま》の　面影《おもかげ》立《た》ちたり　嬉《うれ》
しやせめて実《げ》に　身がはりに立《たち》てこそは　二世《にせ》のかひ
もあるべけれ　此《この》楼《ろう》出《いづ》る事あらじ　なつかしのこの
籠《ろう》や　あらなつかしのこの楼や

145 • 小 添《そ》ふ《う》てもこそ迷《まよ》へ　〳〵《添ふ…》　誰《たれ》もなう　誰《たれ》に成《なり》とも添《そ》ふ《う》
てみよ 298

146 • 小 添《そ》ひ添《そ》はざれ　などうら〳〵《うら》となかるらう

147 • 小 人気《げ》も知《し》らぬ　荒《あら》野の真木《まき》の　駒《こま》だに捕《と》れば　終《つゐ》に懐《なつ》
く物《もの》

148 • 小 我を中〳〵《なかなか》放《はな》せ　山唐《やまがら》とても　我《わ》御《ご》料《れう》の胡桃《くるみ》でもなし

149 • 小 身は破《やぶ》れ笠よなふ《う》　着《き》もせで　掛《か》けて置《お》かるゝ 302

150 • 小 笠《かさ》を召《め》せ　笠《かさ》も笠《かさ》　浜田《はまだ》の宿《しゆく》にはやる　菅《すげ》の白《しろ》ひ《い》尖《とが》り
笠《がさ》を召《め》せなう　召《め》さねば　お色の黒《くろ》げに 303

151 • 小 色《いろ》が黒《くろ》くは遣《や》らしませ　もとよりも塩焼《しほやき》の子で候《そろ》 305

152 • 狂 引《ひ》く〳〵〳〵とて鳴子《なるこ》は引《ひ》かで　あの人の殿引《ひ》く　い
ざ引《ひく》物を歌《うた》はんや　いざ引《ひ》く物を歌《うた》はん　春の小田《をだ》に
は苗代《なわしろ》の水引《ひ》く　秋の田には鳴子《なるこ》引《ひ》く　名所《めいしよ》《などころ》都《みやこ》に聞《きこ》
へたる　安《あ》達《だち》が原《はら》の白真《しらま》弓《ゆみ》も　今《いま》此《この》三代《みよ》に留《とゞ》めた
浅香《あさか》の沼《ぬま》にはかつみ草《ぐさ》　忍《しのぶ》の里《さと》には綟摺《もぢずり》石の　思《おも》ふ人
に引《ひ》かで見せめや　姉歯《あねは》の松《まつ》の一枝《ゑ》　塩竈《しほがま》の浦《うら》は雲晴《くもはれ》
て　誰《たれ》も月を松島《まつしま》や　平泉《ひらいづみ》は面白《おもしろ》　いとゞ暇《ひま》なき秋の
夜に　月入《ゐ》るまでと引《ひ》く鳴子《なるこ》　いざさし置《を》きて休《やす》まん
〳〵《いざ…》　猶《なほ》引《ひ》く物を歌《うた》はんや　〳〵《猶…》　浦《うら》には魚《うを》取《と》る網《あみ》
を引《ひ》けば　鳥《とり》取《と》る鷹野《たかの》に狗《いぬ》引《ひ》く　何よりも〳〵《何よりも》　契《ちぎり》
の名残《なごり》は有《あり》明の　別《わかれ》もよほす東雲《しのゝめ》の　山白《しら》む横雲《よこぐも》は
引《ひ》くぞ恨《うら》みなりける

153 • 小 忘るなとたのむの雁《かり》に友《とも》なひて　立別行《たちわかれゆく》都路《みやこぢ》や　春《はる》
は誘《さそ》ひて又《また》越路《こしぢ》

154 • 小 思へば露の身よ　いつまでの夕《ゆふべ》なるらむ

155 • 小 身は錆《さ》び太刀《たち》　さりとも一度《ど》　とげぞ《せ》しようずらふ《う》

156 • 小 奥《おく》山の朴木《ほうのき》よなう　一度は鞘《さや》に成《な》しまらしよ　〳〵《一度は…》

157 • 小 ふてて一度言《い》ふ《う》て見う　嫌《いや》ならば　我《われ》もたゞそれを限《かぎり》

に

158 •大 末枯《うら〈がれ〉》の 草葉《〈くさば〉》に荒《あ》るゝ野ゝ宮《〈のゝみや〉》の 〱《〈草葉に…〉》 跡《〈あと〉》なつかしき爰《〈こゝ〉》にしも其《〈その〉》 長《〈なが〉》月の七日《〈なぬか〉》の日も 今日《けふ》にめぐり来にけり 物はかなしや小柴垣《〈こしばがき〉》 いとかりそめの御住《すま〈ひ〉》ゐ今《いま》も火焼屋《〈ひ〉たきや》のかすかなる 光《ひかり》や我《わ》が思《おも》ひ 内《うち》にある色や外に見えつ覧《〈らん〉》 あらさびし宮所《〈みやどころ〉》 あらさびし此《〈この〉》宮所

159 •大 野の宮《〈みや〉》の 森《〈もり〉》の木枯《〈こ〉がら》し秋《〈あき〉》更《ふ》けて 〱《〈森の…〉》 身にしむ色の消《〈きへ〉》かへり 思《おも》へば古《いにしへ》を 何《〈なに〉》と忍《しの》ぶの草衣《〈くさごろも〉》 着《き》てしもあらぬ仮《かり》の世に 行帰《〈ゆき〉かへ》るこそ恨《うら》みなれ 〱《〈行帰る…〉》

160 •大 犬飼星《〈いぬ〉かひ〈ほし〉》は何《なん》時候《〈ぞろ〉》ぞ あゝ惜《お》しや惜《お》しや 惜《お》しの夜やなふ《〈う〉》 453

161 •大 優《やさ》しの旅《〈たび〉》人や 花は主《ぬし》ある女郎花《〈をみなへし〉》 よし知《し》る人の名に愛《め》でゝ 許《ゆる》し申《〈まうす〉》なり 一本《もと》折《お》らせ給へや なまめき立《た》てる女郎花《をみなへし》 〱《〈なまめき…〉》 うしろめたくや思ふらん 女郎《〈ぢよらう〉》と書《か》ける花の名に 誰《〈たれ〉》偕老《かいらう》を契《ちぎ》りてん かの邯鄲《〈かんたん〉》の仮《かり》枕《〈まくら〉》 夢《〈ゆめ〉》は五十《〈いそぢ〉》年のあはれ世の ためしもまことなるべしや 〱《〈ためし…〉》

162 •小 秋《〈あき〉》の時雨《〈しぐれ〉》の 又は降《ふ》り〱《〈降り〉》 干《ほ》すに干《ほ》されぬ 恋の袂《たもと》 306

163 •大 露時雨 漏《も》る山陰《〈やまかげ〉》の下紅葉《〈したもみぢ〉》 〱《〈漏る…〉》 色《〈いろ〉》添《そ》ふ秋の風までも 身にしみまさる旅衣《〈たびごろも〉》 霧間《〈きりま〉》を凌《しの》ぎ雲《〈くも〉》を分《わ》けたづきも知《し》らぬ山中《〈なか〉》に おぼつかなくも踏迷《〈ふみまよ〉》ふ 道《みち》の行《ゆく》方《ゑ》はいかならん 〱《〈道の…〉》 307

164 •小 名残《〈なごり〉》惜《お》しさに 出《い》でゝ見れば 山中に 笠《〈かさ〉》の尖《とが》りばかりが ほのかに見え候《〈そろ〉》 309 311

165 •小 一夜《〈ひとよ〉》馴《な》れたが 名残《〈なごり〉》惜《を》しさに 出《い》でゝ見たれば 奥中《〈おきなか〉》に 舟《〈ふね〉》の速《はや》さよ 霧《〈きり〉》の深《ふか》さよ 310 311 419

166 •小 月は山田《やまだ》の上にあり 船《〈ふね〉》は明石《〈あかし〉》の沖《〈おき〉》を漕《こ》ぐ 冴《さ》えよ月霧には夜舟の迷《まよ》ふに 312 313

167 •小 後影《うしろかげ》を見《み》んとすれば 霧《〈きり〉》がなふ《〈う〉》 朝《〈あさ〉》霧が 314

168 •田 秋はや末《〈すえ〉》に奈良坂《なら〈ざか〉》や 児《こ》の手柏《てがしは》の紅葉《〈もみぢ〉》して 草末枯《〈くさ〉うらが》るゝ春日野《かすがの》に 妻恋《つまこ》ひかぬる鹿《〈しか〉》の音《〈ね〉》も 秋《〈あき〉》の名残《〈なごり〉》とおぼえたり 〱《〈秋の…〉》 315

169 •小 小夜《さよ》〱 〱更《ふ》け方《がた》の夜《〈よ〉》 鹿《しか》の一声《ひとこゑ》 316

170 •小 めぐる外山《〈とやま〉》に鳴《な》く鹿《〈しか〉》は 逢《あ》ふ《〈う〉》た別《〈わかれ〉》か 逢《あ》はぬ恨《うら》みか 317

171 ○狂 逢夜《〈おふよ〉》は人の手枕《〈たまくら〉》 来《こ》ぬ夜《〈よ〉》はおのが袖《〈そで〉》枕《まくら》 枕《まくら》あまりに床《〈とこ〉》広《ひろ》し 寄《よ》れ枕 こち寄《よ》れ枕よ 枕《まくら》さへに疎《うと》むか 320

172 ○ 一夜窓前芭蕉《〈やそうぜんばせう〉》の枕《〈まくら〉》 涙や雨と降《〈ふる〉》覧《〈らん〉》 322

173 ○吟 世事邯鄲《〈かんタンノ〉》枕 人情灔澦灘《〈エンヨノナン〉》 323

174 ○吟 清容《〈セイヨウズ〉》不落邯鄲枕《ヲチカンタンノマクラ》 残夢《〈ザンム〉》疎声《ソセイ》半夜鐘《ハンヤノカネ》 333

175 ○小 人を松虫《まつむし》 枕《〈まくら〉》にすだけど 寂《さび》しさのまさる 秋《〈あき〉》の夜すがら 334

176 ○小 山田作《つく》れば庵寝《いほね》する　いつか此田《この》を刈《か》り入《いれ》て　思ふ人
と寝《ね》うずらう　寝《ね》にくの枕や　寝《ね》にくの庵《いほ》の枕《まくら》や　335

177 ○小 咎《とが》もなひ《い》尺八《しやくはち》を　枕《まくら》にかたりと投《な》げ当《あ》て《ゝ》ても　さび
しや独寝《ひとりね》　339

178 •小 一夜来《ひとよこ》ねばとて　咎《とが》もなき枕を　縦《たて》な投《ゝ》げに　横《よこ》な投《ゝ》
げに　なよな枕よ　なよ枕《まくら》　340

179 •小 引《ひけ》よ手枕《たまくら》　木枕《きまくら》にも劣《おと》るよ手枕《たまくら》　高尾《たかを》の和尚《わじやう》の　〱《高尾の…》
手枕《たまくら》　342

180 ○小 来《く》る〱〱とは　枕こそ知《し》れ　なう枕　物言《い》はふ《う》に
は　勝事《せうし》の枕《まくら》　343

181 •小 恋の行衛《ゆくゑ》を知《し》ると言《い》へば　枕に問《と》ふもつれなかりけり　345

182 •小 衣《きぬ》〲の砧《きぬた》の音《をと》が　枕にほろ〱《ほろ》〱〱とか　それ
を慕《した》ふは　涙よなふ《う》　〱《涙よ…》　346

183 •大 君《きみ》いかなれば旅枕《たびまくら》　夜寒《よさむ》の衣《ころも》うつゝとも　夢《ゆめ》ともせめ
てなど　思《おも》ひ知《し》らずや恨《うら》めし　348

184 ○小 爰《こゝ》は信夫《しのぶ》の草《くさ》枕《まくら》　名残《ごり》の夢《ゆめ》な覚《さ》ましそ　都《みやこ》の方《かた》を思《おも》
ふに　349

185 ○田 千里《ちさと》も遠《とを》からず　逢《あは》ねば咫尺《しせき》も千里《ちさと》よなふ《う》　350

186 •小 君《きみ》を千里《ちさと》に置《を》ひ《い》て　今日《けふ》も酒《さけ》を飲《のみ》て　ひとり心を慰《なぐさ》め
ん　352

187 ○田 南陽県《なんやうけん》の菊の酒《さけ》　飲《の》めば命《いのち》も生《い》く薬《くすり》　七百歳《さい》を保《たも》ちて
も　齢《よはひ》はもとの如《ごと》く也《なり》　〱《齢は…》　353

188 ○小 上《うへ》さに人の打《う》ち被《かづ》く　練貫《ねりぬき》酒のしわざかや　あちよろ
り　こちよろ〱《よろ》よろ　腰《あしこし》の立《た》た《ゝ》ぬは　あの人の故《ゆへ》よ
なふ《う》　354

189 ○小 きづかさやよせさにしざひもお　356 469

190 ○大 赤《あか》きは酒の咎《とが》ぞ　鬼《をに》とな思《おぼ》しそよ　恐《おそ》れ給はで　我に
相馴《あひな》れ給はば　興《けう》がる友と思《おぼ》すべし　我《われ》もそなたの御
姿《すがた》　うち見には　〱《うち…》　恐《おそ》ろしげなれど　馴《な》れてつぼ
ひ《い》は山臥《やまぶし》　358

191 ○早 いはむや興宴《けうえん》の砌《みぎり》には　なんぞ必《かなら》ずしも　人の勧《すゝ》めを
待《ま》たんや　362

192 ○大 あの鳥《とり》にてもあるならば　君《きみ》が行来《ゆきき》を泣《な》く〱も　な
どか見ざらん　返ゝ《かへすがえす》もうらやましの庭《には》鳥《とり》や　げにや
八声《こゑ》の鳥《とり》とこそ　名にも聞《きゝ》しに明過《あけすぎ》て　今は八声《こゑ》も数《かず》
過《す》ぎぬ　空音《ね》か正音《まさね》か　うつゝなの鳥の心《こゝろ》や

193 ○小 憂《う》きも一時《ひととき》　うれしきも　思《おも》ひ醒《さ》ませば夢《ゆめ》候《ぞろ》よ　363

194 •大 此程《このほど》は　人目《め》をつゝむ吾宿《わがやど》の　〱《人目を…》　垣穂《かきほ》の薄《すゝき》吹《ふく》風
の　声《こゑ》をもたてず忍《しの》び音《ね》に　泣《な》くのみ成《なり》し身なれども
今は誰《たれ》をか憚《はゞか》りの　在明《ありあけ》の月の夜たゞとも　何か忍《しの》ば
ん杜鵑《ほとゝぎす》　名をも隠《かく》さで鳴《な》く音かな　〱《名を…》　364

195 • 小 篠《〈しの〉》の篠《しの》屋の村時雨《〈むらさめ〉》　あら定《さだ》めなの　憂《う》き世やなふ《〈う〉》　366

196 ○ 小 せめて時雨《〈しぐれ〉》よかし　ひとり板屋の淋《さび》しきに　367

197 ○ 小 せめて思《おも》ふ二人《ふたり》　独《ひと》り寝《ね》もがな　368

198 ○ 小 独《ひと》り寝《ね》しもの　憂《う》やな　二人寝《ふたりね》寝《〈ね〉》初《そ》めて　憂《う》やな独《〈ひとり〉》寝《ね》

199 • 小 人の情《なさけ》のありし時　など独《〈ひとり〉》寝《ね》　寝をならはざるらん

200 • 小 二人寝《ふたりね》し物《〈もの〉》　ひとりも〳〵寝《ね》られけるぞや　身は習《なら》は
しよなふ《〈う〉》　身は習《なら》はしの物哉《〈かな〉》

201 • 小 ひとり寝《ね》はするとも　嘘《うそ》な人はいやよ　心は尽《つ》くひ《〈い〉》て
詮《せん》なやなふ《〈う〉》　世中《〈よのなか〉》の嘘《うそ》が去《い》ねかし　嘘《うそ》が　63

202 • 小 たゞ置《お》いて霜《〈しも〉》に打《う》たせよ　夜更《ふ》けて来たが憎《にく》ひ《〈い〉》程に　368

203 • 小 とてもおりやらば　宵《よひ》よりもおりやらで　鳥《〈とり〉》が鳴《な》く
添《そ》はばいく程《〈ほど〉》　あぢきなや　370

204 ○ 小 霜《〈しも〉》の白菊《〈しらぎく〉》　移《うつ》ろひやすやなふ《〈う〉》　しや頼《たの》むまじの　一花《〈はな〉》
心《ごゝろ》や　370

205 • 小 霜《〈しも〉》の白菊《しらぎく》は　なんでもなやなふ《〈う〉》　372

206 • 小 君《〈きみ〉》来《こ》ずは小紫《〈こむらさき〉》　我《わ》が元結《もとゆひ》に霜《〈しも〉》は置《を》くとも　373

207 ○ 早 索《〈さく〉》ゝたる緒《〈お〉》の響《ひゞ》き　松の嵐《〈あらし〉》も通《かよ》ひ来て　更《ふ》けては寒《さむ》き
霜夜《〈しもよの〉》月を　緱《こ》山《さん》に送也《〈おくるなり〉》　374

208 • 小 霜降《ふ》る空の暁《あかつき》　月になう　さて　我御料《わごれう》は帰《かへ》らうかな
ふ《〈う〉》　さて　315 378

209 • 吟 鶏声茅店月《〈ケイセイバウテンノツキ〉》　人迹板橋霜《〈ジンセキハンキヨウノシモ〉》　379

210 • 小 帰《〈かへ〉》るを知《し》らるゝは　人迹板橋の霜のゆへ《〈ゑ〉》ぞ　383

211 • 小 橋《はし》へ廻《まは》れば人が知《し》る　湊《〈みなと〉》の川の塩《〈しほ〉》が引《ひ》けがな　384

212 • 小 橋《はし》の下なる目《め》ゝ雑魚《じゃこ》だにも　ひとりは寝《ね》じと上《のぼ》り下《くだ》る　385

213 • 小 小川の橋《〈はし〉》を　宵《よひ》には人の　あちこち渡《わた》る　385

214 • 大 都《みやこ》の雲居《ゐ》を立《た》ち離《はな》れ　はる〴〵来ぬる旅《〈たび〉》をしぞ思《おも》ふ
衰《おとろ》への憂《う》き身の果《は》てぞ悲《かな》しき　水行《ゆ》く川の八橋《〈はし〉》や　蜘《く》
蛛《も》手《で》に物を思《おも》へとは　かけぬ情《〈なさけ〉》の中〳〵《〈なかなか〉》に　馴《な》るゝや
恨《うら》みなるらん　〳〵《〈馴るゝ…〉》　386

215 • 小 鎌倉《〈かまくら〉》へ下《くだ》る道《〈みち〉》に　竹剝《へ》げの丸橋《はし》を渡《わた》ひ《〈い〉》た　木が候《〈さふらは〉》ぬか
板が候ぬか　竹剝《へ》げの丸橋《はし》を渡《わた》ひ《〈い〉》た　木も候へど板も
候へど　憎《にく》ひ《〈い〉》若衆を落《お》ち入《い》らせうとて　竹剝《へ》げの〳〵
丸橋《はし》を渡《わた》ひ《〈い〉》た　389

216 • 放 面白《〈おもしろ〉》の海道《〈かいだう〉》下《くだ》りや　何と語《かた》ると尽《つ》きせじ　鴨川《〈かもがわ〉》白《しら》川
打《〈うち〉》渡《わた》り　思《おも》ふ人に粟田口《〈あわたぐち〉》とよ　四の宮河原《〈みやかわら〉》に十禅寺《〈ぜんじ〉》
関《〈せき〉》山三里《〈みさと〉》を打《〈うち〉》過《すぎ》て　人松本《まつもと》に着《つ》くとの　見渡《わた》せば　勢《〈せ〉》
田《〈た〉》の長橋《ながはし》　野《〈の〉》路《ぢ》篠《しの》原《〈はら〉》や霞《かす》む覧《〈らん〉》　雨《〈あめ〉》は降《ふ》らねど守《もり》山を
打《う》ち過《〈すぎ〉》て　小《〈を〉》野《〈の〉》の宿《〈しゆく〉》とよ　磨針《すりはり》嵩《〈たうげ〉》の細道《〈ほそみち〉》　今宵《〈こよひ〉》は爰《〈こゝ〉》
に草枕《〈くさまくら〉》　仮《かり》寝《〈ね〉》の夢《〈ゆめ〉》をやがて醒《さめ》が井　番場《ばんば》と吹《ふ》けば袖《〈そで〉》
寒《さむ》　伊吹颪《〈いぶきおろし〉》のはげしきに　不破《〈ふわ〉》の関《〈せき〉》守《もり》戸ざさぬ御代
ぞめでたき

217 •小 靨《ゑくぼ》の中へ身を投《な》げばやと　思へど底《そこ》の邪《じや》が怖《こわ》ひ《い》 392

218 •小 今朝《けさ》の嵐《あらし》は　嵐《あらし》ではなげに候《す》よの　大井《をほゐ》川の河の瀬《せ》の
音《をと》ぢやげに候《す》よなふ《う》 392

219 •小 水が凍《こほ》るや覧《らん》　湊河《みなとがは》が細《ほそ》り候《す》よなふ《う》　我らも独寝《ひとりね》に
身が細《ほそ》り候《す》よなふ《う》 393

220 •大 春過《はるすぎ》　夏闌《なつたけ》て又　秋暮《く》れ冬の来《き》たるをも　草木《くさき》のみ只《たゞ》
知《し》らするや　あら恋しの昔《むかし》や　思出《おもひで》は何に付《つけ》ても 394

221 •大 げにや眺《なが》むれば　月のみ満《み》てる塩釜《しほがま》の　うら淋《さび》しくも
荒《あ》れはつる　跡《あと》の世までも潮染《しほじ》みて　老《おい》の波《なみ》も帰《かへ》るや
らん　あら昔《むかし》恋しや　恋しや〱と　慕《した》へども願《ねが》へ
ども　かひも渚《なぎさ》の浦《うら》千鳥《どり》　音《ね》をのみ鳴《な》くばかり也《なり》
〱〈音を…〉 396

222 •小 逢《あ》はで帰《かへ》れば　朱雀《しゆしやく》の川原《かわら》の衢《ちどり》　明《あけ》立《た》つ　在明《ありあけ》の月
影　つれなや〱なう　つれなと逢《あ》はで帰《かへ》すや

223 •小 須磨《すま》や明石《あかし》のさ夜千鳥《どり》　恨《うらみ》〱て鳴許《なくばかり》　身がな〱
ひとつ浮《う》き世に　ひとつ深山《みやま》に 401

224 •田 深《み》山烏《がらす》の声《こゑ》までも　心あるかと物さびて　静《しづ》かなる霊《れい》
地《ち》哉《かな》　げに静《しづか》なる霊地《れいち》かな 400

225 •小 烏《からす》だに　憂世《うき》厭《いと》ひて　墨染《すみぞめ》に染《そめ》たるや　身を墨染《すみぞめ》に染《そ》
めたり 402

226 •吟 丈人屋上烏　人好烏亦好 403

227 音《おと》もせいでお寝《よ》れ〱　烏《からす》は月に鳴候《なきそろ》ぞ（肩書きなし） 404

228 •小 名残《なごり》の袖《そで》を振《ふ》り切《き》り　さて往《い》なうずよなふ《う》　吹上《ふきあげ》の真《まさ》
砂《ご》の数《かず》　さらばなふ《う》 315 409

229 •小 袖に名残を鴛《お》鴦《し》鳥の　連《つ》れて立《たゝ》ばや　もろともに 412

230 •大 風に落《おち》　水《みづ》には紛《まが》ふ花紅葉　しばし袖に宿《やど》さん　涙の
露の月の影　〱〈涙の…〉　それかとすればさもあらで　小篠《をざゝ》
の上《うへ》の玉《たま》霰《あられ》　音《をと》もさだかに聞《きこ》えず 120 414

231 •小 世間《よのなか》は霰《あられ》よなふ《う》　笹《さゝ》の葉《は》の上の　さら〱さつと降《ふ》
るよなふ《う》 142 414

232 •大 凡《をよそ》人界《にんがい》の有《あり》様《さま》を　しばらく思惟《しゆひ》してみれば　傀儡《くわいらい》
棚頭《はうとう》に彼我《ひが》を争《あらそ》ひ　まことといづれの所ぞや　妄想顛《まうざうてん》
倒《どう》　夢《ゆめ》幻《まぼろし》の世中《よのなか》に　あるをあるとや思《おも》ふらん 415

233 •小 申《まうし》たやなふ《う》　〱〈申…〉　身が身であらうには　申たやなう

234 •小 身の程の　なきも慕《した》ふもよしなやな　あはれ一村雨《ひとむらさめ》の
はら〱と降《ふ》れかし

235 •小 あまり言葉《ことば》のかけたさに　あれ見《み》さひ《い》なふ《う》　空行雲《そらゆくくも》の
速《はや》さよ 417 419

236 ○小 芳野川《よしのがは》の　よしやとは思《おも》へど　胸《むね》に騒《さは》がるゝ　田子《たご》の
浦波《うらなみ》の　立《た》ち居《ゐ》に思《おも》ひ候物《そろもの》 423

237 •小 田子の浦《うら》浪　浦《うら》の波《なみ》　立《たゝ》ぬ日はあれど　日はあれど

423

238 • 小 石《〈いし〉》の下《〈した〉》の蛤《〈はまぐり〉》　施我今世楽《〈せがこんせいらく〉》せいと鳴《な》く 424

239 • 吟 百年不易満　寸ゝ彎強弓 426

240 • 小 我御料《わごりよ》に心筑紫《つくし》弓《〈ゆみ〉》　引《ひ》くに強《つよ》の心や 428

241 • 小 取《と》り入《〈いれ〉》て置《お》かふ《〈う〉》やれ　白《しら》木の弓を　夜露の置《を》かぬさき
に　取《と》り入《い》れうぞなふ《〈う〉》 429

242 • 小 さまれ結《ゆ》へたり　松山の白塩《しら〈しほ〉》　言語神変《〈ごんごじんぺん〉》だよ　弓張《はり》
形《がた》に結《ゆ》へたりよ　あら神変だ 433

243 • 小 いと物《〈もの〉》細《ほそ》き御腰《〈こし〉》に　大刀《〈たち〉》を佩《は》き矢負《お》ひ　虎豹《とら〈へう〉》を踏《〈ふむ〉》御《〈み〉》
脚《〈あし〉》に　藁沓《わらぐつ》を召《め》された　抖《くゞ》ればがさと鳴《な》り候《〈そろ〉》　賤《〈しづ〉》が柴《〈しば》
垣《がき〉》えせ物 435

244 • 小 嫌《いや》申《〈まうす〉》やは　たゞ〳〵打《う》て　柴垣《〈しばがき〉》に押《を》し寄《よ》せて
その夜は夜《よ》もすがら　現《うつゝ》なや 443

245 • 小 薄《うす》の契《〈ちぎり〉》や　縹《はなだ》の帯《〈おび〉》の　たゞ片結《かたむす》び 446

246 • 神は偽《〈いつわり〉》ましまさじ　人やもしも空色《〈そらいろ〉》の　縹《はなだ》に染《〈そめ〉》し常陸《ひたち》
帯《〈おび〉》の　契《〈ちぎり〉》かけたりや　構《かま》へて守《まも》り給へや　たゞ頼《たの》め
かけまくも〳〵　かたじけなしや此《〈この〉》神の　恵《めぐ》みも鹿島《かしま》
野の　草葉《〈くさば〉》に置《を》ける露の間《ま》も　惜《お》しめたゞ恋の身の
命《〈いのち〉》のありてこそ　同《おな》じ世を望《〈たの〉》むしるしなれ 448

247 • 大 まことの姿《〈すがた〉》はかげろふの　石《〈いし〉》に残《〈のこ〉》す形《かたち》だに　それとも
見えぬ蔦葛《つたかずら》　苦《くる》しみを助《たす》け給《たま》へと　言《い》ふかと見《み》えて失《う》
せにけり　〳〵《〈言ふ…〉》

248 • 小 水に降《ふ》る雪　白《しろ》ふ《〈う〉》は言《い》はじ　消《き》え消《き》ゆるとも 450

249 • 小 降《ふ》れ〳〵雪よ　宵《〈よひ〉》に通《かよ》ひし道《みち》の見《み》ゆるに 451

250 • 大 夢通《かよ》ふ道さへ絶《〈たえ〉》ぬ呉竹の　伏《ふし》見の里の雪の下折《〈したおれ〉》と
詠《よ》みしも風雅《〈ふうが〉》の道《〈みち〉》ぞかし　げに面白《〈おもしろ〉》や割《わ》り竹の　割《わ》り
竹の篠《さゝら》ならば　夢《〈ゆめ〉》の通路《〈かよひぢ〉》絶《た》えなまし　千秋万歳《〈せんしうばんぜひ〉》の栄《ゑい》
華《ぐわ》も　破竹の内《うち》のたのしみぞ　あぢきなの憂世《〈うきよ〉》や　夢《〈ゆめ〉》
さへ見果《は》てざりけり 452

251 • 早 見るかい《〈ひ〉》ありて嬉《うれ》しきは　契《〈ちぎり〉》し今朝《〈けさ〉》の玉章《〈たまづさ〉》　除目《〈ぢもく〉》の朝《〈あした〉》
の上書《〈うはがき〉》

252 • 小 しやつとしたこそ　人は好《よ》けれ 367

253 • 大 げに遇《あ》ひがたき法《〈のり〉》にあひ　受《う》けがたき身の人界《〈にんがい〉》を　受《う》
くる身《み》ぞとや思《おぼ》す覧《〈らん〉》　恥《は》づかしや帰《かへ》るさの　道さやか
にも照《て》る月の　影《〈かげ〉》はさながら庭《〈には〉》の面《〈おも〉》の　雪のうちの芭《〈ば〉》
蕉《せう》の　偽《いつは》れる姿《〈すがた〉》の　まことを見えばいかならんと　思《おも》
へば鐘《〈かね〉》の声《こゑ》　諸行無常《〈しよぎやうむじやう〉》と成《〈なり〉》にけり　〳〵《〈諸行…〉》

254 • 放 おほとのへの孫《〈まご〉》三郎が　織手《〈おりて〉》を留《と》めたる織衣《〈をりごろも〉》　牡丹唐《〈ぼたんから》
草獅子《くさしゝ》や象《〈ざう〉》の　雪降《ふ》り竹の籬《〈まがき〉》の桔梗《〈ききやう〉》と　移《うつ》れば変《かは》る
白菊《〈しらぎく〉》の　おおとのへの竹《〈たけ〉》の下《〈した〉》裏《うら》吹《〈ふく〉》風もなつかし　鎖《さ》
すやうで鎖《さゝ》ぬ折木戸《おりきど》　など待《〈まつ〉》人の来《こ》ざるらむ 456

255 ○ 小 人の心は知《し》られずや　真実《〈しんじつ〉》心《〈こゝろ〉》は知《し》られずや

256 ○小 人の心と堅田《かた》の網《〈あみ〉》とは　夜《よる》こそ引《ひ》きよけれ　夜《よる》こそよけれ　昼《ひる》は人目の繁《しげ》ければ 458

257 •小 陸奥《みちのくに》のそめいろの宿《〈しゆく〉》の　千代鶴子《つるこ》が妹《おとゝ》　見目《め》も好《よ》ひ《〈い〉》が形《かたち》も好《よ》いが　人だにふらざ　なを好《〈ほ〉よ》かるらう 463

258 •小 憂《う》き陸奥《みちのく》の忍《〈しの〉》ぶの乱《みだ》れに　思《おも》ふ心の奥《〈おく〉》知《し》らすれば　浅《あさ》くや人の思《おも》ふらん

259 ○田 忍《〈しの〉》ぶ身の　心の隙《〈ひま〉》はなけれども　なを知《〈ほ〉し》る物は涙《〈なみだ〉》かな　〱《〈なほ…〉》

260 ○大 忍《しの》ぶの里《〈さと〉》に置《を》く露《〈つゆ〉》も　我等《〈われら〉》が袖《〈そで〉》の行衛《〈ゆくえ〉》ぞと思《〈おも〉》へども　色《〈いろ〉》には出《〈いで〉》じとばかりを　〱《〈色には…〉》　心ひとつに君《〈きみ〉》をのみ　思《おも》ひ越路《こしぢ》の海《〈うみ〉》山の　隔《へだ》ては千里《〈ちさと〉》の外《〈ほか〉》なりとも　人の心《こゝろ》の変《かは》らずは　又帰《かへ》り来《こ》む帰《かへ》る山の　秋《〈あき〉》の夕《〈ゆふべ〉》の憂《う》き旅《〈たび〉》も　子《こ》に添《そ》はばかくは辛《つら》からじ

261 •小 忍《しの》ば《ゝ》目で締《し》めよ　言葉《〈ことば〉》なかけそ　あだ名の立《た》つに

262 ○小 何よ此《〈この〉》　忍《しの》ぶに混《まじ》る草の名の　我には人の軒《〈のき〉》端《ば》ならん 501

263 ○小 忍ばじ今は　名は漏《も》るゝとも

264 •小 忍事《〈しのぶこと〉》　もし顕《あらは》れて人知《し》らば　こなたは数《〈かず〉》ならぬ軀《〈み〉》　そなたの名こそ惜《を》しけれ 104

265 ○大 忍《しの》ぶれど　色に出《〈いで〉》にけり吾《〈わが〉》恋は　〱《〈色に…〉》　物や思《おも》ふと人の問《と》ふまで　恥《は》づかしの漏《も》りける袖の涙かな　実《〈げに〉》や恋すてふ　我《わ》が名はまだき立《〈たち〉》けりと　人知《し》れざりし心まで　思ひ知《し》られて恥《は》づかしや　〱《〈思ひ…〉》

266 •小 惜《を》しからずの浮《う》き名や　包《つゝ》むも忍ぶも　人目も恥《〈はぢ〉》もよい程《〈ほど〉》らひの事かなふ《〈う〉》

267 •小 おりやれ〱〱　おりやり初《そ》めて　おりやらねばおれが名はたつ　只《〈ただ〉》おりやれ

268 •小 よし名の立《た》た《ゝ》ば立《た》て　身は限《〈かぎり〉》あり　いつまでぞ

269 •小 お側《そば》に寝《ね》たとて　皆《〈みな〉》人の讃談《〈さんだん〉》ぢや　名は立《た》つて　詮《〈せん〉》なやなふ《〈う〉》

270 •小 よそ契《ちぎ》らぬ　契《ちぎ》らぬさへに名の立《た》つ

271 •大 流転生死《〈るてんしやうじ〉》を離《はな》れよとの　御弔《とぶら》ひを身に受《う》けば　縦《〈たとひ〉》其《〈その〉》名は名告《なの》らずとも　受《う》け喜《よろこ》ば《ゝ》ば　それのみ主《ぬし》と思《おぼ》し召《め》せ　回向《〈ゑかう〉》は草木国土《〈さうもくこくど〉》まで漏《も》らさじなれば別《わ》きて其《〈その〉》主《ぬし》にと心当《あ》てあらば　それこそ廻向《ゑかう》なれ　浮《う》かまではいかであるべき

272 •小 只将一縷懸肩髪　引起塗帰宜刀盤 466

273 •小 むらあやでこもひよこたま 468

274 •小 今《〈いま〉》結《ゆ》た髪《〈かみ〉》が　はらりと解《と》けた　いか様《〈さま〉》心も　誰《た》そに解《と》けた 4 469

275 •小 我《わ》が待《ま》たぬ程にや　人の来《こ》ざるらう 471

276 •小 待《ま》つと吹《ふ》けども　恨《うら》みつゝ吹《ふ》けども　篇《へん》ない物は尺八《〈しやく〉》ぢや 82 85 472

277 • 小 待《ま》てども夕《〈ゆふべ〉》の重《かさ》なるは　変《か》はり初《〈そむる〉》か　おぼつかな 472

278 • 小 待《ま》てとて来《こ》ぬ夜は　ふたゝび肝《〈きも〉》も消《〈けし〉》候《〈そろ〉》　更行鐘《〈ふけゆくかね〉》の声《〈こへ〉》
添《そ》はぬ別《〈わかれ〉》を思《おも》ふ烏《〈からす〉》の音《〈ね〉》

279 ○ 大 復待《〈またまつ〉》宵《よひ》の　更行鐘《〈ふけゆくかね〉》の声聞《〈こへきけ〉》ば　飽《あ》かぬ別《〈わかれ〉》の　鳥《とり》は物か
はと詠《〈ゑい〉》ぜしも恋路《〈こいぢ〉》の便《たより》の　音信《おとづれ》の声《〈こへ〉》と聞《〈きく〉》物《〈もの〉》を

280 • 小 この歌のごとくに　人がましくも言《い》ひ立《た》つる　人は中《〈なか〉》
〱《〈なか〉》我《わ》がためは　愛宕《あたご》の山臥《〈やまぶし〉》よ　知《し》らぬ事な宣《のたま》ひそ
何事も　言《い》はじや聞《〈き〉》かじ白雪の　〱《〈言はじ…〉》　道行《〈みちゆき〉》ぶりの薄《〈うす〉》
氷《〈こほり〉》白妙《〈しろたへ〉》の袖なれや　樒《〈しきみ〉》が原《〈はら〉》も降《ふ》る雪の　花《〈はな〉》をいざや
摘《つ》まふ《〈う〉》よ　末《〈すへ〉》摘《つむ》花は是《〈これ〉》かや　春も又来《き》なば都には
野辺《べ》の若《〈わか〉》菜摘《つ》むべしや　〱《〈野辺の…〉》 474

281 • 小 つぼひ《〈い〉》なう青裳《せいしやう》　つぼひ《〈い〉》なふ《〈う〉》つぼや　寝《ね》もせひ《〈い〉》で眠《ねむ》か
るらふ《〈う〉》 473

282 • あまり見《み》たさに　そと隠《かく》れて走《はし》て来《き》た　先《〈まづ〉》放《はな》さひ《〈い〉》な
う　放《はな》して物を言《い》はさいなふ《〈う〉》　そゞろいとう《〈ほ〉》しうて
何とせうぞなふ《〈う〉》 475

283 • 小 いとお《〈ほ〉》しうて見れば　猶《〈なほ〉》又いとお《〈ほ〉》し　いそ〱と　掛《か》
ひ《〈い〉》行《〈ゆく〉》垣の緒《〈を〉》 477

284 ○ 小 憎《にく》げに召《め》さるれども　愛《いと》お《〈ほ〉》しひ《〈い〉》よなふ《〈う〉》

285 • 小 愛《いと》しうもなひ《〈い〉》物《〈もの〉》　愛《いと》お《〈ほ〉》しひ《〈い〉》と言《い》へどなう　あゝ勝事《〈せうし〉》
欲《ほ》しや好《よ》や　さらば我御料《わごれう》　ちと愛《いと》お《〈ほ〉》しひ《〈い〉》よなふ《〈う〉》

286 • 小 愛《いと》お《〈ほ〉》しがられて　後《あと》に寝《ね》うより　憎《にく》まれ申《〈まうし〉》て　御事《〈お〉こと》と
寝《ね》う

287 • 小 人の辛《つら》くは　我《われ》も心の変《か》はれかし　憎《にく》むに愛《いと》お《〈ほ〉》しいは
あんはちや

288 • 小 憎《にく》ひ《〈い〉》振《ふ》りかな　あの振《ふ》りをする人は　むず折《お》れがする

289 愛《いと》お《〈ほ〉》しいと言《い》ふ《〈う〉》たら　叶《かな》はふ《〈う〉》ず事か　明日《〈あ す〉》は又讃岐《〈さぬき〉》へ
下《くだ》る人を（肩書きなし） 481

290 ○ 小 我は讃岐の鶴羽《つるわ》の物《〈もの〉》　阿波《あわ》の若衆に膚触《〈はだふれ〉》て　足好《あしよ》や腹《〈はら〉》
好《よ》や　鶴羽《つるわ》の事も思《おも》はぬ 478

291 • 小 羨《〈うらやまし〉》や我《わ》が心　夜昼《〈よるひる〉》君《〈きみ〉》に離《はな》れぬ

292 • 小 文《ふみ》は遣《〈つかひ〉》たし　詮《〈せん〉》かたな　通《かよ》ふ心の　物を言《い》へかし

293 • 小 久我《こが》のどことやらで　落《おと》ひ《〈い〉》たとなふ《〈う〉》　あら何ともなの
文の使《つか》ひや 485

294 • 小 お堰《せ》き候《〈そろ〉》とも　堰《せ》かれ候《〈そろ〉》まじや　淀川《〈よどがは〉》の浅《〈あさ〉》き瀬《〈せ〉》にこそ
柵《しがらみ》もあれ 483

295 • 小 来《こ》し方《かた》より今《〈いま〉》の世までも　絶《〈たへ〉》せぬ物は　恋と言《い》へる曲《〈くせ〉》
物《もの》　げに恋《こひ》は曲《くせ》物かな　身はさら〱　さらさ
ら〱《〈さら〉》　更《〈さら〉》に恋こそ寝《ね》られね

296 詮《〈せん〉》なひ《〈い〉》恋を　志賀《〈が〉》の浦浪《うら〈なみ〉》　よる〱人に寄《よ》り候《〈そろ〉》（肩
書きなし）

297 • 小 あの志賀の山越《ご》えを　はる〲と　妬《ねた》ふ《〈う〉》馴《な》れつらふ《〈う〉》

返〳〵《〈かへすがへす〉》 485
298・小 あぢきなと迷《〈まよ〉》ふ物哉《〈かな〉》　しどろもどろの細道《ほそ》 487
299・小 爰《〈こゝ〉》はどこ　石原嵩《〈いしわらたうげ〉》の坂《〈さか〉》の下《〈した〉》　足《〈あし〉》痛《いた》やなふ《〈う〉》　駄賃馬《〈だちんむま〉》に
乗《〈のり〉》たやなう　殿《〈との〉》なふ《〈う〉》 488
300・小 よしや頼《たの》まじ行水《〈ゆくみづ〉》の　早《はや》くも変《か》はる人の心《こゝろ》 489
301・小 人は何《なに》とも岩間《いは〈ま〉》の水《〈みず〉》　候《〈ぞろ〉》よ　我御料《わごりよ》の心だに濁《にご》らずは
澄《す》む迄《〈まで〉》よ 490
302・小 恋の中川　うつかと渡《わた》るとて　袖を濡《ぬ》らひた《〈い〉》　あら何
ともなの　さても心や
303・田 宮城野《〈みやぎの〉》の　木《〈こ〉》の下露《〈したつゆ〉》に濡《ぬ》るゝ袖　雨にもまさる涙《〈なみだ〉》かな
〳〵《〈雨にも…〉》
304・小 紅羅《〈こうら〉》の袖をば　誰《た》が濡《ぬ》らしけるかや　〳〵《〈誰が…〉》
305・小 花見れば袖濡《ぬ》れぬ　月見《み》れば袖濡《ぬ》れぬ　何《なに》の心《こゝろ》ぞ
306・小 難波堀江《〈なには〉ほり〈え〉》の葦分《あしわ》けは　そよやそゞろに袖の濡《ぬ》れ候《〈そろ〉》
307 泣《な》くは我《われ》　涙《なみだ》の主《ぬし》は彼方《かなた》ぞ（肩書きなし）
308・小 折〳〵《〈をりをり〉》は思《おも》ふ心の見《み》ゆらんに　つれなや人の知《し》らず顔《〈がほ〉》
なる
309・小 昨夜《よべ》の夜這男《よばひ〈おとこ〉》　たそれたもれ　御器籠《ごきかご》にけつまづゐ《〈い〉》
て　太黒《〈くろ〉》踏《ふ》み退《の》く　〳〵《〈太黒…〉》 494
310・小 花籠《かご》に月を入《〈いれ〉》て　漏《も》らさじこれを　曇《くも》らさじと　持《も》つ
が大事な 12 497

311・小 籠《かご》がな〳〵　浮名《うき》漏《も》らさぬ　籠《かご》がななふ《〈う〉》 12 498 500

『閑吟集』初句索引

＊算用数字について
行頭は『閑吟集』本文の一連番号、
行末太字は見出しの頁数を示す。

あ行

か行

さ行

た行

な行

は行

主要引用文献一覧

閑吟集

新日本古典文学大系『梁塵秘抄 閑吟集 狂言歌謡』所収『閑吟集』土井洋一・真鍋昌弘校注 平成五年 岩波書店（略称 新大系）

日本古典文学大系『中世近世歌謡集』所収『閑吟集』志田延義校注 昭和三十四年 岩波書店（略称 大系）

日本古典文学全集『神楽歌 催馬楽 梁塵秘抄 閑吟集』所収『閑吟集』徳江元正校注 平成十二年 小学館（略称 全集）

日本古典集成『閑吟集 宗安小歌集』所収『閑吟集』北川忠彦校注 昭和五十七年 新潮社（略称 集成）

『閑吟集研究大成』浅野建二 昭和四十三年 明治書院（略称 研究大成）

『中世歌謡の研究』吾郷寅之進 昭和四十六年 風間書房

岩波文庫『新訂閑吟集』浅野建二 平成三年 岩波書店（略称 文庫本）

『閑吟集歌句総索引』山崎賢三 昭和四十一年 若杉研究所

宗安小歌集

日本古典集成『閑吟集 宗安小歌集』所収『宗安小歌集』北川忠彦校注 昭和五十七年 新潮社（略称 集成）

『宗安小歌集』総索引（三田國文・創刊号所収）菅野扶美編 昭和五十八年

隆達節

『「隆達節歌謡」の基礎的研究』小野恭靖 平成九年 笠間書院

『隆達節歌謡全歌集 本文と総索引』小野恭靖編 平成十年 笠間書院

日本古典全書『近世歌謡集』所収『隆達節小歌集成』笹野堅校註 昭和三十一年 朝日新聞社（略称 全書）

日本庶民文化史料集成巻五『歌謡』所収『隆達節歌謡集成』北川忠彦 昭和四十八年 三一書房

記紀歌謡

日本古典文学大系『古代歌謡集』土橋寛校注 昭和三十二年 岩波書店

『古代歌謡全注釈 古事記編』土橋寛 昭和四十七年 角川書店

『古代歌謡全注釈 日本書紀編』土橋寛 昭和五十一年 角川書店

神楽歌 催馬楽

日本古典文学全集『神楽歌 催馬楽 梁塵秘抄 閑吟集』所収『神楽歌 催馬楽』臼田甚五郎校注 平成十二年 小

学館

和漢朗詠集

日本古典文学大系『和漢朗詠集 梁塵秘抄』所収『和漢朗詠集』川口久雄校注 昭和四十年 岩波書店

梁塵秘抄

新日本古典文学大系『梁塵秘抄 閑吟集 狂言歌謡』所収『梁塵秘抄』小林芳規・武石彰夫校注 平成五年 岩波書店

日本古典文学大系『和漢朗詠集 梁塵秘抄』所収『梁塵秘抄』志田延義校注 昭和四十年 岩波書店

日本古典文学全集『神楽歌 催馬楽 梁塵秘抄 閑吟集』所収『梁塵秘抄』新間進一・外村南都子校注 平成十二年 小学館

『梁塵秘抄総索引』小林芳規・神作光一・王朝文学研究会編 昭和四十七年 武蔵野書院

早歌

『早歌全詞集』外村久江・外村南都子校注 平成五年 三弥井書店

日本古典文学大系『中世近世歌謡集』所収『宴曲集』新間進一校注 昭和三十四年 岩波書店

謡曲

日本古典文学大系『謡曲集』上・下 横道萬里雄・表章校注 昭和三十五年 岩波書店

『謡曲大観』佐成謙太郎 昭和二十八年～ 明治書院

『校註謡曲叢書』一～三 芳賀矢一・佐佐木信綱校注 大正三年 博文館

日本名著全集『謡曲三百五十番集』日本名著全集刊行会編 昭和三年 日本名著全集刊行会

『未刊謡曲集』一～二十三 田中允編 昭和三十八年～ 古典文庫

狂言歌謡

天正本狂言 日本古典全書巻下所収『天正狂言本』古川久校注 昭和三十一年 朝日新聞社

大蔵流虎明本狂言『大蔵流虎明本狂言集の研究』本文編上・中・下 池田廣司・北原保雄校注 昭和四十七年 表現社

和泉流天理本狂言抜書 新日本古典文学大系『梁塵秘抄 閑吟集 狂言歌謡』所収『狂言歌謡』橋本朝生校注 平成五年 岩波書店

鷺流狂言歌謡 天理図書館善本叢書『鷺流狂言傳書 保教本』一～四 昭和五十九年～ 八木書店

鷺賢通本狂言 日本古典全書『狂言集』上・中・下 古川久校注 昭和二十八年～ 朝日新聞社

狂言記 新日本古典文学大系『狂言記』橋本朝生・土井洋一校注 平成八年 岩波書店

幸若舞曲

『幸若舞曲集 本文編』笹野堅 昭和十八年 第一書房

『幸若舞曲研究』第一巻～第十巻 別巻総索引 吾郷寅之

進・福田晃・真鍋昌弘ほか編　昭和五十四年　三弥井書店

田植草紙

新日本古典文学大系『田植草紙　山家鳥虫歌　鄙廼一曲　琉歌百控』所収「田植草紙」友久武文・山内洋一郎校注　平成九年　岩波書店

『田植草紙歌謡全考注』真鍋昌弘　昭和四十九年　桜楓社

おどり

『祐田先生華甲記念　近世藝文集』所収『おどり』昭和四十五年　天理時報社

日本庶民文化史料集成・第五巻『歌謡』所収『おどり』服部幸雄　平成五年　三一書房

松の葉

日本古典文学大系『中世近世歌謡集』所収『松の葉』浅野建二校注　昭和三十四年　岩波書店

落葉集

校註日本文学類従『近代歌謡集』藤田徳太郎校注　昭和四年　博文館

山家鳥虫歌

新日本古典文学大系『田植草紙　山家鳥虫歌　鄙廼一曲　琉歌百控』所収『山家鳥虫歌』真鍋昌弘校注　平成九年　岩波書店

鄙廼一曲

新日本古典文学大系『田植草紙　山家鳥虫歌　鄙廼一曲　琉歌百控』所収『鄙廼一曲』森山弘毅校注　平成九年　岩波書店

巷謡編

新日本古典文学大系『田植草紙　山家鳥虫歌　鄙廼一曲　琉歌百控』所収『巷謡編』井出幸男校注　平成九年　岩波書店

童謡古謡

新日本古典文学大系『田植草紙　山家鳥虫歌　鄙廼一曲　琉歌百控』所収『童謡古謡』真鍋昌弘校注　平成九年　岩波書店

御船歌

続日本歌謡集成　巻三　近世篇上『御船歌集成』浅野建二　昭和四十三年　東京堂

近世文藝叢書第十一　俚謡　明治四十五年　国書刊行会

『日本庶民文化史料集成』巻五所収「御船歌」浅野建二　昭和四十八年

琉歌

『標音評釈琉歌全集』島袋盛敏・翁長俊郎編　昭和四十三年　武蔵野書院

新日本古典文学大系『田植草紙　山家鳥虫歌　鄙廼一曲　琉歌百控』所収『琉歌百控』外間守善校注　平成九年　岩波書店

万葉集

日本古典文学大系『万葉集』一〜四　高木市之助・五味智

英・大野晋校注　昭和三十二年〜　岩波書店

古今和歌集

日本古典文学大系『古今和歌集』佐伯梅友校注　昭和三十三年　岩波書店

新日本古典文学大系『古今和歌集』小島憲之・新井栄蔵校注　平成元年　岩波書店

後撰和歌集〜新古今和歌集

新日本古典文学大系『後撰和歌集』片桐洋一校注　平成二年　岩波書店

新日本古典文学大系『拾遺和歌集』小町谷照彦校注　平成二年　岩波書店

新日本古典文学大系『後拾遺和歌集』久保田淳・平田喜信校注　平成六年　岩波書店

新日本古典文学大系『金葉和歌集　詞花和歌集』川村晃生・柏木由夫・工藤重矩校注　平成元年　岩波書店

新日本古典文学大系『千載和歌集』片野達郎・松野陽一校注　平成五年　岩波書店

新日本古典文学大系『新古今和歌集』田中裕・赤瀬信吾校注　平成四年　岩波書店

『新古今和歌集全評釈』第一巻〜第九巻　久保田淳　昭和五十一年〜　講談社

勅撰和歌集

『新編国歌大観』新編国歌大観編集委員会編　昭和五十六年〜　角川書店

私家集

『私家集大成』和歌史研究会編　昭和四十八年〜　明治書院

室町時代物語　説経浄瑠璃　古浄瑠璃

『室町時代物語大成』第一〜第十三　補遺一・二　横山重・松本隆信　昭和四十八年　角川書店（略称　大成）

『説経正本集』第一巻〜第三巻　横山重　昭和四十三年　角川書店（略称　説経浄瑠璃）

『古浄瑠璃正本集』第一巻〜第五巻　横山重　昭和三十八年　角川書店

源氏物語

日本古典文学全集『源氏物語』一〜六　阿部秋生・秋山虔・今井源衛・鈴木日出男編　平成六年〜　小学館

平家物語

日本古典文学大系『平家物語』上・下　高木市之助ほか校注　昭和三十四年　岩波書店

宗長手記

岩波文庫『宗長日記』島津忠夫校注　昭和五十年　岩波書店

五山詩文

『五山文学全集』二版　上村観光編　平成四年　思文閣

『五山文学新集』玉村竹二編　昭和四十二年〜平成四年　東京大学出版会

節用集

易林本節用集　日本古典全集『易林本節用集』与謝野寛ほか編纂校訂　大正十五年

文明本節用集　『改訂新版文明本節用集研究並びに索引』中田祝夫編　平成十八年　勉誠出版

枳園本節用集　『枳園本節用集索引』西崎亨　平成十四年　和泉書院

『饅頭屋本節用集』昭和三十六年　白帝社

『黒本本節用集』橋本進吉　昭和四十二年　白帝社

『温故知新書』大伴広公　昭和三十七年　白帝社

書言字考合類大節用集　『改訂新版書言字考合類大節用集研究並びに索引』中田祝夫・小林祥次郎編　平成十八年　勉誠出版

運歩色葉集

『静嘉堂文庫蔵運歩色葉集』昭和三十六年　白帝社

『天正十七年本運歩色葉集』京都大学国語国文学資料叢書一　昭和五十二年　臨川書店

日葡辞書

『邦訳日葡辞書』土井忠生・森田武・長南実編　昭和五十五年　岩波書店

体源抄

『覆刻　日本古典全集』（現代思潮社）所収『体源抄』正宗敦夫編　昭和八年　日本古典全集刊行会

※本文中に掲げなかった索引類もここには加えた。

（参照）著者研究書・研究論文一覧

◆研究書

『田植草紙歌謡全考注』 昭和四十九年・桜楓社

p.10 ㊷㊸を基点として述べた同書・晩歌四番・一一〇番考説

p.20 同書・朝歌四番・二七番考説。

p.44 同書・一一七番

p.195 同書・朝歌二番・三番

p.413 同書・昼歌二番考説

右掲の他→p.28・62・96・165・205・319・414・431

『中世近世歌謡の研究』 昭和五十七年・桜楓社

p.72 同書・第二部「中世近世小歌研究」第四章「『鼠の草子』に見える小歌」にもふれているので参照していただきたい。

p.102・303・340 同書・第五部「民謡研究」第一章「民謡の類型㈠—笠などを忘れるということ—」に詳しく述べた。

p.123 同書・第五部・民謡研究

p.154 同書・第二部・近世初期語り物の中の歌謡

p.307 同書・第三部・風流踊歌研究。

p.410 同書・第五部・第二章

p.469 同書・第一部「田植草紙系歌謡及びその他の田歌に関する研究」第二章「呪術的世界—髪の歌を中心に—」

右掲の他→p.188・213・273・372・433

『日本歌謡の研究—『閑吟集』以後—』 平成四年・桜楓社

p.13 同書・Ⅰ—一「閑吟集考—巻頭歌をめぐっての想定—」、初出『國語と國文学』60巻11号・昭和五十八年十一月。

p.28・272 同書・Ⅲ—四「歌謡と小説—谷崎潤一郎作『乱菊物語』の場合—」

p.141 同書・Ⅰ—二「閑吟集のたたら歌」

p.177 同書・Ⅱ—三「日本歌謡史の一面—南島に関わる課題四種」、初出『奄美沖縄民間文芸研究』10号、昭和六十二年八月号。

p.312 同書・Ⅰ—五「物言舞・室町小歌・白秋小唄」

右掲の他→p.130

『中世の歌謡—閑吟集の世界—』 平成十一年・翰林書房

p.141 同書・五章「えいとろえいとえいとろえとな—中世のたたら歌」

p.240　同書・二十五章「清見寺へ暮れて帰れば―淡彩墨画の世界―」
p.263　同書・十八章「寄るや波のよるひる―中世期海辺の風景」
右掲の他→p.98・213

◆研究論文

p.11「浄瑠璃『祇園女御九重錦』に見える歌謡」（『大谷女子大国文』23号・平成五年三月）。『祇園女御九重錦』は、若竹笛躬・中邑阿契作。宝暦十年（一七六〇）、『熊野権現開張』の古浄瑠璃を受けて成立。

p.28・354「酒宴と歌謡」（福田晃・真鍋昌弘・常光徹編『講座日本の伝承文学・9・口頭伝承（トナエ・ウタ・コトワザ）の世界』平成十五年・三弥井書店）

p.31・34「『山家鳥虫歌』の民謡を辿る」（日本歌謡学会編『歌謡　雅と俗の世界』平成十年・和泉書院）。

p.58「大阪府泉北地方に伝わる「こをどり」中の「御山踊」小考」（『論究日本文学』19号・昭和三十七年十一月）

p.115・205「『田植草紙』の世界（早乙女と商人）」（網野善彦・石井進編『中世の風景を読む』6・内海を躍動する海の民・平成七年・新人物往来社）

p.125「日本歌謡の歴史と実体」（日本歌謡学会編『日本歌謡研究大系・上巻　歌謡とは何か』平成十五年・和泉書院）

p.137「比良や小松」（京都市立芸術大学　日本伝統音楽研究センター編『日本伝統音楽資料集成2―邦楽歌詞研究Ⅱ　三味線組歌・破手組・裏組―』平成十五年）

p.182「河川における船曳歌とその環境―日本・中国・韓国―」（『日本歌謡研究』第50号・平成二十二年十二月）

p.182「船曳歌と拉纤号子」（『東方』321号、平成十九年四月）

p.182・332「河川の船曳歌とその文化―日本・中国・韓国―」（『歌謡―研究と資料』第12号・平成二十四年十二月）

p.245「注釈・伏見常盤」、および論考「伏見常盤の田歌」（『幸若舞曲研究』第一巻・昭和五十四年・三弥井書店）

p.332「船曳と船曳歌」（中国湖北省恩施州巴文化研究会、恩施职业技术学院主亦『巴文化』2号・平成二十四年六月）

p.313・424「中世小歌圏歌謡に見える二つの風景―海辺と田植―」（『國語と國文學』81巻5号・平成十六年五月）

p.407「ウタの伝承性―民謡において―」（『講座日本の伝承文学　韻文文学〈歌〉の世界』平成七年・三弥井書店）

p.463「列島歌謡論―日本全国民謡集の展開―松川二郎の編著を軸に―」（日本歌謡学会編『日本歌謡研究大系・下巻　歌謡の時空』平成十六年・和泉書院）

『中世歌謡評釈　閑吟集開花』の要旨

真鍋昌弘

『閑吟集』は、室町時代、永正十五年（一五一八）八月の序文をもつ中世小歌選集である。そこには時代を生きたさまざまな人間の情感が、切り詰められた短詩型の小歌の中に、一途な思いとして表現されている。その数、三百十一首。繊細かつ豊かな文芸的センスと手法によってそれらが編集されていて、『閑吟集』という「集」が成立している。ゆえに、古典歌謡として、個々の歌謡の評釈が第一番に必要であるとともに、「集」として定着した段階での、文芸としての特質・文化的背景にも、十分にふれておくべきであると思われる。

『閑吟集』は、当時の小歌圏歌謡を網羅して残そうとした集成ではなく、中国古代『詩経』の歌謡の数に倣って、編者の、歌謡というものの実体をよく心得た教養・生き方から、まとめられた選集であると言っておくのがよい。奥書によると、原本は大永八年四月（序文年号から十年後）に、身分の高い誰かに請われて献上するために浄書し終えたものであることがわかる。現在確認できる三種の伝本（凡例参照）は、これを祖本とする同一系統の写本である。

これまでの私の研究を基盤としてふまえながら、この『閑吟集』評釈出版の時点で、今後における課題も含めて、何を読み取ったか、今後何を読み取るべきか、あるいは『閑吟集』にむけてどのような視線をもって臨んだか、あるいは今後臨むべきなのか、を次に簡潔に書いておきたい。

［一］　多様な歌謡「群」が編集されて、『閑吟集』という「集」が成立している。連鎖という手法も含めて「群」を摑む意識が必要。

［二］　中世の呪的心性を読み取る。発想表現における呪術性、背景環境としての呪的心性・呪的行為。

［三］　「老人のうた」を把握しておく。『閑吟集』は老人の虚無・無常・なげきを綴って残したのである。

［四］　海辺・海洋文化は、『閑吟集』の基盤にかかわる世界。中世歌謡としての特質がここにある。広く海河の風景が広がっている。

［五］　吟詩句の原風景を描いてみる。中国の明代やその後の時代にも残存する老風景を添えて『閑吟集』を読む。

［六］　中世近世歌謡史の中の『閑吟集』を意識する。特に『閑吟集』と『田植草紙』の対照比較によってその特質を見る。『日本風土記』の山歌と『閑吟集』、『閑吟集』と風流踊歌群など。大きな日本歌謡史の流れの中でその文学・文化としてのおもしろさを対照させてみるべきである。

本書『中世歌謡評釈　閑吟集開花』は、なによりもまず、この［一］～［六］の特質・方向性・課題・問題点を意識しながら、全体を百章に仕立てて、評釈を展開した。新見をかなり加えて「開花」としたつもりである。もちろん不十分な面や、取り上げなかった歌謡も多いが、歌謡の日本文化としてのおもしろさを味わっていただければうれしい。

were often implied when expressing ideas.

3. Understand "the elderly songs". The Kangin-shu preserves the emptiness, mortality, and grief of the elderly.
4. The Kangin-shu is based on beach and ocean culture. The scenes of sea and rivers should be remembered.
5. Picture the scenery in our mind. The old scenes in China's Min Dynasty and later eras should be kept in mind.
6. Be aware of the Kangin-shu within the Middle Age Kayo history. Especially compare and contrast the Kangin-shu and Taue Sohshi. The "Kangin-shu" and Sohka, Sanka of "Nihon Fudoki" and the "Kangin-shu", the "Kangin-shu" and "Furyu Dance songs".

Being conscious of these six characters, direction, assignments and points, the criticism was developed, and divided into 100 chapters. New views were added and I hope the result "bloomed". Of course, some Kayo were not adopted, but I hope you will enjoy the character of Kayo as a beautiful element of Japanese culture.

（英訳：渡場ゆかり）

Direction of the 'Chusei Kayo Hyoshaku Kangin-shu Kaika'
(The Middle Ages Kayo Criticism and Blooming of the Kangin-shu)

Masahiro Manabe

The "Kangin-shu" is a collection of poems from the Middle Ages that has a prologue dated August, 1518. Humanity's sincere feelings in those days are expressed in 311 concise poems. It is edited with delicate and brilliant literal sense and techniques. It is necessary to criticize each poem as classical Kayo, and its cultural background as literature should be discussed at the time when it was treated as the collection.

The "Kangin-shu" not only tried to cover the short poems, but the editor compiled it using his knowledge and way of living and his understanding of the entity of Kayo and also by copying the ancient Chinese "Shikyo". According to the postscript, the original was completed in April, 1528, to present to someone who was high in rank. The three types of editions currently handed down are copies from the same mother book.

Based on my studies, I would like to state what I have read and what I am going to read as well as what perspective I had and will have toward the Kangin-shu at the point of publishing this criticism.

1. Many kayo make a "group" and form a "collection". Including the technique, "chaining", the intention of grasping the "group" is necessary.
2. Read the magical nature. Magic, magical nature and magical deeds

为背景环境的咒术意识和咒术行为等。

［三］ 把握“老者的歌”。《闲吟集》中留下了倾诉老人的虚无、无常、叹息的歌。

［四］ 海边、海洋文化与《闲吟集》的背景有着很深的关联。中世歌谣的特质就体现在此。因此不能忽视海边、河边的风景。

［五］ 描绘诗歌吟诵的原风景。借助中国明代以及其后的时代留下的“老风景”，来解读《闲吟集》。

［六］ 把《闲吟集》置于中世、近世歌谣史中审视。特别是《闲吟集》和《田植草纸》的对照比较；《闲吟集》和早歌；《日本风土记》中的山歌与《闲吟集》；《闲吟集》与风流踊歌群等，应把它放在广角的日本歌谣史的河流中来考察。

《中世歌谣评释 闲吟集开花》，即是把上述的［一］至［六］的特质、方向性、课题、问题点作为重点，将全体分成一百章，展开评释的。同时也增添了大量的新的见解，因此将其称为“开花”，以示其意。当然，其中还存在很多叙述不充分之处，以及未提及的歌谣。读者如能从中品味到歌谣中的日本文化之魅力，笔者就会感到无上的欣慰了。

（訳者：牛　承彪）

《中世歌谣评释 闲吟集开花》的方向性

真锅昌弘

《闲吟集》是一部序文中标注有室町时代永正十五年（1518年）八月撰写年代的中世小歌选集。通过这部小歌集，我们可以看到生活在那个时代的各式各样的人是如何把自己丰富而强烈的情感，浓缩到了这个短诗型的歌词中。歌数为三百十一首。编辑者以纤细而丰富的文艺感觉和手法将它们编排起来，使之成为《闲吟集》这么一部《集》。作为古典歌谣的歌集，我们有必要将其中的每一首歌词的诠释作为第一要务，但同时也要对它作为《集》而定型这一阶段的文艺性，文化背景予以足够的重视。

可以说，《闲吟集》并不是要把当时的小歌圈歌谣搜集起来使之流传于世而编辑的集成，而是模仿中国古代《诗经》的歌数，并根据编者对歌谣这一实体领悟的素养、生存方式而编成的选集。根据批注，我们可以了解到，原本于大永八年四月（序文年号的十年以后）应地位较高的某人要求，为了呈献而誊写的。现在能够认定实物的三种传本（参照凡例），是以此为祖本的同一系统的写本。

到本次评释出版的这一时刻，围绕《闲吟集》，我们解读到了多少，今后还应解读那些，或者对《闲吟集》，迄今为止我们是以什么样的视线对待的，今后应如何对待，以及今后的研究课题，笔者将结合本人迄今为止的研究和体会，简洁叙述如下：

［一］《闲吟集》是由多种多样的歌谣“群”构成的一部《集》，因此需要注意包括“连锁”手法在内的歌与歌之间的关系，以把握各个歌“群”。

［二］解读中世的咒术（法术）性的意识。表现形式和手法中的咒术性格；作

[1] 다양한 가요「군」이 편집되어『칸긴슈 (閑吟集)』라는『집 (集)』으로 성립되었다. 연쇄라는 수법도 포함하여,「군」을 파악하는 의식이 필요하다.

[2] 중세의 주술적 심성 (心性) 을 읽어낸다. 발상 표현에 있어서의 주술성, 배경 및 환경으로서의 주술적 심성・주술적 행위 등. 그것이 놀이나 미신적 술법으로서 인정되는 경우도 있지만, 어쨌든 주술적 심성이, 이 문예의 세계, 이 문화의 세계의 특질, 매력이 되어 있다는 것.

[3] 「노인의 노래」,「늙어 가는 마음」을 파악한다.『칸긴슈 (閑吟集)』는 노인의 허무・무상・한탄을 읊어서 남긴 것이다.

[4] 해변 (항구) ・해양 문화는,『칸긴슈 (閑吟集)』의 기반에 관계한다. 중세 가요로서의 특질이 여기에 있다. 바다와 강 그리고 항구마을 (港村) 의 풍경에 대해서 널리 주목하지 않으면 안 된다.

[5] 시가가 읊어 내는 원풍경 (原風景) 을 그려 본다. 중국의 명대 (明代) 나, 그 전후의 시대에도 잔존했을「노 (老) 풍경」을 덧붙여『칸긴슈 (閑吟集)』를 읽는다.

[6] 일본 가요사 속의『칸긴슈 (閑吟集)』를 의식한다. 사적인 시야와 입체적인 이해가 기대된다. 특히『칸긴슈 (閑吟集)』와『타우에소시 (田植草紙)』의 대조・비교,『칸긴슈 (閑吟集)』와 이마요 (今様) ・소가 (早歌).『일본후도키 (日本風土記)』속의 산가 (山歌) 와『칸긴슈 (閑吟集)』.『칸긴슈 (閑吟集)』와 후류오도리우타군 (風流踊歌群),『칸긴슈 (閑吟集)』와 근세 및 근대가요 등. 항상 크나 큰 일본 가요사의 흐름 속에서 이해한다.

『중세가요평석 閑吟集 개화』는 무엇보다도 이 [1]~[6] 의 특질・방향성・과제・문제점을 의식하면서, 전체를 100장으로 만들어 평석을 전개한 것이다. 새로운 관점을 적지 않게 넣었기에「개화 (開花)」로 그 의미를 담고자 하였다. 물론 불충분한 면도 많고, 그 중에는 자의적인 면도 많으며 다루지 못한 가요도 많지만, 일본문화로서의 가요에 대한 재미에로 관심을 기울이고, 발전적인 생각을 하게 되는 계기가 된다면 더없이 기쁠 것이다.

(訳者 : 牛承彪　韓寧爛)

『중세가요 평석 閑吟集 개화』의 방향성

마나베 마사히로 (眞鍋昌弘)

『칸긴슈 (閑吟集)』는 무로마치 (室町) 시대, 에이쇼 (永正) 15 (1518) 년 8월에 쓰여진 서문이 실려 있는 중세 코우타 (小歌 : 중세 속요의 총칭) 선집이다. 그 속에는 그 시대를 살아 간 여러 사람들의 정감이, 짧게 끊어 압축한 단시형의 코우타 속에 한결같이 표현되어 있다. 그 수 (歌數) 311 수. 섬세하고 풍부한 문예적 센스와 수법으로 편집되어,『칸긴슈 (閑吟集)』라는『집 (集)』으로 묶여졌다. 그렇기에 고전가요로서, 개개의 가요에 대한 평석은 무엇보다도 필요하지만, 그와 동시에『집 (集)』으로 정착한 단계에서 보이는, 문예적 특질・문화적 배경에 대해서도, 충분히 다루어야 한다고 생각된다.

『칸긴슈 (閑吟集)』는 단순히 당시의 코우타권 (圈) 가요를 망라하여 후세에 남기려고 한 집성이 아니라, 중국 고대『시경』의 수 (數) 에 맞추고, 가요라는 실체를 잘 체득한 편자의 교양・삶의 태도 (방식) 에 의거한 선집이라고 하는 것이 더 좋을 것이다. 간기 (刊記) 에 의하면 원본은 다이에이 (大永) 8년 4월 (서문이 쓰여진 연호의 10년 후) 에 신분이 높은 누군가가 요구, 헌상을 목적으로 정서 (淨書) 되었다는 것을 알 수 있다. 현재, 실물을 인정할 수 있는 3종의 전본 (傳本, 범례 참조) 은 이것을 조본 (祖本) 으로 하는 동일 계통의 사본이다.

『칸긴슈 (閑吟集)』에 대해서는, 지금까지의 나의 연구를 기반으로 삼아, 이 평석의 출판 시점에서, 앞으로의 과제를 포함시키는 동시에, 지금까지 무엇을 읽어냈는가, 앞으로는 무엇을 읽어내야 할 것인가. 또는『칸긴슈 (閑吟集)』에 대해서 어떤 시선을 갖고 왔는가, 앞으로 어떤 시선으로 주시해야 하는가를 중심으로 다음에 간결하게 정리해 놓고자 한다.

あとがき

本書は、『閑吟集』の、個々の小歌や、連鎖するいくつかの小歌群を辿って、文芸・文化・民俗としての諸相を捉え、歌謡としての解釈・鑑賞を行なったものである。百章に区切ったが、取り上げた小歌は約二四九首になった。先学の論述に導かれるところが多く、日本歌謡学研究の成果を基盤としたが、本書ではそれらには簡潔にふれるにとどめて、むしろ日本歌謡史、日本文化史、比較文化に関わる面で、新しい捉えかたを通して、自由に評釈を展開させ敷衍させた。『閑吟集』を中心とする中世小歌は、表現の上で省略・簡潔を旨とする歌謡であるので、その解釈・評釈は難しいところが多い。今後もより良い成果に向けて努力したい。なお、私の古典歌謡注釈・評釈としては、本書とともに『田植草紙歌謡全考注』（五三九ページ掲出）を一対のものとしてご覧いただきたいと思う。

なお、本書の原稿は平成二十三年春に、和泉書院の方へ提出したものである。

○本書では、本文中の人名に対する敬称はすべて省略した。ご容赦下さい。
○口絵及び本文中5番・55番には、ご厚意により、底本としている、志田延義栂の木資料館本の写真を掲げることができた。このことに関して、長念寺住職・志田常無氏、栂の木資料館々長・中哲裕氏に深く感謝したい。
○本書の校正や歌謡初句索引作成など多岐にわたっては、関西外国語大学非常勤講師・井口はる菜氏の協力を得た。ここに記して感謝したい。

○本書評釈の方向性についての文章は、要約して、英語・中国語・韓国語に翻訳して巻末に掲載した。翻訳には次の方々をわずらわせた。

関西外国語大学准教授・牛承彪氏（中国語・韓国語）、天理大学非常勤講師・渡場ゆかり氏（英語）、関西外国語大学非常勤講師・韓寧爛氏（韓国語）

本書表紙に付した帯のことばは、長年ともに歌謡研究に携わってきた、奈良教育大学教授・永池健二氏にお願いした。ご厚意に心から感謝申し上げる。

本書出版については和泉書院社長・廣橋研三氏をはじめ、社員の方々にたいへんお世話になった。心から感謝申し上げる。

平成二十五年三月吉日

真鍋昌弘

■著者紹介
真鍋昌弘（まなべ　まさひろ）
一九三八年、大阪に生まれる。
奈良教育大学名誉教授、前・関西外国語大学教授、
文学博士。日本歌謡学会会長。
専攻・日本歌謡史。

研究叢書438

中世歌謡評釈　閑吟集開花

二〇一三年七月二五日初版第一刷発行
（検印省略）

著者　真鍋昌弘
発行者　廣橋研三
印刷所　遊文舎
製本所　大光製本所
発行所　有限会社　和泉書院
大阪市天王寺区上之宮町七－六
〒五四三－〇〇三七
電話　〇六－六七七一－一四六七
振替　〇〇九七〇－八－一五〇四三

ISBN978-4-7576-0670-8　C3395